海外汉学研究新视野丛书

张宏生 主编

[美] 蔡宗齐 著

# 采石与攻玉

## 蔡宗齐自选集

南京大学出版社

# 《海外汉学研究新视野丛书》序

张宏生

作为对中国文化的研究的一个重要组成部分，海外汉学已经有了数百年的历史。1949 年以来，由于特殊的历史原因，海外汉学基本上真的孤悬海外，是一个非常邈远的存在。直到 1978 年以后，海外汉学才真正进入中国学术界的视野，而尤以近 30 年来，关系更为密切。

在这一段时间里，海外汉学家的研究在中国已经得到一定程度的关注，先后有若干套丛书问世，如王元化主编《海外汉学丛书》、刘东主编《海外中国研究丛书》、郑培凯主编《近代海外汉学名著丛刊》等，促进了海内外学术界的交流。不过，这类出版物大多是以专著的形式展示出来的，而本丛书则收辑海外汉学家撰写的具有代表性的单篇论文，及相关的学术性文字，由其本人编纂成集，希望能够转换一个角度，展示海外汉学的特色。

专著当然是一个学者重要的学术代表作，往往能够体现出面对论题的宏观性、系统性思考，但大多只是其学术生涯中某一个特定时期的产物，而具有代表性的论文选集，则就可能体现出不同时期的风貌，为读者了解特定作者的整体学术发展，提供更为全面的信息。

一个学者，在其从事学术研究的不同历史时期，其思想的倾向、关注的重点、采取的方法等，可能是有所变化的。例如，西方的汉学家往往将一些新锐的理论，迅速移植到中国学研究领域，因此，他们跨越不同历史时期写作的论文，不仅是作者学术历程的某种见证，其中也很可能体现着不同历史时期的风貌，或者体现了学术风会的某些变化。即以文学领域的研究而言，从注重文本的细读分析，到进入特定语境来研究文本，进而追求多学科的交叉来思考文本的价值，就带有不同历史时期的痕迹。因此，一个学者不同时期的学术取向，也可以一定程度上看到时代的影子。

　　海外汉学的不断发展，说明了中国文化所具有的世界性意义。虽然海外汉学界和中国学术界，在研究对象的选择上，或许没有什么不同，但前者的研究，往往体现着特定的时代要求、文化背景、社会因素、学术脉络、观察立场、问题意识、理论建构等，因而使得其思路、角度和方法，以及与此相关所导致的结论上，显示出一定的独特性。当然，在一个全球化的时代，所谓"海外"，无论是地理空间，还是人员构成，都会有新的特点。随着学者彼此的交流越来越多，了解越来越深，也难免出现你中有我、我中有你的现象，不一定必然有截然不同的边界。关键在于学术的含量如何，在这个问题上，应该"无问西东"。《周易》中说："天下同归而殊途，一致而百虑。"既承认殊途，又看到一致，并通过对话，开拓更为多元的视角，启发更为广泛的思考，对于学术的发展来说，是非常重要的，也是非常有意义的。

# 自序

"他山之石，可以攻玉"一语出自《诗经·小雅·鹤鸣》，通常被引用来说明要努力在自己所熟悉的领域之外寻找解决问题的策略和方法。在全球化日渐加速的今天，此语更多地用于鼓励开拓跨文化的视野，积极借鉴吸收国外先进的思维和方法。此语的外延意义也十分丰富，包括诸多决定攻玉成功与否的因素，如对进取的方向目的定位、对本土和外域传统的审视和反思、对两种传统主次的定位等。因此，我似乎可以用此语为纲，对自己四十多年间游离于中西学界之间的治学经历作一总结，让读者了解本书十四篇选文撰写背后的心路历程，以求他们能对拙文提出深入全面的批评。

在中国文学的大山中觅宝攻玉，首先要决定何为最有价值、最值得勘察开采的美玉。在当今的欧美学界（包括汉学），大多数学者心目中的美玉，都不存于文本内部，而在文本之外的各种社会、政治、文化现象之中。这种脱离文本的学术走向，无疑是七十年代兴起的解构主义运动风靡学界的结果。解构主义的初期主要致力于颠覆文学作品的权威诠释，解构西方经典的体系，将历来被边缘化的作品以及文学议题提升到核心经典的地位。随后，解构主义运动的重点又移至文本之外，先前文学研究中被忽视的各种社会、政治、文化现象成为文学研究的热门，而传统的文学研究的范式和方法也被解构排遣，取而代之是源自社会学、人类学、精神分析学、政治学等学科的分析范式和方法，催生出许多女权主义研究、性别研究、话语研究、后殖民主义研究等，因此文学研究与各种社会科学研究领域的区分越来越模糊了。就西方学术自身发展史而言，这些都是可圈可点的发展。毕竟，在西方文学研究中，形式主义传统占据统治地位的时间实在是太长了，从十九世纪末马修·阿诺德有"诗歌为宗教替代品"一说，可视为形式主义之肇端，而二十世纪有英国"剑桥学者"、俄国形式主义、美国新批评诸学派相续为其推波助澜，直至解构主义将其推向顶峰，先后足足近百年之久。物极必反，解构主义的兴盛可以视为是对形式主义的必然反动，甚至是西方文学研究往前发展的不二的路径。

汉学界，作为西方学界的一个分支，自然会对以解构为主导的学术潮流亦步亦趋，哪怕总是会慢半拍。如果我们检阅近年亚洲学年会上小组会议的主题，不难看到，很多中青年的学者都热衷于赶潮流，唯恐落伍。对于要为找工作、发表学术成果、获得终身教职而奋斗挣扎的中青学者，这是无可非议的事情。但对于那些已经不受这些功利因素束缚的学者而言，我觉得有必要反思：在中国文学研究中什么才是最值得我们去寻觅开采的美玉？

进行这种反思，似乎应该首先定位中国文学传统和西方文学理论。我个人认为，中国文学传统是藏玉的大山，而西方文论只是有助于攻玉的他山之石，两者之间的体用关系应该是清清楚楚的。在自己的研究之中，我一直以"中学为体，西学为用"为圭臬。这句名言在思想史领域饱受诟病，但似乎可借用来总结自己处理中学西学的原则。如果一部学术著作的基本理论框架可称为"体"，其研究具体问题的方法可称为"用"，那么我就认为，中国文学研究之"体"应该是源于中学的，而其用则是中西皆可，两者酌情兼用为最佳。

一旦确定了"中学为体"原则，那就不难意识到在中国文学研究须逆西方学术解构潮流而动的必要性。与西方文学研究的状况相反，制约中国文学研究发展的，不是现存有过于繁芜、陈旧僵化的形式主义理论的系统，而是各种主要文体迄今仍未有建构出能正确反映其特质以及内在发展规律的艺术形式系统。形式系统是解构主义批评赖以生存的前提，没有可供解构的形式系统的存在，又何能操起解构之刀呢？我个人认为，在中国研究之中，解构式研究只有帮助具体作品分析之局部意义，而没有推动中国文学研究整体发展的全局意义。在中国文学研究日益走向世界的今天，中国文学研究者的迫切任务是建构各种主要文体形式的现代系统。这些系统应超越古代文论中的论述，具有高度的理论分析性，足以让中文读者不仅能知其然，还能知其所以然。只有建立了这样的形式系统，我们才能帮助国外学者和大众读者了解中国文学各种文体之艺术奥秘，让中国文学研究逐渐进入西方文学研究的主流。

如果说形式系统的建构是中国文学研究中最为瑰丽的美玉，那么我们应怎样采石觅宝，运斤攻玉呢？我认为，采石觅宝实际就是我们对中国文学自身传统深入研究的过程。一个可信的系统必须是从大量作品分析中而归纳总结出来的，必须反映出文学发展的历史过程。在此宏观的层次上，试图套用现成的西方理论框架是行不通的。换言之，一个蔚为可观的宏观系统，必须在精深的微观研究之基础上建立起来。微观研究似乎可以比作运斤攻玉、精研细雕的过程，其间本山之石和他山之石最好酌情兼用，以确保能依照文学发展的内在纹理，破析出各种文体的自身体系。

值得一提的是，他山之石不是现成的，需要我们从西方文学理论的他山中开采到合用的坚石，加以精心锻打，才能使之成为适用于分析中国古典文学奥秘的利器。不同的西方文学理论可以帮助我们发现不同的问题，解释某一具体问题，但没有一种理论可以“包医百病”。西方文论不宜机械地套用于中国文学，因为它们植根于截然不同的哲学和文化传统，是为探索西方文学自身特有的课题而产生的。所谓锻打他山之石，就是对西方文论融会贯通的过程。我认为，在运用西方文学理论时切忌现买现卖、立竿见影。常州派词学大家周济认为作词要“有寄托入，无寄托出”（谭献对周说的评语）。意思是说，作词时先有一个想寄托的东西，或与政治事件有关，或与道德情操有关，但写出来的时候别人看不出，想要寄托的东西似有似无，是用在一种很美的意境里面的。此原则也应该用在对西方理论的运用上，所以我把它改为"有理论入，无理论出"。吃透弄懂各种理论后，渐渐把它们消化为自己的东西，形成一种分析问题的锐利眼光。然后，自然会有不同的分析视角，得出不同的结论。相比之下，我觉得把西方理论搬来大段大段地引用，把最时髦的批评术语挂在嘴边，是一种低级的运用。高级的运用应当是"无理论出"，即透彻理解中国的和西方的理论，不露痕迹地融合运用，形成一家之言。

在更加抽象的层次上，"他山之石，可以攻玉"一语涉及了"内文化"和"跨文化"的维度，运用到文学研究，那就是"内文化""跨文化"的视角。内文化视角是说要时时意识到，中西文学植根于各自的文化传统，从而具有其整体性和独特性。跨文化视角是要冲破单一传统的局限，学会从另外一个传统的角度，借用其分析方法来审视自己的传统。其实，内文化、跨文化同样适用于描述个人治学的不同维度。就治学内容而言，内文化维度是指对个体文化的自身传统进行深入的研究，而不是对两个或更多文化传统进行明显地比较，比如中国文学研究就属于内文化研究。而跨文化维度则视不同文化之比较为治学的重点，比较文学研究就是明显的例子。同样，治学语境也可有内文化和跨文化之别。例如，在中国或中文世界里研究中国文学，就可以说是在内文化语境中治学。相反，像我在英文世界中研究中国文学，就可以说是在跨文化语境中开展内文化研究。内文化和跨文化研究的交替进行，还能催生出一种超文化维度，则是指心怀"天下学问一家"的理想，努力用一种彼此平等、兼容并包的态度来看待不同的学术传统，努力促进它们之间的深度交流。

这三种文化维度之间的张力是促进我学术发展最重要的因素。依照治学内容和语境的变化，我的治学之路一直都充满着内文化和跨文化之间的张力。在这种张力之下开展文学研究，我自觉或不自觉地发展出各种不同的微观与宏观结合的方法，先后运用于中国古典诗词、中国古代文论、比较诗学的研究之中，力图在这三个领域中逐渐建构新的形式体系。这些具体努力的过程将在各篇的小序中详细叙述，此处就不赘述。

为此书写序，回顾自己的治学历程，一种难以抑制的感恩之情在心中油然而生。一个人学术的成长并非仅仅是个人的奋斗，其中还有着许多难以预料和控制的外在因素，而这些外因不仅会影响学术发展的走向，而且会决定个人努力的成败，对于我们这一代的人尤其如此。在时代的狂流之中一个人的力量是十分渺小的。试问，若不是七十年代末环境的变化，我还有机会上大学读书，走上予以我人生充实意义的学术道路吗？若没有祖国的改革开放，我能有机会走出国门，在持续交叉变换的内文化和跨文化语境中研究中国文学和比较文学，得以摸索发展出各种微观和宏观结合的研究方法吗？同样，倘若没有高友工先生给我指点迷津，我很可能会沿着研究英美文学的道路走下去，以己之短拼人之长，虽说经过努力大概能找到一个一般的大学教职，但实难以在学界作出更大的贡献。想到自己历经艰苦的岁月但总是碰到好运，我更觉得唯有永葆学生时代的童心和激情，以"乐以忘忧，不知老之将至"那种精神去从事内文化和跨文化的学术研究，去推动国学和汉学之间超文化式的深度交流和融合，做到生命不息，奋斗不止，非此是无以报答上天对自己的眷顾的。

最后，我要向张宏生教授致以衷心的感谢。能入选张教授主编的《海外汉学研究新视野丛书》，自己感到无上荣光和莫大的鞭策。此书文稿整理完毕之际，心中的使命感尤为炽烈，觉得又走上了学术和人生的新起跑点，矢志要在有生之年为建构中国诗歌、散文、文学批评的体系作出更多的贡献。

是为序。

蔡宗齐，2020 年十一月
于香港黄金海岸临海轩

# 古典诗歌篇

# 古典诗歌篇小序

本篇共三章，第一章选自《汉魏晋五言诗的演变》，其余两章选自《语法与诗境》。

《汉魏晋五言诗的演变》是在跨文化（即西方汉学）的语境中研究中国古典诗歌的产物，是本人宏观与微观、历时性与共时性研究结合的最早实践。"演变"无疑是历时的研究，必定要在宏观的视野中审阅分析不同历史时期的作者和诗集，勾勒出五言诗发展的轨迹，这种研究可称为"纲"。同时宏观不能浮在空虚的概念之上，它要考察特定时期文本当中方方面面之间的内在关系，要落在具体的"目"上。

但是，如何处理好宏观和微观的关系，做到纲举目张呢？当时无法找到可供模仿参考的现成范例。考察古今学者对中国古典诗歌的研究，我们会发现"纲目分离"似乎是一个共同特点。古代论诗歌的著作不外两大类，第一类是宏观的诗史溯源，其中有的集中讨论某一种诗体的历史发展，如刘勰《文心雕龙》中《诠赋》《明诗》《乐府》诸篇和钟嵘《诗品》等；有的以生卒时间为序，列举历代重要诗人的成就，如许学夷《诗源辨体》、刘熙载《艺概·诗概》等。这类著作对大部分诗人或诗集的评论通常只是三言两语的概括，难以称为微观研究。第二类是微观的诗篇诗句评述，先散见于唐代以诗格、诗式、诗法等命名的诗歌写作指南之中，宋代以后则多集中收入没有明显时序或理论框架的各类诗话、词话之中，或夹杂在各种诗选的评点之中。这两大类论诗著作林林总总，但却没有哪一部能真正做到纲目结合、相得益彰。进入20世纪以后，古典诗歌的宏观和微观研究都有了长足的发展。在微观方面，论诗内容从诗篇诗句的评点扩展到诗人作品的整体研究，评诗方法则从印象式评点转变为各式各样受到西方批评流派影响的分析法。对诗人和诗集的研究专著汗牛充栋、不可胜数。在宏观方面，诗体谱系的简述演变为长篇巨制的通史、断代史、诗体或流派专论，应有尽有，构成一个庞大的宏观研究系统。与古人所撰写的诗体谱系不同，这些宏观论著通常含有数量不少的作品分析。显然，现代的学者在积极努力地把宏观和微观研究结合起来，但这一努力并非十分成功。现有的文学史和诗史体例普遍是先将历史按朝代切分成若干大段，然后从大段中按文类分出中段，最后再顺着作者和作品的时序分出小段。在这种机械死板的框架之中，具体作品的细读自然会局限于就诗论诗，难以连成一个密切相连的有机整体，在不同层次上展现诗体历史演变的动态。

为了实现诗谱之"纲"和作品细读之"目"的结合，我在《汉魏晋五言诗的演变》中努力打通"目"之间共时性和历时性的关系。"目"之间的共时性关系，即作品文类、主题、形式三者的内在关系。这三大"总目"之下又有若干类"细目"。文类总目之下，五言诗有乐府和古诗两类，而乐府之下又有民间和文人乐府，古诗之下又按题材分出咏史、咏怀等次类。主题总目之下有劳作、游子、弃妇、游仙、赠答、咏史、咏怀等细类。形式总目之下则有全篇结构、章节纹理、母题、套语、诗中说话人、典故、意象等细类。

在细读汉乐府、汉古诗、曹植、阮籍四组作品过程中，我着重研究上述各种"细目"之间的内在关联，分析三大"总目"之间的互动关系，寻绎出汉魏晋五言诗演变之"总纲"，并分别用戏剧、叙事、抒情、象征四种基本模式加以理论概括。"目"之间历时的关系，即四大组作品之文类、主题、形式的演变。书中的作品细读很多涉及与先前或以后相似作品的比较，以突出展示其思想和艺术方面独特之处。更重要的是，这种比较细读可以清楚地揭示四组作品在文类、主题、形式三大"总目"乃至其下繁多"细目"之间密切的承继关系。

《语法与诗境》是在内文化，即中文语境下开展中国文学研究的产物。2013 年，我开始定期在香港岭南大学讲授中国文学。此时自己所面向的读者，变成国学界同行和土生土长于中国文化的学生，因而能够讨论更深入的问题，用中文著述毕竟比用英文更为方便，可以征引更加丰富的材料，写作速度也更快。2014 年我去复旦大学做了一个系列讲座，一共八讲，逼着我把书的主要内容先以讲义的形式写出来了，接着再改写扩充为论文，陆续在主要的期刊上发表，最后结集由中华书局出版，分上下两册，近七百页，已在 2021 年底问世。

《语法与诗境》这部书继承吾师高友工先生运用现代语言学研究古典诗歌的路子，但同时寻求在共时性和历时性研究两个方面取得新的突破。就共时性研究而言，高先生主要研究主谓句法与诗歌艺术的关系，我则进一步探索节奏与句法的关系、句法与章法的关系。我致力发现韵律、句法、结构这三者如何互动，如何产生不同的美感。我认为汉字对中国诗歌的影响并非像许多汉学家所说那样在于其文字构造，而是在于其声音节奏。汉字单音，而通常具有实义，故造成声音停顿和意义停顿两者奇妙的汇合，而这种汇合又对句法产生了巨大的影响。不同的诗体有其特有的节奏，而不同的节奏又能承载不同的句法，不同句法的应用又会造成各种相应结构的运用。这三者相通互动，从而造成纷呈多样的艺术境界。我在研究出句法如何影响章法后，再将这种语言分析与传统直观式的诗评对读，尝试与古人沟通。

在历时性研究方面，高先生及其他研究中国诗歌语言的学者集中于唐诗，我认为唐诗的艺术特征并非凭空而来，需要追源溯流，所以逐一梳理了《诗经》、五言、近体诗、小令、慢词几种诗体的节奏、句法、结构、诗境，以着眼通变的宏观视野分析了每一种诗体对其后诗体的影响，试图理出所有诗体历时发展的脉络。

我自己觉得，《语法和诗境》一书比起《汉魏晋诗的演变》有了很大的进步。首先，微观研究可说是更为微观，书中所讨论的作品、所征引的书籍以及所列举的数据材料无不远远超过《汉魏晋诗的演变》，这点充分体现了在内文化语境中用中文写作的优势。同样，此书的宏观研究也变得更加宏观。就不同诗体的历时性研究而言，时限从汉魏晋几百年扩展到由《诗经》至南宋近两千年，而研究对象从五言古诗一种扩展到四言、五古、五律、七律、小令、慢词六种。对每一种诗体的共时性研究，也从对诗歌模式的单项分析拓展为对诗歌语言系统的理论阐述，力图揭示各种诗体创造其独特审美境界的语言基础。

# 汉古诗：
# 抒情模式的兴起 *

\* 本章部分内容先前发表于《中外文学》。见蔡宗齐：《〈诗经〉与〈古诗十九首〉：从比兴的演变来看他们的内在联系》，《中外文学》1989 年 17 卷 1 期。

《古诗十九首》被公认为是汉古诗作品中风格最为一致、最具代表性的一组作品。这组作品的系年和作者问题，历来都是争论的焦点。许多传统中国批评家认为，十九首中的某些作品是西汉时期著名诗人所作。刘勰认为部分作品或许是枚乘（？—前140）所作，并特地指出第八首是傅毅（？—约90）的作品。[1] 徐陵（507—583）认为其一、二、五、六、九、十、十二、十九首是枚乘的作品，因而把这些作品的年代上推到西汉太初年间（前104—前101）。[2] 目前大部分诗评家由于以下六个原因而质疑之前的传统观点：1）《古诗十九首》不似西汉时期诗歌风格；2）用字有触西汉讳者；3）有借用东汉年间乐府作品而成者；4）使用了西汉时尚未出现的事物名称；5）使用了东汉年间的习语；6）使用了东汉特有的地点名称。[3] 基于这些文本证据，这些批评家认为：《古诗十九首》是东汉末期居于东都洛阳的一群文人创作的匿名作品。[4]

这组汉古诗尽管数量很少，却在中国传统文学史上占据重要地位。它们在五言诗发展史上，标志着从口头创作表演到书写传统的转变。如果说汉代乐府因其与歌唱、音乐和舞蹈的联系而著名，那么这组汉古诗的特征则是书写传统的形成。即使在研究汉古诗时，评论者们时常将个别诗篇视为演出作品，把它们重归入乐府范畴，但是很少人会质疑《古诗十九首》的书写特征。口头创作表演的式微是极为重大的问题，《古诗十九首》的诗人因此得以进入一个完全不同的精神世界。由于不再需要与现场观众交流，他们可以深入自我反思，细细思考内心经验，同时也在抽象的哲学层面上探索生命的意义。[5] 随着诗歌创作方式的转变，《古诗十九首》的主题、抒情过程以及结构组织诸方面无不产生重大的变化。[6]

[1] [南朝梁] 刘勰著，陆侃如、牟世金编：《文心雕龙译注》（济南：齐鲁书社，1981），页62。

[2] [南朝陈] 徐陵：《玉台新咏》（北京：中华书局，1985），页16—21。参见方祖燊：《汉古诗时代问题考辨》，《大陆杂志》1965年第31卷第5期，页13—16；1965年第31卷第6期，页30—35；1965年第31卷第7期，页31—35。本书中《十九首》引文和诗篇序号所依照的版本为隋树森：《古诗十九首集释》（北京：中华书局，1955）。

[3] 对这三种内部文本证据的概述，见《古诗十九首集释》，页1—2。

[4] 见刘大杰：《中国文学发展史》（上海：古典文学出版社，1939），册上，页208—209；陆侃如、冯沅君：《中国诗史》（北京：作家出版社，1957），册中，页279；马茂元：《古诗十九首初探》（西安：陕西人民出版社，1981），页8—16。

[5] 对这些作品中自我反思的理论探讨，见高友工，"Aesthetics of Self-Reflection," in The Power of Culture: Studies in Chinese Cultural History, ed. Willard J. Peterson, Andrew Plaks, and Ying-shih Yü（Hong Kong: Chinese University of Hong Kong Press, 1994）, pp. 80-102。

[6] 关于《古诗十九首》的形式方面的一般讨论，见廖蔚卿：《论古诗十九首的艺术技巧》，收入刘守宜编：《中国文学评论》第一册（台北：联经出版事业公司，1977），第1辑，页65—92。

# 一、主题重点：哀叹人世短暂

无论是古代还是现代的中国评诗人，大概没有人能超越沈德潜对《古诗十九首》主题极为简洁精炼的描绘：

> 古诗十九首，……大率逐臣弃妻，朋友阔绝，游子他乡，死生新故之感。中间或寓言，或显言，或反复言。[7]

上述引文包括了此节将要探讨的三个重要方面：《古诗十九首》中说话人的身份，文学史上由来已久的离别主题之重新处理，以及人生短暂之主题的出现。

## （一）弃妇和游子

其一、二、八、九、十七、十八、十九中，说话人是弃妇。她们和汉乐府中的女性说话人极为相似。比如，在第一首中，说话人承受着汉乐府中常常刻画的夫妇分离之苦：

> 行行重行行，与君生别离。
> 相去万余里，各在天一涯。
> 道路阻且长，会面安可知？
> 胡马倚北风，越鸟巢南枝。
> 相去日已远，衣带日已缓。
> 浮云蔽白日，游子不顾返。
> 思君令人老，岁月忽已晚。
> 弃捐勿复道，努力加餐饭！[8]

她对离别以后时间流逝的敏锐感觉，对和夫君之间越来越远的距离之哀叹，以及她无奈留于

[7]［清］沈德潜：《说诗晬语》（北京：人民文学出版社，1979），页200。
[8]《古诗十九首集释》，卷二，页1—3。下引古诗若无特别说明，均引自本书。

家中的事实，都会让人想起《饮马长城窟行》一类汉乐府作品中相同的母题。这位说话人是高度常规化的人物，她也许可以被当作是一位诗歌说话人，或者也许可被看作是虚构的面具：男性诗人借此传达出自己被别人疏远的感受。如果我们同意《古诗十九首》作者是住在洛阳东都的一群文人，我们就可以认为，这篇作品的作者采取了弃妇这个人物，将其当作传达他个人感伤之工具。通过刻画弃妇的悲惨遭遇，他在试着表达自己政治上被放逐被隔离的忧伤，因被友人抛弃而生的感伤，或者因希望重新得到君主权贵信任而表忠心的孤独许诺。

如果说在《诗经》和《楚辞》里爱情隐喻是政治讽刺或劝谕的工具，那么在《古诗十九首》中说话人往往自怜自艾，不再以隐喻的方式表达。诗人们往往通过一位脆弱的、悲伤的女人之口，表达出自己的悲惨、可怜、无助。在其五、十、十二中，我们可以找到诗人对这种移情过程的描绘。比如，在第五首诗中，诗人打破了第三人称观察者的中立态度，明显表达出和一位极为悲伤的歌女精神上的共识：

> 不惜歌者苦，但伤知音稀。
> 愿为双鸿鹄，奋翅起高飞。（《古诗十九首》其五，第13—16句）

在其三、四、六、七、十一、十三、十四、十五中，说话人以疲顿无依的游子形象出现。通过描写游子的生活，诗人们把自己的痛苦和沮丧投射入一片陌生的、无依无靠的景色里，把郁闷之情寄托在游子对温暖故乡的无尽向往中；同时游子面对漫漫长路，产生了人生奄忽、盛衰难料的苦闷之感。请看其十一：

> 回车驾言迈，悠悠涉长道。
> 四顾何茫茫，东风摇百草。
> 所遇无故物，焉得不速老。
> 盛衰各有时，立身苦不早。
> 人生非金石，岂能长寿考。

奄忽随物化，荣名以为宝。

这位游子的形象比起其一里面的弃妇，似乎并非虚构的代言人。一方面是因为说话人和诗人之间性别差异的消失，另一方面则是因为诗人对真实世界周遭状况的真实反思。在这里以及在其他七首游子诗中，我们看到的是以下两个屡次出现的母题：1）一位孤独游子对荒芜场景（荒地或是墓地）的深思；2）一群着迷于宴饮、音乐和女人的游子。

第一个母题采自乐府常用题材，极为套路化。第二个母题在汉乐府中较为少见，似乎可以折射出居于东都的这些诗人真实的颓废生活。我们确实可在其三中发现明显指向都城和其主要地标的词语：

> 青青陵上柏，磊磊涧中石。
> 人生天地间，忽如远行客。
> 斗酒相娱乐，聊厚不为薄。
> 驱车策驽马，游戏宛与洛。
> 洛中何郁郁，冠带自相索。
> 长衢罗夹巷，王侯多第宅。
> 两宫遥相望，双阙百余尺。
> 极宴娱心意，戚戚何所迫。

根据隋树森的观点，第八句的"宛"与"洛"分别指洛阳都城和洛阳南边的小城市；第九到第十四句是对皇家宫殿和建筑的现实描绘。然而，即使我们已知我们这首诗的主人公——一位或一群游子——生活于这样的现实地点，单从诗歌文本来看，我们依然很难把他完全等同于一个有自己独特个性的诗人。在这首和其他七首游子诗中，游子在实际世界中对尘世欢愉的追求、对人生存在的焦虑感、解决苦闷情感的办法，都是通过一些普遍使用的描绘语句而表现出来的。因此，游子形象看起来仍太常规化，从而难以看作是现实生活中的具有个性的个体诗人。实际上，在游子这一说话人背后，很难找到描绘某个特定人物外在或内心的证据。在弃妇为说话人的诗篇这点更为明显。换言之，《古诗十九首》的弃妇和游子并没有呈现鲜明的自我个性，而是反映出东汉期间一群颓废落魄文人之集体认同。

## （二）衰老之悲伤

通过把自己融入弃妇和游子的角色，《古诗十九首》的作者不只是哀叹政治上的不幸，表达内心痛苦沮丧，而且还沉思衰老之悲哀、死亡之恐惧。他们着力突出离别之后的时光匆匆逝去，死亡渐渐迫近，从而将离别之哀伤转化成因生命之短暂而带来的深深痛苦。"人生短暂"之嗟叹自此变成五言诗的中心主题。

让我们重温《行行重行行》一诗，分析诗人如何处理"喟叹时光消逝"这一主题。上文已经指出，这首诗中的弃妇是一个常规化的人物，与乐府中的弃妇角色相似，有着几乎相同的生活经验。然而，我们如果把《行行重行行》与《艳歌何尝行》作比较，不难看出两者在处理别离母题的方法上存在较大的差异。

> 飞来双白鹄，乃从西北来。
>
> 十十将五五，罗列成行。
>
> 妻卒被病，行不能相随。
>
> 五里一反顾，六里一徘徊。
>
> 吾欲衔汝去，口噤不能开。
>
> 吾欲负汝去，毛羽何摧颓。
>
> 乐哉新相知，忧来生别离。
>
> 踌躇顾群侣，泪下不自知。
>
> 念与君离别，气结不能言。
>
> 各各重自爱，远道归还难。
>
> 妾当守空房，闭门下重关。
>
> 若生当相见，亡者会重泉。
>
> 今日乐相乐，延年万岁期。（《艳歌何尝行》）[9]

[9] 逯钦立：《先秦汉魏晋南北朝诗》（北京：中华书局，1983），页272-273。

两首诗都以别离的母题开头。然而，这两位说话人是从不同的时间角度来描绘别离场景的。《艳歌何尝行》的说话人把别离这一事件当作在那时那地恰好发生的事情来描述，依照故事发展的顺序提供了很多叙述细节：第一到第四句讲述了别离的场景，第五到第六句说了别离的原因，第七到第八句中讲述雄性白鹄留下伴侣时的迟疑，第九到第十二句则是它与伴侣别离时所说的话。

相反，《行行重行行》的说话人沉浸于自我反思之中。这种反思是在我们常常说的"抒情现在时"（lyrical present）之中进行的，即指诗人抒情活动不受具体时间因素限制。换句话说，"抒情现在时"让诗人从时序的框架中解放出来，单凭想象来表达内心体验。这位抒情诗人拥有这种自由抒情的原因非常简单：他无需像乐府一样与听众对话交流，而是让无形的读者倾听他的喃喃自语。因为是喃喃自语，诗人自然无需告诉自己在何时何地发生了什么事情，只会直截了当地倾诉刻骨铭心的自我感受。

因此，《行行重行行》中的妻子没有像《艳歌何尝行》中那只白鹄一样，重述丈夫离开的故事。后者花了整整十二句来描述的离别之事，则被前者缩短为"行行重行行"一句。这一句抓住了丈夫别离对她而言的意义——丈夫和自己的分离就是后文等待、盼望、思念等种种无尽思绪的发端。妻子以叠字"行行"传达了目送丈夫消失于长路尽头是多么痛苦，也暗示她担忧丈夫辗转他乡，最终可能一去不归。第三、四句则表明她的丈夫终于到达目的地，但是旅程的完成不意味着她等待的终结。既然丈夫现在居于世界另一端，她便开始了新的等待：等待着丈夫的归来，这其实比忍受他的离开更为痛苦。因为她不知道丈夫什么时候才会归来。所以，她感叹："道路阻且长，会面安可知。"在处理别离主题方面，影响说话人至深的与其说是别离之苦，不如说是因时间流逝之缓慢所带来的痛苦。诗中缓慢的时间是以她对他的等待时间来丈量的，是以二者之间逐渐累积的地理距离来丈量的，也是以无限延后的归期来丈量的。

两首诗都以对生命长度的反思结尾。《艳歌何尝行》的白鹄通过套语表达恭祝丈夫长寿，从而结束自己的哀叹。《行行重行行》的妻子则反思生命之短暂，从而加深对时间流逝的悲哀。直到第十句，她对时间的感觉都由不

[10] 见吉川幸次郎：《推移の悲哀——古詩十九首の主題》，收于《吉川幸次郎全集》（东京：筑摩书房，1968），册六，页266—330。

[11] 很多批评家把这种笼罩着的悲哀当作是《古诗十九首》的特质，华兹生（Burton Watson）写道："回头把这些诗当作整体来看，我们注意到他们被一种笼罩着的悲哀所占领。《诗经》的诗歌常常抱怨困苦和悲哀，但是大部分他们都是抱怨那些可能可以治愈的人身疾病。《楚辞》的诗歌把更为普遍化的哀伤的气氛引入了中国文学，而正是这种气氛弥漫了《古诗十九首》，并且第一次以新的五言诗的形式得以表达。"见 Burton Watson, *Chinese Lyricism* ( New York: Columbia University Press ), p. 30。

[12] 高亨：《诗经今注》（上海：上海古籍出版社，1980），页163。英译参见 Arthur Waley, *The Book of Songs* ( New York: Grove Press, 1960 ), pp. 99-100。

[13] [汉] 王逸：《楚辞补注》，《四部备要》本，卷1，页5。英译参见 David Hawkes, *Songs of the South* ( Oxford: Clarendon Press, 1959 ), p. 22。

快乐的事件所决定。因为她渴望离别结束的那天，时间的流逝就显得尤为缓慢。但是当她忽然间发现自己容颜渐老，思念已然改变了自己的身体，就领悟到另一种不同的时间，即自己的生命时间。这种时间流逝得太快，岁月的痕迹出现得太突然。妻子由此发出哀叹："思君令人老，岁月忽已晚。"她对时间的感觉发生了转变：从前面感叹时间流逝缓慢，转变成了这里感叹时间如此迅速，如此倏忽。这种戏剧性的、反讽式的转变，标志着她把离别的哀伤转换为对衰老的深刻悲伤。为了把这种悲伤和早期诗歌所描绘的对特定事件的悲哀反应区分开来，吉川幸次郎将其描绘为"推移的悲哀"[10]，即贯穿诗人整个人生的感伤，而这一感伤在无法停止的时间流逝过程中升华为持久深沉的忧郁。[11]

我们可以把《古诗十九首》中《行行重行行》和其他类似作品当成是最早以哀叹时间流逝为中心主题的诗篇。衰老的描写的确在汉以前的诗中已可见到，但是通常是用以反衬对享乐生活或政治事业之追求。下面两个这样的例子足以证明这一点：一个来自《诗经》，一个来自屈原的《离骚》：

今者不乐，逝者其耋。
……
今者不乐，逝者其亡。[12]（《国风·秦风·车邻》）

汩余若将不及兮，恐年岁之不吾与。
朝搴阰之木兰兮，夕揽洲之宿莽。
日月忽其不淹兮，春与秋其代序。
惟草木之零落兮，恐美人之迟暮。[13]（《离骚》）

在第一个例子里，说话人只是把衰老当成享乐的限制因素，没有发出人生短暂的哀叹。在第二个例子里，老之将至在诗人心中引起了痛苦，但是那种痛苦只是痛苦于未能立功立名，从而失去了宝贵的时光。这种痛苦使得我们想起孔子面对逝去河流所说的话："逝者如斯夫，不舍昼夜。"[14]

[14] 见杨伯峻译注：《论语译注》（北京：中华书局，1980），页92。英译参见 Arthur Waley, *The Analects of Confucius* ( New York: Vintage, 1938 ) , p. 142。

[15]《古诗十九首集释》，卷二，页12—14。

[16][清] 钱谦益：《牧斋有学集》，《四部丛刊》本，卷十九，页22a。

在以上这两个例子里，衰老本身都并不是关注的中心。但是在《行行重行行》中，衰老并不意味着未能完成某一事业，而是意味着人之生理存在的渐渐消逝。如果我们粗略比较一下《离骚》和《古诗十九首》其八，这一差异变得更为清楚："伤彼蕙兰花，含英扬光辉。过时而不采，将随秋草萎。"[15] 对于屈原来说，季节的变迁、花朵的凋零、美人的变老都只是一种隐喻，指代实现理想所需的宝贵时光之失去。但是对这首古诗的说话人来说，同样的景象则并非政治隐喻，反映出的是说话人青春美貌慢慢消失、容颜躯体渐渐衰老的真实状况。

## （三）叹人世短暂

现在我们应该清楚地看到，《古诗十九首》和以前诗歌首要的不同之处是其人世短暂的主题。钱谦益（ 1582—1664 ）也指出《古诗十九首》这一特征："人生天地间，忽如远行客。才两言耳，三百篇、楚词都无此义。"[16] 正如上文所讨论的，十九首的所有弃妇诗都以极为精妙的手法处理了人世短暂的主题，不过这些诗没有直接处理死亡议题，而是以对逝去时光的感伤为焦点，通过感伤时光已逝暗示死亡的逼近。相反，游子诗则直接面对死亡——说话人想象阴间世界的场景，表达对死亡的恐惧，哀叹死亡之无可避免，并面对着迫近难免的命运寻思生命的意义。为何《古诗十九首》的游子诗与弃妇诗在处理死亡主题上有这样的不同呢？也许，作者选择以游子的口吻来谈论这些主题，可能因为若是由一位优雅女性来直接谈论死亡则太病态、太恐怖。此外，弃妇局限于家中，也不能像十九首里面的游子一样出游于外，也不能像《十九首》其十三中的游子那样，驱车东门去直接眺望北邙山之上的墓地：

驱车上东门，遥望郭北墓。

白杨何萧萧，松柏夹广路。

下有陈死人，杳杳即长暮。

潜寐黄泉下，千载永不寤。

浩浩阴阳移，年命如朝露。

人生忽如寄，寿无金石固。

万岁更相送，贤圣莫能度。

服食求神仙，多为药所误。

不如饮美酒，被服纨与素。（《古诗十九首》其十三）

这首诗包含了《古诗十九首》中不断复现的三个母题：探访死者世界（第1—8句），哀叹人生飞逝（第9—12句），寻找解决人世短暂的最好方法（第13—16句）。下文将检视这三个母题，并在十九首之前较早的诗歌、历史、哲学文本中寻找三者的来源。

"探访死者世界"的母题往往包含对墓地和墓地之下黄泉世界的描绘。在其十三中，说话人首先告诉我们，当车驾通过洛阳北门时，他瞥见了北邙山之上的墓地。看到那里有风中萧萧的白杨，还有伫立于路边的松、柏。这三种树木都是和死者有关的，因为人们往往种植它们以标记墓地的地址。看到这些郁郁葱葱的树木后，他胸中涌起了深深的忧郁，从而想象出墓地之下更为阴郁可悲的黄泉世界。那里没有生命，只有很久之前的死人；那里也没有光，只有永恒的杳杳长暮；那里也没有醒来的人，只有长睡不起的潜寐者。这似乎已经是对黄泉世界极为凄切的描绘了，不过，我们只要看看紧接的第十四首，就能看到更为悲凄的一幅画面：

去者日以疏，来者日已亲。

出郭门直视，但见丘与坟。

古墓犁为田，松柏摧为薪。

白杨多悲风，萧萧愁杀人。

思还故里闾,欲归道无因。(《古诗十九首》
其十四）[17]

很多评诗者把其十四当作是其十三的姐妹篇。
说话人也在出郭门的时候看到了山和墓地,然而,
这些古墓已经被铲平,变成了田地,松柏也已经
倒下,成为了柴禾。所以在这首诗里,死者甚至
无法长睡不起,不再拥有永恒的宁静,也无法逃
脱时间变换的苦痛。比起前一首来说,这首诗描
绘出一幅更为令人不安的画面。首联和尾联是对
黄泉最令人伤痛的描述。首联"去者日以疏,来者日已亲"似乎是说话人对
死者渐渐从生者记忆中淡出的观察,尾联"思还故里闾,欲归道无因"则描
绘了他作为游子的思乡之情。这两联如此直解,这首诗看起来就稀松平常了。
然而,如果我们按照清代吴淇的意见,把这四句当成是说话人所想象的死者
所说的话,那么这首诗就变得富于想象,充满戏剧性。[18]死者出现,告诉我们,
随着一天天的时光流逝,他们渐渐被忘却,因此"去者日以疏"。他们"思
还故里闾,欲归道无因",想要魂归故土,却没有办法,他们为了归去又不
断地无力挣扎着。这使得生者内心深处产生对死亡的极度恐惧。在笔者看来,
这是极为精妙的解读,不仅揭示了其他解读未曾注意到的首联与尾联的联系,
而且也帮助我们联想起其他作品中会说话的死者,如《庄子》中描绘自己
经历的髑髅。[19]同时,这首诗前启了陶潜在《挽歌三首》中对自己葬礼的
描绘。[20]

第二个母题"哀叹人生飞逝"常常由对人类存在之短暂的哀叹组成。这
个母题在十九首中基本全由主谓陈述句构成:主语是"人生";谓语是一些
常常以"如"字构成的比喻,要么是把人类生命与灰尘或露珠这类转瞬即逝
的现象作正比,要么是常常将人与金石一样坚固物体作反比:

人生天地间,忽如远行客。(《古诗十九首》其三)
人生忽如寄,寿无金石固。(《古诗十九首》其十三)

[17]《古诗十九首集释》,卷二,页
21—22。
[18] 吴淇对这首诗的详细点评见其
《古诗十九首定论》,收入《古诗
十九首集释》,卷三,页21。支
持吴氏观点的相关文章可见:张
庚:《古诗十九首解》,收入《古
诗十九首集释》,卷三,页34—
35;姜任修:《古诗十九首绎》,
1789 年序,收入《古诗十九首集
释》,卷三,页43;饶书升《古
诗十九首详解书后》,收入《古诗
十九首集释》,卷三,页80—82。
[19][清]郭庆藩辑:《庄子集释》(北
京:中华书局,1961),册下,卷
18,页614—619。
[20] 逯钦立校注:《陶渊明集》(北京:
中华书局,1979),页141—142。

生年不满百，常怀千岁忧。(《古诗十九首》其十五)

钱谦益指出，这类句子在汉以前的诗中不可寻见。只有在汉之前的历史或哲学著作中，有时候才会碰到这种关于人生短暂的嗟叹：

人生天地之间，若白驹之过隙，忽然而已。(《庄子·知北游》)[21]
人生一世间，如白驹过隙，何至自苦如此乎。(《史记·留侯世家》)[22]

《庄子》这句话的本意是提醒世人不要顽固执着于生命，而《史记》的这句话原意是力劝某人珍惜时间，不要"自苦"。这两段文字都没有把人生短暂看作是悲伤的原因，也没有表现出《古诗十九首》那种明显的悲伤迹象。事实上，《庄子》这句话劝人勿执着生死，实际上是让世人放弃面对死亡而生的悲伤。直到汉乐府中，我们才发现表达因人生短暂而苦痛的文字，正如以下两首丧歌所示：

薤上露，何易晞。
露晞明朝更复落，
人死一去何时归？(《薤露》)[23]

嵩里谁家地，
聚敛魂魄无贤愚。

鬼伯一何相催促，
人命不得少踟蹰。(《嵩里》)[24]

在《古诗十九首》里，我们注意到这些挽歌式的表达已经转化为标准划一的哀叹，而且这些哀叹已经出现在非葬礼场合。这些语句频繁出现，而且出现频率胜过任何以往或后来的诗，自然就成了《古诗十九首》的一个重要主题特征。

[21]《庄子集释》，册下，卷22，页746—747。
[22][汉]司马迁：《史记》(北京：中华书局，1959)，卷55，页2048。英译参见 Burton Watson trans., *Records of the Grand Historian* (New York: Columbia University Press, 1958)，p. 174。这句是吕后对张良(即留侯)所说。
[23]逯钦立编：《先秦汉魏晋南北朝诗》(北京：中华书局，1983)，册上，页257。
[24]《先秦汉魏晋南北朝诗》，册上，页257。

第三个母题即"寻找解决人世短暂的最好方法"，这是诗人对不同人生哲学不断反思，审视它们能否解决人世短暂之困扰。[25] 在其十三《驱车上东门》中，说话人首先认为儒家对名的追求是无用的，因为即使是圣人和其他名人，也会都像普通人一样死去。然后他嘲笑了道家食用长生药的流行做法，宣称这些食药之人只会缩短或结束他们自己的生命。最后，他选定及时行乐（carpe diem）作为最明智的实际做法，并勉励自己和其他人去追求美酒与华服之乐。的确，宣扬及时行乐的句子在《古诗十九首》中处处可见：

[25] 关于汉代不同哲学对人生短暂的讨论，见青木正児：《後漢の詩に現れたる無常観と来世思想》，收于《青木正児全集》（东京：春秋社，1969），册二，页42—47。

[26] 杨伯峻撰：《列子集释》（北京：中华书局，1979），页 221。英译参见 Wing-tsit Chan（陈荣捷）trans., *A Source Book in Chinese Philosophy*（Princeton: Princeton University Press, 1963），pp. 310-311。

> 斗酒相娱乐，聊厚不为薄。（《古诗十九首》其三，第 5—6 句）

> 昼短苦夜长，何不秉烛游！
> 为乐当及时，何能待来兹。
> 愚者爱惜费，但为后世嗤。（《古诗十九首》其十五，第 3—8 句）

这类句子似乎是用诗歌的形式来重述《列子·杨朱篇》中及时行乐的观点：

> 万物所异者生也，所同者死也。生则有贤愚、贵贱，是所异也；死则有臭腐消灭，是所同也。……仁圣亦死，凶愚亦死。生则尧舜，死则腐骨；生则桀纣，死则腐骨。腐骨一矣，孰知其异？且趣当生，奚遑死后？[26]

杨朱在这里解释了其享乐主义的三个核心观点：1）死亡是个体存在的最终结束；2）人类不可能用身外的名声、荣耀去战胜死亡或者人类肉身的消亡；3）鉴于以上两点，人类必须享受当下的快乐，忘记死亡。杨朱的观点似乎是《古诗十九首》其十三的整个反思过程的基础。尽管杨朱的享乐主义观点在很多汉乐府中都可以找到，但是那些作品从来没有像其十三这首

[27] 对汉魏诗歌中人生短暂这个主题的一般探讨，参见铃木修次：《漢魏詩の研究》（东京：大修馆书店，1967），页 364—438。

诗一样表述得如此完整。享乐主义理念在《古诗十九首》中非常普遍，其存在一直以来被认为是《古诗十九首》的一个重要主题特征。

这里的主题分析仅仅是为了沈德潜对《古诗十九首》主题之精妙总结而作一脚注，指出那些特征之内在联系。这些联系也许可以用下面这段话来总结：《古诗十九首》中，有两个不同的说话主体（弃妇、游子），这两者细细讲述了人世短暂的两个方面（老去、死亡），而且以两种方式（忧伤的沉思、直接的叹息）表达了他们对人生之短暂的浓重悲伤。 [27]

# 二、抒情过程：自我反思

前文已经谈到《古诗十九首》两种说话人所使用的两种不同的抒情过程。如果诗人承担了弃妇说话人的角色，那么他往往会通过讲述人生故事来倾诉离别之苦，表达对夫妻团聚的渴望。如果诗人承担了游子说话人的角色，那么他常常把离别之伤当成是人生普遍问题加以哲学的思考，谴责对财富和名声的追求，毫不掩饰地勉励众人及时行乐。要抓住这两种抒情过程的特征，最好的办法就是把它们和汉文人乐府中的叙事过程加以比较。

## （一）从讲故事到抒情表达

汉代文人乐府和《古诗十九首》的作者有着同样的目标：对自己的内心经验进行探索。然而，他们实现这个目标的方式却是大相径庭的。乐府作者以故事形式陈述他们的经验。他们把具体场景放在突出地位，而情感反应则藏于背景之中。在前一章所讨论的四首文人乐府作品中，作者通过一位弃妇、一只白鹄、一位游仙者，以及历史人物的人生故事或场景，投射了他们的个人情感。

《古诗十九首》的作者为了反思自我而写作。他们没有把固定场景安排成叙事序列来表达自己的内心体验，而是选择描绘对这些场景的情感反应来表达内心体验。他们摒弃了文人乐府叙述手法，直接进入游子或弃妇的角色，借此建立起单一视角，从而控制整首诗的发展。在这一过程中，他们把叙述成分减少为一个空框架，在中间填入各种情感描写。如果比较《饮马长城窟行》和《古诗十九首》中的三篇作品，我们可以看到叙事和感情成分的比例是相反的：

> 青青河边草，绵绵思远道。
> 远道不可思。（《饮马长城窟行》，第 1—3 句）

> 涉江采芙蓉，兰泽多芳草。
> 采之欲遗谁，所思在远道。
> 还顾望旧乡，长路漫浩浩。
> 同心而离居，忧伤以终老。（《古诗十九首》其六）

《饮马长城窟行》以弃妇站在河边青草道上，注视着远方的道路为开头。表演者用"绵绵"来表达她的情感状态。其六《涉江采芙蓉》也引入了类似场景：游子在河边采摘芙蓉。但是诗人让游子自己来抱怨远道之远，远道使他不能把采到的花送回给妻子，只能向着家的方向深情遥望，哀叹与妻子的别离。

> 夙昔梦见之，梦见在我旁。
> 忽觉在他乡，他乡各异县。
> 辗转不相见。（《饮马长城窟行》，第 4—8 句）

> 凛凛岁云暮，蝼蛄夕鸣悲。
> 凉风率已厉，游子寒无衣。
> 锦衾遗洛浦，同袍与我违。
> 独宿累长夜，梦想见容辉。
> 良人惟古欢，枉驾惠前绥。
> 愿得常巧笑，携手同车归。

既来不须史，又不处重闱。

亮无晨风翼，焉能凌风飞。

眄睐以适意，引领遥相睎。

徒倚怀感伤，垂涕沾双扉。（《古诗十九首》其十六）


　　对比以上两段，我们可以清楚地看到，类似场景和抒情部分的处理是截然不同的。两篇作品都描绘了一位居于家中的妻子和她丈夫重逢的梦境。在《饮马长城窟行》中，表演者仅仅告诉我们这位妇人什么时候进入梦乡，在梦中见到了谁，她醒来之时发现身处何处。在《凛凛岁云暮》中，诗人直接进入思妇整个梦境中不断变化的感情世界，描绘了被弃的感觉如何伴随着她进入梦境（第7—8句）；她如何在梦中享受夫妻团圆的快乐——这是她醒时无法满足的潜意识的体现（第9—12句）；以及她如何在郁闷中醒来，意识到无法重寻失去的爱情（第13—20句）。通过这些细节描绘，诗人让我们经历了她从最初喜悦转变到最终绝望的复杂感情。


客从远方来，遗我双鲤鱼。

呼儿烹鲤鱼，中有尺素书。

长跪读素书，书中竟何如？

上言加餐饭，下言长相忆。（《饮马长城窟行》，第13—20句）


客从远方来，遗我一书札。

上言长相思，下言久离别。

置书怀袖中，三岁字不灭。

一心抱区区，惧君不识察。（《古诗十九首》其十七，第7—14句）


　　这两段的相同之处亦非常明显：两段都描绘了妻子收到了丈夫的信，两封信都是同样长度，都以同样的句子开头。然而在这些相同的背景之下，我们可以清楚看到叙述和抒情模式的区别。前者中，表演者用了六到八句来描绘事件本身。为了加强故事趣味，他还描绘了妻子在双鲤鱼中惊喜地发现丈夫的信函。直到最后两句，才揭示这一事件的情感主旨：爱情誓言。叙述要素在《饮马长城窟行》中胜过了情感主旨，而在其十七中则恰恰相反。除了两句以外，其他诗句都是描绘妻子的内心思绪。诗人在这里把叙事减到了最少，从而可以在同样篇幅的八句里面，探索更为丰富的感情世界。此段落不仅仅讲述了丈夫对爱情的承诺，更重要的是描绘了妻子对爱情承诺的内心反应。

### （二）复杂的时间框架

《古诗十九首》中，叙述与抒情比例的转变无疑是口头表演式微的结果。一旦无需口头表演，与听众持续互动，诗人们也就不必承担故事叙述人的角色了。他们开始向内心转向，对自己情感状态的细察成了作品的中心关注点。在探索内心世界时，他们无需遵守文人乐府作者向现场观众讲故事时的时间顺序。他们常常在篇首概括当下状况，随后进入回忆状态，接着跳进想象中的未来。随着思绪冲动，他们在过去、现在、将来三个时间领域中任意遨游。这种情感反应的复杂时间结构实际上在《古诗十九首》中多达十一首中都出现了。[28]

[28] 这十一首诗的序列如下所示：其一（过去：第1—4句；现在：第5—8句；和现在相连的过去：第9—11句；存在意义上的问题：第13—14句；将来：第15—16句），其二（现在：第1—6句；过去：第7—8句；现在与将来：第9—10句），其六（现在：第1—4句；过去：第5—6句；现在与将来：第7—8句），其七（现在：第1—8句；过去：第9—12句；现在与将来：第13—16句），其八（现在：第1—2句；过去：第3—8句；现在与将来：第10—16句），其十一（现在：第1—6句；存在意义上的问题：第7—10句；将来：第11—12句），其十三（现在：第1—4句；过去：第5—8句；存在意义上的问题：第9—14句；现在和将来：第15—18句），其十四（过去和将来：第1—2句；现在：第3—8句；将来：第9—10句），其十六（现在：第1—6句；过去：第7—8句；梦中的未来：第9—12句；现在：第13—20句），其十七（现在：第1—6句；过去：第7—12句；将来：第13—14句），其十八（过去：第1—4句；现在：第5—8句；存在意义上的问题：第9—10句）。

# 三、诗歌结构：从线性结构到二元结构

考虑到这些复杂时间结构在十九首中的极大比例，我们可以说，《古诗十九首》基本不存在完整的线性叙事结构。在《古诗十九首》中，诗人常常让他们的说话人在诗的第一部分观察一个或多个外在场景，然后在第二部分对外在场景抒发自己的情感反应。这一安排属于明显的二元结构，即外在观察和内在反思。我们能很容易地在其十七中找到这种二元结构：

孟冬寒气至，北风何惨栗。

愁多知夜长，仰观众星列。

三五明月满，四五蟾兔缺。

客从远方来，遗我一书札。

上言长相思，下言久离别。

置书怀袖中，三岁字不灭。

一心抱区区，惧君不识察。

　　此诗第一部分，我们通过深闺思妇的目光，进入寒冷的冬夜场景。一系列寒冷意象连续出现，思妇渐渐不能忍受这样苦涩、孤独的冬天。"北风"扰乱了触觉，"众星"吸引了视觉，"明月"和其隐喻"蟾兔"引起了对天宫中无尽寒冷的想象。所有这些意象都传达出孤独思妇强烈的凄凉之感。在第二部分，我们进一步进入她的内心世界，并经历了她思想活动的整个过程：她对丈夫第一封也是唯一一封信笺的追忆，对他深切爱情表白的感激，她对丈夫保证坚贞不渝的决心，还有她生怕他无法看到她的忠贞和深刻爱情的担心。

　　这种二元结构代表了乐府叙事传统和《诗经》抒情传统的结合。在这一结构中，我们一方面找到了叙事或描写的统一性，这一特性在民间乐府中很少见，不过在汉代文人乐府中非常典型。另一方面，我们看到了景物描写和情感表达之对分结构，这是汉乐府中不存在的结构。在汉乐府中，情感反应很少超过两联，而且普遍加在诗歌结尾。很明显，《古诗十九首》中自然描绘和情感反应之对分结构，应该追溯到《诗经》中的"兴"这一手法。《诗经》长久以来一直被当作《古诗十九首》中抒情性的来源。钟嵘指出："古诗其体源于《国风》。"[29]王士禛认为："《风》《雅》后有《楚辞》，《楚辞》后有《十九首》。风会变迁，非缘人力，然其源流则一而已矣。"[30]现代批评家们也喜欢将《古诗十九首》和《诗经》放在直接联系的谱系上。[31]然而，很少有人通过分析艺术形式来揭示这两个抒情传统的内在联系。

　　在笔者看来，比兴结构从《诗经》中的二元句构（binary syntax）向《古诗十九首》的二元结

[29]［南朝梁］钟嵘著，陈延杰注：《诗品注》（北京：人民文学出版社，1980），页17。
[30]［清］郎廷槐编：《师友诗传录》（《学海类编》本），卷一，页2—3。
[31]《古诗十九首集释》，卷一，页1—2。《古诗十九首初探》，页26—45。

构（binary structure）转变，是这两个抒情传统之间的重要联系。[32]《诗经》中，比、兴是两种主要的抒情模式。当"比"和"兴"首先出现在《周礼》的文本中时，它们还没有得以被精确定义。在《诗经》中，比和兴均呈现了二元句构里自然现象和人类状况，如下所示：

> 硕鼠硕鼠，无食我黍！三岁贯女，莫我肯顾。（《国风·魏风·硕鼠》）[33]
> 关关雎鸠，在河之洲。窈窕淑女，君子好逑。（《国风·周南·关雎》）[34]

[32] 参见笔者拙作《〈诗经〉与〈古诗十九首〉：从比兴的演变来看他们的内在联系》，《中外文学》1989年17卷1期，页118—126。此文中笔者详尽地讨论了这两种比兴结构的演变。除了形式上的密切关系，这两个结构也同样被予以隐喻式诠释。关于《诗经》和《古诗十九首》中的自然意象之隐喻式阅读的比较，见 Pauline Yü, *The Reading of Imagery in the Chinese Poetic Tradition*（Princeton: Princeton University Press, 1987），pp. 121-131.

[33] 高亨：《诗经今注》（上海：上海古籍出版社，1979），页148。英译可参 *The Book of Songs*, p. 309.

[34] 《诗经今注》，页1。英译可参 *The Book of Songs*, p. 81.

[35] 比如，刘勰不仅把这两个术语一起当作复合词使用，而且也用此词来命名《文心雕龙》中的一章。

二元句构中，因为自然现象和人类状况两者的关联不同，才有了"比"和"兴"的区分。《国风·魏风·硕鼠》中"比"描绘类似的、隐喻的关系;《国风·周南·关雎》中"兴"则描绘了联想的、心理的关系。然而在实际批评中，比、兴往往不分。读者把一个结构段当作比或兴二者均可，这取决于他把这个结构当成指向一个历史事件的隐喻指涉，还是只从美学角度考虑这个结构。批评家们很早就注意到这二者错综复杂的内在关系，并且把二者放在一起讨论，从而出现了"比兴"一词。[35] 这里采用了这个复合词，因为这里的研究关涉到诗歌结构的演变，而不只是具体诗篇中"比"或"兴"的差异。

《古诗十九首》中，比兴已经从一个句法结构演变成了整首诗的组织结构。换句话说，自然现象和人类情景的呈现已经从句法层面（像上面两个例子所示）延伸到了结构层面（其十七《孟冬寒气至》所示）。确实，《十九首》其他所有诗中也都可以找到外在景物和内心反思的二元结构。我们在以下诗中看到和第十七首一模一样的二元结构：第二首（6:4，即六句写外在景色，四句写内心情感，下同），第四首（8:6），第五首（8:8），第六首（4:4），第七首（8:8），第九首（4:4），第十首（6:4），第十一首（6:6），第十三首（10:8），第十四首（6:4），第十七首（8:6），第十八首（6:4），第十九首（6:4）。除此之外，我们还找到相反形式的二元结构，即内在思考先于外在景色，这在第三首（8∶8）中存在。同时还有双重二元结构的出现：第一首（4∶2和6∶4），第八首（6∶2和4∶2），第十二首（6∶4和6∶4），第十六首（6∶6和4∶4）。[36]

比兴从二元句构向二元结构的转变，极大地拓展了描绘自然和情感表达的范围。《诗经》中的自然意象在数量和种类上都不多，而且常常高度重复。当这些意象融入严格的句法结构中时，往往并不具有连续的关联性，因此不能形成一个统一的场景。正如钱锺书所说："三百篇有物色而无景色，涉笔所及，止于一草，一木，一水，一石。"[37]

相反，《古诗十九首》里面的自然意象不仅丰富，而且结合成统一的情景。其二、三、五、七、九、十、十一、十二、十四首诗的自然意象，通过感知过程形成连贯的情境；其一、四、六、十三、十六、十八、十九则按照叙事大纲来组织自然意象。《古诗十九首》中，自然描绘的范围拓宽了，同时也变得内在一致了。这些特点不可能不引起批评家的注意。比如，盛唐诗人兼批评家王昌龄（698—756）在《诗格》中就专门解释了像《古诗十九首》这类五言诗中比兴的崭新特征。[38]

首先，王昌龄揭示了毫无争议的事实：五言诗的景物描写部分已经超越了《诗经》只有两行的固定长度。对此，他引用了《古诗十九首》中那些稍长的景物描绘（其十六中有四句，其一中有六句），认为是十九首的"兴"之特征。如若他没有看到自然描写从根本上的扩展，也就不能想出"兴"的十四种分类。

第二，王昌龄主要根据感知和叙事进程来组织十四兴体，并意识到《古诗十九首》的自然描绘中已含有连贯的感知和叙事过程。[39]他引用诗例所解释的十二兴体中，八种可以归入以上两种感知和叙事过程。第一、十一、十二、十三类兴体涉及的是感知过程，分别侧重于这个过程的时间感、观感、听觉、情感四个方面，并分别被称

[36] 由于双重二元结构的存在，有些传统中国批评家认为这三首诗是被粗心的作者将分开的片段偶然组在一起的。孙志祖（1737—1801）《文选考异》引严羽（1191—1241）《沧浪诗话》称，根据某个现已不存的宋版《玉台新咏》，第一首诗的后半段是一首独立的诗。在《文选纂注》中，张凤翼（1527—1613）把第十二首分为两篇。他认为第十二首被错认为一首诗是因为他们同样的韵。然而，这些观点被大部分批评家斥为伪说。因为大部分人认为这种分离破坏了这些诗的意思。对这些争论的概述，参见《古诗十九首初探》，页87—88、111。

[37] 钱锺书：《管锥编》（北京：中华书局，1979），册二，页612。

[38] 以下所引用的王昌龄对"兴"的讨论，见《诗格》，收于张伯伟辑：《全唐五代诗格汇考》（南京：江苏古籍出版社，2002），页173—177。

[39] 关于感知和叙事过程的互动之美学意义，参见 "Aesthetics of Self-Reflection," pp. 89-92。

为"感时入兴""把声入兴""景物入兴""景物兼意入兴"。第四、五、六、九类兴体涉及叙事活动，展示了叙事过程的多样顺序和模式。它们则分别被称为"先衣带后叙事入兴""先叙事后衣带入兴""叙事入兴""托兴入兴"。

王昌龄显然认为《古诗十九首》最能体现这种"兴"。他引用《十九首》的频率大大高于其他作品：在讨论十四兴体时引用《古诗十九首》的诗达四次之多，在《诗格》的其他场合中引用达到六次。[40] 不过，王昌龄并没有指出这些"兴"中连贯感知和叙事过程的出现能够证明乐府的叙事传统对《古诗十九首》的影响。

有赖于比兴在结构层次上的重整，对内心世界的呈现也经历了深刻的变化。《诗经》和《古诗十九首》的情感语言极为不同：《诗经》中我们听到了对某个特定的外在事件之简短的、强力的情感迸发，而《古诗十九首》中，我们看到的是对人生意义不断的忧郁反思。

[40]《诗格》所引诗文的统计，可参见 Richard W. Bodman, "Poetics and Prosody in Early Medieval China: A Study and Translation of Kūkai's *Bunkyō Hifuron*," 康奈尔大学博士论文，1978 年，页 60—61。

# 四、诗歌纹理：静默写作和阅读之轨迹

《古诗十九首》中，在所有因口头表演淡出而引起的各种变化里，崭新诗歌纹理之形成也许是最值得注意的。如果说诗歌结构是全诗的框架，那么诗歌纹理（poetic texture）就是诗歌内部的"交互过程"（interfacing process）。此词是笔者从计算机科学研究领域借来的，指每个词和其他任何一个词连在一起，都可以共同构成一个有机整体。正如互联网本身就是多边联系的，诗歌纹理也意味着在诗歌文本内部，字和字之间的多边互动过程。在检视诗歌组织时，我们希望不仅仅理解同一句中每一字和其他邻近字的关系，而且也要理解字与另一句里对应或不对应的字的关系。比如说，当我们关注一首五言诗第四句第三个字的时候，一方面要考虑这个字和同一句中其他几个字的关系，另一方面也要考虑它与其他句中任何字眼有无关联。邻近关系是字词的顺时序组织，反映外在或内在活动的顺序。非邻近关系是字词的空间配置，用来制造相互对应或回应的关系，从而增强他们的兴发效果。[41]
邻近或非邻近的字句关系在表演性和非表演性诗歌中都发挥着作用，由于口
头和书写表达的不同机理，这两种关系亦表现出不同的重要性。

在口头表演的诗歌中，建立和保持字词的紧密邻近关系是最重要的任务。
口头呈现的本质就是声音的时间序列，或是在某固定时间段里传达一系列声
音符号。一旦创作者或表演者开始口头表述，就不能随意停止，否则会让现
场观众失望。不需台本而保持流畅有节奏的语句，对于一位口头创作者或表
演者是很大的挑战。他必须记得刚刚说了什么，然后想出下面要说什么。为此，
他主要依赖于使用"重复"的字词，把他们当成备忘录和后续演出的提示语。
乐府作品《陌上桑》的开头段落，就是这种重复使用字词的典型例子：

> 日出东南隅，照我秦氏楼。
> 秦氏有好女，自名为罗敷。
> 罗敷善蚕桑，采桑城南隅。
>
> 青丝为笼系，桂枝为笼钩。
> 头上倭堕髻，耳中明月珠。
> 缃绮为下裙，紫绮为上襦。（第1—12句）

在第一段落中，创作者或表演者采用"顶真体"（"连珠格"）来连接罗
敷生活的各种细节。第二段落中，他开始使用语段重复，即重复前一句对应
位置的字。这看起来是一种较为原始的重复，因为这种重复在《诗经》很多
比兴句法中也可以看到：这种方式往往允许创作者或表演者在下句重复上句
中已有的字，而仅仅引入一个或两个新字。然而
讽刺的是，正是这种重复建立起字词的非邻近关
系。在复制同样句法时，它们也给人一种错觉：
似乎字词的时间流动被悬置，我们从一个字可以
跳回前一句同样位置的另一个字。比如，当听到
第七、八两句的时候，我们会很容易把"青丝"

[41] 关于这两种关系在诗歌中功能的理论探讨，参见 Roman Jakobson, "Two Aspects of Language," in *Fundamentals of Language*（The Hague: Mouton, 1975）, pp. 73-96. 亦见其 "Linguistics and Poetics," in *Style in Language*, ed. Thomas Sebeok（Cambridge: MIT Press, 1960）, pp. 350-377。

和"桂枝"相连，把"系"和"钩"相连。这四个词之间的对比似乎代表了口头创作中，虽然原始简单，却富有意义的词之间的非邻近关系。

在非表演诗歌中，词语邻近关系的重要性减弱，非邻近关系却变得更为重要。这种变化很大程度上和书写交流的不同原理有关。与说话（或其他方式的口头表达）和倾听交流不一样，写作和阅读不是即时性或即刻性的。在很多情况下，当交流双方都在场时，他们会选择用口语直接交流。只有当双方分离之时，或一方并不确定如何恰当地即兴表达他的想法时，或一方想要传达出比较难堪或比较奇怪的想法时，或一方想谈论一些他觉得对方回答之前需要时间考虑的事情时，他们才会决定以书写的方式将自己的想法传达给对方。从这些使用书写文字的通常状况中，我们能看到，和说话相比，写作是一种（常常有意）拖延的交流方式。作者也许会停顿很多次，因为他得思考如何才能更好地把他的思想形诸文字。同样地，读者可以在理解文字所说的意思时，一次又一次不断地自由翻阅、琢磨作者的文字。

写作交流给予信息编码和解码以充裕的时间，所以作者或读者都不需要依赖于字词的重复，来保持词语流畅的表达。一位作者也许会在他的文字之间留下空白，期望读者可以自己找出它们之间的关联。此举的优点在于，可以迫使读者唤起一系列的意象，并将它们连接成富含意义的整体。[42] 这样，作者不仅向读者传达了自己的思想和感受，而且让读者身临其境，经历他的沉思过程，体验他的感情状态。简而言之，对一位作者来说，把词语连接起来，就是要让他的读者把书写符号转换成脑中的意境。由于这个原因，作者停止使用逐字重复和其他口头套语的方式，而开始发展出如反问句、过渡联等新的表达工具，以加强读者内视想象的美感。

书写交流的过程也允许作者和读者不断揣摩非邻近字词之间的关系，从而加强文章的感召力。当一位书写诗人停顿下来，去回顾他写过的内容，并因考虑到下面要写的内容而更改前文时，便自然而然建立起一个文本回响（textual resonance）系统。这一系统是诗歌不同位置字词之间的回响。事实上，这正是《古诗十九首》作者在作品中所作的努力。当他们在诗

[42] 对阅读原理的理论探讨，见 Wolfgang Iser, "The Process of Reading: A Phenomenological Approach," in *The Implied Reader: Patterns of Communication in Prose Fiction from Bunyan to Beckett*（Baltimore: John Hopkins University Press, 1978），pp. 274-294。

的第一部分描绘自然景观时，已然前瞻了将要表达的思想情感，而且匠心独运地把暗示第二部分情感主旨的字词放入最初的场景中。这种方法即传统中国批评中所说的"诗眼"。相反，当他们在第二部分抒发他们思想情感时，常常故意使用一些与第一部分自然景象相映成趣的隐喻。这种方法，这里姑且称作"隐喻回响（metaphoric resonance）"。

这一复杂精细的诗歌纹理的标志在于，精妙的时间穿引方法（反问句，过渡联等）以及精妙的空间对应手法（诗眼，隐喻回应等）。读者对于《古诗十九首》中这样的诗歌纹理，当然不会视而不见。从某种意义上说，读者比起作者本身，更为享受连接诗歌字词的极大自由。作者脑中直到诗歌写成才出现作品的实相，而读者却往往是面对整首诗时，诗歌的空间架构就已在眼前，稍微一瞥，就能注意到字词的时间联系和空间对应。而读者阅读《古诗十九首》这种经过千锤百炼之后写就的作品，在时间和空间想象的互相作用之下，必定体验到强烈的美感。而这种美感是口头表演诗歌的听众难以感受到的。本章的结尾将讨论传统中国批评家如何直观地把握这种崭新美学体验的本质，同时还对时间和空间想象交叉作用的概念加以阐释。但现在让我们先来看看《古诗十九首》中，有哪些结构和修辞方式特别能激发时间和空间想象的互动。

## （一）时间联系：反问句和连接对句

《古诗十九首》的诗人为了审视自己的内心体验，成功改造了乐府传统的一系列套语。这里将讨论这些诗人如何改变乐府问答套语的功能。在民间乐府中，问答套语仅仅只是连接语而已。《陌上桑》以下段落（第13—35句）正是一个例子：

> 行者见罗敷，下担捋髭须。
> 少年见罗敷，脱帽着帩头。
> 耕者忘其犁，锄者忘其锄。
> 来归相怨怒，但坐观罗敷。

使君从南来，五马立踟蹰。

使君遣使往，<u>问此谁家姝</u>。

<u>"秦氏有好女，自名为罗敷。"</u>

……

"宁可共载不？"

罗敷前致辞：

"使君一何愚！使君自有妇，

罗敷自有夫。"

[43] 蔡孝鎏将问答套语当作是最早的中国民间诗歌中，六种最常见结构套路之一。其他五种是连锁式、重叠式、序数式、兴起、尾韵。见其《从民歌形式看木兰辞》，收于作家出版社编辑部编：《乐府诗研究论文集》（北京：作家出版社，1957），页200—204。

　　这里问答套语（上文中加下划线部分）的功能是过渡了两个连在一起的母题。一方面，这里的问句是前面描绘罗敷外表魅力（第13—20句）的回应，而答句则引向随后罗敷自述道德贞节的部分（第31—35句）。因为答句"秦氏有好女，自名为罗敷"只是逐字重复全诗第3、4句，所以答句也可以被当作机械的回答。[43]

　　《古诗十九首》中，问答套语变成了反问句，从而有力地促进了内心反思。在其五、六、七、十一、十六中，反问句出现在外在观察的末尾，引入对外在世界的情感反应，因此开启了一段长长的思考过程。在其十一《回车驾言迈》中，一个反问句让说话人开始陷入沉思，开始思考人生短暂这一问题：

所遇无故物，焉得不速老？

盛衰各有时，立身苦不早。（第5—8句）

　　在其一、八、十二中，第一部分也以反问句结束。此反问句引入另一轮的外在投射和内在反思，从而大大延长了抒情过程。在其十二中，反问句引导说话人从秋哀转向对歌女生活的叙述，这又在他心中引起更加强烈的忧郁回应：

荡涤放情志，何为自结束？

燕赵多佳人，美者颜如玉。

被服罗裳衣，当户理清曲。

音响一何悲！（第9—15句）

在其十一、十九中，反问句在情感反应过程中出现，促使说话人去摸索解决人生困境的方法，思考未来的人生。在其十一中，反问句促使说话人深思未来荣名之价值：

人生非金石，岂能长寿考？

奄忽随物化，荣名以为宝。（第9—12句）

在其四、七、八、十八中，反问句在思考过程迫近结尾的时候出现，表达出说话人对自己可悲命运的无限失望。譬如，其四《今日良宴会》的说话人在哀叹人生短暂之后，反问自己：

何不策高足？先据要路津。

无为守贫贱，坎坷长苦辛。（第11—14句）

这个反问是诗人面对人生短暂而进行的灵魂探索之高潮部分，体现了他对命运反讽的痛苦认知：他的道德和知识素养并没有为他带来荣名的回报，反而其实浪费了他宝贵而短暂的生命。

《古诗十九首》中，过渡联也是加强全诗两部分之间互动的重要手法。一般说来，过渡联没有写物的第一部分那么意象盎然，但却比抒情的第二部分更为形象。因此，它们让两个部分得以平顺过渡。其十三《驱车上东门》就是一个清楚的例子（加下划线的部分即过渡联）：

下有陈死人，杳杳即长暮。

潜寐黄泉下，千载永不寤。

浩浩阴阳移，年命如朝露。

人生忽如寄，寿无金石固。

万岁更相送，贤圣莫能度。（第5—14句） [44]《五言诗选例》，转引自《古诗十九首集释》，卷四，页6。

过渡联总结了前面对墓地的观察，导向了对人生短暂的深思。其三、五、六、九至十三、十六、十九首也使用了相似的过渡联。它们常常紧密嵌在两个部分之间，可解释为第一部分的结尾，也可看作是第二部分的开头。因此，它们把外部观察和内在反思融入了一个连贯的、持续的思维过程。这种思维上的内在一致性早就被古人当成是《古诗十九首》的显著特质了。王士禛写道："十九首之妙，如无缝天衣。"[44]

## （二）空间对应：隐秘重复、诗眼、隐喻

《古诗十九首》中，重复已经从连接之机制变成帮助探索内在体验的空间对应手段。文人乐府表演者使用字词重复主要是为了把字词连接成一个类似"帘上珍珠（beads-on-a-frame）"的套语结构。但在《古诗十九首》中，诗人很少使用字词重复，基本没有短语或字词在相邻的两句中重复。相反，我们发现，一句中的字词常常与下一句对应位置的字词相互呼应。如其十七中"孟冬"和"北风"，"满"和"缺"，"明月"和其传统隐喻"蟾兔"，"长相思"和"久离别"都是这样的例子。这种词义对仗在第5、6、9、10句中非常完整，就是说，这几句的所有意涵因素都和另一句相互对应。

这种隐秘重复的使用不拘于相邻两句。在其一首开头，离别之苦已经通过隐秘的词义重复而增强了：

行行重行行，与君生别离。

相去万余里，各在天一涯。（第1—4句）

这段中，第3句也许可被视作是第1句的隐秘重复，因为两句都从可丈量的物理距离方面哀叹了离别。同样的，第4句可被看作第2句的隐秘重复，因为两句都从心理距离方面悲叹了离别——"生别离""天一涯"都表示二人之间遥远的距离。

[45] "Aesthetics of Self-Reflection," p. 88.

[46]《古诗十九首》之后，对"诗眼"的有意探索在中国诗歌中变得普遍。因此，"诗眼"的诗学效果成为批评理论的一个既定主题，引起了像陆机（261—303）、刘勰和钟嵘这些重要批评家们的注意。黄庭坚（1045—1105）、范温等人对此有详细研究。"诗眼"与西方比喻理论的比较研究，可参见 Craig Fisk, "The Verse Eye and the Self-Animating Landscape in Chinese Poetry," *Tamkang Review* 8（1977）：123-153.

[47]《古诗十九首》中，我们可以在一首诗的下半部分中找到大量分散的、隐喻的意象。比如，第1首（第7—8、11句）、第5首（第15—16句），第6首（第5—6句），第7首（第10、13—14句），第8首（第11—14句），第12首（第8、19—20句），第14首（第7—8句），第16首（第15—16句），第17首（第11—12句）。

《古诗十九首》中，重复已经极为明显地从汉乐府中典型的字句重复变成了词义的隐秘重复。这一重大改变增强了感情的统一感，而且也不会带来机械重复的单调感。通过意象对应，也加强了词义的感召力。这标志着从"反复之节奏"向着"联想之节奏"的转变："从诗经节奏向五言节奏的转变，或从表现型诗歌向反思型诗歌的转变"。[45]

《古诗十九首》中还有另外两个增强外部描绘和内在反思互动的新方法：即上半部分中的诗眼，下半部分中的隐喻回响。

"诗眼"是传统中国批评中用来指一首诗中，使自然描写变得生动起来的那个字，主要是动词或形容词。[46] 在其一、四、七、八、十一、十二、十四、十六、十七、十九首中，"诗眼"（或使得句子生动活泼的词）生动地把诗人的情感灌注到自然景物中。譬如，在其一《行行重行行》"胡马依北风，越鸟巢南枝"这个名句中，"依"和"巢"这两个字便把诗人的无限乡愁注入了自然景色。没有这两个字，此联不会生动地展现诗人的内心世界。王昌龄注意到，通过暗示感情的字可以使自然景象变得生动，从而修改"兴"的结构。因此他在《诗格》中把这类兴句归为一体，并以"张华（232—300）情诗"的相似诗句"清风动帷帘，晨月烛幽房"作为这类句子的例证。

如果说"诗眼"让我们跃入一首诗下半部分的情感发展，那么下半部分的隐喻回响则又让我们回想起第一部分的自然景象。[47] 其七就是一个很好的例证：

明月皎夜光，促织鸣东壁。

玉衡指孟冬，众星何历历。

白露沾野草，时节忽复易。

秋蝉鸣树间，玄鸟逝安适。

昔我同门友，高举振六翮。

不念携手好，弃我如遗迹。

南箕北有斗，牵牛不负轭。

良无盘石固，虚名复何益。

第 10 句的"振六翮"是肆无忌惮的自我仕进之隐喻。第 13 句的"南箕""北有斗"，第 14 句的"牵牛"都是空洞虚假的友谊之隐喻。这三个意象同有空洞、虚假的隐喻含义，因为三者"错误"地使用了具体物体来代表摸不着的、"非实体"的星星。同时，这些意象又让我们回想起第一部分的景物："振六翮"可指飞起的"秋蝉"和"玄鸟"，而"南箕""北斗""牵牛"三个词让我们想起了第一部分中的"玉衡"和"众星"。如果说自然景观中的诗眼提示了下个部分的情感反应，这些抒情所用的隐喻意象则反过来照应了上文所描绘的秋夜景象。隐喻回响与诗眼作用相反相成，取得了加强情感寓意的极佳效果。

"诗眼"之于景物部分，隐喻之于抒情部分，都属于一种异质。然而，两者并没有破坏诗的整体结构，反而使之变得更为流动感人。它们通过开拓崭新外在和内在世界沟通的渠道，从而丰富和加强了读者的审美经验。就像美感催化剂一样，它们迫使读者的思想超越景物和情感世界的界限，在二者之间流连忘返。

# 五、美感活动：时间和空间想象

《古诗十九首》的二元结构和内在纹理，无疑都产生于诗人往返于内外世界之间的想象过程。反之，它们也激起了读者的时间和空间想象。在作者和读者脑海中，这两种审美活动均不断增强，直至达到一个溶点：外在和内在世界的界限溶化、消失了，而出现永恒无垠的诗境。

传统中国批评家常常不惜笔墨地赞扬这种审美绝境，并将其归因于《古诗十九首》中无垠的诗歌结构和纹理中所有诗歌要素的完美融合。比如，王世贞写道：

古诗十九，人谓无句法，非也。极自有法，无阶级可寻耳。[48]

吴淇（1615—1675）也有同样的观点，认为《古诗十九首》天衣无缝，并且引用胡应麟（1551—1602）对《古诗十九首》的评价："篇不可句摘，句不可字求。"[49] 现代批评家贺扬灵详细说明了王氏和吴氏的观点，他说："古诗十九首已臻化境，看它婉转含蓄，抑扬低徊。其气意之灵变，段落之无迹，离合之无畅，繁复之无缝，几非言语笔墨所能形容。"[50] 这些批评家仅仅指出了所有诗歌要素的无缝融合，而方东树（1772—1851）则试着解释为何这些作品能达到天衣无缝互相融合的美感效果：

古人作书有往必收，无垂不缩，翩若惊鸿，矫若游龙，以此求其文法，即以此通其词意然后知其所谓"如无缝天衣"者如是。[51]

方东树这段话总结了上面所讨论的那两种美感活动：一是由反问句和过渡联两种手段所引起的，依照时间轴线展开的想象；二是由"诗眼"和隐喻回应所焕发的，超越时间轴线的空间想象。这两种审美活动的相互作用，就是书面诗歌崭新的美感原则。这种美感原则在《古诗十九首》中得以确立，而在唐诗中则演化为时间和空间布局的精细规则。律诗中节奏、音韵、对仗、结构等规则，无不是为了最大限度丰富和加强时空想象而设立的。后来，这一美感原则被称作是"循环往复"，成为写作、阅读中国诗歌的黄金法则。

其实，"循环往复"的美学原则不限于中国诗歌，在西方书面诗歌中亦同样重要。我们仅仅读一读下面这段柯立芝（S. T. Coleridge, 1772—1834）的话，就可证明这一点：

引导读者向前，不仅或主要依靠好奇心的机械性的冲动，或者追求最后结局的急切愿望；赖于阅读过程本身的魅力在心灵里引起的愉悦活动。犹如被埃及人作为知识力量象征的大蛇的移动，或者犹如音响在空气里

[48]［明］王世贞：《艺苑卮言》，收于丁福保编：《历代诗话续编》（北京：中华书局，1983），册中，页964。
[49]［清］吴淇：《古诗十九首定论》，收于《古诗十九首集释》，卷三，页8。
[50] 贺扬灵：《古诗十九首研究》（上海：大光书局，1935），页32。
[51]［清］方东树：《论古诗十九首》，收于《古诗十九首集释》，卷三，页74。

传播的轨迹，读者每前进一步就后退半步，从这种后退的运动中得到继续前进的力量。[52]

柯氏之言与方东树对《古诗十九首》的评语有着异曲同工之妙。柯氏、方氏分别以蛇和游龙为喻，解释了作为前进和后退、顺时与超时间（即空间的）交替的互动阅读审美过程。两段话都生动地描绘了阅读《古诗十九首》时，由二元结构和多边纹理所唤起的那种美感活动。读者心灵由此充满了意象，紧随而来的就是情感和思想。当意象与思想、景象与情感碰撞时，在激烈的互动中双方相互改变：意象带上了感情的色彩，情感则由意象而物化。因此，我们的心灵在自然和情感之间回旋渐进，沉醉于美学欣赏的愉悦旅程之中。

对于柯氏和传统中国批评家而言，这种美感过程以物我合一为高峰，从而把读者的意识从尘世引入超经验的诗境。因为这个原因，柯氏认为美感过程展示了人类最崇高的思想能力和创作力：“在相反或相龃龉的性质间求得平衡或调和后浮现出来：它调和差别和同一，具体与通性，意象与观念，个体与典型……”[53] 同样，中国批评家们表扬并理想化了《古诗十九首》把物与我、景与情融为一体的成就。这样，他们就强调了读者美学反应的无尽可能性。比如，钟嵘认为，这些诗“意悲而远，惊心动魄，可谓几乎一字千金”[54]。宋吕本中（1084—1145）认为它们“皆思深而有余意，有尽而意无穷”[55]。清陈祚明（约1665前后在世）相信“人有情而不能言，即能言而言不能尽，故特推《古诗十九首》以为至极”[56]。和柯立芝一样，明胡应麟认为无穷的美感最终要进入超经验的神妙境界。他写道“《十九首》及诸杂诗……随语成韵，辞藻气骨，略无可寻，而兴象玲珑，意致深婉，真可泣鬼神、动天地”，又称《十九首》“皆言在带衽之间，奇出尘劫之表，用意惊绝，谈理玄微，有鬼神不能思，造化不能秘者”。[57]

[52] Samuel Taylor Coleridge, *Biographia Literaria*, 2 vols. (London: J. M. Dent, 1975), vol. 1, p. 173.
[53] Samuel Taylor Coleridge, *Biographia Literaria*, 2 vols. (London: J. M. Dent, 1975), vol. 1, p. 174.
[54]《诗品注》，页17。
[55]［宋］吕本中：《吕氏童蒙训》，转引自［宋］胡仔：《苕溪渔隐丛话》（《四部备要》本），卷一，页12a。
[56]［清］陈祚明编：《采菽堂古诗选》（乾隆年间版），卷三，页21。
[57]［明］胡应麟：《诗薮》（上海：中华书局，1959），页23、26。

# 诗体的“内联”性

汉诗的艺术特征是什么？汉语如何决定了汉诗的艺术特点？这些是处于自我独立封闭传统中的中国古代学者不会想到的问题。18 世纪以降，汉诗渐渐进入国际的视野，与截然不同的西方诗歌传统发生接触和碰撞，到了20 世纪初，汉语与汉诗艺术的关系开始引起学者的注意，随后逐渐演变为海内外汉诗研究者共同关心的核心课题。

在对此课题的研究之中，在西方从事汉诗研究的学者似乎占有一种特别的优势。他们用英语或其他西方语言教授、研究汉诗，自觉不自觉地就会与西方语言作比较，从而对汉语作为诗歌载体的独异之处产生浓厚的兴趣，逐渐形成自己对汉诗艺术特征的独特见解。的确，从汉语特点的角度来探索汉诗的艺术特征，如果算得上是汉诗歌研究在 20 世纪的一个重大突破，那么筚路蓝缕之功应归于从事汉诗研究的老一辈汉学家，如卜弼德教授（Peter Alexis Boodberg, 1903—1972）、陈世骧（1912—1971）、高友工、程抱一等人。

在此章里，笔者试图超越前一辈汉学家过分强调汉字字形对汉诗影响的倾向，转向考察汉字字音对汉诗节奏、句法、结构、诗境的重要影响，藉以揭示这四者在所有古典诗体中所呈现的内联性，为后续对各种主要诗体之语法和诗境的深入研究打下坚实的理论基础。

# 一、汉字与汉诗艺术：字形的次要作用

从汉字角度研究汉诗艺术的先行者，并非是大学里执教鞭的正牌汉学家，而是著名的东方文化爱好和传播者恩纳斯特·费诺洛萨（Ernest Fenollosa，1853—1908）和 20 世纪美国意象派领袖诗人伊萨拉·庞德（Ezra Pound,1885—1972）。他们有关汉字字形对汉诗决定性影响的创见（或说误解）深深地影响了好几代的汉学家。

费、庞二人关于汉字和汉诗的论述见于《作为诗媒的汉字》（*The Chinese Written Character as a Medium of Poetry*）一文 [1]，此文作者是费诺洛萨，

[1] 英文原文见 Ernest Fenollosa, *The Chinese Written Character as a Medium for Poetry*, ed. Ezra Pound, 1936（Rpt. San Francisco: City Lights, 1983）。新近的版本见 Ernest Fenollosa and Ezra Pound, *The Chinese Written Character as a Medium for Poetry: A Critical Edition*, ed. Jonathan Stalling, Lucas Klein, and Haun Saussy（New York: Fordham University Press, 2008）。此书包括了费诺罗萨的初稿、终稿，庞德的笔记，以及最后出版广为人知的定稿。

这位 19 世纪的美国人，在日本时对东方文化产生浓厚兴趣。此文就是他从日本汉学家学习中国诗歌时撰写的，作为一篇未发表的演讲稿，当时鲜为人知。在费诺洛萨逝世后，庞德由其夫人手中得到其手稿，如获至宝，将此文以短书的形式整理出版，从而广为人知。此文中的观点正好符合

[2] 见 *The Chinese Written Character as a Medium for Poetry: A Critical Edition*, pp. 44-45。

[3] 见［汉］许慎撰，［清］段玉裁注：《说文解字注》（上海：上海古籍出版社，1981），页 365、407、460。

[4] 见 *The Chinese Written Character as a Medium for Poetry: A Critical Edition*, p. 60。

了庞德欲建立一种新的诗歌传统之需要。庞德等著名西方现代主义诗人认为，西方语言中种种形态标记，无不是束缚艺术想象的枷锁。他们所作的艺术实验就是要砸破这些枷锁，超越概念化思维，用意象直观地呈现主客观世界之实相。此文得到庞氏如此钟爱，是因为费氏对汉语不求诸"形态标记"的表达方式的描述，正是意象派诗人谋求实现的艺术理想，为他提供了一个梦寐以求的实例，从而支持了他们的诗学主张。

　　费诺洛萨的文章主要强调汉语与西方语言不同，其文字不是抽象地以字母表达概念，而是本身就呈现物象而寓有意义，不仅直观地反映自然界的静止事物，还可以揭示自然界中事物之间的互相作用。此文主要从字的结构和构词法角度来阐发这一观点。除了展示了汉字象形的直观性之外，费氏还以"人见马（人見馬）"一句话为例子，详细地讨论了汉语词类不带形态标记，汉字不随词类变化而变形的特点。费氏以"Man sees horse"一句为例指出，英文主谓句无不被形态标记所束缚，只能表达枯燥抽象概念，故此句与自然界真实的人见到马的动作毫无关系。与此相反，不受此束缚所累的汉语则可把自然界万物之间、人与自然之间相互作用的势能呈现出来。这里，"人"一字生动地展示了两条腿的人，"見"则有表示眼睛的"目"结构，而"馬"一字中则可见"马"飞扬的鬃毛。"人见马"这么一个主谓结构，在读者脑海里所唤起的不是施事者（agent or actor）—动作或形态（action or condition）—受事者（recipient）三者关系的抽象认识，而是三者互动的实际过程[2]。费氏若知这三字的篆书（）[3]，对自己的观点一定更加笃信不疑。文中又举出了"日升东（日昇東）"三字，英文为"The sun rises（in the）east"，这三字展示了汉字不仅有具体的物象，而且展示了自然物象的发展程序。费氏认为，"日"即旭日，"昇"表示了太阳已从地平线上升起，"東"字即"日"升高后挂在"木"之上的情景。[4]

这篇文章在西方诗歌界及学界影响巨大，在汉学界也产生了极大的反响。汉学界的反响则是几乎一边倒的批评声音。从语言学的角度来看，费氏对汉语诸方面之描述谬误不少，因此饱受指责诟病。不少汉学家认为，费文是16世纪以来在欧洲广为传播"象形会意文字的神话"（an ideographic myth）之翻版，因为费氏只谈汉字六书中的象形和会意，而撇开不论其他四种造字法，对纯象形文字只占汉字的百分之三四的事实亦了无所知。[5]

然而，笔者认为，这些批评实则并没有看到费氏写作此文的要旨，费氏是从中国文字中看到艺术之美感。从文学批评的角度来看，无论就其见地或其影响而言，此文都堪称一篇惊世奇文。费氏本人并不精通汉语，主要是依靠他的日本友人了解汉语和汉诗，然而他却能洞察到，汉语结构可为诗歌创作所提供的独特而丰富的艺术想象空间，不得不令人折服。[6]

具有讽刺意味的是，对费、庞两人的"象形会意文字的神话"大张挞伐，却有助于使汉字如他们所希望那样成为诗歌理论研究中一个热门议题。在费、庞两人的汉字诗性说直接或间接的影响之下，几代汉学家纷纷把注意力转向汉字，竞相试图从汉字中找到破解中国古代文化种种奥秘的钥匙，包括汉诗起源和艺术特点形成的过程。例如，对汉诗语言有深入研究的、在加利福尼亚大学伯克利分校的卜弼德教授用 semasiololgy 一词来形容汉语，而在现代语言学中，此词是指纯视觉的、与声音无关的符号系统，可见他对汉字象形会意之独钟达到何种地步。有如费、庞两人用汉字结构来阐述自己心目中的理想的诗歌艺术，卜氏则致力于分析"君子""政""德""礼""义"等术语的字形结构及其远古的词源，以求精准地把它们哲学含义确定下来。[7] 比卜氏晚十五年到伯克利分校任教的陈世骧教授则试图从"兴"等字的结构和字源中寻找汉诗诞生于远古宗教仪式的终极源头。[8] 远在陈氏

[5] 有关此"象形会意文字的神话"的起源和历史发展，参看 John DeFrancis, *The Chinese Language: Fact and Fantasy*（Honolulu: University of Hawaii Press, 1984），pp. 132-148。此书集中批评了"象形会意文字的神话"，但没有提到费诺洛萨和庞德。

[6] 参见拙著 *Configurations of Comparative Poetics: Three Perspectives on Western and Chinese Literary Criticism*（Honolulu: University of Hawai'i Press, 2002），chapter 7 "Poetics of Dynamic Force"；译文见刘青海译：《比较诗学结构——中西文论研究的三种视角》（北京：北京大学出版社，2012），第七章《势的美学：费诺洛萨、庞德和中国批评家论汉字》。

[7] Peter A. Boodberg, "The Semasiology of Some Primary Confucian Concepts," *Philosophy East and West* 2.4（1953）: 317–332.

[8] 见 Ch'en Shih-hsiang, "The *Shih Ching*: Its Generic Significance in Chinese Literary Theory and Poetics." *Bulletin of the Institute of History and Philology*（*Academia Sinica*）39, no. 1（1968）: 371–413; reprinted in *Studies in Chinese Literary Genres*, ed. Cyril Birch（Berkeley: University of California Press, 1974），pp. 8–41.

之前，阮元、闻一多等人已试图从"颂""诗""诗言志"等字形中重构远古诗歌创作的情景，陈世骧的汉字诗学研究无疑主要是继承了中土的汉字研究传统，但也难免同时受到当时汉学界风行的汉字研究的影响。

在欧美汉学家中，最明显地受到了费、庞二人影响的著作大概是华裔法国学者程抱一（François Cheng）《中国诗语言研究》一书[9]。此书法文原版于1977年出版，名为 *L'écriture poétique chinoise*。费氏文章反响颇大，引起不少人对东方诗歌的兴趣。而程氏的研究亦然，法文版出版数年后便被译成英文介绍到北美，[10] 对北美学者认识汉诗艺术有相当大的影响。在2006年，涂卫群把此书译成中文，在江苏人民出版社出版。[11]在此书的导言中，程氏指出，汉语之表意文字系统（以及支撑它的符号观念）在中国决定了包括诗歌、书法、绘画、神话、音乐在内的整套的表意实践活动。[12] 他又写道："在此，语言被设想为并非'描述'世界的指称系统，而是组织联系并激起表意行为的再现活动；这种语言观的影响具有决定性的意义。这不仅因为文字被用来作为所有这些实践的工具，而且它更是在这些实践形成体系过程中活跃的典范。这种种实践，形成了既错综复杂而又浑然统一的符号网络。"[13]

为了说明汉字表意的独特之处，他举出王维"木末芙蓉花"一句，说明王维"没有用指称语言来解释这一体验，而只是在绝句的第一行诗中排列了五个字"[14] 来表达自己观物的感受。他认为"一位读者，哪怕不懂汉语，也能够觉察到这些字的视觉特征，它们的接续与诗句的含义相吻合。实际上，按照顺序来读这几个字，人们会产生一种目睹一株树开花过程的印象"[15]。他紧接解释"木末芙蓉花"五字所激活的感知过程：

第一个字：一株光秃秃的树；第二个字：枝头上长出一些东西；第三个字：出现了一个花蕾，"艹"是用来表示草或者叶（菜）的部首；

[9] 原书为法文，中译本则可参见程抱一著，涂卫群译：《中国诗画语言研究》（南京：江苏人民出版社，2006）。

[10] 见 François Cheng, *Chinese Poetic Writing*, translated from French by Donald A. Riggs and Jerome P. Seaton（Bloomington, Indiana: Indiana University Press, 1982）。

[11] 见《中国诗画语言研究》。此中译本是程抱一先生的《中国诗语言研究》（1977）和《虚与实：中国画语言研究》（1991）两书的合集。

[12] 参见《中国诗画语言研究》，页10。

[13]《中国诗画语言研究》，页10—11。

[14]《中国诗画语言研究》，页13。

[15]《中国诗画语言研究》，页13。

第四个字：花蕾绽放开来；第五个字：一朵盛开的花。[16]

按照程氏的解释，我们读"木末芙蓉花"末这五个字的感受，犹如看到了一朵花从蓓蕾到徐徐开放的电影特写慢镜头。接着，程氏进一步深挖"芙蓉花"三字字形构造所寓藏的更深的含义，以求说明王维试图借字形来揭示人与自然相通融合的内在关系：

> 但是穿过这些表意文字，在所展现的（视觉特征）和所表明的（通常含义）内容背后，一位懂汉语的读者不会不觉察到一个巧妙地隐藏着的意念，也即从精神上进入树中并参与了树的演化的人的意念。实际上，第三个字"芙"包含着"夫"（男子）的成分，而"夫"则包含着"人"的成分（从而，前两个字所呈现的树，由此开始寄居了人的身影）。第四个字"蓉"包含着"容"的成分（花蕾绽放为面容），在"容"字里面则包含着"口"的成分（口会说话）。最后，第五个字包含着"化"（转化）的成分（人正在参与宇宙转化）。诗人通过非常简练的手段，并未求助于外在评论，在我们眼前复活了一场神秘的体验，展现了它所经历的各个阶段。[17]

程氏对王维诗句作了如此富于想象的发挥，但仍意犹未尽，故又引杜甫的一联诗"雷霆空霹雳，云雨竟虚无"，进而阐述自己的字形解诗法：

> 诗人用了一系列都含有"雨"字头的字：雷霆、霹雳、雲（云）。然后，他让"雨"字本身最后出现，而它已包含在所有其他允诺它的字中。枉然的允诺。因为这个字刚一出现，后面便紧跟着"無"（无）字，它结束了诗句。可是，这最后一个字以火字为形旁："灬"。因此，落空的雨很快就被灼热的空气所吸收。[18]

[16]《中国诗画语言研究》，页13。
[17]《中国诗画语言研究》，页13—14。
[18]《中国诗画语言研究》，页15。

读完这些解释，我们不禁会惊叹程氏化平直明了的诗句为神奇的想象力，同时又有似曾相识的感觉。略加思索，不难发现，程氏的字形解诗法与费、庞二人对"人见马""日升东"两句的解读如出一辙，或说把费、庞氏汉字诗性说发挥得淋漓尽致。

[19]［南朝梁］萧统编，［唐］李善注：《文选》（北京：中华书局，1977），页184—185。

然而，程氏字形解诗法恐怕无法为人接受，难逃被视为不合用的"舶来品"，因为它非但与我们今日读汉诗的体验多相扞格，而且与古人诗歌创作中体现出的字形选择的意图，以及与古代批评家有关字形选择的论述完全是背道而驰的。程氏所选的两个例子都是使用同一偏旁的诗句，显然是认为这类诗句最能凸显汉字字形在汉诗艺术中具有决定性的作用。究竟是否如此？现在就让我们先列出使用同一偏旁诗句的作品两例，看看古代诗人选择同偏旁字的真正意图。第一例是晋代郭璞（276—324）的《江赋》，其中水字边赋句甚多：

> 若乃巴东之峡，夏后疏凿。绝岸万丈，壁立赪驳。虎牙嵘竖以屹崒，荆门阙竦而磐礴。圆渊九回以悬腾，溢流雷响而电激。骇浪暴洒，惊波飞薄。迅澓增浇，涌湍迭跃。砯岩鼓作，漰湱荥潏。皆大波相激之声也。漻溪濑渫，溃濩减㵧。皆水势相激汹涌之貌。滭湟㶀浃，澹润涧渝。皆水流漂疾之貌。漩澴荥濙，涽淴渍瀑。皆波浪回旋渍涌而起之貌也。漫减泬涓，龙鳞结络。碧沙澷澼而往来，巨石硊矶以前却。潜演之所汩淈，奔溜之所硙错。崖隒为之泐嵝，崎岭为之岩崿。幽磵积岨，碧砾礨礏。
>
> 若乃曾潭之府，灵湖之渊。澄澹汪洸，㲿㲿图涵。泓汯涧潡，涒邻圝潾。混瀚灏涣，流映扬焆。溟漭泷湎，汗汗沺沺。察之无象，寻之无边。气滃渤以雾杳，时郁律其如烟。类肧浑之未凝，象太极之构天。
>
> 长波浃渫，峻湍崔嵬。盘涡谷转，凌涛山颏。阳侯砐硪以岸起，洪澜涴演而云回。䟽沧滚瀺，乍邑乍堆。礛如地裂，谺若天开。触曲崖以萦绕，骇崩浪而相礧。鼓唇窟以漰渤，乃溢涌而驾隈。[19]

这三段赋共有 292 个字，其中带水字边的字有 106 个（引文中加点字），占 36.3% 之多。带水字边的字如此密集出现大概有三个主要原因。其一，顾名思义，《江赋》集中描写水景，自然要用上大量带水字边的字。其二，郭璞有意使用一串又一串的同偏旁字，尤其是特别艰涩古奥的同偏旁字，旨在显耀自己知识之渊博，掌握的字词量之巨大。如此卖弄辞藻似乎是当时许多辞赋之士之癖好。其三，郭氏寻求创造出一系列由四个同偏旁字组成的联绵字群（引文中下划线的部分），借其双音叠韵之声来传递大江惊涛拍岸之声，汹涌澎湃之貌。李善的笺注就明确地指出了这点。

第二例是一首既无署名也无标题的、完全用辵字边字写成五言绝句。此诗有两个稍有不同的版本，下表左边一栏是在长沙窑出土瓷器釉下所录的版本。右边一栏是陈尚君先生在《敦煌遗书》中发现的版本，与长沙窑版基本相同，只有四字有所变动。

| 辵字边诗 | |
|---|---|
| 远送还通达， | 送远还通达， |
| 逍遥近道边。 | 逍遥近道边。 |
| 遇逢遐迷过， | 遇逢遐迷过， |
| 进退遒遛连。[20] | 进退速遊连。[21] |

长沙与敦煌之间相隔千山万水，在唐代两地交通来往之困难可想而知。然而，此诗在两地同时出现，又以不同的物质形式保存至今，确是令人惊讶、极为费解的事。若强作解释，不外有两种可能，一是此诗当时在民间广为流传，传遍大江南北、塞内塞外，而同时被长沙窑主和敦煌抄卷者选中。二是此诗当时并非那么出名，只是因长沙窑瓷器外销至塞外而被敦煌抄卷者抄录下来。第二种可能性似乎更大些。与郭璞《江赋》中水字边字的连用不同，此诗的辵字边字并没有巧妙地与双声叠韵结合，从视觉和听觉两方面呈现物象的情貌，故读来不觉得有多少文学价值，更像是一首较为俚俗的文字游戏诗。这类文字游戏诗在唐代似乎颇为流行，[22] 程抱一先生所举的王维和杜甫的诗句与之有无关系？这一值

[20] 见周世荣：《长沙窑唐诗录存》，《中国诗学》第五辑（南京：南京大学出版社，1997），页67—71。又可参见长沙窑课题组编《长沙窑》第三章第六节《文字》（北京：紫禁城出版社，1996），页144。

[21] "中研院" 历史语言研究所傅斯年图书馆藏敦煌遗书一五号背三（简称"傅一五"）。转引自杨明璋：《关于敦煌诗的几则新发现》，《清华学报》2008年3月第38卷第1期，页167。

[22] 又见周世荣《长沙窑唐诗录存》所录残文：1）"□□□岩，□□□ 斓峡嶂，□□□ 嵥嵼";2）"嵥嵼"二字"。载《中国诗学》第五辑，页67—71。

得考虑的问题超出本文的研究范围，故不作讨论。

下面接着谈古代批评家如何阐述字形与诗歌艺术的关系。刘勰（467？—538？）《文心雕龙·练字》是深入探讨此关系的专文。刘氏在文中首先提出了选用字形的四大原则：

[23] 詹锳：《文心雕龙义证》（上海：上海古籍出版社，1989），页1461—1463。
[24]《文心雕龙义证》，页1463。
[25]《文心雕龙义证》，页1465。
[26] 黄叔琳注，李详补注，杨明照校注拾遗：《增订文心雕龙校注》（北京：中华书局，2000），页487。
[27]《文心雕龙义证》，页1467。
[28]《文心雕龙义证》，页1470。

> 心既托声于言，言亦寄形于字，讽诵则绩在宫商，临文则能归字形矣。是以缀字属篇，必须拣择：一避诡异，二省联边，三权重出，四调单复。[23]

第一条原则是"避诡异"：行文时最好避开看上去诡异的字。刘氏解释说："诡异者，字体瑰怪者也。曹摅诗称：'岂不愿斯游，褊心恶呦嗽。'两字诡异，大疵美篇，况乃过此，其可观乎！"[24] 刘氏认为，"呦嗽"二字诡异，从而大煞风景，降低了诗句的美感。

第二条原则是"省联边"："联边者，半字同文者也。状貌山川，古今咸用，施于常文，则龃龉为瑕，如不获免，可至三接，三接之外，其《字林》乎！"[25] 刘氏这段话的意思是，相同偏旁部首的字最好不要一起出现，如果无法避免，则最多出现三次，出现三次以上的文章则可以讥讽其为《字林》。虽然刘勰认为应该"省联边"，然而时人诗赋中这样的例子不胜枚举。清人黄叔琳注曰："三接者，如张景阳《杂诗》'洪潦浩方割'，沈休文《和谢宣城诗》'别羽泛清源'之类。三接之外，则曹子建《杂诗》'绮缟何缤纷'，陆士衡《日出东南隅行》'璠佩结瑶璠'，五字而联边者四，宜有《字林》之讥也。若赋则更有十接二十接不止者矣。"[26] 上文所引郭璞《江赋》两段中就使用 104 个水字边字，可谓达到联边"接不止"之极致者。

第三条原则是"权重出"："重出者，同字相犯者也。《诗》《骚》适会，而近世忌同，若两字俱要，则宁在相犯。故善为文者，富于万篇，贫于一字，一字非少，相避为难也。"[27] 此段的意思是，属文之时需要权衡重复出现的字。

第四条原则是"调单复"："单复者，字形肥瘠者也。瘠字累句，则纤疏而行劣；肥字积文，则黯黮而篇暗。善酌字者，参伍单复，磊落如珠矣。"[28] 这原则说的是，字形有肥有瘦，即最好不要连续几个全是笔画多、看起来肥胖的字，也不要连续几个全是笔画少、看起来很瘦的字，行文时最好肥瘦相间，如此才能"参伍单复，磊落如珠矣"。

无论是不同时期诗人刻意选择字形的实践，还是刘勰对这些实践所作的论述总结，无不反映出字形在汉诗艺术中的次要作用。虽然魏晋六朝名流文人多有爱用"联边句"者，这类诗句在五言诗中数量毕竟是很有限的，在赋中的像郭璞《江赋》狂用"联边句"的例子是不多的。唐代的"联边诗"主要是无名氏之作，大概乃出自下层文人之手的文字游戏，无关宏旨。就艺术性而言，除了郭璞《江赋》中所见那种联边与双声叠韵结合而生的形声之美，似乎是乏善可陈。若非如此，刘勰怎么会对"联边"持一种批评或至少是保留的态度，告诫对之要"省"呢？另外，从刘氏对"瘠字累句""肥字积文"的批评中，我们可以看出，刘勰主要是就文字书写的审美效果来谈"炼字"。综合来看，他认为临文时不要使用字形过分诡异的字破坏美感，相同的字形或偏旁不需要出现太多次，全篇文章中字形的肥瘦则须参差有序，才能产生较好的视觉美感。换言之，他所关心的是字形结构的视觉美感，而非像某些学者所误解的那样更关心语义的表述。

比较古代诗人使用"联边"的实践和刘勰对此实践的评述，我们可以看到，程氏步费、庞二人的后尘将字形作为汉诗艺术决定因素，无疑是一种观点谬误。首先，程氏引用"木末芙蓉花"与"雷霆空霹雳，云雨竟虚无"二例，认为它们最能证明字形与汉诗艺术之内在联系。然而，这两句则恰好可以归入刘勰所认为的不当的"联边"，即一句中用三个以上同样偏旁的字。其次，程氏大谈王维和杜甫联边句中的字形的变化如何直接呈现诗人的感物和抒情过程，而古代诗人恐怕从未试图凭借字形来显示自己的感物和抒情过程。若是如此依赖字形，他们不会不像程氏那样谈论自己妙用字形抒情的体会，批评家也不可能不深入探究字形与写物抒情的关系。这两种文章在古代文学批评史上是不存在的。

刘勰《文心雕龙·练字》是中国传统诗学中唯一专门讨论字形使用的文章，但其对字形的讨论是围绕汉字的视觉美感角度展开的，与感物抒情过程无关。他文中所说的"临文"是指将作品书写出来，而选字的四项原则旨在告诫选字组句须充分考虑字形的视觉美感。在某种意义上来看，刘勰《文心雕龙·练字》与书法美学的关系之密切甚至胜于文学。

基于以上分析，程氏有关汉字与汉诗艺术关系的描述应该算是误导式的描述。为什么对中国文化有着极为深刻理解的程氏会作出这种误导式的描述？笔者猜测，这大概是因为他所面对的读者群中有很多是对中国文化、中国诗歌毫无了解的外国读者。汉字与西方文字截然不同，不仅表音，更象形表意，往往令他们心驰神往，认为汉字有不可替代的魅力。因此，程氏将汉诗歌与汉字紧密联系，也许是希冀以谈字形的魅力为开场白，将这些读者引导入汉诗的艺术世界之中。

# 二、汉字与汉诗艺术：字音的决定性作用

西方学者率先研究汉字与诗歌创作的关系，为揭示汉诗艺术的特点以及其形成的原因开辟了新的途径，这充分显示了他们从双语或多语的角度审视汉诗艺术的优势。然而，"象形—会意神话"以及其他有关汉字字形的想象在西方延续了数百年，经久不衰。在此语境中研究汉字与汉诗关系，西方学者自然很容易步入过分强调字形作用的误区，即使不像费、庞两人及程氏那样作出误导性的描述，也难免会对汉字其他方面的作用视而不见。

在排除了汉字字形对汉诗决定性作用之后，我们应该把注意力转移到汉字字音之上。汉字字音与世界语言相比有三个特点，一是每个汉字都是单音字，二是每个汉字都有其固定声调，三是单音节汉字绝大部分既表声也表意，纯粹表声的汉字数量极少。大部分表意汉字可以独立使用，与英语 word 的功用相等，小部分不能单独使用的字也多半是含有意义的语素（morphemes）。这两类汉字都可以与其他字灵活地组合为双音词、三音词组或四字成语。

汉字字音三大特点对汉诗艺术产生了什么影响呢？此问题尚未有人进行系统深入的理论研究。笔者认为，汉字字音对汉诗艺术的方方面面都产生了直接或间接的巨大影响。其中对诗歌节奏的影响最为明显，其意义也最为深远。汉字单音节而又独立表意，这就造就了世界上罕有的一种韵律与语义紧

密相连的语言节奏，而这种特殊语言节奏在诗体中得以升华，进而又影响了汉诗句法和结构，为不同诗体意境的产生奠定了语言基础。本节将集中讨论汉字字音对汉诗节奏的直接影响，而后面五节则研究汉字字音对汉诗句法、结构、诗境的间接影响。

## （一）单音节汉字与汉诗韵律的特点

诗歌韵律包括诗韵和格律两大部分，即英文所说的 rhyme 和 meter。这两者实际上构成两个层次上的诗歌节奏。在古今中外的主要诗体中，尾韵通常是最重要的诗韵，它通过诗行末字有规律地重复使用相同或相似的韵母（以及其后的声母），营造出诗行之间的节奏（interline rhythm）。格律则是通过有规律地重复使用相同的基本韵律节奏单位，营造出诗行之中的节奏（intra-line rhythm）。

最基本的诗歌节奏单位，或称音步，均是由两个或三个音节构成的。单音节不构成音步，而四个音节则是两个双音节的重复，五个音节则是一个双音节与一个三音节的总和，由此可以类推下去。因此，双音音步、三音音步是节奏的两种基本单位，不同长短的诗句均是由双音音步与三音音步的不同配置组合而成。古今中外皆如此。例如，英诗中，根据双音节和三音节中轻重音的分布情况，音步分为五种：抑扬格（iamb，即轻音在前重音在后）、扬抑格（trochee，即重音在前轻音在后）、抑抑扬格（anapest，即轻音＋轻音＋重音）、扬抑抑格（dactyl，即重音＋轻音＋轻音）、扬扬格（spondee，即重音＋重音）。英诗带有固定韵律诗行都是这些音步的叠加而成的，如最受人喜爱的抑扬五步诗行（iambic pentameter line）就是由五个抑扬格音步组成的。

汉诗的情况也大致如此。韵律基本单位只有双音和三音，或说二言和三言两种。在诗行中，二言和三言之后稍加停顿就构成独立的韵律单位，而双音韵律单位自我叠加就形成标准的四言、六言、八言等双数字诗行，但若双音与三音单位交叉结合就形成五言、七言、九言等单数诗行。同样，在唐代成形的律诗格律中，与这种顿歇节奏单位相交错的声调单位也是只有双音和三音两大类，即平平、仄仄；平平平、仄仄仄。这些情况都无不印证了节奏的基本单位只有双音与三音两种 [29]。

汉诗节奏与西方诗歌节奏虽然都由双音或三音音步构成，但两者由于与意义的关系"疏密"有别而具有本质的不同。如下例所示，在西方诗歌中节奏与词句的意义无内在关联。

Shall I | com-pare | thee to | a sum | mer's day?
Thou art | more love-| ly and | more tem- | per-ate ：
……

（Shakespeare' Sonnet 18）

我怎么能够把你来比作夏天？
你不独比它可爱也比它温婉：
……

（梁宗岱译文）[30]

以上诗句引自极为出名的莎士比亚十四行诗第十八首，所加的竖线分割出两行抑扬五步诗句的十个音步。其中只有四个音步与句中的意群吻合，而其他六个音步则与意群扞格不合（均用下划线标出）。例如，"sum | mers"前半部分"sum"与 summer 意思完全不同，而"mer's"则并非英文单词。同样，"love-| ly"前半部分的"love"与"lovely"意思也不同，而"tem- |per-ate"断开之后，则变为两个无意义的字母组合。由此可见，英文诗的韵律与意义无内在的联系。

汉诗却恰恰相反。汉字都是单音节的。一个单音节字，不管是有意义的字还是含有意义但不能独立使用的词素，都有与另一个单音节字组合为一个新的双音词的强烈倾向。这种在汉语研究中称为双音化的趋势在《诗经》已见端倪，入汉后经历爆炸性的发展，随后成为汉语词汇发展的常态，一直延续至今。双音是最基本音步，一个双音词自然就是一个音步，这样意义与韵律一拍

[29] 如果按 2+3 节奏来划分五、七言句末的声调单位，则有平平仄、仄仄平、平平仄、仄平平四种。严格说来，这四种只是三言节奏单位之声调，而并非构成近体诗格律的基本声调单位。近体律句形式有两种，要么是两个或三个双音声调单位的对比（外加一个单音），形成（2+）2+2+1 句，即五言之仄仄平平仄、平平仄仄平和七言之（平平）仄仄平平仄、（仄仄）平平仄仄平；要么是一个或两个双音声调单位与单个三言声调单位的对比，形成（2+）3+2 句，即五言之平平平仄仄、仄仄仄平平和七言之（仄仄）平平平仄仄、（平平）仄仄仄平平。依照规则交替使用这两种律句就可推衍出近体诗格律的四种形式。
[30] 朱生豪等译：《莎士比亚全集》（北京：人民文学出版社，1994），卷六，页 542。

即合。同时，汉代以后，越来越多的单音节字又与双音词结合成为三音名词和偏正词组，而一个三音词自然也是一个三音步，语义与韵律因而又紧密相连。换言之，二言意群、三言意群既是意义的基本单位，又是基本韵律单位。这样，它们自身重叠或交替使用，而其间产生有规则的语义停顿，从而构成了意义节奏与韵律节奏的合流。

大概因为没有与汉语截然不同的异国诗歌作对比，中国古人没有对意义节奏和韵律节奏作出精确的定义和区分，也没有深入探讨两种节奏之间合离之张力如何成为各种诗体发展的内在动力。然而，他们直觉地把握了诗行字音数量、行间节奏的重要性，视之为诗体分类的基础。

## （二）字音数量、行间节奏、诗体分类

诗行的字数，或说诗行字音或音节的数量，是中国最古老的诗体分类标准。挚虞（？—312？）《文章流别论》云："古之诗有三言、四言、五言、六言、七言、九言。古诗率以四言为体，而时有一句二句杂在四言之间，后世演之，遂以为篇。"[31] 这里可以看到，挚氏试图对齐言诗进行溯源分类。他认为，最古老的四言是所有齐言诗的共同源头，因为后世其他字数的齐言诗都是通过把古老四言诗中的杂句扩展为篇而成的。

刘勰《文心雕龙·章句》云："若夫笔句无常，而字有条数，四字密而不促，六字格而非缓。或变之以三五，盖应机之权节也，至于诗颂大体，以四言为正，唯祈父肇禋，以二言为句。寻二言肇于黄世，竹弹之谣是也，三言兴于虞时，元首之诗是也；四言广于夏年，洛汭之歌是也；五言见于周代，行露之章是也。六言七言，杂出诗骚，而体之篇，成于两汉，情数运周，随时代用矣。"[32] 这段话中，刘勰一时说"四字""六字"，一时又说"四言""六言"，可见在论诗文时"字"和"言"是互换使用的。在古人的心目中，文字与字声两者是相通而不可分割的，与西方将文字（writing）与言语（speech）绝对对立的观点显然是截然不同的。[33]

[31] 郭绍虞、王文生编：《中国历代文论选》（上海：上海古籍出版社，1979），册一，页191。

[32] ［南朝梁］刘勰著，范文澜注：《文心雕龙注》（北京：人民文学出版社，1962），页571。

[33] 历代编纂的字典无不通过汉字反切来标示读音，而历代编纂的韵书则不仅用具体的汉字命名韵部，还在各韵部之中列出大量韵母、声调相同的汉字。如此把字类辑集和诗歌韵律融为一体的韵书体例大概只有中国才有，这也足以证明在中国古人的心目中文字和字声是不可分割的。

正是因为如此看待声音与文字、声音与意义的内在关系，古人才会自然地用音节数量来命名主要诗体。在汉诗以外的传统中，以音节数量命名诗体的现象，即使不是全然无有，也是极少见的。例如"五步抑扬格"仅仅是韵律节奏的名称，与意义完全无涉，故从来没有也不可能用来命名诗体。

[34] 遍照金刚撰，卢盛江校考：《文镜秘府论汇校汇考》（北京：中华书局，2006），册三，页1493。

[35] "文二十八种病"，见《文镜秘府论汇校汇考》，册二，页956。

用诗行的音节数来命名诗体，这意味着古人已经觉察到相同长度诗行重复出现而形成一种节奏，即不同诗行之间的节奏。例如，挚虞和刘勰所提及的"五言"即每行五个音节，随后停顿，并为了加强停顿而用韵，要么每行用韵，要么隔行用韵。的确，刘勰已经注意到诗行音节字数寡众与诗体节奏促缓的关系，称"四字密而不促，六字格而非缓"。

日人遍照金刚（空海，774—835）《文镜秘府论·南卷》进一步阐发了刘勰的观点，写道："然句既有异，声亦互舛，句长声弥缓，句短声弥促，施于文笔，须参用焉。就而品之，七言已去，伤于大缓，三言已还，失于至促，准可以间其文势，时时有之。至于四言，最为平正，词章之内，在用宜多。凡所结言，必据之为述。至若随之于文，合带而以相参，则五言六言，又其次也。" [34]

## （三）古代批评家论行中节奏

除了诗行之间的节奏，汉诗中还有更重要的一种节奏，即诗行之中由诵读的习惯顿歇而产生的节奏。虽然刘勰没有觉察到"行中节奏"，与他同时代的沈约（441—513）则发现了三言、四言、五言、六言、七言诗各自的"行中节奏"，并加以详细的描述。《文镜秘府论·西卷》中"文中二十八种病"章引沈约称："沈氏云：'五言之中，分两句，上二下三。'" [35] 这里说的"句"实指诵读的节奏段，即现在所说的句读之顿。《文镜秘府论·天卷》中"诗章中用声法式"章又云：

> 凡上一字为一句，下二字为一句，或上二字为一句，下一字为一句。
> 三言。上二字为一句，下三字为一句。五言。上四字为一句，下二字为一句。

[36]《文镜秘府论汇校汇考》，册一，页173。

[37] 周维德集校：《全明诗话》（济南：齐鲁书社，2005），册三，页2228—2229。引文中"/"号为笔者据周氏的顿歇划分所加上的。

[38]［明］黄生：《诗麈》，见贾文昭主编：《皖人诗话八种》（合肥：黄山书社，1995），页57—58。引文中"/"号为笔者据黄氏节奏划分所加上的。

六言。上四字为一句，下三字为一句。七言。[36]

这段话大概是古代文论中最早有关诗行诵读顿歇的描述，谈及了三言句的1+2或2+1节奏，五言句的2+3节奏，六言句的4+2节奏，七言句的4+3节奏。对三言、五言、七言句节奏的描述极为精确，一直被后人所沿用，唯独六言的四二分法欠全面。

到了明清时期，对行中节奏的划分更加细致。明周履靖《骚坛秘语》下卷第六云：

> 上三下四，凤凰乐／奏钧天曲，乌鹊桥／边织女河。上四下三，金马朝回／门似水，碧鸡天远／路如丝。……上二下五，不贪／夜识金银器，远害／朝看麋鹿游。上五下二，杖藜叹世者／谁子，中天月色好／谁看。[37]

黄生《诗麈》把五言句进一步细分为八类，并一一附例解释：

> 上二下三者，如："玉剑／浮云骑，金鞭／明月弓。"（卢照邻）"涧水／空山道，柴门／老树空。"（杜甫）上三下二，如："把君诗／过日，念此别／惊神"（杜甫）"一封书／未返，千树叶／皆飞。"（于武陵）上一下四，如："台／倚乌龙岭，楼／侵白雁潭。"（许浑）"雁／惜楚山晚，蝉／知秦树秋。"（司空曙）上四下一，如："崔啄北窗／晚，僧开西阁／寒。"（喻凫）"莲花国土／异，贝叶梵书／能。"（护国）上二中一下二，如："旌旃／朝／朔气，箛吹／夜／边声。"（杜审言）"星河／秋／一雁，砧杵／夜／千家。"（韩翃）上二中二下一，如："春风／骑马／醉，江月／钓鱼／歌。"（司空图）"晴山／开殿／翠，秋水／卷帘／寒。"（许浑）上一中二下二如："地／盘山／入塞，河／绕国／连天。"（张祜）"井／凿山／含月，风／吹磬／出林。"（贾岛）上一下一中三，如："星／临万户／动，月／傍九霄／多。"（杜甫）"剑／留南斗／近，书／寄北风／遥。"（祖咏）此皆以五言成句，而句中有读者也。[38]

黄生接着又把七言句分成十类，分别举例说明：

> 上四下三，如："九天阊阖／开宫殿，万国衣冠／拜冕旒。"（王维）"龙武新军／深住辇，芙蓉别殿／慢焚香。"（杜甫）上三下四，如："洛阳城／见梅迎雪，鱼口桥／逢雪送梅。"（李绅）"斑竹岗／连山雨暗，枇杷门／向楚天秋。"（韩翃）上二下五，如："朝罢／香烟携满袖，诗成／珠玉在挥毫。"（杜甫）"霜落／雁声来紫塞，月明／人梦在青楼。"（刘沧）上五下二，如："不见定王城／旧处，常怀贾傅井／依然。"（杜甫）"同餐夏果山／何处，共钓寒涛石／在无。"上一下六，如："盘／剥白鸦谷口栗，饭／煮青泥坊底芹。"（杜甫）"烟／横博望乘槎水，日／上文王避雨陵。"（唐彦谦）上六下一，如："忽惊屋里琴书／冷，复乱檐前星宿／稀。"（杜甫）"却从城里携琴／去，许到山中寄药／来。"（贾岛）上二中二下三，如："旌旗／落日／黄云动，鼓角／阴风／白草翻。"（李颀）"论旧／举杯／先下泪，伤离／临水／更登楼。"（杨巨源）上一中三下三，如："鱼／吹细浪／摇歌扇，燕／蹴飞花／落舞筵。"（杜甫）"门／通小径／连芳草。"（郎士元）上二中四下一，如："河山／北枕秦关／险，驿路／西连汉畤／平。"（崔颢）"宫中／下见南山／尽，城上／平临北斗／悬。"（杜审言）上一中四下二，如："诗／怀白阁僧／吟苦，俸／买青田鹤／价偏。"（陆龟蒙）此皆以七言成句，而句中有读者也。[39]

传统句法论中所见的顿歇划分，最为详尽者大概就是黄生这两段话。虽然黄生《诗麈》等著作有不少精湛的见解，但由于没有收入诗文评的总集中，一直鲜为人知，直至1995年《皖人诗话八种》一书出版，才有缘与广大读者见面。之后，蒋寅《清诗话考》发现《诗麈》一书被冒春荣（1702—1760）《葚原诗说》大量剽窃，竟达五十五则之多，其中包括上引的两段话[40]。

清代论诗家还注意到句中顿歇节奏与抒情深度广度有着密切的关系。刘熙载（1813—1881）《艺概·诗概》认为节奏是诗法的实质，并用数字来标明五、七言诗的顿歇。他说："论句中自然之节奏，则七言可以上四字作一顿，五言可以上二字作一顿耳。"[41]

[39]《诗麈》，页58。引文中"／"号为笔者据黄氏节奏划分所加上的。

[40] 见蒋寅《清诗话考》（北京：中华书局，2005），页355—360。

[41][清]刘熙载：《艺概》（上海：上海古籍出版社，1978），页70。

[42]《艺概》，页 70—71。

这表明他看到了七言句的节奏为 4+3，而五言句的节奏为 2+3。他进而用实例说明顿歇节奏对传情达意的直接影响：

> 五言上二字下三字，足当四言两句，如"终日不成章"之于"终日七襄，不成报章"是也。七言上四字下三字，足当五言两句，如"明月皎皎照我床"之于"明月何皎皎，照我罗床帏"是也。是则五言乃四言之约，七言乃五言之约矣。太白尝有"寄兴深微，五言不如四言，七言又其靡也"之说，此特意在尊古耳，岂可不达其意而误增闲字以为五七哉！[42]

刘氏指出，四言一变为五言，五言再变为七言，每增一字不仅使语音节奏更加丰富多变，语义表达的范围随之倍增，诗行亦愈加凝练。对参刘氏所比较的例句，更觉得他立论之严谨精辟；相比之下，李白所持的四、五、七言"渐退论"显得有些肤浅偏颇。李白渐退论，在刘氏看来意在尊古而已，刘氏认为不能错误地将四言发展到七言其间所增加的字看作"闲字"，而是本质上的变化。从四言到五言，增加一字，表达的意义等于两句四言句共八字之意；从五言到七言，增加二字，表达的意义等于两句五言共十字之意，因此，节奏的变化带来的也就是传情达意的范围之变化。

## （四）韵律节奏与意义节奏关系

五言上二下三、七言上四下三的顿歇划分，从沈约以来一直为大多数论诗家所沿用，为何周履靖和黄生却能列出多至八种五言和十种七言的顿歇节奏呢？其原因是周、黄二人在发现了另一种前人很少论及的语义顿歇节奏。沈约、遍照金刚等人所作的顿歇划分是各种诗体所固有的，简单而统一的韵律节奏。在诵读或吟唱诗章之时，人人都自然地遵守这种顿歇节奏，故刘熙载称之为"自然节奏"。周履靖和黄生所讨论的则是一种不受诵读节奏制约，纯粹由语义和文法所决定的顿歇节奏。这种顿歇与一般散文的顿歇没有什么不同，完全由"无声"的读者根据词组间关系疏密而定。正因如此，黄生在列举八类五言句之后立即说："此皆以五言成句，而句中有读者也。"在列举十类七言句又再次强调："此皆以七言成句，而句中有读者也。"这两句话所说的"读者"应是指"句读"之"读"。然而，由于这类"读"多由读诗人根据语义和文法而自行决定，所以"句中有读者"似乎亦可解为指有读者的参与。既然这种语义顿歇在一定程度上有赖于读者的主观判断，它必定不是简单而统一，而是繁杂而具有开放性的。为了防止混乱，本文把诵读与语义顿歇分别称为"韵律节奏"和"语义节奏"，同时把构成这两种节奏的单位分别称为"音段"和"意段"。

进入 20 世纪之后，对诗歌节奏的讨论非但没有因旧体诗的式微而冷却，反而成为现代诗论中一个备受关注的研究热点。20 年代的新文化运动引发了新旧体诗之争，而韵律节奏之利弊则是这场论辩的焦点。不管论者是主张完全继承（如以吴宓为代表的学衡派），或创造性地改造（如闻一多等格律体新诗倡导者），还是彻底屏弃（如胡适等散文化新诗倡导者）古典诗的韵律节奏，他们都试图借用西方诗律学的概念来分析汉诗韵律节奏及其与语义节奏的关系。

胡适《谈新诗》（1919 年）一文提出"节"的概念，定义为"诗句里面的顿挫段落"[43]。他认为"旧体的五七言诗两个字为一'节'"[44]，故他说的"节"是比遍照金刚的"句（读）"或刘熙载的"顿"更小的节奏单位。他用"节"来划分以下五七言例句的"顿挫段落"，分别得出二二一和二二二一两种节奏："风绽—雨肥—梅（两节半）""江间—波浪—兼天—涌（三节半）"[45]。刘熙载称五、七言诗之韵律节奏为"自然节奏"，胡适则恰恰相反，把它视为阻碍传情达意、新诗必须破除的不自然节奏。他所称的"自然音节"是新诗白话句子里无定的，包含有一字至五字不等的顿挫段落。用胡适的话说，它"就是句里的节奏，也是依着意义的自然区分与文法的自然区分"[46]。

闻一多把韵律节奏称为"音尺"，即英文的"foot"，后通译为"音步"。他在《律诗底研究》（1922 年）中说："大概音尺（即浮切）在中诗中当为逗。'春水''船如''天上坐'实为三逗。合逗而成句，犹如'尺'（meter）而成行（line）也。"[47]

[43] 欧阳哲生编：《胡适文集》（北京：北京大学出版社，1998），册 2，页 142。
[44]《胡适文集》，册 2，页 142。
[45]《胡适文集》，册 2，页 142。
[46]《胡适文集》，册 2，页 143。
[47] 闻一多：《神话与诗》（上海：华东师范大学出版社，1997），页 296。

[48] [明] 李东阳:《麓堂诗话》,载
丁福保编:《历代诗话续编》(北
京:中华书局,1983),册下,页
1370。

[49] 参阅冯胜利:《汉语韵律语法研
究》(北京:北京大学出版社,
2005),页3—7;吴为善:《汉
语韵律句法探索》(上海:学林
出版社,2006),第一章第二节
《音步长度的确认及其类型》,页
4—7。

他借用外来术语"音尺",把原仅指顿歇的"逗"("读")改造成由二、三音节字群和顿歇两者结合而成的节奏单位。这一做法与胡适释"节"为"顿挫段落",把顿歇之顿扩展为节奏单位的做法如出一辙。显然,闻"音尺"说受到了胡"节"说的启发,不过闻对节奏单位的划分则与胡分道扬镳。胡认为汉诗韵律节奏有五种,从一言(半节)至五言音节,而闻则认为只有"二字尺"和"三字尺"两种,故分"春水船如天上坐"一句为"三逗"(即二二三),而不是胡的"三节半"(即二二二一)。闻一多的观点显然比胡适的更为合理,因为单字或太长的音节组是不能构成节奏的。明李东阳云:"(诗句)太短太长之无节者,则不足以为乐。"[48] 可见这点古人早已知晓。的确,四言是二言音步之重叠,五言则是二、三言音步之组合,而并非独立的节奏单位。闻氏的音步分类不仅是当时格律体新诗派建立的理论依据,而且日后被大多数语音学家采用[49]。

朱光潜《诗论》(1943年)中《论顿》一章对诗歌节奏作了透彻精辟的讨论。与胡适和闻一多一样,他把传统诗论中有关顿歇的术语改造为节奏单位的名称。他所选用的字是"顿",与胡的"节"和闻的"逗"有所区别。在《论顿》中,朱光潜首次明确地指出,古典诗歌里有两种不同的、呈主从关系的节奏:

> 在读诗时,我们如果拉一点调子,顿就很容易见出。例如下列诗句通常照这样顿:
> 陟彼—崔嵬,—我马—虺隤—。我姑—酌彼—金罍,—惟以—不永怀。
> 涉江—采芙—蓉,—兰泽—多芳—草。
> 花落—家僮—未扫,—鸟啼—山客—犹眠。
> 永夜—角色—悲自—语,—中天—月色—好谁—看。
> 五更—鼓角—声悲—壮,—三峡—星河—影动—摇。
> 这里我们要特别注意的就是说话的顿和读诗的顿有一个重要的分别。说话的顿注重意义上的自然区分,例如"彼崔嵬""采芙蓉""多芳草""角声悲""月色好"诸组必须连着读。读诗的顿重声音上的整齐段

落，往往在意义上不连属的字在声音上可连属，例如，"采芙蓉"可读成"采芙—蓉"，"月色好谁看"可读成"月色—好谁看"，"星河影动摇"可读成"星河—影动摇"。[50]

朱氏把近古体诗的节奏分为"读诗的顿"和"说话的顿"两种，即是本文所说的"韵律节奏"和"语义节奏"。他认为，前者是主导节奏，而后者是次要辅助的节奏，需要迁就服从前者。因而，"'采芙蓉'可读成'采芙—蓉'，'月色好谁看'可读成'月色—好谁看'，'星河影动摇'可读成'星河—影动摇'"，尽管这种读法与"说话的顿"相违。据朱氏此"二顿"说，我们回头再比较一下刘熙载与黄生顿歇说，不难知道两者繁简之巨大差别乃是划分两种不同节奏所致。其实，黄生自己完全明白，他所划分的语义节奏与韵律节奏截然不同，前者必须迁就后者。他说："唐人多以句法就声律，不以声律就句法。"[51] 黄生《诗麈》有民国二十年神州国光社刊本[52]，朱氏有否读过，进而受黄生的启发而提出"二顿"说，不得而知。

朱氏认为，对写新诗的人而言，旧体诗的韵律节奏犹如"囚笼"。他说道："旧诗的顿完全是形式的，音乐的，与意义相乖讹。凡是五言句都是一个读法，凡是七言句都是另是一个读法，几乎千篇一律，不管它内容情调与意义如何。这种读法所生的节奏是外来的，不是内在的，沿袭传统的，不是很能表现特殊意境的。"[53] 正因为如此，激进的新诗倡导者力图要"把旧诗的句法、章法和音律一齐打破"[54]。

在确定韵律节奏的主导地位的同时，朱氏意识到语义节奏亦有反过来抑制韵律节奏，发挥主导作用的空间。他说："我们在上列各例中完全用形式化的节奏去顿，这种顿法并非一成不变，每个读诗者都有伸缩的自由，比如下列顿法：'涉江—采芙蓉。''风绽—雨肥梅。''中天—月色好—谁看。''江间—波浪—兼天涌。'"[55] 这种意顿法与黄生的顿歇划分完全一样，都是在读者（尤其是默读者）的主观作用下实现的。黄氏云"五七言成句，而句中有读者也"，与朱氏"每个读诗者都有伸缩的自由"的意思有相通之处。

[50] 朱光潜：《诗论》（上海：上海古籍出版社，2005），页134。
[51]《诗麈》，页86。
[52]《清诗话考》，页3。
[53]《诗论》，页140—141。
[54]《诗论》，页141。
[55]《诗论》，页135。

[56] 参阅罗常培、王均:《普通语音学纲要》(北京：科学出版社，1957)；高名凯、石安石主编：《语言学概论》(北京：中华书局，1963)；胡裕树主编：《现代汉语》(上海：上海教育出版社，1981)；陈本益:《汉语诗歌的节奏》(台北：文津出版社，1994)，页 53—56。以上著作扼要地介绍了这些语言学家的观点。

20 世纪 50 年代末，新诗形式之争再度兴起，诗歌节奏又成了诗学界的热门话题。在这次论争中，语音学家不仅积极参与，而且似乎成为一股主要的力量。他们对语义节奏尤感兴趣。50 到 80 年代间出版的重要语音学著作都花了不少笔墨讨论语义节奏。除了王力以外，罗常培、高明凯、胡裕树等语音学家提出"意群""节拍""节拍群""音义群"一系列新概念，藉以建构各种语义节奏的分析模式。[56] 从 90 年代迄今，诗歌节奏的研究又有了进一步的发展。冯胜利、王洪君、吴为善等学者借鉴西方语言学中新兴的非线性音系学，致力于建立汉语韵律句法学。他们对诗文韵律和语义节奏的本质，对两者的互动关系及其对句式的制约影响都作出了许多极为精辟、超越前人的论述。

# 三、单音节汉字与汉语句法

日本学者松浦友久评论中国诗歌的特点时说："中国诗韵律结构与中国语的特点关系最为密切；同样地，与韵律结构有着不可分割的关系的抒情结构，恐怕也深深地受到它的影响。"[57] 汉诗节奏是怎样深深地影响抒情结构的呢？两者不可分割的关系是怎样形成的呢？在古代诗学著作中，我们找不到有关这两个问题的研究，刘熙载也只是点到了节奏与抒情的内在关系而已。笔者认为，韵律结构与抒情结构研究脱节的原因是，我们完全忽视了连接两者的纽带：句子结构。

在汉诗传统中，每种诗体都有其独特的韵律节奏，而每种主要韵律节奏都承载与其相生相应的句式，展现不同的时空及主客观关系，营造出绚丽多彩的诗境。因而，从诗体节奏的角度分析各种诗体中句法的演变是亟待研究的重要课题。为了有效地开展这项研究，我们首先要对古今汉诗节奏论和句法论加以系统的梳理。古今节奏论的梳理已在上节完成，现在我们可以

[57] 松浦友久:《中国诗的性格——诗与语言》，见蒋寅编译:《日本学者中国诗学论集》(南京：凤凰出版社，2008)，页18。

接着评述古今句法论的发展。

由于上节中有关语义节奏的讨论已涵盖了传统诗学句法论的主要部分，故本节将重点介绍现代语法句法论的核心内容，为后续几节对不同诗体节奏和句法的分析打下理论基础。

## （一）传统诗学句法论和现代语法学句法论

要深入研究各种诗体节奏与句法的关系，我们必须同时借鉴传统诗学和现代语法学的句法研究。《现代汉语词典》解释"句法"如下：

> 【1】句子的结构方式：这两句诗的～很特别。【2】语法学中研究词组和句子的组织的部分。[58]

此词条所列第一义以诗为例，显然与传统诗学中所谈的句法有密切关系。实际上，"句法"一词原本是传统诗学的专门术语。第二义源自西方的分析句法，即建立在空间—逻辑关系框架之中的所谓"syntax"。如果说传统诗学的句法主要研究诗歌外部语序的变化，现代语法学的句法则研究句子的内部结构，即词语之间时空和逻辑的关系。

在传统诗学著作中，句法指不同字词相配连接成句的法则，即词与词之间在外部层面上互相组合的顺序。刘勰《文心雕龙·章句》对不同字词相配连接句子的法则作出以下的定义："置言有位，位言曰句，句者，局也，局言者联字以分疆。"马建忠解释道："凡字相配而辞意已全者，曰句。……所谓联字者，字与字相配也，分疆者，盖辞意已全也。"[59] 明清时期的论诗家则喜欢谈论诗人对语序的种种创新。王世贞说："句法有直下者，有倒插者，倒插最难，非老杜不能也。"[60] 清初黄生说："唐人炼句，有倒装、横插、明暗、呼应、藏头、歇后诸法，

[58] 中国社会科学院语言研究所词典编辑室编：《现代汉语词典》（北京：商务印书馆，1978），页606。

[59] 马建忠对刘勰此段的引用与解释参见《马氏文通》首卷"界说十一"，见马建忠：《马氏文通》（北京：商务印书馆，1998），页24。

[60] ［明］王世贞著：《艺苑卮言》，载《历代诗话续编》，册二，页961。清人冒春荣袭用王氏的论述，略加扩充云："句法有倒插，有折腰，有交互，有掉字，有倒叙，有混装对，非老杜不能也。"见《葚原诗说》，载郭绍虞编：《清诗话续编》（上海：上海古籍出版社，1983），册三，页1593。

[61]《诗麈》，页 57。

凡二十种。"[61] 因此，他们所认为的"句法"实则是字词之间、句子之间的语序安排原则。与西方语言不同，汉字自身不带有西方语言那种形态标记（inflection），即时态、语态、性数变化等标记。汉语结字组句主要是依赖字词的语序，和用于标明语序的虚词，勾勒出句中词语的主谓关系以及非主谓关系。汉语并不以"形态标记"建构句子，所以它的句法应属于不带形态标记（non-inflectional）的语序句法。在西方现代语言学中，在语序句法上建构的语言，如汉语、越南语等，被称为"孤立语言"（isolating language）或"分析语言"（analytical language）。

西方语言的句法（syntax）是指组词造句所依赖的时空—因果框架。此框架是由时态、语态、词类的变格相互结合而构成的。西方语言中各种词汇通常都附带有形态标记，以帮助确定句中字词的时态（tense）、语态（voice）、性数（gender and number）等，从而揭示字词之间或说它们所指涉的现象之间的时空—逻辑关系。换言之，孤立的言词，一旦正确地放置在此框架之中，组成句子，即可在精确具体的时空之中把客观或主观现象呈现出来，并表明这些现象之间的因果关系。

为什么西方语言必须使用各种形态标志，发展成为"屈折语言"（inflectional language）？反之，为何汉语却走上使用语序句法，建构"分析语言"的道路呢？这也许是语言学家永远无法彻底解释清楚的问题。不过，我们这些语言学外行也能直觉地感觉到，这两种截然不同的句法乃至语言系统的形成应与两种语言各自的语音节奏有关。更具体地说，也许分别与西方词汇多音化和汉字单音节化有着密切的关系。词汇多音化的西方语言无法使用语序句法的主要原因是，一个字词可以有多个音节，一句话因此也许会有十多个音节，相邻的多音节词之间间隔较疏，各自音节数目又多不一样，故没有固定的、可预料的顿歇可言。既然不能用顿歇来标示句中不同意群的转换衔接，所以必需使用形态标记来加以说明不同意群的时空—逻辑关系。

汉语的情况则恰恰相反。每个字就是一个音节，又多有自身的意义，故相邻的单音字之间关系极为紧密，要么合成一个双音词或双音词组，要么与一个双音词结合，成为一个三言词组，而这些词和词组又与二、三的基本韵律单位完全吻合，实现音义合一，因而形成固定的、可预料的停顿节奏。不同意群依照这种富有规律的语序出现，它们之间的时空、逻辑以及其他关系自然就可"不言（不用形态标记）而喻"了。[62]因此，这很可能就是为何汉语不带形态标记的主要原因。

[62] 戴浩一《时间顺序原则与汉语语序》一文系统地阐述了汉语语序普遍遵循时间顺序原则的特点，所举的例证涉及时间联系词使用、两个谓语的连接、复合动词的结构、状语位置、时间范围原则、名词短语结构诸多方面。见《国外语言学》1988年1期，页10—20。戴文当时引起汉语语言学界的巨大反响，其中也有学者对戴的观点提出了质疑，参见姚振武：《认知语言学思考》，《语文研究》2007年第2期，页13—24。

颇有意思的是，西方语言学家冠以汉语的名称，不管是"孤立语言"还是"分析语言"，都似乎印证了汉字单音化对汉语建构的巨大影响。所谓"孤立"似乎可以看作是指单音汉字可以"孤立"无援地（即不使用外在的形态标志）造句，而"分析"又可以看作是指汉字遣词造句序列的自身就揭示了句中字词之间的"分析关系"（analytical relationship），即时空和逻辑上的关系。进一步推论，我们似乎又可以说，由于汉语语序自身就体现了一种时空和逻辑上的关系，所以中国传统句法感性地描述语序即可，自然无需发展出西方那种基于时空—逻辑关系的分析性句法。相反，多音化的西方语言无法依赖语音节奏表达词语之间的时空—逻辑关系，故不能不发展出以主谓结构为核心的分析性句法。

自从马建忠《马氏文通》于1898年问世以来，中国语言学家一直致力于在西方语言那种时空—因果的框架之中重构汉语句法。他们一方面参照西语词类把实、虚两大词类细分为名词、动词、代词、形容词、副词诸类。另一方面，他们又引入主语、谓语、宾语、状语、补语等概念，结合汉语特有的语序和语音节奏，系统详尽地分析了古、现代汉语组句的规律，列出各种主要的单、复主谓句式。汉语语法家在时空—因果的框架之中成功地重构汉语句法，有助于我们这些文学工作者开辟研究汉诗艺术的新蹊径。然而，在运用现代语言学句法论来分析汉诗之前，我们必须先掌握汉语中主谓和非主谓两大类句型的特点，尤其是它们表示时空逻辑关系和非时空逻辑关系的独特之处。

## （二）汉语主谓句的特点

"主谓结构"，或更具体地称为"主—谓—宾结构"，是汉语语法学的核心部分。在这个源自西方的概念基础之上建构汉语语法，有其合理性。王力先生指出："主—动—宾的词序，是从上古汉语到现代汉语的词序。"[63] 上古时期曾有一些常用的主—宾—动句式，但它们都是代词和疑问词的凝固句式，而且在先秦之后就极少见了。[64] 然而，汉语主谓结构之形态，与西方语言所展现的，迥然不同。西方语言是具有"形态标记"的语言。顾名思义，"形态标记"就是各种词类在句子中必须戴上的标记。在西方语言之中，这些标记五花八门，应有尽有，而具体的数目与使用规则则因具体语言而异。英语的形态标记，虽比法、西、俄诸语所用的少些，但也够复杂的了。完整正确的句子，必定带有显示动词的时态和语态，名、代词的性数，代词的主宾格（case）种种标记。另外，一个概念通常在不同词类有不同的形式。例如，"黑"的形容词是 black，名词是 blackness，动词是 blacken。所有这些形态标记，无非是要精确地把句子所述内容的时空和因果关系确定下来，尽可能地消灭任何能产生误解的模糊空间。与西方语言相反，汉语是"非形态标记型"语言，至少是没有西方那种固定的、不可拆除的形态标记。汉语中，有些虚词的确带有标记形态的作用，但它们只是造句的辅助成分，往往可以省略，由语序、语境或其他因素代替。

可以说，汉语与西方语言背道而驰，走的是允许意指模糊空间存在、自由化的路子。这种自由化的倾向，在语句的具体使用中表现更为突出，非但不带形态标记，就连主、谓、宾语都可省掉。对此，启功先生作出精彩而又幽默的评语："汉语之中随处都会遇到缺头短尾巴的'不合格'（也可讲成不合'葛朗玛'）的句子。若否定那算一句，它又分明独立存在在那里，叫不出它算个什么。若肯定那算一句，它却又缺头短尾，甚至没有中段。例如：'结庐在人境，而无车马喧'（陶渊明），'天地玄黄，宇宙洪荒'（《千字文》），都是没头没尾的'残品'。"[65]

启功先生又曾举出"长河落日圆"为例证明汉语主谓句与西方主谓句的区别。他认为：

[63] 王力：《汉语史稿》（北京：中华书局，1980），册中，页 357。

[64] 有关这些句式的讨论，参阅《汉语史稿》，册中，页 357—367。

[65] 启功：《汉语现象论丛》（北京：中华书局，1997），页 55—56。

这五个字可以变成若干句式：

河长日落圆　　圆日落长河　　长河圆日落

以上三式，虽有艺术性高低之分，但语义 [66]《汉语现象论丛》，页 16。
上并无差别，句法上也无不通之处。

长日落圆河　河圆日落长　河日落长圆

河日长圆落　圆河长日落　河长日圆落

这几式就不能算通顺了。但假如给它们各配上一个上句，仍可起死
回生。[66]

因此，从这一例，我们可以看到汉语主谓句在诗歌中的极度灵活性，在后续
分析中，我们可以看到诗人是怎样利用这样的灵活性，创造出表达不同意义
的诗句。

## （三）汉语题评句的特点

启功先生戏称为"没头没尾的'残品'"的中文主谓句，曾在 20 世纪初
被一部分人视为造成中国贫穷落后，遭西方列强欺凌的重要原因之一。这些
人认为，汉语句法过于松散自由，缺乏精确性，不利于进行严密的逻辑思维，
故严重地阻碍了科学在中国的发展。有趣的是，汉语句法，正当其在中国倍
受鞭挞之际，却得到庞德等著名西方现代主义诗人的高度赞誉。在他们看来，
西方语言的种种形态标记，无不是束缚艺术想象的枷锁。他们所做的艺术实
验就是要砸破这些枷锁，超越概念化思维，用意象直观地呈现主客观世界之
实相。如上文所述，费氏以"人见马"一句话为例子，详细地讨论了汉语词
类不带形态标记，汉字不随词类变化而换形的特点。费氏指出，英文的主谓
句，被形态标记所束缚，只能表达枯燥抽象概念，而不受此束缚所累的汉语
则可把自然界万物之间、人与自然之间相互作用的势能呈现出来。

　　其实，"人见马"那类主谓句，并非费、庞二人所能找到的最佳例子。
可惜他们不知道，汉语里还有一种非主谓型的、可给予更大想象空间，更能
体现意象派艺术理想的句型，那就是用赵元任所称的"主题＋评语"句型
（topic+comment，以下简称"题评"）。这一理论实是西方语言学家发明的，
他们以"题评"这种解释的方法讨论英文中的倒装句，所谓"topic"即话题，

而 "comment" 则是对此话题加以评价的评语。赵元任先生则最早用 "题评" 的概念精辟地揭示了汉语中这类句型与主谓句型的迥然不同之处。[67] 他认为，"人见马" 或 "狗咬人"（赵所用的例子）这类的标准主谓句，在汉语中所占的份额不到百分之五十，也就是说，多数以上的汉语句子都不是名副其实的主谓句。[68] 他在《汉语口语语法》一书中用下几个例子作了说明：1）这事早发表了；2）这瓜吃着很甜；3）人家是丰年。

这三个句子，在形式的层面上都呈现主谓句的语序。句首是主语，中间是谓语动词，句末是宾语或补语。然而，在语义的层面上，它们却与主谓结构固有的 "施事者—动作或状态—受事者" 的线型逻辑关系相悖。这种现象在西方语言中是不允许出现的。以上第一句可看作 "某人早发表这事 / 某人早发表（有关）这事（的文章）" 的被动式，但这样不带被动态标记句子在英语中只是逻辑不通的病句。第二句看作被动式更加勉强，倒置的主宾关系改过来，可得 "某人吃着这瓜" 一句，但 "很甜" 则无法放入此重构的主动句中，必须是另外一句评语。另外，两句的意思已有很大出入。原句是说瓜的味道甜，而重构句则指吃瓜的动作。

在以上例子中的形式主语与形式谓语，既不是施事者与动作的关系，甚至也不能视为被动式中受事者与动作的关系。那么，两者的关系是什么呢？赵元任先生认为，这类句子的形式主语实际上是讲话人或书写人所关注的主题，而句中的形式谓语则是讲话人或书写人对主题所发表的评论。赵先生这一精辟论断揭示了这类汉语特有句型的本质。遗憾的是，赵先生反对其他学者在主谓句型之外树立一个与之对等的 "题评句型"，而把 "题评" 说成是汉语主谓句的共有的特性。[69] 笔者认为，两种句型不仅有本质的差异，而（正如赵先生所说）各自在汉语中所占的比重又接近相等，把它们视为相对独立、相辅相成的两大类，应该是顺理成章的。

赵先生还特别指出，题评式的句子在诗歌中频繁出现，并举出李白 "云想衣裳花想容"、杜荀

[67] 为了防止类别混淆，本书中 "句型" 专指主谓与题评两大类基本句子结构，而 "句式" 则指两大句型之下的细类。

[68] 以下所介绍赵先生的观点，详见 Yuen Ren Chao, *A Grammar of Spoken Chinese* ( Berkeley: University of California Press, 1968), pp. 67–78.

[69] 在赵元任的影响之下，周法高把 topic+comment（他译为 "主题" 和 "解释"）视为古汉语的最基本句型。见周法高：《中国古代语法:造句篇上》,《中央研究院》历史语言研究专刊》之三十九（台北："中央研究院" 历史语言研究所，1961），页 1–6。

鹤"琴临秋水弹明月，酒近东山酌白云"的诗句为例。笔者认为，题评句在诗歌中大量出现，主要的原因是它们为诗人提供了一种不诉诸概念语言的抒情方式。在诗歌中，主题既是诗人在现实或想象世界中观照着的一物、一景或一事，而评语则是"诗人感物，联类无穷"，最终所采撷到最能传达自己当时情感活动的声音、意象和言词。主题与评语，往往处于不同的时空，不存在如施事与受事那种前后因果的关系。因而，评语与其说是对主题的客观描述，毋宁说是诗人情感活动的象征。从相反的读者角度来看，主题与评语之间时空与逻辑的鸿沟，促使读者超越概念思维，通过联想和想象，让诗人的情感重现在自己的脑海里，升华为一种艺术境界。题评句具有如此巨大的艺术感召力，无怪乎《诗经》以来的诗人一直不断地大量使用，在各种诗体中发展出各式各样的新题评句式。

# 四、汉诗节奏与传统语序句法

上节已大胆地推测了单音节汉字与汉语语序句法的渊源关系，然后阐述传统诗学句法论和现代语言学句法论的差异，并描述了汉语主谓和题评句型的特点。本节试图分析汉诗节奏与传统语序句法的关系，藉以揭示汉诗节奏的重要性。更具体地说，我们将探讨单音汉字构成的节奏如何帮助破除虚词的束缚，使汉字造句能力在五、七言等诗体中达到登峰造极的地步，从而把汉语语序传情达意的潜力发挥得淋漓尽致。

在古汉语散文中，虚词起着"联字以分疆"的重要作用。刘勰《文心雕龙·章句》对此有精辟的阐述：

> 至于夫惟盖故者，发端之首唱；之而于以者，乃札句之旧体；乎哉矣也者，亦送末之常科。[70]

刘氏列举了散文造句时常用的三类关键的虚字，"夫惟盖故"为句首之起始字，其作用类似西

[70]《文心雕龙注》，页572。

语标示句子开头的大写字母。"之而于以"为散文句中的连词及介词。"乎哉矣也"则为句末标示句子结束的虚字，对应西语句子结束时所用的句号、感叹号等标点。

诗歌中基本不用这些虚字，因为它们的作用已被诗歌节奏所代替。正如上文所示，由尾韵构成的"行间节奏"足以告诉读者，诗行何处结束，另一诗行何处开始，自然不需要使用古汉语散文中那些标示句子首尾的虚字。的确，"夫惟盖故"这类发端虚词几乎在所有诗体中销声匿迹。在汉代以后的诗中，"乎哉矣也"这类送末的虚字，若非为了特别加强语气，也极少使用。同时，由顿歇构成的"行中节奏"又取代了"之而于以"这类札句之"旧体"。刘勰称这些虚词为"旧体"，很可能意指这些连词主要用于古老的《诗经》和《楚辞》之中，因为它们在新兴的五言诗中已被"行中节奏"所取代。的确，在《诗》《骚》之后的各种诗体中，行间节奏和行中节奏取代了表示句首、句中、句末停顿的虚词，汉字组句的潜力因而淋漓尽致地发挥出来了。

## （一）英语中的两种文字游戏

为了说明汉诗中汉字的非凡造句能力，我们不妨拿英语和汉语文字游戏作比较，看看两者的差别有多大。以下图二和图三分别是西人习玩的纵横填字游戏（Crossword Puzzle）和寻字游戏（Word Search Puzzle）。二者要求解谜者以纵向、横向、斜向等各个方向填入字母，连接成有意义的单词，从而获得文字游戏的乐趣。

| Across | Down |
|---|---|
| 2. ARCH | 1. MERIT BADGE |
| 5. NEAT | 2. ATTIC |
| 7. IDEA | 3. COIN |
| 8. EDITION | 4. QUARTERS |
| 11. EYE | 6. REVISED |
| 12. STANDARD | 9. MEDALS |
| 13. BE | 10. LABEL |
| 14. WEB | |
| 15. LISTS | |

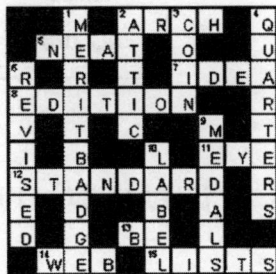

[71] "Merit Badge Crossword Puzzle Answers," http://www.usm-int.gov/kids/coinNews/makingCents/2003/q2_crosswordAnswers.cfm.

图一：纵横填字游戏（crossword puzzle）[71]

图一左侧是纵横填字游戏的提示，列出纵横两个方向需要填入的词，几乎等于把谜底和盘托出。

由于英文字母众多，若是没有如此明显的提示，解谜者很难拼出这些词，得到答案。图三则是寻字游戏，是让解谜者上下左右寻找可读通的词。这里是要求寻找国家首都的名字，横向有古巴首都哈瓦那"Havana"，纵向有比利时首都布鲁塞尔"Brussels"，斜向则有也门首都萨那"Sanna"，等等。纵横填字是西人老少皆喜爱的游戏，主要报纸每天都载有纵横填字游戏的专栏。寻字游戏则主要面向在校学童，帮助他们识字，扩大词汇量。

图二、三中字母能沿着不同方向连成词，这足以说明英文二十七个字母的组词能力。然而，图二中留有不少空格，这也说明英文字母组词的能力也是有所限制的。图三中所有字母虽然都可连成首都名称，但这些名字之间相互交叉点不多，有些近乎是单独罗列（如最左边纵向的 Brussels 一词），这也说明英文字母组词能力是有所限制的。

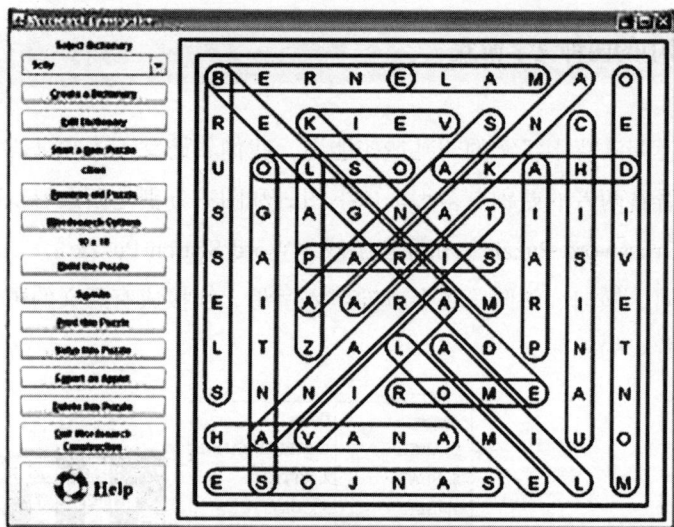

图二：寻字游戏（word search puzzle）[72]

## （二）汉诗文字游戏：回文诗

最能说明汉字组合能力的文字游戏应是回文诗。五言诗在汉代兴起之后，诗人就已经自觉地意识到汉字惊人的组句能力，试着把诗中文字上下左右地串联成句，视为一种自娱自乐的游戏，不久就发展出回文诗这种举世无双的文字游戏。在汉语世界里，最著名的回文诗当属相传为东晋苏蕙所作的《璇玑图》（图四）。苏蕙，字若兰，苻秦时期始平人，依《晋书·列女传》，苏蕙为"窦滔妻苏氏……善属文。滔，苻坚时为秦州刺史，被徙流沙，苏氏思之，织锦为回文旋图诗以赠滔。宛转循环以读之，词甚凄惋，凡八百四十字，文多不录"[73]。从这一记载可知苏蕙所作回文图包括 840 汉字，现存版本如下所示：

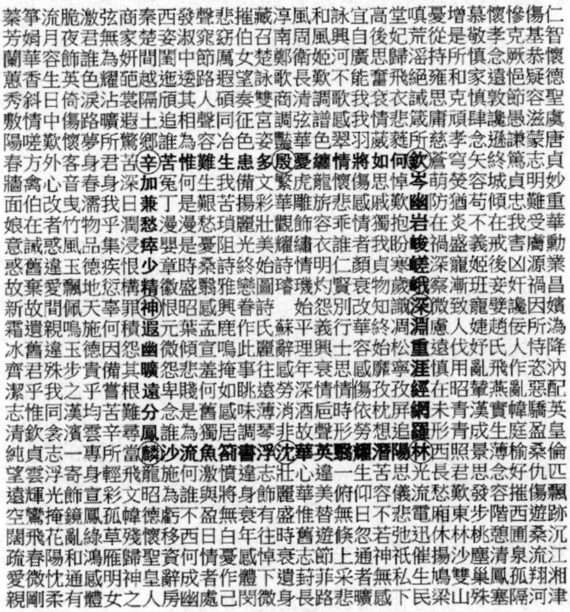

藾箏流脆激弦商秦西發聲悲摧藏淳風和詠宣高堂嗔憂增慕懷慘傷仁
芳娟月夜君無家楚姿淑窕窈伯召南周風興自傷妃荒從是敬孝克至智
蘭華容飾�為妍間闈中節屬女趙鄭衛姬何廣思歸滔持所慎念厥恭懷
蕙香生英色耀匝越迤逶路踅望詠歌長歎不能�飛絕雍和家遺悒疑德
秀斜日倚淚沾金隔間其人頎奏雙商清調歌我衾衣誠思克慎敦節容室
敷情中傷路曠堙土追相聲同征宮調弦譜感我情悲箴庸頑肆讒愬滋虞
陽嗟歎懷夢所驚鄉誰為容冶色姿豔華色翠羽威甚所慈孝念遜謙縈唐
春方外容身君苦辛苦惟難生患多殷憂纏情將如何欽蒼穹矢�篤志貞
牆禽心音春身深加冤叱我備文絮虎龍懷傷悲悼琴萌愛容城貞明妙
面伯改我濡我日兼丁恨苦揚彩華雕旅悲感威歎幽防猶茍傾忠難重
娘在者竹物平淵愁漫漫愁飼瑰壯觀飾容乖情獨抱岩在炎不在我受華
意誡惑風品集痒嬰嬰是憂阻光美耀繡衣誰者我盼峻禍盛義戒害膚勤
惑舊達玉德疾性少章時桑詩終始時情明仁顏貞�重深靈姬姿幻源柔
故棄愛飄地怒情精微盛歎雅戀霒璿璣圖以賢哀物歲峨察漸班妾奸禍昌
新故間闈天辜貞神恨昭感興眷詩　始怨別改知識深微致寵嬪讒因嬌
霜遺親懷施何積遐元葉孟虎氏蘇平義行華終淵廬人婕婷侶所為
冰舊達玉德懷幽微傾宣鳴此調辭理興士容始臨重遠伐妖奸人峙傳
齊君殊步貴備其曠怨悲差掩事往衰思感靡辜涯慎用亂飛作志汭
潔乎我之乎嘗根遠卑賤何如跳遠勞深情惕傷攻孜徑在昭肇燕圖惡配
志惟同漢均苦難分念是舊感味薄消酒屋時依枕屏網未青漢實幃驕英
清欽委潔辛辛重鳳誰為獨居調琴形勞勢想遙躍形青成生庭盈室
純貞志一專所Cong麟沙流魚笥書浮沈華英翳耀潛陽林西相景薄榆桑倫
望雲浮寄身輕飛龍施何激憤違志壯心違一生苦思光長君思念好仇匹
遠輝光飾節宣彩文昭為誰興與將身飾麗華美俯仰容儀流愍歎發容摧傷飄
空鶯掩錦鳳孤幃德虧不盈衰有年惟悲幃東步隨西遊妳
閨飛花亂綠草殘懷移西日白年往時舊遂條忽忿弛迅休林林桃慇圃桑沉
疏春陽和鴻雁歸鵲寞資何情憂感悴衰志節上通神祇催揚游塵清泉流江
愛微忧通感明神皇辭成者作體下遺封菲采者無私生鳩雙巢鳳孤翔湘
親剛柔有體女之人房幽處己閔微身長路悲曠感下民梁山殊塞隔河津

图三：苏蕙《璇玑图》

此图读法多种多样："共八百余言，上下左右，婉转读之，皆成章句。原图五色相宣，用以区别三、五、七言诗句，后来变五色为黑色，诗句便不可读。约在宋元间，僧起宗以意推求，得诗三千七百五十二首。明康万民增读其诗四千二百零六首。两家合计共七千九百五十八首。"[74] 因此，此图可读为三言诗、五言诗、七言诗等，不胜枚举。今人曾对此图作如下分析：

[73]［唐］房玄龄等撰：《晋书》（北京：中华书局，1974），卷九六，页2523。

[74] 白寿彝主编：《中国通史》（上海：上海人民出版社，2004），卷五《中古时代·三国两晋南北朝时期》，页998。

二环（中环）56 字，由七言诗组成。二环四角和四条边的正中，安排有八个协韵字。四角的协韵字是：钦、林、麟、辛；四条边正中的协韵字是：深、沈、神、殷。[75]

（顺时针）读时，诗句的末尾一字要注意落在韵上，也就是说，从韵字往前推至第七字，从此字开始读，才能朗朗上口，成其为诗。……例如，从右上角"钦"字开始读，得七言诗一首："钦岑幽岩峻嵯峨，深渊重涯经网罗。林阳潜耀翳英华，沈浮书札鱼流沙。"[76]

逆时针读，这八个协韵字各自的次一字（何、多、加、遐、沙、华、罗、峨）也基本上是协韵字，以此作为韵脚也可以成诗。……例如，从左下方"沙"字开始读，得诗："沙流鱼札书浮沉，华英翳耀潜阳林。罗网经涯重渊深，峨嵯峻岩幽岑钦。"[77]

[75] 李蔚：《诗苑珍品：璇玑图》（北京：东方出版社，1996），页108。

[76]《诗苑珍品：璇玑图》，页108。

[77]《诗苑珍品：璇玑图》，页108。

[78] 余元洲：《历代回文诗词曲三百首》（长沙：岳麓书社，2008），页88—89。

按照以上解读，图四中以圆圈标出了分别处于"四角"与"四边正中"的"八个协韵字"："钦、林、麟、辛"与"深、沈、神、殷"。按照上文的解释，由这八个字开始，沿着各个方向可读出七言诗。

和图二、图三的英文字谜比较，《璇玑图》没有空格，所有字均可与上下左右的词相连，可见自由组合能力之强。更值得注意的是，此图并不附有任何提示。汉诗有三言、四言、五言、七言等固定节奏，另外配上韵，解谜者自然便知何处停顿，故可顺当地读出诗句。如上所说，今人对此图的分析便是根据韵脚断句，从而得出几首七言绝句的。

回文诗于六朝时候兴起，一直延续到现在都是很多诗人喜作之体。下举清代女诗人吴绛雪（1651—1674）《春夏秋冬》回文诗为例，进一步说明汉字的组句能力：

《春》诗：莺啼岸柳弄春晴晓日明

《夏》诗：香莲碧水动风凉夏日长

《秋》诗：秋江楚雁宿沙洲浅水流

《冬》诗：红炉透炭向寒风过风雪[78]

这四句十言诗句实则每句都包括了一首七言绝句。例如,《春》诗可演绎出以下七绝一首:

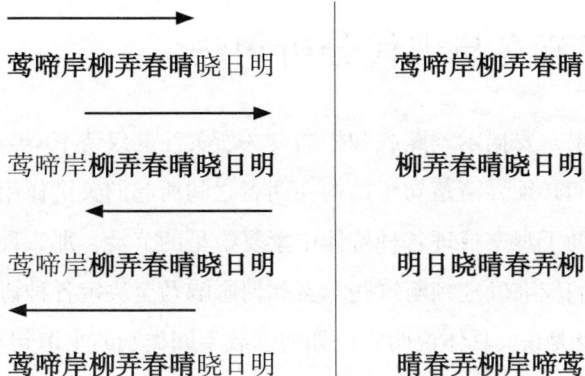

| | |
|---|---|
| 莺啼岸柳弄春晴晓日明 → | 莺啼岸柳弄春晴 |
| 莺啼岸**柳弄春晴晓日明** → | 柳弄春晴晓日明 |
| 莺啼岸**柳弄春晴晓**日明 ← | 明日晓晴春弄柳 |
| **莺啼岸柳弄春晴晓**日明 ← | 晴春弄柳岸啼莺 |

这里的《春》诗第一句是十言句的前七字,第二句则是后七字,第三句则是倒回来的前七字,第四句则是反过来的后七个字。另外,还有一种念法,即把每句当成两句五言,那么《春》诗则变为"莺啼岸柳弄,春晴晓日明"一联。《夏》《秋》《冬》诗的读法亦然。

因此,从以上例子可以看到,中国文字组句的潜力远胜过英文字母组词的能力。和英文字谜相比,回文诗最大的特点是拼出来的为诗句,而不是孤立的一个词。诗中所用的每一个汉字均有意义,所以无论从什么顺序都自然可以组成诗句。《璇玑图》不需要像英文字谜一样留有空格,而是所有字皆共享,并且可以通过固定的不同诗歌节奏停顿,按照大家已知的四言、五言、七言节奏断句,读者从而可以读出各种各样的诗句。在翻译回文诗时,似乎可将每一字直译为英文,而后在每一字之间加入连接词,根据所组成之诗之句意不同进行翻译。译者往往会妥协于诗歌大意,势必会将原本的中文句法打破。[79]需要讲求多种念法,限制了意义的表达,因此回文诗中往往很少有艺术价值较高的作品传世。尽管如此,回文诗足以反映汉字非凡的造句能力。同时,以上回文诗还充分说明,节奏是汉诗语序判断(即断句)的重要依据。读者主要借助诗歌节奏进行不同的断句,然后又按相反的语

[79] 比如,翻译冯梦龙"三言"为英文的译者便认为翻译这类诗时要对句意做出更多妥协,参 见 Shuhui Yang and Yunqin Yang, "Endnotes and Other Things: Intended Audience and Translating the Sanyan Collections," *Translation Quarterly* No. 70(2013):pp. 33–36。

序读出不同的诗句。

# 五、汉诗节奏与现代分析句法

上文已指出，要揭示刘熙载和松浦友久所关注的汉诗节奏与抒情结构的内在关系，我们必须弄清楚句子结构在两者之间所起的关键作用。如果说传统语序句法有助于观察梳理各种诗体中繁复纷呈的节奏，那么现代分析句法则可以帮助我们较准确地判断这些节奏如何影响乃至决定各种诗体的抒情广度和深度，也就是说，具体说明它们如何承载不同类别的主谓句和题评句式，为诗人创造灿烂多彩的艺术境界不断拓展出广阔的语言空间。

## （一）现代分析句法在汉诗研究中的应用

自 20 世纪 60 年代以来，已有好几位学者试图将传统语序句法与现代分析句法相结合，从此崭新的角度展开对汉诗语言的研究。这种研究的开创者大概是王力先生。在其《汉语诗律学》一书中，王氏运用现代分析句法，将清人对五、七言律句节奏分类扩展了数十倍。他首先把五言近体诗句分为简单句、复杂句、不完全句三大种，然后根据句中三十一种不同的词类组合（即语义节奏）再层层细分。王力还把唐诗五言近体诗大量的名句放入一个四层次的系统里检查归类，所得简单句的句式"共有二十九个大类，六十个小类，一百零八个大目，一百三十五个细目"[80]，复杂句的句式"共有四十九个大类，八十九个小类，一百二十三个大目，一百五十个细目"[81]，不完全句的句式"共有十七个大类，五十四个小类，一百零九个大目，一百十五个细目"。[82]王氏似乎意识到此分类系统之庞大已达到了极点，故不对七言近体诗句式作更细微的分类，并解释说："如果七言句式也像五言那样分析，则其种类和篇幅必比五言增加数倍。"[83]

我们如果回顾一下黄生的顿歇划分，王力这

[80] 王力：《汉语诗律学》（上海：上海教育出版社，1979），页 199。
[81]《汉语诗律学》，页 217。
[82]《汉语诗律学》，页 229。
[83]《汉语诗律学》，页 236。

[84] 王力根据词类及其在句中不同作用,分出三十一种词性类别,逐一加上英文字母(或多字母组合)的代号。多字母的代号中,又有大小写之别。例如,"nN- 前一个名词修饰后一个名词,例如'秋花'"等等。详见《汉语诗律学》,页183—185。

[85] 例如,王力把杜甫《舟月对驿》"城鸟啼眇眇,野鹭宿娟娟"归类如下:"(28)末二字为叠字,在其所修饰的动词或形容词的后面。28. 1. 叠字修饰动词者:28. 1. a1. nN-V-fr'城鸟啼眇眇,野鹭宿娟娟'。"

[86] 参见 Kao Yu-kung and Mei Tsu-lin, "Meaning, Metaphor, and Allusion in T'ang Poetry," *Harvard Journal of Asiatic Studies* 38. 2 (1978): 281–356; and "Syntax, Diction, and Imagery in T'ang Poetry," *Harvard Journal of Asiatic Studies* 31 (1971): 49–136。这两篇重要长文三十多年前已被译成中文,并结集成书:高友工、梅祖麟著,李世耀译:《唐诗的魅力:诗语的结构主义批评》(上海:上海古籍出版社,1989)。

[87] 参见张斌:《汉语语法学》(上海:上海教育出版社,1998);蒋绍愚:《唐诗语言研究》(北京:语文出版社,2008)。

种分类对它的承继关系就彰显出来了。王力分类系统的建构方法是,把黄生所列那些传统顿歇种类放入简单句、复杂句、不完全句的大框架之中而得出主要大类,接着给各类中每一意段加上现代词类及句中作用的代号,[84] 然后根据意段词类的不同组合,再分出小类、大目和细目[85]。这种五、七言诗句法的研究,作为语言现象的记录分类,在语言学上是很有意义的。但从文学批评的角度来看,如此庞大冗杂的分类反倒让人眼花缭乱,摸不清主要句式变化的规律,故很少被诗歌评论者直接运用。

在唐近体诗句法的研究中,如果说王力先生力求"全",后来学者则多求"精",即把注意力集中在最能反映出唐诗艺术魅力的句法现象之上。吾师高友工教授与梅祖麟教授在20世纪70年代所写论唐诗艺术的文章,[86] 无疑是这种把现代句法分类运用于唐诗研究的最佳典范。21世纪初出版的张斌《汉语语法学》和蒋绍愚《唐诗语言研究》虽然是语言研究的专著,但均出于辅助文学研究的考虑而大幅度地简化了王著冗杂的句式类别,而且还不惜笔墨地描述了各种独特句式的审美效果。[87] 这点蒋著做得尤为成功,对文学研究者帮助甚大。

篇幅所限,这里仅以《诗经》《楚辞》为例,扼要阐明诗歌节奏与现代分析句法的关系,即解释前者如何承载各种不同的主谓和题评句式。

## (二)《诗经》《楚辞》的节奏和句法特点

首先谈《诗经》。《诗经》里大概百分之九十的诗句为四言句,四言句的韵律节奏基本均为"2+2"节奏,下面这四句出自《周南·桃夭》,试作一分析:

桃之夭夭，灼灼其华。之子于归，宜其室家。[88]

这里每句基本都是"2+2"的语义节奏，句法上看，"桃之夭夭"为题评句，其间"夭夭"为联绵词。《诗经》中多用联绵词，然而《诗经》的联绵词并未概念化，不可视之为有固定意义的形容词，使用时往往只是纯音词。因而，联绵词出现在名词、动词之前或之后，并非构成对某一事物或动作自身性质的判断。也就是说，作者看到物象产生的情感反应以此联绵词表达之。换言之，这些联绵词与名词或动词组合，通常并不形成一种逻辑判断句。这两大组成部分的关系实际上是题语与评语的关系。因此，"夭夭"实则是观桃人的感受，"桃"与"夭夭"并没有形成主谓的逻辑判断句，二者之间存在时空上、逻辑上的断裂，因此这一句实则是题评句。而后面一句"宜其室家"则是动宾结构，为主谓句。

后代经师往往忽视《诗经》中联绵词有声无义的本质，硬给联绵词加上固定的意义，从而造成许多明显的谬误。毛《传》解《桃夭》云："夭夭，其少壮也。"孔《疏》："夭夭言桃之少。"[89]毛《传》又解《桧风·隰有苌楚》"夭之沃沃，乐子之无知"句云："夭，少也。"[90]又，《国语·鲁语》："泽不伐夭。"韦注："草木未成曰夭。"[91]显然，毛《传》和孔颖达以《桧风·隰有苌楚》单音字"夭"义来给《桃夭》之"夭夭"一个"少"的固定意义，而此义与此诗下三段所描述的桃树枝叶果实繁茂的状态明显相矛盾，难以自圆其说[92]。

在《诗经》中，几乎所有题评结构里的评语都是联绵词（包括双声、叠韵、叠字三类）。在英语中，叠字往往是拟声的（如"hush-hush"和"ticktock"），有时又是概念的（如"hanky-panky"和"helter-skelter"）。《诗经》中的联绵词主要是用于表达观察者对外物的情感响应，故将这种情感转化为感人的声音，多与概念无关。刘勰早就注意到这点，在《文心雕龙·物色》中详细地描述了创造联绵词时心物互动的状况："是以诗人感物，联类不穷。流连万象之际，沉吟视听之区；写气图貌，既随物以宛转；属采

[88] 引自［唐］孔颖达：《毛诗正义》，见［清］阮元校刻：《十三经注疏》（北京：中华书局，1980），页279。
[89]《毛诗正义》，页279。
[90]《毛诗正义》，页382。
[91] 上海师范大学古籍整理研究所校点：《国语》（上海：上海古籍出版社，1998），页178。
[92] 详见下一章中郑璞、郑樵（1104—1162）、郝懿行（1757—1825）以及美国汉学家金守拙（George A. Kennedy，1901—1960）等人反对给《诗经》联绵词套上固定意义的观点。

附声，亦与心而徘徊。故灼灼状桃花之鲜，依依尽杨柳之貌，杲杲为出日之容，瀌瀌拟雨雪之状，喈喈逐黄鸟之声，喓喓学草虫之韵。皎日嘒星，一言穷理；参差沃若，两字穷形。并以少总多，情貌无遗矣。"[93] 联绵字巧妙地糅合了情感的因素，成为历代诗人所喜爱的抒情方式，对中国古典诗歌的发展有着经久不衰的影响力。

《诗经·国风》中大量的比兴结构均是先写景后抒情，景语多为使用联绵词的题评句，而情语表达自己情感，多为主谓句。但《诗经·大雅》以直言铺陈的"赋"为体，几乎全用主谓句，如《大雅·文王》首段所示：

> 文王在上，於昭于天。周虽旧邦，其命维新。有周不显，帝命不时。
> 文王陟降，在帝左右。[94]

这八句是叙述周文王之功绩，全为主谓句。"赋"篇中句子绝大部分都是主谓句，如《大雅·绵》等诸篇所见，只有在诗人停下叙事状物时才会使用几个题评句。

《楚辞·九歌》中则出现了一种"3+兮+2"的新节奏，如《九歌·东皇太一》所示：

> 吉日兮辰良，穆将愉兮上皇！抚长剑兮玉珥，璆锵鸣兮琳琅。瑶席兮
> 玉瑱，盍将把兮琼芳。蕙肴蒸兮兰藉，奠桂酒兮椒浆。扬枹兮拊鼓，疏缓
> 节兮安歌，陈竽瑟兮浩倡，灵偃蹇兮姣服，芳菲菲兮满堂。五音纷兮繁会，
> 君欣欣兮乐康！[95]

九歌体节奏的特点是以"兮"分隔开前后两部分。这种"3+兮+2"节奏无疑带有巫觋唱词舞蹈节奏的印记。句腰中出现了"兮"字，前后两部分就很难认作是主谓结构，而只能看作是题评结构。这里，"穆将愉"是"题"，说的是庄严愉悦的气氛，"上皇"则是"评"，说明"穆将愉"者是谁。同样，下面一句"抚长剑兮玉珥"若当成是主谓句，前半部分可解而后半部分

[93]《文心雕龙注》，页693—694。
[94]《毛诗正义》，页503—504。
[95] 陈子展：《楚辞直解》（南京：江苏古籍出版社，1988），页84—86。

不可解，前半部分中"抚"可以看作是谓语，"长
剑"则是宾语，但是这样一来，"兮"后面的"玉珥"
又作何解呢？因此，只有用题评句才能解释得通，

[96]《楚辞直解》，页85。
[97]《楚辞直解》，页39—41。
[98]《文心雕龙注》，页572。

"抚长剑"是动作，而"玉珥"是对此动作进行补充说明。"抚长剑"之时最
能引人注目的是镶嵌于长剑柄上的"玉珥"。

　　《九歌》使用"兮+2"节奏的句子都是题评句，即使是具有主谓短语的
句子实际上还是题评句。如"盍将把兮琼芳"里"把兮琼芳"四个字可作为
一个主谓动宾句解，而整个句子可以解释为"何不拿着芳草"。然而，在其
间加入的断裂"兮"则使得"兮"前面的三字"盍将把"变成了一个独立的
主谓结构。同时，"兮"造成的断裂让这句可作题评句解释，先描绘持草之
动作，然后对此动作加以补充说明，说明所持者为何物。陈子展《楚辞直解》
便将此句译为"合着而且捧着啊琼枝的花香"[96]。陈氏用"啊"翻译了"兮"，
整句话采用的恰恰正是现代汉语中的题评句。的确，"盍将把兮琼芳"还是
用题评句来解释为好。

　　与"九歌体"相比，"骚体"最大的不同就是"兮"字从句腰移到了句末，
反映了从歌唱舞蹈节奏到咏诵节奏的转变，而这种节奏的转变又带来了句法
的巨大变化。


　　　　帝高阳之苗裔兮，朕皇考曰伯庸。摄提贞于孟陬兮，惟庚寅吾以降。
　　皇览揆余初度兮，肇锡余以嘉名：名余曰正则兮，字余曰灵均。
　　　　纷吾既有此内美兮，又重之以修能；扈江离与辟芷兮，纫秋兰以为
　　佩。汨余若将不及兮，恐年岁之不吾与。朝搴阰之木兰兮，夕揽洲之宿
　　莽。日月忽其不淹兮，春与秋其代序；惟草木之零落兮，恐美人之迟暮！
　　不抚壮而弃秽兮，何不改乎此度？乘骐骥以驰骋兮，来吾道夫先路！　　[97]


九歌体句腰的"兮"字在骚体中移到了单数句的句末。句腰的位置则以一连
词代替之，这样则必然使得原来断裂的题评句必然变成了主谓句，以上加着
重号部分均是句腰连词，如之、于、以、与、其、而等，如刘勰所言，这些
字"乃札句之旧体"[98]。这些字均将前后两个部分连接为一个长句。比如句

腰"之"的功能主要是将简单的名词词组扩展，这也决定主谓句的动词的类别多为句首动词＋较长的、作宾语用的名词词组。骚体中所用的连接词有限，主谓句类别也因此非常有限，仅仅几种。

《楚辞》中骚体诗所用的连词种类不多，一个连词经常在同一首诗中反复地使用。虽然不同的连词可以创造出各异的主谓句式，但它们有一点是相同的：它们组成的句子都是线性单向，往前推进，而不允许横跨两音段的倒装句式。这个特点无疑有助于叙述或描写中的铺陈排比。也许正是因为如此，骚体句式不仅在《楚辞》中被广泛运用，亦影响到后来赋体的写作。

通过对九歌体与骚体的节奏和句法的比较分析，我们可以清楚地看到汉诗节奏和句法不可分割的内联性。当"兮"出现在句腰，形成一种强烈的歌唱舞蹈节奏，而此节奏只能承载题评句。然而，当"兮"挪到单数句句末，句腰换上连词，就造成了新的节奏，由于句中连词连接了前后两个部分，已经没有了九歌体里"兮"放在句腰造成的停顿或断裂，没有断裂，题评句就无以成立了。所以，"骚体"的"3＋连词＋2"节奏只能承载主谓结构。

# 六、汉诗句法与汉诗结构的关系

汉诗节奏与汉诗结构并没有直接明显的关系，然而深受节奏制约的句法却与结构有着难以分割的关系。中国传统文论认为句子、章节、篇章的结构是统一相通的。刘勰《文心雕龙·章句》云：

> 夫设情有宅，置言有位，宅情曰章，位言曰句。故章者，明也；句者，局也。局言者，联字以分疆；明情者，总义以包体：区畛相异，而衢路交通矣。夫人之立言，因字而生句，积句而成章，积章而成篇。篇之彪炳，章无疵也；章之明靡，句无玷也；句之清英，字不妄也。振本而末从，知一而万毕矣。[99]

[99]《文心雕龙注》，页570。

刘勰似乎认为，文章有字、句、章、篇四层次。

这四个层次虽各自不同，但是相通的，即"衢路交通"所云。但就组织结构来说，只有句、章、篇三个层次，因为每个字为独立的整体，无结构营造可言。刘勰强调这三层的结构是由小至大的过程，又言"知一而万毕矣"。按照刘勰这一思路，我们不妨探究一下联字成句的原则与章节、诗篇的结构营造有无内在的关系。下面让我们尝试从分析《诗经》的主谓句和题评句结构入手，寻绎出汉诗章节结构和诗篇结构的基本组织原则。

## （一）主谓句与线性章节结构、线性诗篇结构

主谓句实质上代表了一种很明显的线性结构。一个完整的主谓句有主语、谓语、宾语，主语是施事者，谓语是施事者的动作，宾语是动作的承受者。这三者连成一线，组成时间序列上的线性过程。同时这一过程也代表了逻辑上的因果发展过程，施事者作为主语为因，动作为果，而作为动作承受者的宾语则是对果的进一步陈述。因此，若是谓语是表示动作的及物动词，主谓语之间有明显的因果逻辑关系。缺少宾语的不完整主谓句依然体现了这一关系，谓语所表示的动作无不是主语所为，而谓语所表示的状态亦无不是主语的属性。由此可见，主谓句呈现出一种无断裂的线性结构，反映出主谓两者之间明显的时序和逻辑因果关系。主谓句的线性结构原则投射在章节层次之上，线性章节结构就自然地产生了。

文王在上，於昭于天。（因）周虽旧邦，其命维新。有周不显，帝命不时（果）。[100]

比如第一句"文王在上"主语为"文王"，"在上"则是表示状态，后接"于昭于天"主语依然是"文王"，继续赞叹并描写文王在上的状态。因此，很明显，这两句之间是按照线性进程组织句子的。第三句至第六句"周虽旧邦，其命维新。有周不显，帝命不时"，接开头二句，称赞文王功绩甚为显耀，传统注疏认为"不"即是"甚"之意。这里，第三至

六句与第一、二句之间存在明显的因果关系。开    [100]《毛诗正义》，页503。

头二句赞语揭示文王受命于帝之"因",第三至第六句是"果"。由于文王生时受命于天,才会出现"周虽旧邦,其命维新。有周不显,帝命不时"的大好形势。接着,第七、八句则又一次回到了"因",起到了过渡句作用,引出下一章。由此可见第一章是在线性轴线上展开的,句子之间并无意义上的断裂,因而可称此章为线性章节。

线性主谓句构进一步向诗篇组织这一最高层次投射,便形成一种明显的线性诗篇结构。这种线性诗篇结构在《大雅》中广泛使用,通常承载时序连贯的叙事(见《大雅·大明》《大雅·绵》诸篇),有时用于展开逻辑因果关系较为明显的叙述,如《大雅·文王》一篇所示:

> 文王在上,於昭于天。周虽旧邦,其命维新。有周不显,帝命不时。文王陟降,在帝左右。
>
> 亹亹文王,令闻不已。陈锡哉周,侯文王孙子。文王孙子,本支百世,凡周之士,不显亦世。
>
> 世之不显,厥犹翼翼。思皇多士,生此王国。王国克生,维周之桢。济济多士,文王以宁。
>
> 穆穆文王,于缉熙敬止。假哉天命。有商孙子。商之孙子,其丽不亿。上帝既命,侯于周服。
>
> 侯服于周,天命靡常。殷士肤敏。祼将于京。厥作祼将,常服黼冔。王之荩臣。无念尔祖。
>
> 无念尔祖,聿修厥德。永言配命,自求多福。殷之未丧师,克配上帝。宜鉴于殷,骏命不易!
>
> 命之不易,无遏尔躬。宣昭义问,有虞殷自天。上天之载,无声无臭。仪刑文王,万邦作孚! [101]

《大雅·文王》全篇分七章,第一章的因果关系已作分析。以下诸章的结构几乎完全相同。第二章以"亹亹文王,令闻不已"开始,承接前一章,是本章之"因",而后六句则列举出其"果",即周王家族子孙兴旺繁衍。第三章进一步列举文王

[101]《毛诗正义》,页503—505。

统治之果，描写周国"济济多士"的繁荣景象。第四章以"穆穆文王，于缉熙敬止"开始，又回到文王之"因"，后面六句又是"果"，即商人臣服承天命之周主状况的描写。第五章以"天命靡常"为"因"，引出告诫商人后裔之"果"，先劝周王进用的商臣勿念旧祖，第六章再言他们当以殷商倾覆为鉴，敬畏天命。末章则转向对周朝子孙进行劝诫，敦促他们珍惜天命，勿像商朝那样丧失天命。为了加强此诗的线性结构，诗人采取了顶针格的手法。如引文中加下划线部分所示，上一章的末句，重复使用而构成下一章的首句，如此承上启下，足以使得七章连贯顺畅地展开，每章之间紧密相扣，毫无断裂，从而使得整篇呈现出一种极为明显的线性结构。

## （二）题评句与断裂性章节结构、断裂性诗篇结构

与主谓句的线性结构相反，题评句中题语和评语之间有着意义上的断裂。题评句在《国风》之中大量使用，如《周南·桃夭》首章所示：

桃之夭夭，灼灼其华。之子于归，宜其室家。[102]

"桃之夭夭"与"灼灼其华"均为题评句。"桃"与"华"是题语，而"夭夭"与"灼灼"都是没有固定意义的联绵字，不能解作"桃"与"华"的属性，而是观物者对"桃"之形貌的情感的表达。因此，题语和评语之间存有时空与逻辑上的断裂。

假若这种断裂的题评结构投射到章节结构的层次，就会形成一种断裂性章节结构。这正是《国风》使用题评句时几乎必然出现的情况。在《周南·桃夭》首章之中，前两句（桃之夭夭，灼灼其华）与后两句（之子于归，宜其室家）之间则有明显的断裂，即景语与情语之间的断裂。这两部分在时空上未必有联系，而意义上则忽然从自然景物的描写转向叙述。这种结构完全可以借用题评的概念来解释。写景的两句可视为"题语"，而叙述的两句则是"评语"，两者结合则构成典型的断裂性题评章节。

断裂性题评章节在传统诗学中被称为是"兴"。　　　[102]《毛诗正义》，页279。

由于章节前后两部分的关系断裂,具体何解并不清楚,因此几千年来对于"兴"定义的讨论总是见仁见智。毛《传》谈"兴",往往提出特定物象,认为这种物象为"兴",并且给予这一物象道德涵义上的描述,虽然毛《传》对"兴"的讨论会联系后面的章节,然而多是对物象进行阐明,如毛《传》对《周南·桃夭》的分析中,评说第一章的前二句,认为这二句是"兴也",随后拈出桃的意象进行阐发:"桃有华之盛者,夭夭,其少壮也。灼灼,华之盛也。"[103]而到了宋代,朱熹则是在整个章节意义上谈论"兴",他并非讨论孤立物象,而是已将物象作为章节的一部分,认为每一章,每一整个景语情语兼有的章节在整体上可称作"兴",在讨论《周南·桃夭》一篇时,朱熹是在第一章第四句结尾之后加以评注,认为全章为"兴也"[104],而并没有执着于孤立物象进行阐发。朱熹在注释《周南·关雎》首章时称"兴者,先言他物以引起所咏之词也"[105],显然已经注意到了作为章节之"兴"的断裂结构。

然而,如何将题评章节组合成完整的诗篇呢? 方法极为简单,重复使用断裂性题评章节即可:

> 桃之夭夭,灼灼其华。之子于归,宜其室家。
> 桃之夭夭,有蕡其实。之子于归,宜其家室。
> 桃之夭夭,其叶蓁蓁。之子于归,宜其家人。[106]

如果说《大雅·文王》重复使用线性章节而形成线性的诗篇结构,那么《周南·桃夭》重复使用断裂性题评章节,便衍生出一种独特的重章结构。此诗的三章均为题评章节,合在一起便形成了章节的排比,故此诗结构可称为重章诗篇结构,在三章的排比中,关键词的变换使得每章意思层层递进,同时也造就了诗歌情感表达上的变化。重章结构重叠了在逻辑意义上断裂的题评章节,并在反复使用之中改变关键词语,通过每次的反复使用与改变引入不同的景语,通过不同的景语替换带来读者视觉的变换,并加强了作者情感的反复表达。情语变换的效果亦然。

[103]《毛诗正义》,页279。
[104][宋]朱熹:《诗集传》(北京:中华书局,1958),页5。
[105]《诗集传》,页1。
[106]《毛诗正义》,页279。

## （三）重章诗篇结构的演变：二元诗篇结构、叠加诗篇结构

重章诗篇结构用于《国风》绝大部分作品，可谓盛极一时。然后，这种诗篇结构在后世的诗词中却几乎完全消失。取而代之的是二元诗篇结构和叠加诗篇结构。与重章结构一样，这两种诗篇结构也是发轫于《诗经》的断裂性题评章节，但这三者演变所循的路径有所不同。如果说重章诗篇结构是多个题评章节排比而成，那么二元诗篇结构则是对单个题评章节扩充而成。更具体地说，对一个题评章节的写物部分（题语）加以扩充，由个别孤立的物象发展为不同物象构成的一片场景，同时又把抒情部分（评语）变成持续连贯的抒情叙述。这两大部分合而为一，便形成一个典型的二元诗篇结构。这种二元诗篇结构首见于《邶风·匏有苦叶》：

> 匏有苦叶，济有深涉。深则厉，浅则揭。
>
> 有弥济盈，有鷕雉鸣，济盈不濡轨，雉鸣求其牡。
>
> 雍雍鸣雁，旭日始旦。士如归妻，迨冰未泮。
>
> 招招舟子，人涉卬否。人涉卬否，卬须我友。[107]

这首共四章，景语情语各占一半，前二章为景语，把河边渡口不同的物象连缀成一片秋景，后二章则为情语，叙事抒情，把主人公求嫁的迫切心情，以及对爱情的忠贞都生动地表达出来。在诗篇层面上，此诗二分为景语、情语，描写之景均一致，抒发之情亦一致，二元诗篇结构的特点极为明显。

二元结构在后续的各类诗体中被大量使用，如《古诗十九首》、乐府、律诗以及相当数量的词，景语与情语往往各占诗篇一半。如律诗中起承部分往往是景语，转合部分往往是情语；而许多词是上阕写景下阕抒情。这种结构于各种诗体中被大量使用，例子不胜枚举。

叠加诗篇结构是通过隐性地重复题评章节而形成的。所谓"隐性重复"，就是说不像重章结构那样机械地重复使用题评章节的字句，而是在写景时使用同一类别的景象，但不断变换其具体物象，又
在写情时集中抒发同类的情感，但不断变化抒情　　[107]《毛诗正义》，页302—303。

的角度。这种叠加诗篇结构在《小雅·四月》中已经成型：

> 四月维夏，六有徂暑。先祖匪人，胡宁忍予！
> 秋日凄凄，百卉具腓。乱离瘼矣，爰其适归？
> 冬日烈烈，飘风发发。民莫不穀，我独何害？
> 山有嘉卉，侯栗侯梅。废为残贼，莫知其尤！
> 相彼泉水，载清载浊。我日构祸，曷云能穀！
> 滔滔江汉，南国之纪。尽瘁以仕，宁莫我有！
> 匪鹑匪鸢，翰飞戾天。匪鳣匪鲔，潜逃于渊。
> 山有蕨薇，隰有杞桋。君子作歌，维以告哀。[108]

此诗八章，中心内容为抒发悲愤之情。每章之中的景物是四季不同的自然景色，属于同一类别，而物色意象则包括卉草、山、泉、江等，从而造成了每章景物内容的变换，无一机械的重复。同样，每章都从不同的角度抒发了个人痛苦，先后诉说丧乱离散之苦、横遭祸害之痛、世道混浊之怨、孤独无友之悲。除了语气词"匪"和代词"我"之外，全诗没有任何文字的重复，而是通过同类景语和同类情语的"隐性重复"来表达缠绵不断的无限悲情。

叠加诗篇结构按照中心意思组织同类而内容相异的景物与情感，抒情性极强，在以后兴起的各种诗体中得以大量运用。如陶渊明《归田园居》其一即使用叠加诗篇结构，其间并不能看到截然二分的景语与情语，而是按照一个中心思想加以景物描写与情感抒发，情景叠加而不重复，各种田园生活的景象物色纷呈，隐居闲适之感跃然纸上。

综上所述，《诗经》的诗篇结构共有四种：线性诗篇结构、重章诗篇结构、二元诗篇结构、叠加诗篇结构。除了重章诗篇结构在《诗经》之后很少使用以外，其他三种诗篇结构均在以后各类诗体中得以继承发展。[109]

[108]《毛诗正义》，页462—463。
[109] 详见蔡宗齐：《语法与诗境》
　　（北京：中华书局，2021），页
　　188—207；250—268:335—
　　341；388—400；553—574；
　　593—604。

# 七、小结

本章首节对西方汉学界中盛行的汉字字形决定汉诗艺术的观点提出质疑，后续五节则从分析汉字字音对汉诗艺术的影响入手，剥丝抽茧，一层层地寻绎汉诗诗体之内联性。首先发现的是，汉字每个字的发音是单音节，而绝大多数字又是含有意义的词或是能与其他字结合的不自由语素，从而使汉诗发展出一种独一无二的节奏。此节奏的特点是韵律节奏和意义节奏总体是合二为一，但两者之间又存有分离的张力。其次，我们又探察到汉诗节奏与句法密不可分的关系。就传统句法而言，每种诗体独特的节奏都决定该诗体组词造句的主要语序以及可以有何种变动的可能。从现代语法学的角度来看，每种诗体独特的节奏决定了该诗体可以承载何种主谓句式，在时空逻辑的框架呈现何种主客观现象；同时又可以承载何种题评句，超越时空逻辑关系来并列意象和言语，以激发读者的想象活动。最后，我们从句法演绎到章法、篇法，发现三者都是遵循同样的组织原则。主谓句所遵循的是时空和因果相连的线性组织原则，而此原则运用于在章节和诗篇的层次之上，便构造出连贯一致的线性章节和诗篇。同样，题评句所遵循的是时空和因果断裂的组织原则，而此原则运用于在章节和诗篇的层次之上，便构造出各种不同的断裂章节和诗篇结构。

需要强调的是，汉诗节奏、句法、结构之间的这种内联不是静止的关系，而是呈现不断发展的动态。在近三千年的中国诗史中，为了开拓新的诗境，诗人孜孜不倦地挖掘汉语自身演变（尤其是双音化发展）所带来的机会，借鉴不同的民间音乐曲调以及各类散文，不断发展出音义皆流转完美的新节奏，并创造出与之相应的新句式和新结构，为新诗境的产生提供了所必需的语言空间。新节奏、句式、结构的产生通常标志着一种新诗体的诞生。当一种诗体发展到一定的阶段，它所开创的那类诗境难免渐渐变得陈旧，这时诗人又自然地回到散文和民间的音乐演唱传统中，去寻找新的节奏，重构或创造各种句式和结构，以求开辟新的诗境。汉诗节奏、句法、结构、诗境的这种深度互动，在《诗经》、五言古诗、五言七言律诗、小令、慢词的兴衰过程中，无不得到极好地印证。

# 七言律诗句法、结构与诗境

在历代诗学著作中，有关七律艺术特征的讨论通常是从与五律比较展开的。五言加上两字，究竟引起了何种不同的审美效果，这似乎是古今批评家最为关注的问题。如本章首节所示，古人似乎特别热衷于列举五、七言近体名句来做比较，以说明两者之优劣胜负。然而，尽管古人注意到七言比五言仅多两字却能产生迥然不同的审美效果，他们并没有（也许是无法）使用传统诗学的方法和语言来解释为何如此，故给我们留下了一个尚待系统深入研究的课题。

本章试图在节奏、句法、结构三个不同层次上对此课题进行较为深入的研究。在评述古人五、七言之辨之后，笔者将探究五律加上两字后节奏产生了什么变化，接着讨论节奏的变化催生出什么样的新句法，随后分析七言律诗的结构特点，并展示节奏、句法、结构三者如何互动而创造出七律"言灵变而意深远"的诗境。为了充分阐明这种诗境的特点及其产生的原因，笔者细读分析了十首堪称代表七律艺术巅峰的名作，包括被明清论诗家誉为七律之冠的崔颢《黄鹤楼》、沈佺期《古意呈补阙乔知之》（常称为《卢家少妇》）、杜甫《登高》三首。

# 一、五、七言诗体之辨

五、七言诗体之辨别，是历代诗格、诗话著作中的一个热门话题，相关的材料颇多。本节仅按时序列举在不同时期中最有代表性的论述，加以梳理评论，为下文的系统研究做好铺垫。

旧题白居易（772—846）《文苑诗格》云："凡为七言诗，须减为五言不得，始是工夫。"[1] 这句话似乎可以视为五、七言诗体之辨的源头。后人几乎无不沿着相同的思路，致力于探究字数增减而产生的不同审美效应，以求辨别这两种诗体的内在特征。推崇七言体的批评家总爱讨论七言不可减二字的原因。譬如，宋人叶梦得（1077—1148）《石林诗话》卷上云：

[1] 张伯伟撰：《全唐五代诗格汇考》（南京：江苏古籍出版社，2002），页368。

诗下双字极难，须使七言五言之间除去五字三字外，精神兴致，全见于两言，方为工妙。唐人记"水田飞白鹭，夏木啭黄鹂"为李嘉佑诗，王摩诘窃取之，非也。此两句好处，正在添"漠漠""阴阴"四字，此乃摩诘为嘉佑点化，以自见其妙，如李光弼将郭子仪军，一号令之，精彩数倍。不然，如嘉佑本句，但是咏景耳，人皆可到，要之当令如老杜"无边落木萧萧下，不尽长江滚滚来"，与"江天漠漠鸟双去，风雨时时龙一吟"等，乃为超绝。近世王荆公"新霜浦溆绵绵白，薄晚林峦往往青"，与苏子瞻"沉沉炉香初泛夜，离离花影欲摇春"，皆可以追配前作也。[2]

如笔者在引文中所加着重号所示，叶梦得所称许的七言句增字全部是联绵字，无一例外。在他看来，七言由于有了额外二字的空间，故可大量使用抒情性极强的联绵字，从而把限于"咏景"的本句点化为情感交融的妙句，使诗篇顿时"如李光弼将郭子仪军，一号令之，精彩数倍"。其实，联绵字点化的作用并非仅仅来自自身传情的声韵，更重要的是其对句法的影响。这点下文将深入讨论。

元人杨载（1271—1323）《诗法家数》亦力陈七言不可截为五言的道理：

七言律难于五言律，七言下字较粗实，五言下字较细嫩。七言若可截作五言，便不成诗，须字字去不得方是。所以句要藏字，字要藏意，如联珠不断，方妙。[3]

杨氏认为，七言和五言的本色分别是粗实和细嫩。所谓下字粗实是指使用直截了当，没有刻意雕饰的字句；而下字细嫩则是指用词简约含蓄，不一语道破。在杨氏看来，七言是以句为胜，故要"句要藏字，字要藏意，如联珠不断"。这里的"藏"亦带有"掩藏"之义，即句子不可像五言那样让个别字过分独立突出，成为尽多眼球的"句眼""诗眼"，而是要做到字词之间"联珠不断"，连贯流通，以句取胜。

虽然大多数批评家认同旧题白居易《文苑诗格》中的观点，不过明人谢榛（1495—1575）在其《四

[2]［清］何文焕辑：《历代诗话》（北京：中华书局，1981），页411。
[3]《历代诗话》，页731。

溪诗话》卷一中就提出了不同意见，认为即使是七言名句亦可去二字而使之更佳。他写道：

> 杜牧之《清明》诗曰："借问酒家何处有，牧童遥指杏花村。"此作宛然入画，但气格不高。或易之曰："酒家何处是，江上杏花村。"此有盛唐调，予拟之曰："日斜人策马，酒肆杏花西。"不用问答，情景自见。
> 刘禹锡《怀古》诗曰："旧时王谢堂前燕，飞入寻常百姓家。"或易之曰："王谢堂前燕，今飞百姓家。"此作不伤气格。予拟之曰："王谢豪华春草里，堂前燕子落谁家？"此非奇语，只是讲得不细。[4]

谢榛贬低杜牧和刘禹锡的七言名句，把它们改写成五言，显然旨在立高雅含蓄的"盛唐调"为圭臬。然而，多数人并不持有这种观点，而是认为五言、七言各有自己的体例。有的批评家还对随意给五言增字或给七言减字的倾向提出了尖锐的批评，认为这种增字减字的做法往往会弄巧成拙。明人皇甫汸（1497—1582）在《解颐新语》卷四中就明确这样论述道：

> 诗须五言不可加，七字不可减，为妙。昔枣强尉张怀庆素好偷窃李义府诗："镂月为歌扇，裁云作舞衣。自怜回雪影，好取洛川归。"加"生情""出性""照镜""来时"，演为七字。魏扶知礼闱入贡院诗："梧桐叶落满庭阴，锁闭朱门试院深。曾是当年辛苦地，不将今日负前心。"及发榜，无名子削其"梧桐""锁闭""曾是""不将"，删为五言。事虽成戏，诗本渗漏。王维"漠漠水田飞白鹭"，李白"风动荷花水殿香"。王用李嘉佑，李用何仲言，致恨千载。乐天云："金钿来往当春风，玉绳蹉跎下云汉。"去两字不成矣。[5]

[4] 丁福保辑：《历代诗话续编》（北京：中华书局，1983），页1152—1153。
[5] 周维德集校：《全明诗话》（济南：齐鲁出版社，2005），册二，页1395。

不过，皇甫汸对王维"漠漠水田飞白鹭"的批评无疑有失偏颇。与他"致恨千载"的评语恰恰相反，此句在诗学史上却是驰誉千载。在王维仙逝近千载之后，清人顾嗣立（1669—1722）在其所著《寒厅诗话》中辑入明人李日华（1565—1635）之言，步宋人叶梦得的后尘，拈出"漠漠水田飞白鹭"一句来说明七言中所增两字的"点化"作用：

[6] 丁福保辑：《清诗话》（北京：中华书局，1963），页86—87。
[7]［清］刘熙载：《诗概》，见《艺概》（上海：上海古籍出版社，1978），卷二，页70—71。

> 秀水李竹懒（日华）曰："李嘉佑诗：'水田飞白鹭，夏木啭黄鹂。'王摩诘但加'漠漠''阴阴'四字，而气象横生。江为诗：'竹影横斜水清浅，桂香浮动月黄昏。'林君复改二字为'疏影''暗香'以咏梅，遂成千古绝调。二说所谓点铁成金也。若寇莱公化韦苏州'野渡无人舟自横'句为'野水无人渡，孤舟尽日横'，已属无味；而王半山改王文海'鸟鸣山更幽'句为'一鸟不鸣山更幽'，直是死句矣。学诗者宜善会之。"[6]

清人刘熙载（1813—1881）在《艺概·诗概》中更是直言，对于真正好的七言，一个七言句可以相当于两个五言句，不可认为七言只是增加两个闲字而已。值得注意的是，这里讲的七言诗是呈现"上四字下三字"节奏、真正能够呈现出七言特色的七言诗。换而言之，有的七言诗的确只是五言诗增加两个闲字而已，这样的七言诗的特征还是五言的。

> 七言上四字下三字，足当五言两句，如"明月皎皎照我床"之于"明月何皎皎，照我罗床帏"是也。是则五言乃四言之约，七言乃五言之约矣。太白尝有"寄兴深微，五言不如四言，七言又其靡也"之说，此特意在尊古耳，岂可不违其意而误增闲字以为五七哉！[7]

# 二、七言律诗节奏："2+2+3"和"4+3"节奏

遵循刘熙载的思路，笔者将以节奏为切入点，展开对七律艺术特点的系统研究。诗歌节奏是通过相同或相似基本语言单位（可包括语音和语义两方面）有规律的重复而形成的，可分出"行间节奏"和"行中节奏"两大类。诗间节奏的形成通常有赖于尾韵的使用，尾韵的间隔越整齐划一，出现频率

[8] 王力：《汉语诗律学》（上海：上海教育出版社，1979），页234。

越密集，行间节奏就越强烈。近体诗是齐言诗，双行必押平韵，故具有明显的诗行节奏。诗行节奏则有赖于单一诗行中更小的语言单位有规律的重复，而这些语言单位通常是双音节或三音节单位。古体诗中只有一种由顿歇构成的诗行节奏，即古人所说上二下二、上二下三、上四下三云云。近体诗则有两种诗行节奏，一是顿歇节奏，二是平仄声音交替而形成的声调节奏，即仄仄平平仄、仄仄仄平平之类。传统诗学用三言、四言、五言、六言、七言等字数来进行最基本的诗体分类，故没有关注行间节奏的必要，所以古人只对行中节奏进行划分。同样道理，下文所谈的节奏限于行中节奏。

古今批评家对七言律诗的节奏划分有明显的不同。古人经常以"上四下三"来概括七言的节奏，极少见"上二中二下三"的标签。然而，不少现代批评家喜用"2+2+3"来描述七言的节奏，以求更好地揭示七言诗与五言诗节奏的内在联系。例如，王力先生就把七言的节奏确定为五言基础上再加二言，即"2+（2+3）"或"2+2+3"。这两种不同的划分均有其道理，但又有其明显的局限。下面分别评述这两种节奏划分法，指出各自利弊所在。

## （一）"2+2+3"节奏：与五言诗的承继关系

王力先生把七言律诗节奏视为2+2+3，主要是基于他对七言律诗的声调格律的分析。正如他对七言近体诗格律的图解分析所示，决定此体四种格律的关键是其后面的五言部分，而前面两个字只是核心的五言部分之延伸。五言部分的声调就是五律的格律，而在此五律部分前加上与五律第一、二字平仄相反的两个字，即可得出七言格律。

王力先生认为七律声调格律即七律节奏，并作出这样的推论："七言在平仄上是五言的延长，在意义上也可认为五言的延长。多数七言诗句都可以缩减为五言，而意义上没有多大变化，只不过气更畅，意更足罢了。"[8] 王先生不仅抽象地论述五、七言节奏的同质性，并且还在2+2+3的框架之内分出以下七大类七言律句：

（甲）主语前面加双字修饰语。

南川粳稻花侵县，西岭云霞色满堂。（祜，寄綦毋三。）

万里寒光生积雪，三边曙色动行旌。（祜，望蓟门。）

（乙）前面添加方位语或时间语。

林下水声喧语笑，岩间树色隐房栊。（维，敕借岐王。）

帐里残灯才去焰，炉中香气尽成灰。（浩，除夜有怀。）

平明拂剑朝天去，薄暮垂鞭醉酒归。（白，赠郭将军。）

（丙）主语及动词的前面各插入修饰词。

早雁初辞旧关塞，秋风先入古城池。（卿，闻虏泮州。）

素浪遥疑八溪水。清枫忽似万年枝。（祜，江湖秋思。）

（丁）动词及目的语的前面各插入修饰词。

晨摇玉佩趋金殿，夕奉天书拜琐闱。（维，酬郭给事。）

曲引古堤临冻浦，斜分远岸近枯杨。（浩，登万岁楼。）

（戊）前面或中间加入副词语或近似副词性的动词语或谓语形式。

鸿雁不堪愁里听，云山况是客中过！（顾，送魏万。）

岁久岂堪尘自入，夜长应待月相随。（卿，见故人李。）

幸有香茶留稚子，不堪秋草送王孙。（祜，秋晓招隐。）

（己）前面加动词语，后五字句子形式为其目的语。

岂厌尚平婚嫁早，却嫌陶令去官迟。（维，早秋山中。）

渐看春逼芙蓉枕，顿觉寒销竹叶杯。（浩，除夜有怀。）

（庚）前面或中间加入叠字形容词或联绵字。

漠漠水田飞白鹭，阴阴夏木啭黄鹂。（维，积雨辋川。）

行人杳杳看西月，归马萧萧向北风。（卿，送李录事。）[9]

　　为了强调这七类七言律句全部都是由五言增二字而得，王氏特地用着重号标出每句中的两个增字。我们若仔细读这些例句，揣摩减去所标增字后句意的变化，不难看出王氏以偏概全之误。他"多数七言诗句都可以缩减为五言，而意义上没有多大变化"的论断只适合用于头四类，而后面三类

[9] 详见《汉语诗律学》，页234—235。所引例子有所删节，而引文中的标点符号为原书中所有，未做更改。

如缩减为五言，句子就要完全丧失原意。至于为何后三类句子不能缩减为五言，下文将从句法的角度来加以解释。此处我们先考察王氏七言律句来源说正确合理的部分。王氏对前四类律句结构的分析是相当准确的，就如崔曙的《九日登望仙台呈刘明府容》所示：

> 汉文皇帝有高台，此日登临曙色开。
> 三晋云山皆北向，二陵风雨自东来。
> 关门令尹谁能识，河上仙翁去不回。
> 且欲近寻彭泽宰，陶然共醉菊花杯。

这首诗被收入了《唐诗三百首》，称得上是一首名诗。全诗八句均为"2+2+3"式。前六句中的"汉文""此日""三晋""二陵""关门""河上"都是增加的二言，用以形容其后的双音节名词。最后两句中的"且欲"和"陶然"也是增加部分，分别起连接和修饰作用。如果去掉所增两字，便是一首颇为标准的五律：

> 文帝有高台，登临曙色开。
> 晋山皆北向，陵雨自东来。
> 令尹谁能识，仙翁去不回。
> 欲寻彭泽宰，共醉菊花杯。[10]

读读这首减字而成的五律，就会发现王氏所言不虚。去掉两个字之后，意义没有大的变化，基本上仍然很清楚。因而我们可以认为，崔曙这首七律只是在五律前增加了两个闲字（或说半闲字）。为什么呢？因为增加的两个字对句法没有影响，都只是对主语的形容而已，如不讲"文帝"或者"皇帝"而讲"汉文皇帝"，不讲"云山"或者"晋山"而讲"三晋云山"，不讲"风雨"或者"陵雨"而讲"二陵风雨"。"关门令尹"和"河上仙翁"等等也是如此。

增加的二字虽然有益于加强诗的气势，但毕竟只

[10] 本章所引唐诗均出自《御定全唐诗》（四库全书本），下同。

是附加的修饰成分而已，句子仍是简单的主谓句。下面我们再来看沈佺期的七律名作《古意呈补阙乔知之》：[11]

卢家少妇郁金堂，海燕双栖玳瑁梁。
九月寒砧催木叶，十年征戍忆辽阳。
白狼河北音书断，丹凤城南秋夜长。
谁谓含愁独不见，更教明月照流黄。

这首诗被明人何景明（1483—1521）认为是七律中最好的作品之一。[12]首联中"卢家少妇"即莫愁，原为梁武帝诗歌中的一个人物，后成为少妇的代名词。首句讲这位富家少妇住在富丽堂皇的郁金堂，看到海燕成双而黯然神伤。颔联中值得注意的是，"九月寒砧催木叶"是七言中较少见的倒装句，正装应为"木叶催寒砧"。落叶催促着少妇早点缝制寒衣送给戍边的夫君。夫君在辽阳征戍十年，让人不断向往。颈联讲丈夫戍边所在地"白狼河北"，音讯全无，妻子独居"丹凤城南"，难耐漫漫长夜。尾联两句即苏东坡"不应有恨，何事长向别时圆"的出处，质问明月为何独独不见我少妇含愁，雪上加霜。如果把每句开头两字去掉，这就是一首完整无缺的五律：

少妇郁金堂，双栖玳瑁梁。
寒砧催木叶，征戍忆辽阳。
河北音书断，城南秋夜长。
含愁独不见，明月照流黄。

不难看出，减字后诗意非但没太大变化，反而更加紧凑。由此可见，就像崔曙那首七律那样，沈佺期《古意呈补阙乔知之》也完全可以视为五律扩充而成的。这两首诗使用同样的机械扩充方法：句首附加的一个描述性的双音词，用来形容

[11] 据《御定全唐诗》，此诗名又作《古意》，又作《独不见》。
[12] 这一说法目前被广泛引用，然追根溯源，似乎最早记录于杨慎（1488—1559）《升庵诗话》卷十"黄鹤楼诗"一条，原文如下："宋严沧浪取崔颢《黄鹤楼》诗为唐人七言律第一。近日何仲默、薛君采取沈佺期'卢家少妇郁金堂'一首为第一。二诗未易优劣。或以问予，予曰：'崔诗赋体多，沈诗比兴多。以画家法论之，沈诗披麻皴，崔诗大斧劈皴也。'"见《历代诗话续编》，页834。

[13]《历代诗话》，页 349。

[14] 四库本《御定全唐诗》第一句又作"昔人已乘白云去"。此处采用通行版本。

[15] 据现存材料，崔颢与崔曙的卒年较为确定，然而生年均不详，闻一多在《唐诗大系》中认为二人生年均疑似为公元 704 年，见闻一多：《唐诗大系》，收入《闻一多全集》（上海：开明书店，1948），册四，页 228、230。后亦有学者对此表示质疑，本文此处暂采用这一说法。

后面紧接的另一个双音词（主要是名词）。如果按照"诗须五言不可加，七言不可减，为妙"的原则来看，这两首可以减字的诗都不是上好的七言律诗。

## （二）"4+3"节奏：审美特征及其渊源

王力先生所列的第 5、6、7 类七言律句是无法解释为五言律句的扩充的。原因很简单，如把王氏所标示的增字去掉，这三类七言句的意义就几乎全变了。第 5、6 类中增字多是在句中起枢纽作用的连词或副词，以及句中的谓语动词。它们的使用通常构成复杂的主谓句。第 7 类的增字虽然往往是没有自身意义的联绵词，但却能与另外二字构成一个紧密的四字单位，占据句首的位置，从而与后面的三字构成对应。由于句首四字、句末三字两部分的自身意义紧密，而两者之间的关系又较松散，故读来句腰就有较长的停顿，呈现出明显的"4+3"的节奏。宋人周紫芝（1082—1155）在《竹坡诗话》中就注意到联绵词组合四字单位的重要作用："诗中用双叠字易得句。如'水田飞白鹭，夏木啭黄鹂'，此李嘉佑诗也。王摩诘乃云'漠漠水田飞白鹭，阴阴夏木啭黄鹂'。摩诘四字下得最为稳切。"[13]"4+3"节奏的源头在哪里？"4+3"节奏在诗作中审美效果如何？为了解答这两个问题，让我们来细读崔颢的七律名篇《黄鹤楼》：

> 昔人已乘黄鹤去，[14] 此地空余黄鹤楼。
>
> 黄鹤一去不复返，白云千载空悠悠。
>
> 晴川历历汉阳树，芳草萋萋鹦鹉洲。
>
> 日暮乡关何处是，烟波江上使人愁。

据闻一多先生在《唐诗大系》中的考订，崔颢和崔曙大约都出生于公元 704 年。崔曙英年早逝，于公元 739 年辞世。崔颢卒于公元 754 年，享年约 50 岁。[15] 虽然两位诗人生年均不确定，然而他们的成长和创作时间都为盛唐，即开元到天宝年间（约公元 712 年到 756 年），属初期的盛唐诗人。然而，上引两位崔姓诗人的名作的节奏和风格却迥然不同。崔曙诗八句呈现清一色的"2+2+3"节奏，而崔颢诗则杂糅使用"2+2+3"和"4+3"节奏。首联均为"2+2+3"式：昔人 / 已乘 / 黄鹤去，此地 / 空余 / 黄鹤楼。颔联为"2+2+3"式（黄鹤 / 一去 / 不复返，白云 / 千载 / 空悠悠）或"4+3"式（黄鹤一去 / 不复返，白云千载 / 空悠悠）解皆可，由读者诵读时所选择的停顿而定。颈联则使用明显的"4+3"式（晴川历历 / 汉阳树，芳草萋萋 / 鹦鹉洲），四言段本身聚合得较为紧密，与句末三言段相分离，两者形成鲜明的对比。尾联则又回到"2+2+3"式（日暮 / 乡关 / 何处是，烟波 / 江上 / 使人愁）。在此诗中，颈联的"4+3"式不仅尤为新颖，给人眼前一亮的感觉，而且还透露了有关"4+3"节奏渊源和审美的重要信息，因为它似乎与以下《楚辞·招隐士》两联同出一辙。

> 桂树丛生兮山之幽，偃蹇连蜷兮枝相缭。
> 山气巃嵸兮石嵯峨，溪谷崭岩兮水曾波。[16]（《招隐士》）

这两联中"兮"字仅用于表示句首四言段与句末三言段之间的长停顿，去掉完全不会改变语义，甚至连节奏也影响不大，因为前后两音段各自有独立完整的意义，吟唱或朗读时两者之间自然就会有较长的停顿。如此一改，四句就成了典型的"4+3"式句：

> 桂树丛生 / 山之幽，偃蹇连蜷 / 枝相缭。
> 山气巃嵸 / 石嵯峨，溪谷崭岩 / 水曾波。

这两联如果与上文崔颢的名联"晴川历历汉阳树，芳草萋萋鹦鹉洲"放在一起，我们难免会惊叹，两者何其相似，均是大景与小景相配，交映生辉，非但形似而且神合。"晴川历历 / 汉阳树"是先大景后小景，正如"山气巃嵸 / 石嵯峨"那样。相反，"芳草萋萋 / 鹦鹉洲"是先小景后大景，犹如"桂

[16] 原文见［宋］洪兴祖撰，白化文点校：《楚辞补注》（北京：中华书局，1983），页 232—233。

[17]《历代诗话续编》，页 1141。
[18] 原文见《楚辞补注》，页 215。

树丛生 / 山之幽"的翻版。其实，七言体与的《楚辞》的关系古人早已有所注意，例如谢榛《四溟诗话》卷一就有以下论述：

> 《尘史》曰：王得仁谓七言始于《垓下歌》，《柏梁》篇祖之。刘存以"交交黄鸟止于桑"为七言之始，合两句为一，误矣。《大雅》曰："维昔之富不如时。"《颂》曰："学有缉熙于光明。"此为七言之始。亦非也。盖始于《击壤歌》："帝力于我何有哉？"《雅》《颂》之后，有《南山歌》《子产歌》《采葛妇歌》《易水歌》，皆有七言，而未成篇，及《大招》百句，《小招》七十句，七言已盛于楚，但以参差语间之，而观者弗详焉。[17]

然而，古人却很少在节奏和句法的层次上寻找楚辞与七言体渊源关系的内证。《楚辞》的后期作品使用"4+ 兮 +3"句的例子不少。又如屈原或宋玉所作的《招魂》连用三个"4+ 兮 +3"句，外加一个不带兮的四三句来结束："皋兰被径兮斯路渐。湛湛江水兮上有枫。目极千里兮伤春心。魂兮归来哀江南！"[18] 若进一步溯源，"4+ 兮 +3"式可以视早期楚辞九歌"3+ 兮 +2"式的扩充。"4+ 兮 +3"和"3+ 兮 +2"属于同样的韵律节奏，头重尾轻。就意义节奏而言，句首是一个相对完整的部分，而句末部分则对其进行补充说明。确实，"4+3"的句式，在韵律与表意两方面都比较生动有力。与"2+2+3"的节奏相比，"4+3"节奏中两个音段自身的聚合力比较强，迫使两者之间的停顿也较长。虽然这个停顿仍然不如《楚辞》中"兮"引起的停顿长，但在句法上，却起到了与之相似的作用：将一个诗句划分为前后两部分，前面的四言段通常是主要的，而随后的三言段则起补足的作用。这种节奏特别适合承载题评句。这点下文将详细论述。

关于崔颢这首诗的传说颇多。据说李白看到这首诗之后，感慨之余便不敢再以黄鹤楼为题，而是转写地处南京的凤凰台。我们来看一下杨慎（1488—1559）《升庵诗话》卷十一中"捶碎黄鹤楼"的记述：

> 李太白过武昌，见崔颢《黄鹤楼》诗，叹服之，遂不复作，去而赋

《金陵凤凰台》也。其事本如此。其后禅僧用此事作一偈云："一拳捶碎黄鹤楼，一脚踢翻鹦鹉洲。眼前有景道不得，崔颢题诗在上头。"傍一游僧亦举前二句而缀之曰："有意气时消意气，不风流处也风流。"又一僧云："酒逢知己，艺压当行。"元是借此事设辞，非太白诗也，流传之久，信以为真。[19]

崔颢的题壁诗《黄鹤楼》力压群雄，成为咏颂黄鹤楼的千古绝唱，重要的原因是他将源于《楚辞》的古风引入律诗，给雕琢字句而显板滞的律诗带来了一种新风范。此诗开篇则连用三个"黄鹤"，冲破了律诗不重复用字的规定，另外"一去"和"千载"一动一名，也非工对，"黄鹤一去不复返"一句连用五个入声字（仄声），"白云千载空悠悠"一句又连用三个平声，也完全不遵守律诗音律。然而这首诗却受到了千古读者的钟爱。关于李白的传闻虽未必真实，却也代表了同时代大诗人作为读者对这首诗的反应。然而，历代批评家没有注意到的是，这首诗完美地引入了"4+3"的节奏，与"2+2+3"节奏交替使用，使整首诗更加灵活多变，读起来也更有趣味。与之相反，崔曙那首诗由始至终都是同样的节奏，而其之所以成为名诗，并不在其艺术形式，而是在其后半部分对人生的参悟：世道变换，曾迎来老子的守关县令和送给汉文帝《道德经》的仙翁都已一去不返，往者不可追，不如寻觅挚友，像陶渊明一样一同醉饮菊花丛中。此诗规劝人们与其执着于名利，徒劳形骨于仕途，不如回归自然，过悠然自在的生活。可以看到，此诗胜在意义，而就艺术形式而言，仍带有齐梁遗风，并不能代表盛唐七律的最高成就。

综合本节的讨论，可以清楚地看到，我们既不可以接受王力先生的观点，认为七言律句只有"2+2+3"式，也不可像古人那样用"4+3"来统括所有七言句的节奏。基于以上对文本内证的分析，笔者认为，与五律节奏单一的情况不同，七律实际上有"2+2+3"和"4+3"两种不同的节奏，而这两种不同节奏的交替使用是七律最为本色的特征之一。从文学史的宏观角度来看，这两种节奏的结合是七律历史演变的必然结果。七律一方面继承了齐梁文人书面五言诗的特色，尤其是齐梁诗歌对

声律、对仗、骈俪的追求；另一方面从楚辞、乐府、 [19]《历代诗话续编》，页849。

歌行这些民间口头传统中汲取了养分。崔颢之诗就充分体现了七律兼容并蓄的本色，而崔曙之诗只是偏向一方，实为齐梁诗风的余响。

# 三、七言近体诗句法：题评句与主谓句

日本学者松浦友久评论中国诗歌的特点时说："中国诗的韵律结构与中国语的特点关系最为密切；同样地，与韵律结构有着不可分割的关系的抒情结构，恐怕也深深地受到它的影响。"[20] 汉诗节奏是怎样深深地影响抒情结构的呢？两者不可分割的关系是怎样形成的呢？在古代诗学著作中，我们找不到有关这两个问题的研究，刘熙载也只是点到了节奏与抒情的内在关系而已。笔者认为，韵律结构与抒情结构研究脱节的原因是，我们完全忽视了连接两者的纽带：句子结构。在汉诗传统中，每种诗体都有其独特的韵律节奏，而每种主要韵律节奏都承载与其相生相应的句式，展现不同的时空及主客观关系，营造出精美绝伦的诗境。因而，从诗体节奏的角度分析各种诗体中句法的演变是亟待研究的重要课题。本节将集中讨论七律"4+3"和"2+2+3"两种节奏如何催生出各种各样新颖的主谓和题评句式。

## （一）"4+3"节奏与题评句

先谈 4+3 节奏与题评句的内在关系。一种诗体的节奏在很大程度上决定了与其共生共长的题评句的结构特点。四言诗的节奏为 2+2，故题语和评语都只有二字。两个字难以构成意思完整的主谓句，因而四言诗中题评句中的题语是单个名词或动词，而评语则是尚未概念化的、借音传情的联绵词，如以下《诗经》的例句所示。

[20] 松浦友久：《中国诗的性格——诗与语言》，见蒋寅编译：《日本学者中国诗学论集》（南京：凤凰出版社，2008），页18。

关关雎鸠、参差荇菜。（《周南·关雎》）

萧萧马鸣。（《小雅·车攻》）

杲杲出日。（《卫风·伯兮》）

鸣蜩嘒嘒。(《小雅·小弁》)

鸡鸣喈喈。(《郑风·风雨》)

北流活活。(《卫风·硕人》)

《楚辞·九歌》的节奏为"(3+兮)+2",故其上三可组成完整主谓或题评结构，多是为作为句子核心部分的题语，而其下二只能是孤立的名词、副词、联绵词等，起着补充说明题语的作用，如《东皇太一》首段所示。

吉日兮辰良。穆将愉兮上皇！抚长剑兮玉珥。璆锵鸣兮琳琅。

五言诗的节奏是"2+3"，与《楚辞·九歌》中三言和二言"头重尾轻"的组合恰恰相反。五言"头轻尾重"的形式相对较难安排题评句，所以五言中的秀句绝大部分是通过倒装、省略等手法而做到意义虚实相生的主谓句，而只有像杜甫这样的巨擘才能写出《江汉》中那种被千古传诵的题评句：

江汉 / 思归客，乾坤 / 一腐儒。

片云 / 天共远，永夜 / 月同孤。

落日 / 心犹壮，秋风 / 病欲苏。

七言诗节奏为"4+3"，乍看上去似乎是《楚辞·九歌》节奏的扩充版，只是去掉了"兮"字、在前后两部分各增一字而已。然而，所增的二字却带来了质的变化。上三加一字就成为可表达更丰富内容的四言，而下二加一字带来的变化就更大，把孤立的词类变为组合为主谓句的三言。更重要的，自身成句的上四和下三加以结合，就能产生可以称为"复合式"的题评句，如王维《积雨辋川庄作》所示。

积雨空林烟火迟，蒸藜炊黍饷东菑。

<u>漠漠水田飞白鹭，阴阴夏木啭黄鹂。</u>

山中习静观朝槿，松下清斋折露葵。

野老与人争席罢，海鸥何事更相疑。

此诗中"漠漠水田飞白鹭，阴阴夏木啭黄鹂"两句都是这种复合题评句。唐人李肇云："维有诗名，然好取人文章嘉句。'行到水穷处，坐看云起时'，《英华集》中诗也。'漠漠水田飞白鹭，阴阴夏木啭黄鹂'，李嘉佑诗也。"[21] 意思是说王维剽窃了李嘉佑"水田飞白鹭，夏木啭黄鹂"一句。明胡应麟（1551—1602）则反驳道："摩诘盛唐，嘉佑中唐，安得前人预偷来者？此正嘉佑用摩诘诗。"[22] 李嘉佑和王维大致为同时代的人，所以谁"剽窃"了谁的诗句，似乎是一个难断的公案。不过，如首节中引文所示，古人多数都认为七言的"漠漠水田飞白鹭，阴阴夏木啭黄鹂"要好于五言的"水田飞白鹭，夏木啭黄鹂"。但为何如此，古人似乎是知其然而不知其所以然，或说是知而"无以"解释其所以然。

然而，若是运用复合题评句的概念，我们似乎"有以"解开这个千古之谜，明明白白地说明王维七言句胜于李嘉佑五言句的原因。李嘉佑"水田飞白鹭，夏木啭黄鹂"是简单的主谓句，句首的"水田"和"夏木"在句中作副词用，交代白鹭飞和黄鹂啭所在之地。但是加上"漠漠"两字，便成"漠漠水田"一句，一片开阔的风景油然而生。同样，"阴阴"二字带来的同样是从孤立物象到一片风光的变化。两联的上四为大景，而其下三则为白鹭和黄鹂的特写小景，大小景并列使用，相互衬托，交映生辉，夏日农村生机盎然的景色浮现眼前。的确，王维"漠漠水田飞白鹭，阴阴夏木啭黄鹂"一联的审美效果，与崔颢名联相比，伯仲难分。毫无疑问，叶梦德所说"漠漠""阴阴"的点化作用完全在于句法的改变。李嘉佑描述孤景的简单主谓句，加上两字，就变成呈现大小二景互动的复合题评句，岂不是点铁成金的变化？

王维《积雨辋川庄作》颔联包含一个四言题评句和三言主谓句，但似乎更多的复合七言题评句是由两个主谓句结合而成的。文天祥《过零丁洋》便呈现了这类题评句法的特点。

[21]［唐］李肇：《唐国史补》（钦定四库全书本），卷上。

[22]［明］胡应麟：《诗薮》（上海：上海古籍出版社，1958），内编卷五，页104。

辛苦遭逢／起一经，干戈落落／四周星。

山河破碎／风抛絮，身世飘摇／雨打萍。

皇恐滩头说皇恐，零丁洋里叹零丁。

人生自古谁无死，留取丹心照汗青。[23]

[23] 见傅璇琮等主编：《全宋诗》（北京：北京大学出版社，1998），册六八，卷三五九八，页43025。

如引文中笔者所加的斜线所示，诗人开篇就联用了四个题评句。这四句的前后两部分并没有时空或者逻辑上的必然联系，因此只能将它们看作题评结构。其中句首的四言段是题语。随着作者的寻思不断转深，诗句的主题也在变化：从他的求索道路、抗元战况，写到国家现状，最后又联系到自身遭际。随着四言段的题语从过去转换到现在，诗人在三言段中所倾泻的情感亦越发激烈。第一个评语"起一经"解释说明了诗人的人生道路始于对儒家经典的研习。其余三句的评语则利用蒙太奇的手法，从前面的主题一下子跳跃到具体的物象、画面。在第二句中，"四周星"意指文天祥在国家的军事防御力量日益削弱的情况下，仍然不屈不挠地开展抗元斗争。它还带出一个寥廓的充满空间感的意境——空寂的战场上洒落群星的天空。第三句的"风抛絮"，则从家国破败的主题切换到令人心碎的画面：沉重的山河如今化作软弱轻飘的飞絮，等待它的是被劲风刮走这一无可挽回的命运。第四句的"雨打萍"所使用的手法与第三句相同，诗人命运浮沉的主题，瞬间变换为无根的浮萍饱受雨打的画面。

本诗的后四句则是主谓句式，句中的四言与三言段接合为一个陈述句。第五至七句都是简单的主谓句，而最后一句则是一个双重的主谓结构。第五、六句中的四言段是扩充了字数的方位副词，而后面的三言段则是一个核心的主谓结构。当诗句中的方位副词从五言诗句首双音节段扩充到七言诗中的四音节段时，它就成了整句的焦点。在全诗的转承处突出地运用四言方位副词（"皇恐滩头"），起到了很好的效果。皇恐滩地处江西境内的赣江边，是文天祥在1277年一次抗元战役中败退后仓促经过之地。可见，诗人并不是述今，而是在追忆他在名为"皇恐"的地方所感受到的惶恐之情。第六句的方位副词（"零丁洋里"）又将时间拉回到现在。皇恐滩的撤退以后第二年，诗人在横渡零丁洋时写下了这首诗。很巧合地，诗人的心情刚好与所处之地的名字切合无遗。在蒙古兵消灭了南宋、征服了全中国以后，文天祥作为俘虏，要被押解到北方。这时，诗人感到了莫大的伤痛、屈辱和寂寞。然而，在尾联中，诗人的情绪又陡然一变。在深刻地思考了人生的意义以后，诗人最终将悲伤的情绪升华为一种英雄式的反抗精神。"人生自古谁无死"是前提，"留取丹心照汗青"则是收束全诗的结论。虽然诗人已死，但这两句诗已经成为中国历史上表现英雄气概与自我牺牲精神的最著名的格言。

如果说文天祥《过零丁洋》半用题评句，杜甫《登高》则几乎全用题评句。明胡应麟视《登高》为古今七言律诗之冠。清人杨伦（1747—1803）亦称此诗为"杜集七言律诗第一"（《杜诗镜铨》）。[24]

> 风急天高 / 猿啸哀，渚清沙白 / 鸟飞回。
> 无边落木 / 萧萧下，不尽长江 / 滚滚来。
> 万里悲秋 / 常作客，百年多病 / 独登台。
> 艰难 / 苦恨繁霜鬓，潦倒 / 新停浊酒杯。

胡应麟《诗薮》陈述了将此诗列为七律之首的原因："杜'风急天高'一章五十六字，如海底珊瑚，瘦劲难名，沉深莫测，而精光万丈，力量万钧。通章章法、句法、字法，前无昔人，后无来学。微有说者，是杜诗，非唐诗耳。然此诗自当为古今七言律第一，不必为唐人七言律第一也。"[25] 胡氏认为诗的章法、句法、字法无不是前无古人后无来者，却无法把此三法独特创新之处解释清楚。下文将讨论杜甫七律的章法，这里集中讨论句法和字法。笔者认为，题评结构的使用是此诗句法和字法最大的创新。论字法，即结字为词之法，首联的创新最令人耳目一新。此联景物描写非常紧凑，并且相当工整，不仅"风急天高"与"渚清沙白"两句相对，而且还有内对，如"风急"对"天高"，"渚清"对"沙白"。由于律诗首句一般不用对句，因此"猿啸哀"与"鸟

[24] 不过明人胡震亨《唐音癸签》亦认为："七言律压卷，迄无定论。宋严沧浪推崔颢《黄鹤楼》，近代何仲默、薛君采推沈佺期'卢家少妇'。王弇州则谓当从老杜'风急天高''老去悲秋''玉露凋伤''昆明池水'四章中求之。今观崔诗自是歌行短章，律体之未成者，安得以太白尝效之遂取压卷? 沈诗篇题原名'独不见'，一结翻情取巧，六朝乐府变声，非律诗正格也，不应借材取冠兹体。若杜四律，更尤可议。'风急天高'篇，无论结语龃龉，即起处'鸟飞回'三字亦勉强属无意味。"见［明］胡震亨:《唐音癸签》(上海:上海古籍出版社，1981)，卷十，页95—96。
[25]《诗薮》，内编卷五，页95。

117

飞回"似乎是故意不作工对。

[26]《历代诗话续编》，页 1392。
[27]《诗薮》，内编卷五，页 95。

论句法，前三联皆为"4+3"式，而其上四和下三组合出六个题评句，正如引文中分隔号所示。这六个题评句都采用崔颢、王维诗中所见的那种大小景互衬法，上四为时空恢弘的大景：风急天高、渚清沙白、无边落木、不尽长江；下三则是与之衬托的特写小景，既有引发愁绪的景物，也有诗人伤感的自我写照。三联中，颔联博得最多、最高的赞誉。李东阳《麓堂诗话》云："'庭皋木叶下'，不如'无边落木萧萧下'，若'洞庭波兮木叶下'，则又超出一等矣。"[26] 笔者以上对五、七句式的比较，以及上文对七言题评句的溯源都在李氏这句话中得到了印证。李氏显然也认识到，这种前重后轻的"4+3"句法、大景对小景的题评句来源于"九歌体"。

尾联的句法很特别，上句可作"2+2+3"读"艰难 / 苦恨 / 繁霜鬓"，将"艰难"和"苦恨"看为同位关系；也可作"2+5"读"艰难 / 苦恨繁霜鬓"，上二为因，下五为果。在某种意义上来说，作"2+5"读更合适，因为下句只能读为"2+5"因果句。因为"艰难"，所以苦恨繁了霜鬓；因为"潦倒"，所以新停了浊酒杯。值得注意的是，如果加强上二后的停顿，增加句中的断裂感，那么尾联似乎也可读作题评句，上二为题语，下五则是诗人抒发内心感慨的评语。

杜甫《登高》通篇使用题评结构，有首联中隐性的题评字法，又有首、颔、颈联的显性题评句，还有尾联的隐性题评句，真是变化多端，层出不穷，无怪乎胡应麟称"此章五十六字，如海底珊瑚，瘦劲难名，沉深莫测"。胡氏赞此诗"精光万丈，力量万钧"[27]。这种气势磅礴、沉郁顿挫的美感在七律中大概只有依靠环环相扣的题评句才能创造出来。

## （二）"2+2+3"节奏与复杂主谓句

在王力先生所列的七类七言律句中，第 1—6 类皆是"2+2+3"式。第 1—3 类都是简单主谓句，其中在五言基础上所增的二字都是修饰语。如上文对崔曙和沈佺期诗的分析所示，这些修饰语只限于描述五言段中第一、二字，删去不会影响全句的意义，故属于论诗家所说的闲字。第 4 类是含有两个或更多动词的复杂主谓句（如"晨摇玉佩趋金殿，夕奉天书拜琐闱；曲引古堤临冻浦，斜分远岸近枯杨"），但由于所增的二字也主要用来描述五言段中第一、二字，故对整句的意义影响不大，删减也无大碍。第5、6类也以复杂主谓句为主，不过所增的二字是决定句子结构和意义的关键词，如"副词语或近似副词性的动词语或谓语形式"[28]之类。七律主谓句法的创新主要见于这两类复杂主谓句，如李商隐的《隋宫》所示。[29]

> 紫泉宫殿锁烟霞，欲取芜城作帝家；
> 玉玺不缘归日角，锦帆应是到天涯。
> 于今腐草无萤火，终古垂杨有暮鸦；
> 地下若逢陈后主，岂宜重问后庭花！

此诗八句中所增的二字，除了首句"紫泉"以外，都是直接牵动整句意义的副词、连词、情态动词。如果将这些增字去掉，每句虽仍能读通，但意义大变，全诗失去连贯性，只是一堆描述隋炀帝故事的文字片段：

> 宫殿锁烟霞，芜城作帝家。
> 玉玺归日角，锦帆到天涯。
> 腐草无萤火，垂杨有暮鸦。
> 地下陈后主，重问后庭花！

然而，诗人利用所增的二字，构筑了两个相互作用、紧密相连的对比框架——今昔对比、现实与想象的对比，带来了出神入化的变化。首联起句"紫泉"（长安境内的一条河流）一语暗示了遭到遗弃的"隋宫"（"宫殿锁烟霞"）是长安城内隋朝皇帝的宫殿。句中"欲取"二字道出了长安宫殿荒废的原因：隋炀帝欲以芜城为家。"芜城"指广陵，即今之扬州。"帝家"则指隋炀帝为巡幸江南在扬州修建的行宫。依靠这两个增字，诗人将诗中对两个宫殿的客观描述巧妙地转为对隋炀帝的讽刺：他弃京城的皇宫不顾，而另在江南建造行宫，可见其昏庸无度、

[28]《汉语诗律学》，页235。
[29] 以下对此诗以及文天祥《过零丁洋》的评论部分使用了李冠兰的译文。参蔡宗齐著，李冠兰译：《节奏·句式·诗境——古典诗歌传统的新解读》，《中山大学学报》，2009年第49卷第2期，页26—38。

穷奢极欲、荒废国事。

颔联两句中所增二字是连词，将两个句子接合为一个复合的主谓结构。起句"不缘"引入一个表示与过去事实相反的虚拟条件句："玉玺不缘归日角。"中国传统的面相学认为，皇帝或者命中注定成为皇帝的人，额上会有角状的突起。诗中"日角"特指推翻隋朝、建立唐朝的唐太宗。对句"应是"则引入一个表示与过去事实相反、带虚拟语气的结果从句："锦帆应是到天涯。""锦帆"指的是隋炀帝巡幸江南时乘坐的大型游船。起句的条件从句讲述隋炀帝遭到颠覆，而对句的结果从句则揭示了他被颠覆的原因：追求逸乐、沉湎酒色。这个复合的主谓结构还可以理解为隋炀帝的自述。我们可以想象，死后的隋炀帝遗憾地悲叹：如果我的皇朝未被李唐推翻，我的游船就可以一直开到天涯了。无论是以诗人还是隋炀帝的口吻去解读，颔联都表达了对这位荒淫无度的亡国之君的讽刺。

颈联两句中所增二字是时间副词，充实补足了整个主谓结构。这对副词连接了过去与现在。起句中"于今"将当下萤火无踪的现实与昔日的故事联系起来了：隋炀帝曾下令收集所有萤火虫，以之点灯，从而满足其在夜间游乐的需要。相反地，对句的"终古"则从眼前的老柳，追溯到隋炀帝下令在大运河旁种植柳树的当年。隋炀帝最喜柳树，所以他赐柳树姓"杨"，这便是"杨柳"一名的由来。这些柳树曾享有莫大的荣耀，如今却只剩昏鸦栖止其上。利用这两个时间副词，此联将眼前无尽的荒芜（老树、暮鸦、日落）与昔日皇家的繁华（夜游、游船、绿柳环绕的大运河）这两种景象展现无遗。两种景象交缠，深化了诗人对这位追求逸乐以致自取灭亡的皇帝的讽刺。

尾联两句中所增的二字再一次将两句诗连接成一个复杂主谓结构。起句"若逢"引入一个带虚拟语气的从句，把注意力转向隋炀帝如今所居的阴间世界；对句"岂宜"则将对句变为一个反问句。一如颔联，此联的虚拟句又勾起了读者的想象。诗人设想两位皇帝死后相逢的情形，这是一种巧妙的讽刺手法。陈后主在历史上以纵情声色闻名，而他死后在泉下遇到的，恰恰是推翻其统治的隋炀帝。读者可以想象，陈后主在见到隋炀帝时自鸣得意的自言自语："打败我的人，如今也因同样的原因垮台了。"下一句"岂宜重问后庭花"更是进一步对隋炀帝加以讽刺。《后庭花》是陈后主创作的歌曲，一向被认为是靡靡之音。反问语气的运用，暗示了隋炀帝若在泉下与陈后主相见，必定会向他询问声色犬马之娱，对自己命运的讽刺意味懵然不觉，不知悔改。即使他生前不能乘坐游船直到天涯海角，在死后也执意要继续这种奢靡的生活。诗人运用反问的修辞手法，将对隋炀帝的嘲讽推向极致。

综上可知，就《隋宫》全诗而言，所增的二言段绝对不是处于从属地位，而是构成复杂的主谓结构的关键。如果没有这些二言段，诗人不可能如此流畅地纵横虚实，往来古今，将叙述与议论融冶一炉，从而勾勒出历史的图景。这首诗因为借助所增二字，引入连接、假设诸类虚词，从而大量密集地建构复杂主谓句，可以说是主谓句创新的一大进展。

## （三）表层主谓句与隐性题评句

七律诗里虚词的枢纽作用，在李商隐《隋宫》中可谓发挥得淋漓尽致。诗句中虚词的枢纽作用，古人也有所评论。冒春荣（1702—1760）《葚原诗说》云：

> 虚字呼应，是诗中之线索也。线索在诗外者胜，在诗内者劣。今人多用虚字，线索毕露，使人一览略无余味，皆由不知古人诗法故耳。或问线索在诗外诗内之说，曰：此即书法可喻。书有真、有行、有草，行草牵系联带，此线索之可见者也；真书运笔全在空中，故不可见，然其精神顾盼，意态飞动处，亦实具牵系联带之妙。此惟善书者知之。故诗外之线索，亦惟善诗者得之。[30]

按冒氏设立的标准，李商隐《隋宫》中使用的各类虚词无疑是毕露于外、一览无余的"诗内线索"，与他理想中的"诗外线索"相差甚远。暂且不论两者优劣，我们须先确定"诗外线索"是指什么。经过反复揣摩，笔者认为，它应是指诗句之间无须依赖虚词而形成的因果呼应之关系。冒氏心目中这种理想的"诗外线索"何处寻？杜甫《咏怀古迹》五首之三似乎是我们寻觅的好地方。

[30] 郭绍虞编选：《清诗话续编》（上海：上海古籍出版社，1983），页1582。

群山万壑赴荆门，生长明妃尚有村。

一去紫台连朔漠，独留青冢向黄昏。

画图省识春风面，环佩空归月夜魂。

千载琵琶作胡语，分明怨恨曲中论。

如引文中着重号所示，七言所增的二字之中没有一个明显的虚词，而大部分是实词，其中以名词和动词为主，用于描绘王昭君出使塞外的故事。令人不可思议的是，这种由虚转实的词类变化的作用，却是要将诗篇的内容由实变虚。这首诗要讲述的实在内容是：千山万谷都奔向昭君的出生地荆门，明妃长成之处现今仍有村庄存在。（昭君）离开居住的宫殿紫台，来到无边无际的戈壁朔漠，最后只留青冢一座孤孤单单地对着塞外的黄昏。当年画师（毛延寿）因为没有拿到贿赂而作弊，使皇帝无法知晓昭君的美貌。如今月下香魂环佩叮当，纵然归汉也是枉然。擅弹琵琶的昭君作了胡弦十八拍，曲中分明可以听到她的怨恨。可以看到，诗句的每一行都紧扣昭君生活的一个细节。这首诗的高明之处，在于不直接讲述历史故事与一个人的生平，而是通过典故与意象的运用来实现。

现在让我们来仔细分析这首诗是怎样由实变虚的。首联两句为扩充后的简单句，交代了时间和地点。接下来颔联使用意象和典故，把景物之实变为描写昭君之虚，如起句"紫台"这一实物代指昭君未出塞之前豪华的宫廷生活，而对句的"青冢"以"青"对"紫"，以"冢"对"台"。由豪华到荒凉，从宫廷生活到杂草丛生的孤冢，两者不仅是简单的景物对比，更是两个不同时期的情景、命运的对比，这样就做到了由实到虚。这种情况中，七言所增加二字就和整个诗句都融为一体，不仅仅是修饰紧跟其后的一个词，而是表达整首诗的感情和复杂的意义。"朔漠"和"黄昏"虽不是对比，却都是视觉方面的直观感受，凸显了悲凉气氛。"连"具有讽刺意味，讲的是"连"，实则为"断"。

另外，在由实化虚的过程中糅合了诗人的评价，这主要也是通过妙用对偶来实现的。如起句中"一去"这一虚词不禁让人想起"壮士一去不复返"。同样，"独留"也更凸显了孤单。这两个虚意副词虽不像之前描写景物的实词具有实意，却将实词灵活地连为一体，淋漓尽致地表达了诗人对昭君一生的感情、生活的看法。再如颈联两句表面上虽都是实写，但实际上也是表达诗人自己反思王昭君命运的虚意。其中"画图"与"环佩"虽非工对，却点明了因果关系，而"省识"与"空归"，"春风面"与"月夜魂"之对仗则进一步把诗人对因果关系的思索推向高潮。

七律中所增二字的实词化不仅仅拓宽了利用意象和典故对偶传情表意的范围，而且还带来更多断句的可能性，从而开拓了主谓与题评结构融为一体，虚实相生的佳句所需的空间。本诗的颔、颈联就是这种佳句的典范。在表层上，颔联两句都是复合主谓句，实写王昭君离宫出塞，魂归故国的过程及原因："一去紫台→连朔漠，独留青冢→向黄昏。"但两句又可作"2+5"读，从而成为题评句："一去 / 紫台连朔漠，独留 / 青冢向黄昏。"在这一隐性的题评句，题语（一去、独留）点出王昭君人生的两次"被选择"，而评语则分别道出两次"被选择"的悲惨结果，感人至深。同样，颈联在字面上是两个主谓句，起句是正装句，"画图"为主语，而"省识春风面"为谓、宾语；对句则可解为"环佩月夜魂空归"之倒装。然而，读者只要知道王昭君生平，就会意识到，此句无法作主谓句读，因为主语应是汉元帝，并非画师毛延寿。所以此句只能作题评句解。"画师"是题语，指毛延寿画像作弊之事，而"省识春风面"则是评语。在对偶习惯的影响下，对句自然也会作题评句读，"环佩"为题语，而"空归月夜魂"则是评语，点破归来者乃魂魄而已。另外，这两联的对句还可以作头重尾轻的题评句解："独留青冢 / 向黄昏""环佩空归 / 月夜魂"。尾联两句则骤然一变，由虚转实，用平直的语言抒情。

杜甫《咏怀古迹·其三》将七律句法发挥到可谓登峰造极的地步。诗中每一行没有一个多余的字，而每行表层都是主谓句，着笔勾勒昭君不同生活时期的状况。同时，颔、颈联四句妙用意象和典故的对偶，在深层铸造出抒情性极强的题评句，一一揭示王昭君人生悲剧的发展及其原因，把王昭君生前生后的感情世界，以及诗人的无限同情，无不淋漓尽致地表达了出来。这种复杂句法艺术与深邃思想情感完美的、不留痕迹的结合，不正是"诗外线索"喻示的审美绝境吗？

# 四、七言律诗句法：散文句与拗句

七言律句比五言律句多增二字，不仅成就了"2+2+3"和"4+3"两种不同而互补的韵律节奏，催生出上节所讨论的各种新颖的主谓句和题评句式，而且还能容纳众多结构特殊的散文句和拗句。所谓散文句是指书面和口语中违背诗歌节奏的句子，即不按诗歌中双音、三音单位组合规律而构建的句子。拗句一词普遍用来指违反近体诗平仄规则的句子。这里，笔者仍将对此义加以扩充，用它来指违反近体诗固定韵律节奏的句子，也就是说指所有非"2+2+3"和"4+3"式的句子。当然，七律中各种拗句所"拗"的程度不一，陌生化的效果亦有很大差别，下面笔者将加以甄别。

将散体文章的内容用诗歌的形式表达出来，追求艺术的升华，这似乎是唐人很喜爱做的事。杨慎在《升庵诗话》卷十二"夺胎换骨"一条有此记载：

> 汉贾捐之议罢珠崖疏云："父战死于前，子斗伤于后，女子乘亭鄣，孤儿号于道，老母寡妇饮泣巷哭，遥设虚祭，想魂乎万里之外。"《后汉·南匈奴传》、唐李华《吊古战场文》全用其语意，总不若陈陶诗云："誓扫匈奴不顾身，五千貂锦丧胡尘。可怜无定河边骨，犹是春闺梦里人。"一变而妙，真夺胎换骨矣。[31]

值得注意的是，这里对散文"夺胎换骨"的改造是依赖七言律句来实现。在改写散文的同时，七律自身也深深地受到散文的影响，引入了许多散文体的拗句。对此现象，叶矫然（1614—1711）《龙性堂诗话初集》有所评述：

> 晋人谈理，言中有言；唐人作诗，句中有句。子美"把君诗（句）过日，念此别（句）惊神"，"不贪（句）夜识金银气，远害（句）朝看麋鹿游"，是句中有句也，人亦知之。至"且看欲尽花（句）经眼，莫厌伤多酒（句）入唇"，恐未必了了也。"欲尽花"，钱起之"辛夷花尽杏花飞"是也。子美又有"离筵伤多酒"之句，"多酒"二字，想唐时口头语。至今主人劝客云："今日饮无

[31]《历代诗话续编》，页877—878。

多酒。"客谢云："酒多矣。"此语犹传也。不然，子美何一再用之乎？刘辰翁以多酒为不成语，不知其义也。[32]

叶氏在这里用"句"来标示诗句中违反正常律句节奏的停顿，而他称"唐人作诗，句中有句"，就是指唐人明显有使用非正常停顿的拗句的倾向。黄生（1622–1696?）《诗麈》将唐人七言律句分为十大类，其中"上四下三"（4+3）和"上二中二下三"（2+2+3）两类是遵循诗歌韵律节奏的正常句，而其他八类都是不同程度的拗句。"4+3"和"2+2+3"句结构上文已作详细分析，这里不再赘述，只对八类拗句进行讨论。这八类又可分为"头轻尾重"和"头重尾轻"两种。"头轻尾重"的拗句有以下四式：

上三下四，如："洛阳城 / 见梅迎雪，鱼口桥 / 逢雪送梅。"（李绅）"斑竹岗 / 连山雨暗，枇杷门 / 向楚天秋。"（韩翃）

上二下五，如："朝罢 / 香烟携满袖，诗成 / 珠玉在挥毫。"（杜甫）"霜落 / 雁声来紫塞，月明 / 人梦在青楼。"（刘沧）

上一下六，如："盘 / 剥白鸦谷口栗，饭 / 煮青泥坊底芹。"（杜甫）"烟 / 横博望乘槎水，日 / 上文王避雨陵。"（唐彦谦）

上一中三下三，如："鱼 / 吹细浪 / 摇歌扇，燕 / 蹴飞花／落舞筵。"（杜甫）"门 / 通小径 / 连芳草，马 / 饮春泉 / 踏浅沙。"（郎士元）[33]

在这四式中，前两式读来就是自然通顺的散文主谓句，上三下四式是主、谓、宾语齐全的简单主谓句，而上二下五式是前后关系紧凑的复合主谓句。当然，如诵读时拖长句中上下部分之间的停顿，两式亦可产生题评句的效果。后两式读来并不太像我们在散文中见到的句子，而更像诗人别出心裁创造的题评句，其上一是题语，而后面部分则是评语。"头重尾轻"的拗句也有四式：

上五下二，如："不见定王城 / 旧处，常怀贾傅井 / 依然。"（杜甫）"同餐夏果山 / 何处，共钓寒涛石 / 在无。"（李洞）

[32]《清诗话续编》，页991。
[33][明]黄生:《诗麈》，载于贾文昭主编：《皖人诗话八种》（合肥：黄山书社，1995），页58。引文中"/"号为笔者据黄氏节奏划分所加。

上六下一，如："忽惊屋里琴书／冷，复乱檐前星宿／稀。"（杜甫）"忽从城里携琴／去，许到山中寄药／来。"（贾岛）

上二中四下一，如："河山／北枕秦关／险，驿路／西连汉畤／平。"（崔颢）"宫中／下见南山／尽，城上／平临北斗／悬。"（杜审言）

上一中四下二，如："诗／怀白阁僧／吟苦，俸／买青田鹤／价偏。"（陆龟蒙）[34]

[34]《诗麈》，页58。引文中"／"号为笔者据黄氏节奏划分所加。
[35]《历代诗话》，页777。

这些"头重尾轻"的句子都呈现明显的题评结构，前面五或六字为由主谓小句构成的题语，描述一个具体的场景，而句末的一字或两字则是评语，表达诗人对此场景的观感和评议。

在黄生所列举的八类拗句之中，有六类引了杜甫的诗句为例，而其他所引诗人都仅有一例入选。独尊杜甫的七言律句，奉之为七律句法的圭臬，乃绝大多数古代论诗家所持有的立场。王世懋（1536—1588）《艺圃撷余》对杜甫无与伦比的句法创新作了以下的总结：

少陵故多变态，其诗有深句，有雄句，有老句，有秀句，有丽句，有险句，有拙句，有累句。后世别为大家，特高于盛唐者，以其有深句、雄句、老句也；而终不失为盛唐者，以其有秀句、丽句也。轻浅子弟，往往有薄之者，则以其有险句、拙句、累句也，不知其愈险愈老，正是此老独得处，故不足难之，独拙、累之句，我不能为掩瑕。虽然，更千百世无能胜之者何？要曰：无露句耳。其意何尝不自高自任？然其诗曰："文章千古事，得失寸心知。"曰："新诗句句好，应任老夫传。"温然其辞，而隐然言外，何尝有所谓吾道主盟代兴哉？自少陵逗漏此趣，而大智大力者，发挥毕尽，至使吠声之徒，群肆掊剥，遐哉唐音，永不可复。噫嘻慎之！[35]

王氏根据杜甫诗句不同审美效果，将其分为三类，并放在唐诗历史发展的语境中加以评论。他所下的评语极为精辟，揭示了杜甫句法创新的精髓，借之来总结本节的句法分析应有画龙点睛的效果。王氏所谈的第一类为秀句、丽句，是盛唐律诗句法的典型的代表，王维"漠漠水田飞白鹭，阴阴夏木啭黄鹂"和杜甫"无边落木萧萧下，不尽长江滚滚来"应属于此类。第二类为深句、雄句、老句，是被后人视为出于盛唐而"高于盛唐"，空前绝后的诗句。在本文所讨论诗句之中，杜甫"一去紫台连朔漠，独留青冢向黄昏。画图省识春风面，环佩空归月夜魂"四句所显示的正是深、雄、老句的雄浑磅礴的气象。第三类为险句、拙句、累句，后代"轻浅子弟，往往有薄之者"。杜甫《秋兴》"香稻啄余鹦鹉粒，碧梧栖老凤凰枝"应属这类。现以此句为例，补上对险、拙、累句的分析。

"香稻啄余鹦鹉粒，碧梧栖老凤凰枝"一联乍读上去，的确容易予人用词累赘、结句粗拙、取意险辟的印象。然而，加以仔细的分析，发现此句是诗人独具匠心铸造而成，而诗人造句的过程似乎可重构如下：

第一步：得散文句"鹦鹉啄香稻余粒，凤凰栖碧梧老枝"。

第二步：为了把"2+5"散文节奏改造为标准的"2+2+3"诗歌节奏，将散文句的宾语（香稻余粒、碧梧老枝）倒装，得"香稻余粒鹦鹉啄，碧梧老枝凤凰栖"一联。

第三步：为了又把"2+2+3"节奏改为"4+3"节奏，把"粒"和"枝"后移，组成句末的三言段，即"鹦鹉粒""凤凰枝"。同时，诗人又把"啄"和"栖"前移至第三个字的位置，终得千古名句"香稻啄余鹦鹉粒，碧梧栖老凤凰枝"句。

杜甫如此反复地改变句序的做法，不仅是为了节奏韵律的安排，更重要的是感情表达的需要，此联传达出诗人所察觉到唐朝鼎盛时期暗含盛极必衰的兆音。对此联的深刻含义，高友工先生的力作《唐诗的魅力》里有精彩的论述。[36] 用王世懋的话来说，杜甫"香稻啄余鹦鹉粒，碧梧栖老凤凰枝"这样所谓的险、拙、累句，读来却"温然其辞，而隐然言外"，故为"千百世无能胜之者"。

[36] 高友工、梅祖麟：《杜甫的〈秋兴〉》，见高友工、梅祖麟：《唐诗的魅力：诗语的结构主义批评》(上海：上海古籍出版社，1989)，页23、27—28。

# 五、七言律诗结构：二元、线性、断裂结构

在传统诗学著作中，诗篇结构（或说篇法）普遍不如字法、句法那么受重视，但律诗篇法可能属于一个例外。宋人评论唐近体诗，提出"起承转合"的观点，随后近体诗结构便成为诗话中的一个热门话题。唐朝诗人虽然并未自觉地恪守这一准则，却相当自然地与之暗合。这是因为律诗和绝句可以理解为一个长篇作品的压缩，而所有文学作品，不论诗歌还是散文，总有一开头与一结尾，中间为避免无味，必然需要有所变化，所以自然而然形成"起承转合"的结构。

宋代以来各种诗话中有关近体诗结构的讨论很多，但理论的阐述尚有很大的发挥的空间。笔者认为，近体诗结构在古典诗歌史上是一种尤为特殊的结构，因为它是糅合了先前古诗中二元、序列、叠加三种主要结构而成的。在之前的章节里（详参《诗体的"内联"性》中第六节关于汉诗句法与汉诗结构的讨论），笔者展示了《诗经》主谓句和题评句结构原则如何投射到篇章结构的层面，衍生二元、序列、叠加三种原型诗篇结构，随后研究了这三种基本诗篇结构在汉魏六朝时期演变的过程。这里，笔者将再进一步，探索七律如何承继和融合这三种诗篇结构。

## （一）起承转合与二元结构

律诗里的"起承转合"是很明显的二元结构。其中，"起"与"承"、"转"与"合"分别是一个比较完整的部分，在内容上通常很明显地对应"情""景"两大块。这种二元结构首见于《诗经》特殊的比兴结构，而到了《古诗十九首》已蔚为大观，随后成为魏晋六朝五言古诗中最常见的结构。

在五言诗发展初期，诗人对这种二元结构的使用可能只是受《诗经》中比兴结构的影响，不自觉而为之，但是五言诗发展到五律，诗人往往就是有意而为之了。回顾上文所讨论诗篇，它们大多数的确呈现出明显的二元结构。沈佺期《古意呈补阙乔知之》、杜甫《登高》、文天祥《过零丁洋》、杜甫《咏怀古迹·其三》等都是头两联集中描绘自然物象，后两联转写人事，抒发情感。

[37]［明］王夫之:《古诗评选》,卷五,见《船山全书》(长沙:岳麓书社,1996),册十四,页769。

[38]《艺概》,页74。

"起承转合"结构与先唐古诗二元结构的承继关系,古代论诗家已有所评论。例如,王夫之(1619—1692)《古诗评选》在评点谢朓《之宣城郡出新林浦向板桥》时云:

> 晋、宋以下诗,能不作两截者鲜矣。然自不虚架冒子,回顾收拾,全用经生径路也。起处直,转处顺,收处平,虽两截,固一致矣。[37]

王氏认为,晋宋六朝以来,五言诗里主要使用的是二元结构。然而,使用这种结构的一个弊端就是诗中缺少跌宕起伏的变化。比较死板。因此,律诗中"起承转合"的结构,可以视为对此缺陷的一种响应,是对二元结构的进一步发展。刘熙载《艺概》就是从二元对立统一的角度来分析律诗中对句、联的构成。

> 律诗中二联必分宽紧远近,人皆知之。惟不省其来龙去脉,则宽紧远近为妄施矣。
>
> 律体中对句用开合、流水、倒挽三法,不如用遮表法为最多。或前遮后表,或前表后遮。表谓如此,遮谓不如彼,二字本出禅家。昔人诗中有用"是""非""有""无"等字作对者,"是""有"即表,"非""无"即遮。惟有其法而无其名,故为拈出。[38]

其中"遮""表"都是佛教用语。所谓"遮",即否定的说法,而"表"则为肯定的说法。在对句中,上下句分别从正反面来讲,形成一种反比。刘勰在《文心雕龙·丽辞》中曾讲过"反对为优,正对为劣",因此对句中这种二元对立的反比结构,即刘勰所谓的"优"。此外,刘熙载用"宽紧远近"讲解律诗中二联的关系,也是这种对立统一的概念来阐明二元结构构造的原理。刘氏论律诗的全篇结构,更是宏观着眼,论述律诗上下半部分的对立统一关系。

> 律诗篇法,有上半篇开下半篇合,有上半篇合下半篇开。所谓半篇者,非但上四句与下四句之谓,即二句与六句,六句与二句,亦各为半篇也。

律诗一联中有以上下句论开合者，一句
中有以上下半句论开合者，惟在相篇法而知
所避就焉。[39]

[39]《艺概》，页73。

值得注意的是，刘氏上下篇分法，不仅限于上四下四，也可以是上二下六或上六下二。参照刘氏对律句、律联、全篇的结构分析，我们就可看到律诗把二元结构发挥到何等淋漓尽致的地步了。

## （二）起承转合与线性结构

律诗上下部分的组合通常凸显一种二元结构，其四联之间起承转合，既呈现一种线性的结构，也可以带来一种非线性的叠加乃至断裂结构。造成这两种不同结果的因素有很多，但其中最重要的是四联之衔接以及对颔颈联中对仗的处理。

要把律诗惯用的二元结构变为线性结构，诗人必须在两个方面下功夫。一是尽可能减弱颈联"转"的作用，因为诗中若有明显的"转"，如由物语转为情语，该诗必定是二元结构。二是要尽可能建立诗行中意群递进的节奏。三是减弱颔颈联中对偶的滞时性，以加强诗句往前推进的势头。只有做到这三点，诗读起来才会予人流畅无阻、一气呵成的感觉。就对此三点的改造而言，七律比五律具有明显的优势。以下对杜甫《闻官军收河南河北》的分析就能充分说明这一点。

剑外忽传收蓟北，初闻涕泪满衣裳。
却看妻子愁何在，漫卷诗书喜欲狂。
白日放歌须纵酒，青春作伴好还乡。
即从巴峡穿巫峡，便下襄阳向洛阳。

先看杜甫如何化"转"为顺接。诗人听闻收复蓟北、平复安史之乱的消息后"涕泪满衣裳"，看看妻子也不再发愁了，自己也是"漫卷诗书喜欲狂"，然后接下来又描述怎样庆祝（"白日放歌须纵酒"），如何踏上还乡的路程。诗中八句的内容都按时间顺序安排，显然不存在明显的转折。这种弱化"转"的做法，在五律和七律中都可以见到，难以找到什么区别。

然而，就第二点而言，五律比起七律有着无法弥补的先天不足。一个诗行中音群用得越密集，节奏就急促，而其中动词数量多寡的影响犹大。五律每行至少比七律少一个二言意群，因而不易在行中安排两个以上的动词。正因如此，五律中极少有每行是复合句的诗篇。与此情况相反，七律中极容易放入复合句，从而加快诗的节奏。的确，为了达到此目的，杜甫在每行中都用了由两个动词构成的复合句。八行全用复合句的五律恐怕是难以找到的。

在第三点上，七律也具有明显优势。因受字数所限，五律颔、颈联通常只能使用能唤起具体形象的实词，而密集意象的对偶自然会减慢节奏。这是因为对句中每一个意象都会迫使我们回想起句中与之相对的意象，所以阅读的速度就自然慢下来了。五律比七律少用很多虚词，其中一个重要的原因是汉代以后大部分的虚词都是双音词，一个虚词就要占去2/5的空间。有时不可不用，诗人便人为地给双音虚词减字，生造出一些不通用的单音虚词。杜甫"名岂文章著"中的"岂"便是"岂因"的缩写。七律的情况则恰恰相反。如王力第五、六类的七言律句所示，所增的二字几乎都是虚词，而其中有表示假设、因果、转折、递进等关系的连接词。值得强调的是，这些连接词起的都是往前推进的作用。因此，与实词对偶的滞时作用相反，虚词的对偶通常起着加倍往前推进的作用。本诗"即从巴峡穿巫峡，便下襄阳向洛阳"一联中"即从"和"便下"就是极好的例子。古人称这种对偶句为"流水对"，就是要说明其加速推进行文的特殊作用。

杜甫以及其他七律大师通过在以上三点上下功夫，有效地使用线性结构，大大地增强了律诗叙述状物、说理抒情的作用。就最重要的抒情作用而言，笔者认为，线性结构最大的贡献是提供了用律诗直抒胸臆的途径。杜甫《闻官军收河南河北》就是用七律直抒胸臆，痛快淋漓言情的绝佳范例。诗人遣词用字如行云流水，流畅的节奏与诗人欢快的心情融为一体，让人读来如醉如痴。

## （三）起承转合与叠加和断裂结构

叠加诗篇结构按照中心意思组织同类而内容相异的景物与情感，抒情性极强。这种结构在《小雅·四月》已见雏形。在以后兴起的各种诗体中得以大量运用。如陶渊明《归园田居》其一即使用叠加诗篇结构，其间并不能看到截然二分的景语与情语，而是按照一个中心思想加以景物描写与情感抒发，情景叠加而不重复，各种田园生活的景象物色纷呈，隐居闲适之感跃然纸上。

在某种意义来说，律诗的起承转合就可以视为一种已经程式化的叠加结构。这是因为四联之间都存在着一个空隙、一个小跳跃，故构成四个意义板块的叠加。比如杜甫的《咏怀古迹·其三》，每一联都引入来自不同的时空的意象和事件，但它们又与王昭君的生平紧密相关，一经叠加，主人公的悲剧人生和情感世界，以及诗人的无比同情就跃然纸上了。

虽然律诗形式是一种程序化的叠加结构，但能灵活地转变成其他的结构。这个特点在七律中表现得尤为突出。一方面，诗人可致力于减少四联之间缝隙，从而把七律叠加结构转变为线性结构。减少四联之间的缝隙有不同的手法，主要的已在以上对杜甫《闻官军收河南河北》的分析之中详细讨论。另一方面，诗人又可以有意扩大七律四联之间的缝隙，使叠加结构变成一种断裂的结构。着意对七律进行这种结构改造的诗人不多，但却有因此而名声大噪的诗人，那就是大名鼎鼎的《锦瑟》作者李商隐。接下来让我们分析《锦瑟》的结构：

> 锦瑟无端五十弦，一弦一柱思华年。
> 庄生晓梦迷蝴蝶，望帝春心托杜鹃。
> 沧海月明珠有泪，蓝田日暖玉生烟。
> 此情可待成追忆，只是当时已惘然。

这首诗可以说是李商隐诗艺之典范，读起来就美不胜收，里面充满了典故，如庄子化蝶等连续四句皆用典。单看题目，这似乎是一首咏物诗，然而通读下来却很难确定地说这首诗的主题是什么。历代评论家和读者对其作出了各

[40] 刘若愚先生（James J. Y. Liu）曾总结诸说，在其专著中列出了古往今来各色评论家对《锦瑟》的五种读法，其列出的第一种读法下又可分为三种，随后他又提出自己的第六种读法，现将这几类说法一并总结列出如下：

1）这是一首情诗。这种读法下亦可分为三种：

A. 此诗是为了一位名为“锦瑟”的女子所写，这位女子大概是令狐楚家中侍女或令狐楚之子令狐绹家中之小妾。

B. 此诗是诗人对自己与一位无名女子之间往昔情事的追忆。

C. 此诗是诗人为哀悼宫女飞鸾和轻凤之死而写，这两位宫女据说曾赠李商隐以锦瑟。

2）这首诗描绘了以锦瑟所演奏的四种音乐。

3）这首诗是诗人为了纪念逝去的夫人所写。

4）这首诗表达了诗人自怜自哀的心情，是对诗人不幸命运的哀叹。

5）这首诗实则是李商隐诗集的导言。

6）这首诗可以当作是人生如梦这一主题的变奏，是诗人对人生、情爱之虚幻的反思。

以上总结参见 James J. Y. Liu, *The Poetry of Li Shang-yin: Ninth-Century Baroque Chinese Poet* (Chicago: University of Chicago Press, 1969), pp. 51–56。此处笔者列出的六种读法，一部分参考了刘若愚所总结的各种读法，另外亦参考了《李商隐诗歌集解》一书中《锦瑟》诗后所附各条集注与笺评，见刘学锴、余恕诚：《李商隐诗歌集解》（北京：中华书局，1988），页 1420—1438。

种各样、无有穷尽的解读。

究其原因，大概主要在于诗人对七律诗结构的突破和创新。在这首诗里，我们看不到律诗“起承转合”的叠加结构，更莫谈上面杜诗中所见的线性结构，取而代之的是一种断裂的结构。倘若单独看诗的每一联，其上下句都是极为连贯的。首联两句谈锦瑟用弦的数量，颔联两句描写人与物在虚幻世界中神交，颈联两句都讲珠玉之美，尾联两句则是过去与现在情感的对比。与联中上下句之连贯相反，四联之间的缝隙已达到极大化的程度，无论在主题、意象、词意、典故的层次上都未找到明显可信的关联，四联完全可以称为四个完全没有直接联系的片段。

正由于此，历代解诗人总是力图找出这四联之间的关系，而他们使用的手法是共通的，即在某一个意象或事件中寻找出理解全诗的支点，然后以之为据对四联内容进行牵强附会的解释。如此解读，得出的结论自然是五花八门，应有尽有。归纳起来，常见的至少有七类：其一认为这首诗是诗人缅怀情人之作，“锦瑟”为该情人的名字或昵称；其二认为该诗记述的是一场乐器演奏，而“锦瑟”为其隐喻；其三认为该诗是诗人追悼亡妻之作；其四认为这首诗只是诗人泛泛谈论对爱情的所思所感；其五认为是诗人自怜自叹之篇；其六认为这首诗讲的是创作的过程；其七认为该诗是诗人对唐朝衰败之哀叹。[40] 其实，对此诗的解读远不止这七种，而是自由的、开放的。现择第二、六类中两例来看古今论诗家的高论。张侃（活跃于 1223—1226）《拙轩词话》云：

李义山锦瑟诗云：“锦瑟无端五十弦，一弦一柱思华年。庄生晓梦

迷蝴蝶，望帝春心托杜鹃。沧海月明珠有泪，蓝田日暖玉生烟。此情可
待成追忆，只是当时已惘然。"读此诗俱不晓，苏文忠公云："此出《古
今乐志》。锦瑟之为器也，其弦五十，其柱如之。其声也，适怨清和。
考李诗'庄生晓梦迷蝴蝶'，适也。'望帝春心托杜鹃'，怨也。'沧海月
明珠有泪'，清也。'蓝田日暖玉生烟'，和也。"[41]

如果说苏东坡认为此诗是对乐声的文字描写，钱锺书（1910—1998）在诗中
看到的则是对诗歌艺术方方面面的譬喻，包括"作诗之法""形象思维""风
格或境界"等等。

> 李商隐《锦瑟》一篇，古来笺释纷如。……多以为影射身世。何焯
> 因宋本《义山集》旧次，《锦瑟》冠首，解为："此义山自题其诗以开集
> 首者。"（见《柳南随笔》卷三，《何义门读书记·李义山诗集卷上》记
> 此为程湘衡说。）视他说之瓜蔓牵引、风影比附者，最为省净。窃采其
> 旨而疏通之。自题其诗，开宗明义，略同编集之自序。拈锦瑟发兴，犹
> 杜甫《西阁》第一首："朱绂犹纱帽，新诗近玉琴。"锦瑟玉琴，殊堪连类。
> 首二句言华年已逝，篇什犹留，毕世心力，平生欢戚，清和适怨，开卷
> 历历。"庄生晓梦迷蝴蝶，望帝春心托杜鹃"，此一联言作诗之法也。心
> 之所思，情之所感，寓言假物，譬喻拟象，如飞蝶征庄生之逸兴，啼
> 鹃见望帝之沉哀，均义归比兴，无取直白。举事宣心，故"托"；旨隐词婉，
> 故易"迷"。此即十八世纪以还，法国德国心理学常语所谓"形象思维"；
> 以"蝶"与"鹃"等外物形象体示"梦"与"心"之衷曲情思。"沧海
> 月明珠有泪，蓝田日暖玉生烟"，此一联言诗成之风格或境界，如司空
> 图所形容之诗品。《博物志》卷九、《艺文类聚》卷八四引《搜神记》载
> 鲛人能泣珠，今不曰"珠是泪"，而曰"珠有泪"，以见虽化珠圆，仍含
> 泪热，已成珍玩，尚带酸辛，具宝质而不失人气；"暖玉生烟"，此物此
> 志，言不同常玉之坚冷。盖喻己诗虽琢炼精
> 莹，而真情流露，生气蓬勃，异于雕绘夺情、
> 工巧伤气之作。若后世所谓"昆体"，非不珠

[41]［宋］张侃：《拙轩词话》，见唐
圭璋等编：《词话丛编》（北京：
中华书局，1986），册一，页195。

[42] 可见《李商隐诗歌集解》，页1597。此段原文出自钱锺书《冯注玉溪生诗集诠评》未刊稿，周振甫《诗词例话》引，见周振甫：《诗词例话》（北京：中国青年出版社，1962），页18–19"形象思维"一条。钱锺书后在补订《谈艺录》时，又在这段文字基础上扩展许多，对《锦瑟》一诗进行了更为详细的解读，其对各联的解释与此处文字基本类似，只是内容更为丰富、更为详尽。钱先生的这段解读可见《谈艺录》（补订本）（北京：中华书局，1984），页433—438。
[43]《艺概》，页73。

光玉色，而泪枯烟灭矣！珠泪玉烟亦正以"形象"体示抽象之诗品也。[42]

这些对《锦瑟》的解释可以说是很勉强的。它们无不以局部代整体，据其某一两联而穿凿附会整首诗的含义，虽然都有一定的合理性，可是不论哪一种解读方法都很难将四联的关系很圆满地解释清楚。考虑到李商隐对语义模糊性的偏爱，我们有理由相信，诗人在这首诗里是有意打破律诗固有结构，代之以断裂结构，给读者提供无尽想象之空间。李商隐对律诗结构的创新无疑是极为成功的。历代论诗家竞相解说《锦瑟》，乐此不疲，而这首诗予以他们的审美享受正是源于其结构创造出的无限解读空间。刘熙载云："律诗之妙，全在无字处。每上句与下句转关接缝，皆机窍所在也。"[43]刘氏此语用于描述《锦瑟》最适合不过了。

笔者认为，断裂结构所创造的美感并非与断裂程度成正比。结构极度断裂，只会让诗变成被拆下的七宝楼台，只有不成片段的碎片。真正能予以美感的断裂结构，一定是以某一种连贯现象为衬托、为平衡的。试问，假若其四联自身不是意义完整的美丽片段，《锦瑟》能创造出那种处于可解不解之间、扑朔迷离的审美胜境吗？另外，假若李商隐用五律写此诗，他能创造出同样令人神往的审美境界吗？《锦瑟》的颔、颈联四句全用复合句，从而编织出互为因果、交映生辉的四个场景，即庄生晓梦、望帝春心之因与迷蝴蝶、托杜鹃之果的排比，以及沧海月明、蓝田日暖之大景与珠有泪、玉生烟之小景的对比。五律中颔、颈联无法装入如此众多的景象，形成自我独立而富有美感的片段，自然就没有有效地使用断裂结构的基础了。

# 六、七律的诗境：言灵变而意深远

本章已细读分析十篇唐宋七律名作，并对其诗境加以评论，这里笔者将再进一步，尝试从理论上概括七律诗境特点及其产生的原因，作为本文的结语。

　　与五言"言约意广"之诗境相比，笔者认为七律所呈现的则是"言灵变而意深远"的诗境。"言灵变"的特点要归功于七律所增二字在不同层次上所起的点化作用。在最基本的节奏层次上，所增二字的点化作用在于创造了"4+3"的崭新的韵律节奏，同时又把五言的"2+3"节奏扩充为"2+2+3"节奏。这两种分别源于《诗经》和《楚辞》的韵律节奏在七律中得以合流，在诗歌史上具有重大的意义，为日后词的发展铺平了道路。所增二字的点化作用延伸到句法的层次，崭新的复合题评句，以及表示因果、虚拟等复杂关系的主谓复句便应运而生了。同时，随着这两大类基本句型不断扩充，律诗中引入更多的散文句，并衍生出七律中特有的各种拗句。有了如此繁多的新句式可选择，七律诗人自然就可以表达更加复杂的思想情感，而遣词用字亦愈加生动准确。这种点化所引起的"连锁反应"最后出现在结构的层次之上。律诗起承转合属于一种二元结构和叠加结构的混合体，但诗人又可妙用句式来减少或增加四联之间的缝隙，从而将之分别改造为序列结构、断裂结构。

　　如果说七律节奏、句法、结构多样化的创新造就了"言灵变"的语言特点，那么，多样化的节奏、句法、结构连锁互动的结果则是"意深远"的诗境。所谓"意深远"不仅仅指在极有限的语言空间里表达深厚的思想情感，更重要的是指将诗人情思发展的复杂过程直接呈现出来。前者是五律七律共有的特点，而后者则是七律尤为擅长之事。借助灵变的节奏、句法、结构，七律诗人可以纵横捭阖地遣词用字，使之与其自由驰骋的思想情感过程或状况完全同步。例如，王维《积雨辋川庄作》主要使用简单的主谓句，中间夹着两个复杂题评句，写出了静中有动的乡间清景，让我们深深地感受到诗人流连忘返的心情。相反，《闻官军收河南河北》联用八个复杂主谓句，创造出一种极为紧密的节奏，藉以把诗人无比欢快的心情传达出来。杜甫《登高》则是一口气联用八个复杂题评句，天地景象与自我特写并列对比，从而将诗人感慨宇宙人生、沉郁顿挫之情栩栩如生地呈现出来。李商隐《锦瑟》利用极度加深的四联之间的缝隙，创造出一种断裂的结构，以及与此相应的缓慢节奏，让我们深切体验到诗人缠绵无限、惘然若失的心境。咏史应是最能展现七律"言灵变而意深远"境界的诗体。李商隐《隋宫》大量使用虚词，展开虚拟因果关系的设问、古今对比，沿着这些由虚词构成的"诗中线索"，我们可以体验诗人反思历史、讽刺昏君的整个思辨过程。杜甫《咏怀古迹·其三》则全用实词，但通过用典化实为虚，将主谓和题评句融为一体，因而意象和典故交织成一个极为错综复杂的虚拟时空。沿着由意象典故构成的"诗外线索"，我们可以身临其境地感受诗人深邃感人的历史反思过程。在杜甫《秋兴》八首中，七律这种"言灵变而意深远"胜境已达到了登峰造极、无以超越的水平。

古代文论篇

# 古代文论篇小序

古代文论可以说是我最喜爱的学科，我一直期盼通过引入宏观与微观相结合的研究方法，力争给当下古代文论研究带来一些突破。

将中国文论体系的建立称之为中国文论研究者几十年来梦寐以求的"圣杯"，不为过也。早在一九七五年，生活在大洋彼岸的刘若愚教授就出版了《中国文学理论》一书，首次尝试使用西方理论之石，斫取中国文论系统之玉。中国文论攻玉之战帷幕一旦拉开，大有一发不可收之势。20世纪70年代以来，中国文论系统的建构一直是古典文学研究中经久不衰的热门课题。在八九十年代，此课题的研究多属纯学术探索，但进入21世纪以来，随着中国经济、政治、外交地位的迅速崛起，文论系统的建构似乎与当下加强中国文化软实力的政治使命联系起来，"重构中国文论系统，争取自己的话语权"一类口号此起彼伏，不绝于耳，既表现出学术追求的激情，也折射出一种文化的焦虑。在这种学术造势的推动之下，中国文论研究的成果大量出版，其中最有价值的是梳理具体文论术语和范畴材料的书籍，但对整个文论系统的研究则不尽如人意，很多是一些抽象空洞的老生常谈。

中国文论体系攻玉之战，轰轰烈烈，历时四十余年，但战果却似乎乏善可陈。中国文论系统是何物？它的独特之处为何？对这些老问题，我们能给出什么新的、言之有据的答案吗？笔者认为，攻玉成效不佳，原因是我们没有处理好他山之石与此山之玉的关系。刘勰《文心雕龙·论说》言："是以论如析薪，贵能破理：斤利者，越理而横断。"攻玉之喻与刘氏析薪之喻，无疑是相通的：攻玉犹如析薪，而攻玉之"石"犹如析薪之"斤"。正如刘氏析薪之喻所示，攻玉之石的选择和使用是否合适，在很大的程度上决定了攻玉之战的成败。

首先，刘勰"斤利者，越理而横断"一语，用于描述刘若愚对中国文论系统的建构，是再合适不过了。刘若愚所用的"他山之石"是艾氏（M. H. Abrams）所建立的西方文论系统论。艾氏认为，在西方文论的历史发展中，世界、作者、作品、读者先后成为文论的核心，而与之相应的摹仿理论、表现理论、形式理论、实用理论应运而生，自然而然地形成了一个四元的文论系统。艾氏建立此说，似乎做到了像庖丁那样顺理而运斤，精妙地破析了西方文论内在系统，故为大多数西方文论家所接受。然而，艾说被刘若愚套用于中国文论，却成了刘勰所批评的"斤利者"。刘若愚将艾说稍加改动，提出以下五种文学理论构成中国文论的系统：（1）形而上学论；（2）政教决定论和表达理论；（3）技术理论；（4）审美理论；（5）实用理论。刘氏此说一出，振聋发聩，轰动学界，开了研究中国文论系统的先河。然而，批评诟病之声不久就接踵而来。为了适应自己所建构的系统框架，刘将古代批评家的著作分割成许多不同的部分，分别塞进这五种理论之中。因此，刘氏《中国文学理论》呈现的不是完整、连贯的中国文论图景，而只是一大堆支离零乱的观点，或用刘勰的话来说，只是"越理而横断"后留下的碎片。由此可见，西方文论中所有现成的理论框架，不管自身多么精美诱人，仅是适合破析西方文论纹理之斤，直接套用于中国文论，必定是"越理而横断"。

在"中学为体，西学为用"的原则指引下，我对西方理论的他山之石尝试进行了打磨、改造，使之适用于发现、研究和重构中国文论的系统。从术语、范畴、命题入手，几乎是学界对于中国文论研究的共识，这三者构成了蕴藏中国文论美玉的大山，若想呈现中国文论系统的面貌，我们需要顺着美玉的纹理对这座山进行细致的开凿。

对我自己而言，正确地使用他山之石近乎是唯一的选择。因为在英文世界里教学和研究，无论是学生、读者，还是进行研讨的同事，大部分都是欧美人。所以已出版的论著大都是先由英文写成，而后翻译为中文。不过，英文写作给予了一种独特的优势，让我能够较为顺当地运用他山之石。首先，英文翻译中国文论的术语、范畴、命题，必须描述准确，避免模棱两可的情况，所以我不得不从上下文语境中，从文学、哲学传统中，不断揣摩它们的涵义，作出较为精准的判断，并指出它们与西方文论中相关概念的异同之处。只有这样才能真正让西方读者理解和掌握中国古代文论家的真知灼见。这种对文论关键术语、范畴、命题深入的微观研究，对国内同行或许具有借鉴的价值。近二十多年来，国内已出版了很多有关中国文论术语、范畴、命题的论著，在文献搜集方面功不可没，让我们可以较清楚地了解到主要文论术语、范畴、命题出现的轨迹，但这些论著常常给人一种平面的感觉，即未能揭示它们所承载的丰富的、不断变化发展的理论内涵。中国文论术语、范畴、命题是一个个富有立体感、具有高度开放性、不断变化的思想载体。使用它们，不同时期的文论家表达了不同的乃至相反的文论概念和原则，甚至演绎出一套套独特的理论。

本篇所收的四篇论文写于不同时期，但都使用微观与宏观研究结合的方法，试图揭示古代文学观、创作论、理解论的内在体系。后续的工作主要是深化对术语、范畴、命题的微观研究，将迄今尚未涉及的论题以及历史时期一一补齐，从而将众多的个案研究结合成为宏观的综论，涵盖古代文论的四大部分，即文学观、创作论、理解论、审美论。我目前已开始撰写 *Chinese Literary Theory: A Critical Introduction* 和 *How to Read Chinese Literary Theory: A Guided Anthology* 两部英文专著。在西方汉学界里开展古代文论研究近乎是拓荒之举。自从刘若愚先生在 20 世纪 70 年代撰写了 *Chinese Theories of Literature*（《中国文学理论》）一书，之后没有人写过全面介绍中国文论方面的专著，而中国古代文论选只有宇文所安的 *Readings in Chinese Literary Thought* 一部。除此之外，还有几本论文集和少量论文，这就算是西方汉学界对古代文论的全部涵盖了。称古代文论为西方汉学中的一片茫茫无尽的处女地，实不夸张。古代文论被西方学者长期冷落的现象，与国内古代文论长期享有一等学科的地位，形成极大对比。我个人认为，对西方文学研究者而言，古代文论是中国文学传统中最有借鉴价值的、最容易开展有深度对话的部分。如果这两部专著能写好，不仅可填补西方汉学界文学研究中的空白，还能让汉学界之外的西方学者发现中国文论的丰富的宝藏，引导他们去探索挖掘，从而帮助中国文学研究进入当今世界学界的主流。

通过深入而系统的微观和宏观研究，我希望能将中国文论系统的两大特点或优势充分呈现出来。

其一是古代文论术语、范畴、命题的模糊性。的确，它们往往读来模棱两可，难以明确地定义，因此许多学者认为，中国文学批评是笼统含糊、不尽精确、难以缕出条理的。然而这绝不是事实，假若批评家愿意耐心地将中国批评术语、范畴、命题的使用放在具体历史情境下加以考察，则必然会发现，三者的模糊性实际上正是中国传统文学理论的长处所在。以"以意逆志"命题为例，这四个字是孟子解《诗》时提出来的，一直为中国文学批评界所重视。为什么各门各派，有完全不同主张的批评家都认同这个命题呢？我认为，"以意逆志"一词，之所以能放之四海皆准，正是因为中国古代汉语作为不带形态标记的语言，具有无限丰富的模糊空间。历代以来，中国传统批评家不断地挖掘利用"以意逆志"，着眼其中"意""逆""志"三字的语义及四字之间句法的模糊性，以求重新阐发孟子的论断，进而为各自的文学阐释找到理论根据。所以模糊的术语实际上为古人提供了思想交流的平台，让历代批评家能够相互对话、碰撞、竞争，并推出各种新的论说，而这些不同的论说也就形成了一个有机整体，一个隐藏在术语、范畴、命题之后的隐性系统。

其二是术语、范畴、命题的灵活多变性。三者往往同时出现于文学的各个不同方面，因为古代文论各部分都有机地结合在一起，贯穿文学活动的整个过程。例如，文学观涉及作者和世界的关系，创作论集中探究意、象、言之间的关系，理解论和审美论则涉及文学接受的两个不同维度。刘若愚已经认识到中国文论中这四者的互动关系，但他按照西方模式切分，则难以呈现一个动态、循环的系统。笔者认为，中国文论四大部分之间的循环，是通过术语、范畴的互通与转换实现的。虽然有的术语、范畴主要见于文学观的论述，如"文"这个术语，但更多术语则往往同时出现在文学观、本体论、理解论、审美论等不同部分。如"意""象""言"主要是创作论的核心术语，然而组合成为"以意逆志"时，又进入了文学理解论的领域。再如"神"，既是客观外界的"神"，又是创作者的"精神"，还是作品的"美感"。又如"兴观群怨"，有的时代关涉作者创作，有的时代关涉读者阅读，不同时期存在完全不同的解读角度。古人诠释这些范畴之时，对于文学观、本体、理解或是审美，并没有绝对的分界，而是经常处于循环的状态。这种循环性容易让人觉得剪不断、理还乱，认为中国文论是没有系统的。但换一个角度来看，古人的那般描述其实更加符合文学活动的真实面貌，即它是统一的、整体的、不能分解的过程。这种循环共通特点在旧题司空图《二十四诗品》中最为显著，作者用诗性的语言揭示了诗人、世界、创作、语言之间循环与统一的关系，其中很多"品"既是具体的风格，又描述了作者的情感，甚至包涵了作品的特点，呈现出一个绵密有机的体系。如果我们使用微观和宏观结合的方法，既沿纵向梳理主要术语、范畴、命题历史演变的脉络，又从横向角度探研它们在文学观、创作论、理解论、审美论中所表达不同涵义，那么我们就可以展现它们如何一经一纬，纵横交错，编织成中国古典文论自身独特的系统。

# 文学观发展轨迹：
# 从和谐过程的角度论文学

考察中国文论的趋向，我将从刘若愚（1926—1986）建构中国文论体系的尝试开始。在其颇有影响的著作《中国文学理论》中，刘以艾布拉姆斯的结构图为基础，提出中国主要有五种文学理论：（1）形而上学论；（2）政教决定论和表达理论；（3）技术理论；（4）审美理论；（5）实用理论。[1]建构这些理论时，刘采用了艾布拉姆斯划分摹仿理论、表现理论、形式理论和实用理论时所用的同一套原则。通过改造艾布拉姆斯结构图，刘氏想要实现两大目标：一是要超越传统的印象式批评，并引入一种研究中国文论的系统方法；二是要把中国文论纳入普通西方读者所熟悉的理论框架内，使之便于理解。刘氏为此付出的努力值得我们致以诚挚的敬意，他在中国文论研究方面取得的卓越成就应该得到充分的肯定。与此同时，我们也必须正视他生搬硬套艾布拉姆斯结构图的谬误。

阅读《中国文学理论》时，读者会强烈地感觉到，作者试图将整个中国批评传统强行纳入艾布拉姆斯的框架。为了适应艾布拉姆斯的分析模式，同一批评家的著作被分割成许多不同的部分，散见于该书各处，故难以全面把握其理论主张。这样建构中国文论系统的结果无法令人满意。读完刘氏《中国文学理论》全书，我们得到的只是一大堆不同评论家支离破碎的观点，而非完整、连贯的中国文论图景。从这些不足中我们看到，以艾布拉姆斯结构图来重构中国文论体系是行不通的。

同一套分析模式，为什么能完美诠释西方文论系统，用于中国文论的效果却如此糟糕呢？要回答此问题，我们必须理解艾布拉姆斯提出宇宙、艺术家、作品和读者四大批评要素的深远意义。艾布拉姆斯用这四个术语作为西方文论的要素，不仅因为它们是文学创作和接受过程中的主要因素，更重要的原因在于，这四个术语先后构成了不同历史阶段文论的中心，是评论家"定义、归类和分析艺术作品的主要范畴以及鉴定其价值的主要标准"[2]。艾布拉姆斯认为四术语之所以能够成为文论的中心，是因为它们是那些在不同时期主导西方思想的"明示或暗示的世界观"[3]之必不可

[1] 参见 James J. Y. Liu, *Chinese Theories of Literature* ( Chicago: University of Chicago Press, 1975 ), pp.2—15。可参看该书中译本：刘若愚著，杜国清译：《中国文学理论》（南京：江苏教育出版社，2006），页7—176。

[2] M. H. Abrams, *The Mirror and the Lamp* ( London: Oxford University Press, 1975 ), p.6.可参看该书中译本：M. H. 艾布拉姆斯著，袁洪军、操鸣译：《镜与灯：浪漫主义理论批评传统》（北京：中国社会科学出版社，1991），页10。

[3] *The Mirror and the Lamp*, p.7.可参看该书中译本：《镜与灯：浪漫主义理论批评传统》，页11。

少的部分。显然，刘氏误解了艾布拉姆斯分析模式的特殊文化背景，想当然地认为四术语是放之四海而皆准的批评坐标，可以方便地用于中国文

[4] 参见 *Chinese Theories of Literature*, p.10。可参看该书中译本：《中国文学理论》，页 14。

论领域。毫无疑问，这种想法是错误的。四术语中没有任何一个是中国文论的中心所在，中国思想史上也没有什么"明示或暗示的世界观"可促使它们成为核心概念或范畴。

其实，对于传统的中国文学批评，正如刘氏本人所见，此四术语仅仅指向不断循环的艺术过程中的不同阶段。他注意到艾布拉姆斯的三角形结构图不能容纳这一循环过程，于是将它们重新排列到一个循环的圆形结构图中：

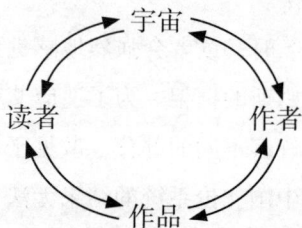

刘氏认为这四个术语"构成整个艺术过程的四个阶段"，并用顺、逆时针方向的箭头标出四者双向循环互动的态势。[4] 用四术语去探究文学创作和接受过程是有意义的，但以艾布拉姆斯的结构图为基础来建构中国文论体系则不可取。

我们可以从刘对艾氏结构图的误用中汲取深刻的教训，即不能将中国文论拆碎，再将这些零碎的片段纳入借用自西方传统的分析模式之中，拼凑出一个所谓的中国文论体系。更恰当的方法是考察足够多的不同时代的文论著作，争取从中发现中国文论自身独特的发展趋向。

接下来，我将先用这种归纳法深入研究早期有关文学的重要典籍，并由此确定中国文论成形时期四种各具特色的文学观。尽管当时还存在其他文学思想，但这四种文学观代表了中国早期批评思想的主要发展。在集中讨论这四种文学观的同时，我必须强调，它们并不是清晰的线性发展。新观念的出现并不意味着旧观念的即刻消失。即便新的文学观已经风行，仍有许多评论

家还固守着旧的观念，而别的评论家则对新旧观念一视同仁，并且在不同程度上成功地将二者融合在一起。因此，新观念经常脱胎于对现有不同观念的有效融合，下面要讨论的四种文学观中的最后一种就属于这种情况。

在详尽讨论四种文学观之后，本章将对刘勰之后的几种主要文学观的要点予以回顾。当我们反思四种文学观和后来文学观之间的继承性，我们将清楚地认识到，是什么让它们发展成相互关联的整体，又是什么让它们得以彼此独立。这种对于源头和支流的发现将有助于阐明中国文论发展的特色所在。

# 一、《尚书》的宗教文学观

"诗言志"是现在已知的有关文学的最早命题。按照传统的说法，它是传说时代的帝王虞舜在与其乐官夔谈话时提出的，记录于儒家六经之一——《尚书》第一章《尧典》。[5] 其中"诗言志"段落描述的诗歌吟诵、音乐演奏和舞蹈实际上是在舜的指令下表演的"三礼"的一部分。在评论这一献祭表演时，舜和夔都没提到过有韵的祷词，而是专注于吟诵诗歌的行为是如何引出强有力的舞蹈，从而使神和人达到和谐一致的。他们对表演行为强度的强调揭示出一个敏锐的认知，即作为自然过程的鬼神，对宗教仪式表演中强有力的节奏最为敏感。换句话说，他们似乎相信，在吟诗、奏乐和舞蹈中不断增强的肢体力量能对天神、地神和人鬼产生神奇的影响。考虑到舞蹈能够触动神灵这一无上的力量，他们很自然地将它看作是仪式表演的高潮。由此可见，"诗言志"段落中显然明确地表达了一种深植于以鬼神为中心的世界观的宗教文学观。

尽管很少有人相信这一论述真的出于传说中的舜帝之口，但绝大多数学者都认为它传达了最早的文学观念：

[5] 孔颖达《尚书正义》（《十三经注疏》本）中《尧典》分两章：《尧典》和《舜典》，"诗言志"说出现在后一章。该章的创作年代等问题在学界一直有争论。顾颉刚《论今文尚书著作年代书》将它一直追溯到西周和东周之间的过渡时期，该文收录于七卷本《古史辨》（香港：太平书局，1962），卷一，页200—206。顾的观点为朱自清所接受，参见朱自清：《诗言志辨》（北京：古籍出版社，1956），页9。秉持此论者还有罗根泽：《中国文学批评史》（上海：古典文学出版社，1957—1961），页36。但是，屈万里《〈尚书〉不可尽信的材料》（《新时代》1964年第1卷第3期，页23—25）将该章所属之年代定在战国末期。

帝曰："夔，命汝典乐，教胄子，直而温，宽而栗，刚而无虐，简而无傲。诗言志，歌永言，声依永，律和声，八音克谐，无相夺伦，神人以和。"夔曰："於予击石拊石，百兽率舞。"[6]

这段话虽然简略，却涵盖了文学活动的全过程：它起源于人类心灵，形于言语，伴以咏诵和舞蹈，从而影响外部世界。所述乃旨在调节内在和外在过程、宗教意味浓厚的表演，而诗则是此表演之肇始。表演者通过说诗、诵诗、唱诗、奏乐和舞蹈来传达"志"[7]，即心灵的活动，希望取得内心的平衡。[8] 这种心态被认为有益于贵族青年的道德教化。通过参与或观看这种表演过程，年轻一代能够获得稳定、平和的品质。而表演更重要的目的在于实现人与神的和谐。更具体地说，表演者不断增强其活动节奏，直至在"百兽率舞"的舞动中达到高潮，从而取悦神灵，实现"神人以和"。一般认为，夔所指挥的"百兽舞"是人类身着兽皮表演的一种图腾舞蹈。[9] 但是，孔颖达（574—648）等人宁愿将"百兽率舞"视为直观的描写。动物也有所感动而共同舞蹈，可见神人相和有着不可思议的影响力。他说："人神易感，鸟兽难感。百兽相率而舞，则神人和可知也。"[10]

这种舞蹈，无论是否为图腾舞蹈，都是整个表演的中心，是实现"神人以和"的关键。[11] 诗、歌和乐都从属于舞蹈，主要用来强化有节奏的肢体动作，使之合乎舞蹈的节拍。富有节奏的肢体动作不断增强，构成了在很大程度上以表演力度为尺度的价值等级。诗歌的肢体动力最小，表演的价值等级最低；舞蹈的肢体动力最强，便是整个表演

[6]［唐］孔颖达：《尚书正义》，见［清］阮元校刻：《十三经注疏》（北京：中华书局，1980），册上，页131。

[7] 志这个词被翻译成"earnest thought"，见 James Legge, *The Shoo King or the Book of Historical Documents, The Chinese Classics,* vol. 3（rpt. Taipei: Wenxin, 1971），p. 48，并被刘若愚在其 *Chinese Theories of Literature* 第 75 页中翻译成"内心的意图"（the heart's intent）。刘氏的翻译似乎要准确些，因为它避免了像"earnest thought"这样理性的注释，还巧妙地暗示着道德倾向。尽管如此，"志"这个词在不同的历史阶段，根据不同的上下文，指向一系列不同的含义。因此，刘发现有必要赋予它"emotional purport""moral purport"或其他上下文中的"heart's wish"（p.184）的含义。余宝琳（Pauline Yu）对刘做了轻微的调整，改为"mind/heart"，见于她所著的 *The Reading of Imagery in the Chinese Tradition*（Princeton: Princeton University Press, 1987），p.31。有关"志"的译文的讨论，可参看 Stephen Owen, *Readings in Chinese Literary Thought*（Cambridge, Mass.: Harvard University Press, 1992），pp. 26–29。

[8] 这一行为顺序看起来符合 Mihail I. Spariosu 所称的古希腊时期"古老的神话时代吟诗、奏乐、舞蹈乃至祭祀和戏剧表演的一体"。参看其 *God of Many Names: Play, Poetry, and Power in Hellenic Thought from Homer to Aristotle*（Durham, N. C.: Duke University Press, 1991），p.141。

[9]［清］孙星衍：《尚书今古文注疏》（十三经清人注疏本）（北京：中华书局，1986），页 71。

[10] 孔颖达注见于《尚书正义》，见《十三经注疏》，册上，页 132。

[11] 有关早期中国舞蹈的宗教功用，参看叶舒宪：《诗经的文化阐释——中国诗歌的发生研究》，（武汉：湖北人民出版社，1994），页 9—17，273—287。

[12] 陈奇猷:《吕氏春秋校释》(上海:学林出版社, 1984), 册上, 页284。陈注新版《吕氏春秋新校释》(上海:上海古籍出版社, 2002), 可参看。

[13] [汉] 郑玄:《周礼注疏》, 卷二十二, 见《十三经注疏》, 册上, 页788–789。

[14]《周礼注疏》, 卷二十三, 见《十三经注疏》, 册上, 页793。

[15] 见徐中舒:《甲骨文字典》(成都:四川辞书出版社, 1990), 页678。

[16] Chow Tse-tsung, "Early History of The Chinese World Shih (Poetry) ," in *Wenlin: Studies in the Chinese Humanities*, ed. Chow Tse-tsung (Madison: University of Wisconsin Press, 1968), p.195. 周策纵的观点似乎受到杨树达(1884–1956)《释诗》一文的启发, 该文收录于杨树达:《积微居小学金石论丛》(北京:科学出版社, 1995), 页25—26。

过程的高潮。"诗言志"说显示出的宗教舞蹈之重要性可以在一些远古时期的著名文献中得到佐证。例如在诸多对早期音乐的描述中, 我们注意到舞蹈具有统治地位。《吕氏春秋》云:"昔葛天氏之乐, 三人操牛尾, 投足以歌八阙。" [12]《周礼》载有六种流传到周代的远古祭祀表演, 开始于特定曲调的音乐, 并在特殊的祭祀舞蹈中达到高潮, 用来愉悦天地山川之神和王室祖先。 [13] 同样在《周礼》中, 我们可以从对乐师职责的描述中窥见舞蹈处在最重要的位置。乐师最首要的职能是教授各种各样的舞蹈, 而对音乐本身的教授只能是在此之后。 [14]

强调肢体动作的速度, 一般被看作是多数原始文化中宗教表演的显著特征。有学者坚持认为, 这一点体现了原始人类模仿、回应, 甚至控制神秘力量的强烈愿望。这种神秘力量在自然界和生活中无所不在, 并且潜在地活跃于人类活动中。在中国远古时代的宗教表演中, 旨在召唤和感悟神的力量的舞蹈一定发挥过至关重要的作用。然而, 当我们翻检包括《尧典》在内的有关远古的文献, 我们注意到, 无论篇幅还是被重视的程度, 对宗教舞蹈的记载都不及音乐。这是否表明远古时代的宗教舞蹈并不像"诗言志"说所描述的那么重要呢？或者说, 因为绝大部分上古文献载于周代晚期成书的典籍之中, 这是否仅仅反映出周代对音乐的重视？

许多学者认为第二种假设更合理。为了确认"诗言志"说中宗教舞蹈的首要位置, 许多著名学者决意超越现有的历史和礼仪文献的范围, 转而利用20世纪初才被发现的甲骨文。他们在甲骨文字符 ∀ 和 ∀ 中发现了宗教舞蹈的蛛丝马迹。这两个图形后来合成的 ∀ 同时出现在"诗"字和"志"字中。第一个符号 ∀ 释为"行", 画的是一只踏向地面的足, 由此表达出"行"的概念。 [15] 周策纵(1916—2007)认为, 这个"行"的概念是公元前三世纪的隶书 ∀ 字的中心含义, 而 ∀ 就是现代"之"的直接前身。 [16] 第二个

符号 ∀ 释为"止"，它仅仅画出一个足形，足下没画地面（用一横线表示）。足下无可行之地，这恰当地传达了"止"的概念。[17] 这两个符号后来合并成 业，分别出现在 业（"羕"［诗］的古老的简体）和 业（"志"的小篆体）当中。

闻一多（1899—1946）将汉字"志"中的 业 追溯到 业（"止"），并视 心 为心，即人所有内部活动的寓所。以 业 和 心 这种结合为基础，他主张诗歌所表达的"志"或心意就是"停止在心上"，或更确切地说，是"记忆""记录""怀抱"之物。[18] 陈世骧更进一步，将包含在汉字"诗"中的字符 业 同时追溯到 ∀（"行"之足）和 ∀（"止"之足），认为"诗"字不仅如闻一多所释，是"停止在心上"，它还指向具体的"行止"，即伴随着内心活动的有节奏的舞步。[19] 随后，周策纵进一步研究了 业 和相关字符，认为"诗"的字源确实包含宗教舞蹈的意味。他认为："诗歌可能源于人类自发的情感表达。原始人的强烈情感和意愿是通过巫术和创造仪式来表达的。当他们围着营火顿足而舞，又哭又号以为节拍，他们正在制造一种咒语。他们所希冀的是，他们的祈祷、他们对动物或自然的声音和姿态的模仿将赋予他们超越动物和自然的力量，并让他们的愿望得以实现。"[20] 当然，对甲骨文的读解带有一定程度的猜测性，因此人们总可找出理由来反驳这些学者的观点。不过，他们认为宗教舞蹈在早期诗歌中占有首要地位。这个基本论点还是相当有说服力的。

揣摩上述文献和甲骨文的证据以及提出"诗言志"的上下文，我认为《尚书》的"诗言志"说的确代表了一种独特的宗教文学观，这样的看法是稳妥的。在这种文学观中，诗处于乐和舞的从属地位，在唤醒神灵时起到辅助作用；而它最关注的是神人以和。尽管以舞蹈为中心的宗教表演后来丧失了其重要性，"诗言志"说却保留下来，成为朱自清（1898—1948）所说的中国文学批评的"开山纲领"[21]，对传统中国文学批评的发展产生了深远影响。究其原因，是因为"诗言志"说提出了"文学是过程"这一核心思想，即文学

[17] 见《甲骨文字典》，页 125。
[18] 闻一多：《闻一多全集》（上海：开明书店，1948），册一，页 185。
[19] 参见陈世骧："In Search of the Beginning of Chinese Literary Criticism," in *Semitic and Oriental Studies*（Berkeley: University of California Publication in Semitic Philology, 1951), vol.11, pp.50–52. 也可以参看他对体现于"兴"这一重要中国批评术语中的宗教舞蹈之遗迹的讨论，见其论文 "The Shih Ching: Its Generic Significance in Chinese Literary Theory and Poetics," *Bulletin of the Institute of History and Philology*（Academia Sinica）39, no.1（1968）:371–413 and reprinted in *Studies in Chinese Literary Genres*, ed. Cyril Birch（Berkeley: University of California Press, 1974), pp.8–41.
[20] "Early History of The Chinese Word Shih（Poetry）," p.207.
[21]《诗言志辨》，页 4。

[22] 中国文论中视文学为过程的观念为不少学者所注意，例如宇文所安注意到在中国古典诗歌中，"世情或时事通过诗人进入到诗歌，最后到达读者，这一过程被认为是表现的有机过程，而非因果的序列"。参看 Stephen Owen: *Traditional Chinese Poetry and Poetics: Omen of the World*（Madison: University of Wisconsin Press, 1985），p.59。

源于内心对外部世界的感应，之后以不同的艺术形式呈现这一过程，转而使天、地、人三界的各种过程达到和谐。[22] 这一核心思想为几千年来人们理解文学提供了基本的观念模式。

# 二、《左传》和《国语》的人文主义文学观

《礼记》扼要准确地描述了从商代尊鬼神到周代崇尚礼节人文的重大转变：

> 殷人尊神率民以事神，先鬼而后礼，先罚而后赏，尊而不亲……周人尊礼尚施，事鬼敬神而远之，近人而忠焉。其赏罚用爵列，亲而不尊。[23]

这段话告诉我们，这一历史转变并不意味着以鬼神为中心的一套价值、信仰和实践陡然被另一套以人礼为中心的价值、信仰和实践所取代。"尊神率民以事神，先鬼而后礼"，表明商代的人虽然痴迷于鬼神，但这并不妨碍他们发展和遵守掌管人事的礼仪。"周人尊礼尚施，事鬼敬神而远之"，说明尽管周人投身于人事，但显然继续虔敬鬼神。由此可见，从商到周的世界观转变是两种共存的价值、信仰和实践彼消此长的演变结果。

文学观也经历了一个相应的"世俗化"过程。鬼和神不再是注意力的中心。即使"神"字仍然被提到，但往往仅代表着自然的权威，而不是直接掌控所有自然和人类过程的有意识的生命实体。以鬼神为中心的仪式表演不再是讨论诗乐的语境。随着鬼神的引退，巫术宗教舞蹈也丧失了原有的统治地位，乃至变得无关紧要，最终从诗和乐的讨论中消失了。随着关注的重心转向对世俗的人际关系和自然过程的规范，乐的地位得以提升并占据了朝廷典礼的中心位置，而诗则成为其有用的辅助。

[23] [唐] 孔颖达：《礼记正义》，卷五十四，见《十三经注疏》，册下，页1642。

后来评论家从"诗言志"说发展出自己的文学观。他们倾向于重新定义文学的起源和形成，并根据文学对不同外在现象的影响来重新评估其作用。对"诗言志"说的再界定是一个漫长、连续的过程，这一过程在春秋时期——甚或更早——就已经开始了。

"诗言志"一语在有关春秋时期的两部最重要的历史文献——《左传》和《国语》中多次出现。不过，两书的"诗言志"说所表达的却是与《尧典》截然不同的文学观。首先，有关"志"的陈述很少提到舞蹈，重心放在探索"志"的性质上。例如下面这段来自《左传》昭公二十五年的引文就是很好的例证：

> 简子曰："敢问何谓礼？"对曰："吉也闻诸先大夫子产曰：'夫礼，天之经也，地之义也，民之行也。天地之经，而民实则之。……民有好恶喜怒哀乐，生于六气，是故审则宜类，以制六志。'"[24]

根据上下文，"六志"显然指六种情感。事实上，孔颖达明确地将"志"解释为"情"。他说："'六志'，《礼记》谓之'六情'。在己为情，情动为志，情志一也。"[25] 需要强调的是，这里作为情感的"志"不能与六朝文学批评原则"诗缘情"之"情"相混淆。后者是缺乏明确社会和道德内涵的情感，只因其审美价值而被重视。而前者，正如朱自清所指出的："是与'礼'分不开的，也就是与政治、教化分不开的。"[26] 为了证明志是一种道德情感，朱自清考察了《论语》中它作为"道德选择"这一意义的使用情况，以及《诗经》中有关道德规劝（讽）和道德赞美（颂）的使用情况。[27]

作为道德之"志"的主要表现形式是什么呢？对《左传》和《国语》的作者来说，它是包含歌和诗的乐。[28] 如朱自清所言，当时的人"乐以言志，歌以言志，诗以言志……以乐歌相语，该是初民的生活方式之一"[29]。考虑到乐这种支配地位，"乐语"会成为最主要的教育科目就不足为奇了。对《周礼》中提到的六种类型的乐语（兴、道、讽、诵、言、语）[30]，朱自清解释道：

[24] ［唐］孔颖达：《春秋左传正义》，见《十三经注疏》，册下，页2107—2108。

[25] 《春秋左传正义》，见《十三经注疏》，册下，页2108。

[26] 《诗言志辨》，页3。

[27] 《诗言志辨》，页3—4。

[28] 对舞蹈的忽视在后文《左传》和《国语》的引文中尤其明显。在这些引文中，音乐取代了舞蹈，成为宫廷仪式的中心。

[29] 《诗言志辨》，页8。

[30] 《周礼注疏》，见《十三经注疏》，册上，页787。

[31]《诗言志辨》，页6。

[32] 有关这两类诗，可参看夏承焘：《采诗与赋诗》，《中华文史论丛》1962年第1期，页171—182；又董治安《先秦文献与先秦文学》（济南：齐鲁书社，1994）对《左传》和《国语》中的引诗、赋诗和歌诗予以列表比较，四个表格中的后面两个（页35—45）对凡在《左传》和《国语》中单独出现过的引诗、赋诗和歌诗皆逐一列出了年代、说者和被引诗的标题。

[33] 道德和政治这两类"志"的表达实例，分别参见孔颖达《左传正义》文公十三年郑穆公宴鲁文公时子家和季文子赋诗之事，以及襄公二十七年郑简公设享礼宴请赵文子时七子赋诗之事，见《十三经注疏》，册下，页1853、1997。

[34] 在《国语·周语上》中，召公力劝厉王审察其臣民用诗、乐和箴言上陈的讽谏，见上海师范大学古籍整理组校点《国语》（上海：上海古籍出版社，1978），卷一，页9—10。明确提到将诗和乐作为考察民众意见和统治状况的手段，这似乎还是首例。不过，采诗以察民意的习俗可以追溯到更早，例如《尚书》曾提到："每岁孟春，遒人以木铎徇于路。"《尚书正义》，见《十三经注疏》，册上，页157。

"'兴''道'（导）似乎是合奏，'讽''诵'似乎是独奏；'言''语'是将歌辞应用在日常生活里。"[31] 乐的支配地位和诗的从属地位也反映在下述事实中：当时主要的两类诗，献诗（或采诗）和赋诗都是在正式场合的合乐高唱。[32] 献诗（或采诗）之诗开始由庶民创作和歌唱，后来才被乐官收集、配乐后献给君王。赋诗之诗绝大部分来自《诗经》，由诸侯王或地方官员挑选出来，配乐后用于外交场合以表达他们自己及所属诸侯国之志。[33]

《左传》和《国语》中描绘的以乐为中心的宫廷演奏，其主要目的在于协调社会、政治和自然之过程，而不是《尧典》所说的取悦神灵。就这一点，上述两部著作讨论了诗乐表演的三个特殊职能。第一个职能是让统治者得以观察民风并评判其统治的好坏。[34]《左传》襄公二十九年（公元前544），季札在评点《诗经》中诗歌的音乐表演时，将其审美品质与统治状况及民风联系起来：

（季札）请观于周乐。使工为之歌《周南》《召南》，曰："美哉！始基之矣，犹未也，然则勤而不怨矣。"

为之歌《邶》《鄘》《卫》，曰："美哉，渊乎！忧而不困者也。吾闻卫康叔、武公之德如是，是其《卫风》乎？"

为之歌《王》，曰："美哉！思而不惧，其周之东乎？"

为之歌《郑》，曰："美哉！其细已甚，民弗堪也。是其先亡乎？"

为之歌《齐》，曰："美哉，泱泱乎！大风也哉！表东海者，其大公乎？国未可量也。"

为之歌《豳》，曰："美哉，荡乎！乐而不淫，其周公之东乎？"

为之歌《秦》，曰："此之谓夏声。夫能夏则大，大之至也，其周之旧乎？"

为之歌《魏》，曰："美哉，沨沨乎！大而婉，险而易行；以德辅此，则明主也！"

为之歌《唐》，曰："思深哉！其有陶唐氏之遗民乎？不然，何忧之远也？非令德之后，谁能若是？"

为之歌《陈》，曰："国无主，其能久乎！"自《郐》以下，无讥焉！

为之歌《小雅》，曰："美哉！思而不贰，怨而不言，其周德之衰乎？犹有先王之遗民焉！"

为之歌《大雅》，曰："广哉！熙熙乎！曲而有直体，其文王之德乎？"

为之歌《颂》，曰："至矣哉！直而不倨，曲而不屈；迩而不逼，远而不携；迁而不淫，复而不厌；哀而不愁，乐而不荒；用而不匮，广而不宣；施而不费，取而不贪；处而不底，行而不流。五声和，八风平；节有度，守有序。盛德之所同也！"[35]

对季札而言，诗乐之淫滥，就像《郑风》"其细已甚"，标识着道德沦丧和社会政治失序。相反，诗乐具有中庸的特征，则表明民淳俗厚，统治者治国有方。美好的德行也不过度，总是恰到好处："忧而不困""思而不惧""直而不倨"等，这是中庸特征的最佳体现。他认为《周颂》体现了中庸原则所能达到的理想状态，赞美这些颂诗恰当地体现了十四种折中的美德。除了评价诗歌的，他还注意到乐（"五声"）和道德及社会政治现实（"八风"）之间的内在联系。[36] 在他看来，正是有了这些内在联系，乐和诗才能起到揭示各诸侯国民风和统治状况的作用。

以乐为中心的宫廷表演的第二个职能是帮助塑造统治阶级成员的道德品质。如果说上述《尧典》引文已经触及乐和诗的陶冶之功，《左传》昭公二十年（公元前522）中齐国大夫晏子（？—前500）则对音乐改造人的力量作了解释。像季札一样，晏子试图找到乐与万物的关联。他认为音乐的元素起源于万物的分类，并自然形成了它们之间具有象征性的相互关联："一气，二体，三类，

[35]［唐］孔颖达：《春秋左传正义》，襄公二十九年，见《十三经注疏》，册下，页2006—2007。

[36] DeWoskin, *A Song for One or Two*, p.23, n.7 正确指出"'八风'可能是八种'木料'或器乐……或者是周围地区'风'的影响"。我倾向于接受后一种解释，因为它契合上下文，且传达了特定道德、社会和政治地域的观念。"八风"一词所指不确定，其含义必须经由上下文来确定。在这一段《国语》引文中，"八风"出现于不同的上下文，宜泛指自然过程和自然力。

[37]《春秋左传正义》,昭公二十年,见《十三经注疏》,册下,页2093—2094。

[38] 对乐和诗之功用的相似探讨,参看《春秋左传正义》昭公元年:"公曰:'女不可近乎?'对曰:'节之。先王之乐,所以节百事也,故有五节。迟速本末以相及,中声以降。五降之后,不容弹矣。于是有烦手淫声,慆堙心耳,乃忘平和。君子弗听也。物亦如之。至于烦,乃舍也已,无以生疾。君子之近琴瑟,以仪节也,非以慆心也。天有六气,降生五味,发为五色,徵为五声。淫生六疾。六气曰阴、阳、风、雨、晦、明也。分为四时,序为五节,过则为菑……'"见《十三经注疏》,册下,页2024—2025。

[39]《国语》,卷三,页128—130。

[40] 根据上下文,"八风"泛指自然进程和自然力。类似有关音乐作用于"风"或自然力量的说法,参看《国语·晋语八》所引师旷的评论:"平公说新声,师旷曰:'公室其将卑乎!君之明兆于衰矣。夫乐以开山川之风也,以耀德于广远也。风德以广之,风山川以远之,风物以听之,修诗以咏之,修礼以节之。夫德广远而有时节,是以远服而迩不迁。'"《国语》,卷十四,页460—461。

[41]《国语》,卷三,页128—130。

[42]《国语》,卷三,页128—130。除了这一段引文,我们能在《国语·周语下》中找到另外一个春秋时期特别关注人类与自然过程之间和谐的极佳例子:"灵王二十二年,谷、洛斗,将毁王宫。王欲壅之,太子晋谏曰:'不可。晋闻古之长民者,不堕山,不崇薮,不防川,不窦泽。夫山,土之聚也;薮,物之归也;川,气之导也;泽,水之钟也。夫天地成而聚于高,归物于下,疏为川谷,以导其气,陂塘汙庳,以钟其美。是故聚不阤崩,而物有所归,气不沉滞,而亦不散越也,以民生有财用,而死有所葬。然则无夭、昏、札、瘥之忧,而无饥、寒、乏、匮之患。故上下能相固,以待不虞,古之圣王唯此之慎。'晋太子谏父亲王壅谷水之事发生在公元前549年,大约比景王问钟律于州鸠早二十七年。对本段引文中宇宙意义的讨论,参看 James A. Hart, "The Speech（转下页）

四物,五声,六律,七音,八风,九歌,以相成也。"[37] 由于音乐与事物的内在秩序联系如此紧密,晏子相信诗乐能够促成各种对立物之间的良好互动,使它们在演奏过程中达到和谐状态。不仅如此,和谐的音乐表演还能够使听者情操高尚,精神平和。晏子说道:"清浊大小,短长疾徐,哀乐刚柔,迟速高下,出入周疏,以相济也。君子听之,以平其心,心平德和。"[38]

第三个也是最重要的职能是促成自然和人的和谐。对春秋时人而言,人类社会的和谐通常不过是他们一直努力谋求的人与自然过程及自然力之间的和谐的一部分而已,后者对人类的生存和幸福起决定性影响。《周语》中,早在公元前522年,艺人州鸠就对乐、歌、诗如何实现这一和谐作出了精当解释。为了打消景王(前544—前520期间在位)违规制造乐器的念头,州鸠向他说明了音乐和自然过程的内在联系。他一开始提出和谐与和平的原则,再次肯定了一国之政和音乐之间的联系:"夫政象乐,乐从和,和从平。声以乐和,律以平声。"[39] 为了证实音乐和自然过程之间的关联,他揭示了和谐的音乐是怎样调控"八风"的。[40] 他说,正是有了这样的音乐,"于是乎气无滞阴,亦无散阳。阴阳序次,风雨时至。嘉生繁祉,人民和利。物备而乐成,上下不罢,故曰乐正。"[41] 不仅如此,州鸠还相信,通过和谐之乐,人不但能实现与自然过程的和谐,而且能实现与神灵的和谐。由此他得出结论:"于是乎道之以中德,咏之以中音,德音不愆,以合神人,神是以宁,民是以听。"[42]

综上，《左传》和《国语》对"诗言志"的重释促成了新的人文主义文学观的形成。季札和州鸠提高了乐的地位，也重新思考了乐和诗的职能，由此显示出对社会、政治过程以及直接影响人类生存状态之自然过程的一贯重视。此种人文主义关怀与早期对神灵的重视形成了鲜明对照。诚然，春秋时期，人们继续追求人和神之间的和谐。但正如州鸠对乐的评价中所显示的那样，这种和谐不是激扬而富于节奏的舞蹈、吟诵和演唱的直接结果，而是通过礼乐来实现的自然和社会政治过程之和谐的间接产物。考虑到人文关注已经超越了宗教关怀，采用"人文主义"这一术语来表征《左传》和《国语》中新的文学观应该是合适的。

# 三、《毛诗序》的教谕性文学观

汉代"诗言志"说又有重要发展，在《毛诗序》中演变成内涵丰富的教谕性文学观。[43]正如宇文所安所言，《毛诗序》是"中国古代对诗之性质和功能的最权威论述"[44]。与以往论诗不同，它将诗歌的语言表达置于乐、歌之上，并用纯粹的教谕性术语重新评价诗的功用。

《毛诗序》分为大序和小序两个部分，《大序》即整部《诗经》的序言，介绍了《诗》"风""序雅""序颂"三大诗类的起源、地域、内容、风格诸方面；《小序》是对三百零五首诗分别加以简单的评述。《大序》和《小序》在写作形式上都有所创新。《大序》虽短，却是有史以来第一篇深入讨论诗歌的专文，打破了先秦文献中仅记载赋诗引诗具体活动和只言词组谈诗的局限，开创了以选集序言讨论文学的先例，使得序言很快成为中国文学批评的重要形式。在传统文献中，《大序》亦是另辟蹊径，把注意力转向寻找每一诗篇自身的意义，与春秋战

（接上页）of Prince Chin: A study of Early Chinese Cosmology," in *Explorations in Early Chinese Cosmology*, ed. Henry Rosemont (Chico, California: Scholar Press, 1984), pp.36–65. 该书被列为 *Journal of the American Academy of Religion Studies* 卷 L。

[43] 为全部三百零五篇诗所写的序言通常被称为《大序》，区别于介绍全集中特定作品的《小序》。传统的中国学者对《大序》作者有诸多猜测，或以为孔门弟子子夏，或归于公元一世纪的学者卫宏。参看［清］永瑢等编著：《四库全书总目》（北京：中华书局，1965），卷一，页119。

[44] *Readings in Chinese Literary Thought*, p. 37. 有关这篇序的研究，参看 Steven Van Zoeren, *Poetry and Personality: Reading, Exegesis, and Hermeneutics in Traditional China* (Stanford: Stanford University Press. 1991), pp. 80–115; *Readings in Chinese Literary Thought*, pp. 37–49; and Haun Saussy, *The Problem of a Chinese Aesthetic* (Stanford: Stanford University Press, 1993), pp. 74–105。

国时期赋诗言己志、引诗喻义的做法截然不同。

首先，让我们了解《大序》是如何在诗与乐、歌的关系中重新定义诗歌的。在阐述"诗言志"之义时，《大序》作者用大量篇幅强调了"言"的核心作用："诗者，志之所之也。在心为志，发言为诗。"显然，他认为内心的"志"或"情"主要通过诗的语言形式得以明示。为了证明提高"言"的地位是正当的，他直接引用了《乐记》中的一段话：

> 情动于中，而形于言，言之不足，故嗟叹之，嗟叹之不足，故永歌之，永歌之不足，不知手之舞之足之蹈之也。[45]

这段话出现在《乐记》末尾，似乎只是个补充说明。但在《大序》中，它却构成了"诗的语言高于乐、舞"这一观点的基础。

将这段话和《尧典》《周语》中的相关论述加以比较，可以看到《大序》是如何有效地颠覆了传统中诗歌的从属地位的。在《尧典》中，诗被置于吟诵、咏歌、演奏和舞蹈等活动之前，给人一种错觉，好像诗引发了所有这些活动，因而是最为重要的。[46] 但仔细想想，不难发现，诗只不过是歌、乐、舞表演的引子而已。语言表达只是原始材料，将相继转化为吟诵、咏歌、演奏和舞蹈。因此，这一系列行为的相继发生，表明了肢体动作不断增强的过程——即从正常的语言表达过渡到音调拉长的吟诵，从吟诵再到咏歌和奏乐，直至最后全身都动的舞蹈。这一过程似乎暗示，肢体动作的强度与相关活动的重要性成正比。诗的语言表现涉及肢体动作最少，离表演的高潮最远，所以最不重要。《周语》主要探讨音乐，不涉及舞蹈，却采用了类似的价值标准，将乐的演奏置于语言表现之上，把诗的吟诵仅视为乐的一部分。《大序》亦将诗置于吟诵、咏歌和舞蹈之前，但现在诗处在中心位置，而其他活动只是对诗的语言表现的补充。当"言"不足以充分表达情感时，吟诵、咏歌和舞蹈才会依次出现。[47] 这几

[45] [唐] 孔颖达：《毛诗正义》，卷一，见《十三经注疏》，册上，页270。

[46] [唐] 孔颖达：《礼记正义》，卷三十九，见《十三经注疏》，册下，页1545。

[47] 理解这一重要性递减顺序的关键是"不足"一词，此处用来介绍各种旨在加强口头诗语之效果的辅助活动。有趣的是，"不足"的反义词"足"也能表示同样的递增顺序，见《左传》所引孔子有关"言"和"文"的评论："仲尼曰：'志有之，言以足志，文以足言。不言谁知其志？言而无文，行而不远。'"见《春秋左传正义》，襄公二十五年，见《十三经注疏》，册下，页1985。显然，这里的文辞修饰之于言，正如《大序》中舞、歌、吟之于口头诗语，都是起辅助的作用。

种表演活动的肢体动作的强度不断加强，而其辅助诗抒情的重要性却递减。乐和舞的边缘化在《大序》中是显而易见的，舞仅在上述引文中才被提到，对乐也未曾予以专门探讨。事实上，即便《大序》作者从《乐记》中引述有关声、音的其他段落，似乎也只是要讨论言的声调是如何表达情感的：

> 情发于声，声成文谓之音。治世之音安以乐，其政和。乱世之音怨以怒，其政乖。亡国之音哀以思，其民困。[48]

《乐记》中，紧随其后的是作者专门讨论乐和道德、社会政治秩序之关系的长篇大论。与之相反的是，这里的评论赞美的是诗之表现力，和乐毫无关系。由此可见，引文中的"声"和"音"所指的是言的调式，而非乐声、乐音。作者将言的重要性置于舞、乐、歌之上，这在中国批评史上尚属首次。[49]

　　将文学重新定义为以言为中心的社交形式，是为了适应发生在战国时期和汉代的两个重大转变：一是诗、乐的逐渐分离，二是关注的焦点逐渐从自然过程转向社会关系。早在春秋末期，这两个转变就已经开始了。例如，孔子对诗的讨论——确切地说，是《论语》中对《诗经》的讨论中，可以发现上述变化的充足证据。[50]《论语》中孔子曾十九次提到《诗经》，[51] 其中十七次是诗、乐分开讨论的，只有两次例外。他不但认识到诗相对于乐具有独立性并从诗自身的角度来论诗，而且赋予诗与乐同等重要的地位。他宣称："兴于诗，立于礼，成于乐。"[52] 孔子将注意力集中在人和人的关系上，这种转变还是相当显著的。他专门探究《诗经》的道德、社会和政治功能，只字不提它对自然力的影响。例如，在他有关《诗经》的总结中，孔子解释了《诗经》是如何通过中庸之道来帮助规范人与人之间的关系，提供朋友、父子、君臣之间相互交流的规范的。他称："小子何莫学夫诗？诗可以兴，可以观，可以群，可以怨。迩之事父，远之事君。"[53]

[48]《毛诗正义》，卷一，见《十三经注疏》，册上，页270。
[49] 具有讽刺意味的是，《大序》将诗置于乐之上，正是效法《乐记》对乐的地位的提升。《乐记》作者试图将乐和道德、社会和政治过程相联系，而不是与自然过程连接。通过阐明它对个人、家庭、宗族和国家的协调作用，他展示了乐至高无上的重要性。《大序》作者也相应地将重点转向道德、政治和社会过程，并以诗在协调方面所具有的无与伦比的功效为基础，证明将诗的地位提升到音乐之上是正当合理的。
[50] 萧华荣：《春秋"称诗"与孔子诗论》，《古代文学理论研究》1981年第5期，页192—209。
[51] 参看董治安：《先秦文献与先秦文学》，页64—65的相关表格。
[52] 哈佛燕京学社引得编纂处编：《论语引得》，哈佛燕京学社汉学索引大系特刊第16号（北京：哈佛燕京学社，1940），8/8（即第8章第8段）。
[53]《论语引得》，17/8。

我们可以在战国时期较晚的文献中看到这两个转变的进一步发展。例如，《孟子》和《战国策》中，对《诗经》的讨论不再出现于音乐表演的语境中，也不再有对乐的严肃探讨。[54]与《左传》和《国语》突出强调人和自然之关系相反，晚近的《孟子》和《战国策》继承了《论语》的传统，重点关注人际关系。到了公元一世纪（据推测《大序》于此时写成），诗已经脱离乐而独立存在，儒家学说被确立为国家的意识形态。在这样的背景下，《大序》作者将诗重新界定为以言为中心的社会交流，并且强调其道德、社会和政治功能，委实再自然不过。

《大序》对诗的四大和谐功能作了全面的考察。首先，诗使人的内、外部生活和谐一致。作者认为，将情感形诸语言，可以既恢复内在的心灵平静，又维持外在的道德如仪。关于这一点，他写道，诗"发乎情，止乎礼仪"[55]。其次，诗促进一国民众的和睦。个人的情感表达与国人产生共鸣，由此形成反映国家治理状况的"治世之音"或"乱世之音"。基于这种道德上的共鸣，个人的言词就能反映出一国的民"风"。第三，诗和睦君臣关系。作者认为，"风"是君臣之间尤为需要的一种交流方式，原因在于风"主文而谲谏"[56]。借助富于暗示性的风诗，使"言之者无罪，闻之者足戒"[57]。这种微妙的沟通方式在不破坏社会等级的前提下改进了君臣关系。第四，诗对民众施加道德影响。借助风这一道德教化工具，统治者可以向人民示例何为善政，何为恶政，何为道德行为，何为不道德行为。《大序》作者坚信，诗既然具备这四大功能，就不但能调整道德和社会政治进程，而且能实现神人以和。故曰："动天地，感鬼神，莫近于诗。"[58]

《大序》作者还谈到了诗的起源。他认为，诗的言语起源于对社会和政治现实的反应，因而必定是治世或乱世的征象。因而，他把《诗经》的四义（风、大雅、小雅、颂）与不同的道德、社会和政治现实相联系，认为风是个人对国情的回应，"是以一国之事，系一人之本，谓之风"[59]；雅则"言天下之事，形四方之风"[60]；颂源于对统治者"盛德"的赞美，并"以其成功告于神明

[54] 参看董治安：《先秦文献与先秦文学》，页65—66、88所列的《孟子论诗、引诗表》和《战国策引诗表》。

[55]《毛诗正义》，卷一，见《十三经注疏》，册上，页272。

[56]《毛诗正义》，卷一，见《十三经注疏》，册上，页271。

[57]《毛诗正义》，卷一，见《十三经注疏》，册上，页271。

[58]《毛诗正义》，卷一，见《十三经注疏》，册上，页270。

[59]《毛诗正义》，卷一，见《十三经注疏》，册上，页272。

[60]《毛诗正义》，卷一，见《十三经注疏》，册上，页272。

者也"[61]。四义之外，作者还提到"变风""变雅"，视之为对沦丧的道德和混乱的社会政治秩序的反映。

[61]《毛诗正义》, 卷一, 见《十三经注疏》, 册上, 页 272。

《大序》作者认为，诗重于乐，并且将诗和道德及社会政治过程相联系，还对诗的和谐功能加以重新阐述——由此将"诗言志"说发展成内蕴丰富的教谕性文学观。笔者认为，这种文学观的兴起不但与前面提到的广泛的社会和政治变化有关，也同样与讨论《诗经》的背景之变化有关。《左传》和《国语》中对《诗经》的论述，多是王侯及其侍从在宫廷活动的场合提出的，言者和听者面对面，谁也不会采取一种居高临下的说教立场。因此，他们对诗的讨论是描述性的而非规范性的。他们当中绝大多数人尝试通过类比推理来说明乐和诗对社会、政治及自然过程的影响。相形之下，《大序》作者则充当文章中不露面的说话人，从君王到平民，所有人都是他说教的对象。"高高在上"的作者身份使他超越了宫廷礼仪场合论诗的局限，从而将《诗经》重新构想为以言语交流为中心的社交形式。不仅如此，作者身份的疏离还允许他站在儒家道德的高度，教导君王及其臣民如何运用《诗经》。既然这种说教风格贯穿于《大序》之中，将其文学观定性为教谕性文学观应当是恰如其分的。

# 四、《文心雕龙》综合全面的文学观

如果说《大序》作者将"诗言志"发展为内蕴丰富的教谕性文学观，刘勰（465？—520？）则另辟蹊径，以"原道"的核心概念为基础，广采前说，创立了一种大而全的文学观。众所周知，刘勰《文心雕龙》通常不与"诗言志"传统相提并论。[62]汉代以后"诗言志"说即以强烈的说教而著称，而《文心雕龙》却恰恰缺少这一点。然而，就将文学视为创造和谐的过程这点而言，《文心雕龙》继承了"诗言志"说的传统。下面，让我们看看刘勰怎样从和谐过程的角度对文学的本质、起源、构思以及功用诸方面作出新的界定。

刘勰和《大序》作者一样将文学重新定义为一个过程。他也把诗的地位提高到乐之上，并以

[62] 例如，朱自清《诗言志辨》中没有任何对《文心雕龙》的讨论。

此为其文学观的起点。如果说《大序》悄悄地颠覆了乐之于诗的统治地位，刘勰则公开、明确地将诗置于乐之上，并详尽阐释了诗的地位提高的理由：

> 乐体在声，瞽师务调其器；乐心在诗，君子宜正其文。……故知季札观辞，不直听声而已。(《乐府》)[63]

这里刘勰用一种巧妙的方式确立了诗与乐的主次关系。他接受了传统对于乐的赞美，但补充说，乐的神奇力量来自诗的语言，而不是它的声音。这一补充解释看似无关紧要，却等于否定了传统音乐观。因为传统上声音被认为是乐的本质，刘勰将声音视为乐之外体，意味着将乐本身降级到次要地位。此外，通过称诗为"乐心"，他巧妙地将传统对乐的赞美转给了诗。为了强调诗重于乐，他还将具有文学思想的君子和调试乐器的瞽师做了比较，显然更加器重前者。他还重新阐释了季札观乐的故事，认为季札更关注的是语言而非歌和乐之声。

刘勰论诗与《大序》作者也有重要不同之处。刘勰认为，诗比乐重要，并不是因为语声比乐声能更有效地理顺君王与臣民以及社会不同等级之间的关系。在刘勰看来，诗胜过乐，首先是其笔写的"字"，然后才是其口说的"音"。更具体地说，诗文高于乐，是因为其文字独有的视觉影响力，而非其与乐共有的听觉效果。在《知音》中，刘勰试图通过比较文字和乐音来确立文学至高无上的重要性。他说：

> 夫缀文者情动而辞发，观文者披文以入情，沿波讨源，虽幽必显。世远莫见其面，觇文辄见其心。岂成篇之足深，患识照之自浅耳。夫志在山水，琴表其情，况形之笔端，理将焉匿？(《知音》)

对刘勰来说，是文字，而非言或乐中稍纵即逝的声音，让我们接触到昔日作者的内心世界。

[63] 朱迎平编：《文心雕龙索引》(上海：上海古籍出版社，1987)，7/99—101，107—108(即第7章／第99—101句，第107—108句。下同)。该书中《文心雕龙》原文据[南朝梁]刘勰著，范文澜注：《文心雕龙注》(北京：人民文学出版社，1958)。《文心雕龙》的英文译本，参看施友忠(Vincent Yu-chung Shih)译：The Literary Mind and the Carving of Dragons (香港：中文大学出版社，1983)，页43；Readings in Chinese Literary Thought, pp. 183—298。

此外，刘勰认为，文字还能让自然中隐在的"理"显露出来。[64] 也就是说，在写作和阅读的能动过程中，作者和读者能借助文字创造出来的"文"来洞察事物内在的基本规律。

刘勰将文字视为文学的原质，自然要把文学之起源追溯至文字之起源。以前的评论家将文学的起源追溯到"志"的产生，或者说外部过程所唤起的情感反应为止，而刘勰将文字的产生作为文学的源头。文字有源于自然、为道之直接显现一说，也有源于人类将内在体验转化为视觉符号的有意识活动一说。在刘勰看来，两种说法合起来正好说明文学的起源。在《文心雕龙》第一章《原道》篇的第一段，他开宗明义地陈述了这种文学的双重起源观：

[64] 此段话可与下面这段柏拉图持相反观点的话相比较："我不禁觉得，文字写作的一个坏处和绘画一样：图画里的人物有着生动的姿态，好像是活的，但若是有人问他们问题，他们却保持严肃的沉默。写的文章也是如此。你可以想象文字是有知觉的，但如果你想要向它们请教，它们却只会复述那同一套话。还有一层，一篇文章写出来之后，就一手传一手，传到能懂的人手中，也传到不能懂的人手中，它自己不知道那些话该向谁说，和不该向谁说。如果遭到误解或滥用，也没有作者来保护它们，它们也无力保护或为自己辩解。"(*Phaedrus*, 275; Plato, *The Dialogues of Plato*, trans. and ed. Benjamin Jowett, 2 vols.[New York: Random House, 1937], vol. 1, pp. 278–279.) 可参看柏拉图著，朱光潜译：《文艺对话集·斐德若篇》(北京：人民文学出版社，1963)，页 170。

> 文之为德也大矣，与天地并生者何哉？夫玄黄色杂，方圆体分，日月叠璧，以垂丽天之象；山川焕绮，以铺理地之形：此盖道之文也。仰观吐曜，俯察含章，高卑定位，故两仪既生矣。惟人参之，性灵所钟，是谓三才；为五行之秀，实天地之心。心生而言立，言立而文明，自然之道也。(《原道》)

如果说早期文献中对文学起源的讨论是相当边缘的，刘勰却让文学起源问题成了作为《文心雕龙》枢纽之前三章的核心。他主张人文和天文、地理共同起源于宇宙的终极过程——"道"，并因此成为和天、地并行的独立的自然过程。这一观点自有其基础，因刘勰认为文学的视觉形式和天、地的空间形态一样都是道之文。他认为天、地、人都利用自己特有的空间形式来显示道，天有日月星象，地有山岳河流，人有文字图像。人文居"五行之秀"且为"天地之心"，所以比天文、地理更灵验地揭示出道的奥义。

显然刘勰意识到了上述说法中潜在的矛盾：声称人文和天地之文一致，

意味着人文之形成和天地之文一样是无意识的；而称因有了人的参与，人文比天地之文更精妙，则明显预设了人文的形成并非无意识。为解决这一矛盾，刘勰巧妙地利用了有关文字起源的传统神话。通过引述这些神话，刘勰指出了文字的双重起源：一是由神龙和神龟带给人们的《河图》和《洛书》上的标记，二是古圣先哲发明和阐释的卦象（八卦和六十四卦）。第一个来源（《河图》《洛书》之文）显示出文学自然地起源于太极：

> 人文之元，肇自太极。……若乃《河图》孕乎八卦，《洛书》韫乎九畴，玉版金镂之实，丹文绿牒之华，谁其尸之，亦神理而已。（《原道》）

《河图》为黄河之神龙所献，《洛书》则为洛水之神龟所献。刘勰称《河图》《洛书》分别孕育了八卦、九畴，也就是说，人类为理解《河图》《洛书》而创造的八卦、九畴，归根到底，还是道的自然呈现，和天文地理没什么不同。文字的第二个来源是卦象，即古代圣人所创造的宇宙图像：

> 幽赞神明，《易》象惟先。庖羲画其始，仲尼翼其终。而《乾》《坤》两位，独制《文言》，言之文也，天地之心哉！（《原道》）

照刘勰的观点，《易》象高于《河图》，因其不仅止于像《河图》一样只提供宇宙力量的粗糙轮廓，而是揭示出道的内在奥妙，确立了宇宙的经纬，并完善了人世的法则。正是从这个意义上，刘勰宣称人文高于所有自然形成的天地之文。从这个角度解释人文的双重起源，刘勰预先解决了人文类似于同时又高于天地之文这一观念的潜在矛盾。在探讨文的起源时，他试图展示道和人类世界之间、卦象和后世书写之间的内在关联。因为先贤禀有睿智，他们能掌握道的运行规律，并在其著作中予以最精妙的揭示。同样的道理，后代著作之所以能够继续显示"道"，很大程度上是因为它们衍生于先贤的不朽之作。为阐明先哲著作在显示和传达"道"的过程中所起到的决定性作用，刘勰写道：

故知道沿圣以垂文，圣因文而明道，旁
通而无滞，日用而不匮。《易》曰：鼓天下之
动者存乎辞，辞之所以能鼓天下者，乃道之
文也。(《原道》)

[65] 刘勰的创作论在《文心雕龙》研究中吸引了评论家相当多的注意力。这一领域的研究概要参看熊黎辉：《创作论》，见杨明照主编：《文心雕龙学综览》(上海：上海书店出版社，1995)，页98—105。《文心雕龙学综览》是全球学者多年来研究《文心雕龙》的共同成果，也是《文心雕龙》研究不可或缺的工具。

刘勰利用第一章《原道》的大部分和第二章
《征圣》、第三章《宗经》来追溯道的传播过程：上自《易经》，下迄当代的
不同文学类型。首先，他按照从《易经》到《尚书》《诗经》《仪礼》和《春秋》
的顺序建立了儒家经典大系。其次，他甄别了上述五经在观察和表达上的不
同模式，以及由此形成的体裁风格上的不同特征。刘勰认为，五经的不同体
裁风格成为后世不同文体的来源。通过这种方式，刘勰建立了详尽的文体系
统，源于五经，而当代众多的美文类和非美文类的文体为其末端。

刘勰的文学创作观也和先秦两汉评论家有着根本不同。[65] 对先秦两汉
评论家来说，诗歌只是以舞、乐或吟诵为主体的、具有感召力的公众表演过
程的组成部分；而刘勰认为文学创作主要是作者独自冥思苦想、用文字创造
美文的过程。早期评论家倾向于关注发泄情感的公众表演与神的、自然的或
人类的不同过程之间的相互作用；而刘勰着重分析、观察作者在冥想、反思
等不同创作阶段中与诸层面之外部过程的互动。

在第二十六章《神思》和第四十六章《物色》中，以陆机《文赋》为参照，
刘勰专门考察了创作的全部过程。《物色》开篇描述了在文学写作的初始阶段，
情感是如何被激发的：

春秋代序，阴阳惨舒，物色之动，心亦摇焉。盖阳气萌而玄驹步，
阴律凝而丹鸟羞，微虫犹或入感，四时之动物深矣。若夫珪璋挺其惠心，
英华秀其清气，物色相召，人谁获安？(《物色》)

他认为此时作家只是在简单的心理层面上对自然过程作出反应。季节交
替和随之而来的物色之变化，引发作者内心的喜悦、忧虑、愁思或悲伤，这
唤醒了作者抒写内心的渴望：

是以诗人感物，联类不穷，流连万象之际，沉吟视听之区；写气图貌，既随物以宛转；属采附声，亦与心而徘徊。(《物色》)

在《神思》中，刘勰首先考察了这种直接的联想是如何引导诗人的思绪飞跃到下一个阶段的。现在作者不再对具体的外物有反应，而处于安静的冥想中，最内在的精神超越了时空的界限，漫游天际：

古人云：形在江海之上，心存魏阙之下。神思之谓也。文之思也，其神远矣！故寂然凝虑，思接千载；悄焉动容，视通万里。(《神思》)

这种心神的自由飞翔，或说"心游"，经常被视为"神思"的唯一内涵。不过，如果考察紧邻其后者，我们会发现它只是一个物我互动过程的肇始。在上通云天、漫游八方之后，作者的心神又与物共游，回归于耳目之前：

吟咏之间，吐纳珠玉之声；眉睫之前，卷舒风云之色：其思理之致乎！故思理为妙，神与物游。(《神思》)

毫无疑问，刘勰所说的"神思"是一个"双向旅程"。刘勰认为，作者心神的向外和向内之飞翔受到不同因素的制约。他解释说，心神的向外飞翔主要由心理—道德过程（志）和生理—道德过程（气）控制："神居胸臆，而志气统其关键。"(《神思》)其后他将认知过程（听觉的和视觉的）和思维过程（自觉的语言运用）看作是调节"神与物游"、自远归来的关键："物沿耳目，而辞令管其枢机。"(《神思》)对刘勰而言，神思的成功依赖于控制该"双向旅程"中所有这些过程的协调合作："枢机方通，则物无隐貌；关键将塞，则神有遁心。"(《神思》)神思的最终结果，是内在（神、意、情）和外在（物和象）共同转化为"意象"，并以言为媒介得到完美的表现。

刘勰认为，要实现这一理想效果，作家必须培养使上述过程得以流畅地展开所必备的各种才能。他必须达到令心神遨游天外所必需的"虚静"状态："是以陶钧文思，贵在虚静。"要确保心神的畅通，作者必须"疏瀹五藏，澡雪精神"，或换句话说，他必须增强其生命活力和道德品质。为了提升其思维能力，作家必须"积学以储宝，酌理以富才"（《神思》）；要获得更敏锐的认知力，作家必须"研阅以穷照，驯致以绎辞"（《神思》）。刘勰认为，培养了上述所有才能之后，作家能有效地在直觉、心理、道德、生理和智力诸层面上与外部各种过程进行互动。随着神思的流畅运转，最终将出现一部伟大的文学作品。

刘勰的文学功能论也与早期评论家所持观点形成鲜明对照。如果说对文学功能的讨论是先秦两汉批评典籍中最为重要的部分，在刘勰的文学观中，却成了最不重要的部分。《文心雕龙》有五十章之多，但却没有任何一章专论这一问题。不同于《大序》作者，刘勰没有阐述文学如何能且应该用于调节人际关系、加强道德和社会政治秩序，以及使人与神保持一致。相反，他仅仅承认"顺美匡恶，其来久矣"（《明诗》），以及在若干章节中敷衍地提到两种教化职能。[66] 理论上刘勰认为文学作为自觉的创作过程，其价值的判定不是看它如何协调外部过程给人类带来福祉，而是看它如何以文或美好的形式来体现"道"，以及由此得以"经纬区宇，弥纶彝宪"（《原道》）。

从各种角度来看，刘勰的文学观都是相当全面、系统的。他巧妙地吸收和改造了前代评论家对各种外在和内在过程的关注。让我们首先总结他如何改变前人对外部过程的关注。[67] 我们注意到，在宇宙观这个最高层面上，早期宗教沉溺于祈求与天神、地祇、人鬼取得和谐，而刘勰则关心如何在文学创作过程中"入神"，也就是说，让作者的心灵之神与外部世界之神或说"道"融为一体。[68] 在自然过程的层面上，他关心文学与阴阳、五行以及具体的自然过程的关系。但与《左传》和《国语》论诗者不同，他想要探究的不是诗和乐协调自然过程、促进万物繁衍的功用，而是这些自然过程和艺术创造之间的关联。[69] 在道德和社会政治过程的层面，他把注意力从《大序》实用的教谕性功能转向了文学作品中体现圣人之"道"这个"形

[66] 参看《文心雕龙索引》，5/58，64；6/48—49；8/133—134；15/40—41，93—94；16/38—41。

[67] 要重点强调的是，笔者下面的逐层分析只是试图分辨刘勰对各种外部和内部过程的不同处理，而非暗示这些过程是可以绝对区分的、没有相互关系的实体。相反，它们同处于一个复杂的体系中，既相互影响，又相互依赖。

[68] 要看清这一转变，可以比较刘勰《文心雕龙·祝盟》中有关先民对神和神灵的宗教祈祷之描述和《神思》中对作者心神也即最细微的内心活动的描述。

[69] 要领悟这一区别，可以比较《文心雕龙·乐府》中刘勰所引季札和师旷有关乐对"七始"（即天、地、人和四季）"八风"之影响的评论，以及《物色》中刘勰本人对自然过程和艺术创造之间相互关系的讨论。

[70] 参看《文心雕龙·养气》。

[71] 亚洲学者有关道的讨论摘要，参看何懿：《原道》，载《文心雕龙综览》，页137—147。有关《文心雕龙》中的"道"与佛道的关系，参看 Victor H. Mair, "Buddhism in The Literary Mind and Ornate Rhetoric," in *A Chinese Literary Mind: Culture, Creativity, and Rhetoric in* Wenxin diaolong, ed. Zong-qi Cai（Stanford: Stanford University Press, 2000），pp. 63–81。

而上"的任务上。

至于对内部过程的关注，我们注意到，在超感觉的经验层面上，刘勰用冥想的直觉代替了祈祷作为接触终极现实的手段。在生理经验的层面上，他将《尧典》巫术仪式中的肢体运动升华为致力养"气"的过程。[70] 在心理经验的层面，他的兴趣从《大序》的中心"言志"转向了"情文"的创造。在道德经验的层面，他将道德规劝和教诲降至边缘地位，即便他承认作者的道德品质和文学创造有所关联。

刘勰对文学的本质、起源、构思、功用诸方面的阐述，无不是从内部和外部过程复杂的、多层次的相互作用的角度展开的。绝大多数现代学者同意刘勰用来探究这些互动过程的大框架是以"道"为中心的，但他们对《文心雕龙》中"道"的本质的认识存在巨大差异。不同的学者将此"道"定义为各自不同的"道"：《论语》中的人道，《老子》和《庄子》中的自然之道，佛道，以及《易传》中儒家和道家结合的道。[71] 按照这些理解中最为普遍的观点，我认为《文心雕龙》中的道与《易传》特别是《系辞传》中描述的"道"是一致的。本书下一章将对刘勰的文学观进行更加详细的分析。

# 五、六朝唯美文学观

刘勰"原道"说将文学的起源上推到上古圣人之道，又再追溯至宇宙之道。他以"道"论"文"，无疑提供了一个比"诗言志"说宽泛得多的概念模式。诚然，后世批评家会一再重复"诗言志"以说明诗歌创作的直接动因，并援用与之相关的悠久的说教传统。不过，在考察文学或广义之文的起源和本质时，他们几乎总会采用刘勰的文道模式。当然，采用该模式并不意味着中国文学观从此就仅有一种了。恰恰相反，后世评论家将新的观念注入"道"和"文"之中，文道关系也相应地得以重新定义，由此产生了诸多新的文学观。

在刘勰《文心雕龙》之后不久的两篇重要文章中，从"诗言志"向文道模式的转变已经很明显。这两篇文章都是文学作品选本的序言，一为钟嵘（约 468—518）为其《诗品》所作之序，一为萧统（501—531）为其《文选》所作之序。

[72] 参看［南朝梁］钟嵘著，曹旭集注：《诗品集注》（上海：上海古籍出版社，1994），页 1。
[73]《诗品集注》，页 47。
[74]《诗品集注》，页 36。
[75]《诗品集注》，页 39。

《诗品》是一部专录汉代到齐梁时期五言诗的诗歌选本。在序文的开篇，钟嵘把诗的最初源头追溯到宇宙的"气"，并揭示出诗对三才（天、地、人）的烛照之功：

> 气之动物，物之感人，故摇荡性情，形诸舞咏。欲以照烛三才，晖丽万有，灵祇待之以致飨，幽微藉之以昭告。动天地，感鬼神，莫近于诗。[72]

这段对诗的评论让我们联想起刘勰的"原道"和"感物"之说。在《诗品》序中，钟嵘既不重复"诗言志"说，也没有喋喋不休地阐述"志"的概念。他引述了孔子"（诗）可以群，可以怨"之语以及《大序》中的几个短语，教化的传统不过顺带提及。相反，他的兴趣集中在情的审美内涵上：一方面探究四季的变换如何激发诗人的情感，使他们长歌而"骋其情"：

> 若乃春风春鸟，秋月秋蝉，夏云暑雨，冬月祁寒，斯四候之感诸诗者也。嘉会寄诗以亲，离群托诗以怨。……凡斯种种，感荡心灵，非陈诗何以展其义，非长歌何以骋其情？[73]

另一方面又从阅读的角度来评价五言诗的审美特征，用"滋味"一语形容它通过"穷情写物"给读者所带来无限的审美愉悦。他说道："五言居文词之要，是众作之有滋味者也，故云会于流俗。岂不以指事造形，穷情写物，最为详切者邪！"[74] 又："故诗有六义焉：一曰兴，二曰比，三曰赋。文已尽而意有余，兴也；……弘斯三义，酌而用之，干之以风力，润之以丹彩，使咏之者无极，闻之者动心，是诗之至也。"[75]

在萧统《文选》序的开篇中，刘勰文学观的回响甚至更清晰。萧统的序文也同样开始于对文学的根本起源和本质的评论。

式观元始，眇觌玄风，冬穴夏巢之时，茹毛饮血之世，世质民淳，斯文未作。逮乎伏羲氏之王天下也，始画八卦，造书契，以代结绳之政，由是文籍生焉。《易》曰："观乎天文，以察时变；观乎人文，以化成天下。"文之时义远矣哉！[76]

和刘勰一样，萧统将文籍的起源一直追溯到八卦，并断言这些原始符号和天文是平行同源的。但他并不认为儒家经典对这些原始符号发展成当代唯美文学具有决定性作用。刘勰将儒家经典尊为纯文学的典范，而萧统不但在讨论文籍的历史演变时将经典置之不理，而且在其选本中也将其一并排除在外。对此他给出的方便借口是不允许对圣贤之作进行任何录入选本所必需的剪截。他称："若夫姬公之籍，孔父之书，与日月俱悬，鬼神争奥，孝敬之准式，人伦之师友，岂可重以芟夷，加之剪截？"[77]在解释为何不收录非儒家的哲学著作时，他的回答更诚实和直率："老庄之作，管孟之流，盖以立意为宗，不以能文为本，今之所撰，又以略诸。"[78]"不以能文为本"道出了他不选儒家经典的真实原因。在序言末尾讨论史传的"赞论"和"序述"时，他点出了唯美文学的两个突出特点："事出于沉思，义归于翰藻。"[79]显然，无论儒家经典还是非儒家哲学著作都不具备这两个特点，因此被排除在其选本之外。

虽然两篇序文都没有正面描述"道"，但钟嵘和萧统的文学观显然是在文道模式的基础上形成的。他们将文学的源头分别追溯到宇宙之气和八卦，恰恰和《文心雕龙》中刘勰对"道"的描述相同。不过，在采用文道模式时，钟嵘和萧统都完全不考虑儒家圣贤。刘勰认为圣人是文和宇宙的"道"之间必不可少的媒介，主张"道沿圣以垂文，圣因文而明道"。相反，钟嵘和萧统则悄悄地将圣人放逐到文学的传统之外。这种放逐显然是为了实现他们论诗论文的共同目的——引入纯粹审美的标准，用来品第个体诗人和建立文学规范。他们唯美的追求导致了儒家经典在其选本中的退场。考虑到他们彻底偏离了刘勰对儒家经典的强调，我们可以将钟嵘和萧统的文学观确定为唯美文学观。

[76]［南朝梁］萧统编，［唐］李善注：《文选》（北京：中华书局，1977），页1。
[77]《文选》，页2。
[78]《文选》，页2。
[79]《文选》，页2。

# 六、唐宋新儒家的文学观

在唐宋两朝，文道模式支配了有关文学的理论思考，催生出两种新的文学主张。其一是"文以贯道"。隋代的王通（大约584—618）说："子曰：学者，博诵云乎哉？必也，贯乎道。文者，苟作云乎哉？必也，济乎义。"[80] 后来李汉（约806—821）直截了当地说："文者，贯道之器也。"[81] 明确地提出"文以贯道"的主张。同时，柳宗元（773—819）、韩愈（768—824）等古文运动领袖又用相似的"文以明道"一语对此主张作了详尽阐发。[82] 其二是"文以载道"，由周敦颐（1017—1073）提出，为石介（1005—1045）、王安石（1021—1086）、程颐（1033—1085）、王柏（1197—1274）等宋代道学的代表人物所拥戴。后来，这些唐宋文论家分别被称为贯道派和载道派。

"文以贯道"和"文以载道"二词，无论是原文还是英译，似乎意思都一样，例如《汉语大词典》对"贯道"的解释就说"犹载道"[83]。这两种主张都特别强调文学与儒家之"道"的关系，所以都可视为钟嵘和萧统唯美文学观的对立面。就这一点而言，它们确实有相当程度的相似。上文我们提到过，钟嵘和萧统在发展其审美文学观时，严格遵照自己确立的文学价值，将古代儒家典籍排除在外，视文人的创作为典范。这些价值中最受重视的是描写的逼真、声情的流畅、音律的精致、想象力的飞翔以及骈俪的艺术。在重新定义"文"和"道"时，贯道和载道的倡导者恢复了儒家典籍作为"文"之核心的地位，正好站在钟嵘和萧统的对立面上。不过，如果仔细比较贯道论和载道论二者对文道关系的说法，我们可以察觉到其中细微却是根本性的分歧之所在。

在讨论文道关系时，许多贯道论者理所当然地将注意力投向了宇宙之道，即便他们强调道要经过一系列儒家先贤方可传到他们生活的时代。比方说，考察韩愈、苏洵（1009—1066）和白居易（772—846）针对宇宙之道提出的高度原创性

[80] 郑春颖译注：《文中子〈中说〉译注》（哈尔滨：黑龙江人民出版社，2003），卷二，页27。

[81] ［唐］李汉：《昌黎先生集序》，见郭绍虞、王文生编：《中国历代文论选》（上海：上海古籍出版社，1980），册2，页121—122。

[82] 参看柳宗元：《答韦中立论师道书》，见［唐］柳宗元：《柳河东集》（上海：上海古籍出版社，2008），卷三十四，页543；［唐］韩愈：《答刘正夫书》，见马其昶校注：《韩昌黎文集校注》（上海：古典文学出版社，1957），卷三，页121。

[83] 汉语大词典编辑委员会汉语大词典编纂处：《汉语大词典》（上海：汉语大词典出版社，1994），卷十，页132。

[84] 参看韩愈：《送孟东野序》，见《韩
昌黎文集校注》，卷四，页136。
［唐］白居易：《与元九书》，见
顾学颉校点：《白居易集》（北京：
中华书局，1979），卷四十五，
页959。［宋］苏洵：《仲兄字文
甫说》，见曾枣庄、金成礼笺注：
《嘉祐集笺注》（上海：上海古
籍出版社，1993），卷十五，页
412。

[85]《送孟东野序》，见《韩昌黎文集
校注》，卷四，页136。

的观点。[84]

韩愈《送孟东野序》说道：

> 大凡物不得其平则鸣。草木之无声，风
> 挠之鸣；水之无声，风荡之鸣。其跃也，或
> 激之；其趋也，或梗之；其沸也，或炙之。
> 金石之无声，或击之鸣。人之于言也亦然，
> 有不得已者而后言，其歌也有思，其哭也有怀，凡出乎口而为声者，
> 其皆有弗平者乎！[85]

韩愈《送孟东野序》开头从声音角度讲述自然之文，接着说五经儒家圣
人之"鸣"，诸子百家之"鸣"，最后一部分说了唐代数位诗人之"鸣"，如
孟东野、李翱、张籍等人之"鸣"。这段话最大的特点是强调了上述具体文
籍的最终来源是自然，虽然这里韩愈没有用"道"一词，然而和刘勰所说的
内容基本类似，即文学是对自然与天的反映。韩愈《答李翊书》则认为"气，
水也；言，浮物也"，因此"气"则是承接作品之"水"。而苏洵《仲兄字文
甫说》则非常明显地采用了水的意象，他以"水风相动"比喻"天下之至文"，
强调自然："故夫天下之无营而文生者，唯水与风而已。"他认为"文"是
道德修养到达一定境界之后自然而然产生的。韩愈《送孟东野序》也通过自
然意象来阐述"文"，认为文学之文是和天下之道联系在一起的，因此不平
则鸣，并从自然之鸣谈到儒家之鸣、诸子之鸣、诗人之鸣。

韩愈的这种思想其实并不限于古文学家，当时的诗人也有类似的看法。
如白居易《与元九书》说道：

> 夫文尚矣！三才各有文。天之文，三光首之；地之文，五材首之；
> 人之文，六经首之。就六经言，《诗》又首之。何者？圣人感人心而天
> 下和平。感人心者，莫先乎情，莫始乎言，莫切乎声，莫深乎义。诗者，
> 根情、苗言、华声、实义。上自贤圣，下至愚骇，微及豚鱼，幽及鬼神；
> 群分而气同，形异而情一；未有声入而不应，情交而不感者。圣人知其

然，因其言，经之以六义；缘其声，纬之以五音。[86]

我们注意到，这些观点与刘勰文道观相吻合。和刘勰一样，他们坚信当代的文学著作正如古代的儒家经典，同样能揭示甚至体现宇宙之道。在探讨文和宇宙之道间的持续互动时，他们提供了大量事实证明文学过程和宇宙过程之间的共鸣，令人印象深刻。尽管他们忠于新儒家的道德传统，但由于坚信"文""道"之间的动态联系，他们仍保留了对文学的高度肯定。这种强有力的肯定在柳宗元《答韦中立论师道书》中得到了雄辩的表达：

> 始吾幼且少，为文章以辞为工。及长，乃知文者以明道，是固不苟为炳炳烺烺，务采色、夸声音而以为能也。凡吾所陈，皆自谓近道，而不知道之果近乎远乎？吾子好道而可吾文，或者其于道不远矣。故吾每为文章，未尝敢以轻心掉之，惧其剽而不留也；未尝敢以怠心易之，惧其弛而不严也；未尝敢以昏气出之，惧其昧没而杂也；未尝敢以矜气作之，惧其偃蹇而骄也。抑之欲其奥，扬之欲其明，疏之欲其通，廉之欲其节，激而发之欲其清，固而存之欲其重，此吾所以羽翼夫道也。[87]

"文者以明道"，这样他的文学著作就能"于道不远"，并使他能够"羽翼夫道也"。在这种对文学的积极态度的指导下，他们对六朝文学的批评相当温和。他们公然抨击六朝对精致格律和华美对仗的追求，却根本无意于抛弃文学本身之价值。事实上，他们努力要实现的目标正是将文学的艺术形式和高尚的道德目标（"明道"）结合起来。正是为了实现这一目标，他们发动了著名的古文运动，努力通过新颖的文辞和强有力的音节顿挫来重新创作古文。

宋代对文的讨论，按照唐代的破而有立和破而不立两大阵营继续发展。不过从理论原创性而言，这两大阵营出现了此消彼长的趋势。在唐代，破中有立的贯道派的理论经过韩愈、柳宗元的阐述，在各个方面都有了比较系统的阐述：如何学圣人而明道，艺术创作来源于感情的自鸣说，养气用气，

[86]《与元九书》，见《白居易集》，卷四十五，页960。
[87]《答韦中立论师道书》，见《柳河东集》，卷三十四，页543。

文辞声调的使用等等，这些方面一起构成后人所称"贯道派"的理论。

唐代破而不立一派后来发展为所谓"载道"一派。这一派到了宋代有了质变。唐代的破而不立文学观并非是文论主流，主要观点散见于书信、策书中，没有形成系统的阐述，前后发展亦不成体系。到了宋代，在道学兴起的背景之下，经过石介、邵雍、周敦颐、朱熹、程颐、王柏等人系统的阐述，这一派渐渐有了系统的文学观。与唐代相对，这一派可被称为"破之又破"。首先，从广度上说，这一派所"破"的不止六朝文学，也包括对西昆体、古文派文学创作的理念和方法的批判。其次，从深度上说，此处已从单单对文风流派的批判发展到了对美文的基本定义和观点的否定，即此时的很多讨论已经从较高的理论层次上对美文的基本定义持有否定和批评的态度。

重新定义文道关系时，载道派采取了两种截然不同的策略。第一种策略是重新确定文为儒家道德、社会、政治秩序，而将纯文学从此儒道之文中剥离出来。譬如，石介就雄心勃勃地想要将"文"的所有主要方面都整合为儒家的道德、社会、政治序列：

> 故两仪，文之体也；三纲，文之象也；五常，文之质也；九畴，文之数也；道德，文之本也；礼乐，文之饰也；孝悌，文之美也；功业，文之容也；教化，文之明也；刑政，文之纲也；号令，文之声也；圣人，职文者也。(《上蔡副枢书》)[88]

这一长串罗列看似全面，却显然将优美的文辞排除在外，而在自曹丕（187—226）以来的主要批评著作中，后者一直被当作"文"的最重要特质。石介对美文的彻底放逐无疑源于在载道论指导下对文道关系的重新思考。

另一种策略则恰恰相反，将"文"定义为华丽的文辞，认为它与儒家的道德、社会、政治秩序无涉。将美文和道的关系加以切割，通过文道对立来否定美文。周敦颐、朱熹、程颐、王柏等人主要认为文学仅仅只是文辞，其中无道而言。这样的文不可能传道贯道，充其量也仅有"载道"之功用。基于这种"文"的新定义，周敦颐提出了"载道"主张：

[88]［宋］石介：《上蔡副枢书》，见陈植锷点校：《徂徕石先生文集》（北京：中华书局，1984），卷十三，页143—144。

175

文所以载道也，轮辕饰而人弗庸，徒饰也。况虚车乎？文辞，艺也；道德，实也。(《通书·文辞第二十八》)[89]

这一解释将"载道"和"贯道"巧妙地区分开。"贯道"之"贯"意思是"沟通并连接"。这样，"文以贯道"字面上的意思即通过文来贯穿并传递道。在这样的语境中，"文"肯定不是外在于"道"的；事实上，当"文"贯穿"道"时，它就成了"道"不可分割的一部分，甚至是"道"的体现。相反，"载道"之"载"的意思只是"装载"，载物之"虚车"与所载之"实"之间自然谈不上内在的关联。因此，"载道"和"贯道"表达的文道关系截然不同。实际上，通过将文比作一辆"虚车"，周敦颐强调"文"是外在于道的，因此"文"本身是非本质和无意义的。正如视"文"为"道"之体现者会热烈地从事文学追求，与周敦颐一样看轻"文"的学者很自然地贬损文学追求。基于这种对文道关系的新思考，载道论者不遗余力地贬低文学追求。他们有时借用空车、鱼筌、抵岸之筏等源于道书和佛经的比喻，强调文学修辞只是一次性的消耗品；有时又将儒家典籍中的文学特征解释为圣人光辉的自然呈现，而非自觉致力于文学创作的结果。[90]有的载道论者甚至更加激烈，毫不掩饰地诋毁文学修辞，例如程颐竟然说文学修辞是有害道学的轻浮追求，宣称："玩物丧志，为文亦玩物也。"[91]

从广泛的历史角度看，贯道和载道都继承了《大序》的教化传统。不过，《大序》作者将诗和具体的社会政治事件和过程相联系，而贯道和载道的支持者更倾向于讨论文学修辞和新儒家之道的关系。贯道和载道派对文学修辞采取不同的态度，所以他们分别发展出褒扬文学的新儒家文学观和贬低文学的新儒家文学观。对载道派文学观来说，"否定"似乎是一个特别适合的标签。如上所述，他们各人的文学观可以根据其贬低、否定文学的不同程度来加以区分。

[89] [宋]周敦颐：《通书·文辞第二十八》，《周子全书》(万有文库本)册九，卷九，页180。

[90] [唐]裴度：《寄李翱书》，见《中国历代文论选》，册二，页158—162。[宋]王禹偁：《答张扶书》，见《中国历代文论选》，册二，页231—233。[宋]智圆：《送庶几序》，见《中国历代文论选》，册二，页234—236。[宋]欧阳修：《答吴充秀才书》，见《欧阳修全集》(上海：上海中央书店，1936年)，《居士集》，卷四十七，册六，页5。

[91] 参看[宋]程颐：《语录》，见《中国历代文论选》，册二，页284。

# 七、明清主要的文学观念

古代与现代文学批评家往往说"一代有一代之文学"，在文学观的演变上，我们也可以看到类似的情况。六朝文学观的主流是对先秦文学观的反动，主要倾向是使得文学脱离政教、礼仪、道德的束缚，推崇美文。同样，唐宋文学观是对六朝文学观的反动，唐宋讨论古文之时，又重新强调道与文的关系，又回归到将文学和社会政治功用联系，但是不是简单的回归，而是着重于文学与道统的关系，将文学与儒家道统谱系相联系。不过，到了明代，文道关系已经不是关注的重点了，关于文学观的讨论似乎又回到关于美文的讨论，只有个别作者依照唐宋传统强调文与道的关系，如明初宋濂，[92] 但是明代对文学观的讨论又不是一种简单回归。几乎没有明清评论家像唐宋先贤那样，全神贯注于抽象的文学理论问题。他们既没对有关"文"的本质和功用的争论表现出多大兴趣，也无心于提出全新的重大理论原则。相反，他们的注意力转向了更具体的"至文"。至文，或者说完美的文学，是明清文学思想的核心话题。明清各派评论家通过修正或挑战各种基于文道模式的文学观，建立了他们各自独有的至文标准。明代各派评论家有关模仿和创造的论争，有关诗、文经典建立的论争，无不源于各派所预设的至文标准。同样，清代各派评论家对古文和骈文的价值、文学和训诂考证学的关系、诗法文法三大问题展开激烈的论争，归根结底，也是由于采取了不同的至文标准所致。

整个明代文学批评的方向受到前后七子的重大影响，特别是前七子中的李梦阳（1473—1530）、何景明（1483—1521）和后七子中的李攀龙（1514—1570）、王世贞（1526—1590）、谢榛（1495—1575）。他们一直在复古理论的建树、模仿方法的设计、对诗文经典的确定和时期划分诸方面相互竞争。他们热衷于这些极为具体、实际的问题，没有发展出令人瞩目的新文学观。想要了解新鲜的、有创意的文学主张，我们必须转向另外一些评论家，他们抨击前后七子的复古实践，信奉自发创新的观念。

晚明反传统的思想家李贽（1527—1602）对复古实践以及作为其理论基础的新儒家文学观进行了最无情和最猛烈的攻击。他认为新儒家的文

[92] 参看［明］宋濂:《赠梁建中序》，《中国历代文论选》，册二，页237。宋濂:《文说赠王生黼》，《中国历代文论选》，册二，页238—240。

道观念正是创作"至文"的障碍。新儒家的"道学"不过是对童心的玷污，让言辞变得虚假而伪善。按照他的观点，先贤之所以能够创造"至文"，不是因为他们喋喋不休地谈论道和讲究文辞，仅仅是因为他们具有童心并自然而然地脱口而出。李贽相信，如果世人能从道学的桎梏中解脱出来，重返童心，至文就能自发地从胸中涌出，并发之于口：

[93] [明] 李贽：《焚书》，卷三《童心说》，见《李贽文集》（北京：社会科学文献出版社，2000），册一，页92—93。
[94] [明] 焦竑：《与友人论文》，《澹园集》（北京：中华书局，1999），卷十二，页92—93。

> 然则虽有天下之至文，其湮灭于假人而不尽见于后世者，又岂少哉！何也？天下之至文，未有不出于童心焉者也。苟童心常存，则道理不行，闻见不立，无时不文，无人不文，无一样创制体格文字而非文者。诗何必古《选》，文何必先秦。降而为六朝，变而为近体，又变而为传奇，变而为院本，为杂剧，为《西厢》曲，为《水浒传》，为今之举子业，皆古今至文，不可得而时势先后论也。故吾因是而有感于童心者之自文也，更说甚么《六经》，更说甚么《语》《孟》乎？[93]

李贽的童心说无疑代表了对新儒家文学观的完全否定。晚明另一位评论家焦竑（1540—1620）也强调自发的情感表达，以此来反击道学对文学创作的有害影响。没有让自发的情感表达和教条的"道学"作正面较量，焦竑机智地将"道学"重新定义为对万物内在法则的直观把握，而不仅是单纯的新儒家之道：

> 窃谓君子之学，凡以致道也。道致矣，而性命之深宵与事功之曲折，无不了然于中者，此岂待索之外哉。吾取其了然者，而抒写之文从生焉。故性命事功其实也，而文特所以文之而已。惟文以文之，则意不能无首尾，语不能无呼应，格不能无结构者，词与法也，而不能离实以为词与法也。六经、四子无论已，即庄、老、申、韩、管、晏之书，岂至如后世之空言哉？庄、老之于道，申、韩、管、宴之于事功，皆心之所契，身之所履，无丝粟之疑。而其为言也，如倒囊出物。借书于手，而天下之至文在焉，其实胜也。[94]

他提出，只需描绘个人对这些法则的内在认知，即可创造出世上的至文。在他看来，令人信服地揭示这些内在法则的不仅仅是儒家典籍，还包括《老子》《庄子》《韩非子》以及其他哲学、政治和历史著作。因此，这些著作都成为后世不同类型的至文典范。对焦竑而言，儒家六经不再像刘勰所说的那样，是各类"文"独一无二的典范；甚至不再是贯道论者所宣称的那样，是古文的唯一范本。尽管焦竑有关"道学"和"至文"的观念并不像李贽那样公然对抗传统，但无疑也等同于对新儒家文学观的背叛。

清代评论家更乐于不动声色地挑战唐宋新儒家文学观，为传播和实现自己的文学观念拓展空间。譬如，袁枚（1716—1798）、阮元（1764—1849）、李兆洛（1769—1841）等人就对贯道论者所持的圣人之文即古文的观念持有异议。他们认为骈文也是圣人之文的固有部分，由此试图恢复长期受新儒家压制的骈文传统。袁枚《胡稚威骈体文序》写道：

> 文之骈，即数之偶也，而独不近取诸身乎？头，奇数也；而眉目，而手足，则偶矣。而独不远取诸物乎？草木，奇数也；而由蕊而瓣鄂，则偶矣。山峙而双峰，水分而交流，禽飞而并翼，星缀而连珠。此岂人为之哉？
>
> 古圣人以文明道，而不讳修词，骈体者，修词之尤工者也。"六经"滥觞，汉、魏延其绪，六朝畅其流。论者先散行后骈体，似亦尊乾卑坤之义。然散行可蹈空，而骈文必征典。
>
> 骈文废，则悦学者少，为文者多，文乃日敝。[95]

袁氏指出，所有自然现象，近取诸身或远取诸物，无不奇偶相错，互影生辉。此奇偶之数呈现于人文，就是文章之散、骈两体。所以，骈文与贯道派所推崇的散体古文绝无尊卑之分，两者同源于自然，"岂人为之哉"！毋庸置疑，袁氏的观点是从刘勰有关骈体文的论述中推演出来的。《文心雕龙·丽辞》云："造化赋形，支体必双；神理为用，事不孤立。"而袁氏将骈体文与人体和草木山川之偶数相类比。《文心雕龙·原道》云："道沿圣以垂文，

[95] 王英志主编：《袁枚全集》第二集《小仓山房文集》（南京：江苏古籍出版社，1993），卷十一，页198。

圣因文而明道。"而袁氏比刘勰更进一步，不仅将骈体文与"造化赋形"相等同，而且试图把它与圣人明道之文相提并论。李兆洛《骈体文钞序》则更加直截了当地把骈体文与天地之道挂钩：

[96]［清］李兆洛选辑：《骈体文钞》（四部备要本），页13。

[97]［清］阮元：《揅经室三集》卷二《书梁昭明太子文选序后》，《揅经室集》（北京：中华书局，1993），页608。

> 天地之道，阴阳而已。奇偶也，方圆也，皆是也。阴阳相并俱生，故奇偶不能相离，方圆必相为用。道奇而物偶，气奇而形偶，神奇而识偶。孔子曰："道有变动，故曰爻；爻有等，故曰物；物相杂，故曰文。"又曰："分阴分阳，迭用柔刚，故《易》六位而成章，相杂而迭用。"文章之用，其尽于此乎！六经之文，班班具存，自秦迄隋，其体递变，而文无异名。自唐以来，始有古文之目，而目六朝之文为骈俪。而为其学者，亦自以为与古文殊路。[96]

阮元亦不遗余力地谋求提高骈体文的地位，但他采取的策略和制订的目标与袁枚和李兆洛有所不同。袁、李二人以骈、散体类比附道之阴阳、偶奇之数，从而论定骈体文与古文实无伯仲之分。阮氏则试图用重新定义文、圣人之文的手法来恢复骈俪之文昔日独霸文坛的地位：

> 昭明所选，名之曰"文"，盖必文而后选也，非文则不选也。经也、子也、史也，皆不可专名之为文也，故《昭明文选序》后三段特明其不选之故。必沉思翰藻，始名之为文，始以入选也。或曰：昭明必以沉思翰藻为文，于古有徵乎？曰：事当求其始。凡以言语著之简策，不必以文为本者，皆经也、子也、史也。言必有文，专名之曰文者，自孔子《易·文言》始。传曰："言之无文，行之不远。"故古人言贵有文。孔子《文言》实为万世文章之祖。此篇奇偶相生，音韵相和，青白之成文，如咸韶之合节，非清言质说者比也，非振笔纵书者比也，非佶屈涩语者比也。是故昭明以为经也、子也、史也，非可专名之为文也；专名为文，必沉思翰藻而后可也。[97]

阮元首先高调地肯定萧统将"文"定义为"沉思""翰藻"并把经、史、子排除在《文选》之外的做法。唐宋以来，萧氏对"文"的这种唯美主义观点，犹如老鼠过街，饱受鞭挞围剿，如此明目张胆地为它彻底翻案，阮元大概是第一个。接下来，阮元还有"偷梁换柱"之举，石破天惊之语。他把圣人明道之文由六经一举改为《易·文言》，又称后者为"万世文章之祖"。这样一来，刘勰所建立的、唐宋以来贯道派和载道派一直信奉的"原道—征圣—宗经"的庞大"文统"谱系全被废弃，取而代之的是由骈俪的《文言》到《文选》再到清代骈体文复兴的新"文统"。阮氏建立这一新文统，无疑是要为骈体文的复辟廓清道路。然而，把《文言》以外的儒家经典、非骈体的文体统统排除在"文"的传统之外，显然不符合文章或说泛文学发展的事实。如此偏激的论点难以得到广泛的认同，所以最终没有成为一种有影响力的文学观。

随着乾嘉时期考证学的兴起，翁方纲（1733—1818）、焦循（1763—1820）把载道的支持者作为批评对象。他们认为，受文、道对立这种错误观念的束缚，宋代载道派严重忽略了文学的审美特征，把诗文作品变成了其哲学语录的拼凑。为了改变这种对文辞的忽略，翁方纲和焦循倡导将哲学思考融入诗文中去。对其他评论家来说，这种对文的重新定义又走向了另一个极端。为了矫正对宋代载道论的过激反应，章学诚（1738—1801）倡议将义理、名数和文辞合而为一：

> 道混沌而难分，故须义理以析之。道恍惚而难凭，故须名数以质之。道隐晦而难宣，故须文辞以达之。三者不可有偏废也。义理必须探索，名数必须考订，文辞必须闲习。皆学也，皆求道之资，而非可执一端谓尽道也。[98]

在重新定义文学时，上述明清评论家中尚未有一家提出了特别有建设性的新颖观点。尽管李贽对"至文"的见解既大胆又特别，但它更多的是一个反传统的宣言，而缺少对作为文学理想的"至文"的严肃讨论。翁方纲、焦循等学者对"至文"的讨论也只不过是略微拓宽了早期贯道和载道派

[98]［清］章学诚：《章学诚遗书》（北京：文物出版社，1985），卷二十九《与朱少白论文》，页335—336。

确立的"文"的范围。要想了解重新定义文学的更有创造性的努力，我们需要将注意力转向叶燮（1627—1703）和姚鼐（1732—1815），他们在文道模式的基础上发展出了两种新的审美性的文学观。

[99] 参看［清］叶燮:《原诗·内篇下》，《原诗·一瓢诗话·说诗晬语》（北京：人民文学出版社，1979），页21—22。

在《原诗》中，叶燮对文和宇宙之道之间的互动进行了细致的分析研究。和萧统一样，他并不明确地谈论"道"，即使他的注意力集中在作者对宇宙过程的处理上。这一点似乎是叶氏的自觉选择，其目的大约在于划清自己和新儒家道学之间的界限。确实，在整部《原诗》中，叶氏从未讨论任何教化问题，也从未使用任何让我们联想起新儒家文道观的概念和术语。不过，与刘勰和萧统不同的是，叶氏并没有为证实文学的神圣起源而考察宇宙过程。他主要的目标在于探讨文学创作的动力，即探究"至文"是怎样产生于作者与宇宙过程的交往互动的。

为了揭开至文产生的奥秘，叶氏运用了传统文论中少见的分析方法。他把所有事物的发展分成三个阶段：理、事、情。理，决定事物发生的内在原理；事，自然和人世中的实际存在；情，事物外在形式的体现。叶氏认为，理、事、情三阶段的依次发展依赖于宇宙的气。如果气充满并鼓荡着理、事、情，则三者都将得到充分发展。对叶燮来说，正是这一自然、神奇的发展过程产生了天地之"至文"：

> 曰理、曰事、曰情三语，大而乾坤以之定位、日月以之运行，以至一草一木一飞一走，三者缺一，则不成物。文章者，所以表天地万物之情状也。然具是三者，又有总而持之、条而贯之者，曰气。事、理、情之所为用，气为之用也。譬之一木一草，其能发生者，理也。其既发生，则事也。既发生之后，夭乔滋植，情状万千，咸有自得之趣，则情也。苟无气以行之，能若是乎？又如合抱之木，百尺干霄，纤叶微柯以万计，同时而发，无有丝毫异同，是气之为也。苟断其根，则气尽而立萎。此时理、事、情，俱无从施矣。吾故曰：三者藉气而行者也。得是三者，而气鼓行于其间，氤氲磅礴，随其自然，所至即为法，此天地万象之至文也。[99]

叶燮认为，要在文学作品中创造"至文"，作者必须在其想象世界中揣摩理、事、情三者的动态关系。他能否成功取决于他如何运用四种内在力量：才、胆、识、力：

> 曰才、曰胆、曰识、曰力，此四言者所以穷尽此心之神明。凡形形色色，音声状貌，无不待于此而为之发宣昭著。此举在我者而为言，而无一不如此心以出之者也。以在我之四，衡在物之三，合而为作者之文章，大之经纬天地，细而一动一植，咏叹讴吟，俱不能离是而为言者矣。[100]

如果作者能够有效地运用才、胆、识、力来表现外在的理、事、情，他就能创造出和天地之至文相匹敌的文学"至文"来。实际上，和刘勰一样，叶氏相信这样的至文甚至高于天地之至文。如果说刘勰通过重复《易传》制作的神话支持这一主张，那么叶氏则基于文学"至文"无与伦比的审美效果提供了理性解释：

> 诗之至处，妙在含蓄无垠，思致微渺，其寄托在可言不可言之间，其指归在可解不可解之会，言在此而意在彼，泯端倪而离形象，绝议论而穷思维，引人于冥漠恍惚之境，所以为至也。……要之作诗者，实写理事情，可以言言，可以解解，即为俗儒之作。惟不可名言之理，不可施见之事，不可径达之情，则幽渺以为理，想象以为事，惝恍以为情，方为理至、事至、情至之语。[101]

因为诗中的理、事、情与其说是真实的，倒不如说是虚构的，诗人不可能用指示性的语言将其实际地描述出来。只有听任其想象力徜徉在朦胧的超验之域，他才有望捕捉理、事、情模糊的、无法形容的形态，并创造出能够产生无尽审美愉悦的文学"至文"。简言之，叶燮从文学创作的角度重新探讨文道关系，根据其审美效果证实人文的优越性，他给我们提供了高度

[100]《原诗·内篇下》，《原诗·一瓢诗话·说诗晬语》，页23—24。
[101]《原诗·内篇下》，《原诗·一瓢诗话·说诗晬语》，页30—32。

原创性的审美文学观。

[102] 参看［清］方苞:《古文约选序》,《中国历代文论选》,册三,页106。

桐城派和之前的唐宋贯道派有相通之处,二派均推崇古文,然而桐城派对古文的阐发与贯道派仍有不同之处。方苞(1668—1749)为桐城派创始人,着重谈论"义法",方苞自称"学行继程朱之后,文章介韩欧之间",其最有名的为"义法"之论。"义"即文章内容,"法"即创作方法,因此"义法"指的便是文章的内容与方法。与唐宋古文家比较,唐宋古文家主要讨论如何学圣人书以养气,主要讨论道德修养、养气等,认为言可贯道,并未谈及具体的创作方法。而桐城派论文的重点则已不在于自我的道德修养、养气、学圣等,他们主要谈及"法"。

方苞、刘大櫆、姚鼐三人对"法"的理解又大为不同。方苞对"法"的理解较为机械:

> 学者能切究于此,而以求《左》《史》《公》《谷》《语》《策》之义法,则触类而通,用为制举之文,敷陈论策,绰有余裕矣。[102]

方苞强调"篇法",他对文章的结构、材料的取舍、繁简的掌握、古文的语言等方面均作了实在明确的讨论。刘大櫆则是将唐宋古文家"气"的理论与具体文学作品联系起来。唐宋八大家说的"气"是从作者自我修养的角度讲"气",而刘大櫆讲的则是文章内在的"气",谈论作者如何掌握文章内在的"气",如何通过学习文章的"气"创造"至文"。换言之,刘大櫆将"气"看作是文章的具体文字与文学美感之间的关系,这和前人谈论"气"不同:曹丕最早谈论"气",认为"气"是作品的个人风格;到了唐宋古文家则按照孟子之"浩然之气",认为"气"体现了作者道德身心的培养与文学作品的关系;而刘大櫆则认为"气"成了学习古人的途径。为了说明这一问题,刘大櫆需要讨论文学本质的问题:

> 行文之道,神为主,气辅之。曹子桓、苏子由论文,以气为主,是矣。然气随神转,神浑则气灏,神远则气逸,神伟则气高,神变则气奇,

神深则气静，故神为气之主。[103]

刘大櫆认为文学有几个层次：第一层次是字句，即具体使用的文字，第二层次是音节，通过朗诵字句而生的音节便可揣摩文章内在之"气"。刘大櫆这样便通过音节将"气"与文章的具体文字联系在一起，作为抽象表意工具的文字，通过朗诵出来的节奏就表达了文章之"气"。唐宋古文家将"气"作为文最为抽象的层次，而刘大櫆又提出"神"的概念，认为"行文之道，神为主，气辅之"，在"气"的运作中有"神"，"神"即艺术上不可言说的美感，是最高的层次，其次较为具体的层次便是"气"，再其次较具体的即"音节"，随后最为具体的即"字句"。刘大櫆由此建立了有多个层次的文学框架，从最具体到最抽象，从最机械的表意层次到艺术意境的感受层次，并且将每一层次均解释清楚了。通过重新解释"气"，刘大櫆发展了贯道派的理论。

桐城派以维护程朱理学正统和模拟唐宋古文而著称，姚鼐是该派著名的领袖人物。作为服膺理学的学者和作家，他积极倡导义理、考据和文章的统一。[104] 尽管如此，建立自己的文学理论时，他能够不囿于自己的理学信仰，将文学的起源和本质与宇宙之道（而不是载道派之道）相联系。他这样回应刘勰的观点：

> 鼐闻天地之道，阴阳刚柔而已。文者，天地之精英，而阴阳刚柔之发也。惟圣人之言，统二气之会而弗偏，然而《易》《诗》《书》《论语》所载，亦间有可以刚柔分矣。（《复鲁絜非书》）[105]

姚氏将"文"追溯到"道"，想要实现的却是和刘勰、萧统及叶燮完全不同的目标。如果说刘勰和萧统的目的在于证明"文"的神圣起源，叶燮意在揭示文学创造的动力，那么姚鼐则致力于建立以"道"为基础的两大审美类型。在"天地之道，阴阳刚柔而已"的范围内，姚鼐认为脱胎于"道"的"文"的所有形式，无论是古老的儒家典籍还是后代的纯文学作品，都

[103] 参看［清］刘大櫆:《论文偶记》，《中国历代文论选》，册三，页137。

[104] 参看［清］姚鼐著，刘季高标校:《惜抱轩诗文集》（上海：上海古籍出版社，1992），卷四《述庵文钞序》，页61。

[105]《惜抱轩诗文集》，卷六《复鲁絜非书》，页93。

具有阳刚之美和阴柔之美：

> 其得于阳与刚之美者，则其文如霆，如电，如长风之出谷，如崇山峻崖，如决大川，如奔骐骥。……其得于阴与柔之美者，则其文如升初日，如清风，如云，如霞，如烟，如幽林曲涧，如沦，如漾，如珠玉之辉，如鸿鹄之鸣而入廖廓。[106]

唐代以来，审美经验的分类愈来愈琐碎繁杂，姚氏以简代繁，划分出阳刚美和阴柔美两大类型，有效地解决了美感分类的问题。文的表现和特质缤纷多彩，但都可以纳入这两个宽泛的审美类型。将两大分类建立于"道"的基础上，姚鼐由此树立了一套新的美学判断的重要法则。因为"一阴一阳之为道"[107]，他推论好的文学作品必然包含着这两方面的因素。正如阴阳交互影响，一类成分也可以超过另一类，但绝不可能"一有一绝无"[108]。他认为，如果一部文学作品中刚柔的相互作用几乎和道中阴阳的互动一样神奇，那么该作品就是"通乎神明"[109]的至文。和叶燮不一样，姚鼐主要从文学接受的角度来探讨文道关系。尽管如此，他的文学审美观和叶燮的一样，总体上是原创而又缜密的。叶燮和姚鼐从文学创作和接受两个相对的角度重新思考文道关系，他们的文学观看来很好地补充了对方的不足。

综观本章所讨论的历代主要的文学观，不难看出传统文论家拥有一个共同的信仰，即文学是一个过程，旨在使天、地、人达到和谐。文学这一和谐过程源于心，是作者对外部活动的生理、心理、道德、直觉或心智反应，并以舞蹈、演奏、咏唱、演讲或写作等形式呈现于外。这个过程由内心世界延伸到外部世界，有助于实现人与自然、社会的和谐。简而言之，文学过程包含三个主要阶段：一是起源于对外部世界的反应，二是形成于内心和外化为语言作品，三是作品创作带来内、外部世界自身以及两者之间的和谐。

比较这些文学观可以发现，它们之间存在两个显著的不同。其一，对文学本质的界定有所不同。在《尧典》中，诗被描述为以舞蹈为中心的

[106]《惜抱轩诗文集》，卷六《复鲁絜非书》，页94。
[107]《惜抱轩诗文集》，卷六《复鲁絜非书》，页94。
[108]《惜抱轩诗文集》，卷六《复鲁絜非书》，页94。
[109]《惜抱轩诗文集》，卷六《复鲁絜非书》，页94。

[110] Elliot Deutsch, *On Truth:An Ontological Theory*（Honolulu: University Press of Hawaii, 1979）, p.37.

[111] 这部分白话文作品中对文道关系的论述罕有值得特别关注的，因此不将其列为本章的考察对象。

宗教表演的附属部分。在《左传》和《国语》中，虽然诗的地位较以前重要许多，但它仍被视为是以乐为中心的宫廷仪式的附属部分。在《大序》中，诗被描述成以口说为主的社会交流的中心部分。在《文心雕龙》中，"文"大半被看作是文章典籍，以诗赋等有韵之"文"（即所谓美文、纯文学）为主，但也包括颂赞史传等众多无韵之"笔"（即所谓泛文学、杂文学）。钟嵘和萧统所作的两篇著名序文则更明确地强调文的唯美本质。直到此时，中国文学观的发展才贴切地反映了文学演变的形式，与艾略特·多伊奇（Elliot Deutsch）勾勒出的西方文艺三段式发展相似："总而言之，艺术从宗教中脱胎而出。首先，艺术自身充当巫术或神圣力量的中心角色，从而使其不再仅有宗教的属性；接着，它开始表达出自己独立创造的意义，进而从其谦卑的附属地位中摆脱出来。这样，它依靠自身的品质和努力而获得独立。艺术一旦独立存在，就会变得富有强烈的美感、意味深长而又美丽动人。"[110] 不过，与西方不同的是，中国唯美文学写作难以长久地保持其在六朝时所取得的那种傲然自立的优势地位。随着唐宋新儒学的兴起，唯美文学被谴责为堕落，而"文"再度沦为道德和社会政治抱负的附庸。事实上，"文"被绝大多数新儒家学者重新定义成了为阐明和传达儒道而进行的更为广泛的道德和社会政治努力的一部分。同时，书面美文的传统优势也受到以口头流传为基础的文学类型的持续挑战：首先是唐宋词，然后是元明戏剧，最后是明清白话小说。[111] 实际上，想要提高这些处于边缘的文艺新类型的地位，许多评论家觉得应该将音乐或口语重新树立为"文"的中心。

其二，历代文论家所关注的内、外过程有所不同，因而对文学的起源、创作和功用作出了不同的阐释。随着时间的推移，他们辨析了不同的外在过程对文学兴起所起的关键作用。这些过程包括《尧典》中的神灵，《左传》和《国语》中的自然力量，《大序》中的道德、社会和政治过程，《文心雕龙》中包含有儒、道、释成分的宇宙之道，钟嵘、萧统、叶燮、姚鼐著作中的宇宙过程，以及唐代至清代贯道派和载道派著作中的新儒家之道。在考察文学创造的过程时，他们分别强调作者不同的内心体验。例如，《尧典》《左传》

和《周语》侧重生理与心理体验；《诗大序》重点考察心理与道德体验；《文心雕龙》对生理、心理、道德、直觉、心智五个不同层面的体验进行综合研究。在描述文学的功用时，他们分别强调文学对神灵和自然力的协调、对人际关系的矫正、对宇宙之道的体现，以及对新儒家之道的传承和阐释。

　　总而言之，传统文论家总是在内、外部过程互动的框架里审视文学的方方面面。由于受到宇宙哲学思维的变化和文学自身发展的影响，他们不断修正现有的或发展出新的内外过程互动的框架结构，将批评的注意力从某些内、外过程转向另外一些内、外过程，新的文学观亦应运而生。这一批评中心的连续转向就是中国文论发展的总趋向。

（刘青海 译）

# "文"的多重含义及刘勰文学理论体系的建立

[1] 哈佛燕京学社引得编纂处编：《论语引得》，哈佛燕京学社汉学索引大系特刊第 16 号（北京：哈佛燕京学社，1940），9/5（即第 9 章 / 第 5 段，下同）。

[2] 参见 Peter K. Bol, *This Culture of Ours: Intellectual Transitions in T'ang and Sung China* ( Stanford, California : Stanford University Press, 1992 ) ; Stephen Owen ( 宇文所安 ), *Readings in Chinese Literary Thought* ( Cambridge, Mass. : Harvard University Press, 1992 ) , pp. 186–194 ; Lothar von Falkenhausen, "The Concept of Wen in the Ancient Chinese Ancestral Cult," in *Chinese Literature: Essays, Articles, Reviews* 19 ( 1996 ) : 1–22 ; Haun Saussy, "The Prestige of Writing: 文 , Letter, Picture, Image, Ideography," in *Sino–Platonic Papers* 75 ( 1997 ) : 1–41 ; Zhang Longxi, "What is Wen and Why is it Made So Terribly Strange?," in *College Literature* 23, 1 ( 1996 ) : 15–35。1979 年，之前，Chow Tse–Tsung（周策纵）写过一篇关于"文"的文章，"Ancient Chinese Views of Literature, the Tao, and Their Relationship," in *Chinese Literature: Essays, Articles, Reviews* 1 ( 1979 ) : 3–29。两届亚洲学年会的论题分别是 1994 年的 "Wen : The Nature of Chinese Language and Writing" 和 1997 年的 "Wen and Its Impact on the Development of Chinese Literary Thought"。

[3] 兴膳宏：《文学与文章》，见饶芃子编：《文心雕龙研究荟萃》（上海：上海书店，1992），页 110–122。

[4] 参见拙文 "Poundian and Chinese Aesthetics of Dynamic Force: A Re–discovery of Fenollosa and Pound's Theory of Chinese Written Character," in *Comparative Literature Studies* 30, 2 ( 1993 ) : 56–74 ; 注 2 提到的 Zhang 与 Saussy 二文。

[5] 刘勰在书中使用了大量"文"字（计 334 处）和"文"的复合词（计 187 处）。本章所有字与复合词出现频率的统计基于朱迎平编：《文心雕龙索引》（上海：上海书店，1987），页 241–296。

"文"之一字，其含义之广，几乎涵盖了中国传统文化研究的全部范畴。若就其最广泛的意义而言，"文"代表着传统文化的整体；孔子所言"文王既没，文不在兹乎"[1] 无疑是这个含义最具代表性的注释。若就其具体意义而言，则"文"又代表或描述了传统中国文化中若干重要成分："文"可用于帝王的谥号，也可以指祭祀的对象，以及礼乐与典章制度，等等；"文"也指人气度雍容，或者对礼仪的娴熟掌握；"文"还可以指天象地理，华美的辞令，有韵及无韵的文字，以及唯美文学，等等。由于这种含义的多样性，我们不难理解何以历来学者对"文"这一主题的研究着力甚深。西方汉学界对此主题的讨论尤为热烈，美国亚洲学年会曾两度组织以"文"为主题的专题讨论，以及若干同类主题的学术专著的发表，足为其明证[2]。刘勰（约 465—521）的《文心雕龙》是这些有关"文"的讨论中最受关注的一部作品。一方面，此书为侧重文字考证的学者提供了丰富的文本数据来推演"文"字含意的演变[3]；另一方面，它又为侧重文学理论研究的学者提供了一个有用的立足点，使他们得以就中国传统诗学的表现手法从事范围更广的理论探讨[4]。有趣的是，尽管《文心雕龙》为"文"的研究提供了重要的文本资料，但是"文"字在该书自身中的复杂用法及其理论意义却尚待进一步探讨厘清。

本章将综合使用文字考证和文学理论的方法，试图揭示刘勰如何利用"文"字的丰富含义来建立起"文道""文圣""文与言 / 书""文理"及"文情"这五对重要关系。[5] 迄今为止，学术界仅对这五种关系的前两种做过认真的探讨；但是即便是这两种，我们也会在重新审视中获得很多新的发现：我们不仅将更清楚地看到《易传》宇宙论对刘勰的影响，而且还将发现其他启发了刘勰"文道"观但一直被忽略的作品；同时我们还会看到刘勰是如何颠倒"文"在不同时代的意义来构筑一种"文圣"关系，并在这种关系的基础上为文学描绘出一个显赫的传承谱系。其他三对关系一直很少受到重视，因而可发掘之处更多。比如刘勰关于"书""言"二字陈述，不仅显示其深谙口头创作和书面文字的区别，更流露出其对后者的偏重。同样地，他对"文理"关系和"文情"关系的探讨也有助于说明唯美文学与唯美文章各自的特点。

[6] 从现代文学理论角度来看，第二十六至四十九章涉及文学理论的六个重要议题。第一个议题是在第二十八、三十、三十一及三十二章中讨论的文学本质问题；第二个议题是在第二十七、四十二、四十七及四十九章中讨论的作者素质问题；第三个议题包括第二十六和四十六章，探讨了创作过程；第四个议题从第三十三到三十九章及四十三、四十四两章，讨论写作原理；第五个议题涉及第四十、四十一和四十八三章，研究文学作品的读者接受问题；第二十九和四十五两章是关于第六个议题，即文学史的问题。刘勰讨论这六议题的着眼点在"文""情"两个主题上。由于篇幅所限，关于这六种议题我将在以后另行撰文讨论。

　　刘勰对五对关系的论述构成了其文学理论总体的基石。《文心雕龙》的前三章探讨了文学的本质、起源和传承，第四至二十五章提出三十六种文体并逐一予以论述，第二十六至四十九章则讨论了六种主要理论问题[6]。刘勰把自己的理论归纳总结到以"文"为中心的这五对关系中，从而成功地建立起了一套周密完备的文学批评体系；而正是这种体系建构表现出了刘勰探索"文"字多种含义最重要的理论价值。

# 一、"文"与"道"：文是道的直接体现，还是文的修饰？

　　《文心雕龙》的头三章试图阐述一种对文章的本质、起源和传承的新观点。汉代人们已经普遍视文章为求取功名的一种有价值的手段。《汉书》中出现《艺文志》，及《后汉书》中设《文苑列传》即可作为"文章"获取这种新地位的明证。[7] 不过，那种视"文"为可以忽略的

[7] 见〔汉〕班固撰：《汉书》（北京：中华书局，1962），册六，页1701—1784 及〔南朝宋〕范晔撰：《后汉书》（北京：中华书局，1965），册九，页2595—2663。

藻饰而非"质"的想法仍然在影响对文章的看法。所以，尽管连《论语》都在强调"文"与"质"二者相互依赖缺一不可，[8] 这种贬低"文"的态度仍然相当流行，并为放弃为文的努力、"文章"远远不及儒学与从政重要这类观念提供了思想基础。由于这一类观点的依据几乎无一例外地强调"文"的修饰或配角的作用，因此，对于像刘勰等为"文章"辩护的人，首要任务就是重新解释"文"的本质，将"文"定义为"质"乃至"道"这个终极宇宙规则的直接体现。

尽管学术界普遍认为刘勰是第一个为提高文章地位而试图重新定义"文"的人，实际情况却并非如此。远在刘勰之前的王充（27—约97）就曾在其《论衡》中有所尝试。在该书的《书解篇》中，王充虚拟了一个问者，借他之口提出关于"文"本质的问题。作为回答，王充罗列了种种自然现象和神话传说，试图说明"文"实际上并不异于"质"。王充指出，"文"之于"质"，正如鳞之于龙，五彩之于凤凰，或斑斓之于猛虎一样不可或缺。王充在解释"文"与"质"的相关性时不仅用《论语》提到的虎、豹、犬、羊四种动物来表现，还将范围扩大，包括了神话中的灵禽异兽，传说中的《河图》《洛书》和林木山川，以至各种天文地理。尤为重要的是，王充还试图从宇宙论的角度来解释上述种种"文"的形成。王充认为，所有这些"文"都生于天地二气的互动，是完全自然的。基于对"文"的根源这种宇宙论的解释，王充宣称表现为文章的人之"文"一样也是生于自然，且实质上可等同于人之"质"。[9] 对他而言，"文"是"质"自然的、直接的表现；"文、质"二事实质上是一体不二的。基于这个理论，王充大胆地宣称"物以文为表，人以文为基"[10]。

刘勰站在一种近似王充的立场上批驳了那种以"文"为"外饰"的观点，而他用作例证的种种自然或神异的现象也与王充的几乎同出一辙（《文心雕龙·原道》）。如王充一样，刘勰通过将人之"文"比作天之"文"或自然之"文"，并将

[8] 见《论语引得》，12/8："棘子成曰。君子质而已矣。何以文为。子贡曰。惜乎。夫子之说君子也。驷不及舌。文犹质也。质犹文也。虎豹之鞟。犹犬羊之鞟。"又见《论语引得》，6/18。

[9]［东汉］王充著，黄晖校释：《论衡校释》（北京：中华书局，1990），册四，页1149—1150："龙鳞有文，于蛇为神；凤羽五色，于鸟为君；虎猛，毛蚡蝓；龟知，背负文。四者体不质，于物为圣贤。且夫山无林，则为土山；地无毛，则为泻土；人无文，则为仆人。土山无麋鹿，泻土无五谷，人无文德，不为圣贤。上天多文而后土多理，二气协和，圣贤禀受，法象本类。故多文彩。"

[10] 见《论衡校释》，册四，页1150。后半句也可以理解为"人视文为其事业"。

各种"文"的产生推溯到最原始的宇宙本源，试图说明人"文"也是完全自然的。当然，王刘二人的理论之间仍有细微区别。王充主要从"文"与"质"的关系上重新定义"文"，而刘勰则从"文"与"道"这万物法则的关系上理解"文"：

> 文之为德也大矣，与天地并生者何哉？
> 夫玄黄色杂，方圆体分，日月叠璧，以垂丽
> 天之象；山川焕绮，以铺理地之形：此盖道
> 之文也。（《原道》）

句首"德"字对理解刘勰关于"文"本质的理论至关重要，然而历来解释莫衷一是，未能形成定见。范文澜将这个"德"与王充所言的"文德"联系起来，将"德"与"文"分成一对内与外的关系，[11]即"德"为内在之道德，而"文"或"文章"为打扮或表现这种道德的外在装饰。另外一些学者则觉得这种解释前后不能贯通，因为王充在下文中并未谈及道德，如杨明照就曾指出刘勰文中之"德"是用来指示"文"的功用[12]。他将此"德"等同于下面两句引文中的"德"，认为它们应当作"作用"或"能力"讲：1）"中庸之为德。其至乎矣"；2）"鬼神之为德其盛乎矣"[13]。因为《文心雕龙》首句的结构与此句如出一辙，杨明照认为两处"德"字用法也必然相同。另一些学者试图调和这两种相对的观点，认为刘勰的真实用意是"德"既指"用"，又指"体"。尽管未举出文献实例，周振甫、牟世金和陆侃如三人就主张"德"兼含二意。[14]詹锳则指出这种兼含体用二意的观点起源于朱熹（1130—1200）对"德"字的注释。[15]在评述上述两句《中庸》引文时，朱熹指出"为德，犹言性情功效"[16]。按照詹锳所说，朱熹是用理学的体用模式来解"德"，故"德"内以指性情（体），外以指功效（用）。[17]廖蔚卿也采用了新儒家的体用模式来解释"德"。他认为德之体是宇宙之道，而非道德行为，因为下文中明白无误地将"文"之"德"等同于天地、五行，以至于"道"自身。[18]在本文的英文原文中，笔者将"文

[11] 比较王充《论衡》："空书为文，实行为德，著之衣为服。"
[12] 杨明照《文心雕龙校注拾遗补正》，收入中国《文心雕龙》学会编：《文心雕龙》研究》第2辑（北京：北京大学出版社，1996），页1。
[13]《中庸》，见［清］阮元校刻：《十三经注疏》（北京：中华书局，1980），页1628。
[14] 见周振甫注释：《文心雕龙注释》（北京：人民出版社，1981），页3；牟世金、陆侃如译注：《文心雕龙译注》（济南：齐鲁书社，1981），卷一，页2。
[15] 见詹锳：《文心雕龙义证》（上海：上海古籍出版社，1989），卷一，页2—3。
[16]［宋］朱熹：《四书章句集注》（北京：中华书局，1983），页25。
[17]《文心雕龙义证》，页2—3。
[18] 见廖蔚卿：《六朝文论》（台北：联经出版公司，1978），页11—13。

德"译为"内在本质和外在功用"（its inner nature and its outer functionality）。译文虽略嫌冗赘，在英文语境中读起来也不够流畅，但是希望能够传达出该词隐含的、不易被译出的"体用"意义来。英文中最接近于表达这种体用一体含义的词汇或许当推"embodiment"。下文将展示的正是这种体用或embodiment 的概念为刘勰对"文"的本质和起源的认识提供了基础。[19]

《文心雕龙》在开篇时对天地之文的描述要远较《论衡》为抽象。二气变成了"道"，禽兽草木变成了一系列象征着二元相待的现象，如天地、方圆、日月和河山。值得注意的是这类二元相待原型在《易经·系辞传》中被当成"道"的直接体现。刘勰视这些原型为"文"，无疑是想告诉读者"文"也是"道"的直接体现。《系辞传》影响刘勰对"文"的理解，这一点早已有广泛共识。宇文所安即曾指出刘勰关于"文"的论述多引用"中国宇宙论权威著述中的词语甚至成行句子，其中尤以《系辞传》为甚"[20]。不过，尽管许多关于这一课题的中文出版物详细列出了这些引用的词汇与句子，关于《系辞传》对刘勰影响的研究仍然有待进一步深化。在下文就《系辞传》和《文心雕龙》若干关键段落所作的比较分析中，我们会发现刘勰对《系辞传》的引用在他论述的所有三个阶段中都起着至关重要的作用。

首先，刘勰对天地之文所作的带有哲学意味的描述，很显然地是脱胎于《系辞传》的开篇首段：

> 天尊地卑，乾坤定矣。卑高以陈，贵贱位矣。动静有常，刚柔断矣。方以类聚，物以群分，吉凶生矣。在天成象，在地成形，变化见矣。[21]

作者排列出一组被看作是构成天地之文并象征二元相待的原型，如尊卑、乾坤、贵贱、动静、刚柔等等。这些作为原型的二元属性没有一对处于静止且不可逆转的分离和对立的状态中。相反地，每一对的双方既对立，又互补，二者相接互动，又相互转化。在这些二元属性之中，《系辞传》的作者选取了"乾"与"坤"这一对来代表所有这些二元关系背后的终极宇宙

[19] 虽然"体用"直到宋代才被看作一种宇宙论的模式，但毫无疑问，它在《系辞传》中是指导思想；下文也试图说明"体用"在《文心雕龙》的前三章具有同样的地位。

[20] *Readings in Chinese Literary Thought*, p. 186.

[21]《系辞传》，上 1，见《十三经注疏》，页 75—76。

原则。"乾"为阳，以创生的力量引发万物；"坤"为阴，以虚含的姿态滋养万物并令其长成。《系辞传》的作者更进一步将"乾坤"定义为"阴阳"[22]，并将阴阳之互动定义为道的表现，即所谓"一阴一阳之谓道"[23]。这些作者认为，正是因为道的活动，即阴阳二者的无尽互动，才造就了种种天象、地形，并进而引发了大千世界的千变万化。很明显，刘勰沿袭了这一种宇宙论观点。在通过选取一系列类似于《系辞传》的具有宇宙生成含义的二元原型来描述天地之文时，刘勰得以如《系辞传》作者一样表达出"文"起源于"道"并因而是"道"的直接体现这一思想。[24]

刘勰在完成对天地之文的描述后，进而说明人之文同样也是道的体现。他指出，因为人同样参与了道在宇宙生成中的活动，人发挥了等同于天地的作用，故应与其并列为宇宙的三个终极要素。

> 仰观吐曜，俯察含章，高卑定位，故两仪既生矣。惟人参之，性灵所钟，是谓三才。（《原道》）

刘勰又指出，人"为五行之秀，实天地之心"（《原道》），从而显示的语言和文字与天文地理一样是道之文。他言道："心生而言立，言立而文明，自然之道也。"（《原道》）刘勰甚至进一步用设问的方式暗示了人文优于地文："夫以无识之物，郁然有彩；有心之器，其无文欤！"（《原道》）。

刘勰给予人之文如此崇高的地位，无疑是受到了《系辞传》就《易经》之"文"所作陈述的启发。《系辞传》首次将文等同于体现道的卦象符号，"道有变动，故曰爻；爻有等，故曰物；物相杂，故曰文"[25]。构成诸卦的阴阳

[22] "子曰：乾坤，其易之门邪？乾，阳物也；坤，阴物也。阴阳合德而刚柔有体，以体天地之撰。以通神明之德。"（《系辞传》，下6，见《十三经注疏》，页89。）

[23]《系辞传》，上5，见《十三经注疏》，页78。张岱年：《中国哲学大纲》（北京：中国社会科学出版社，1982），页109—126 列出了中国古代思想家就宇宙的两极力量所描述的五种特征。第一种是单极对立的必然性。天下无一物单独存在，所有事物各随阴阳或乾坤两极之引力成对出现。第二是对立两极的统一。这统一表现为两极的相互依赖，相互渗透，相互转化，相互平等，及相互一致。第三种是两极的互补性，即阴阳均不能脱离对方而独立存在。第四种是关于两极与变化之间的关系，所有变化都是两极互动的结果。第五种涉及一元与两极的关系。在列出这五种特征后，张岱年选出若干能够表现这些特征的段落，按时间顺序排列，逐一进行检讨。

[24] 将表示两极原型的现象等同于道的思想远在刘勰之前就已受到普遍的接受。成公绥（231—273）在那些《天地赋序》中甚至认为那些二元现象就是宇宙极原则的代名词："天地至神，难以一言定称，故体而言之，则曰两仪。假而言之，则曰乾坤。气而言之，则曰阴阳。性而言之，则曰柔刚。色而言之，则曰玄黄。名而言之，则曰天地。"引自詹锳义、柯庆明编辑：《两汉魏晋南北朝文学批评资料汇编》（台北：成文出版社，1978），页203。

[25]《系辞传》，下10，见《十三经注疏》，卷一，页90。

二爻分别与阴阳两股势力相呼应，所以诸卦中的阴阳二爻的互动即代表了道的阴阳变化。"是故刚柔相摩，八卦相荡。鼓之以雷霆，润之以风雨。日月运行，一寒一暑。乾道成男，坤道成女。乾知大始，坤作成物。"[26] 在这些语句中，《易经》之文要远较天地之文更能实现对道的体现。它不是在使用具体的自然现象来表现道。它的自身即与道为一体；它激发了阴阳之间永无止境的相互激荡，并且引生了绵延不绝的变化过程。[27] 实际上，最早被刘勰定性为人之文原型的正是《易经》之文。刘勰认为，只要人文其他表现形式都可以溯源于这个原型，那么他们就都能够分享这个体现道的原型所具有的力量。这样，一种视"文"为本体的观点就呼之欲出了。

刘勰引用了《系辞传》中的两则传说来说明他赋予人文崇高地位的合理性。[28] 第一则涉及《易经》最原始层面的八卦，并指出《易经》创作的终极源头在于天，而不在于人。根据这则传说，伏羲依据自然赠予人类的《河图》与《洛书》造八卦。[29] 第二则讲文王与周公推演六十四卦并制卦辞，从而显示人文仅次于天，是《易经》的第二个源头。[30]《系辞传》作者们引用这两则传说的目的是为了把《易经》提高到神圣的地位。[31] 他们试图向读者展示《易经》超越了自然与人功的界线。《系辞》的作者认为，如果《易经》复杂的人文符号能够表达出"道"，那么《易经》就融会了自然的运作与人类的创造活动，从而成为"第二自然"。因为这个原因，他们奉《易经》为"神物"，并宣称"易无思也，无为也"。[32] 对他们来说，《易经》不是天、地、人道的表现，而是天、地、人道的参与者。由于这个原因，《易经》才会拥有

[26]《系辞传》，上 1，见《十三经注疏》，卷一，页 76。

[27]《易经》把"文"的这种本体论式的观点在下文中表现最为清楚："易之为书也，广大悉备。有天道焉，有人道焉，有地道焉。兼三才而两之，故六。六者，非它也，三才之道也。"（《系辞传》，下 10，见《十三经注疏》，卷一，页 90。）

[28] 关于这两则传说对刘勰论点的重要性，请参 Readings in Chinese Literary Thought, p. 192。

[29]《系辞传》，上 11，见《十三经注疏》，卷一，页 82。

[30]《系辞传》，上 11、下 11，见《十三经注疏》，卷一，页 82、90。

[31]《系辞传》的作者宣称《易经》是道的本体，其观点与道家和儒家的文字观发生了根本性的区别；他们将图像符号和文字的记载当作天地之道和人之道的直接体现。这种将符号、语言与宇宙论联系起来的观点自然不能为老子、庄子及其他道家所接受，因为他们反复强调语言文字是不可能体现道的。尽管孔子的态度要宽容得多，他也远远不能同意将天象地理及甲骨文这一类物质意义上的"文"视作人文意义上的"道"。鉴于人们长期以来对符号和语言传达道的能力怀有疑虑，《系辞传》的作者必须提出一个合理的解释来支持自己的观点，因此上述这两则传说便构成了他们将《易经》之文视为道之体这一立场的关键部分。关于"文"这种"实质化"的讨论，请参阅 Willard J. Peterson, "Making Connections: 'Commentary on the Attached Verbalizations' of the Book of Changes," in Harvard Journal of Asiatic Studies 42.1（1982）：85–91。

[32]《系辞传》，上 11、10，见《十三经注疏》，卷一，页 82、81。

那种至高无上的力量，上则调配天地，下则决定道德伦理以及社会政治秩序。

如《系辞传》的作者们一样，刘勰首先以伏羲制八卦的传说来显示文章的终极源头："人文之元，肇自太极……若乃《河图》孕乎八卦，《洛书》韫乎九畴，玉版金镂之实，丹文绿牒之华，谁其尸之，亦神理而已。"（《原道》）刘勰接着又复述了文王周公之演《易》，以此来表明这种文的第二个源头："幽赞神明，易象惟先。庖牺画其始，仲尼翼其终。而《乾》《坤》两位，独制《文言》。言之文也，天地之心哉！"（《原道》）[33]在刘勰看来，由古代圣贤所完成的《易经》较《河图》《洛书》所载的更完备，因为后者仅勾勒出宇宙力量的轮廓，而前者则展现了道最深层的秘密，构筑起宇宙的经纬，并完善了人类社会的规则（《原道》）。这样，通过复述这两个传说，刘勰达到了与《系辞传》同样的目的，即对种种书写符号与文体加以实质化，使它们成为贯穿于天地人三才之道的直接体现。[34]这种对书写符号与文本实质化的做法，为刘勰在后文提升文章的地位奠定了坚实的基础。[35]

## 二、"文"与"圣"：书面文章与礼乐典章之文

刘勰在将文重新定义为道的体现之后，进而着手描述它是如何从上古被视作预言的符号逐渐演化成后世完备的文章。在审视"文"的历史沿革过程中，刘勰对古代圣人在其中所起的作用给予高度的重视："故知道沿圣以垂文，圣因文而明道。"（《原道》）刘勰认为，这些古代圣人充当了天上神的世界和地上人的世界之间的使者，借助于"文"不断发展的形式将道传给世人。

那么圣人们用来传播道的这个"文"，其核心是什么？刘勰认为这个核心即语言，尤其是它的书面形式。作为文字滥觞的卦画之创制标志着人文的正式开始，而两汉之前人文的巅峰当属孔子之编定五经：

[33] 刘勰不同于《系辞传》作者的地方是他不谈文王、周公演诸卦和制卦辞，而是以传说中孔子之撰《十翼》来显示人是《易经》创作的第二个源头。

[34]《文心雕龙》中"文"字的多种含义，以此意最为人知，争议最多，也可能最为重要。

[35] 刘勰所立的文道关系提供了范围广泛的模式，成为后世文论家在思考文学本质时一再参考的对象。关于对中国文学理论中文道关系的一般性讨论，见郭绍虞：《照隅室古典文学论集》（上海：上海古籍出版社，1983），卷二，页 34—65 和 "Ancient Chinese Views of Literature, the Tao, and Their Relationship," pp. 3–29.

[36] 关于"文"与"文章"的意义从上古至汉代的演化，见兴膳宏《文学与文章》一文中的简要介绍。

[37] 刘师培对"文"字的多重含义有如下论述："中国三代之时，以文物为文，以华靡为文，而礼乐法制，威仪文辞，亦莫不称为文章。"见刘师培：《文说·论文杂记·读书随笔·续笔》（台北：广文出版社，1970），页57。

自鸟迹代绳，文字始炳……至夫子继圣，独秀前哲，熔钧《六经》，必金声而玉振；雕琢性情，组织辞令，木铎启而千里应，席珍流而万世响，写天地之辉光，晓生民之耳目矣。爰自风姓，暨于孔氏，玄圣创典，素王述训。（《原道》）

当然，将两汉之前"文"的核心视为文字活动明确是颠倒时代的做法，因为直到两汉"文"才开始主要指文字活动。[36] 而在此之前，"文"字含义广泛，其首要所指却是礼乐与典章制度。然而，在刘勰对汉之前"文"的概念进行描述时，他有意忽略了这一首要含义，而强调了"文"是典雅的文字表述这一次要含义（后文将就其原因详加探讨）。[37] 这一点在刘勰讨论《论语》中孔子及其弟子有关"文"的言论中可以清楚地看到。

刘勰在《征圣》章用了相当多的篇幅来讨论孔子关于"文"的言论。他首先提到孔子就为政与教化中"文"的论述：

是以远称唐世，则焕乎为盛；近褒周代，则郁哉可从。此政化贵文之征也。（《征圣》）

然后谈到孔子是如何看待"文"在某一著名外交场合中的表现：

郑伯入陈，以立辞为功；宋置折俎，以多文举礼：此事迹贵文之征也。（《征圣》）

最后，刘勰指出，孔子在谈论个人修养时明确无误地将文等同于文辞：

褒美子产，则云"言以足志，文以足言"；泛论君子，则云"情欲信，辞欲巧"，此修身贵文之征也。（《征圣》）

从历史的角度来看，上述三种"贵文之征"中第一种最为重要。为政与教化之"文"范畴广阔，涵盖了所有的礼乐与典章制度。相比较而言，含有实用价值的"文"（如外交中表现的"文"）与个人修养中的"文"所指范围狭窄，主要指典雅的文辞表述。虽然"文"的这一层以语言为中心的含义在两汉前不甚重要，刘勰却把它当成"文"的核心含义来使用。他只是象征性地涉及一下孔子关于尧为政之"文"，但却异常周详地谈论了孔子是如何评论文章言辞对实际工作和个人修养的作用的。将上述三段文字结合来看，我们不难发现刘勰是有意将两汉前"文"的主要含义重新界定为"文章言辞"。另一个对"文"字颠倒时代的解释见于《征圣》开篇处刘勰对孔子的描述：

> 夫子文章，可得而闻，则圣人之情，见乎文辞矣。先王圣化，布在方册；夫子风采，溢于格言。（《征圣》）

这段话的前半句引自《论语·颜渊第十二》。施友忠（Vincent Yu-chung Shih）注意到刘勰视"文章"为文字作品的意向，故在其英文作品中将"夫子文章"翻译为"教化的文学形式"（"literary form of the teaching"）。这一译法无疑准确地传达了刘勰的原意，不过却未能指出刘勰的解释犯了颠倒时代的错误。[38]《文心雕龙》中，刘勰使用"文章"二字前后共达二十次之多，但他一次都没有用它来表达"礼乐制度"一类的两汉之前公认的意义。刘勰用"文章"二字表示先秦的文字写作，而这个意义是在东汉才产生的。刘勰在解释"文章"上的时代错误，最明显的表现无过于下面这句不准确的断言："圣贤书辞，总称文章。"（《情采》）[39]

[38] Vincent Yu-chung Shih, trans. and annot., *The Literary Mind and the Carving of Dragons: A Study of Thought and Patterns in Chinese Literature* ( Hong Kong: The Chinese University Press, 1983 ) , p. 23.

[39] 刘勰除了将"文章"重新定义为写作，还使用了一系列以写作为中心且均含有"文"字的复合词。这些复合词自后汉起使用渐广，它们包括"文人""文士""文思""文情""文翰""文术"及"文苑"等。每一个复合词中"文"字均指文学写作，另一个字则补充说明写作行为的实施者、条件、手段、方法或者背景。这一系列强调写作的词与两汉之前强调礼乐制度的词形成鲜明对照。只有四个此类复合词出现在《文心雕龙》中，即文教、文物、文德、文章。其中"文"字均指礼乐与典章制度，而另一个字则用以说明制度的实施所涉及的事物与情况。如"文物"之"物"指祭仪中所用祭品；"文德"之"德"指相对于武功、由圣化布传的德行。这些文的复合词中唯有"文章"一词附加意义最少，因为"章"字与"文"学基本同义，两字合在一起只为加重语气。刘勰对这一类词的有意忽略是不容置疑的。文中"文教""文物""文德"三词只是象征性地使用了一下，而且前后总共只出现了四次。"文章"虽出现 24 次，但没有一次作"礼仪制度"解。与此形成鲜明对照的是"文"字当写作讲的复合词使用极其频繁，"文"的 64 个复合词一共出现有 159 次之多。

理雅各（James Legge）在翻译"夫子文章"一词时，提醒他的读者们要谨防勿将"夫子文章"理解成为夫子的著作。他写道："尽管'文章'二字早已成为典雅文字的通称，（然而在'夫子文章'这个辞上）这样的解释显然是不通的。"[40] 理雅各依据何晏（190—249）的解释，将"夫子文章"译为"表现在夫子日常起居中的道德准则以及夫子对这些准则的普通表述"（The Master's *personal* displays of his principles and *ordinary* descriptions of them）[41]。何晏对"文章"二字的理解是："章，明也，文彩形质著明。"[42] 此解释虽短，但却明确指出这个"夫子文章"即夫子内蕴之德的外在表现。邢昺（932—1010）在此之上略有发挥，称"夫子之述作威仪礼法有文彩，形质著明"[43]。朱熹（1130—1200）之注大致相同："文章，德之见乎外者，威仪文辞皆是也。"[44] 显然，邢昺与朱熹都认识到"文章"二字在两汉前的中心含义是指依礼法趋止所必然产生的威仪。[45]

我们很难想象刘勰这样一个极其博学且一度曾想成为儒家注经大师的学者，居然会不知道何晏对"文"字的解释，或"文"字意义的这种变迁，况且这个"文"就是他著作中最重要的词！那么，刘勰为什么要用"文字作品"这样的意义去解释"文"或"文章"在两汉之前的用法呢？笔者认为，刘勰以后代之意解前代之辞，其目的是为了赋予文学作品以经典的地位：将汉前"文章"一词重新定义为写作，使它能够巧妙地勾勒出两种重要的联系，以求完成他为文学写作所构造的尊贵谱系。

首先，刘勰沿着文字演化的轨迹勾勒出了易卦与五经之间的联系。许慎（约30—124）在其《说文解字》中将那些具有神秘意义的天文地象看作文字的最早形态，很可能正是这一观点启发并印证了刘勰对这一重要的联系的设想。[46] 许慎的这个文字起源观又可追溯到董仲舒（约前179—前104）今文学派的影响。尽管许慎本人可能有古文派的倾向，但他很有可能吸收了今文派有关文字

[40] 见 James Legge 英译《四书》，*The Four Books*（台北：成文出版社，1971），页 177。

[41] 见 *The Four Books*，页 177。英文中斜体部分为 Legge 自加。

[42]《论语注疏》，见《十三经注疏》，页 2474。

[43]《论语注疏》，见《十三经注疏》，页 2474。

[44] 程树德：《论语集释》（北京：中华书局，1990），页 321。

[45] Falkenhausen 在完成其对周代早期文本的考证研究后得出结论，我们不应该让"文"字的书写体"回过头来影响我们对周代祭仪背景下'文'字的理解"，见"The Concept of Wen in the Ancient Chinese Ancestral Cult"：14.

[46] 见［清］段玉裁：《说文解字注》（江苏广陵古籍刻印社，1997）。

本质方面的理论。[47] 在"王"这个词条中，许慎用了董仲舒的话来解释这个在今文学派宇宙论中占有重要地位的字的起源："董仲舒曰，古之造文者，三画而连其中谓之王。"[48] 显然，许慎借用董氏颠倒时序的解释，显示出他是毫无保留地赞成董仲舒的文字起源观的。[49]"王"字的这种解释无疑是受了《系辞传》对八卦描写的启发；以解释卦画的方式来解释"王"字，董仲舒和许慎巧妙地将易卦所具有的代表天、地、人之道的意义移植到了文字上来。正是基于这样的文字起源观，刘勰勾画出了易卦和五经之间的联系。

同时，刘勰又利用文体风格上的相似之处勾画出第二种、存在于五经与后世文章之间的联系。《宗经》几乎完全以文学术语来描述五经，并且指出了五经的每一项独特文体风格如何为后世的各种文学种类所继承。这第二种联系有必要拿来和与刘勰同代的任昉（460—508）在其《文章缘起》中所提出的类似观点进行比较。任昉与刘勰一样将文章的传承一直推溯到汉代之前。不过，刘勰侧重于在五经中找出他赖以分别文章体裁的若干主要文体原则，而任昉则试图在五经中各种诗歌的部分寻找若干文学体裁的雏形。[50] 隐含于这两种不同倾向背后的目标也自不同：任昉是要揭示各种文体的源头，而刘勰则试图通过清晰地勾勒出五经与以降文章的传承关系来提高文章的地位。

刘勰所勾画出的这两个重要的联系展示了文章前所未闻的显赫谱系，而这种谱系的建立则大大提高了文章的地位。刘勰认为文章起源于古代圣人启人蒙昧的文字，而后世的文章则保持了五经这种承载大道并且教化世人的功能。为了对此提供佐证，刘勰又巧妙地活用了《论语》的另一句话："子以四教，文行忠信。"[51] 四教之中，第一项"文"涵盖了文化修养最广泛的含义；其余三项则指德行修养的主要课目。此四教的顺序在《论语》中仅指夫子释教的顺序，[52] 而刘勰则故意将其视为表示四教重要性的顺序，因此这样写

[47] 关于刘勰与今文学派的关系，见 William G. Boltz, *The Origins and Early Development of the Chinese Writing System*, American Oriental Series, no.78（New Haven, Conn: American Oriental Society, 1994），pp. 150—151。

[48] 末句是许慎所写。试比较董仲舒原文，见苏舆编：《春秋繁露义证》（北京：中华书局，1992），页 328—329。

[49] 关于董仲舒语言起源观的其他例证，见《春秋繁露》第三十五篇《深察名号》。

[50] 任昉原话为："六经素有歌诗诔箴铭之类，《尚书》帝庸作歌，《毛诗》三百篇，《左传》叔向贻子产书，鲁哀公《孔子诔》孔悝《鼎铭》《虞人箴》，此等自秦汉以来，圣君贤士沿著为文章名之始。故因暇录之，凡八十四题，聊以新好事者之目云尔。"收于郁沅、张明高编选：《魏晋南北朝文论选》（北京：人民文学出版社，1996），页 311—312。

[51]《论语引得》，7/25。

[52] 由文化修养而道德修养的顺序可见于孔子的另一句话："君子博学于文，约之以礼，亦可以弗畔矣夫。"（《论语引得》，6/27）

[53] 孔子口中之"文"，韦利（Arthur Waley）译为"culture"（页128），施友忠则译为"literature"（*The Literary Mind and the Carving of Dragons: A Study of Thought and Patterns in Chinese Literature*, p. 39.）。

[54] 在孔子对各项课目重要性的排列中，文化修养居最后一位："志于道，据于德，依于仁，游于艺。"（《论语引得》，7/6）

[55] 参阅 *Readings in Chinese Literary Thought*, p. 194。

[56] 这个庞大的作品群收在张少康、卢永璘编选：《先秦两汉文论选》（北京：人民文学出版社，1996），以及《魏晋南北朝文论选》，页1—328。

[57] 见《先秦两汉文论选》，页637—638；《魏晋南北朝文论选》，页311—318。

[58] 见曹旭集注《诗品集注》（上海：上海古籍出版社，1994），页1—74及《魏晋南北朝文论选》，页328—330。

道："夫文以行立，行以文传，四教所先。"（《宗经》）[53] 刘勰的解释多半不与夫子四教本意相符，[54] 但这样做使刘勰得以将文章提高到学的最高位置，从而又间接地为其文论体系提供了合理性[55]。

刘勰对文章显赫谱系的描述代表了中国文学批评上的一个重大创新。他不仅因此提高了文章的地位，而且一手将文学史变成了文学理论中的一个中心议题，而这一个议题，在刘勰之前的文论中是几乎完全被忽视了的。如曹丕（187—226）的《典论·论文》和陆机（261—303）的《文赋》就根本没有提及文章的传承问题。即使是挚虞（卒于311年）专门探讨文体的《文章流别论》，也只是简单提到若干文体的古代雏形，却无意为文章建立一个传承的谱系。翻阅一下刘勰之前所有探讨写作的文章，[56] 我们只发现两部作品曾为某一文体粗略地勾画过其传承：一部是郑玄（127—200）的《诗谱序》，另一部是任昉的《文章缘起》[57]。然而在刘勰完成其规模庞大、涵摄广泛的文章传承谱系后，他的同代及后代学者纷纷步其后尘，将注意力放到文章演化的历史上来了。钟嵘（约468—518）与萧统（501—532）即效仿刘勰，在构筑其各自宏大的文学批评体系时，均试图将文章的起源向上推溯，自其各自的时代，经儒学典籍，最终归结到神的领域。[58] 对后世各代的文学家们而言，谈文章的演变历史几乎已经成为他们在文论写作上获得成功的必经之路了。

# 三、"书"与"言"：书面写作与口头创作

在《文心雕龙》第四至二十五章中，刘勰依照其对文与文章的重新定义

探讨了三十六种主要文体[59]。由于他视所有这些文体为发源于五经这些圣人的"文"，他以五经的体制为标准来探讨和区别这些文体。纵向上，他试图勾勒出上自远古的圣人、下至他所处的时代之间种种文体的沿革；横向上，他又比照这些文体各自与五经在风格上的相似之处来研究这些文体之间的相互关系。这样，他便从这种纵向与横向研究的界面中得出了一套五重文体体系，而与这套体系相互交涉的是两种前所未闻的文体分类形式，即书面与口头的区别，及唯美文学与非唯美文章的区别。

[59] 这三十六种文体的名称出现在第四至二十五章的题目上。除去第十四和二十五两章，这二十二章全部在探讨各章题目提到的文体。《杂文》讨论了三种相关的文体；《书记》涉及与两种书信体裁有松散联系的二十四种附属文体。

对于这两种具有重要理论价值的文体分类形式，本节将讨论其第一种。如上文所示，刘勰在讨论圣人之"文"时，有意强调"书"而轻略"言"，只要情况许可，他就将圣人之"文"等同于书面写作。以此理念为指导，刘勰始终如一地将书面写作置于口头创作之上，并且时常把口头的和听觉的因素视为文字作品的附庸。

我们首先来探讨刘勰是如何依据各自特点来比较、评判书面和口头创作两者优劣的。刘勰对书面创作的推崇在《明诗》与《乐府》两篇先后的排列，及《论说》中"论"与"说"两种文体之间的序次上即可略见一斑。这种安排看起来只是随意而为，但是将"诗"摆在"乐府"之前，"论"摆在"说"之前，实际上却很好地反映出了刘勰的重"书"轻"言"。这种倾向在他对这四种文体的评判中表现得尤为明显。在《明诗》与《乐府》两章的结尾，刘勰是这样品评二者的：

> 神理共契，政序相参。（《明诗》）
> 岂惟观乐，于焉识礼。（《乐府》）

《论说》的结尾是这样描述"论"与"说"的：

> 理形于言，叙理成论。词深人天，致远方寸。阴阳莫贰，鬼神靡遁。（《论说》）

说尔飞钳，呼吸沮劝。(《论说》)

在刘勰对这两对文体的评判中，我们注意到一种对称的现象。他对诗的描述与对"论"的描述相平行，均强调了作品上应天理、下摄人道的功能。[60] 同样，他对乐府的描述与对"说"的评论也非常类似，只探讨了二者对学习礼仪与进行游说这一类社会实践活动的辅助作用。刘勰对四种文体的品评清楚地表现出他重"书"轻"言"的倾向。《知音》对这种倾向给出了直接的解释："世远莫见其面，觇文辄见其心。"对刘勰来说，只有落在纸面上的文字，而不是随风即逝的言语或音乐，才能够使我们真正见识到古人的思想。不仅如此，他还声称文字写作能够揭示出隐藏在自然之中的至理来："夫志在山水，琴表其情，况形之笔端，理将焉匿？"(《知音》)

当然，刘勰并非不知道"言"先于"书"出现，但是对他而言，这一点不仅仅不能说明文学写作低于口头创作，相反正说明了它的优越性：

心既托声于言，言亦寄形于字，讽诵则绩在宫商，临文则能归字形矣。(《练字》)

[60] 参阅刘勰在《文心雕龙·练字》中关于文字创造对宇宙和人类社会影响的评论："苍颉造字，鬼哭粟飞；黄帝用之，官治民察。"

[61] 参阅拙作 "In Quest of Harmony: Plato and Confucius on Poetry," *Philosophy East and West* 49, no. 3 (1999)：317–345。此文比较了柏拉图的模仿理论和孔子诗学的主要异同。译文见《柏拉图和孔子诗学中的和谐说》，《哲学与文化月刊》28.10 (2001)，页925—948。

[62] 见 *Traditional Chinese Poetry and Poetics*，页21—23。

[63] [清] 郭庆藩辑：《庄子集释》(北京：中华书局，1961)，卷一，页56。

[64] 《系辞传》，上12，见《十三经注疏》，页82。这句话表面上看起来与《系辞传》之视《易》为天、地、人道直接体现的观点有矛盾之处，但考虑到将"文"与易卦等同的说法出自许慎与刘勰这样的后人，这种矛盾便不存在了。

这样追踪心对于言、言对于字的"托"与"寄"，刘勰没有像柏拉图那样得出本体之理念在这种寓托过程中不断变质而堕落的结论；[61] 相反，他所看到的是心声所借寓的形从其初始状态逐渐成熟的过程。心中所思，一变而寓其迹于口语，再变而寄其形于文字，由言至书，寄寓之所渐臻完善。[62] 刘勰的这种观点与传统的书劣言胜的看法截然相反。这种传统观念以如下二例最具代表性：其一是庄子对书与言的比较，认为"副墨之子"不如"洛诵之孙"[63]；其二是《系辞传》所引之名句："子曰：书不尽言，言不尽意。"[64] 刘勰一反这些根深蒂固的传统观念，提出书胜言劣的观点，其灵感不仅仅来自许慎的文字观，最直接的也是最可信的影响当来自著名僧人僧佑（445—518），刘勰曾在其门下学习达十年之久。在他具有权威性的中国佛教典籍目录《出三藏记集》中，僧佑写有一篇短文，表达了其书优于言的观点。文中僧佑首先引述传统书劣言优观点："故字为言蹄，言为理筌。"[65]他接着提出了相反的立场，认为因为文字揭示了宇宙法则，故文胜于言："音义合符，不可偏失。是以文字应用，弥纶宇宙，虽迹系翰墨，而理契乎神。"[66]当刘勰在强调文章是宇宙之理的最有效反映时，他无疑是在呼应这段文字。刘勰应当参与过《出三藏记集》的编纂工作，推测刘勰读过僧佑的这篇短文并可能接受了文中的观点，应当不算为过。

刘勰在其为《书经》所作的评注中重申了其文胜于言的观点："盖圣贤言辞，总为之书，书之为体，主言者也。"（《书记》）[67]因为"书"还可以泛指文章，则这句话可看作是刘勰在宣示文优的观点。[68]而正是出于这一种认识，刘勰一再视（或者误视？）"先王声教"为文章："先王圣化，布在方册"（《征圣》）；"先王声教，书必同文"（《练字》）。严格说来，汉之前"声教"二字指传布王者之名及其事迹，但并不包括文章在内。[69]刘勰对"经"重新定义的做法与此同出一辙，"三极彝训，其书曰经"（《宗经》）。这里刘勰将圣人的声教主要界定为文章。按照刘勰的意思，圣人的文字能够"象天地，效鬼神，参物序，制人纪，洞性灵之奥区，极文章之骨髓"（《宗经》）。

刘勰一方面视儒家经典为纯书面文献，另一方面则将早期的口头创作视为各种文字作品的原始形态。他在推溯某一种文体的演变过程时，总是要提及一些口头创作作为其源头。这些口头创作，用他的话来说，大多只是一些"古之遗语"（《颂赞》），散见于远古的种种故事与传说之中。[70]尽

[65]［南朝梁］僧佑：《胡汉译经文字音义同异记》，《出三藏记集》（北京：中华书局，1995），页12。

[66]《胡汉译经文字音义同异记》，页12。

[67]许多学者视"书"为《书经》之简称。例见《文心雕龙义证》，卷二，页918。

[68]《文心雕龙注》，卷二，页461。

[69]参见《汉语大词典》中声教、善声、声名、声名文物及声训诸条，汉语大词典编辑委员会、汉语大词典编纂处：《汉语大词典》（上海：汉语大字典出版社，1994），卷八，页684—691。

[70]见《明诗》："昔葛天乐辞云：《玄鸟》在曲，黄帝《云门》，理不空绮。至尧有《大唐》之歌，舜造《南风》之诗，观其二文，辞达而已。及大禹成功，九序惟歌；太康败德，五子咸怨：顺美匡恶，其来久矣。"《颂赞》："咸墨为颂，以歌《九韶》。自《商》已下，文理允备。夫化偃一国谓之《风》，《风》正四方谓之《雅》，容告神明谓之《颂》。《风》《雅》序人，事兼变正；《颂》主告神，义必纯美。鲁国以公旦次编，商人以前王追录，斯乃宗庙之正歌，非燕飨之常咏也。《时迈》一篇，周公所制，哲人之颂，规式存焉。夫民各有心，勿壅惟口。晋舆之称原田，鲁民之刺裒韠，直言不咏，短辞以讽……赞者，明也，助也。昔虞舜之祀，乐正重赞，盖唱发之辞也。及益赞于禹，伊陟赞于巫咸，并扬言以明事，嗟叹以（转下页）

（接上页）助辞也。故汉置鸿胪，以唱拜为赞，即古之遗语也。"《檄移》："昔有虞始戒于国，夏后初誓于军，殷誓军门之外，周将交刃而誓之。故知帝世戒兵，三王誓师，宣训我众，未及敌人也。至周穆西征，祭公谋父称古有威让之令，令有文告之辞，即檄之本源也。"

管他承认这些作品中使用了音乐与口头表达的形式，但他倾向于强调这种文体在后代逐渐成型后，其中的口头因素会逐渐消失。

《文心雕龙》所探讨的三十六种文体中，只有乐府、祝、谐、隐及说这五种主要是口头作品。

但即使是在考察这五种体裁时，刘勰也极少涉及它们最主要的口头与听觉的层面。比如在谈乐府诗时，刘勰在很大程度上对其大量的口头因素忽略不计，如乐府诗表演的场合、其曲调的渊源与种类、所用乐曲、表演程序等等。尽管早期以及刘勰同代研究乐府诗的文人对这些问题非常关注，刘勰则只是浮光掠影般地一带而过。在长长的一列包括汉魏两晋文人所作的乐府诗歌中，他所关注的只是主题与风格（《乐府》）。即便是当他终于回过头来谈一谈音乐时，他也是毫不掩饰地宣称音乐是次要的、应当从属于诗作中的文字（《乐府》）。

正是因为刘勰坚信"书"的优胜，他不仅仅将口头创作贬黜到一个次要的位置，而且还将许多口头与听觉因素的作用限制为一种仅能在书面作品构架内操作的审美协调功能。在《声律》中，刘勰竭力试图解释他何以将音乐看作是文字创作的一个组成部分而不是具体的表演。首先，他宣称音乐的声音源自人的语声，并因而在价值上低于人的语声。乐器的这种"派生"的声音（即曲调）可以达于人的"外听"，而这种"派生"声音的原版，即人类语言的内在音乐，则只能通过他所说的"内听"的功能来真正表达出来：

> 内听之难，声与心纷；可以数求，难以辞逐。凡声有飞沉，响有双迭；双声隔字而每舛，迭韵杂句而必睽；沉则响发而断，飞则声扬不还：并辘轳交往，逆鳞相比；迕其际会，则往蹇来连，其为疾病，亦文家之吃也。夫吃文为患，生于好诡，逐新趣异，故喉唇纠纷，将欲解结，务在刚断。左碍而寻右，末滞而讨前，则声转于吻，玲玲如振玉；辞靡于耳，累累如贯珠矣。是以声画妍蚩，寄在吟咏，吟咏滋味，流于字句。气力穷于和韵。异音相从谓之和，同声相应谓之韵。韵气一定，则余声易遣；和体抑扬，故遗响难契。属笔易巧，选和至难；缀文难精，而作韵甚易。（《声律》）

按照刘勰的解释，所谓"内听"是指人在创作或欣赏一文字作品时辨别文字内在的乐质并将其寓形于半韵、头韵、音调及尾韵等一系列细巧复杂的格律这一能力。换句话说，作者或读者可以充分利用所有这些口头和听觉因素，或静声默诵，或浅吟低唱，以期深化他们对一文字作品意境的内视与体验。下面所引这段对文字作品内在动态的比喻性描述或许更能解释刘勰这一看法："其控引情理，送迎际会，譬舞容回环，而有缀兆之位；歌声靡曼，而有抗坠之节也。"(《章句》)将歌舞表演降格为写作的一种比喻，正好表现出刘勰在《文心雕龙》中对口头与听觉成分始终如一的态度。

## 四、"文"与"理"：各类非唯美文章的特点

刘勰以书面文学为中心的"文"的观念使他得出了书胜文劣的结论；他又依据"文"的一个新形成且含义较窄的意义，对唯美文学与非唯美文章进行了区分："今之常言，有文有笔，以为无韵者笔也，有韵者文也。"(《总术》)称有韵之文为"文"，而无韵之文为"笔"，大约开始于刘勰前后的时代，显然是因为文章的体裁越来越多，有必要对它们进行更细致的分类总结。刘歆的《七略》中只提到诗与赋两种主要韵文形式，其后文体种类一路增长；至曹丕的《典论·论文》扩至八种，陆机的《文赋》至十种，挚虞的《文章流别论》达到十二种，而到了刘勰的《文心雕龙》时，则一跃而至三十六种。[71]为了更好地组织这三十六种文体，刘勰将它们归结为"文"与"笔"两大类。第五至十五章所述十七类文体为"文"（即韵文）类；第十六至二十五章探讨的十九类为"笔"（即散文）类。

刘勰划分"文""笔"两大类，是仅仅为了机械地划分韵文与散文，还是想要探寻唯美文学与非唯美文章之间的本质性区别？下面引文是稍后于刘勰的梁元帝萧绎为"文""笔"所下的定义，从中可以看出，在刘勰的时代人们早已注意到"文"与"笔"两类文体所各自包含的审美性与功能性有所不同。

[71] 见郭绍虞、王文生编：《中国历代文论选》(上海：上海古籍出版社，1979)，卷一，页158—164、170—189、190—205。

古之学者有二，今之学者有四……屈原、宋玉、枚乘、长卿之徒，止于辞赋，则谓之文……至如不便为诗如阎纂，善为章奏如伯松，若此之流，泛谓之笔。吟咏风谣，流连哀思者，谓之文……至如文者，惟须绮縠纷披，宫徵靡曼，唇吻道会，情灵摇荡。[72]

引文中的"笔"用来泛指众多具有明显的实用价值但并不强调感情表达的文字；而"文"则几乎恰好相反，一方面表现为强烈的感情表述，一方面又关注韵律与辞藻，流露出高度的审美要求。在现代中国文论家眼中，萧绎对"文""笔"的区分颇有见地，因为这实际上是今天区分文学与非文学的前驱。甚至有当代学者认为他对"文学性"的处理完全与今天的文论家一致，因而采用了现代文论术语来解释萧绎的"文""笔"定义："笔重思辨，文尚情感，笔以应用为先，文以审美体验为要。此类区别与现代学者所言之纯文学与杂文学之别在意义上颇有可通之处。"[73]

刘勰分别"文""笔"两大类，是否同数十年后萧绎一样，也是为了指出唯美文学与非唯美文章之间关键的差别？大多数现代学者对此持肯定态度。正因为这种看法，许多学者着手去比较刘、萧二人关于"文""笔"的观点。然而，他们发现刘勰的观点远不及萧绎的有深度，因为前者只从格律使用的角度来谈"文""笔"分别。郭绍虞即指出，萧绎对"文""笔"分别的见解鞭辟入里，而刘勰则只见二者表面形式的不同。[74] 有些学者因而认为，正是因为这种流于表面化的认识，刘勰才不自觉地步前人之后尘，将"文"这种唯美文学的中心范畴扩大，从而收入大量非唯美文章来。[75] 然而，刘勰果真未能抓住"文""笔"之间实质性的区别吗？我们不妨先置其不太准确的"文""笔"定义于一边，来比较一下他就一些具体的唯美文学与非唯美文章所作的评论。我们会发现刘勰完全把握了"文""笔"间的本质区别。

我们可以先从刘勰对非唯美文章的探讨着手。刘勰所述三十六种文体中，除诗、乐府、赋、颂、

[72]［南朝梁］萧绎：《金楼子·立言》，见《中国历代文论选》，卷一，页340。

[73]《两汉魏晋南北朝文学批评资料汇编》，页8。二人引用此段，但未指出作者。

[74] 见郭绍虞：《中国文学批评史》（北京：中华书局，1961），页59—60。

[75] 见张少康、刘三富：《中国文学理论发展史》（北京：北京大学出版社，1995），卷一，页214—215；蔡钟翔：《刘勰的杂文学观念和泛文论思想》，收入中国《文心雕龙》学会编：《〈文心雕龙〉研究》第1辑（北京：北京大学出版社，1995），页141—142。

赞五种外，其他都属于他所说的"笔"，即非唯美文章。在讨论这一类作品时，刘勰对"理"的强调，远甚于任何其他问题。[76] "理"的中心含义是"法则"，即万事万物赖以滋生、所依以运成的轨则。将理看作万物之法则，就是赋予其道的无所不包的性质。刘勰有时在"理"之前加上一个"神"字，即"神理"，来强化"理"一意。但刘勰更经常用"理"来指称具体事物的法则。如果说《文心雕龙》头两章着重于揭示五经的"神理"，那么该书在对三十一种非唯美文体——评述时，注意力就转向了揭示具体事物的理。[77] 由于这些主要非唯美文体牵涉到宗教、社会、政治等各种事物中——具体之理，刘勰对三十一种文体的评述中，"理"字的使用自然就高度频繁。第四至二十五章中，"理"字共出现四十二次；除一次以外，其余全部出现在非唯美文体的探讨之中。

刘勰认为这些非唯美文体中"论"最适于对理的揭示："论也者，弥纶群言，而研精一理者也。"（《论说》）在讨论"论"这种体裁时，刘勰指出了如何在"论"中揭示理的重要原则："必使心与理合，弥缝莫见其隙；辞共心密，敌人不知所乘；斯其要也。"（《论说》）刘勰认为，"论"的作者应在两个关键的方面着手：首先他应当对所论的事物进行观察，并于头脑中就其"理"形成印象；然后他应当把这种对"理"的印象用文字落实下来。在讨论"论"这类说理性文体对理的揭示作用时，刘勰更关注作者是如何使用语言的，而不是他如何在头脑中想象这个理。他把语言的使用比作挥动劈柴的斧子，强调"是以论如析薪，贵能破理"（《论说》）。所以在刘勰评判各种说理文章时，强调要看作者是否能使用语言来"破理"；而他对能够"破理"的文章自然是赞不绝口的。

唯士衡运思，理新文敏。（《杂文》）
其（张华）《三让公封》，理周辞要。（《章表》）

从这些褒辞中我们可以看得出刘勰强调"理"与"辞"之间的契合，按

[76] 关于刘勰对"理"和"理"的复合词的使用，见门肋广文：《关于文心雕龙中的理》，收入《〈文心雕龙〉研究》第2辑，页66—85。

[77] 刘劭（活跃于220—250间）《人物志》提出理的四个种类："理有四部……天地变化，盈虚损益，道之理也。法制正事，事之理也。礼教适宜，义之理也。人情枢机，情之理也。"见刘劭：《人物志及校证》（台北：文史哲出版社，1987），页28。这四部"理"为刘勰深入探讨"理"在不同层次上的运作提供了重要启发。刘勰所谓"神理"完全可以等同于刘劭的"道之理"，而他谈及的具体"理"则在多方面与刘劭的其他三部"理"相对应。

照刘勰的看法,写文章的人能够"破理"的原因在于其所运之斧既不是太锋利,也不是太钝。他认为,不能"破理",是由于斧子太锋利了。"斤利者,越理而横断;辞辨者,反义而取通;览文虽巧,而检迹如妄。"(《论说》)

从刘勰评判非唯美文体的方式来看,他显然是将揭示理作为这类文章的任务和独特处。放在比较诗学的大框架里,这样一种观点尤其值得注意。刘勰强调用简明朴素的语言来揭示"理"这一思想,从某种意义上说,这在二十世纪西方学者关于说理性文体认识和辨析作用的理论中得到了呼应。

# 五、"文"与"情":唯美文学的特征

如果说刘勰认为非唯美文体的作用在揭示理,那么在他眼里唯美文学的标志性特征则在于表现情。在刘勰之前,早已有若干学者指出了情在唯美文学中的中心地位。陆机《文赋》中的名句"诗缘情而绮靡"便是一例;挚虞也表达过类似的意思:"古诗之赋,以情义为主,以事类为佐。"[78] 相应于陆、挚二人的说法,刘勰以"情文"一词来描述纯文学作品的特征:

> 故立文之道,其理有三:一曰形文,五色是也;二曰声文,五音是也;三曰情文,五性是也。五色杂而成黼黻,五音比而成《韶》《夏》,五性发而为辞章。(《情采》)

引文中的一个要点是刘勰将"文"与"情"配列起来。《文心雕龙》前三章将"文"等同于道,又在论非唯美文体时将"文"等同于"理"。此处将"文"与"情"并列,显然是为了区分唯美文学与非唯美文章之间的不同特征。他在对"形文"与"情文"的比拟中,也流露出对纯文学中"情"的重视:"是以绘事图色,文辞尽情,色糅而犬马殊形,情交而雅俗异势。"(《定势》)

在对具体的唯美文体的探讨中,刘勰的关注点非常显著地从"理文"关系转移到了"情文"关系上。他对三十一种非唯美文体的概述中大量地提到"理",

[78][晋] 挚虞:《文章流别论》,见郭绍虞、王文生编:《中国历代文论选》,卷一,页191。

并且特别关注"理"与"文"（即语言的使用）的关系；但是在谈到诗、乐府、赋、颂、赞五种唯美文体时，他则频繁地使用"情"字，并检讨"情"与"文"的关系。第四至二十五章中"情"字共出现三十一次，除两处（《诸子》《论说》）外都是在谈唯美文体。

[79] 对"情"字和"情"的复合词出现频率的统计进一步表明"情"字在刘勰的六个议题中的中心地位。在第二十六至四十九章中，"情"字出现有六十次之多，且伴有众多之复合词，如"情采""情性""情变"等。全书共有三十六处使用"情"的复合词，除九处外都集中在第二十六至二十九章。在九处出现于前面章节的复合词中，除一处外均用于描述纯文学体裁。

刘勰对"情文"关系的定义与他对"理文"关系的定义几乎同出一辙。首先，他认为在一种理想的"情文"关系中，"文"应当朴实真挚并能够传达真情实意，"故为情者要约而写真"（《情采》）。这种理想的"情文"关系，与刘勰所称颂的那种存在于非唯美文体中"理"与"文"的完美契合相差仿佛，令人有何其相似乃尔之叹。其次，刘勰批评了那种为追求华丽辞藻而牺牲真情实感的做法，"为文者淫丽而烦滥"（《情采》）。这种批评又令人想起前文中刘勰将"文""理"比作斧子与木料纹路的说法：斧子过于锋利，必然会毁伤文理！对刘勰来说，藻饰过盛注定要妨碍唯美文学中真实情感的表现，正如其必然会在非唯美文章中遮掩住"理"的光彩一样。下面引文中刘勰谈到处理"情""文"的正反两种不同态度："昔诗人什篇，为情而造文；辞人赋颂，为文而造情。"（《情采》）为了鼓励后人效仿昔日诗人，刘勰在《风骨》中详细介绍了古人处理"情文"的完美手法，他以"风"来描述古人自然任真的情感，以"骨"来指代他们朴素但是精当的语言。"风""骨"并举则代表了"情""文"的完美结合和唯美文学所能达到的道德审美的最高境界。

《文心雕龙》第二十六至四十九章在探讨六种主要理论议题中，刘勰更进一步突出了"情""文"关系的重要性。尽管在探讨过程中，刘勰会时时谈及非唯美文章，他主要是从纯文学的角度来讨论这六个议题的。由于他视"情""文"为唯美文学的标志性特征，这些篇章侧重探讨"情""文"之间的动态互动也就不足为怪了。[79] 不过，虽然强调唯美文体中"情"的重要性，刘勰并没有极端地将传情与示理两分开来。如果说西方形式主义学者强调"情"之于文学，正同于理性之于论说文，刘勰则会坚持认为"情"与"理"是互补而对立的。对刘勰而言，唯美与非唯美文体都具有揭示理与表达情的功能，只不过二者各有所重而已。后者侧重于"理"的揭示，而前者则强调

"情"的表达。在论诸种唯美文体时，刘勰大量使用"情""理"二字，而每次都是"情"先于"理"，像是为了强调"情"之优先于"理"。刘勰心中唯美文学的"尽情"重于"明理"这一点是再清楚不过的了。

前文所作的探讨展示了刘勰是如何将其文论体系的各个不同层面巧妙地组织到"文"的多重含义中去的。首章《原道》借鉴了《系辞传》对卦画之"文"的评说，将文章的全体归结为"道"的体现。接着，《征圣》和《宗经》有意分开圣人之"文"和秦以礼为中心的"文"的观念，并完全以汉代的文字理论来重新解释后者。通过这种颠倒时代的解释方式，刘勰试图为"文"勾画出一个显赫的传承语系，上可推溯至《易经》的神秘卦画，经由五经确立其原形，一路演变至孔子身后各种唯美文学和非唯美文体，将"文"的发展推至巅峰。刘勰的"文道"关系论决定了《文心雕龙》第四至二十五章评述各种文体的大方向。因为他认为文对道的体现作用依赖书写符号或图形之"文"，所以很自然地倾向于强调书、轻视言，从而将书面写作的重要性置于口头创作之上。在讨论三十六种不同文体时，刘勰试图通过深入探讨"文""理"关系与"文""情"关系来区分两大文章类型的各自特征。一方面，他以"明理"为非唯美文体的标志，另一方面则以"尽情"为唯美文体的特征。第二十六至四十九章集中探讨了六个对理解唯美文体至关重要的理论问题，其中涉及了"文""情"之间的动态互动关系。刘勰几乎是完全基于这种互动关系来看待作者的素质对作品的影响，创作和阅读的过程，以及文学发展历史的。

最后，我们可以将《文心雕龙》中"文"的多层含义比作一个巨大的蛛网，通过这个语义之网的妙用，刘勰成功地建立起一个庞大的概念系统，以文原道的观念居中，向四面辐射，衍生出无数与之相承的理论，涉及文化与文学传统的关系、文体演化、口头与书面创作的关系、唯美文学与非唯美文章的关系、创作与接受过程，作者与读者素质，以及文学史诸方面。虽然刘勰称不上所有这些理论的首创者，但是在将如此众多的理论统一并综合在一个强调文原道、书胜于言、文理契合及文情交融的文学理论体系中这一点上，刘勰无可置疑地是第一人。由于这一份贡献，刘勰便无愧于他在中国文论史上所获得的崇高地位。

（金涛 译）

# 创作论发展轨迹：
# 意—象—言范式的演变

意、象、言是中国哲学家很早便开始运用的三个重要术语，用以探究语言意义产生、人类认知，以及宇宙变化的过程。三者之间呈现一种由"隐"到"显"的关系。它们的通用英译分别是 idea（意念）、image（形象）、words（言语）。然而，这些翻译最多只能涵盖三个术语在古代典籍中所积累的丰富内涵的极小部分。广义来说，"意"指"隐藏"（hidden）的存在，包括口语与文字的抽象指涉，作者或读者的意图、臆想，以及圣人对道的直观领悟。[1] "言"指的是"显明"（manifest）的东西——口语、名称、铭刻或书写的文字，以及运用语言的行为。"象"介乎隐藏与显明之间。哲学家对"象"与显隐两极紧密程度持不同看法，因而分别把它视为具体外物的形象、道超越感官的呈现（如老子的"大象""Great Image"或庄子的"象罔""Image Shadowy"），以及同时呈现显隐两种相反特性的易象。意、象、言的哲学涵义不断演绎积聚，变得更加纠缠不清，直到王弼（226—249）用前因后果来解释三者的关系，建构出"意—象—言"的基本哲学范式。王氏认为，此范式是双向互动的。一方面，意生象，象生言，主要反映了由隐到显的宇宙发展过程，与王氏无生有、有生万物的宇宙生成论是完全一致的。另一方面，以言得象、以象得意，主要揭示了由显到隐的认知过程，包括对语言意义和宇宙奥秘的认知。

研究意、象、言三个术语的演化，对于研究中国文学创作理论的兴起与发展起极为重要。首先，"意—象—言"范式提供了认识和阐述文学创作过程的理论框架。自陆机（261—303）与刘勰（约465—约532）起，古代评论家们一直把创作过程视为从"意"到"象"，再到"言"这样一个由隐到显的转变过程。[2] 更重要的是，他们把王弼"意—象—言"范式用作其理论框架，同时又不拘一格地采用先秦及汉代哲学著作中"意""象""言"其他种种不同的意义，借以准确描述文学创作各阶段里复杂的心理与语言活动，发展出他们自己独特的文学创作论。

在以下有限的篇幅里，笔者将会追溯

[1] 季孙意如是一屡次出现于《春秋》的人。《左传》及《穀梁传》作"季孙意如"，《公羊传》则作"季孙隐如"。这似乎点明了"意"与"隐"（隐藏性）在三传写成的时候是可以互换，且有文字上的关系。见高亨：《古字通假会典》（济南：齐鲁出版社，1987），页374。

[2] 对于文学创作的研究，中国文论所遵循的思考方式与西方文论显然不同。西方文论倾向于探究有关创意思维的源头，以及其本体论和神学含义等抽象的理论问题。有关西方创意思维理论的详细研究，可参 James Engell, *The Creative Imagination: Enlightenment to Romanticism* (Cambridge, Mass.: Harvard University Press, 1981)。

"意""象""言"观念的演变,并讨论三者对陆机和刘勰文学创作论的深远影响。

# 一、先秦哲学典籍中不同的"言""意"观

"言尽意"论与"言不尽意"论是在魏晋时期"言意之辩"中发展出来的两种对立的哲学理论。严格地说,这两种理论并非魏晋学者独自创造出来的,而是他们总结发挥先前儒家和道家有关论点的产物。语言能否完整准确地表达思想和事物的精微之理,是言意之辩的核心。然而,这一激烈争辩的论题可以追溯到中国哲学的源头。语言(言)与其所指涉的对象,如社会政治事实(实)、天意、宇宙之道等,有着何种关系?先秦两汉儒家和道家的主要思想家几乎都极为关注此问题,并提出自己鲜明的观点。不过,他们通常用"名"而不用"言"作为语言的总称,在讨论语言所指涉的对象时则常用"实""天命""理""道",而较少用"意"。尽管如此,用"言尽意"和"言不尽意"来分别归纳先秦汉晋儒、道两家有关语言与其指涉对象的关系的论述,是可行的。"言尽意"代表了早期儒家视"言"为实体的立场;而"言不尽意"所反映的则是道家不遗余力地对"言"进行解构的倾向。

先秦以来有关语言和现实关系的种种理论(以下简称"言实论"),大致可以归纳为三大类:1)儒家的"本质论"(essentialist theory);2)道家的"解构论"(deconstructive theory);3)《系辞传》的"(儒道)汇合论"(syncretic theory)。这三种言实论的互动和互竞在魏晋时期对"言—意"关系的争论中达到高峰,并催生出"意—象—言"的本体认识论范式。陆刘两人的庞大的理论框架,以及他们在描绘微妙复杂的文学创作过程时所用的术语、概念、范式,无不可以追溯到这三种言实论。

## (一)"言尽意":孔子、荀子、董仲舒与欧阳建

在英文中,"essentialist"("本质化的")一词指含有本体实质,即西方哲学和神学中的精神本体或本质。在当下以后现代主义为主流的学术话语中,

此词往往带有贬义。如果我们去其"精神"而取"本质"之义，此词也许可以用来描述早期儒家言实论的共通特性。早期儒者都相信名称（名）与外在事实（实）和内在思想（意）两者都有密不可分的关系。无论名称与其指涉有多大距离，他们相信可透过正名来消除这种距离，从而使名称成为外在事实和内在思想的直接呈现。

我们可以从《论语》中孔子对名称（名）与词汇（辞）的讨论，察觉到一种视"言"为实体的观点。当孔子的学生问他什么是治国时首先要做的事，他说：

> 必也正名乎。……名不正，则言不顺；言不顺，则事不成；事不成，则礼乐不兴；礼乐不兴。……故君子名之必可言也，言之必可行也。君子于其言，无所苟而已矣。[3]

孔子在这里肯定了正名为治国之要务。对他来说，名称组成了人类语言与行动的基础。正确地运用名称，能确保言语的正确使用，而正确的言语则能继而确保礼乐与法度得到适当的运用。这一段话清楚地揭示，孔子相信"言"（语言）与社会政治现实有密不可分的关系。正因为他认为称名与伦理及社会政治现实紧密相连，他才确信正名几乎能自动保证他在社会政治上的努力得以成功。

孔子同时相信"言"与隐藏在人类思维中的"意"存在着固有的关系：

> 子曰：辞达而已矣。[4]

"辞"在这句话中，可当作"言"的同义词；至于其所"达"（传达）的对象则很可能是个人的意念、意图、意愿——全都可纳入"意"的范围。从这句话的语调看来，孔子显然相信"言"能够完整表达"意"，而且"达意"或说"言尽意"是可以直截了当地完成的事情。尽管《论语》中不见作名词用的"意"，但作动词用的"意"和它的变体"亿"（揣度；臆测）则使用了三次，

[3] 哈佛燕京学社引得编纂处编：《论语引得》（上海：上海古籍出版社，1986），页25。

[4]《论语引得》，页33。

而每一次孔子都会否定揣度（意），并视之为君子须舍弃的事。[5]孔子否定臆想的立场并不难理解。由于他拒绝讨论鬼神之事，他自然认为任何不基于现实的臆想都于己无用。

至于解释称名缘何具有社会政治现实，这工作就留给了后来的荀子（约前313—前238）。《正名》是荀子用来完成这工作的一篇长文。他开宗明义，指出正确地运用名称是至关重要的。他援引了两个正反史例来证明自己的看法。第一个例子是西周的和平繁盛，乃植根于其统治者对名称的正确运用。另一个例子则是导致社会政治秩序倾覆的原因是"奇辞以乱正名"。接着，他试图论证名与实的固有关系：

> 名无固宜，约之以命。约定俗成谓之宜，异于约则谓之不宜。名无固实，约之以命实，约定俗成，谓之实名。名有固善，径易而不拂，谓之善名。[6]

荀子首先承认名称自身并非实体，但接着断言，"善名"约定俗成，终可与"实"结合为一体。他把这个名与实的结合过程称为"成名"，而且将它视为后王（西周的统治者）成功的关键。他提出统治者对"后王之成名，不可不察也"[7]。这促使他进一步从不同层次探究语言与现实事物的互动：

> 名闻而实喻，名之用也。累而成文，名之丽也。用、丽俱得，谓之知名。名也者，所以期累实也。辞也者，兼异实之名以论一意也。辩说也者，不异实名以喻动静之道也。[8]

荀子分三个层次去描述语言与现实的"接合"。在第一个层次，称名的作用在于令自己能够切实地联系到外在的实事实物之上。至于第二个层次，称名累积成优美的辞藻或语句，用以阐明内在的现实——即一个特定的意义或思想（一意）。"辞""意"相配正好能为孔子所说的"辞达"提供了一个很好的诠释。在第三个层次，由词汇或语句组成的论辩文章（辩说）可阐明

[5]《论语引得》，页16、29、21。
[6][清]王先谦注释：《荀子集解》（北京：中华书局，1988），册下，卷十六，页420。
[7]《荀子集解》，册下，卷十六，页420。
[8]《荀子集解》，册下，卷十六，页422—423。

动静相交的道。荀子还连用三个"合"字来说明言辞与不同层次的指涉无不契合，近乎可以说是实体：

> 心合于道，说合于心，辞合于说。[9]

如果说孔子和荀子力图透过正名来消除言语与现实之间的鸿沟，董仲舒（前 179—前 134）则毫无忌讳地把"言"视为实体。董氏《春秋繁露·深察名号》说道：

> 名号之正，取之天地，天地为名号之大义也。古之圣人，谪而效天地谓之号，鸣而施命谓之名。名之为言，鸣与命也。号之为言，谪而效也。谪而效天地者为号，鸣而命者为名。名号异声而同本，皆鸣号而达天意者也。天不言，使人发其意；弗为，使人行其中。名则圣人所发天意，不可不深观也。[10]

董仲舒明确地追求"名"（称名）与"号"（称号）的实体化（reification），以期望能使两者都成为"天意"的直接呈现。为此，他运用音训方法进行了颇为复杂的推理。首先，他指出了"名"（称名）与"鸣"（鸣叫）同音；而"号"（称号）与"谪"（吼叫）则是准同音字。然后，董氏又阐述"鸣"与"命"、"号"与"效"两组同音字互通的意义，从而追溯出"名"与"号"源自古圣的命令和对天地的效法，而古圣之"命"和"效"又正是自然之鸣叫与吼叫。董仲舒由此推断，名与号并非人类随意创造的符号，而是源自上天的自然声音。他强调"天不言，使人发其意"，目的是要证明，源自自然的称名和称号必然是透过圣人口中发出的天意。在完成名号二字实体化这项基本工作后，董氏进一步将一系列儒家重要名号加以实体化，从而把儒家的社会政治制度神圣化。

由于荀子、董仲舒和其他儒者一致赋予"名"实体乃至神圣的意义，整个儒家思想的社会政治和伦理体系最终由"名"来统摄，因而被冠以"名教"

[9]《荀子集解》，册下，卷十六，页423。

[10]［清］苏舆撰，钟哲点校：《春秋繁露义证》（北京：中华书局，1992），卷十，页285。

之称。所以，标举"名"能体现实事实物，其实是捍卫儒家社会政治系统的手段。所以，当"名教"在魏晋时期倍受攻击之时，欧阳建（？—300）便挺身而出撰写了著名的《言尽意论》一文，以捍卫"名"或"言"的神圣。

[11]［唐］欧阳询撰，汪绍楹校：《艺文类聚》（上海：上海古籍出版社，1982），卷十九，页348。

《言尽意论》采用问答体形式，记述"雷同君"和"违众先生"两个虚构人物的对话。"雷同君"是"言不尽意"论的倡导者，而"违众先生"则是欧阳建的代言人。在文章的上半部分，"雷同君"问"违众先生"为何不接受"言不尽意"论，尽管它当时风靡天下，受到蒋济（？—249）、钟会（225—264）、傅嘏（三国时期）等名人的大力推崇。对此问题，违众先生作出了精准扼要的回答：

> 先生曰：夫天不言，而四时行焉；圣人不言，而鉴识存焉。形不待名，而方圆已着；色不俟称，而黑白以彰。然则名之于物无施者也，言之于理无为者也。而古今务于正名，圣贤不能去言，其故何也？诚以理得于心，非言不畅；物定于彼，非言不辩。言不畅志，则无以相接；名不辩物，则鉴识不显。鉴识显而名品殊，言称接而情志畅。原其所以，本其所由。非物有自然之名，理有必定之称也。欲辩其实，则殊其名；欲宣其志，则立其称。名逐物而迁，言因理而变。此犹声发响应，形存影附，不得相与为二。苟其不二，则无不尽。吾故以为尽矣。[11]

细读"违众先生"这段话，不难看出欧阳建并没有继承董仲舒的名号说，大抵因为董说已被时人废弃。欧阳氏回归到更早的荀子《正名》篇，以荀子对名与实的分析作为自己的立论根据。与荀子一样，他首先承认名称本质上并非实体，但又强调没有名称我们就不能分辨事物，更不能认识事物中精微之理。另外，他也自信地大谈名与实的关联，并以声音与回响、形体与影子作譬喻。比起荀子来说，他把"言"提到更高的地位。他称"名之于物无施""言之于理无为"，显然是偷梁换柱，把道家传统称颂的"道"话语移植到名与言之上。若说"道之于物无施""圣人之于理无为"，听上去似乎更加自然，因为先前的道家著作总是如此赞颂道或古圣无施无为而润泽天下的行为。然而，欧阳建对道家话语的借用正好反映了时人喜爱融合诸说的倾向。

## （二）"言不尽意"：老子与庄子

"解构的"（deconstructive）一词，如若清除其原本的德里达解构主义之意思，也许可以用来描述早期道家言实论的共通特性。由于"言"的具体化对于儒家的等级社会政治系统的建立和巩固至关重要，儒家的主要对手道家自然会不遗余力地对"言"加以解构，强调它与外部现实（从具体事物到道）及内心之"意"之间存在不可泯灭的鸿沟。不过，道家在解构"言"时并没有明确宣示他们的反儒目的，他们似乎更倾向在崇高的哲学层面去探索"言"与"道"和"言"与"意"的关系。

> 道可道，非常道；名可名，非常名。[12]

从老子《道德经》这一开篇的名句，我们可以注意到道家论"言"的两个不同角度。一方面，他们从宇宙本体论的角度论"言"，自然强调"常道"即终极现实不可能呈现于"言"。"道可道，非常道"清楚地陈述了这一立场。另一方面，他们又从认识论的角度论"言"。他们不得不承认，他们必须依赖"名"去论述他们心目中至高无上的"常道""常名"。老子《道德经》就是用"名"阐述不可道之道，不可名之名的杰作。较之《道德经》，《庄子》更多地从认识论的角度论"言"与"道"的关系。

> 夫精粗者，期于有形者也；无形者，数之所不能分也；不可围者，数之所不能穷也。可以言论者，物之粗也；可以意致者，物之精也；言之所不能论，意之所不能察致者，不期精粗焉。[13]

[12] ［魏］王弼注：《老子道德经注》，见王弼注，楼宇烈校释：《王弼集校释》（北京：中华书局，1980），册上，页1。

[13] ［清］郭庆藩辑：《庄子集释》（北京：中华书局，1961），册三，卷十七，页572。

庄子这段话提醒我们，"言"只能反映对象粗糙的形象，而意则能深入到事物的精微本质。"意"对隐藏之物的指涉能追溯到"意"和"隐"的同源关系（参本章注释 1）。同时，庄子又指出"意" [14]《庄子集释》，册二，卷十三，页488。
[15]《庄子集释》，册四，卷二十六，页944。
所致之外还存有"不期精粗"的非物之物，应是
指形而上的道。这里说的"意致"的"意"既可以
作动词解，指人的"臆想"，也可以作名词解，把"意"作为动词"致"的主语。
后一种解法似乎更为恰当，因为庄子另一段话里的"意"就是取此义：

> 世之所贵道者书也。书不过语，语有贵也。语之所贵者意也，意有
> 所随。意之所随者，不可以言传也，而世因贵言传书。世虽贵之，我犹
> 不足贵也，为其贵非其贵也。[14]

庄子说意义在追求某种东西（意所随）的时候，他有什么想法呢？庄子并没
有直接表明，但我们却能轻易地推想到追随的是道的终极本质。因此这三个
层次的推进说明了由有形的"言"通过内在的认知（意）达到超越意识的"道"
这种形而上的过程。解构了儒家对"言"的重视，庄子已不可能再把言、意、
道视为能相继联系起来或"融合"的东西。所以他把这推进解释为一系列分
开、不能架接起来的存在范围之间的跳跃。

> 荃者所以在鱼，得鱼而忘荃；蹄者所以在兔，得兔而忘蹄；言者所
> 以在意，得意而忘言。吾安得夫忘言之人而与之言哉！ [15]

这著名的鱼荃与兔蹄的比喻明显地强调"言"的角色当为接触更高层次的
真实的出发点，并重申"言"无实体与无能的性质。尽管这两个比喻似乎缓和
了两种道家对"言"观点的冲突，但真正能解开这种矛盾的是后来的《系辞传》。

# 二、"象"在先秦哲学论述中的不同涵义

语言实体派和解构立场上的分歧亦同时体现在"象"的用法之上。老子
与庄子使"象"落实为一种超然于意识与语言之上的元素，但后来融合诸说的

学者却把"象"视为宇宙论中的道在语言与符号中的体现。意、象、言概念的变动非常复杂,而本文能做的只是勾勒出三者主要的互动及改变痕迹。

"象"涵盖了广义范围上的各种意思:"物象","心象",超感知的"大象"或道之"象罔",以及传说中体现了古圣人对宇宙奥秘之直觉构思的"易象"。作为哲学概念的"象"的出现和发展与"言""意"关系的持续讨论有很大关系。"象"大致被设想成"言"和"意"之间的第三项概念。这项概念一方面与"意",另一方面与"言"有没有什么分别呢?这是长久以来分开中国思想家的问题,且衍生了两种具有影响力的相对观点——解拆与建构——"象"与其余两项概念的关系。

## (一)解拆"象"的观点:老子与庄子

老子与庄子首倡"象"的概念有双重意义:表达形而上的道使之成为可以感知的,表达言没有能力去体现道。《道德经》中,老子即把超意识的"象"与"道"等量齐观:

> 道之为物,惟恍惟惚。惚兮恍兮,其中有象。恍兮惚兮,其中有物。[16]

为了把模糊及难以捉摸的道的形象与一般视觉形象区别开来,他把道的形象称之为"大象":

> 大音希声,大象无形。道隐无名,夫唯道善贷且成。[17]

当老子区分了一般视觉形象与超越意识的道的形象,庄子则为两种相应的认知方式提出所需的身体官能:

> 黄帝游乎赤水之北,登乎昆仑之丘而南望,还归,遗其玄珠。使知索之而不得,使离朱索之而不得,使吃诟索之而不得也。乃

[16]《老子道德经注》第21章,见《王弼集校释》,册上,页52。
[17]《老子道德经注》第41章,见《王弼集校释》,册上,页112。

使象罔，象罔得之。黄帝曰："异哉，象罔
乃可以得之乎？"[18]

[18]《庄子集释》，册二，卷十二，页414。

[19]［清］王先慎撰，钟哲点校：《韩非子集解》（北京：中华书局，1998），卷二十，页148。

这神话提出四种认知的方法：概念思想（知）、口语讨论（吃诟）、视觉认知（离朱）以及直观想象（象罔）。这说明了道（玄珠）只能通过象罔而得到。这四种方法中的其中两种，看似相近而实则不同。根据庄子所说，直观想象远比视觉认知来得更强大和敏锐。假如后者只能纯粹带出物件的外貌，前者则可通过模糊不清的影像来反映道（玄珠）。在创造"象罔"的寓体时，庄子给"象"下了新的定义。假如老子曾形容"大象"为一种原始且混沌未分的存在，庄子则把"象罔"描写成直观的"影象"或想象。此后，韩非（约前 280—约前 233）在遵循庄子所倡导的新方向下，描写了《老子》中的圣人如何透过直观想象的原则来认知道：

> 人希见生象也，而得死象之骨，案其图以想其生也，故诸人之所以意想者皆谓之象也。今道虽不可得闻见，圣人执其见功以处见其形，故曰："无状之状，无物之象。"[19]

在解释老子提出的"无状之状，无物之象"的概念时，韩非强调"臆想"（或"臆"）作为一种能动的角色，是一种召唤或想象不在场事物的行为。当孔子因为这种精神活动只属揣度和不可信而抛弃了它（参本章注释 5），老、庄与其他道家学者明显依赖臆想来超越时间与空间的限制来通向形而上的"道"。根据韩非的解释，这种"想象"始于现实世界的刺激（死象之骨），并止于对某种虚构的实物的精神上的影像（生象）。韩非解释道：假如寻常的人只能召唤出不在场的实物，圣人就能想象出形而上的道为"无状之状，无物之象"或简而言之的"大象"。

## （二）建构"象"的观点：《易系辞传》

建构"象"的观点后来由佚名撰写的《系辞传》带出，最重要的部分大抵就是所谓"十翼"（十篇关于《易经》的评论）。这些论述传统上一直视为孔子所作，但现代学者大多认为这是传说并把它视为伪托，一般认为这是战国时期的佚名著作。有些学者甚至因为它带有大量重要的道家思想，而质疑它作为儒家奠基作品的地位。或许我们不愿意进一步把《系辞传》称为道家作品，但也必须承认其糅合儒道思想的做法。[20] 其中两次接连引述孔子的话，以糅合儒家与道家对言意关系的看法，尤其值得关注：

子曰："书不尽言，言不尽意。"然则圣人之意，其不可见乎？[21]

第一次引用以道家著名的主张起首："书不尽言，言不尽意。"尽管这里把它归为孔子的语录，这一句却彻底地抵触了孔子在《论语》中主张的辞有完整表达能力的观点，而在事实上，明确地重申了道家的首个观点。接下来的问题"然则圣人之意，其不可见乎"指向了道家的第二个观点——承认"言"是一种有用而会被消耗的工具，即如用来传意的庄子的鱼筌一般。

[20] 综述由宋到 19 世纪 50 年代末有关《系辞传》性质的讨论，可参 Willard J. Peterson, "Making Connections: 'Commentary on the Attached Verbalizations' of The Book of Change," *Harvard Journal of Asiatic Studies* 42.1（1982）：77–79。对于近期《系辞传》研究的总结，可参陈鼓应：《易传与道家思想》（北京：三联书店，1996），页 232—276。陈氏尝试透过校对这些系辞来建立道家特点。比对系辞的文本与 1970 年代于马王堆出土的帛书本，陈氏点出了包含儒家思想的章节都不见于帛书本，并认为那章节是后人将其窜入道家文本的。为反映系辞带有道家的思想根源，陈氏同时把其中主要哲学概念追溯到更广泛的道家文献，并以一清晰的表格说明其研究成果，《易传与道家思想》，页 225—231。

[21] ［魏］王弼注：《周易正义》，见阮氏校刻：《十三经注疏》（北京：中华书局，1980），册上，页 70。

[22]《周易正义》，见《十三经注疏》，册上，页 70。

子曰：圣人立象以尽意，设卦以尽情伪，系辞焉以尽其言，变而通之以尽利，鼓之舞之以尽神。[22]

但是，第二次引用让我们肯定地回到儒家思想的轨迹上。

第一次引用两次运用了"不尽"（并不完整）这个词汇，而这次的引用包含了一组五句整齐并列的排比句，每句都包含了由"以尽"（用以完整[地做]）开首以带出行为目的的辅助分句。这五个辅助分句阐明了圣人尝试透过建立和运用三爻与六爻去完成的事：

1）透过天地万物运行的"形象化"（立象）来完整地表达他们对宇宙奥秘的认识（尽意）；

2）透过设计三爻与六爻（设卦）来完整地揭示事物固有的倾向和反倾向（尽情伪）；

[23]《周易正义》，见《十三经注疏》，册上，页71。
[24]《周易正义》，见《十三经注疏》，册上，页78。

3）透过为三爻与六爻附上解释（系辞）来完整地表现它们可以说的内容；

4）透过容许变化发生与顺畅地运行来完整地收取"易"的利益（尽利）；

5）透过充分运用"易"来完整地发挥其神圣的力量（尽神）。

这由五个"以尽"词汇串联而成的句子，不容置疑地强调了儒家相信语言或图像符号有显示所有实事的神圣力量，包括显示主宰宇宙的力量。在这五个分句中，第一句至关重要，因为它包括道家对"象"（图像）和"意"（意念）看法的巧妙移用。假如老子的"大象"和庄子的"象罔"并未以任何方式联系"言"（语言），《系辞传》的作者即试图建立这种关系。利用排比的句式，他把"象"（圣人的直观想象），首先链接到书写的符号（三爻与六爻），进而到真正的文字（系辞）中。有了这种联系，作者赋予"言"神圣的力量，如同老庄对"象"一般。事实上，他赞颂三爻与六爻能"完整地揭示事物内部的倾向和反倾向"。在《系辞传》的其他部分，他试图使"言"变得更明显、更具体：

> 极天下之赜者，存乎卦。鼓天下之动者，存乎辞。[23]

> 易之为书也，广大悉备。有天道焉，有人道焉，有地道焉。兼三才而两之，故六。六者非他也，三才之道也。[24]

由于"言"的具体化完全基于它与"象"的内在联结，"言"的具体化说明了作者的功绩正在于掺合了道家超越感知的"象"的概念与儒家相信图像与语言有神圣力量的观念。

## （三）作为本体知识论范式的意、象、言三项组合的典范化：王弼

魏晋时期，长久以来的儒道言实论之争最终演变为一场公开的激烈辩论。

辩论的一方，是所谓"名教"的拥护者：他们热烈地重申儒家的本质化言实论，从而捍卫以"名"之本体化为基础的儒家伦理社会政治体系。欧阳建的《言尽意论》一文即这一名教立场最广为人知的论述。

辩论的另一方，是玄学的实践者：他们试图使用《系辞传》最先建立的"意—象—言"范式来系统化老子和庄子的言实论。然而，在使用"意—象—言"范式的时候，玄学家们意识到，他们必须消除《系辞传》作者对"言"和"象"的本质化。而他们"去本质化"（de-reify）的策略是截然不同的。

荀粲（209？—238？）采用的是简单删除和重新定义的策略。在下面这一段中，荀粲刻意把《系辞传》中的"象"和"言"当作平常话语，无关宏旨：

> 盖理之微者，非物象之所举也。今称"立象以尽意"，此非通于意外者也；"系辞焉以尽其言"，此非言乎系表者也。斯则象外之意，系表之言，固蕴而不出矣。[25]

根据他的观点，"立象以尽意"里面的"象"不是真实之"象"，因为它无法展示出"理之微者"。同样，"系辞焉以尽其言"里面的"言"也不是真实之"言"，因为它不能超越普通之言。他设想的真"意"是"通于意外"的，而真"言"是"言乎系表"的。正如此，这二者是常常"蕴而不出"的。

假如《系辞传》只提供了一种意、象、言三项组合的雏形，我们可以把王弼作品里的意、象、言典范化视为宏大的本体知识论范式。在他的《周易略例》中的"明象"部分，王弼为这个本体知识论范式提供了一个清晰的讲解：

> 夫象者，出意者也。言者，明象者也。尽意莫若象，尽象莫若言。言生于象，故可寻言以观象；象生于意，故可寻象以观意。意以象尽，象以言着。[26]

[25] 引自《荀彧传》，见［晋］陈寿撰，［宋］裴松之注：《三国志》（北京：中华书局，1959），卷十，册二，页319—320。
[26]《王弼集校释》，册下，页609。

从他重复地使用"尽"（穷尽）来看，这开首的一段很可能受到《系辞传》的启发。不过，假如我们将这段文字与《系辞传》比较，我们可以

留意到两个重要的分别。在《系辞传》，意、象、言属于圣人的一连串举动——对道的直觉，对道

[27]《王弼集校释》，册下，页609。

的想象，设计三爻与六爻，以及为卦象附上言辞。但在王弼眼中，这三项术语已变为广泛的哲学类属，用以指示三种由非存在到存在的本体转化的主要阶段。另外，假如《系辞传》的作者纯粹指出圣人行为中的因果关系，那么王弼则明确地以一项生出另一项来描写这三项组合。假如"言"由"象"所生，那么便可类推出"言"分享到了"象"与"意"的神圣力量，所以"言"在本体上带有一定本质。这里，我们可以很容易地重构他的三段论的推论过程，如下：

大前提（未说明的）：所有血缘关系都指的是内在的、不可区分的，甚而是共同认知的关系。

小前提："言"和"象"都由"意"所生，有血缘关系。

结论："象""言"皆是"意"的直接呈现，故有本体之质。

使用这一三段论，王弼明显把"言"和"象"的本质化提到了一个新的高度，但是，这建构者的结论，为王弼紧接着的一段所颠覆：

> 故言者所以明象，得象而忘言；象者，所以存意，得意而忘象。犹蹄者所以在兔，得兔而忘蹄；筌者所以在鱼，得鱼而忘筌也。然则，言者，象之蹄也；象者，意之筌也。是故，存言者，非得象也；存象者，非得意者也。[27]

假如先前一段重申了《系辞传》中建构者的观点，这段所呈现的则肯定是解构者的立场。其实，王弼用尽方法来展示出三项术语之间无可架接的差距。首先，他重新运用庄子鱼筌和兔蹄的比喻，并在"言""意"之间插入"象"。由于"言"纯粹是"象"的鱼筌和兔蹄，"象"相对于"意"亦如是。因此，"言"不可能与"象"等量齐观。同样的逻辑也能套用到"象"与"意"的关系之上。为了更进一步推展这种解构行为，王弼主张，只有相继地忘记或舍弃"言"与"象"，人才有望能认识"意"这最终的真实。这一解构论观点是基于相反的、偷偷调换的前提而得出的结论：

大前提（未说明的）:方法和目的是两个不相关联的实体,二者没有联系。

小前提:"言"是达到"象"的方法,"象"是达到"意"的方法。

结论:"言"和"象"仅仅是达到目的的快捷方法,两者都不可能成为"意"。因此"言"和"象"都如同庄子的鱼筌和兔蹄一样,可被丢掉。

由于他偷偷改换了前提,王弼成功地把《系辞传》里面的三者相通为一体的"意—象—言"改造成跟老子和庄子的言实之论一致的解构主义本体认识论范式,成为魏晋玄学"言不尽意"说的理论基础。

为什么王弼要以同样的语气来表达这两种自相矛盾的观点呢?我们可以简单地回答为这是他折中的想法。在我看来,他是因为要应付不同的实际需要才衍生出这种折中的想法的。由于他在阐发《易经》的意义,《系辞传》中建构者的观点实在重要得使他无法不予理会,因此他迫不得已要重申在《系辞传》中出现的观点。当然,援引《系辞传》的需要不一定排除了他出于真心才部分赞同建构者观点的可能性。同样地,王弼戏剧性地转到解构者的立场,可能与他欲攻击沉迷于实际图像的汉《易》学家——尤其是当中的象数派——的目的有关。在王弼建构与解构的思想角力中,肯定是后者对于当时和后世拥有更大的影响力。实际上,从《系辞传》中得出的较弱的建构思想,无论是传统或现代的王弼哲学思想研究都很少会触及这一部分。不过,在文学创作理论的发展过程中,正是这被遗忘的建构者的传统拥有更大、更具成效的影响力。这在下文讨论陆机和刘勰的文学创作理论时将会变得特别明显。


# 三、陆机:通过意—言范式来审察文学创作过程

前文重新审视了早期哲学中有关的意、象、言的话语,现在我们可以考虑陆机如何在《文赋》中选取以往的观点来建立一套新的文学创作理论范式。《文赋》是第一篇致力于文学创作的中国专著。陆机对意、象、言范式的移用在他的序言中清晰可见:

> 每自属文,尤见其情,恒患意不称物,文不逮意。盖非知之难,能

之难也。故作《文赋》，以述先士之盛藻，因论作文之利害所由，佗日殆可谓曲尽其妙。[28]

这序言介绍了我们文学创作的新理念，而这理念并不见于早期有关文学的著作。文学创作被描写成"意"而非"志"（心之所之）的外在表达。在许多汉与以前的文章中，"志"与"意"很多时候都会被视为可以互换的词，甚或拼合成一个词组（志意）。[29] 不过，当"意"和"志"在文字学上同时表示"心之所动"时，它们却各自代表不同的内心活动。在汉与以前的文章中，"诗言志"（诗歌代表心之所志）一语经常出现。假如我们看看这短语的许多用例，我们可轻易弄清"志"的内涵。它经常用来表示对于某社会政治事件或状况的自主倾向或态度。[30] 在大多数情况下，"志"的表达被视为一种社会政治举动，这举动通常用于公共场合，并用以赞扬或针砭管治政权或传递政治讯息。[31]

相对"言"，"意"这个字在早期有关文学的讨论中并不常见，也没有积累很多社会政治的含义。所以，以中性的"意"取代带有社会政治含义的"志"，陆机有效地消除了所有社会政治的包袱，并重新从自主、私人创作的纯艺术角度去反思文学创作的过程。这种文学创作的去社会政治化不是以"意"取代"志"的唯一好处。他重新把文学创作的概念定义为"意"以"言"的形式作出的外在表达，他容许自己在考虑"意"的外在表达时，同时探索"象"的角色，并运用各种有关"意—言""意—象""象—言"的哲学分析

[28] ［晋］陆机撰，张少康编著：《文赋集释》(北京：人民文学出版社，2002)，页1。

[29] 许慎把"意"列在"志"之后，以后者训解前者，谓："意，志也。""意"字是由"心"和"音"两部分组成。观察这些字，我们便可得知：意，志也。从心、音。察言而知意。许慎指出"意"与"言"的隐含联系可从"言"的构形符知："音"加上"心"。因为许氏认为"意"是"心声"，因此"察言而知意"。加上他把"意"视为"志"的同义词，"志"字面上便能解为心的动态，引申开来即解作意图、意志或道德取向。见［汉］许慎撰，［清］段玉裁注《说文解字注》(扬州：江苏广陵古籍刻印社，1997)，页502。

[30] "志"被理雅各翻译为"诚挚的思想"（"earnest thought"），见James Legge, *The Shoo King or the Book of Historical Documents, The Chinese Classics* vol. 3（rpt. Taibei: Wenxin, 1971），p. 48；被刘若愚翻译为"心之意志"（"the heart's intent"），见James J. Y. Liu, *Chinese Theories of Literature*（Chicago: University of Chicago Press, 1975），p. 75。刘若愚的翻译似乎更适当，因为这个翻译避免了理雅各翻译的理性主义之内涵，而且精妙地暗示了这个词的道德倾向。不过，"志"一词基于其出现的特别文本和历史语境包含了很广泛范围内的不同意思。因此，刘若愚认为很有必要在其他语境下翻译为"情感意图"（"emotional purport"），"道德目的"（"moral purpose"），或者"心之意向"（"heart's wish"）(p. 184)。刘若愚的翻译被余宝琳采用，并加以小小改动。见Pauline Yu, *The Readings of Imagery in the Chinese Tradition*（Princeton: Princeton University Press, 1987），p.31。关于对"志"的翻译的讨论，参见Stephen Owen, *Readings in Chinese Literary Thought*（Cambridge, Massachusetts: Harvard University Press, 1992），pp. 26–29。

[31] 参见笔者对"诗言志"传统的详细讨论。见 *Configurations of Comparative Poetics: Three* （转下页）

（接上页）*Perspectives on Western and Chinese Literary Criticism*（Honolulu: University of Hawaii Press, 2002）, pp. 35–49。

来发掘所有文学创作的精巧的部分。

序中的另一个重要议题与陆机的"意、象、言"范式的来源有关。很多学者已经指出他所谓"每自属文，尤见其情，恒患意不称物，文不逮意"能够追溯到庄子有关意、言的说法之上。依我所见，这两种说法表面上看似相同，但实际上却是互相抵触的。庄子的说法采取解构者的立场，因为他们同样强调物（事物）与意之间、意与言之间无法架接的距离。相反地，陆机所写的只是要表达出自己在写作文章时不能拉近两者距离的恐惧。讽刺的是，正因为这种恐惧的表现，才掩盖了他相信拉近两者的距离是可能的。原因很简单：假如我们不相信一件事能够完成，我们便不会惧怕失败。其实，当我们肯定他尝试努力把握文学创作的细腻的窍门时，他也表达了自己希望能"佗日殆可谓曲尽其妙"的愿望。从这些句子看来，我们似乎不应视陆机"意、象、言"范式奠基于庄子的解构者立场，反而应看成奠基于《系辞传》中的建构者的观点。随着我们细意分析陆机的作品，他对《系辞传》的借用将会更加清楚。

　　　伫中区以玄览
　2　颐情志于典坟
　　　遵四时以叹逝
　4　瞻万物而思纷
　　　悲落叶于劲秋
　6　喜柔条于芳春
　　　心懔懔以怀霜
　8　志眇眇而临云
　　　咏世德之骏烈
　10　诵先人之清芬
　　　游文章之林府
　12　嘉丽藻之彬彬
　　　慨投篇而援笔

14　聊宣之乎斯文 [32]

开首一节指出了一位好的作家在准备创作文学时应该先做的事。首两行确立了两项基本的"必需品"：对宇宙的广泛观察和对古代经典的浸淫。对于第一项"必需品"的解释，第3—8行描述了一个作家的感情投入到"万物"之中，尤其是四季幻变的风光。第9—14行则详列了作家从古代经典的浸淫中能获得的好处：培养了他的道德情感和完美的行文技艺。陆机字里行间所表达的"情"的新概念十分值得留意。与《大序》的作者不同，他并不认为情就是直接由固定社会政治现实所衍生出来的反应，亦没有把未经修辞的粗糙的情感与文学创作画上等号。对于他来说，"情"或"情志"是一些需要经过古代经典沉浸和滋养的材料。换言之，情的表达一定要通过某种精炼的文学语言作媒介，才能称得上一部文学作品。

　　陆机设想出两种文学创作的基本阶段：构思文章，和把空想的构思转化为语言构成的实体作品。在他看来，艺术构思的意图——颇为讽刺地——始于一种忘我的超越的沉思。


　　　　其始也，皆收视反听

16　耽思傍讯

　　　　精骛八极

18　心游万仞 [33]


陆机告诉我们超越的沉思由摒弃所有感官知觉开始，紧随着的是一次自我本质／灵魂的原魔翱翔，或用他自己的说法，即"心的游历"（心游）。值得注意的是，陆机的"心游"是庄子"游心"的同义倒文。庄子写道："且夫乘物以游心，托不得已以养中，至矣。" [34] 庄子曾评论"游心"的影响，道："汝游心于淡，合气于漠，顺物自然而无容私焉，而天下治矣。" [35] 毋庸置疑，陆机所描写的文学思想的原魔翱翔正取材自庄子对"游心"的论述。陆机和庄子一样，强调原魔翱翔植根于一个人高

[32]《文赋集释》，页20。
[33]《文赋集释》，页20。
[34]《庄子集释》，册一，卷四，页160。
[35]《庄子集释》，册一，卷七，页294。

[36]《文赋集释》，页 36。

度集中精神，以超越所有时间与空间的局限以达
到宇宙的尽头。

但是，一个作家并不像道家一般致力于追求无忧的畅游太清永久，他们
并不追求对时间和空间的永恒超越。他们精神上的原魔翱翔只是暂时性的，
而且最终会回归到这世界上。紧接着这精神游历"八极"的描绘，陆机描写
了这游历如何因为回归到情感、图像与文字世界而终结：

> 其致也，情曈昽而弥鲜
>
> 20  物昭晰而互进
>
> 倾群言之沥液
>
> 22  漱六艺之芳润
>
> ……
>
> 于是沉辞怫悦，若游鱼衔钩而出重渊之深
>
> 26  浮藻联翩，若翰鸟嬰缴而坠曾云之峻 [36]

以上提到的"物"（事物）并非对象实体，而是它们存在于心中不实在或虚
设的影像。同样地，"情"（情感）并不代表受到外来刺激所诱发的粗糙情感，
而是表示经由沉思而升华为"心情"的情感。此外，这里所说的"言"（修
辞过的言辞）并非笔下所书的实际文字，而是它们在作者心中构想出来的
存在。

陆机对超越的沉思和接着发生的图像、情感、文字的相互作用的描写，
似乎也能够勾勒出一个与王弼所谓从意到象再到言的线性推进相似的过程。
陆机的超越的沉思使我们意识到文学上也有类似圣人的"意"或对宇宙奥秘
的直观认识（意）的元素。正如圣人的直观认识（意）能完整地通过"象"（图
像）来表达，陆机超越的沉思也提到了思想中产生的丰富的图像。其实，王
弼所云"象生于意"巧妙地解释了陆机的图像如何生成，诚如它解释了《易
经》中的"象"的生成一般。两者唯一的分别大概是陆机把图像与情感混而
不分。这种调整是必需的，因为情感作为文学的基本元素，在讨论创作的过
程中不能不予以考虑。同样地，王弼所云"言生于象"也一样能适用于陆机

传神地描述的那些经过修饰的文字和语句的产生 [37]《文赋集释》，页60。

之上。这些经过修饰的文字作为内心的建构，与

图像的涌现同时出现；另外也提供了一种语言学的"坐标"，使图像可以以它作为媒介，融合成为对将要完成的作品的设想。

文学创作的下一步骤就是实行组合。据陆机所言，作者一定要努力把他的直观想象化为真实的文字。假如先前的想象阶段只牵涉到浅薄的思想中"言"的运用，这组合的阶段隐含了自觉地处理"言"的各个实际层面，包括结构、措辞、修辞、风格。

对于陆机来说，这自我意识的努力必定是千方百计、不遗余力的："抱景者咸叩，怀响者毕弹。"开始时，陆机坚持作者必须反映他构想的意义，并因应这意义安排他文章的结构。接着他必须小心地检视他的遣词用字，并按适当的顺序来排列这些字词。讽刺的是，正当我们期待陆机能更精准地处理结构与句子的主题时，他却显得感情丰富而含糊不清。他没有陈列出精确的规条，反而提出了一组比喻式的描绘：

       或因枝以振叶

38  或沿波而讨源

       或本隐以之显

40  或求易而得难

       或虎变而兽扰

42  或龙见而鸟澜

       或妥帖而易施

44  或岨峿而不安 [37]

       罄澄心以凝思

46  眇众虑而为言

       笼天地于形内

48  挫万物于笔端

       始蹇蹰于燥吻

50  终流离于濡翰

这些描写并未为作者应该如何谋篇布局、遣词造句提供清晰的指引。现代学者对逻辑链接的觉醒一直分隔着古人与他们。虽然古人已就此提供了大量的文字札记和解释，当中却没有特别具有说服力的看法。我们似乎最好把这联结上的"断裂"（disconnection），视为陆机面对要从抽象设想（意）转化为具体文字（言）时不能克服困难的标志。这种转化根本没有固定的法则。明白这一点，这联结上的断裂充分说明了我们不可能以推论方式描述这种转化过程。换个角度来说，陆机想不想我们考虑这问题呢？依我看来，陆机或倾向我们把这转化视为由思维的推动力与反推动力所推进的思考过程。

这些描写以整体的对偶方式来表现这种推动力与反推动力：一、从概括到细节相对于从细节到概括（行37—38）；二、从隐藏到显明相对于从直率到间接（行39—40）；三、从中心到边缘相对于从边缘到中心（行41—42）；四、流畅的文字相对于佶屈聱牙的文字（行43—44）。通过列举这四对推动与反推动力，陆机似乎要突出很重要的一点：艺术思考需要透过文句中适当地运用独特而有力的结构来转化出来。

陆机同时强调艺术思考能否成功转化，十分取决于心境能否达到平静的状态。在这种状态中，作者能吸纳"万物之理"去创作一篇能超越天地，并把万物收拢到作者笔端下的文章（行45—50）。在长篇讨论"言"的技巧问题以后，陆机于文章较后的部分再次回到检视文学感应的作用：

若夫应感之会
222 通塞之纪
来不可遏
224 去不可止
藏若景灭
226 行犹响起
方天机之骏利
228 夫何纷而不理
思风发于胸臆
230 言泉流于唇齿

纷威蕤以馺遝

232　　唯毫素之所拟

文徽徽以溢目

234　　音泠泠而盈耳 [38]

[38]《文赋集释》, 页 241。

为什么陆机要以诗学感发的壮丽描写，来归结他对技巧问题所作的冗长而平凡的讨论呢？他突兀地转换主题骤看来似乎是行文的失误，但这其实正好体现了在文学创作的过程中，知觉与超越知觉的经验之间有韵律地相互影响，意识的努力与感兴之间有韵律地相互影响，学习与天赋之间也有韵律地相互影响。陆机相信，在创作伟大的文学作品时，两个极端并不可能独自出现。

# 四、刘勰：从"意—言"范式到"意—象—言"

刘勰在他的巨著《文心雕龙》中花了两章来综合地考察了文学创作的过程。其中一章是《物色第四十六》。它处理了陆机在他的专著的首段中所考察的重要问题：自然风光的更迭如何触发作者的情感并刺激他创作文学作品。另外一章则是《神思第二十六》。它和陆机专著的主体一样，追溯了整个文学创作的过程，包括开始时超越现实的冥想到最后的创作实践。研究这重要一章的最好方法，便是把它与陆机的文章列点比较。[39] 这样才能看出刘勰袭用陆机的大量观点和他时而出现的原创看法。

刘勰和陆机一样，他以描写作家超越现实的冥想起首。刘勰认为，一个作家进入了"虚静"的境界以后，[40] 他内在的精神便会超越时空的限制，四周徜徉以遇物：

古人云：形在江海之上，心存魏阙之下。
神思之谓也。文之思也，其神远矣！故寂然

[39] 对于这章的英语研究, 可参 Ronald Egan, "Poet, Mind, and World: A Reconsideration of the 'Shensi' Chapter of *Wenxin diaolong*" 和 Shuen-fu Lin, "Liu Xie on Imagination," ined. Zong-qi Cai, *A Chinese Literary Mind: Culture, Creativity, and Rhetoric in* Wenxin diaolong ( Stanford: Stanford University Press, 2001 ) , pp. 101–126, 127–160。

[40] 刘勰所谓"虚静"明显取材于庄子有关庖丁的心理准备的描写："以神遇而不以目视, 官知止而神欲行。"刘勰对"虚静"的描写, 同时与老子和荀子对不思考状态的讨论相呼应, 见张少康：《中国古代文学创作论》( 台北：文史哲出版社, 1991 ), 页 5—47。

*凝虑，思接千载；悄焉动容，视通万里。* [41]

这段有关原魔翱翔的总结，让我们觉得他在改写陆机的论点。唯一不同的是刘勰在概念上把它定义为"神思"。

刘勰和陆机一样，他相信外在的原魔翱翔后，内在的神游会紧接着飞回情感、图像和文字的世界中。当他接着追溯这徜徉着的精神如何把物事（物）的图像带到作家的耳目，这种精神上"双重游历"（double journey）的概念也变得越来越明显：

> *吟咏之间，吐纳珠玉之声；眉睫之前，卷舒风云之色：其思理之致乎！……夫神思方运，万涂竞萌；规矩虚位，刻镂无形。登山则情满于山，观海则意溢于海；我才之多少，将与风云而并驱矣。* [42]

虽然他这里不曾提及情感，但他后来加上图像涌现的片段则往往掺入了情感与思想（《文心雕龙》26/44—45）。据刘勰的说法，能影响到内在与外在神游到图像世界的因素绝无仅有：

> *故思理为妙，神与物游。神居胸臆，而志气统其关键；物沿耳目，而辞令管其枢机。枢机方通，则物无隐貌；关键将塞，则神有遁心。* [43]

刘勰提醒我们这种外在的神游是由"心理道德"（志）与"生理道德"（气）的运行控制的。对于内在的神游，他确立了感知过程（耳目的作用）与知性过程（自觉的语言运用）对于传递外来物象的涌入尤其重要。对于刘勰来说，这些过程全都协调得当的话，既能保证"双重游历"的顺畅，也能带来情感、图像、文字的融合——他称为"意象"——或带来文章的构想。

对于如何能把文章的构想化为实质的文字，刘勰主张作家应"窥意象而运斤"。[44] "运斤"的

[41] 朱迎平编：《文心雕龙索引》（上海：上海古籍出版社，1987），26/1—10（即第26章／第1—10句。下同）。这本书所用的是范文澜的注本，即《文心雕龙》的通行本。详可参范文澜注：《文心雕龙注》（北京：人民文学出版社，1958）。

[42]《文心雕龙索引》，26/11—15，39—45。

[43]《文心雕龙索引》，26/18—19。

[44]《文心雕龙索引》，26/37。

比喻指涉不少有关艺术家神妙的创作过程的寓言。[45] 首先令我们想起的，是《庄子》中有关庖丁的著名故事。[46] 这故事提到艺术家的作品得以完美实行得力于两个因素：艰苦经年的技巧训练和自发创意的指导。刘勰和陆机一样，他同时强调了两者的重要。尽管他在《神思》中未有触及任何关于文学创作的技巧问题，但在其他章节中，他却一章接一章地一一考虑了这些技巧。当陆机明显地点出了诗兴的涌现，刘勰在同意以外，也补充了不可能把握自发创意的看法（《文心雕龙》26/117—125）。

接着，刘勰转而说明创作过程中能广泛应用上的意、言范式，正如陆机也在他文章的序言中提出这样的问题。

> 是以意授于思，言授于意；密则无际，疏则千里；或理在方寸而求之域表，或义在咫尺而思隔山河。[47]

这段文字利用"思""意""言"的发展，扼要地描述了创作过程的轨迹。"思"这个术语并非指思想中自觉的理性活动，而是指思想中不自觉的原魔翱翔，或"神思"。刘勰的首句"意授于思"表明了开始时精神的原魔翱翔十分重要。刘勰和陆机一样，他相信这神思会带来许多情感、图像、文字，并使它们汇聚为一体。对于刘勰来说，情感、图像、文字的融合代表了意象的形成或文章的构想。后一句"言授于意"表明了构想对于优秀的文学作品的重要性。只有当作者对自己的文章形成了不实在或虚设的"意象"，他才有能力以实质的文字作媒介，去创作真实的艺术品。对于刘勰和陆机来说，构想转化为实质文字的过程是文学创作中最具挑战性的任务。当刘勰表明两者可能有很远距离时，他也表达了自己对"意""言"能够在杰出的作家手上合而为一的信任："（语言和意念之间）密则无际。"

刘勰的意、言范式显得比陆机更受《系辞传》的建构观点影响。正如王弼所总结道，《系辞传》的作者把意、象、言看成一个生出另一个的关系，

[45] 这一短语的典故是庖丁解牛（见下文）和匠石运斤成风而不伤友人鼻的故事（见《庄子集释》，册四，卷二十四，页 843）。两个故事都隐喻了作家作品的精妙制作，这一制作是通过和道的超感性结合实现的。刘勰所用"陶钧文思"的短语（《文心雕龙索引》，26/26）却带给我们另一个庄子的故事，即轮扁通过有意识的练习达到"得之于手而应于心"的境界。（见《庄子集释》，册二，卷十三，页 491。）

[46] 《庄子集释》，册一，卷二，页 117—119。

[47] 《文心雕龙索引》，26/18—19。

刘勰也把思、意（或意象）、言勾勒成一连串的因果关系。除此以外，他从这一连串的因果关系中，也得出与《系辞传》作者相类似的结论。当后者认为"言"能完全反映"意"（透过"象"作媒介），刘勰则补充了"意""言"可以在伟大的文人笔下融为一体。对于刘勰和陆机来说，采用建构意、象、言三者的观点作为文学创作理论的基础，都看似是必要的。除非他们标明"意"（意象）和"言"保证能融合出伟大的艺术品，否则他们的理论只会落得毫无意义。同样的情况也体现在后来跟随陆机和刘勰一样讨论创作过程的人身上。事实上，他们大部分都忠于陆机和刘勰所倡导的门径，集中讨论"意"和"言"的理想融合。

# 五、反思：陆机和刘勰的文学创作论对后代的影响

这章已经展现了陆机和刘勰比我们想象中借鉴了更多早期的哲学思想。早期哲学思想的影响可以在两个不同层面上进行追溯：术语上和概念上。在术语层面上，这一影响最为明显，而且已经在陆机和刘勰的文学创作论的很多注疏和研究中被彻底研究。然而，在概念层面上，没有多少研究或者说至少没有什么较为令人满意的研究。在辨识陆机和刘勰的术语来源时，很多学者仅仅引用这些术语最为人所知的例子，特别是那些在《庄子》和魏晋玄学文本中能够找到的例子，所以他们的来源研究仅停留于这一步。而继续采用这一术语方法的学者却又似乎忽视了一个简单的事实：在中国的哲学或者批评文本中，一个术语往往传达出多层次的且互相矛盾的概念。"意""象""言"这些术语尤其如此，然而这些术语对陆机和刘勰的文学创作论之论述又是至关重要的。所以，要探寻陆机和刘勰的文学思想的源头，最好应该在概念层面上得以追溯。这篇论文就是一个概念导向的源头研究，我首先希望厘清早期哲学文本中"意""象""言"及其相关术语所表达的多重概念，然后通过文本细读，来判断陆机和刘勰在使用这些术语时究竟要表达什么概念。

本章的研究显示，陆机和刘勰对早期哲学文本的挪用比现存研究所认为

的更为巧妙、更为细微、更为富有成效。和目前所接受的观点相反，比起道家的解构言实论，陆机和刘勰更多地受到了儒家本质言实论思想的影响。这主要是因为，本质论，特别是《系辞传》的本质论，促使了他们来重新认识和定义文学行为。他们不是从直接感情抒发（"言志"）的方面来讨论的，而是从个人艺术构思的进程方面来分析阐述文学创作的。尤其是，《系辞传》中所建立的"意—象—言"范式，使得他们能够将个人文学创作当作从"意"到"象"到"言"的三段式创作过程而加以考察，因为这一过程可以模拟圣人创《易》的过程。陆机和刘勰在这三个阶段中对"言"极为重视，这也足以说明本质论思想的巨大影响。他们重视古代经典对第一阶段所形成的"意"（最初的艺术构想）之催化发酵作用。同样，他们突出了情、象、言对第二阶段所形成的"意象"（最终的艺术构想）之工具作用。在最后阶段，他们强调了在成功把意象转变为完美文学作品（"言"）的过程中，语言和修辞的严格训练和自然灵感皆不可或缺。对比之下，道家的解构论主要给陆机和刘勰提供了术语、概念和模拟来描绘某些超感官的思想状态，比如说第一阶段的超验神思，最后阶段的灵感迸发。多亏了陆机和刘勰对不同言实之论的巧妙移用，他们对文学创作的过程作出了精湛的理论阐述，并辨别了所有最能反映我们实际创作经验的内在心理、精神、言语活动，从而取得了极为辉煌的成功。正因如此，尽管他们生活于中国文学理论的形成期，仍然能建立最为全面完整的文学创作论。

陆机和刘勰的文章在中国文学批评领域影响深远。虽然后来没有人尝试写一篇全面的可与陆机相抗衡的文章，然而后代批评家们却选择详细描绘文学创作中特定阶段的某种精神活动。虽然他们中很多人追随陆机和刘勰，也在"意—象—言"范式中探究文学创作过程，但是其中有的人也回到了早期"言志"传统，或转而支持新的佛家自发创造的观点，从而反对了这一范式。在或追随或反对的个案里，陆机和刘勰的文章无不提供了思考文学创作的理论参照。同时，陆机和刘勰也为中国美学接受理论规定了方向。刘勰在《隐秀》等篇中颠倒"意—象—言"而成"言—象—意"，为中国美学建立了一个非常重要的理念：对"×外之×"的追求：比如"言外之意""象外之象""景外之景"等。

陆机和刘勰的文学创作论其实也超越了文学思想的范畴。著名的书法家、批评家王羲之（303—361）基本上采用陆机的方法来理解和阐述书法创作的过程。[48] 很难想象大概出生于陆机去世那年的王羲之，在写书法创作论的论文之前没读过或者没听说过陆机的《文赋》。另外，陆机和刘勰身后大约五百年，苏轼（1037—1101）采用和陆机、刘勰同样的方式来创立绘画创作论，甚至他引用的《庄子》的典故和刘勰的都完全一样。[49] 这两个例子足以证明陆机和刘勰的文学创作论已然影响到更为宽泛的美学思想领域。

[48] 见王羲之《书论》："凡书贵乎沉静，令意在笔前，字居心后，未作之始，结思成矣。"又见《题卫夫人笔阵图后》："夫纸者阵也，笔者刀鞘也，墨者鍪甲也，水砚者城池也，心意者将军也，本领者副将也，结构者谋略也，扬笔者吉凶也，出入者号令也，屈折者杀戮也。夫欲书者，先干研墨，凝神静思，预想字形大小、偃仰、平直、振动，令筋脉相连，意在笔前，然后作字。"见［晋］王羲之：《王羲之书法论注》（南京：江苏美术出版社，1990），页5、44。

[49] 见苏轼《文与可画筼筜谷偃竹记》："竹之始生，一寸之萌耳，而节叶具焉。自蜩腹蛇蚹以至于剑拔十寻者，生而有之也。今画者乃节节而为之，叶叶而累之，岂复有竹乎! 故画竹必先得成竹于胸中，执笔熟视，乃见其所欲画者，急起从之，振笔直遂，以追其所见，如兔起鹘落，少纵则逝矣。与可之教予如此。予不能然也，而心识其所以然。夫既心识其所以然而不能然者，内外不一，心手不相应，不学之过也。故凡有见于中而操之不熟者，平居自视了然而临事忽焉丧之，岂独竹乎? 子由为《墨竹赋》以遗与可曰：'庖丁，解牛者也，而养生者取之；轮扁，斫轮者也，而读书者与之。今夫夫子之托于斯竹也，而予以为有道者，则非耶? '子由未尝画也，故得其意而已。若予者，岂独得其意，并得其法。"见［宋］苏轼：《苏轼论文艺》（北京：北京出版社，1985），页193—194。

# 理解论发展轨迹：
# "以意逆志"命题的嬗变

[1] "以意逆志，孟子一言而尽说诗之道。"见［宋］王应麟：《汉艺文志考证》，卷二，见《文渊阁四库全书》（台北：台湾商务印书馆，1986），册六七五，页6。

[2] "孟曰：'不以文害辞，不以辞害意，以意逆志，是为得之。'千古谈诗之妙诠也。"见［明］胡应麟：《诗薮》（上海：上海古籍出版社，1979），页2。

[3] "以意逆志是为得之，此说诗者之宗也。逆志而得其志之所在，则诗之本得而其为教也。正矣。"见［清］爱新觉罗·弘历：《御纂诗义折中》序，见《文渊阁四库全书》，册八四，页1。

"以意逆志"四字最初被孟子用以讨论如何理解《诗经》。随后近千年，各个不同的文学批评流派都对此大为推崇，称其为"尽说诗之道"[1]"千古谈诗之妙诠"[2]"说诗者之宗"[3]。由此可知，"以意逆志"在中国文学批评史上影响极大，长久以来被各家各派都奉为圭臬。然而西方文学批评史上并没有类似的情况，一派所信奉的至理名言，于其他流派而言，往往只是攻击对象而已，绝少是共同遵循的宗旨。

为何孟子"以意逆志"一语会被这么多批评家认同？在笔者看来，"以意逆志"之所以能"放诸四海而皆准"，大概与古代汉语作为不带情态标记语言而具有丰富的模糊空间有着很大关系。第二个字"意"是多义字，可指"概念、推测、象、文意"等；第三个字"逆"则被认为是"主动追寻"或"被动等待"；第四个字"志"常被释为道德意愿或情感之倾向。同时，"以意逆志"一语中没有物主代词，此句法的模糊又进一步加强了语义的模糊。没有物主代词就无法断定孟子所说的是谁之"意"、谁之"志"。历代以来，中国传统批评家不断地挖掘利用"以意逆志"中语义和句法的模糊性，藉以重新阐发孟子的论断，进而为各自的解释说找到理论根据。对他们来说，为了提升自己解说的地位，使之能在整个文论传统中占有一席之地，以孟子这位儒家先哲的名言来论证自己的理论无疑是最好的选择。

因此，通过讨论各家对孟子"以意逆志"一语的重新阐发，我们能看到从先秦到清代各种解释方法的独特特征；也能看到这些理论潜在的互相联系，进而揭示中国整个解释传统作为整体的动态统一。以上就是本文致力达到的几个目标。

# 一、"以意逆志"与先秦赋诗引诗：通过类比想象观察赋诗人之志

观诗是春秋时期最重要的文化活动之一，举凡士人，无不深谙其道。或宴乐朝堂，或折冲樽俎，或修身养性，其场合亦公亦私，其作用亦不一而足。泛而论之，春秋之观诗有三种形式：一，不涉主客互动之观乐；二，主客互动之赋诗；三，直抒胸襟之引诗。

第一观乐，即观《诗经》之配乐表演，故亦可称为听诗。最著名之观乐事例见于《左传·襄公二十九年》中关于季札聘鲁的记载：

> （季札）请观于周乐。使工为之歌《周南》《召南》，曰："美哉！始基之矣，犹未也，然则勤而不怨矣。"
>
> ……
>
> 为之歌《郑》，曰："美哉！其细已甚，民弗堪也。是其先亡乎？"
>
> ……
>
> 为之歌《小雅》，曰。"美哉！思而不贰，怨而不言，其周德之衰乎？犹有先王之遗民焉！"
>
> 为之歌《大雅》，曰："广哉！熙熙乎！曲而有直体，其文王之德乎？"
>
> 为之歌《颂》，曰："至矣哉！直而不倨，曲而不屈；迩而不逼，远而不携；迁而不淫，复而不厌；哀而不愁，乐而不荒；用而不匮，广而不宣；施而不费，取而不贪；处而不底，行而不流。五声和，八风平；节有度，守有序。盛德之所同也！"[4]

文中所观之诗，取自《诗经》风、雅、颂诸部，故其描述是历来观乐之记载中最为详尽者。季札观乐时，前后一致地在三个层次上作出反应：第一层是赞叹，分别以"美哉""熙熙乎""至矣哉"诸语表达其观乐后之主观感受。第二层评论所观之乐是契合还是偏离了中庸之道。

对季札而言，对中庸的偏离即某一特性之极端化，不论这一特性为可欲或可厌弃者。季札对《郑风》

[4] 见［唐］孔颖达：《春秋左传正义》襄公二十九年，见［清］阮元校刻：《十三经注疏》(北京：中华书局，1980)，页2006—2007。

[5] 事实上,《诗经》自身就有观察乐器编排的详细记述。《大雅·灵台》云:"虡业维枞, 贲鼓维镛。于论鼓钟, 于乐辟雍。"

[6] 哈佛燕京学社引得编纂处编:《论语引得》, 哈佛燕京学社汉学索引大系特刊第16号(北京:哈佛燕京学社, 1940), 3/25(即第3章/第25段, 下同)。

[7]《论语引得》, 8/15。

的评论就是批评对某一可取特性极端化的一个绝佳例子:"美哉! 其细已甚。"相反, 对中庸之契合即某一可欲之特性表现得恰到好处, 如"思而不贰""怨而不言""直而不倨"等, 季札在评述《周颂》时, 即曾少见地以排比手法, 连续使用十四个"……而不……"句式强化表现该诗对中庸的完美体现。

第三层评论点出乐中所寓之社会政治含义。对季札而言, 若乐声中正平和, 则显示该诗之源地政治昌明; 若乐声中喜怒皆失其度, 则显示道德沦丧, 政治败坏, 一如上例《郑风》之所示也。

在如此盛大的宫廷表演中能够引起季札注意的应该有很多, 如歌手的演唱, 乐器的编排[5], 乐曲的演奏, 吟唱出的诗文, 等等; 季札也应该有很多机会与主人就这些演出交换意见。不过, 从上文的记载来看, 季札在这些诗的表演中, 无论是演唱还是演奏, 唯独关心曲调的成分; 正如其长篇评述所示, 季札的言词只涉及耳之所闻, 而毫不留意表演的其他方面, 甚至连诗文也不例外。综上所述, 这一类观诗从本质上讲, 是以乐为中心, 并且不强调主与客、或表演者与观赏者之间互动的。

季札的观乐并非孤立现象, 典籍中关于当时士人观乐的记载随处可见。《论语》中孔子之观乐即与上文所述如出一辙; 和季札一样, 孔子观乐之关注点亦在乐曲所折射出的社会政治背景:

> 子谓《韶》尽美矣, 又尽善也; 谓《武》尽美矣, 未尽善也。[6]

孔子观《韶》, 既欣赏其尽美之音乐, 又从中体会出舜至善的圣德; 而观《武》则不然, 武王以征伐取天下, 故此乐美则美, 未为尽善也。同理, 观《关雎》时, 孔子的反应是:

> 师挚之始,《关雎》之乱, 洋洋乎盈耳哉。[7]

这种反应尽管未及政论，却与季札关于《周南》的反应颇有异曲同工之妙。

"以意逆志"很少和先秦时期"赋诗""引诗"这两种重要的解释实践连在一起讨论。不过，由于"以意逆志"语义和句法的模糊性，孟子的这一说法也能够用以描绘"赋诗"和"引诗"这两种解释活动的特征。

让我们首先来看看"赋诗"。"赋诗"主要表现为外交场合中一方官员之"赋"或献演某诗或其章节，通常以乐相配，表演者击节以和，或唱或诵[8]。这样的表演常常是有所意指而发，而献演的对象亦常常有所意指而应。《左传·襄公二十七年》所载七子为赵孟赋诗事，即是一例。赵孟所受到的款待是一场围绕《诗经》演出的宫廷宴会；赵孟邀请七位作陪的卿大夫各自"赋诗"。按赵孟的说法，这个请求有两个目的：一是为了让七子可以完成国君赋予他们欢迎来宾的任务，顺便也表露一下对他这个客人的看法；二是可以让七子表达一下各自的志向。由这个请求引出七番宾主互动的赋诗，七子一一赋诗，赵孟一一作答：

| 七子赋诗 | 赵孟应答 |
| --- | --- |
| 子展赋《草虫》。 | 善哉！民之主也。抑武也，不足以当之。 |
| 伯有赋《鹑之贲贲》。 | 床第之言不逾阈，况在野乎？非使人之所得闻也。 |
| 子西赋《黍苗》之四章。 | 寡君在，武何能焉？ |
| 子产赋《隰桑》。 | 武请受其卒章。 |
| 子大叔赋《野有蔓草》。 | 吾子之惠也。 |
| 印段赋《蟋蟀》。 | 善哉！保家之主也。吾有望矣。 |
| 公孙段赋《桑扈》。 | 匪交匪敖，福将焉往。若保是言也，欲辞福禄得乎！[9] |

表中左栏显示七人轮流赋诗。七人各自于心中检视《诗经》，从中选取最能表达他对赵孟观感并最能表达自己志向的一首诗或其中一个章节。表中

[8] 关于音乐演奏、赋诗、舞蹈中含有仪式意义的排序，见郑致：《说"夏"与"雅"：宗周礼乐形成与变迁的民族音乐学考察》，见《中国文哲研究集刊》第十九期（台北："中央研究院"中国文哲研究所，2001），页1—54。

[9]《春秋左传正义》襄公二十七年，见《十三经注疏》，页1997。

右栏，赵孟对七人赋诗一一作答：他一边聆听诸诗的表演，一边细细品味这些诗行，并判断它们是否切合当时的情景——他密切关注着这些诗行的弦外之音，试图从中揣摩出各人对他的态度及各自的志向。

用赋诗这种婉转的方式来进行宾主间的对答其实是一场相当冒险的游戏。一方面，赋诗的委婉可以用来传达一些不易直白表露的东西，又可令听者作出适宜的响应：引文中子展、子西、子产、子大叔、印段及公孙段等六人巧妙地利用了这一形式，既不着痕迹地赞扬了他们的嘉宾，又宣示了自己志向，却不显得过分自大；而对于六人兼含赞扬与言志的精彩赋诗，赵孟一则以示谦谢，一则以示推崇。但是另一方面，赋诗的不直接性又很容易造成误解，并导致严重的后果。如伯有所赋《鹑之贲贲》之诗句"人之无良，我以为君"即被赵孟视为对其君郑伯的公然怨谤。伯有赋诗的用意，是否果在谤君，已不得而知；他也许只是选诗不当而徒遭误解而已，然而选诗不当的后果却已经造成：他不仅当场遭到了赵孟的斥责，事后复遭其预言不得善终：

> 卒享。文子告叔向曰："伯有将为戮矣！诗以言志，志诬其上，而公怨之，以为宾荣。其能久乎？幸而后亡。"[10]

这番预言，三年之后竟然一语成谶。

这七番赋诗中，无论是七子还是赵孟，他们都对所赋诗句的原意毫无兴趣，而是或各自想好诗句所要表达的讯息，或集中精神解读诗句所传达的意思。七子以类比想象表达各自之志，而客人亦以同样的类比想象来追寻赋诗人之志。借用孟子的四字论断，七子类比赋诗的编码过程可被称为是"以意（臆）明志"，而客人的解码过程可算是"以意逆志"实践一例。

"引诗"在先秦典籍的记载中，数量多于赋诗。[11] 引诗也是通过类比想象运作的，下面一例出自《论语》，由此可见一斑：

[10]《春秋左传正义》襄公二十九年，见《十三经注疏》，页1977。

[11] 见张素卿：《左传称诗研究》（台北：台湾大学出版社，1991），页261—288。书中列《左传》中36例赋诗及139例引诗。又董治安：《先秦文献与先秦文学》（济南：齐鲁书社，1994），列出四种表格，比较《左传》《国语》中引诗、赋诗与歌诗之同异。其中后两种表格（页35—45）详细标出此二书中每例引诗、赋诗、歌诗之时间、人物及诗作之题目。

子贡曰："贫而无谄，富而无骄。何如？"

[12]《论语引得》，1/15.
[13] 许慎：《说文解字》（北京：中华书局，1963），卷十下，页217.

子曰："可也。未若贫而乐，富而好礼者也。"

子贡曰："诗云：'如切如磋。如琢如磨。'其斯之谓与？"子曰："赐也，始可与言诗已矣。告诸往而知来者。"[12]

与前举之赋诗例相比较，引诗在类比想象的运作上有三处明显不同。首先，情境已从外交场合的公开表演变为了不含任何表演成分的私下对话。其次，编码和译码的内容从赋诗人之宽泛之志变为了引诗人在对话中所想表达的特定道德概念。故实际上的"志"已然等同于"意"，如许慎（58—147）所释："意，志也。从心音。察言而知意。"[13] 第三，类比编码和译码并非通过纯粹的想象而完成。《诗经》中的诗句和类比意指之间的联系往往非常清楚，子贡所引的"如切如磋，如琢如磨"可被解为是用来类比个人修养之道德理想。比起赋诗，引诗陈述宣示，往往直取主题，夫子闻诗句而知雅意，故许之"可与言诗已矣"。其随后所说的"告诸往而知来者"无疑是类比推断的实践一例，他显然认为只要并非过分想象，类比推断是理解《诗经》的必要条件。

如果说解释的作用在于发掘作品公认的意义，则上文所描述的赋诗、引诗就代表了一种误释，引诗不像赋诗那么离题，然仍是误释。子展等七人与赵孟对原诗的割裂几乎达到了生吞活剥的程度：他们将诗行抽离于原文与历史的背景，然后再将其转化成自我类比式表达的媒体。这样的做法显然没有逃过后世学者的注意，早在杜预（222—284）口中，便有"断章取义"之评。当然，"断章取义"的贬义是在历史中形成的；当它刚开始用来描述春秋时期赋诗、引诗时，其主体意义还是中性的。

# 二、孟子"以意逆志"的复原式解释法：以读者所体会的文本之意寻绎诗人之志

学者们评价孟子"以意逆志"论断时，很少有人关注过其前代解释传统对它的影响，而正是这一忽略影响了我们对其真正起源的认识。这一由"意"

到"志"的模式实际上源自赋诗与引诗的传统，而绝非如学界所指，纯属孟子个人无所祖述的创造。"以意逆志"深植于早期赋诗与引诗传统中，即听者均以己之"意"逆歌者或引文者之"志"。当然，如果孟子的"以意逆志"只是在简单重复赋诗与引诗的思路，则历来对它独创性的赞扬便失去了依据。到底是什么样的天才灵感使得孟子将一个本来是很单纯的、由赋诗与引诗者之口到听者之耳的解释行为转化成一个以读者为中心的解读原则呢？笔者认为，这一神来之笔乃在于孟子在静默阅读的新语境下，对"意"与"志"这两个概念的全新解释，如下文所示，对这两个概念的全新解释是其复原式解释理论的基础。

我们不妨先来考察孟子是如何灵活解释"意"字含义的。作为动词，"意"通常指大脑形成形象概念之思维活动，即"臆想"；作为名词，则指辞、句之主旨，即"辞意"；或指文之主旨，即"文意"。上文所示，赋诗和引诗体现出对"臆想"的宽容，对"辞意"的重视，及对"文意"的忽略。虽然孟子引诗时，自己并不注重原本的"文意"，然而却同时认为忽略文意往往会导致对《诗经》的误读。为了让学生咸丘蒙避免误读，为了让咸丘蒙明白如何根据文意解释诗作，孟子从而提出了"以意逆志"一说：

> 咸丘蒙曰："舜之不臣尧，则吾既得闻命矣。《诗》云：'普天之下，莫非王土。率土之滨，莫非王臣。'而舜既为天子矣。敢问瞽瞍之非臣如何？"曰："是诗也，非是之谓也。劳于王事，而不得养父母也。曰：'此莫非王事，我独贤劳也。'故说诗者不以文害辞，不以辞害志。以意逆志，是为得之。"[14]

这段引文将"意"的两种名词意义置于鲜明的对比之下：一种是咸丘蒙所见之词句字面之意，另一种是孟子所强调的全篇之文意。咸丘蒙解读《北山》诗句时，脱离整体之诗文，只见其表面之句意，遂有《北山》认定天下百姓均为舜之臣民，虽舜父瞽瞍亦不能外之说。相对于咸丘蒙之执着于孤立辞意，孟子则着眼于全体之诗文。兼采《北山》及诸诗之意，孟子认

[14]《孟子引得》，见《哈佛燕京汉学索引》增补版17号（上海：上海古籍出版社，1986），35/5A/4（即第35页／第5篇上／第4章，下同）。

为咸丘蒙之解读为误读，即《北山》中"莫非王臣" [15]《孟子引得》，35/5A/4。
一句是一种夸张的修辞手段，是百姓被迫承担所
有劳役时，对这种不公正所发的怨诉。

　　咸丘蒙的解读方式可称为"断诗取意"。不过，与那些"断章取义"的赋诗者或引诗者不同，咸丘蒙的读诗未能为所"断"之诗句提供一个新的语境，以使孤立的诗句在人际交流中重新获得连贯、完整的意义。在赋诗与引诗中，诗句脱离语境（所谓"断章"）之后，总是会被置于一个新的语境，即社交场合人际应对的语境之中去。虽然脱离本有语境会导致"文意"（即诗原本之总体意义）的丧失，语境再造却能够利用"断章"之诗句与实时社交场景的某种类比性，使其契合于新的语境，从而获得新的意义——此未必不是失之东隅，收之桑榆也。由于这类"断章"的诗句依赖于语境的再造，其原来文本的"文意"已无关紧要，而此断章诗句本身的"辞意"，也只能起到连接其自身与其新语境的作用。

　　不过，在读诗这一解读行为中，读诗者并不具备那种宾主之间的互动来为"断章"的诗句再造语境，故读诗者无论解读某诗的哪一部分，均须将其置于该诗之整体之中，否则就可能严重地歪曲它的原意。咸丘蒙即是一个典型事例：如果不是忽视了诗文全体这一语境，他不至于径取其表面意义，而将本来的民怨宣泄错解成天子的威势了。

　　孟子非常清楚，咸丘蒙错解《北山》诗句的根源乃在于其对"断章取义"这种解释方式的滥用，所以他在文中发出两个重要的告诫：

　　　　故说诗者，不以文害辞，不以辞害志。

　　由上下文来看，此中之"辞"，并非指单一的字或词，而是指诗中"断章"出来的"句"，即如咸丘蒙所引之"王臣"句。孟子随后说的话，亦表明其所言之"辞"，其实是"句"：

　　　　如以辞而已矣。《云汉》之诗曰："周余黎民。靡有孑遗。"信斯言也。
　　　　是周无遗民也。[15]

换言之，孟子告诫《诗经》的读者要构建全体之"文意"（即"以意"），而非孤立之"辞意"（即"以辞而已"或以"断章"），来作为解读诗歌的语境。这一告诫充分表明孟子的阅读观综合了"意"的动词与名词意义，即对孟子而言，读诗的过程，既有读者主观的探索（"意"之动词义），亦有文本客观的规范（"意"之名词义），只有两者完全的动态结合，这样的文本理解才能促成"逆志"。

孟子对"志"的重新界定与其对"意"的改造如出一辙。正如其以整体之"文意"取代孤立之"辞意"作为解释的原始材料一样，孟子以《诗经》中古代诗人之志，而非后代赋诗、引诗者之志，来作为解释诗的基本框架。以对意、志这两个概念所作的根本改造为基础，"以意逆志"的过程亦在其本质上发生了深刻的变化：在赋诗与引诗中，"以意逆志"代表了一个再创造的解释过程，即诗句脱离其原有文本及历史背景，置身于一个现场表演的语境中，并通过这些诗句与新语境的对应，间接地表达赋诗者与引诗者的志向；与此相反，读诗行为中的"以意逆志"则本质上是一个恢复本有语境的、复原式的解释过程。在静默阅读的历史背景之下，这一过程关注诗篇的整体意义，而非孤立的诗句，并将诗篇视为原作者之"志"全面的表述。

不过，试图以纯文本之意逆作者之志，其困难远非赋诗与引诗可比，因为所逆者，古人之志也，而相隔百年，又没有赋诗、引诗时对面之人可以以口头语言或身体语言时时纠正解读中的错误。针对复原式解释的这一内在困难，孟子提出的解决方案是尽可能多了解原作者的生平与其生活世界，从而减少读诗者与作者之间的时空距离：

> 孟子谓万章曰："一乡之善士，斯友一乡之善士。一国之善士，斯友一国之善士。天下之善士，斯友天下之善士。以友天下之善士为未足，又尚论古之人。颂其诗，读其书，不知其人可乎？是以论其世也，是尚友也。"[16]

文中所提方案，以"知人论世"这一言简意赅的形式流传至今。对孟子而言，只有了解作者

[16]《孟子引得》，42/5B/8。

的生平及其生活世界，逆作者之志或与作者的精神交流才成为可能。不过，尽管孟子提出的复原式解释具有相当的合理性与可行性，他本人却甚少采用。他的理论似乎与他的实践脱节，所以他读诗并不太着眼于诗的本身，在多数时候似乎更热衷于引诗这一做法，摘引孤立的诗句，以表达自己的、而非诗人的观点。直到宋代，孟子的这种复原式解释法才得以被广泛接受。

# 三、"以意逆志"与《毛诗序》类比式解释法：
# 以碎片式的类比臆想诗人之志

《诗经》在先秦时期主要是赋诗、引诗等类比表达的语料，而到了汉代，《诗经》则成了经师们加以解读的对象。汉代，学校使用的《诗经》教授文本主要有四家。《毛诗》之外，尚有《齐诗》《鲁诗》《韩诗》。这三家诗都被汉代官方正式认可，独《毛诗》未被立为官学。尽管如此，汉代以后，《毛诗》在如何解读和诠释《诗经》方面比其他三家诗影响更为深远。这其中存在外在、本质双重原因：从外在来讲，三家诗在汉代以后先后佚失，而《毛诗》独自流传下来。本质上讲，《毛诗》在将《诗经》改造成儒家经典方面的成就明显超越了它的竞争对手。

汉武帝统治时期（前140—前88），四家诗的兴起毫无疑问是对采用儒家思想作为国家意识形态的一个响应。公元前136年，汉武帝将孔子与其门徒长期使用和尊崇的五部经典书籍（《周易》《诗经》《尚书》《礼记》《春秋》）正式确立为儒家经典，并将其设立于学官。这些经学的学官被称为"博士"，他们都是最博学的人士并由朝廷授予头衔。

《诗经》的经典化需要孔子和后代儒者在一个令人信服且无所不包的阐释框架里对各种散乱的《诗经》传注进行整合。《毛诗》比三家诗更适合这个任务，相比于其他三家，《毛诗》更像是一个程序高手。它在《诗大序》中建立了一个社会政治伦理诠释的大框架，小序都在这个大框架内再对每首诗进行阐释，无一例外地将这些诗描述成具有美、刺特点的作品。通过对比，一些学者认为，三家诗可能根本没有诗序，更不用说有像《毛诗》中这样整

[17]《毛诗序》作者问题自古即为悬案。有以孔门弟子子夏为原作者，又经汉代毛氏增益者；亦有归之于东汉卫宏者。诸说见［清］永瑢等所编：《四库全书总目》二卷（北京：中华书局，1965），册一，卷十五，页119。

[18] 王国维：《玉溪生诗年谱会笺序》，见《王国维文集》（北京：北京燕山出版社，1997），页402。

[19]［唐］孔颖达：《毛诗正义》，见《十三经注疏》，卷一，页272。

合良好的诗序网络系统了。

鲁、齐、韩、毛四家各有独到之处，且均伴有若干详尽细密之注疏。四家均有序，其中唯独《毛诗序》流传至今；其作者不详，或为毛亨、毛苌或另一个汉代早期人物；《毛诗序》含大、小二序：大者为第一首的长序，也是《诗经》总序，小者为其余各诗之分序。[17]

四家均被认为应用了孟子的"以意逆志"解诗法，均是通过文本理解诗人之志。王国维（1877—1927）曾指出："汉人传诗，皆用此法，故四家皆有序。"[18] 不过这里对汉代诗经解释传统的阐述并不完全正确，下文对《毛诗序》如何评注《国风·周南》的分析很明显地展现了这一点。如下文所示，《毛诗序》受益于孟子解诗法的同时，亦在同样程度上偏离了孟子解诗法。

一如孟子所建议的，《毛诗序》努力寻找已为大家公认的诗篇本意。为此，作者采用了"知人"和"论世"这两个被孟子视为解释关键的措施。他这样论《周南》之世："然则《关雎》《麟趾》之化，王者之风。故系之周公。南，言化自北而南也。"[19]《毛诗序》将文王治地定为"周南"之区，从而为挖掘这十一首诗社会政治的寓意定下了基调。《毛诗序》认为，由于这些诗作于文王之世，它们体现文王之德，并表现出"王者之风"，"化自北而南也"。换言之，与孟子所说一样，了解诗成之"时"与"世"，就能有效地窥测诗歌的道德意义。

相较于上述之"论世"而言，"知人"难度更大。《诗经》所收均为无名氏的作品，已无考证作者生平的可能；但是诗中必须有一个作者，才能为复原式解释提供一个必要的历史背景。在《颂》与《大雅》中，这样一个作者的替代人不难找到，亦有其可信度，因为其中心人物总是一个历史的、或传说中的英雄。《国风》则不然：这类诗通常不牵涉历史人物，故不轻易与历史事件或历史人物发生联系，因而也就不易找到替代人。当然，这并不影响《毛诗序》为诸诗寻找作者替代品的努力，而在实在找不到的时候，注释者就索性创造这样一个人物。

| | 题目 | 主题 | 具体评注 |
|---|---|---|---|
| 毛诗其一 | 《关雎》 | 后妃之德也。 | 风之始也。所以风天下而正夫妇也……是以《关雎》乐得淑女以配君子，忧在进贤，不淫其色。哀窈窕，思贤才，而无伤善之心焉，是《关雎》之义也。 |
| 毛诗其二 | 《葛覃》 | 后妃之本也。 | 后妃在父母家，则志在于女功之事，躬俭节用，服瀚濯之衣，尊敬师傅，则可以归安父母，化天下以妇道也。 |
| 毛诗其三 | 《卷耳》 | 后妃之志也。 | 又当辅佐君子，求贤审官，知臣下之勤劳。内有进贤之志，而无险诐私谒之心，朝夕思念，至于忧勤也。 |
| 毛诗其四 | 《樛木》 | 后妃逮下也。 | 言能逮下，而无嫉妒之心焉。 |
| 毛诗其五 | 《螽斯》 | 后妃子孙众多也。 | 言若螽斯不妒忌，则子孙众多也。 |
| 毛诗其六 | 《桃夭》 | 后妃之所致也。 | 不妒忌，则男女以正，婚姻以时，国无鳏民也。 |
| 毛诗其七 | 《兔罝》 | 后妃之化也。 | 《关雎》之化行，则莫不好德，贤人众多也。 |
| 毛诗其八 | 《芣苢》 | 后妃之美也。 | 和平则妇人乐有子矣。[20] |

　　以上对"周南"中初八首诗的评注，均集中在"后妃"这一妇女典范的形象上，而这一由注释者创造出来的形象，正是《毛诗序》解释的基础。

　　《毛诗序》的评注有其统一的形式。如上表所示，评注总是先列举诗名，然后标出后妃形象的某一侧面，并将其定格为该诗的主题。第一与第四两首言后妃之事文王，第二首言后妃之本或其妇道，第三首言后妃之待下以仁，第五首言后妃之子孙众多，第六首言后妃之正夫妇关系，第七首言后妃之化百官，第八首言后妃之和睦家庭。每首的主题介绍完之后，接着是用诗中某一细节或物象加以印证，进一步赞颂后妃的德行。

　　从对这八首诗的评注来看，《毛诗序》其实并未严格遵守孟子的复原式解释原则，尽管它也试图"知人论世"，也谈论《诗经》的起源与诗作者的意图。如上所述，孟子的复原式解释总体上是一种用归纳的方法发现作品意义的过程，即读者在解读一首诗的过程中，检讨其"文意"或本有之意，以期揭示蕴涵于其中的

[20] 孔颖达：《毛诗正义》，见《十三经注疏》，页269—281。

[21] 孔颖达释"贤"字为"贤女",并认为此诗讲述后妃之为文王选"贤女"也。见《毛诗正义》,见《十三经注疏》,页273。

作者的意图。与此相反,《毛诗序》的解读实质上是一种用演绎的方法为作品赋予意义的过程;即注释者通常在解释一诗之初,从某种伦理的、或社会政治的角度点出作品的主题,然后再以诗中情节的发展来解释和证明这一默认的主题。这样就不难理解何以《毛诗序》常常会故意忽略一诗非常明显的本意,而硬削其足以适默认主题之履了。

《毛诗序》对《关雎》的评注是此方法最著名的例子。从字面来看,这首诗本来只是一首关于贵族青年思慕美丽女子的情诗,然而在《毛诗序》中,说话主人公变成了后妃,一首普通的爱情诗从而被转化成一篇比喻后妃探访贤才的作品。[21] 这一讽喻式的解读手法亦见诸其对《卷耳》一诗的评注。《葛覃》本来描述了新婚女子期待归省父母的激动心情;但是《毛诗序》将女主角处理成作为妇女楷模的后妃,从而将该诗转化为对女子德行的赞颂。《樛木》和《螽斯》二诗没有主人公,但是《毛诗序》利用诗歌主要意象的比喻功能,成功地将二诗与后妃联系起来。如《樛木》本来只是祈祷财福,但是在《毛诗序》作者笔下,诗中树枝垂地的物象竟成为赞美后妃的比喻:树枝之低垂一如后妃之纡尊于百姓也!同样,《桃夭》《兔罝》《芣苢》三诗各自只是描述了家庭或小区中的活动,与后妃几乎谈不上什么关系,但是在《毛诗序》的解读中,这些欢乐的场面却表现了生活在后妃教化下的人民欣欣幸福的生活。

品读《毛诗》诸序,我们禁不住赞叹作者在化普通民歌为后妃赞歌时所表现出的娴熟技巧,同时也禁不住要指出:诸诗中历史人物无一不是注释者想象的产物,而后妃之为诸诗主角,纯粹出自作序人之想象,亦应为不争之事实。八首诗中找不出任何与后妃相关的文字,作序人也没有提供任何可资佐证的史料,却带着似乎已是众所周知的态度,径直视后妃为诸诗的中心人物,并以此为基础对《诗经》进行评注。

这样,本来被孟子用来防止任意解读的历史性,却被《毛诗序》当作一件顺手的工具,用来包装其对诗歌主题不加节制、完全主观的篡改。作序人以想象中的历史性替换掉孟子"知人论世"一语中至为神圣的历史性。单就这一点来看,《毛诗序》之所谓重历史性,其实只是是对孟式解释的一种效颦之举而已。笔者认为,《毛诗序》至多也不过是"赋诗"解释的一个变种;

与赋诗者一样，注释者根本不在乎一诗之本意，在毫无依据地篡改文意时亦丝毫不觉手软；赋诗者或仅仅是"断章取义"，《毛诗序》则干脆另起炉灶，将一首细腻婉转的抒情诗硬生生改造成一篇空洞无物、了无情趣的道德说教。

简而论之，《毛诗序》代表了另一种"以意逆志"："以碎片式的类比阅读臆想诗人之志。"其间的类比法很大程度上是赋诗类比法和孟子复原式解释法的混合体。这一方法对后世的解释理论和方法影响深远，这一方法几乎为所有汉代至唐代的诗经评注者所采用，其中最为著名的有《毛传》之作者、《郑笺》作者汉代郑玄（127—200）、正义作者唐代孔颖达（574—648）。不过，即使这些《毛诗》的再注者批评《毛诗传》在历史人物和事件上乱点鸳鸯谱的错误，他们仍然几乎将所有才华和精力都用以详细阐述毛诗过分牵强的类比解释，从而力图使之合情合理。

不论后世的态度是扬是抑，亦不论其影响是益是害，《毛诗序》自由任意的解释风格对《诗经》研究本身，以及大而言之的诗歌研究，均产生了自由化的影响。在它所建立的模式中，主人公可以被解读为某一特定的历史人物，诗的内容可以被解读为这一人物德行的表现，而在这样的解读过程中，一首普通的诗歌轻而易举地被赋予了道德的寓意。可以说，《毛诗序》的出现，开创了中国文学评论史上利用假想的历史性来进行讽喻式解释的先河。

将《诗经》改造成一部儒家经典，是汉代诗学文化中一件非常有意味的事情。现今我们都很熟悉《诗经》以及它在汉代以前的功能，同时我们也知道《诗经》文本所传达的事件及其意涵，以及在春秋时期，《诗经》中的某些诗在外交场合如何被巧妙地提出来以表达邦国或其高级官员所赋予的意图。到了汉代，你会看到一种与此前完全不同的解说。那些鲜活的诗篇，有时甚至是充满色情意味的诗歌，在汉儒的手中都离奇的变成了迂腐的道德说教。而富有文学意味的想象也被那些看起来似乎很平淡的讽喻性说教所左右，成为道德说教的工具。

现在，就让我们从《诗经》305首的第一首——也是学者们讨论最多的一首诗——《关雎》开始，看看什么是汉代注释者"制造"出来的《关雎》：

《关雎》乃风之始也，所以风天下而正夫妇也……《关雎》乐得淑女以配君子，忧在进贤，不淫其色。哀窈窕，思贤才，而无伤善之心焉，是《关雎》之意也。

> 关关雎鸠，在河之洲。窈窕淑女，君子好逑。
> 参差荇菜，左右流之。窈窕淑女，寤寐求之。
> 求之不得，寤寐思服。悠哉悠哉，辗转反侧。
> 参差荇菜，左右采之。窈窕淑女，琴瑟友之。
> 参差荇菜，左右芼之。窈窕淑女，钟鼓乐之。[22]

此诗及诗序皆引自《毛诗》，这是西汉前期一位姓毛的学者所整编的《诗经》的一个主要版本。这位整编者一直被认为是鲁国的毛亨或是稍晚于他的赵国毛苌。《毛诗》由两个紧密协调的部分组成：305首诗歌及诗序。第一首诗序被称为大序，因为其大部分内容是从整体上阐述了《诗经》的起源、创作过程及诗的功能。其他304首诗序被称为小序。大、小序合称"毛诗序"，尽管这些诗序可能并非毛氏所作。一些学者认为，诗序最初是独立于《诗》的文本，后来毛氏将诗序分离并与诗歌正文重新组合。诗序各部分的创作被归属于几个人，而他们前后跨越了几百年。从孔子的门徒子夏（前507—？）到前汉的毛亨、毛苌，直至后汉的卫宏（25—57）。正是因为在学术谱系上直承孔子，所以诗序在入汉不久就获得了几乎等同于《诗经》的经典地位。

将《关雎》与其诗序结合起来阅读，令人震惊的是二者之间明显存在着"脱节"。诗的文本显示，这是一首以男性的口吻讲述了他向一位窈窕淑女求爱过程的诗歌。第一小节将窈窕淑女与在小洲上关关鸣唱的雎鸠相类比，其他四小节描述了叙述者日夜思念这位淑女，并试图以各种音乐来取悦她。其中伴随着摘采荇菜的场景，这一情节被不断地重复。然而，诗序的作者不仅完全忽视了这些生动形象的恋爱细节，并且将夫妻关系作为这首诗的主题，而不是诗歌所叙述的恋爱关系。尤其重要的是，诗序将叙述者的性别由男性转变为女性，并且将她定位为一位正在寻找其他淑女以共同侍奉君王的

[22] 此诗与以下所探讨的其他两首诗歌，以及所引诗序《毛传》《郑笺》等内容，皆出自《毛诗正义》，见《十三经注疏》，页259—630。

后妃。

为什么会这样？为什么诗序的作者无视诗歌本身所讲述的事实内容，而执意改变诗歌的主题和叙述者的性别呢？通过阅读《诗大序》开头，或许能够找到答案：

> 《关雎》乃风之始也，所以风天下而正夫妇也。故用之乡人焉，用之邦国焉。风，风也，教也。风以动之，教以化之。

通过这一段我们知道，诗序的作者在诠释诗歌时无疑已经预设了社会政治伦理主题。相比于诗歌本身讲述的内容而言，他更关心如何将一首诗改造成一部广泛适用于统治者和平民的具有指导意义的道德及政治行为的教科书。他将《诗经》中的所有诗都解读为真实地描绘了美政或恶政，以及时人对它的赞美与讽刺。通过他的诠释，《诗经》中的风诗成为统治者和平民之间十分有效的、完美的沟通渠道。由于风诗这种微妙含蓄的表达风格，下民可以以风刺上而言之无罪，统治者闻之足以自戒，改正其错误而又不失颜面。

在注释《关雎》和其他风诗时，诗序的作者不遗余力地揭示出"隐藏"在文本背后的理想的社会政治伦理内涵。通常，他试图通过追踪一首诗的本事，并将其与周朝某个特定时期的某位杰出政治人物相联系，以此来构思其潜在含义。实际上，诗大序中已经明确提到"是以一国之事系一人之本谓之风"，如《周南》和《召南》，就系于杰出的周公和召伯之身。如果与一首给定的诗歌相联系的政治人物是值得歌颂的，那么，他便倾向于将这首诗描述成是对其高尚行为和影响的赞美。相反，如果此人物品质卑劣，他通常会将这首诗描绘成对其恶迹和不良影响的谴责。由于追求这样一种设定主题，诗序作者会完全忽视《关雎》明显的恋爱描述，赋予它一个纯粹的社会政治伦理解读，便是再自然不过的事了。

诗序的作者是如何具体从事这种解读的呢？要回答这个问题，需尝试着重建其诠释过程。再次以《关雎》为例。在我看来，诗序的作者得出关于《关雎》含义的结论经历了三个主要步骤。首先，他将《周南》和《召南》的出处确定为周代先王早期的采邑。因此，他假定《关雎》和这两组国风中的其他风诗都是赞美周代先王的美德和成就的。其次，他又进一步将《关雎》系于周王朝的建设者和第一任国王文王之身。由于所有的儒者都认为文王及其王道是整个周王朝的道德根基，因此，他认为《关雎》作为《诗经》的第一首诗，只能用来称赞最重要的国王——文王的美德：一种和谐的夫妻关系。我们现在将夫妻关系定义为私人的家庭问题，但古代儒家学者将其视为道德统治的根基，位于人伦关系的核心位置。当诗序的作者声称"先王以是（诗）经夫妇、成孝敬、厚人伦、美教化、移风俗"时，已经使这一点完全明确了。最后，他又试图将《关雎》塑造成理想夫妻关系的典范。这并非易事，因为婚前求爱的描述很难与任何一种已婚情形相一致。即便可以将恋爱双方作为丈夫和妻子的象征，但在将其解释为文王时，依然有一个无法克服的困难。因为一个是令人尊崇的儒家圣君，一个是迷恋窈窕淑女的年轻男子，两者之间如何等同呢？但诗序作者想出了一个巧妙的解决方案：将叙述者指定为一位君主的嫡妻，把窈窕淑女设定为将被后妃选中作为王之侍妾的女子。这种对于两个角色再界定的做法，使诗序的作者能够将一首感性的爱情诗转换成一个无私的道德说教故事：无私的妻子"忧在进贤，不淫其色"。当然，从根本上来说，对君王后妃的赞美就是对君王的歌颂，后妃的美德总是被归于君王的道德影响和教化。尽管诗序的作者没有明确地说明，但很多后世的注释者都将这位贤德的妻子解释为太姒，即文王的后妃。

诗序对《关雎》和其他风诗的这种解读无疑给人十分牵强之感。但是汉代的读者却十分信奉这种解读，对他们来说，大序和小序都是令人信服且见解深刻的，有重要的教化意义。通过将诗序与305首《诗经》进行巧妙地整合，整编者毛氏完成了一项成就非凡的事业：将他的《诗经》文本拔高到经典地位，并最终超越了与之同期竞争的其他《诗经》文本。

# 四、"以意逆志"与《毛传》《郑笺》类比式解释法：文学想象的运用

诗序在汉代已经取得十分权威的典范地位。例如，毛亨或毛苌所著的《毛传》，很少偏离诗序既定的解读。同样重要的郑玄所著的《郑笺》，也很少偏

离诗序。从某种程度上讲，可将《毛传》《郑笺》视为诗序的传注，因为二者都全力以赴地试图证明诗序牵强的社会政治伦理化阐释的合理性。

正因诗序作者大胆地对 305 首诗作出牵强的解读，毛、郑绞尽脑汁支持诗序的主张，尽管他们缺乏可靠的文本证据。所以，《毛传》和《郑笺》的任务便是重建诗序，以使诗序与文本之间融合无间。毛、郑使用了何种阐释策略呢？现在我们来讨论众多阐释策略中的三种。

策略之一是赋予自然景象以讽喻性意义。在为《关雎》作注时，毛氏将对关雎的叙述贴上"兴"或"感发兴象"的标签。"兴"这个词的字面意思是"激发"或"唤起"，孔子说"诗可以兴"。毛氏可能是将"兴"作为名词使用来指代《诗经》中位于诗歌小节开头的自然景象的第一人。通常，一个用来起兴的意象后紧接着的便是情感的抒发。兴象和情感之间往往仅有少许的时空逻辑关系，但是模糊的类比有时更有利于对两者作出解释。如果说后汉的评论家倾向于探索起兴意象的审美效果，那么毛氏则只对随后类比相关的陈述感兴趣。事实上，在注解《关雎》第一节时，他将《关雎》描述为对文王正妻的赞美，接下来的两行，"雎鸠，王雎也"，他解释道："后妃说乐君子之德无不和谐，又不淫其色，慎固幽深，若关雎之有别焉，然后可以风化天下。"通过类比关雎和后妃之间的生活方式，毛氏把《关雎》诠释成一则象征后妃美德的讽喻性诗篇，为诗序所给定的政治伦理解读提供理论支持。

策略之二是对断章取义这一传统用诗方式的修正和运用。"赋诗断章"是指在外交场合中，取出《诗经》中的数行诗，使它脱离原始背景来表达某一邦国或大臣的某种意图。一旦被提出来，这几行诗将被赋予与原始文本几乎无关的新含义，并且必须在一段持续外交对话的新语境下进行解释。郑玄对《将仲子》的注解即对解构《诗经》诗句的旧式做法的一个巧妙地改进。《将仲子》讽刺郑庄公不能约束其母，未能阻止其弟步入歧途。当其弟共叔段误入歧途时，他没有制止。祭仲规劝，他却不肯听取意见，他的偏狭最终造成了巨大的祸患。

> 将仲子兮，无逾我里，无折我树杞。
> 岂敢爱之？畏我父母。仲可怀也，父母之言亦可畏也。

将仲子兮，无逾我墙，无折我树桑。

岂敢爱之？畏我诸兄。仲可怀也，诸兄之言亦可畏也。

将仲子兮，无逾我园，无折我树檀。

岂敢爱之？畏人之多言。仲可怀也，人之多言亦可畏也。

从对诗歌本身的解读来看，此诗序似乎比先前讨论的《关雎》序更令人难以置信。我们不禁要问，这样一首生动鲜活的爱情诗与讽刺郑庄公（前757—前701）纵容其弟共叔段的恶迹究竟有何关系。

此诗特写一位年轻女子正对她脑海中的爱人说话，她想象或是真实地看到她的爱人越过重重阻碍，离她越来越近。说话的内容由一句恳求（将仲子兮）、一句警告（无……无……）、一句反问和说明（岂敢爱之？畏我……），及一句对爱与担心的表达（仲可怀也，……之言亦可畏也）组成。如果说这些句子恰当地传达了女子内心的害怕、渴望、担心等一系列复杂的情感，那么重章叠唱（有变化地重复）则戏剧性地将这种情感放到最大。三节诗里第二句中位置的移动，从村庄到家门口再到庭内的花园，她看到她的情人越来越近，他正克服重重阻碍靠近她。而第五句和第七句中所提到的人物在她的脑海中却呈现出反向性变化：她担心和恐惧的对象从她的父母扩展到兄弟再到村里所有人。在《诗经》和其他任何时期任何地方的民歌中，我们很少看到这种情形。反向递增的诗节重复制造出身体和情绪的反向变化：情人的身体逐渐靠近，而她的担心也在一点一点地放大。这两种情绪同时达到极致，也使诗歌富有引人入胜的效果。正因如此，《将仲子》是《诗经》中最有魅力的乐章之一。

但诗序的作者完全忽视了这段等待幽会的戏剧性描写，将《将仲子》变成一则讽刺郑庄公不明智地拒绝其大臣祭仲忠告的讽喻性故事。为了证明这种牵强的讽喻解读的合理性，郑玄自己做了一些大胆的性别转换，他将显而易见的一位陷入热恋的年轻女子置换成郑庄公，而她的恋人也顺理成章地变成了祭仲。当这一对热恋中的年轻人身份被替换后，郑玄便开始了他"断章取义"式的阐释。首先，他摘出诗的二、三句（无逾我里，无折我树杞）将其移植到假想中的庄公与祭仲对话的场景中，这就使得他可以将这两行诗解读为庄公拒绝祭仲的忠告"无干我亲戚也""无伤害我兄弟也"等。然后，郑玄又以同样的方式为第四至第八句诗重新设定场景，将这几行转换解读为庄公对其纵容共叔段恶迹的原因辩解："段将为害，我岂敢爱之而不诛与？以父母之故，故不为也……我迫于父母，有言不得从也。"通过从《将仲子》中摘出这些诗句，并描绘出一段与之一一对应的两个历史人物的对话内容，郑玄成功地将整首诗改造成一则特定历史情境下的政治寓言诗。

策略之三是将一首诗或一首诗的某部分内化为心中的图景，亦即将现实生活中的实景或事件解读为叙述者内心想象的一个片段。郑玄对《野有死麕》的注解便是一个极好的例子：

> 《野有死麕》，恶无礼也。天下大乱，强暴相陵，遂成淫风。被文王之化，虽当乱世，犹恶无礼也。

> 野有死麕，白茅包之。有女怀春，吉士诱之。
> 林有朴樕，野有死鹿。白茅纯束，有女如玉。
> 舒而脱脱兮，无感我帨兮，无使尨也吠。

此处，诗序与诗歌文本之间的不协调较前两首诗更为明显，诗序所说的与诗文描述的内容恰恰相反。诗歌描述的是一次正在进行的幽会（与《将仲子》中即将发生的约会截然相反），最精彩的片段是女子假意斥责爱人的爱抚，实则半推半就地应允。然而，诗序认为这首诗表达了对无礼行为的厌恶。这种违反文本的解读显然源自诗序作者对其所坚持的地理历史决定论的维护。由于这是一首出自《召南》的风诗，召南乃是召伯的采邑，他必须要将这首诗阐释成只能是赞美当地所遵循的良好社会风俗的主题，而非任何其他主题。因此，像往常一样，他仅对这首诗提出了赞美的评论，没有去进一步解释。

解释的任务留给两位杰出的汉代注释者毛氏和郑玄。为了证明牵强附会的诗序的合理性，毛氏采取的最初步骤是指出隐含在诗中与礼相违背的内容。"无礼者，为不由媒妁，雁币不至，劫胁以成昏，谓纣之世。"他还指出："凶荒则杀礼，犹有以将之。野有死麕，群田之，获而分其肉。白茅，取洁清也。"

在毛氏的注释和说明下，郑玄进一步对每句诗中象征违反或遵守礼的内容进行阐释，以与毛氏所提出的逼婚主题相呼应。诗的最后两行，字面含义是女子假意斥责爱人的爱抚，郑将其解读为女子对无礼男子的诱惑和强迫的强烈厌恶。然而，要以同样的方式来解读其他诗句则困难得多。前面的诗句中，诗人的口吻很温和，是温情脉脉的爱的宽慰。第四句中，年轻的求婚者被称为"吉士"，很难想象这样的称呼会用到一个诱拐女子的骗子身上。如何消除这种矛盾并使之与诗序所言相符呢？郑玄提出了一个别出心裁的解决方案：将除最后两句以外的其他诗句解释为某个渴望理想婚姻礼仪之人的想象画面。据郑玄的说法，第二、三句和五、六句所描述的野有死麕，实际上是"贞女之情，欲令人以白茅裹束野中田者所分麕肉，为礼而来"的想象。同理，第三四句和七八句所描绘的美丽女子亦是内心的想象："有贞女思仲春以礼与男会，吉士使媒人道（导）成之。"为了强调这些场景都是想象而非真实景象，郑玄补充道："疾时无礼而言然。"换句话说，这些想象的场景不仅是为满足无法实现的愿望，还传达出对社会现实的批判。郑玄对这些诗句的"内化"，或许是为诗序给出的牵强解读提供支持的最合理的方案。

至此，我们看见了三首爱情诗，是如何被改造成个人行为或国家统治的积极或消极的说教范本。据此，我们对汉代注释者雄心勃勃地塑造《诗经》的经典地位的企图，以及他们为实现这一目标所展开的一系列翻译策略有了更深刻的了解。事实上，汉代注释家们令人惊讶地实现了他们的目标，因为《诗经》在汉代毫无异议取得了经典地位。然而，就诗歌本身而言，《诗经》亦属于文学作品，诗序和《毛传》《郑笺》亦如文艺评论作品，不可避免地会招致各种批评。从审美和文艺批评敏感性来说，这三种注释都不如人意。由于他们无视生动的生命之美，无趣地将表达生之本能的爱情诗歌改造成枯燥且毫无音乐美感的道德范本，因此长期受到责难。

古今的文学评论家普遍地对这三种注本持贬低观点，却几乎没人停止批评，考虑这三种注本中一些可能未被发现的文学价值。

诚然，这三种注本对《诗经》爱情诗的社会政治伦理解读是枯燥无味的，令人难以信服也难以与之共鸣。但是这些解读中却隐藏了一种反讽，一个完全被忽视的事实是：屈从于这种解读的阐释过程本身也是一种令人钦佩的文学想象活动。这样的想象同样也是文学的，它的精华之处在于要自觉地"发现"文辞中丰富的语义和句法歧义。对于诗歌文本来说，丰富的语义和语法歧义正是它文学性的一个重要表征。

回忆一下，诗序作者和郑玄是如何利用人称代词的缺席来改变诗歌中人物的性别的呢——将《关雎》中苦恋的年轻男子变为后妃，把《将仲子》中热恋的年轻女子变为庄公。离开因代词缺席而产生的歧义，诗序作者和郑玄不可能以他们的方式对这两首诗进行政治讽喻性的解读。假设诗序作者和郑玄将面对的是一种如英语这样，每个句子都有规定性主语或明显的暗示主语（如祈使句中隐藏的人称代词"you"，像"Open the window"）的语言，他们还能随意改变诗歌中人物的性别来实现其对《诗经》的政治讽喻性解读吗？肯定不行。他们将只能像西方讽喻家那样使用规定性的主语＋谓语语法，一切都变得无能为力，而他们惯用的性别转换特权也将被剥夺。

这让我们了解到中国文学中一个显著富有争议的问题：缺乏屈折变化（inflection）且歧义丰富的汉语言与中国诗歌艺术之间固有的联系。西方学术界对中国诗歌的研究，很多都论及中国古典诗歌中惯常的人称代词缺席所产生的审美效果，尤其是唐代及唐以后要求高度精练的诗歌作品。伟大的诗人杜甫（712—770）便自觉地利用省略、无主句等来成就一联诗句的多重解读，每种解读都以自己的方式丰富了诗歌的主题。[23] 迄今为止未被注意的是，这种对诗歌歧义的发掘起始于西汉及汉代《诗经》学者，而非五世纪以后的唐代诗人。

毛氏和郑玄惯常使用的另一种歧义，涉及诗歌自然景象中不确定的指示物。《诗经》风诗中的自然景象通常既没有组合到一起连贯地描述一个场景，也没有紧密地交织在一段叙事中。通常，它们出现在每小节的前两行，紧接着是两至多行的情感抒发。毗邻的两个部分在时空逻辑上毫不相干，并由此引发了丰富的歧义。诗人想要通过并列的自然景象和情感抒发来传达什么呢？这个问题对诗序作者来说显然无关紧要。依他看来，自然景象与主题无关，因此几乎从来不在诗序中提及它。然而，在强化诗序的社会政治伦理解

[23] 杜甫《春望》中著名的诗句"感时花溅泪，恨别鸟惊心"便是一个经典的例子，这两句诗生成了多达五种不同的解读，其中的每一种都令我们从一个独特的角度与悲伤的诗人产生共鸣。详参笔者 Zong-qi Cai ed., *How to Read Chinese Poetry: A Guided Anthology*（New York: Columbia University Press, 2008），pp. 165–167 and 387 对这两句诗的讨论。

读时，毛氏对自然景象却高度重视，为它们贴上"兴"或"感发兴象"的标签。在注解"感发兴象"时，他力图展现出它们是如何唤起或提出一种与诗序所宣告的社会政治伦理意义相类似的情况。上文中他对《关雎》的注解便是一个完美的例子。

当然，并不是所有的自然意象都能如此轻易地与一个类比性的解释相符合。例如，能否将"死麕"解释为提亲和赠送聘礼的类比呢？也许不能，因此毛氏没有解释。然而，在毛氏认为这个意象是"不可类比的"或无法用概念说明时，郑玄却发现了它绝妙的起兴功能：它召唤出一位苦恋的女子脑海中幻想或想象的场景。郑玄对"死麕"的解读预示了后来的评论者将如何处理这种"不可类比的"意象：不是从概念性上对这些意象作出响应，而是从情感和想象方面来响应它们。稍晚于毛、郑的中国学者们开始区分"可类比"和"不可类比"的意象。他们将前者称为"比"，后者则被称为"兴"——一种可感发的意象。介于二者之间的通称为"比兴"，既可类比，又能感发意象。

从更加理论的层面上讲，汉代诠释者对这三首爱情诗的讽喻性诠释，揭示了汉代诗学文化中社会政治伦理与文学之间动态的、共生的关系。我们注意到汉代《诗经》的经典化实质上是一项致力于得到官方认可的活动，其之所以能实现，很大程度上是通过巧妙地发掘其固有的文学特质，尤其是它丰富的语法和结构歧义库。诗大序称《国风》"主文谲谏"，诗序作者看似承认了诗歌中这种"隔"和"歧义"对其实现解读意图的重要性。诗序作者、毛氏和郑玄对诗歌歧义的发掘不亚于是一场真正的富有想象力的文学演练。

考虑到《诗序》《毛传》和《郑笺》中社会政治伦理与文学的共生关系，我们或许就不会好奇，这些《诗经》学注释是如何得到儒家经典地位的。在《毛诗正义》中，孔颖达注释《诗经》时，几乎采取了同样的方法来处理诗序，为二者都作了同样丰富的注释。这显然最好地证明了诗序符合儒家经典规范。同样，《毛传》《郑笺》亦是如此。相比之下，除了诗大序中对诗歌起源与功用的阐释之外，这三部著作在大多数人看来文学价值很小。但是考虑到上文提及的共生关系，这个长期公认的观点将受到挑战。在我看来，基于其对诗歌艺术、文艺批评和美学理论的正面影响，这些著作值得严肃认真地进行再评价。

在诗歌艺术方面，我们不难发现汉代经传对语言歧义性的创造性发挥对后世文学家的影响，如唐代大诗人杜甫对语言的灵活驾驭能力便与之有关。毕竟，《毛诗》和这三个注本都是儒家经典著作，这些诗人们的文学思想都受到其沾溉。再三阅读这三种《诗经》注本，注释者灵活的创新思维便会给人留下深刻的印象。这些诗人们从汉代注释大师那里继承了一种对汉语中潜在歧义的敏感性并且获得了利用潜在含义去达到最佳表达效果的技巧。无论怎样，他们的诗歌创作在很多方面可以看作是对汉代注释者创造性阐释效果的一种正面回应。

在诗歌批评领域，郑玄对类似于"死麕"这样的自然意象的内化，标志着传统中国诗学对"兴"的永久性认可。从汉代开始，对"兴"与"比"区别的探讨及前者无与伦比的美学效应已经呈现了它自身的生命活力，并且一直延续至今。在现代中国文学界，"兴"被恰当地誉为中国诗歌艺术的标志，并且很有见地地与形成于西方现代主义诗歌中的相近模式进行比较。然而至今仍被忽略的是，"兴"经久不衰的艺术魅力实际上始于郑玄对其作为精神图像的开创性探索。

在更纯粹的审美领域，我们注意到一个发人深省的讽刺。诗序牵强附会的看似毫无美感的诗歌解读为中国审美理想中的"言外之意"提供了一个别样的或补充性的版本。以往的惯例，人们对"言外之意"的讨论常追溯到老子和庄子对道的存在和言辞之外的终极真理的阐述。但是，汉代注释家的诠释实践为"言外之意"的审美理想指出了一个儒家的源头。少了形而上的色彩，他们更多从实践的层面来构建和展现文本之外的社会政治伦理意涵。尤其是后来，很多崇奉儒家思想的诗人不仅在其诗歌创作中步汉代经学家之后尘，并且也把讽喻家关于言外之意的探索予以理论化。这样的理论显然是有意与更占优势的道家学派"言外之意"观一较高下。

现在可以总结我所探索到的"言外之意"了：汉代经学关于《诗经》爱情诗的讽喻阐释背后隐藏着影响深远的文学含蓄论。

# 五、"以意逆志"与宋代复原式解释法：以深度文本涵泳迎诗人之志

《毛诗序》《毛传》、郑玄、孔颖达等人的类比解释法占据统治地位近千年，不过，到了宋代，这一方法失去了之前压倒一切的影响力。的确，宋代见证了阐释史上一个重要的发展，孟子"以意逆志"论较为抽象笼统，而到了宋代，"以意逆志"才得到真正的发展，变成一种系统的理论。宋人认为"以意逆志"中的"意"是读诗人之臆想，即解诗人在文意本身基础上的臆想，所以此时的"意"已经包含诗文之意，宋人因此较为重视文本分析。

诸多宋代理学家们开始毫不留情地攻击他们的"断章取义"，认为他们为了建构自己所想要的意思而割断诗篇。在攻击汉唐类比解释法及其支持者之时，宋代理学家们也不断援引孟子的"以意逆志"，以之作为正确文本理解的宗旨。

北宋欧阳修（1007—1072）是最早反对《毛诗序》《郑笺》为代表的汉唐类比解释法的学者之一。其《诗本义》细读一篇篇《诗经》诗作，展示了毛、郑如何对诗作本身的意思视而不见，任意将诗作上下文意象、字词、诗句割裂出来，赋以类比意义，从而误读了每篇诗作。他这样写道：

> 《郑笺》不详诗之首卒，随文为解，至有一章之内每句别为一说，是以文意散离，前后错乱而失"诗之旨归"矣。……且诗之比兴，必须上下成文以相发明，乃可推据，今若独用一句，而不以上下文理推之，何以见"诗人之意"？[24]

欧阳修对割裂式类比阅读的鞭挞，无疑催化了对阅读艺术与方法兴趣的迅速滋长。在寻找阅读儒家经典正确方法的过程中，大部分宋代理学家转而求助于孟子的复原式方法。他们往往将孟子的"以意逆志"抬上神坛，作为正确文本理解的试金石。即使在肯定《诗序》的吕祖谦（1137—1181）的著作中，我们也可看到对孟子的赞许：

[24]［宋］欧阳修：《诗本义》，卷七，见《四部丛刊三编》（上海：上海书店出版社，1935），册十四，页1。

程氏曰："不以文害辞。"文，文字之文，举一字则是文，成句是辞。诗为解一字不行，却迁就他说。如"有周不显"自是文当如此。

张氏曰：知《诗》莫如孟子。以意逆志，读《诗》之法也。又曰：凡观书，不可以类而泥文，不尔则字字相梗，当观其文势上下意。[25]

[25] 吕祖谦：《吕氏家塾读诗记》卷一，见《文渊阁四库全书》，册七三。
[26] "不显，则所以甚言其显也；不时，则所以甚言其时也。"见吕祖谦：《吕氏家塾读诗记》，卷二十五，见《文渊阁四库全书》，册七三。

这段文字中有三段引言与阅读方法有关。首先引用的程颐之言为孟子"不以文害辞"提供了全新的注解。他将"文"解作单个字，"辞"解作句子，并认为"诗为解一字不行"，而需要在整首诗的语境下理解单个字。如果一字之文面意思和整首诗的意思不符，他认为读者须改变此字字意来符合诗歌的语境之意，而不是反过来改变整首诗的意思来迁就单个字。所引用《大雅·文王》"有周不显"一句中，"不"和整首诗赞颂周王之意相互冲突，所以他认为"不"解作"甚"似乎更为恰当[26]。

这段文字的第二段引言认为孟子"以意逆志"是读《诗经》的最佳方法，这里的"张"疑指张载（1020—1077）。不过，其后的第三段引言却被不少后人认为并非张载之言，而是程颐所说。这一段再次详尽阐述了文本理解中语境的至关重要，正和上文所引的欧阳修《诗本义》之言互相照应。这里需要一提的是，程氏和吕氏强调上下文意的重要性，主要是解释为何《毛传》"有周不显，帝命不时"中"不显""不时"解为"显""时"。相反，欧阳修反复强调不可执着于孤立的类比意象而忽略了"文势上下意"，旨在对《毛序》以及整个汉唐《诗》学传统展开全面的批判。

在宋代林林总总关于阅读的阐述中，没有一种可以及得上朱熹（1130—1200）对孟子"以意逆志"说的理论反思，因其观点极为重要，对后世影响力也极大：

　　"以意逆志"，此句最好。逆是前去追迎之之意，盖是将自家意思去前面等候诗人之志来。又曰："谓如等人来相似。今日等不来，明日又等，须是等得来，方自然相合。不似而今人，便将意去捉志也。"……董仁叔问"以意逆志"。曰："是以自家意去张等他。譬如有一客来，自家去迎他。他来，则接之；不来，则已。若必去捉他来，则不可。"[27]

朱熹在这里详细说明了时人所接受的汉唐类比式解诗法与他的解诗方法之别。他认为他们之间的区别可简要概括为二家对读者之"意"和作者之"志"之间关系的把握。对接受汉唐类比式解诗法的时人来说，"以意逆志"中的读者之意和作者之志之间是主人和奴仆的关系，因此，他们可以像主人凌驾于奴仆之上一样，不顾作者之志，傲慢至极地把自己之意加诸文本。而对朱熹来说，读者之意是一位谦逊的主人，正在迎接作者之志这位尊贵的客人，故读者须谦逊地等待，"今日等不来，明日又等"，从而迎来作者之志。很明显，在这段主客比喻中，"等"用来比喻深入且长久的涵泳文本之行为。在朱熹看来，他的解诗方法和其他人的不同也可概括为对"以意逆志"中第三个字"逆"的不同解读。其他人认为"逆"是傲慢地"捉"作者之志，而朱熹则将"逆"解为谦逊地"迎"作者之志。

朱熹不仅把孟子"以意逆志"一说理论化，而且也在《诗集传》中将这一方法运用到重读《诗》三百篇的过程中。《诗集传》体现出孟子之后，复原式解释方法用在具体诗篇分析上的真正例证，而此时距离孟子时代已相隔甚远。朱子对《诗经》的复原式（再）解释，因其在方法论上的创新和一个令人震惊的发现而广为人知。

朱氏读诗方法有两大创新，一是对文本每个部分都加以分量相当的评论，二是给每首诗各章都加上赋、比、兴的标注。欧阳修大力批评毛序、郑笺忽略了上下文的整体意思，朱熹则提供了如何纠正这一错误的例证。朱熹的评论均衡地散见于一首诗的各个部分，清楚明白地引导着读者对诗篇的所有部分都加以均等重视，继而使读者得出考虑到上下文的、较为恰当的诗作之意。不仅如此，毛、郑往往仅仅看重独立割裂的比兴意象，朱熹则把赋、比、兴及其变体等种种概念系于诗作的所有部分。这样的标注方法似乎就是意欲提醒读者，不管汉唐经学家们如何对比兴意象赋予多么丰富的类比含义，这些意象仍然还是要与其他部分所使用的赋、比、兴连在一起考虑，这就

[27] 朱熹:《朱子语类》（北京：中华书局，1986），册四，卷五十八，页1359。

与欧阳修《诗本义》的观点类似。因此，通过采用以上两个全新的解释方法，朱熹得以有效地引导读者阅读文本本身，引导读者疏通诗篇全文的字面意思。这种深入沉浸于文本的涵泳阅读导致了一个令人震惊的发现：大部分诗篇，包括那些汉唐经学家们认为具有崇高道德意义的诗，都显然成了热情奔放的爱情诗。朱熹及任何尊重文本的人都无法填补文本的字面意思和前人声称的道德类比之间的鸿沟。所以，朱熹无奈之中，只能将这些诗当作是"淫奔"之诗，并认为孔子删诗时留下这些诗似乎是为了提醒读者留心这些负面例子。

朱熹对孟子"以意逆志"一说的理论化及其在《诗集传》中对复原式解释法的创新运用为中国文学解释理论的发展带来了革新。千年以来占统治地位的碎片式类比解释法得以动摇，朱熹的复原式解释法从而开始了从南宋一直到明代中期的统治。

# 六、"以意逆志"与元明清诗篇类比解释法：以整体类比阅读逆诗人之志

当朱熹《诗集传》逐渐成为经典占据主流地位之时，《毛诗序》与整个汉唐解《诗》传统逐渐失去了他们长久以来的影响力。即使如此，他们并没有退出历史舞台。其实，朱子以后不久，一些学者就开始为《毛诗序》作有力的辩护，并强烈反对《诗集传》。宋末元初的马端临（1254—1323）就是较早崇毛贬朱的学者之一。他在以下段落中说明了为何他们这些学者会摒弃朱子的解诗法，转而重新接受《毛诗序》对诗作的解读：

> 序求《诗》意于辞之外，文公求《诗》意于辞之中，而子何以定其是非乎？曰：愚非敢苟同序说，而妄议先儒也。盖尝以孔子、孟子之所以说《诗》者读《诗》，而后知序说之不缪，而文公之说多可疑也。……夫诗，发乎情者也，而情之所发，其辞不能无过，故其于男女夫妇之间，多忧思感伤之意；而君臣上下之际，不能无怨怼激发之辞。十五《国风》，为《诗》百五十有七篇，而其为妇人而作者，男女相悦之辞，几及其半。

虽以二《南》之诗，如《关雎》《桃夭》诸篇，为正风之首，然其所反复咏叹者，不过情欲燕私之事耳。……盖知诗人之意者莫如孔、孟，虑学者读《诗》而不得其意者，亦莫如孔、孟，是以有无邪之训焉，则以其辞之不能不邻乎邪也。……是以有害意之戒焉，则以其辞之不能不戾其意也。……以是观之，则知刺奔果出于作诗者之本意，而夫子所不删者，其诗决非淫佚之人所自赋也。[28]

这里，马端临巧妙地将朱熹的观点转过来攻击朱熹自己。如前文所示，朱熹和其他宋代思想家认为毛序只见树木不见森林，沉迷于对孤立意象和语句的考证，故未能在诗作上下文的语境中寻诗作本意。而这里马氏则认为朱熹犯了同样的错误，他认为朱熹因沉迷于文本本身，没有在文本之外更为宽泛的类比框架下确定真正的"作者之志"，因此马氏认为朱子同样只见树木不见森林。朱熹批评毛序对文本生吞活剥，解诗无法自圆其说，马氏则巧妙将以子之矛攻子之盾，反过来质疑朱子之法。因此，马氏从而认为毛序所探讨的文外意比起朱熹所追寻的文内意而言，是更高层面的追求。

文外意超越文内意这一观点中多少蕴涵着道家的语言观。不过即使马端临受到老庄的影响，然而他在论证过程中没有显示出任何道家的影响的痕迹，而是引儒家圣贤之言进行论述。通过引用孔子"诗三百，一言以蔽之，思无邪"的观点，马端临首先反对了朱子宣称的"淫奔"之诗的存在；然后，同朱子一样，他引孟子"以意逆志"一说来支持自己的观点。孟子讨论"以意逆志"时强调了两种严重的错误："以文害辞"和"以辞害志"。欧阳修批评毛序犯了第一种错误，而马端临则批评朱熹犯了第二种错误。马氏认为淫奔之诗是"辞"，而文本背后的道德类比是"志"。所以朱熹的"淫诗"一说其实只是因"以辞害志"而造成的错误。最后，马氏认为这些诗"决非淫佚之人所自赋也"，而只是儒家道德思想的类比表达。《毛诗序》将情诗加以道德隐喻，在这里马氏则完成了他对《毛诗序》之辩护。

马端临比较《诗集传》与《毛诗序》的方法为后来诸多明清学者捍卫毛序贬低朱熹时提供了论证思路。跟马氏类似，这些学者也希望通过降

[28][元] 马端临:《文献通考》(北京：中华书局，1986)，卷一七八，页1540—1541。

低文本的重要性使得朱子对《毛诗序》的批评显得无关紧要，这样就可以将朱熹的文本阅读法降低到仅仅是为了崇高道德隐喻所做的准备工作而已。很多明清学者按照马的思路重叙马端临的观点，不过，有的则致力于提出自己的观点。比如，郝敬（1558—1639）就在《孟子说诗解》中提出了自己的原创论点，他认为毛序探寻文外意的行为其实是无法避免的：

[29] "问：为学逊志、以意逆志之分。曰：逊志是小着这心去顺那事，理自然见得出。逆志是将自家底意去推迎等候他志，不似今人硬将此意去捉那志。" 见［宋］朱熹：《朱子五经语类》，载《文渊阁四库全书》，册一九三。
[30]［明］郝敬：《孟子说诗解》，载《四库全书存目丛书补编》（济南：齐鲁书社，1997），册五三，页69。

> 孟子曰："说诗者，不以辞害志，以意逆志，是谓得之。"朱子谓：以意逆志，将自家意思前去迎候诗人之志。至否、迟速不敢自必，而听于彼，庶乎得之。不然则涉于穿凿，未免郢书燕说之诮。[29] 按此说似是而非，欲自得而反伤巧。可以读他书、不可以说《诗》。自谓得解，而实与孟子背。所以诋《诗序》为赝者，正以辞害志蔽之也。盖《诗》言与他经异。说《诗》与说他经殊。他经辞志吻合，《诗》辞往往不似志。他经不得志，执辞可会。《诗》必先得其志，然后可讽其辞。[30]

这里，郝敬认为毛序对文外意之类比解读法并非是可有可无的选项，而是极度必要的，他认为这很大程度上是由诗本身的特质决定的。诗，尤其《诗经》，有着"温柔敦厚"的本质，故必重视隐约婉曲的表达，故"诗辞往往不似志"，所以郝敬认为在文本中寻作者之志反而是有悖常理甚而徒劳的。对他来说，朱熹及其追随者所提倡的文本分析对散文也许有效，但对诗则并不适用。

其实，马端临、郝敬等其他明清学者在这里为《毛诗序》的辩护反而标志了和毛序截然不同的另一种类比解释法的出现。这种方法是整体解读（holistic reading），而不是《毛诗》的碎片式解读。和《毛诗序》中对文本生吞活剥，仅仅看重某些割裂的独立部分不同，他们更倾向于考虑文本的整体性，将诗作全篇当作是表达作者之志的类比工具。

# 七、"以意逆志"与晚明及清代的诠释学解诗法：跨越文内意与文外意、作者与读者的界限

到了晚明，很多批评家们已对长久以来崇毛派和崇朱派两大阵营之间的互相指斥产生厌倦，开始已然不再以孟子"以意逆志"法作为评价解释方法的最终准则了。为了讨论解释方法，尤其是解《诗》方法，他们又回到讨论先秦赋诗引诗实践，试图在其基础上建立起更为宽泛，更有包容性的解释范式。我们可以从下面这段钟惺（1574—1624）《诗归序》中看到这一新趋势：

> 《诗》，活物也。游、夏以后，自汉至宋，无不说《诗》。不必皆有当于《诗》，而皆可以说《诗》。其皆可以说《诗》者，即在不必皆有当于《诗》之中。非说《诗》者之能如是，而《诗》之为物不能不如是也。何以明之？……且读孔子及其弟子之所引《诗》，列国盟会聘享之所赋《诗》，与韩氏之所传《诗》者，其诗、其文、其义，不有与诗之本事、本文、本义，绝不相蒙，而引之、赋之、传之者乎？既引之，既赋之，既传之，又觉与诗之事、之文、之义，未尝不合也。其何故也？夫诗，取断章者也。断之于彼，而无损于此。此无所予，而彼取之。说《诗》者盈天下，达于后世，屡迁数变，而《诗》不知，而《诗》固已明矣，而《诗》固已行矣。然而《诗》之为诗，自如也，此《诗》之所以为经也。[31]

之前对解释论的讨论中，学者们要么完全忽略赋诗、引诗，要么在批评汉唐学者"断章取义"时用稍带贬义的语气提及赋诗、引诗。然而，这里钟惺大胆地将赋诗、引诗抬高到和孟子"以意逆志"论并举的地位。他引用了"赋诗、引诗、传诗"里一直存在的"断章取义"，强调从《诗》中断章取义往往是为了传达与原文毫无关系的意思。然而，当用《诗》者重新创造出这种全新的文外意的时候，钟惺注意到文外意最终看起来和文本的原意仍然相关。钟惺认为，文本本身和文本外要素不断动态互动互生过程因"断章取义"而成为可能，这种互动过程反过来又使得《诗》成为"活物"，即无

[31][明]钟惺撰，李先耕、崔重庆标校：《隐秀轩集》（上海：上海古籍出版社，1992），页391—392。

论何时何地，"皆可以说《诗》"。基于此，钟惺认为可对《诗》加以恰当的重新定义："夫诗，取断章者也。"

[32][明]钟惺：《诗归序》，见《隐秀轩集》，页235—236。
[33][清]王夫之：《诗绎》，见《船山遗书》（北京：北京出版社，1999），卷八，页4613。

钟惺的这一全新解释方法带有现代批评理论所称的"诠释学（hermeneutic）"的诸多明显特征，如他对解释之自由度的强调；又如，他认为任何解释都合理；再如，他认为文内意（部分）和文外意（整体）的互动过程中有着开放式的互相转化的互动；最后，最重要的是，钟惺相信文本赖以生存的方式恰恰在于解释过程中对意思的不断重新创造。

不过，真正意义上的"诠释学"需要反对任何权威对文本的解读。显然，竟陵派的钟惺、谭元春（1586—1631）等人都没有做到这一点。尽管他们认可对《诗》的诸多不同解释都同样合理，然而他们依然认为作者具有最高的权威，他们因此不断要求今之读者能与古之作者精神相通："庶几见吾所选者以古人为归也。引古人之精神以接后人之心目，使其心目有所止焉，如是而已矣。……惺与同邑谭子元春忧之，内省诸心，不敢先有所谓学古不学古者，而第求古人真诗所在。真诗者，精神所为也。"[32]

将作者拖下神坛的任务则留给了清初的王夫之（1619—1692）。不类钟、谭二人，王夫之认为阅读不是"引古人之精神以接后人之心目"的行为，而是正如原始创作一样毫无保留的，充满想象力的创作过程。他这样解释孔子对《诗》的评价：

> 《诗》可以兴，可以观，可以群，可以怨。"尽矣。辨汉、魏、唐、宋之雅俗得失以此，读《三百篇》者必此也。"可以"云者，随所以而皆可也……出于四情之外，以生起四情；游于四情之中，情无所窒。作者用一致之思，读者各以其情而自得。故《关雎》，兴也，康王晏朝，而即为冰鉴。"吁谟定命，远猷辰告"，观也，谢安欣赏，而增其遐心。人情之游也无涯，而各以其情遇，斯所贵于有诗。[33]

这段文字中王夫之已经将读者提高到可与作者相提并论的地位上。他强调："作者用一致之思，读者各以其情而自得。"这一"各以其情而自得"的过程从根本上来讲,与原始创作毫无轩轾。与作者相同,读者一样地在作品中倾注了自己的全部的情感,而这种倾注也一样地是毫无保留的和充满想象力的。为了证实这种情感投注理论,王夫之写道:"人情之游也无涯,而各以其情遇。"

孔子"诗可以兴,可以观,可以群,可以怨"的评语中,主语"诗"一般认为指《诗经》一书,因此这一论断可看成是对《诗经》四种功用的概括。然而,根据王夫之这里的上下文和所给出的两个例证,王夫之将"诗"一字解作是单独的诗作。因偷换主语,王夫之将孔子所言变成了对读者读《诗》反应的描绘。按照王夫之对孔子所言的全新读法,他将"兴、观、群、怨"重新定义为读者阅读具体《诗》作品中所可能体验到的"四情"。同样,他也将"可以"二字看作是指每一首诗均能在读者身上同时引发四种不同的情感(即"兴、观、群、怨")。从这种新的角度来看,"可以"二字遂成为理解"兴、观、群、怨"的关键,令此四字的意义互为批注,相互融合。在另一处讨论这种艺术境界时,王夫之一字不差地重复了他对"可以"二字的论述,进而指出这样的艺术境界只有在中国诗歌的精华处才偶有一见:

> 兴、观、群、怨,《诗》尽于是矣。经生家析《鹿鸣》《嘉鱼》为群,《柏舟》《小弁》为怨,小人一往之喜怒耳,何足以言诗?"可以"云者,随所"以"而皆"可"也。《诗》三百篇而下,唯《十九首》能然。李、杜亦仿佛之,然其能俾人随触而皆可,亦不数数也。又下或一可焉,或无一可者。[34]

这种艺术境界的理论与当代美学中的诗歌复义理论颇相仿佛。

如果说复原式解释法表现出一种由读者而作者的线性过程,则王夫之的阐释模式于多方面展现了循环式的过程。首先,作者与读者的角色替换就具有某种循环的特征。随着本来是处于从属地位的读者占据了作者的位置,作者则从其原先主导地位上被拉下来,虽然他仍然是一个制造了作品意义的人,但是随着他的读者逐渐增多,而每一个读者又都为作品增添了新的意义,他最终沦为创造其作品意义的众多成员中的一分子。王夫之将"兴观群怨"

[34][清]王夫之:《夕堂永日绪论内编》,见《船山遗书》,卷八,页4620。

四种功能的关系理解为共生并起、交互影响。这一做法也显示了他的阐释方式之非线性特征。

# 八、理论反思：中国古代文论研究与传统批评术语的模糊性

从这里对以上六种中国文学批评中主要解释方法的讨论中，我们可见到中国解释传统动态发展的模式与过程，这一过程由两股基本力量推动发展。这两股推力即再创作（re-creative）与复原（reconstructive）两种趋势。

再创作的趋势产生的主要原因有二，一是要将《诗》从文本中解放出来，使之成为社会政治生活中人际交往的重要工具，正如赋诗、引诗的实践所示。二是要打破根深蒂固的文学接受传统，使《诗》历久弥新，演绎出无穷无尽的意义和美感，就像钟惺和王夫之孜孜不倦所追求的那样。再创作的解释主要是用类比想象去寻求文外之意，不管它是道德隐喻还是审美的意境。与之相较，复原趋势则产生于读者因社会、政治或审美的原因希冀能进入古之作者的内心世界，与他们神交情融。根本上说，复原的解释主要是通过吟诵涵泳或细读分析来探寻文本本身之意。再创作和复原解释两大趋势的区别，恰如其分地折射于对"以意逆志"中"意"的不同解释之中。意可解作"臆想"或作"文意"，前者是再创作解释的标记，而后者则是复原解释所关注的对象。

在中国解释传统的发展过程中，这两种趋势此起彼伏，相互影响，并不断改变对方。汉唐时期再创作趋势尤盛，导致了碎片式类比解诗法占据了绝对地位。宋元明时期则见证了另一股力量——复原解释法的兴起。而自晚明到清代，这两种倾向则看起来达到了相对平衡，类比方法、复原式解诗法、结构分析法、诠释学方法等不同解释方法应运而生，呈现出一派繁荣景象。

清代有些批评家也注意到了这两种解释倾向的不同，并且尝试按这两者的不同将中国解释传统二分。方玉润（1811—1883）就是一例。他将赋《诗》、引《诗》、学《诗》列为"断章取义"一派，而释《诗》则是"务探诗人意旨"

的另一派。[35] 魏源（1794—1857）构拟出相似的二分法，根据再创与复原的倾向区分出两大阵营。他将赋《诗》、引《诗》等同于对"兴"的想象使用，并认为这一阵营"为词赋之祖"。同时，他也像方玉润一样，他将说《诗》看作是"以意逆志"的复原式使用，并将其看作是后世学者"传注"兴起之源。[36]

在结束本文之际，让我们再次反思传统批评术语的模糊性。"以意逆志"这一论断是术语模糊性的典型例证：任何人都无法对这一论断加以确定的定义或找到普适的英译。正因为此，笔者在每一节的标题中按照"以意逆志"在具体历史时期运用的情况不断对其重新定义。中国文学批评中术语的模糊性长久以来被现代学者贬斥，被认为反映出中国文学批评是笼统含糊、不尽精确、难以理出条理的。然而这绝不是事实。只要批评家愿意耐心地将中国批评术语的使用放在具体历史情境下加以考察，必然会发现，术语的模糊性实际上正是中国传统文学理论的长处所在。"以意逆志"说的历史演变就足以说明，关键术语模糊多义，正为历代批评家提供了相互对话、碰撞，竞争，推出各种新论说的宝贵空间。试问，如果"意""逆""志"都有精确不变的含义，而"以意逆志"一句又像英文句子那样明确设定"意"和"志"的归属，那么历代批评家还能以孟子名言为依托，发展出如此丰富多样的文学解释理论吗？同时，传统批评术语的模糊性也为现代学者提供一个研究文论史的独特途径：通过观察具体重要术语、论断的演变，展现相关文学理论在不同历史时期发展的真实态势，同时又揭示出各种不同论说矛盾统一的内在关系。这种微观术语考证和宏观理论思维相结合的路径在西方文论研究中是无法想象的。由此可见，术语的模糊性给中国古典文论所带来的实际是一种独一无二的优势，一种尚未被人认识的优势。

（陈婧 译）

[35] 方玉润《诗经原始》："《诗》多言外意，有会心者即此悟彼，无不可以贯通。然唯观《诗》、学《诗》、引《诗》乃可，若执此以释《诗》，则又误矣。盖观《诗》、学《诗》、引《诗》，皆断章以取义；而释《诗》，则务探诗人意旨也，岂可一概论哉？"见［清］方玉润：《诗经原始》（北京：中华书局，1986），页51。

[36] 魏源《诗古微》："自国史编《诗》讽志，于是列国大夫有赋《诗》之事；自夫子录《诗》正乐，于是齐、鲁学者有说《诗》之学。然说《诗》者旨因诗起，即触类旁通，亦止依文引申，盖许主而义从之，所谓'以意逆志'也。赋《诗》与引《诗》者，诗因援及，虽取义微妙，亦止借词证明，盖以情为主而诗从之，所谓兴之所之也。'以意逆志'者，志得而意愈畅，故其后为传注所自兴；兴之所至者，兴近则不必拘所作之人、所采之世，故其后为词赋之祖。"见［清］魏源：《诗古微》，载《魏源全集》（长沙：岳麓书社，2004），册一，页212—213。

277

比较诗学篇 ————————————————————————

# 比较诗学篇小序

比较诗学可以说是我学术研究的肇端。二十世纪八十年代初，比较文学在中国刚刚兴起，很多学者的研究都着眼于中西文学作品之间的比较，谈论较多的是两者之间的相似点，往往陷于一种简单牵强的比附。所以我的中山大学硕士论文选择了一个在当时具有相当超前性的论题，即探讨西方浪漫主义和中国古典诗歌里情景交融的理论和手法，并力图从中西哲学传统中寻找产生相似理论和手法的深层原因。论文上半部分是诗歌文本的微观分析，下半部分则转向阐释两种诗歌传统各自的哲学渊源，并进行较为宏观的比较。虽然现在回过头来看，这篇论文有一个明显缺点：过于强调两种传统的相同之处，缺乏对相异之处的反思。

1987年，我到普林斯顿大学，在高友工先生的门下读博士，三年后大致完成了学术转型，思维模式和研究方法得以被脱胎换骨地改造。然而，正当准备要开始深入研究中国古典诗歌之时，神差鬼使，我又重操起比较文学的旧业。1999年秋，我接受了纽约州立大学石溪分校比较研究系助理教授的职位，开始在美国教书的生涯。比较研究系里的同事都是研究西方文学的学者，修课的学生也是以不懂中文的美国学生为主，所以我必须转向跨文化的研究。其间我写了一系列比较文学方面的论文，几年之后集结成《比较诗学结构》。本篇头三篇论文都选自此书。

相较只寻找两种文化相似之处的中山大学硕士论文，此书有了质变。我对中西文化的了解程度有了明显的提升，经过麻省大学时期对西方内文化的学习、普林斯顿时期对中国内文化的学习，我已有能力打通中西两个传统，看问题时自然就有丰富的联想和比较。跨文化视角在两个内文化传统相互参照中自然产生，帮助自己发现了许多前人没有发现的研究课题，即使历来被人们关注的古老课题，也可以找到新的思考角度和新的分析方法。

《比较诗学结构》微观篇中《和谐的诗学：柏拉图和孔子论诗》《想象的诗学：华兹华斯和刘勰论文学创作》《"势"的美学：费诺洛萨、庞德和中国批评家论汉字》《解构的诗学：德里达和大乘佛教中观派论语言与本体论》四章都是前人没有研究过的课题，而文中所征引的材料也是全新的。通过综合分析这些微观个案的研究结果，我试图在宏观层次上比较分析中西诗学发展的轨迹，发现两者几乎总是在宇宙过程和真理两条不同轴线上讨论文学的起源、本质、创造过程以及其功用，从而形成各自独特的系统。此书宏观篇对中西诗学特征的论述，全部都是自己原创观点的表达。

另外，《比较诗学结构》在相同性之外更强调同中见异，着眼分析不同传统的特质，并试图追求超文化的境界。当时在比较文学界有一些研究偏爱纠缠于我有没有、你有没有；谁更早、谁更先进；褒扬西方、贬低中方或是褒扬中方、贬低西方；这些其实都是毫无意义的。在我看来，从事比较文学研究，不管是明显的比较，还是隐性的比较，只有超越狭隘的民族主义、本位主义，学会尊重、欣赏和学习其他文化，用不同的方法来解决人类所共同关心的问题，才能得出公允客观的结论，才能包容不同的传统。我的研究一方面侧重归纳不同文化背景的中西文学的共通性，例如它们对创作过程、作家的作用、读者与文本的关系、读者与作者的关系的共同关注；另一方面通过比较来激发两个传统之间相互借鉴、互相启发。通过展开这种有真正意义的跨文化研究，我们才能培养出超文化的胸襟，视所有文化和民族为人类自我完善过程中平等的参与者。

本篇所收的另外一篇论文，与通常说的比较诗学只能说是沾了边，勉强可算作跨文化影响研究。印度佛教瑜伽行派的哲学，在初唐传入中土，最初形成唯识显学，对唐代诗学产生了深远的影响。然而，由于唯识宗文献深奥难懂，很少有学者愿意开展这项重要的影响研究，所以唯识学与唐代诗境说的关系一直是点到为止，不加论证。为了在此课题上有所突破，我花了很大的功夫，攻读钻研唯识宗原典，弄清楚"意""境"等术语中唯识学中特有的内涵和外延，以及玄奘和其三代弟子对这些概念的阐述，然后再与王昌龄《论文意》《诗格》中对这些术语的使用作比较，爬梳前者影响后者的蛛丝马迹，并考虑这些关键术语如按唯识义作解，是否可以超越中土文献以及唯识学之外佛典的参照价值，更加精确地阐明王昌龄诗学的精髓。按常理，影响研究理应基于作者与影响源头接触的确凿证据，但这种方法实属不可能。尽管唯识宗在初唐到盛唐之际风靡一时，但现有文献中几乎找不到唯识学在文人群体中传播的记载。因而，我只能退而求其次，改用平行比较的方法来探查王昌龄诗学的唯识学渊源。值得幸运的是，我找到了一个重要的旁证。本人有关唯识三境（性境、带质、独影）与王氏诗学三境说（物境、情境、意境）

渊源关系的推断，与清初王夫之自觉运用唯识三境论诗学的实际情况几乎是同出一辙。由此可见，平行研究与影响研究可以互为补充，相得益彰。使用术语平行研究和源头勘察相结合的方法，我们可望进一步拓展和深化佛教与诗学关系的研究。

# 和谐的诗学：
# 柏拉图和孔子论诗

柏拉图（约前 427—前 347）和孔子（前 551—前 479）生活的年代相隔不过半个世纪，所处的却是在地理和文化上完全隔绝的两个世界。两千多年来，在今天被我们称之为"西方"和"东方"的世界两大文化区域里，这两位思想家各自对人类发展的影响，无论就时间还是空间而言，都是极为深远的。比较柏拉图和孔子的思想，是对东西方文化的一次溯流穷源，能帮助我们了解这两个伟大的传统在孩提时代的同异，以及为什么它们会各自发展形成今天的面貌。也正因为如此，比较哲学著作中触目皆是对柏拉图和孔子的比较。[1] 然而，这些比较虽然涉及广泛的学科领域，却鲜少讨论诗歌和美学主题。为了将注意力导向这些长期被忽略的主题，本章中我将比较考察他们是如何从各自的教育学、伦理学和哲学中发展出自己的诗歌理论的。

我们今天理解的柏拉图和孔子的诗歌理论是千百年来批评阐释的产物。柏拉图和孔子并未有意识地创立诗歌理论，只是在与朋友或学生交谈时讨论诗歌。柏拉图的诗歌概念，无论就其本体论基础，还是诗的定义范围，都和孔子不同。[2] 对柏拉图来说，诗歌是一个非常宽泛的作品类别，由人类创造，或归功于缪斯女神，通常有韵、合乐，并以史诗或悲剧的形式出现。孔子并不持有这样广义的诗歌概念。与柏拉图《对话集》不一样，《论语》并没有讨论那么广泛的诗歌作品。[3]

一般而言，孔子的注意力集中于中国古代诗歌最早的总集——《诗经》，而非一般的诗歌。不过，早在汉代，孔子对《诗经》的评论已经通常被认为不但针对一个单独的选本，也适用于一般的诗歌。由于将《诗》创造性地等同于诗，[4] 孔

[1] 许多研究孔子思想的著作把孔子的思想同柏拉图的学说作了比较，例如本杰明·施瓦茨（Benjamin I. Schwartz）的《中国古代思想界》（*The World of Thought in Ancient China* [Cambridge, Massachusetts: Belknap Press of Harvard University Press, 1985]）、戴维·霍尔（David L. Hall）和罗杰·埃姆斯（Roger T. Ames）合著的《孔子论析》（*Thinking Through Confucius* [Albany: State University of New York Press, 1987]）。在这两部著作的索引之"孔夫子"条中，可以窥见对孔子和柏拉图的比较的范围之广。

[2] 有关中国诗学观和柏拉图诗学观不同的本体论含义，参看 Stephen Owen, *Readings in Chinese Literary Thought*（Cambridge, Massachusetts: Harvard University Press, 1992），pp. 26–29。在本章的最后部分，我将简要评论柏拉图和孔子论诗的观点在本体论意义上的分歧。限于篇幅，对其本体论意义的深入研究将另文展开。

[3] 即便将孔子对文、文学和艺的一般评论包括进去，他讨论的范围和柏拉图的讨论范围也不具有可比性。

[4] 将《诗经》等同于诗，在哲学和审美上都有充分理由。在前代乃至孔子的当代，诗已经用来指《诗》和一般的诗。在早期文献中后一种用法很多，包括《诗》本身。一个典型的例子是"诗言志"——孔子之前对诗的最早评论。汉代以后，当诗歌写作逐渐成为文人主要的纯文学追求，诗的这种用法变得普及。除了哲学原因，汉代以后的评论家经常将《诗》等同于诗，还有着美学上的原因。毕竟在讨论《诗》时，孔子密切地关注美学。因此评论家有理由从孔子对诗的评论中抽出明确的审美含义。鉴于这一已经确立的阐释传统，我将把孔子的评论视为对古代诗集同时对古代诗歌的评论。要了解中国诗学的儒家传统，可参看青木（转下页）

子的评论很早就是各种诗歌观念的宝贵源泉，经历代批评家的阐释而成为连贯一致的诗歌理论。在西方批评传统中，柏拉图对诗歌的谈话式评论也经历了同样的改变，变成了一个整体连贯的诗歌理论。在下面的讨论中我们将看到，无论就其表达的观点而言，还是就其整体上对西方和中国的批评传统的持久影响而言，柏拉图和孔子的诗歌理论都具有高度的相似性。

# 一、教育论：培养理智的和道德的和谐

无论是柏拉图还是孔子，都不把诗看作是与理智、伦理和功利无关的纯文学追求。他们都试图建立一个教育体系，培养出一个受教育的精英阶层，以实现由最优秀、最明智和最有德行者管理的理想国家。[5] 这一精英阶层的模范成员，在柏拉图的体系中是哲学家或未来哲学家，在孔子的体系中是君子。在这两个体系里，诗歌都既是理智和伦理教育的起点，又是理智和伦理成就的顶点。既然他们都是基于其对教育的论述而发展出其诗歌理论，这里不妨先对其教育论作一比较。

柏拉图教育论的核心是严格而高度有计划地培养智力的和谐：从音乐和体育（体操）开始，然后是智力学习（数学、几何学、天文学），最后是纯理性思辨（辩证逻辑［dialectic］）。这是一个由理想国的守卫者一步步完成的毕生事业。

在柏拉图看来，他的年轻守卫者的教育必须从音乐开始，其中包括文学，因为这些年轻人体质尚柔弱，无法通过体育来发展对节奏与和谐的感受。音乐之后是体育。在诸种可能的体育锻炼方式之中，柏拉图尤为推崇饮食粗劣、条件艰苦的军事训练。正如心灵的节制受益于朴质的音乐，健康的体魄也有赖于这种原始的体育锻炼。[6] 经

（接上页）正儿：《支那文学思想史》，收于《青木正儿全集》（东京：春秋社，1969），卷一，页19—39、153—8；郭绍虞：《先秦儒家文学观》，见《照隅室古典文学论集》（上海：上海古籍出版社，1983），上编，页149—157。

[5] 在 *Republic*, bk. 8, 545–569 中柏拉图认为贵族制是"最优秀精英的政府"，并将它和贤能制、民主制和独裁制作了比较，参看 Plato, *The Dialogues of Plato*, trans. and ed. by Benjamin Jowett（New York: Random House, 1937），vol. 1, pp. 803–828（译者案：中译本参看郭斌和、张竹明译：《理想国》［北京：商务印书馆，2009］，卷八，页313）。关于孔子和柏拉图相似的理想政府，以及他们有关如何培养"优异者"的不同建议，参看施瓦茨（Benjamin I. Schwartz）：《中国古代思想界》（*The World of Thought*），页96—97。

[6] *Republic*, bk. 3, 404; *Dialogues*, vol. 1, p. 669.（《理想国》，卷三，页113。）

[7] *Republic*, bk. 3, 406–407; *Dialogues*, vol. 1, pp. 670–671.(《理想国》，卷三，页117。)

[8] *Republic*, bk. 3, 410; *Dialogues*, vol. 1, p. 675.(《理想国》，卷三，页121。)

[9] *Republic*, bk. 6, 486; *Dialogues*, vol. 1, p. 747.(《理想国》，卷六，页238。)

[10] *Republic*, bk. 7, 525; *Dialogues*, vol. 1, p. 785.(《理想国》，卷七，页289。)

[11] *Republic*, bk. 7, 526; *Dialogues*, vol. 1, p. 786.(《理想国》，卷七，页290。)

[12] *Republic*, bk. 7, 531; *Dialogues*, vol. 1, p. 790.

[13] *Republic*, bk. 7, 531, 537; *Dialogues*, vol. 1, pp. 791, 797.(《理想国》，卷七，页305。)

[14] *Republic*, bk. 7, 537; *Dialogues*, vol. 1, p. 797.(《理想国》，卷七，页305。)

[15] *Republic*, bk. 7, 539; *Dialogues*, vol. 1, p. 799.(《理想国》，卷七，页306。)

过这种体育锻炼，个人不但拥有强健的体格，还明智地懂得一旦他的生命对国家不再有用，就没必要再活下去。[7] 柏拉图强调体育和音乐两者的平衡，因为"单是运动员往往太粗野，单是音乐家又不免太柔弱"[8]。年轻人通过体育变得坚强，通过音乐变得温文，他的灵魂会由此发展得和谐匀称，因而"会自然而然地趋向事物的真谛（true being）"[9]。

柏拉图认为，这个阶段年轻守卫者在精神上还太柔嫩，不能应付抽象思辨。在观照事物的真谛之前，年轻人还必须在算学、几何学上经受严格训练。天文学也要学，但不必如此严格。这三门学科用各自的方式把他引向逻辑或纯粹思辨。

算学迫使"灵魂讨论纯数本身；如果有人要在推论中引入属于可见或可触摸之物，它是不会苟同的"[10]。几何学更精华的抽象部分引导灵魂把目光转向"完美无瑕的真理所在"[11]。柏拉图认为天文学研究的是实体的运动，它和毕达哥拉斯的和声学是兄弟学科，所不同的是几何学诉诸眼睛，而和声学诉诸耳朵。两者都忽视了天堂中的永恒、不变之物，而注目于肉身的、可感的事物。一个学科，就像本杰明·乔伊特（Benjamin Jowett，1817—1893）指出的，只有当"研究它是因为它把目光引向善，而非追随经验主义潮流"[12] 时，才值得年轻人学习。

年轻守卫者二十岁之前应该完成音乐、体育和其他学科的训练。这些二十岁的年轻人当中的优异者会被选拔出来获得更高的殊荣，去学习一门柏拉图称之为"沟通和连接各种学科"[13]的科目。这批精选出来的学生要掌握"各学科之间及其与真理之间的相互关系"的知识，并且在三十岁时最终拥有综合思维或辩证推理的能力。[14] 这些人当中最有前途的将会获得更高的荣誉，被再选拔出来学习如何"抛弃视觉和其他感知，与真理为伍，从而抵达绝对存在"[15]。经过五年的哲学研究，他们回到尘世俗务中来，担任军事职务或其他，以证明他们能坚定不移地抵御诱惑和战胜灾难。最后，在五十岁的时候，政务杰出、识见超群者终于可经由辩证逻辑抵达绝对的善。只有辩证逻辑或纯粹思辨才能通过摈弃所有假设而直接走向第一原则。凭借辩证逻辑或说纯思维，这些佼佼者"让灵魂的目光转向普照万物的宇宙之光，看到了绝对的善"[16]。值得注意的是，在这个过程当中，不但他们的灵魂有了超验的转化，而且在绝对的善中他们还发现了"据以管理国家、个人生活以及他们自己今后生活的模式"[17]。在履行了自己的职责并把其同路人立为国家统治者之后，他们将"引身自退，进极乐岛里定居"，成为在公共史册和祭祀所敬奉的神人[18]。

对和谐的培养也是孔子教育论的核心。不过，他希望弟子培养的主要是伦理的和谐，而非理智的和谐。柏拉图式的理智和谐以对绝对真理的认知为极致，孔子的道德和谐则把个人引向伦理的极致：仁。在英文翻译中，"仁"通常被译为"善"（goodness）、"人道"（humanity）、"仁义"（benevolence）等。事实上，仁的含义涵盖了上述的美德，却不限于此。[19] 仁是一种统一所有具体美德的理想，它代表了人类所能够实现的最完美的内在和外在的和谐。尽管孔子鲜少谈及仁在某个人身上的表现，但他把仁作为其教育体系的最高目标。

孔子也相信，教育应始于学诗，因为诗对年轻人的思想有好的影响。不过，说到学诗之后该学什么，孔子的观点和柏拉图迥乎不同。柏拉图认为接下来该是体育和抽象学科，而孔子则认为随后是伦理教育这一中心任务。对孔子而言，伦理教育不是一套强加于其弟子的烦琐礼仪规范，而是帮助他们培育和谐人格，并建立不同社会阶层之间人与人之间的和谐关系。

对孔子而言，君子是成功地培养出内在和外在的和谐的人。君子在所有的情况下都展示出节制的精神。节制对一些人来说只是较小的美德，对孔子却具有根本的重要性，因为它是发展个人和谐品格的关键。它意味着避免极端的言语、行为和思想：

[16] *Republic*, bk. 7, 540; *Dialogues*, vol. 1, p. 799.（《理想国》，卷七，页309。）

[17] *Republic*, bk. 7, 540; *Dialogues*, vol. 1, p. 799.（《理想国》，卷七，页309。）

[18] *Republic*, bk. 7, 540; *Dialogues*, vol. 1, pp. 799–800.（《理想国》，卷七，页309。）

[19] 关于"仁"这个词包含多少种不同的含义，可参看陈荣捷（Wing-tsit Chan）在其编撰的 *A Source Book in Chinese Philosophy*（Princeton: Princeton University Press, 1963），p. 789 中给出的各种不同的译法。对"仁"的不同诠释，可参看 Wing-tsit Chan, "Chinese and Western interpretations of jen（humanity）," *Journal of Chinese Philosophy* 2（1975）: 107–29;Tu Wei-ming（杜维明）"Jen as a Living Metaphor in the Confucian Analects," *Philosophy East and West* 31（1981）: 45–54。

君子所贵乎道者三：动容貌，斯远暴慢矣；正颜色，斯近信矣；出辞气，斯远鄙倍矣。[20]

毫无疑问，孔子在描绘君子的生活时，是以中庸为首要标准的。即使在他称颂君子的德行格时，孔子也总是强调，任何德行一旦失度（过或不及）就会失去其本义，甚至成为过失。像孔子自己一样，孔子心目中的君子应该"温而厉，威而不猛，恭而安"[21]。在某些场合他"矜而无争"，在另一些场合则"和而不同"[22]。

当君子在性情、学习、行止三方面都实现了和谐，孔子相信，他就应当被委以国家的重任。君子在私人和公众的生活中无时不发扬礼让克己的精神，有助于整个社会形成和谐之风。

子夏曰："贤贤易色，事父母，能竭其力；事君，能致其身；与朋友交，言而有信。虽曰未学，吾必谓之学矣。"（《论语·学而第一》）[23]

子谓子产："有君子之道四焉。其行己也恭，其事上也敬，其养民也惠，其使民也义。"（《论语·公冶长第五》）[24]

孔子曰："君子有三畏：畏天命，畏大人，畏圣人之言。"（《论语·季氏第十六》）[25]

因为有这种正确的态度，君子同所有人都享有和谐的关系。他的孝道赢得了父母的欢心，并巩固了家族的和谐；他的忠诚赢得了君王的信任，并促成了君臣之间的和谐；他的诚信为自己从四海之内带来朋友，还加强了他和同侪之间的纽带；[26] 他的慷慨和关怀获得大众的尊敬和支持，

[20]《论语》8/4（即第8章/第4段，下同），见程树德撰《论语集释》（中华书局，1997），页520。亦可参看《论语》2/14："君子周而不比，小人比而不周。"《论语》4/10："子曰：君子之于天下也，无适也，无莫也，义之与比。"《论语》7/37："君子坦荡荡，小人长戚戚。"分别见《论语集释》，页100、247、504。

[21]《论语》7/38："子温而厉，威而不猛，恭而安。"见《论语集释》，页505。

[22]《论语》15/21："君子求诸己，小人求诸人。"《论语》15/22："子曰矜而不争，群而不党。"《论语》13/23："君子和而不同，小人同而不和。"分别见《论语集释》，页1103、1104、935。对君子之和谐人格的描述还有《论语》20/2："君子惠而不费，劳而不怨，欲而不贪，泰而不骄，威而不猛。"见《论语集释》，页1370。

[23]《论语》1/7，见《论语集释》，页30。

[24]《论语》5/16，见《论语集释》，页326。

[25]《论语》16/8，见《论语集释》，页1156。

[26]《论语》12/5："子夏曰：商闻之矣：死生有命，富贵在天。君子敬而无失，与人恭而有礼。四海之内，皆兄弟也。君子何患乎无兄弟也？"见《论语集释》，页830。

有助于维持整个社会的安宁与和谐。简言之，他
内在的和谐影响深远，从个体自身、家庭、国家，
一直延伸到整个天下。

　　和柏拉图不一样，孔子并没有为他的道德教育计划制定一个确切的时间
表。没有迹象表明他指望弟子在给定的时间内达到某种道德的和谐。不过，
孔子内心确实怀有一个的道德精神发展的进程。这一进程在某方面与柏拉图
的进程类似：

　　　子曰：吾十五有志于学，三十而立，四十而不惑，五十而知天命，
　　六十而耳顺，七十而从心所欲不逾矩。[27]

如果把这段以及其他《论语》引文和《理想国》中我们谈到的有关论述放在
一起，我们可以说，柏拉图和孔子在设想教育规划时，都是以实现内在和外
在的和谐为目标，所以有不少可比之处。柏拉图强调在人类愈来愈抽象的思
维活动中实现心灵的和谐，而孔子强调将内在的道德和谐扩展到愈来愈广泛
的人类生活领域。此外，两位思想家对人类精神发展的时间表的设想也有相
似之处。他们都相信，个人的精神生活始于诗歌和艺术教育，通过中年阶段
对内在和外在的和谐的发展得以推进，最后获得对绝对知识（柏拉图）或天
意（孔子）的领悟。


# 二、诗之用：利与害

　　柏拉图和孔子的诗论都有自相矛盾的地方。一方面，他们认可诗歌是培
育理智和谐或道德和谐的好工具，认为与其他类型的和谐相比，诗的和谐对
意识的影响要远为微妙和有效；另一方面，在他们各自的教育体系中，诗都
处于边缘的位置。不仅如此，他们还担心，因为诗对情感和感官的愉悦富于
感染力，会对人产生有害的影响。为了预防这种有害影响，柏拉图禁止在教
育的后期阶段利用诗歌，而孔子力图剔除坏诗的影响。

在《理想国》第三卷中，柏拉图对诗和乐的使用作出了详细解释：

　　苏格拉底：所以，格劳孔，让我继续谈诗歌和音乐教育的至关重要性：儿童从小受到好的教育，节奏与和谐沉淀在灵魂的最深处，在那里牢牢地生了根，他就会具有在受过良好教育的儿童身上才能找到的那种温文尔雅。再者，这种恰到好处的教育可以让人敏锐地感知艺术和自然中的缺陷和丑，因而对污秽丑陋的东西会产生应有的厌恶。他会欣赏所有的可爱动人之物，充满喜悦地把它带进自己的灵魂深处，从而得到滋养，成为一个精神高尚之人。对任何丑陋的东西，他理所当然地感到厌恶并加以谴责，虽然他还年幼、只知其然而不知其所以然。等到长大成人，理性来临，他会前去欢迎它，如逢故知，因为他所受的教养使他和理性早就熟悉了。

　　格劳孔：我认为，这就是文学和音乐教育的目的。[28]

这里柏拉图肯定了诗和音乐的教育价值，出于两个原因：首先，它们能促使青年对不和谐与丑恶产生一种健康的厌恶。其次，它们可让人的心灵和仪表都变得温文尔雅。柏拉图认为，通过诗和乐，和谐和节奏的优雅"将会流入青年的眼睛和耳朵，使他们如坐春风、如沾化雨，潜移默化，不知不觉地受到熏陶，从童年起就和优美、理智融合为一"[29]。在适合年轻人的诗和乐中，他特别赞美两种：一是表现"履险如夷，视死如归"的勇敢者，二是表现谦虚谨慎、不骄不躁的节制者。[30]

　　柏拉图肯定诗在前期教育中所起到的作用，但又以同样激烈的态度反对将诗用于后期教育。在《理想国》第十卷中，柏拉图对诗的谴责非常著名：

　　格劳孔：我觉得，我们有理由把他（画家）称为针对别人（神和木匠）所创造的东西的摹仿者。

[28] *Republic*, bk. 3, 401–402; trans. Francis MacDonald Cornford, *The Republic of Plato* ( New York and London: Oxford University Press, 1941), p. 90.（《理想国》，卷三，页 107–108。）

[29] *Republic*, bk. 3, 401; *Dialogues*, vol. 1, p. 665.（《理想国》，卷三，页 107。）

[30] *Republic*, bk. 3, 399; *Dialogues*, p. 662.（《理想国》，卷三，页 104。）

苏格拉底：说得对。那么，你是不是说，他三倍地远离自然，是一位摹仿者？

格劳孔：正是。

苏格拉底：既然悲剧诗人也是摹仿者，所以，就像所有其他的摹仿者一样，他与王者或真理之间也隔着两层。

格劳孔：看起来是这样。[31]

柏拉图在其早期作品中非难某些诗作，理由只是它们摹仿了邪恶的东西；而这里，他以摹仿为由谴责所有诗歌，尽管诗也会摹仿美好的品质。这里他批判诗，不是基于伦理的理由，而是哲学的理由。诗不被允许进入理想国，出于两个相互关联的认识论的原因：首先，诗的摹仿不是让灵魂超越具体的感性对象从而走向对普遍性或理念的认识，而绝对真理则是由普遍性或理念所组成的。正如理查德·坎尼契特（Richard Kannicht）指出的，在柏拉图看来，"由哲学获得（也就是说，借助于理念、通过逻辑获得）的真理的绝对优先性不可避免地导致对摹仿之诗的排斥。因为，摹仿之诗只是重复现存世界，而同观念的真理之间保持着可疑的距离"[32]。其次，诗的摹仿鼓动激情这一灵魂中的粗劣部分，而抑制理性这一灵魂中的优秀部分。对此柏拉图写道，模仿的诗人"唤醒、滋养和加强了情感，损害了理性……因为沉溺于天性中的非理性而植下了邪恶的根源"[33]。

很可能是因为柏拉图在《理想国》的末卷对诗作了全面攻击，大家常常把这种攻击误解为是柏拉图对诗的结论性看法。许多文论选集摘取这段论述而忽略他对诗的积极看法，所持的显然就是这种以偏概全的观点。[34] 这不可避免地导致不少修习西方诗学的学生都错误地将柏拉图看作是诗的公开的敌人。

[31] Republic, bk. 10, 597; Dialogues, vol. 1, p. 854.（《理想国》，卷十，页 391—392。此处译文参考了该书。）

[32] Richard Kannicht, The Ancient Quarrel Between Philosophy and Poetry（Christchurch, New Zealand: University of Canterbury, 1988），p.30.

[33] Republic, bk. 10, 605; Dialogues, vol. 1, p. 863.（《理想国》，卷十，页 404。）

[34] Allan H. Gilbert, Literary Criticism: Plato to Dryden（Detroit: Wayne State University Press, 1940），pp. 3–62 对柏拉图有大量引述，在其中极少量引文中，柏拉图并没有批评诗歌。W. J. Bate, ed., Criticism: the Major Texts（New York: Harcourt, Brace & World, 1952），pp. 39–49 只选了柏拉图在《伊安篇》（Ion）和《理想国》第十卷中对诗歌的负面评价。在最近的批评文选中，我们能看到对柏拉图诗学观的更全面的呈现，例如 Alex Preminger, O. B. Hardison, Jr., and Kevin Kerrane, eds., Classical and Medieval Literary Criticism: Translations and Interpretations（New York: Frederick Ungar, 1974），pp. 21–96；以及 Robert Con Davis and Laurie Finke, eds., Literary Criticism and Theory: The Greeks to the Present（New York: Longman, 1989），pp. 44–59。

[35] 参看 Gerald F. Else, *Plato and Aristotle on Poetry*, ed. Peter Burian ( Chapel Hill: University of North Carolina Press, 1986 ), p. 4 : "当时苏格拉底震撼了柏拉图的灵魂,对此柏拉图的极端反应是转而反对他早年的偶像崇拜,之前诗歌对他意味着什么,他就要否认和挑战什么。他发现自己面临两个世界、两种不可调和的生活方式的选择,而他选择了'哲学'。但这样的选择必然带来对诗人的放逐,因为这些诗人不可挽回地属于另一个世界,一个他已经拒绝了的世界。"

[36] 柏拉图对这一双向旅程的诗意描述,参看 *Republic*, bk. 7, 514—520; *Dialogues*, vol. 1, pp. 773—79。(《理想国》,卷七,页 272—279。)

不同于那些以偏概全的批评家,我们不应当拿柏拉图在《理想国》第十卷中阐述的对诗的否定观点,来取代他在早期对话和《理想国》前面卷次中对诗的相当肯定的观点。我认为,应该把这两种相互冲突的观点放在一起讨论,把它们看作是柏拉图诗论中相互竞争的两个方面,其中每一方面都对不同历史时期的西方诗学产生了极为重大的影响。柏拉图对诗的观点由早期向后期的转变,并不意味着后期的否定观点就是最终结论,而是表明在成为苏格拉底的门徒之后,他发展出了分析诗的另一个全新视角。[35] 除了苏格拉底的影响之外,柏拉图采用这种新视角来分析诗,也和他论诗的具体场合改变有关。在《理想国》前面卷次里讨论年轻人的教育时,柏拉图很自然地将好诗和坏诗区分开来,并制订了正确运用诗歌来教育年轻人的原则。而第十章中讨论的对象则变成观念的哲学讨论,他也就很自然地转而谴责诗沉溺于感觉世界之中。

柏拉图的哲学蕴含着一个双向旅程:首先是向理念世界的升华,然后是向感性世界的复归。[36] 如果我们把他对诗的两种矛盾意见同他哲学上的双向旅程联系起来看,我们可以说,他对诗的肯定观点是从向理念世界的升华的角度出发,认识到诗是通往更高层次的精神和谐的一块阶石;而他对诗的否定观点则是从向感性世界的复归的角度出发,认识到诗是摹仿的、三倍地远离最高真理的、堕落的。当柏拉图对诗持否定观点并打算将它驱逐出境时,他只是想揭示诗的局限性和不足,并不是要彻底禁止在感性世界中用诗。事实上,根据柏拉图的看法,当哲学王(philosopher-king,哲学家加国王)返降到感性世界时,他们将会按照在绝对的善中找到的模式来重组感性世界。诗,作为感性世界中的事物之一,应该被重新加以创造,以昭示超越感性世界的理念的存在。

对诗的这种修正观点在柏拉图的《蒂迈欧篇》《法律篇》和其他写于《理想国》之后的对话中很明显。《蒂迈欧篇》的下述段落代表了柏拉图在后期对话中对诗的修正观念：

> 　　不但如此，我们被赋予如此丰富的、与
> 噪音和听觉合拍的音乐，因而能领略到和谐。
> 对于聪明的缪斯崇拜者来说，和谐之运动同
> 我们灵魂的运动是形似的；他们创造和谐并
> 非是提供非理性的快感，尽管我们今天将非
> 理性的快感看作是和谐的目的。对他们来说，
> 和谐用于纠正灵魂在运行中的杂乱，即当它
> 偏离时使其回到正轨，因而是把灵魂带入与
> 其自身的和谐一致的同盟。韵律的存在也是
> 由于同样的原因，它可以帮助我们反对盛行
> 于人世的不规则的、粗劣的风尚。[37]

　　这段议论相对于他在《理想国》第十卷中对诗的观点来说，又是一个激烈的转变。在《理想国》中诗被谴责，因诗表现的是感性之物而不是超验的真理。而在这里，噪音和听觉没有给诗带来任何的耻辱。相反，它们被说成是同"灵魂的运动"相匹配的、诗的和谐的组成部分。在《理想国》中，这样韵律与和谐因为唤起了激情或"非理性的原则"而遭查禁。而在这里，韵律与和谐是受欢迎的盟友，以纠正灵魂中的杂乱，"把灵魂带入自身的和谐"。正如威廉·格林（William C. Greene）指出的那样，在晚期的对话中，柏拉图与诗歌重新结为朋友，因为他作为"一位实现了更高的真理、因而有了更严肃的目的的诗人"[38]出现其间。既然柏拉图重新肯定了诗歌有益于训练哲学头脑，他在《法律篇》中，正如在《理想国》前几卷中所做的那样，再次全面讨论了教育中诗的作用。他再次承认教育"最先是通过阿波罗和缪斯而实施的"[39]，重提把好的诗歌和音乐同坏的加以区分，鼓励诗人描绘好人的品质，[40]并倡导对诗进行严格的审查以杜绝其不当的使用[41]。

　　和柏拉图一样，孔子认为诗是有助于年轻人培养内在和外在和谐的有用工具。柏拉图相信好诗为年轻人的灵魂增添韵律与和谐的优雅；孔子则坚持

[37] *Timaeus*, 47; *Dialogues*, vol. 2, p. 28. 可参看谢文郁译：《蒂迈欧篇》（上海：上海人民出版社，2005），页 32。译文有出入。

[38] William C. Greene, "Plato's View of Poetry," *Harvard Studies in Classical Philology* 29（1918），p. 65. 也可参看 E. E. Sikes, *The Greek View of Poetry*（New York: Barnes & Noble, 1931），pp. 83–90。

[39] *Laws*, 654; *Dialogues*, vol. 2, p. 432.（译者案：中译本参看朱光潜译：《法律篇》，《柏拉图文艺对话集》[北京：人民文学出版社，1963]，页 301。）

[40] *Laws*, 660, 668, 700–701; *Dialogues*, vol. 2, p. 438, 445–456, 474–476.（《柏拉图文艺对话集》，页 300–310。）

[41] *Laws*, 817; *Dialogues*, vol. 2, p. 571.（《柏拉图文艺对话集》，页 312–313。）

好诗能教给年轻人如何调节其内在情感，如何让年轻人和他人之间的关系保持和谐。这种观点在其为人所熟知的论诗评语中有明确的表述：

> 子曰：小子何莫学夫诗？诗可以兴，可以观，可以群，可以怨。迩之事父，远之事君，多识于鸟兽草木之名。[42]

这段话论述了诗的三个功用，最后一个"多识于鸟兽草木之名"是最不重要的。另外两个在讨论中都指向增强内在的和外在的和谐：孔子不但阐明了诗对规范父子、君臣关系所起到的作用，而且还提出了诗有效地巩固人际关系的四种重要方式：兴、观、群、怨。尽管没人能说他知道这四个概念的确切含义，但这四个概念的基本意义还是清楚的。而两千年来注家和评论家提供了无数注解和评论。对其中有影响力的注解和评论予以考察，我们发现兴、观、群、怨无一不和实现内在和外在的和谐相关。

兴，汉代孔安国释为"兴，引譬连类"，朱熹（1130—1200）注为"感发志意"[43]。这两种注释说的是诗对读者产生的两种有利影响：激发读者的道德志意，帮助读者利用诗的隐喻来正确表达自我。值得注意的是，在孔子看来，诗在读者身上激发的与其说是自然的情感，不如说是道德志意。举例说来，当子夏把妇女的美貌和礼的兴起联系起来时，孔子称赞了他从伦理角度作诠释的尝试，并把他看作是可以与之论诗的弟子。[44]显然，孔子重视对道德志意的启蒙，因为他相信这个过程能将个人情感纳入道德情操的轨道，从而达到内在情感和思想的和谐。[45]

观，郑玄（127—200）注为"观风俗之盛衰"[46]，朱熹注为"考见（政绩）得失"[47]。皇侃（488—545）在疏郑玄之注时指出："《诗》有诸国之风

[42]《论语》17/8，见《论语集释》，页1212。
[43] 朱熹：《论语集注》，卷九，见《四书章句集注》（北京：中华书局，1983），页178。
[44] 原文如右：子夏问曰："'巧笑倩兮，美目盼兮，素以为绚兮。'何谓也？"子曰："绘事后素。"曰："礼后乎？"子曰："起予者商也！始可与言《诗》已矣。"《论语》3/8，见《论语集释》，页157。
[45] 有关孔子论诗的陶冶之功，见Tu Wei-ming, *Way, Learning, and Politics* ( Albany: State University of New York Press), p. 5："诗歌的想象重在人类社会内在的共鸣，所用的是心灵的语言。它诉诸人类共通的情感，无悖于争辩的技巧。受诗感化和谐融洽的社会具有一种同步的节奏。在这样的社会里，人与人之间的互动有如对熟悉的歌舞产生的深契于心的回应一样自然流涌。"（译者案：可参见杜维明，钱文忠、盛勤译：《道、学、政——论儒家知识分子》[上海：上海人民出版社，2000]，页5。译文略有出入。）
[46] 见《论语集释》，页1212。
[47]《论语集注》，卷九，见《四书章句集注》，页178。

俗盛衰，可以观览而知之也。"[48] 按照郑玄和朱熹的注解，一般认为孔子将《诗经》作为一面镜子，读者从中能看到善政之邦社会的和谐，以及恶政之邦政治的混乱。正如王夫之所指出的，孔子相信，通过观察诗中对善政和恶政的描述，个人可以学会运用褒扬和讥讽来设定区分正误的准则，即"褒刺以立义"[49]。

群，孔安国注为"群居相切磋"[50]，朱熹注为"和而不流"[51]。毫无疑问，诸家在注解"群"的含义时，都想到了孔子的这段话："群居终日，言不及义，好行小慧，难矣哉。"[52] 注家认为，对孔子来说，"群"不但意味着拒绝与坏人为友，而且还意味着通过诗中例示的道德正义来与好人为朋。

怨，孔安国注为"怨刺上政"，朱熹注为"怨而不怨"。从字面上看，这个词仅有"抱怨"之意，并且这种字面的解释会让人误以为孔子鼓励大家通过诗歌来发泄怨恨。显然，这和孔子对礼仪和情感节制的主张相违背。[53] 为了不陷入这种误解，孔安国、朱熹等注家认为应该把"怨"解释为在诗中为了向统治者表达怨恨而采用的委婉的方式。例如，张居正认为诗"发舒悲怨于责望之下，犹存乎忠厚之情，学之则可以处怨"[54]。

从对兴、观、群、怨的注解可见，孔子鼓励学诗，因其总体上有助于道德和谐的培养。[55] 和柏拉图一样，孔子把学诗看作是培养道德和谐的初始阶段。孔子说："兴于诗，立于礼，成于乐。"[56] 照包咸（前6—前65）的解释，"兴于诗"是指道德培养始于读诗，"立于礼"是指在坚实的道德基础上树立自我。"成于乐"，刘宝楠（1791—1855）解释为通过乐来升华并完善道德品质[57]。总而言之，孔子强调在礼的辅助下道德教育的重要性，在他看来，诗只是培养有益道德陶冶的高尚情操的一种手段。

从孔子对教育科目的排列来看，毫无疑问，诗处于辅助的位置。而在各科目学习的先后上，孔子将诗和艺放在其他科目之前："子以四教：文、行、

[48] 皇侃：《论语集解义疏》（日本足利刊本），9/11。

[49] ［清］王夫之：《四书训义》，卷二十一，《船山全书》（长沙：岳麓书社，1996），册七，页915。

[50] 见《论语集注》，页1212。

[51] 《论语集注》，卷九，见《四书章句集注》，页178。

[52] 《论语》15/17，见《论语集释》，页1099。

[53] 孔子提醒大家不要怨天尤人，也不要抱怨家人或朋友。参看《论语》14/35："子曰：不怨天，不尤人；下学而上达。知我者其天乎。"见《论语集释》，页1019。

[54] 张居正：《四书直解》（日本京都龙谷大学藏明天启元年刊本），册七，卷十二。

[55] 对兴观群怨的研究，参看郭绍虞《兴观群怨说剖析》，见郭绍虞：《照隅室古典文学论集》（上海：上海古籍出版社，1983），上篇，页390—411；以及吕艺：《孔子与兴观群怨本义再探》，《文学遗产》1985年第4期，页1—11。

[56] 《论语》8/8，见《论语集释》，页529—530。

[57] 参看［清］刘宝楠：《论语正义》（北京：中华书局，1990），页298。

[58]《论语》7/25，见《论语集释》，页486。

[59]《论语》6/27，见《论语集释》，页417。

[60]《论语》7/6，见《论语集释》，页443。

[61] 这六艺为：礼、乐、射、御、书、数。

忠、信。"[58] 在四科中，"文"广义上包括文学和艺术，后面三科包含了道德教育的主要方面。从文学到道德教育的这种排列也反映在另外一段话中："子曰：君子博学于文，约之以礼，亦可以弗畔矣夫。"[59] 不过，在讨论四科的重要性时，他将文艺放在了最后。例如，他对弟子说："志于道，据于德，依于仁，游于艺。"[60] 孔子自己并没有解释为什么要将诗和艺放在教育纲领的最后，[61] 但他这样排序的原因并不难理解。在斥责一些诗作中放荡的内容和夸饰的文辞时，他对滥用诗和艺产生的有害影响深表畏惧。孔子不像柏拉图在《理想国》第十卷中所做的那样，将这种畏惧转变成对诗的彻底禁止，但他感到有必要制定严格的道德和美学原则。后文中我们将具体讨论这些原则。

# 三、对诗的赞美：美与至善

柏拉图和孔子对诗歌和艺术的赞美，一如他们对诗和艺空前的影响力的畏惧。除了都谈及个人心灵因诗歌和艺术而堕落、迷失的例子，他们还展望个人心灵因诗歌和艺术而上升到至善之域的前景。他们都强调，诗歌和艺术可让人在艺术的直觉状态中超越感觉，精神通达终极现实之域。他们在赞美这种影响力时一改他们平日对诗和艺的评议，认为诗和艺有助于实现理智和谐（柏拉图）或道德和谐（孔子）的最高境界。[62]

[62] 通过柏拉图的早期对话、《理想国》以及晚期对话来综合研究柏拉图诗歌观念的发展，还可以参看 Plato and Aristotle on Poetry, chapters 1–3. 英文著作中对孔子诗学观的研究，参看 Donald Holzman, "Confucius and Ancient Chinese Literary Criticism," in Adele Austin Rickett ed., Chinese Approaches to Literature from Confucius to Liang Ch'i-ch'ao (Princeton: Princeton University Press, 1978), pp. 21–41 以及 Yau-woon Ma, "Confucius as a Literary Critic: A Comparison with the Early Greeks," collected in Essays in Chinese Studies Dedicated to Professor Jao Tsung-i (《饶宗颐教授南游赠别论文集》，香港：饶宗颐教授南游赠别论文集编辑委员会，1970), pp. 13–45。

由于柏拉图对诗人的揶揄和驱逐，他通常被视为诗的敌人。然而，与这种通常的看法不同，在他早期的对话中，我们可以找到他对诗的不大为人所知的、毫无保留的称颂。譬如在下述选自《斐德若篇》和《会饮篇》的文字里，他对理想的诗的赞美，其热烈之程度，绝不亚于两千多年后浪漫主义高潮时对诗的赞美。在这些论述中，诗不是三倍地远离真理的摹仿，而被称颂为真理的化身；理想的诗人不是制造赝品的工匠，而是配得上哲学家头衔的创造者：

[63] *Dialogues*, vol. 1, p. 281.（《斐德若篇》，《柏拉图文艺对话集》，页 174—175。）

[64] *Dialogues*, vol. 1, p. 330.（《会饮篇》，《柏拉图文艺对话集》，页 263。）

　　苏格拉底：去告诉吕西亚斯（Lysias），说我们已经走到了女神之泉和祭坛。告诉他女神要我们转告他和其他演说者——转告荷马和其他诗人，无论他们是为音乐写诗还是为诗而写诗。……转告所有人说，如果他们的诗以对真理的知识为基础，如果他们能证实或为它们辩护……那么他们就不仅仅是诗人、演说家和立法者，他们应该拥有与生活的严肃追求相称的更崇高的称号。

　　斐德若：你说该称他们什么呢？

　　苏格拉底：我想我不会称他们为"智慧"。"智慧"是专属于神的伟大称号。"爱智者"或"哲学家"对他们倒挺合适，也与他们的事业相称。（《斐德若篇》，278）[63]

　　她用下面的话回答了我："你知道，诗（创作）的意义是极为复杂而广泛的。所有东西从无到有的过程都是诗或创造。所以一切技艺的制造也都是创造，一切技艺师都是诗人（创造者）。"

　　"千真万确。"（《会饮篇》，205）[64]

在上述两段引文中，柏拉图对理想的诗人的褒扬充满了溢美之词。他对诗人的这些赞美："爱智者""立法者""造物主""创造者"和"哲学家"，大多数人以为会从浪漫主义著作而非柏拉图的著作中读到。考虑到对柏拉图诗歌观念通常的误解，发现其著作竟然对诗如此赞不绝口，这真让人惊讶。要理解柏拉图为何要选用如此有分量的词来赞美诗歌，我们必须了解他对具体的美的事物、美的普遍形式、绝对的美以及爱的看法。在其观念理论成熟之前的早期对话中，柏拉图认为绝对真理就是绝对的美，绝对美统一所有美的形式，而美的形式是林林总总的美的事物的根基。对柏拉图来说，爱不仅是神性由绝对美向美的形式、并通过美的形式再向美的事物的外溢，而且是神性鼓动灵魂去寻找绝对美的动力。这种对绝对美的追寻遵循如下步骤：

> 他在真爱的影响下，经由此上升之路，开始感受到美。……从尘世间个别的美的事物开始，向其他的美的事物攀升，把这些美当作必要的阶梯，从一种美的形式走向另一种，从而遍及所有美的形式；再由美的形式到美的行为制度，从美的行为制度到美的观念，直到由各种美的观念到达绝对美的观念。我亲爱的苏格拉底，曼民提民亚（Manitineia）的陌生人说道，这种对美本身的观照是一个人最值得过的生活境界。[65]

这个追求绝对美的过程与《理想国》里设想的追求绝对真理的过程看起来相似，都是从具体到抽象，从特殊到普遍，从普遍到绝对。二者的主要区别在于，前者是从审美体验到超验知识的直接的、无中介的跳跃，而后者则是通过逐一获取感官、肉体、理智、灵魂的和谐，缓慢地朝着绝对真理攀升。

考虑到在追求绝对美时，审美体验如此接近超验知识，我们可以理解为什么柏拉图把诗人称为哲学家。既然诗人被对美的神圣之爱所感发，接着又在其他人身上激发了同样的对美的神圣之爱，柏拉图完全有理由在《会饮篇》中宣称："爱是一位卓越的、在一切艺术中造诣非凡的诗人。"[66]

我必须强调，当柏拉图称颂理想的诗人及其诗歌，并谈论经由审美体验或对美的爱而向超验知识的直接一跃时，他想到的并不是现实的诗人，也不是现在的诗作。在他看来，远古和当代的所有诗人，包括最伟大的荷马，都远远称不上是理想中的真正诗人；他们的作品也远远称不上是理想中的真正诗歌。因此，他认为，理想的诗人是在《蒂迈欧篇》中的创造神，是哲学家——"爱神、美和缪斯的'真正的'仆人"[67]。另一方面，

[65] *Symposium*, 211; *Dialogues*, vol. 1, p. 335.（《柏拉图文艺对话集》，页273）

[66] *Symposium*, 196; *Dialogues*, vol. 1, p. 322.（《柏拉图文艺对话集》，页249。）

[67] Thomas Gould, *The Ancient Quarrel between Poetry and Philosophy*（Princeton: Princeton University Press, 1990），p. 222. 在追溯诗人作为上帝或造物主在希腊的起源时，小赫宁格（S. K. Heninger, Jr.）单独挑出了柏拉图的《蒂迈欧篇》（*Timaeus*）作为最重要的源头："把诗人看作是创造者，这方面的权威论述出现在柏拉图的《蒂迈欧篇》的开篇，该篇在整个中世纪和文艺复兴时期一直享有经久不衰的声誉。……当《蒂迈欧篇》首次提到宇宙进化中创造的神祇时，他用了两个修饰语：'诗人和万有之父'。"（*Touches of Sweet Harmony: Pythagorean Cosmology and Renaissance Poetics* [San Marino, California: The Huntington Library, 1974], pp. 291–92）.

他在贬低现实世界的摹仿诗人时也毫不犹豫，认为在可以失落的灵魂所能有的九种生活里，哲学家排在第一，诗人位列第六，[68] "比现实的诗人地位还低的依次是手工劳动者、诡辩家和暴君" [69]。不过，尽管柏拉图刻意地将现实的诗人和作品排除在对诗和诗人的赞美之外，他对理想诗人和理想诗歌的称颂确实成了文艺复兴和浪漫主义时代对现实诗人和诗歌的崇拜的源泉。[70]

诚然，在后期的对话中，柏拉图发展了其"理念"的理论，并把理智当作实现超验知识的有力手段。他不再像在早期对话中那样，满怀热情地赞美诗和诗人。不过，他还是把绝对真理、绝对的美和绝对的善视为一体，绝不抛弃其美的理论。我们理所当然地认为，无论早期还是晚期的柏拉图都坚信，终极现实是"可以通过辩证逻辑这门假设性的科学，或美的热爱者的直觉抵达"[71]的，尽管他所说的美的热爱者是指哲学家而非现实的诗人。

和柏拉图一样，当孔子考察诗和其他艺术的审美感染力时，他对它们作出了最高的评价。在下面我们要征引的三段引文中，孔子评述了诗和乐在道德意识的转化中所起的作用，并指出这种美学体验是一种自发的忘我状态——即孔子哲学体系中道德和谐的最高境界。由此，他不再把诗和艺术看为末科，而是把它们从边缘移到了他教育理论的中心位置：

> 子在齐闻《韶》，三月不知肉味。曰：不图为乐之至于斯也。[72]

整部《论语》中只有这里，我们看到孔子或喜或悲、或好或恶，不知所措，一至于此。我们知道孔子是喜好肉食的。他收弟子时，唯一向学生收取的（费

[68] 参看 *Phaedrus*, 248; *Dialogues*, vol. 1, pp. 252–53. *Plato and Aristotle on Poetry*, pp. 54–55: "《斐德若篇》245e 并没有让所有诗都复活，而是给真正缪斯（与哲学同义）的灵感奉上了措辞微妙的严肃赞美。……然而，摹仿的诗人则完全没有权利宣称从神祇或缪斯得到真正的灵感。对这样无情的结论，我们没理由吃惊。《斐德若篇》的多数读者已经被 245a 中柏拉图醺醉的情绪和夸张的调子所迷惑，他们已经情不自禁地以为柏拉图已经原谅了这些摹仿的诗人，再次认为他们是获得了神的灵感的人物。一点也没有。摹仿的诗人——这个词仍然包括所有的重要诗人，特别是荷马——还是同以往一样，远离'哲学王和真理'（*Republic*, 10.597e）。无论是他本身，还是他的所知或所为都不能让他脱离第六等级而爬升到与爱真理者或哲学家平等的地位，除非哪天他开始学习，然后在转世的阶梯上逐级攀升。但是这样的攀升本需要有一双充满活力、由爱神温暖和引导的哲学的翅膀。通向顶端的道路不是文学，而是哲学的。"

[69] *The Ancient Quarrel*, p. 222.

[70] 有关柏拉图对英国浪漫派的影响，参看 E. Douka Kabitoglou, *Plato and the English Romantics* (London: Routledge, 1990)。

[71] William C. Greene, "Plato's View of Poetry," p. 75.

[72] 《论语》7/14，见《论语集释》，页 456。《韶》是虞舜时的音乐。

[73]《论语》3/25，见《论语集释》，页222。

[74]《论语》8/19，见《论语集释》，页549。

[75] 有关《论语》中这段以及其他段落论自发的道德意识与审美体验的融合，参看徐复观：《中国艺术精神》（台北：台湾学生书局有限公司，1966），页1—44。

用或礼物）就是束脩，即干肉。因此可以说，"三月不知肉味"是形象地表达了孔子闻《韶》后心醉神迷的状态。对于受到康德美学影响的当代评论家而言，孔子忘却生理快感（对肉的味觉），陶醉于雅乐达三个月之久，堪称纯粹审美体验的典型例子。但他在别处赞美《韶》是"尽美矣，又尽善也"[73]，显然把《韶》当作是美学和道德完善的最高典范，而不仅仅是美学上的完美。和柏拉图一样，孔子也认为道德之善和感性之美并不矛盾，而是相互紧密联系的。尽善的必定会尽美。正如柏拉图把他的理念世界说成是绝对的善和绝对的美，孔子也从道德和审美两个方面称颂他理想化的黄金时代：

> 子曰：大哉尧之为君也！巍巍乎唯天为大，唯尧则之。荡荡乎民无能名焉，巍巍乎其有成功也，焕乎其有文章。[74]

孔子因欣赏《韶》而心荡神怡，这并不是唯一的例子，在其他场合我们也可以观察到道德意识和审美体验的高度融合。在前面征引过的孔子对自己精神发展的描述里，我们也看到那种自发的忘我状态——他在七十岁时实现的最高形式的道德意识。这种在领悟道德真谛时自发的忘我状态与不为功利性所沾染的、升华了的审美体验性质接近，如果不是完全同一的话。

最高的道德意识与审美体验的融合在下述引文中甚至更加明显。[75] 这段引文节选自孔子和他的四个弟子子路、冉有、公西华、曾皙的一席话。孔子问弟子，如果他们的美德为世人所认识，他们能成就什么样的事业？子路说一个千乘之国，尽管强敌环伺，又遭受了自然灾害，如果让他来治理，三年可以让国民有勇，且知义方。冉有说，让他治理一个"方六七十，如五六十"的小国，三年可以让人民足于衣食财用，至于礼乐，则有待君子。公西华说，他愿意担任小相，从事宗庙之事。之后，就是孔子和第四个弟子曾点的问答：

"点，尔何如？"

鼓瑟希，铿尔，舍瑟而作。对曰："异乎三子者之撰。"

子曰："何伤乎？亦各言其志也。"

曰："莫春者，春服既成，冠者五六人，童子六七人，浴乎沂，风乎舞雩，咏而归。"

夫子喟然叹曰："吾与点也！"[76]

这也许是《论语》中诸家争论得最激烈的章节之一。这些争执集中在两个问题上：前面三个弟子的选择与孔子历来强调的积极参与政治和恪守礼法相一致，为什么孔子却委婉地表达了不满？曾皙的回答似乎十分接近道家提倡的无为，为什么孔子要予以明确的赞同？他不赞同前面三个弟子，这并不难理解，正如他对曾皙的简单解释中所说的，因为他们想要治理一个王国或谋求一个职位却缺乏礼让。换句话说，孔子对他们功利性的选择不满，是因为他们具有个人野心。至于他为什么认同曾皙，孔子没有解释，这让后人猜测不已。在后世儒家学者作出的无数解释中，陈荣捷（Wing-tsit Chan, 1901—1994）列举了最值得注意几种："或以为曾皙仰赞宇宙之钧和（王充）；或以为他承继传统文化之良风（刘宝楠）；或以为他身处乱世，乃能远离官场，真是智慧绝伦（皇侃）；或以为他在别的学生一心想着封建统治时仍念念不忘'王道'（韩愈）；或以为他身处天理流行、随处盈满当中（朱熹）；或以为他显现精神之自在（王阳明）。"[77] 这些解释无不言之有据，合在一起就构成了对孔子首肯曾皙的三重解释：首先，曾皙的选择代表了非功利的人生道路，毫无利己的渴望和追求；其次，这种非功利的人生例示了圣君之道，圣王治理国家，不是依靠功利的行为，而是依靠源于自身不为人所察的道德影响；第三，这种非功利的生命导向自发的忘我状态，在这种自发的忘我状态中，个人享受到与万物的完美和谐，无论它被称为"宇宙和谐""自然之道"还是"精神自由"。

有趣的是，当柏拉图论述灵魂的最终转世时，他得出的是三个与孔子相似的观念：与世无争、哲学王和完美的和谐。他认为，一旦个人实现了

[76]《论语》11/26，见《论语集释》，页805—810。

[77] *A Source Book in Chinese Philosophy*, p. 38.（可参看陈荣捷：《中国哲学文献选编》[台北：巨流图书有限公司，1993]，页47—48。）

[78] *Republic*, bk.7, 521; *Dialogues*, vol. 1, p. 780.(《理想国》，页281。)

[79] 比较柏拉图和孔子对由哲学王和圣王主宰的理想政治的描述："事实是：在凡是被定为统治者的人最不热心权利的城邦里，必定有最善、最稳定的管理；凡有与此相反的统治者的城邦里，其管理必定是最恶的。"(*Republic*, bk.7, 520; *Dialogues*, vol. 1, 779.[《理想国》，页280。]) 子曰："无为而治者，其舜也与! 夫何为哉? 恭己正南面而已矣。"(《论语》15/5，见《论语集释》，页1062。)

[80]《中国艺术精神》，页18—19。

与万物和理念之间的和谐，他就会变成哲学王，乐于但并不渴望治理国家。孔子赞美曾皙超越了个人抱负的非功利的人生；柏拉图的哲学王则"轻视政治权力"[78]，像孔子的圣王那样"不情愿统治"[79]，柏拉图颂扬他沉思的、与世无争的生活。

抓住了曾皙理想的非功利生活的哲学含义，现在可以考虑这样的生活与审美活动之间的关系。正如徐复观先生指出的那样，曾皙想要的生活在本质上是审美行为。[80]曾皙描述的在暮春郊游时"浴乎沂，风乎舞雩"，我们完全有理由认为他正忙于享受审美愉悦而非从事庆典活动。他对咏诗的描述仅仅用来证实他向往的生活的审美趋向。孔子赞同这种审美性的生活是获得自发的忘我的理想途径，看起来他正在做柏拉图在《斐德若篇》和《会饮篇》中所做的：赞颂艺术直觉是净化意识和体悟神境、天理的手段，从而确立诗和艺术的中心地位。

# 四、道德和审美的原则：内容和形式的单纯性

柏拉图和孔子判断诗和音乐作品的好坏，都以它们对维持各层面上的和谐所起的积极或消极的作用为根据。一方面，他们在某些作品中发现了神话世界（柏拉图）或人类世界（孔子）中和谐生活的例证，因而鼓励年轻人学习这些作品；另一方面，他们又在其他作品中看到了他们不乐于见到的不良因素，正是这些因素混淆了人对理念（神性的和谐）的认知，或者扰乱人的精神平衡、导致不当举止。基于这些消极效果，柏拉图主张查禁多种类型的诗歌，把诗人驱逐出理想国。至于孔子，他以不道德为由删除了数千首诗，留下来的305首就是现存的诗歌总集《诗经》。孔子删诗说为古代学者普遍接受，而大多数现代学者则认为那不过是神话。但不假思索地抛弃删诗说也并不恰当。考虑到孔子对淫诗的严厉裁定，孔子至少有过删除《诗经》中不良作品的想法。在判断诗和音乐的内容和形式上，柏拉图和孔子都坚持单纯

性这一黄金原则。对他们来说，单纯性有益于善和美，而多重性（繁复）则有利于恶和丑。我们有充分的例子来说明这两位古代思想家是如何运用类似的道德审美标准来评价具体作品的。

在《理想国》的前两卷中，柏拉图认为神和有德行的人的生活是诗和音乐的有益内容。有益是因为他们的德行昭昭，不掺杂任何恶言恶行，在任何环境下都无可置疑。任何对他们生活的相反描述都会遭到柏拉图的谴责，因为在他看来，这是用双重性或多重性来取代单纯性。在柏拉图看来，对神性的单纯性的破坏的事例有荷马、埃斯库罗斯（Aeschylus，约前525—约前456）笔下诸神的战争，由魔幻而导致的神的变形，关于冥府的可怕的场面和语言，以及不雅的悲哀、大笑、醉态、柔弱和怠惰。对柏拉图来说，所有这些对善的单纯性的玷污都非同小可，因为它们必定会败坏年轻人的灵魂，而年轻人是理想国的希望。他特别害怕这些不真实的描写会让年轻人形成对神的错误观念，把诸如弑父、杀害兄弟姐妹的暴行看作诸神所为；他害怕年轻人会因此受影响，模仿诗中描写的不当言行，做出不只扰乱自身灵魂的和谐，而且威胁到整个城邦的和谐的行为来。由于这种不可忽略的危险，柏拉图把审查诗当作他建立理想国的首要任务：

> 这就是说，我们首先要做的是审查故事的编写者，接受他们编的好故事，拒绝那些坏故事。我们希望母亲和保姆只给孩子讲审定过的故事，用这些故事铸造孩子们的心灵，比用双手塑造他们的身体还更加充满慈爱。而现在所讲的故事大多数我们必须抛弃。[81]

柏拉图提出的对诗的审查范围既包括内容，也包括形式。正如米凯尔·斯帕里欧苏（Mihail I. Spariosu）指出的，柏拉图相信诗歌能"影响未来守卫者的灵魂，这种影响不但来自诗的内容或故事，而且来自诗的措辞或表达方式"[82]。换句话说，在柏拉图看来，诗的形式与它的内容是密不可分的。"好言词、好音调、好风格和好节奏都仰赖于单纯性。"他宣称："我指的是有高

[81] *Republic*, bk.2, 377; *Dialogues*, vol. 1, p. 641.（《理想国》，卷二，页71。）

[82] Mihail I Spariosu, *God of Many Names: Play, Poetry, and Power in Hellenic Thought from Homer to Aristotle*（Durham, North Carolina: Duke University Press, 1991），p. 150.

尚的理智和品性的人所具有的真正的单纯性。"[83] 又从反面来说："坏风格、坏节奏和坏品性几乎总是离不开坏言辞和坏品格。"[84] 从这些直截了当地把形式和内容等同起来的论断来看，我们可以说，柏拉图是想把单纯性作为好的形式的标准，把巧构的多重性当作坏的形式的标签。

柏拉图正是这样评议叙事和戏剧摹仿的风格。在柏拉图看来，在叙事和戏剧表演中只能有一种性格类型，因为"同一个人不可能一方面在生活中充当一个严肃的角色，同时又是一个摹仿者，摹仿许多其他角色"[85]。他劝告那些想要摹仿所有角色的人说："他们的摹仿应该从小开始，只摹仿那些与其职业相称的角色——摹仿那些勇敢、谦恭、圣洁、自由的一类人物。"[86] 尽管他承认哑剧演员也许有不可思议的摹仿能力，能摹仿任何事物，让孩子们及其陪从倾倒，柏拉图说："我们会对他说，我们不能让他那样的人到我们的城邦里来，法律不允许这样。"[87] 他不仅批评摹仿风格的混杂，还反对和声（调子）和韵律的混杂。他谴责"旋律的多重性及泛音和声"，并同意驱逐"制作三角多音阶七弦琴的工匠，或是其他多弦的、和声古怪的乐器的制造者"[88]。唯一可以在他的理想国里保留的乐器是简单的、"在城市里使用的七弦琴和竖琴"，以及在乡村中牧羊童吹的短笛。[89] 他认为韵律的使用也要服从同样的规则，并且警告大家"不要一味地追求复杂的韵律体系或说每一种韵律，而应该着意于发现什么样的韵律是勇敢的、和谐的生活的表现"[90]。

孔子在《论语》里并没有像柏拉图在其对话集中那样对诗作加以广泛考察。不过，在他谈到《诗经》中的作品时，在许多方面，他以道德和审美上的单纯性为标准对诗作的判断，都可以同柏拉图进行比较。

同柏拉图一样，孔子认为单一的道德的善是好诗的试金石。柏拉图称赞荷马作品中某些对神

[83] *Republic*, bk.3, 400; *Dialogues*, vol. 1, p. 664.（《理想国》，卷三，页106—107。）

[84] *Republic*, bk.3, 401; *Dialogues*, vol. 1, p. 665.（《理想国》，卷三，页107。）

[85] *Republic*, bk.3, 395; *Dialogues*, vol. 1, p. 658.（《理想国》，卷三，页97—98。）

[86] *Republic*, bk.3, 395; *Dialogues*, vol. 1, p. 658.（《理想国》，卷三，页98。）

[87] *Republic*, bk.3, 398; *Dialogues*, vol. 1, p. 661.（《理想国》，卷三，页102。）

[88] *Republic*, bk.3, 399; *Dialogues*, vol. 1, p. 663.（《理想国》，卷三，页104。）

[89] *Republic*, bk.3, 399; *Dialogues*, vol. 1, p. 663.（《理想国》，卷三，页105。）

[90] *Republic*, bk.3, 399—400; *Dialogues*, vol. 1, p. 663. 参看 *Plato and Aristotle on Poetry*, p. 32: "柏拉图不仅要限制摹仿的对象，而且还要限制对象本身，因为对象意味着多样性和多重性，而多样性和多重性是恶。他试图培养统一的、单一种类的人，排除任何可能挫败这一目的的可能。"（《理想国》，卷三，页105。）

祇的恰当描写，孔子则从总体上赞美《诗经》内容的健康："子曰：'诗三百 [91]，一言以蔽之，曰：思无邪。'" [92] 在讨论《关雎》——《诗经》中第一篇也是最为人所熟知的一篇时，他对其优秀的道德、审美品质表示赞赏：

[91]《诗》又被称为《诗三百》，因为它一共有 305 篇。
[92]《论语》2/2，见《论语集释》，页 65。
[93]《论语》3/20，见《论语集释》，页 198。
[94] 参看孔子对滥用音乐的批评："子之武城，闻弦歌之声。夫子莞尔而笑，曰：'割鸡焉用牛刀？'"（《论语》17/3，见《论语集释》，页 1188。）
[95]《论语》3/25，见《论语集释》，页 222。
[96]《论语》15/11，见《论语集释》，页 1087。

> 子曰："《关雎》乐而不淫，哀而不伤。" [93]

这既是对诗的伦理判断，也是对诗的审美判断。说它是伦理判断，是因为孔子称赞它遵循了中庸的原则，避免了在情感宣泄上走向极端；说它是审美的，是因为孔子含蓄地肯定了它在形式和风格上的不过溢。"淫"一词在孔子的时代，最初的本义是"过度"，以后才发展出"放荡"的含义。在对这段话作注释时，历代注家交替地用这两种含义来解释"淫"。如果我们取其最初的本义"过度"，我们可以说，孔子在这里肯定的不但是内容上的，而且也是该诗在形式上和风格上的持中而不过溢。[94] 由此不难看出，这段话与其说是一个纯道德的判断，不如说是道德和审美的两重判断。在我看来，这才是对这段话的正确诠释，因为它与《论语》中道德和审美的融合相一致。无论是柏拉图还是孔子，无一不认为伦理性和审美性是同一的。尽管孔子并不像柏拉图那样，在抽象的概念层面上探讨善和美的密切关系，但他确实为艺术佳作中二者的融合而击节赞叹：

> 子谓《韶》尽美矣，又尽善也。[95]

在《论语》里，孔子始终如一地把单纯性同道德上的善和审美上的吸引力联系在一起，而把"多重性（繁复）"同道德上的恶和审美上的不合宜联系在一起。他把《诗经》的首章《关雎》看作是单纯性的范本，而把"郑声"看作是"淫"的代表：

> 放郑声，远佞人。郑声淫，佞人殆。[96]

在下面的引文中，孔子对"多重性（繁复）"作了更直接的谴责：

　　恶紫之夺朱也。[97]

他不喜欢紫色，是因为紫色是由别的颜色破坏了纯红色而成的。显然，这里红色代表的是道德和审美领域里单纯性的美，而紫代表的则是道德和美学上的"双重性"或"多重性"（繁复）的恶。同柏拉图对诗的摹仿、旋律和韵律的单纯性及多重性（繁复）的观点相比，孔子对朱和紫的论述确实有相似的地方。

　　不论孔子是否编撰过《诗经》并删减了数千首诗，他必定会同意查禁不符合其道德和审美标准的诗作。他希望"放郑声"，这清楚地表明，如果他拥有相应的职权，他是会查禁某些诗作的。从某种程度上说，孔子为了"正名"，的确实践过对诗的查禁。除了说要"放郑声"之外，在鲁国他还施行过"正""乐"之事：

　　子曰：吾自卫返鲁，然后乐正，《雅》《颂》各得其所。[98]

同柏拉图相比，孔子似乎更执着于对诗集的审查。他不但提倡而且实施了这种审查。

　　不仅如此，当他立意要对语言作"正名"时，等于主张对诗实行了更为彻底的查禁，因为诗和其他文学体裁都是语言的艺术：

　　名不正，则言不顺；言不顺，则事不成；事不成，则礼乐不兴；礼乐不兴，则刑罚不中；刑罚不中，则民无所措手足。[99]

[97]《论语》17/18，见《论语集释》，页1225。
[98]《论语》9/15，见《论语集释》，页606。
[99]《论语》13/3，见《论语集释》，页892。

同柏拉图对诗的查禁一样，孔子要为语言正名，也是考虑到诗对现实的歪曲反映会产生可畏的后果。柏拉图害怕天真的年轻人会因为诗对神祇的不正确表现而误入摹仿恶言恶行的歧途，而孔子担心语言对社会政治现实的错误表现会导致对社会政治等级制的任意毁坏。孔子坚信，除非对语言正名而使其如实地反映现实，否则在人类关系中就不会有秩序与和谐，更不用说以这种关系为基础的社会和政治的稳定。[100]

在倡言"正名"时，孔子所采用的是他在论诗、音乐及其他艺术时采用的同一道德和审美的单纯性的标准。在他看来，简单无歧义的语言是君子的语言：

子曰："君子耻其言而过其行。"[101]

子曰："辞达而已矣。"[102]

在这里孔子表明，在政务致辞以通交际时，君子应该谨慎而简练地选择语言，绝不让自己运用不必要的言词来表达其思想和行为。反过来，他认为矫揉造作的语言是小人用来谋私的语言：

子曰："巧言令色，鲜矣仁。"[103]

子曰："焉用佞，御人以口给，屡憎于人。"[104]

同柏拉图一样，孔子特别留神他对"多重性"的查禁不被误解成对美的否认。柏拉图警告说，单纯性并不等于幼稚；孔子也提醒弟子，他对紫的排斥并不等于不加分辨地排斥美文。子贡在纠正棘子成对文质关系的理解时指出："文犹质也，质犹文也，虎豹之鞟犹犬羊之鞟。"[105] 这显然就是其师孔子的观点。此外，孔子也很清楚地表明，他反对矫揉造作的语言并不等于他就要排斥优雅的语言。只要优雅的语言能够更有力地表达其想要表达的意思，他甚至提倡在官方文件的写作中采用它。在起草政府法令时，他建议应该由像裨谌、子大夫、子羽、子产这样有语言天分的人来分别起草、修订和作最后的润色。[106]

[100] 梅约翰（John Makeham）在其 Name and Actuality in Early Chinese Thought（Albany: State University of New York Press, 1994），pp. 35–95 中讨论了孔子言和实的关系，并回顾了其他儒家学者以及非儒家学者有关"名"的理论。

[101]《论语》14/27，见《论语集释》，页 1010。

[102]《论语》15/41，见《论语集释》，页 1127。

[103]《论语》1/3，见《论语集释》，页 16。

[104]《论语》5/5，见《论语集释》，页 294。

[105]《论语》12/8，见《论语集释》，页 842。

[106] 参看《论语》14/8，见《论语集释》页 959："子曰：为命：裨谌草创之，世叔讨论之，行人子羽修饰之，东里子产润色之。"

# 五、和谐的类型：纵向提升的理智和谐与横向扩展的道德和谐

在结束对柏拉图和孔子的诗论的讨论之前，我们不妨先来考虑一下，为什么在这两种诗论中会有如此多的相似之处，然后再辨别二者之间的差异。

正如上面所说的，在关于诗的教育价值、社会效用、审美力量，以及判断诗歌的道德审美标准诸方面，柏拉图和孔子持有的观点相似。在我看来，所有这些相似都来源于二者对于和谐所共有的、高于一切的考虑。柏拉图和孔子在论诗时首先考虑的都是和谐。他们都承认诗的教育价值，因为他们都考虑到诗有助于年轻人发展其内在的和谐。他们都把诗列在低于其他学科的位置上，因为他们都认为，诗的和谐相对来说没有其他学科带来的智力或道德的和谐那么重要。不过，在某些场合，当他们注意到诗所提供的审美经验所具有的转化力量时，他们又都认为这种审美经验就是达到同绝对现实——真理和天意——的美轮美奂的和谐。在评判具体诗作的内容和形式时，他们都采用了严格的、以单纯性为规矩的道德和审美标准，因为他们都相信，单纯性会带来和谐和秩序，不仅是个人思想的和谐有序，而且是整个人类社会的和谐有序。不仅如此，为了进一步肯定诗歌有助于增强内在和外在的和谐，他们都试图对诗实行严格的审查，以维护其内容的善和形式的单纯。

如果说对和谐的共同关注导致了柏拉图和孔子诗论中这些相似的观点，那么，对绝对现实的不同看法则引导他们沿着不同的轴线来追求和谐并发展其诗歌理论。本杰明·施瓦茨（Benjamin Schwartz）在论述柏拉图和孔子在对绝对现实所持观点的根本差异时，作出了中肯的分析：

> 在柏拉图那里，我们发现，在由逻辑和数学的绝对必然性而达到的真理，和由对混乱的日常生活经验的观察而偶然得到的"意见"的世界这二者之间，横亘着一道难以逾越的鸿沟。孔子则不是从一个混乱的具体事物的世界而上升到永恒形式的领域，因为在他看来，"道"是不可分割地同经验世界联系在一起的。[107]

[107] *The World of Thought*, p. 94.

在柏拉图看来，超验的真理由沿着纵轴线来追求和谐而获得。[108] 在讨论柏拉图的教育体系时，我们已经对这种和谐的上升阶级有所认识：从最底部的诗之和谐，经过体育、数学、几何学、天文学和逻辑学的和谐，一直到峰顶上神之领域的和谐。在《蒂迈欧篇》中，柏拉图按相反的顺序描绘了和谐的阶级。他在神那里找到了和谐的起源，接着从天体运动的和谐往下延伸，直至尘世中人的身体、感觉和思想的和谐。

与此相对照，孔子认为道是随着和谐沿着横向轴线扩展而实现的。[109] 孔子的看法与柏拉图不同，他的道不是超验的存在，而是人类理想秩序的"内在的"原则，该原则在个体生命和社会生活当中得以实现。在孔子看来，道的实现首先意味着个人内在的完美的和谐，其次意味着个人按照其在等级社会中所处的位置，以其应有的方式，与家庭和社会成员建立和谐的关系。孔子相信，一旦个体实现了这样完美的内在和外在的和谐，他就获得了真正的"仁"，而成为与道浑然一体的志士仁人。当这样的仁人成为统治者，他必定会在人类生存的所有层面上都努力去实现道，并因而使他的国家长治久安。尽管孔子自己并没有用如此明确的语言来阐释其和谐的概念，但当朱熹把《大学》从《礼记》中分离出来定为四书之一时，他显然相信，和谐是儒学体系的核心，而修身、齐家、治国、平天下的过程就像是一圈一圈地扩大的同心圆，把个人的内心和谐扩展到家庭、国家乃至整个世界的和谐。下面是《大学》中相关的段落：

> 物格而后知至，知至而后意诚，意诚而后心正，心正而后身修，身修而后家齐，家齐而后国治，国治而后天下平。[110]

[108] 在他的对话中，柏拉图反复描述了对作为灵魂之向上运动的超验真理的追求，例如其著名的洞穴寓言，见 *Republic*, bk. 7, 514–523; *Dialogues*, vol. 1, pp. 773–782.

[109] 这里我对孔子的横向轴线的描述，是为了和柏拉图清晰的纵向轴线作比较，并不意味着忽略孔子对纵向的社会政治等级的关注。可以肯定的是，柏拉图的和谐不只有纵向的轴线，同样孔子的和谐也不只有横向的轴线。这两条轴线毫无疑问是孔子思想的内在趋向（immanent thrust）和柏拉图思想的超验趋向（transcendental thrust）的共存。这里我必须强调的是"趋向（thrust）"一词，因为当我在跨文化的背景下对照这两个思想体系的普遍倾向时，我不想它们被误认为是对"超验的"（他世的）和"内在的"（在世的）这两个西方概念的过于简单化的应用。既然"内在的（immanent）"用于描述儒家及其他中国思想体系的普遍倾向，它就必须容纳哲学和理论内涵，例如外在于中国传统的内在知识原则或泛神论的神圣。因此，当我用"内在的"来指称中国传统时，我给它打上了引号。

[110]《大学章句》，见《四书章句集注》，页4。

尽管这段话并不是孔子亲口所说，[111]但它确实简明地阐述了孔子的和谐的横向扩展模式，而这一模式正是他的教育和社会政治设想以及诗歌理论的基础。

柏拉图的纵向和谐模式与孔子的横向和谐模式揭示出通向绝对和谐的两条不同道路。柏拉图的纵向模式代表了一种认识论的过程。在他看来，攀登和谐的阶梯意味着获得愈来愈抽象、高尚的知识，直至迈入纯思辨和超验真理的门槛。在这一纵向的和谐模式中，斯帕里欧苏所说的"理念加理性的和谐"[112]是首要的，而行动是次要的。正如戴维·霍尔（David L. Hall，1937–2001）和安乐哲（Roger T. Ames）指出的那样，柏拉图及其理想主义的追随者把行动解释为"与知识的习惯原则一致的实践"[113]。在柏拉图看来，社会政治实践生活主要有两个目的：一是考验这样的认识论追求对年轻学习者的品性的影响，二是按照绝对知识的模式来重新组织人类社会[114]。

与此相对照，孔子的横向和谐模式主要代表了人类生活的经验过程。[115]在孔子看来，和谐意味着过一种有道德的个人生活，在家庭中履行孝道和其他美德，合乎礼义地介入社会和政治事务，并且因而让邦国大治，天下太平。[116]在这个横向和谐模式里，知识的追求是次要的。[117]实际上朱熹在编辑和解释《大学》时，比孔子及其他儒家学者更重视知识的获取。他注解"格物"为"穷至事物之理"，"致知"为"推极吾之知识"，并将两者看作《大学》中阐述的和谐横向扩展的起点。尽管如此，同柏拉图的纯认识论的追求相比，朱熹的格物致知仍属于另

[111]《大学章句》，见《四书章句集注》，页4："右经一章，盖孔子之言，而曾子述之。"

[112] God of Many Names, p. 172.

[113] Thinking Through Confucius, p. 132.

[114] 参看 Republic, bk.7, 540–542; Dialogues, vol. 1, pp. 799–800.（《理想国》，卷七，页309。）

[115] "存在论的（existential）"一词这里用来表示从属于存在或生命行为，与西方的存在主义无关。

[116] 孔子存在论的追求绝非没有深刻的"超验"意义。他融审美体验和至善于一炉的观念是孔子思想中"超验"一面的最好例示。在解释为什么孔子及其追随者特别强调存在论的关注，并且实现这一"超验"的道德图景时，杜维明在 Way, Learning, and Politics, p. 9 写道："孔子以反思人的问题为途径，以求重新找回人类文明的深层含义，这种存在的抉择让儒家不可能完全出世。他们只能在现世中工作，因为通过自我努力能够让人性得以完善的信念要求他们这么做。……然而，即使身处现世，他们并不认同现状，也没有发展出一套完全独立于身与其中的政治文化之外的价值体系。他们还有符号象征资源的宝藏可供支配，其超越性是意味深长的。"（译者案：可参看《道、学、政——论儒家知识分子》，页9—10。）

[117] 对孔子知识观的相关讨论，参看 Roger T. Ames, "Meaning as Imaging: Prolegomena to a Confucian Epistemology," in Culture and Modernity: East–West Philosophic Perspectives, ed. Eliot Deutsch（Honolulu: University of Hawaii Press, 1991）, pp. 226–244.

一体系。[118] 柏拉图认为，获取绝对知识自身既是目的，也是对认识论追求的回报；朱熹则认为以致知而实现对"理"这一万物的绝对法则的把握，只是标示着奉行理想的道德生活方式的开始，而这样的生活又能带来在更宽广的领域内人类生活的完美和谐。朱熹在儒家学者中是极力提倡致知的重要性的，他认为认识论应该从属于道德生活的理想，这就更进一步证明了在孔子横向的和谐模式中认识论的追求是次要的。[119]

柏拉图和孔子的诗论建立在他们各自的纵向和横向的和谐模式的基础上，不可避免地暴露出两人诗论的根本分歧：前者主要从认识论角度，而后者主要从道德生活的角度来理解诗歌。柏拉图论诗的所有观点，本质上都是对诗作为认识绝对真理之手段所具有的有效性、可靠性和有用性的评论。《理想国》第十卷中对诗的谴责是对其虚假不实地表现真理的控告。他在《理想国》第二卷和第三卷中以及《蒂迈欧篇》和《法律篇》中对诗的有条件的接受，是对诗在教育年轻人为获取更高形式的知识作准备这一用途的默认。而他在《斐德若篇》和《会饮篇》中对诗的称颂，是因为他承认诗可以直接触及绝对美和绝对真理。他在道德和审美上的单纯性标准，表明了他对由诗之内容和形式的"多重性"所致的对真理的错误认识的关注。他对诗的查禁，实际上说明了他害怕年轻人的认识能力会被对现实的不真实摹仿所败坏。

相反地，孔子诗论的所有观点，都是对诗作为一种道德生活的模式在现实生活中的可行性所作的评估。就像柏拉图始终在问自己，诗在对真理的认识上是否有用，如果有用，又怎样起作用；孔子始终关心怎样用诗来指导个人内在和外在生活的方方面面。在给诗的功能下定义时，他全然集中在诗对个人所起的积极作用上。这些积极作用表现在他的个人情感和道德生活（唤起道德感），他的社会政治生活（区分善习和恶俗），他与友朋和同侪的关系（择友从善），他的家庭生活（对父母的孝行），他的社交技能（掌握外交辞令），

[118] Christoph Harbsmeier, "Concepts of Knowledge in Ancient China," in *Epistemological Issues in Classical Chinese Philosophy*, eds. Hans Lenk and Gregor Paul ( Albany: State University of New York Press, 1993 ), pp. 14. 文中写道："在中国传统文化中，几乎没有对以自身为目的之知识的追求，也不热衷于柏拉图和亚里士多德这些继承了苏格拉底学说的哲学家所发展的那种'纯学术知识'。在古代的中国人看来，行为比知识更重要，无论是个人行为还是政治行为。洞察力只有在导向成功的行为时才是有价值的。"

[119] Harbsmeier 在其论文 "Concepts of Knowledge in Ancient China," pp. 11-30 对中国古代的认识论作了概述。朱熹对知识的观点，参看唐君毅：《中国哲学原论》（香港：人生出版社，1966），册上，页 278—347。

以及他与统治者的交流（适而不过的怨）。柏拉图认为对真理的直觉是诗最理想的效果，孔子则认为获得一种无功利却合乎道德的审美状态是诗的最理想效果。他之所以引入单纯性作为道德和审美的标准，不是像柏拉图一样出于认识论的考虑，而是出于对封建等级社会里有序生活的关心。柏拉图把道德和审美上的单纯性标准作为解毒剂，以纠正由诗和艺术中不道德的、"多重性"的表现所致的对真理的扭曲；孔子所要反对的，则是由语言的滥用而导致的政治生活秩序的混乱。

本篇的讨论可以看作一种对"异中之同"研究。我考察了柏拉图和孔子诗论中许多源于他们共有的对和谐的整体关注而产生的相似之处。同时我也指出，这些相似之处立足的基点根本不同：柏拉图的和谐模式是认识论的、理智的、纵向的和谐，而孔子的和谐模式则是生活经验的、道德的、横向的和谐。柏拉图和孔子论诗的所有观点无不带有这种根本区别的烙印。因此，他们的观点很自然地形成了两种在诸多具体问题上见解相似、而对诗的性质看法迥异的诗论。在柏拉图的诗论里，诗是一个认识论的过程；而在孔子的诗论里，诗是道德生活的过程。这两种对诗的不同看法，不仅构成了这两位思想家对诗的形形色色的论述的基础，也构成了西方摹仿的文学理论和中国非摹仿的文学理论的发展基础。

（刘青海 译）

# "势"的美学：费诺洛萨、庞德和中国批评家论汉字

[1] 有关费诺洛萨和庞德的文字理论的大量研究，可参看 Achilles Fang, "Fenollosa and Pound," *Harvard Journal of Asiatic Studies* 20（1957）：213–238; Hugh Kenner, "Poetics of Error," *Tamkang Review* 6–7（1975–1976）：89–97; William Tay, "Fragmentary Negation: A Reappraisal of Ezra Pound's Ideogrammic Method," in *Chinese–Western Comparative Literature: Theory and Strategy*, ed. John J. Deeney（Hong Kong: Chinese University Press, 1980）, pp. 129–153; Huang Guiyou, "Ezra Pound:（Mis）Translation and（Re）–Creation," *Paideuma: A Journal Devoted to Ezra Pound Scholarship* 22, no. 1–2（1993）：99–114; Jin Songping. "Fenollosa and 'Hsiao Hsueh' Tradition," *Paideuma: A Journal Devoted to Ezra Pound Scholarship* 22, no. 1–2（1993）：71–97; Richard Londraville, "Fenollosa and the Legacy of Stone Cottage," *Paideuma: A Journal Devoted to Ezra Pound Scholarship* 22, no. 3（1993）：100–08; and Zhaoming Qian, *Orientalism and Modernism: The Legacy of China in Pound and Williams*（Durham and London: Duke University Press, 1995）, pp. 56–64; Haun Saussy, "The Prestige of Writing: 文, Letter, Picture, Image, Ideography," *Sino–Platonic Papers* 75（1997）：1–41. 关于庞德的中国诗歌翻译的全面研究，参看 Wai–lim Yip, *Ezra Pound's Cathay*（Princeton: Princeton University Press, 1969）.

[2] Andrew Welsh, *Roots of Lyric: Primitive Poetry and Modern Poetics*（Princeton: Princeton University Press, 1978）, pp. 101.

[3] 汉学界对该文的严厉批评，见 George Kennedy, "Fenollosa, Pound and Chinese Characters," *The Art of Chinese Poetry*（Chicago: University of Chicago Press, 1962）, pp. 3–7.

[4] *Yale Literary Magazine* 36（1958）：24–36 比较有代表性。

1936 年，美国著名诗人庞德（Ezra Pound, 1885—1972）编辑出版了费诺洛萨（Ernst Fenollosa, 1853—1908）撰写的《作为诗歌媒介的中国文字》（*The Chinese Written Character as a Medium for Poertry*）（以下简称《诗媒介》）。在中西方诗学比较研究当中，也许再没有哪部著作像《诗媒介》一样，受到如此热情的推崇；也再没有哪部著作像它一样，遭受如此无情的批判。[1] 安德鲁·韦尔什（Andrew Welsh）的评价也许能代表西方文学界对该文的肯定意见，他称它是"现代诗学的一项杰出成就"，并在其《抒情诗的起源》（*Roots of the Lyric*）一书中辟专章讨论费诺洛萨和庞德的表意文字理论。[2] 与此相对照的是，刘若愚先生认为，该文代表了汉学界以外的学者所持的一种普遍误解，即"所有的汉字都是象形文字或表意文字"。为此他在《中国诗歌艺术》（*The Art of Chinese Poetry*）一书中开宗明义地批评了费诺洛萨和庞德对汉字的误解。[3] 刘氏对该文的否定看法在汉学界颇有知音。[4] 在阅读《诗媒介》时，由于专业不同，大家往往倾向于在这截然不同的两种意见中各执一端，而且几乎毫无例外，都只关注汉字的象形特征。事实上，费诺洛萨和庞德对汉字的讨论有它更重要的一面：它揭示了一个围绕"势能"概念的审美理想。如果我们只关注汉字的象形特征，就不可避免地会忽视费诺洛萨和庞德对汉字的字源学、美学和书法方面的洞见，并且也因而会失去一个不可多得的、在跨文化和跨学科的语境下探讨《诗媒介》的全部意义的大好机会。

本章旨在把费诺洛萨和庞德的美学和中国的"势"的美学加以比较，从而重新评价《诗媒介》的汉字理论。首先我要说明，他们二人关心的不是汉字的象形性，而是它的势能，并讨论这种势能在古文字学中的体现。其次，讨论中国书法风格和理论的演进是如何印证二人关于汉字具有保存和发展自身势能之能力的判断的。第三，考察庞德是如何利用他在汉字势能上的发现，来证实他自己的"动势形象"（kinetic imagery）理论的。第四，探讨庞氏的和中国的势的美学在更广阔的中西宇宙观层面上所展现的根本不同之处。第五，证明二人确实意识到了这种根本不同，并且有意识地根据西方象征主义的理想以及重新塑造西方诗学的需要，对汉字所具有的势能作出创造性的阐释。

# 一、汉字在形态、句法和语源上呈现的自然势能

　　费诺洛萨和庞德对汉字的象形特征确实有过分夸大之处。在教中文时，纠正这种夸大的论调不但是合理的，而且还很有必要。[5] 不过，如果我们把《诗媒介》当作一个象形神话而弃之不顾，这将是一个可悲的错误，从文学研究的角度来看尤其如此。

　　要想领会《诗媒介》在文学研究领域的意义，我们有必要首先对所谓费诺洛萨和庞德的汉字象形神话说予以批判。如果我们仔细研究《诗媒介》就不难发现，该文中提到汉字及对其"半象形效果"的评论只有寥寥数处，而且引用时强调的也是汉字"基于自然运作（operation）的生动的、速写式的图像"[6]，以及"其表意的语源把自然的动感表现出来（verbal idea of action）"[7]。他们关心的并不是汉字自身的象形性，而是要全面研究汉字中体现出来的自然界的势能，无论这样的势能是以象形还是别的形式表现出来。事实上，早在 1916 年，庞德就要求一个朋友"去阅读费诺洛萨这篇谈动词，或说主

[5] 语言学家对汉字是纯表意文字这一神话的批评可参看 John DeFrancis, *The Chinese Language: Fact and Fantasy*（Honolulu: University of Hawaii Press, 1984），pp. 132–148。此书集中批评了由汉学家制造的表意神话，但没有提到费诺洛萨和庞德。

[6] Ernest Fenollosa, *The Chinese Written Character as a Medium for Poetry*, ed. Ezra Pound（1936; rpt. San Francisco: City Lights, 1983），p. 8.

[7] *Chinese Written Character*, p. 9.

要谈动词的宏文"[8]，这足以说明庞德的中心意旨是要求读者重点关注该文讨论势能。

在分析汉字的句法结构时，费诺洛萨试图表明，汉语的句子成功地把"动作从施事到受事的能量转移"[9]魔法般地展现于眼前。他指出，汉语的句子不涉及所谓"形式主义的缺陷"，即冠词、词形变化、语态变化、不及物性等等。因此，他看到汉语中"言语的各部分一个字一个字地蓬勃生长，争先恐后地破土而出"[10]，这个过程几乎是自然界中势能转移的翻版。《诗媒介》的大部分篇幅都用于分析汉字是怎样通过其表意、造形以及句法组织来唤起自然的势能的。

对于中文的词类，费诺洛萨集中讨论它对自然中势能的再现（evocation）。在他看来，汉语的名词因其表意字形而具有自身的优越性，说到底，它们是"行动的相聚点、行动交界的横切面、或刹那间的摄像"[11]。他视中文的动词为自然力的理想体现，因为动词中不包括被动语态（passive voice）或系词（copula)，后者会减弱自然力量的直接性和强度。汉语的形容词值得赞美，因为它们源于动词，并且在许多情况下可以兼作动词。由于汉语的形容词总是保有"深层的动词词义"，它们绝非"没有血肉的抽象的形容"[12]。汉语的介词和连词也同样值得赞美，因为"它们总是用来协调动词之间的行动，因而自身也必然是行动"[13]。在费诺洛萨看来，从"我"和"吾"两字中会意的组合可以看出，甚至代词也富于动词性。[14]

费诺洛萨在汉字的语源中找到了语言势能的证据。当他探讨"原始的汉字"（简单的象形或指事字）时，他试图将其视为"行动和过程的速写式图像"[15]。当他讨论复杂的汉字（复合的会意、形声字）时，他认为两个或两个以上会意字"加在一起并不产生出第三样东西，而是提示存在于它们之间的某种本质联系"[16]。

费诺洛萨把注意力集中于汉字的潜在的势能，有意无意地从字源演化以及书法审美两方面把握住了汉字的精髓。汉字在演变的过程中，之所以能与其他远古的图形文字（例如古埃及的象形文

[8] D. D. Paige ed. *The Letters of Ezra Pound 1907–1941*（New York: Haskell, 1974），p. 131.
[9] *Chinese Written Character*, p. 7.
[10] *Chinese Written Character*, p. 17.
[11] *Chinese Written Character*, p. 10.
[12] *Chinese Written Character*, p. 19.
[13] *Chinese Written Character*, p. 20.
[14] *Chinese Written Character*, pp. 20–21.
[15] *Chinese Written Character*, p. 9.
[16] *Chinese Written Character*, p. 10.

字）相区别，正在于它对势能的再现。[17] 一般认为，甲骨文和金文中的许多原始象形字与古埃及的象形文字相似。但久而久之，这些汉字逐渐演化为对事物势能的一种抽象的速写。这一代表性特征在秦代推行的小篆中变得显著（见图一）。[18]

[17] 对汉字演变的概述，可参看朱仁夫：《中国古代书法史》（北京：北京大学出版社，1992），页1—77，及 Chiang Yee, *Chinese Calligraphy: An Introduction to Its Aesthetic and Technique*（Cambridge: Harvard University Press, 1966），pp. 18–40。上述手迹的版本和有关讨论参看 Tseng Yu-ho Ecke,（转下页）

图一：汉字表。复制自 Chiang Yee, *Chinese Calligraphy: an Introduction to Its Aesthetic and Technique*（Cambridge: Harvard University Press, 1966），p.34.

（接上页）*Chinese Calligraphy*（Philadelphia: Philadelphia Museum of Art and Boston Book & Art, 1971）, plates 1–5.

[18] 甲骨文是现存最早的汉字书写形式，它刻在龟甲或兽骨上，在大约公元前十八世纪到公元前九世纪期间被广泛使用。金文是刻在青铜器或石鼓上的书写形式，被广泛使用于公元前九世纪到公元前三世纪。小篆指的是由秦朝宰相李斯（卒于公元前208年）推广的简化字体，被广泛使用于秦朝。与小篆相对的是大篆，许多学者用它来指代秦朝以前的字体。为了进一步区分秦朝以前的各种字体，许多学者宁可将大篆的来源限定在籀文中，后者据说是由周宣王时太史籀于大约公元前九世纪发明的，直到战国时期还一直被广泛使用。学者们还用古文来指称战国时期各国使用的汉字的主要书写形式。"篆体"是所有在秦朝和秦以前使用的书体的通称，与广泛使用于汉代和汉以后的"隶体"相对。现代文发展于"隶体"，因而二者看起来很相似。上面给出的时间段是指特定的书体在该时间段内被广泛使用，但并不表明它们只在这个时间段内使用。

[19] 见 *Chinese Written Character*, p. 8. 这三个字的书体复制自徐中舒：《甲骨文字典》（成都：四川辞书出版社，1988）和洪北江：《金文编金文续编》（台北：洪氏出版社，1974）。

[20] *Chinese Written Character*, p. 8. 不过，他认为这些字在中国人头脑里唤起的视觉犹如人见到马的真实经验。这个论证是无力的。

[21] 见 *Chinese Written Character*, p. 8. 这三个字的小篆体取自［汉］许慎撰、［清］段玉裁注：《说文解字注》（上海：上海古籍出版社，1981）。

[22] 见 *Chinese Written Character*, p. 10. 这三个字的小篆体取自《说文解字注》，页47，271，698。

[23] *Chinese Written Character*, p. 10.

[24] *Chinese Calligraphy*, p. 109.

为了说明对事物潜在的势能从图形表现到象征性再现的演进，让我们来看一看费诺洛萨文中所引六个汉字的不同书体。甲骨文和金文分别以图形来表示一个站得不是很直的人（冫、冫），四处张望的动作（冭、冭），以及一匹马（冭、冭）[19]；而在篆书中，这三个字都是抽象的运动节奏的速写。[20] 在篆书中我们看到的不是具体的物体，而是对运动和引而待发的动作的速写：一个人站着（冫），一个人蹲踞着四望（冭），一匹鬃毛摆动的马在奔跑（冭）。[21] 除了这三个为人熟知的例子外，图三中费诺洛萨对"春""男""东"三字的势能的描绘，在其小篆中也得到了很好的证明。

| 小篆 | 费诺洛萨的描写 |
| --- | --- |
| 春 | 太阳卧伏于萌发的植物之下 = 春 |
| 男 | "稻田"加上"劳作" = 男 |
| 东 | 太阳悬结于树枝之中 = 东 [22] |

图二

如果我们对这六个字的古文加以考察，就不难发现其中蕴含着费诺洛萨所说的自然动力的视觉表现。费诺洛萨对汉字的字源考订并不总是准确无误，其解释却往往触及事物的本质——汉字字源内在的势能。他将内在势能分为"运动中的事物"和"事物中的运动"两类，这一见解也颇为独到。譬如，"马"字代表的是"运动中的事物"[23]或对活力的展现；"春""东""男"三字代表的则是"事物中的运动"或蕴藏在静物中的势能。总之，无论是揭示西方对"现实主义再现的有意忽略"[24]，还是展现中国文字结构中的自然势能，费诺洛萨的分析都予我们以有益的提示<sup>[25]</sup>。

[25] 费诺洛萨的分析可与宗白华《中国书法里的美学思想》对汉字演化的类似描述作比较，参看宗白华：《美学散步》(上海：上海人民出版社，1981)，页135—160。

## 二、费诺洛萨和中国古代文字学

费诺洛萨并不是一位汉学家，他几乎不懂中文。在某些汉学家看来，其《诗媒介》一文完全是外行之见，是对专业知识明目张胆的违背，因而完全有理由受到汉学界的蔑视。尽管对他们来说，费诺洛萨对汉字书体的解释看起来幼稚得可笑，这些解释却稳妥地建立在传统中国文字学研究的基础之上。无论是错误还是洞见，费诺洛萨都受惠于传统的中国文字学，这一点很大程度上被学界忽略了，我们有必要对之予以特别的关注。

费诺洛萨自称《诗媒介》"第一次代表了中国文化研究中的日本学派"，而他自己则"作为私淑弟子，多年来师从森槐南（Kainan Mori，1863—1911）教授——他也许是尚健在的最伟大的汉诗权威"<sup>[26]</sup>。如果我们考察《诗媒介》与传统中国文字学的关联，会发现费诺洛萨被指责的两个谬误——象形神话和对文字会意的随意解释——并非费诺洛萨本人的创造，而是源于传统中国文字学的奠基人许慎。

许慎编著了中国第一本汉语字典《说文解字》。该书共搜罗小篆9353个之多，在这些小篆条目下包括了大篆（或古籀）等同文异体字1163个。每解释一个汉字，许慎都要先释义，然后分析其表意结构。通常他会给出一个同音字来说明其发音，并征引古文以支持其解释。在序言中，他对汉字的起源和演变作出了综合解释，并详细地阐明了六书（或汉字的六种造形方式）。<sup>[27]</sup>在编写《说文解字》时，许慎一手建立、定义并界划了文字学领域。大多数文字学研究的后学继续了许慎开创的三项工作：解释单个汉字，讨论字的起源，厘清六书的关系。<sup>[28]</sup>在继续从事这三项工作时，这些研究者通常以《说文解字》作为他们歧见的起点，质疑许慎的错误和不精确之处。

[26] *Chinese Written Character*, p. 6.
[27] 对六书的讨论，可参看高明：《中国古文字学通论》（北京：北京大学出版社，1996)，页45—57。
[28] 有关《说文解字》对后来汉字研究的影响，参看《中国古文字学通论》，页9—10，12—16，18—21。

学者经常抱怨许慎过分地强调了视觉要素而忽略字音。尽管许慎承认六书中有三种与读音相关，但他认为字音只是视觉要素的辅助。他对象形字和指事字的特别突出最巧妙地反映在他对汉字的归类方式上。在《说文解字》中，许慎将 9353 个汉字分成 540 个部首，只有一小部分不是象形或表意的。甚至在那一小部分表音的部首中，他也试图辨认其中的象形部首和表意部首，以便将它们和其他象形部首和表意部首归到一起。利用这一策略，他设法将所有的部首几乎完全按照字形结构来排列。显然，在某种程度上，许慎需要为费诺洛萨被诟病的所谓的"象形神话"承担责任。

在许慎的忠实追随者队列里，排在最后的也许是费诺洛萨。和许慎一样，费诺洛萨致力于揭示汉字中的象形和会意因素，尽管目的是为了重新打造西方诗学。像许慎一样，他也低估了汉字读音的重要性。他认为："许多表意汉字的象形痕迹现在很难找到了，甚至辞典编纂者也得承认，字形的组合经常仅有语音方面的意义。我很难相信，有什么概念可以完全无需具体的字符、只依靠抽象的声音而单独存在。因为这违背了演变的原则。复杂的观念是伴随着表达该观念的能力的兴起而逐渐产生的。汉语的字音数量贫乏，不足以表达这些复杂的观念。"[29]

许慎经常为学者所抱怨的另一点是，他在解释字符结构时往往失之于随意，比如犯各种各样的年代错误。由于他将解释的基础建立在相对来说晚近的小篆而非更早存在的书体上，他在解释某一字符的象形和表意作用时就特别容易出错。确实，通过用更古老的金文和甲骨文逐一核对他的解释，清代和二十世纪的学者发现了大量错误和不精确之处。当他试图用他自己时代的社会政治学和宇宙哲学来解释一个字符时，许慎所犯的时代错误尤为严重。这方面最显著的例子无过于他对"一"的解释，他煞费苦心地将之解释为宇宙哲学法则的一。[30] 另一个例子是他对"王"字的解释。王是汉代儒家宇宙论中为董仲舒所颂扬的一个褒义词，对此许慎解释道："董仲舒曰：'古之造文者，三书而连其中谓之王。'"[31] 许慎的这一类错误让我们想到费诺洛萨在注释"信"时所犯的错误。为了解释"信"这个字符中"人"和"言"的组合，费诺洛萨发现用英文成语"遵守"（stand

[29] *Chinese Written Character*, p. 30.
[30]《说文解字注》，页 1。
[31]《说文解字注》，页 9。引文出自［汉］董仲舒：《春秋繁露义证》（北京：中华书局，1992），页 328—329。

by）解释起来很方便："人和言：一个人说话算话，守诺之人，真实，忠诚，坚定不移。"[32] 这一解释在中国人看来是武断无知的，但它也许并不比许慎对"一"的解释更糟糕。实事求是，我们也许应该尽可能温和地看待费诺洛萨的错误，就像我们应该宽恕许慎的错误一样。何况费诺洛萨正如他自己所宣称的那样，只是关注"诗学，而非语言学"。

　　总之，费诺洛萨比他最终的导师许慎更加大胆地撇开字音，沉迷于凭想象来作出会意阐释。不过，这也许正是费诺洛萨通过其日本老师接受许慎最极端的继承者之影响的结果。费诺洛萨在《诗媒介》中暗示，以他的老师森槐南为首的日本汉学学派与中国宋代关系密切，这让人猜测这一日本学派即"源于王安石《字说》盛行的北宋"[33]。声名显赫的政治家和诗人王安石（1021—1086）所著的文字著作《字说》在当时影响很大，尽管该书现已亡佚。这部著作最为人所知、也往往是最受人讥讽的，正是它毫不隐讳地无视字音，对汉字作生硬的表意解释。王安石的观念是否影响了森槐南，进而又间接影响了费诺洛萨，我们不妨把这个问题交给文学史家；至少我们可以说，费诺洛萨的表意分析呈现出和王安石释字类似的想象过度的特点，尽管费诺洛萨的错误看起来往往没王安石的那么惊人。

　　认识到王安石可能对费诺洛萨有所影响，也许还可以帮助我们确认费诺洛萨关于字符"把自然的动感表现出来"这一观念的源头。尽管字符长期以来被书法家看作是自然势能的体现，王安石也许是字典编纂者中首位将汉字的结构法则追溯到自然的势能体现的。[34] 他在《进〈字说〉表》中说："字虽人之所制，本实出于自然。凤鸟有文，河图有书，非人为也，人则效此。故上下内外，初终前后，中偏左右，自然之位也。"[35] 在费诺洛萨的《诗媒介》中，我们能听到这一论调的回响。确实，费诺洛萨对汉字势能的评论——"行动的相聚点、行动交界的横切面、或刹那间的摄像"[36]——与王安石汉字是自然势能之位的观点如出一辙。

　　对费诺洛萨受益于传统中国文字学予以考察之后，我们似乎可以说，《诗媒介》一文构建了传统中国学者论汉字的独特分支，具有双重的跨文化特

[32] *Chinese Written Character*, p. 41.
[33] "Fenollosa and 'Hsiao Hsueh' Tradition," p. 87.
[34] 正如下文所示，中国书法家和书法批评家对汉字和自然之间关系的探索比字典编纂者要早得多。
[35] ［宋］王安石：《王文公文集》（上海：上海古籍出版社，1974)，册上，页236。
[36] *Chinese Written Character*, p. 10.

征——传统的中国学术由日本学者传承和阐释，又被创造性地用英语表达出来。

# 三、汉字势能在诗歌中的运用

既然费诺洛萨表明了他感兴趣的是"诗学，而非语言学"，我们有必要根据他的批评视角来重估《诗媒介》一文的价值，而不是着眼于批评其语言学谬误。费诺洛萨对汉字的剖析主要是为了展现汉字具有而其他活的语言中没有的特征——保存和增加在汉字字源中潜在的势能。在结束他对汉字的表意分析时，费诺洛萨写道：

> 在这方面汉字显示出其优势：其语源通常显然可见，让（造字的）的创造冲动和过程得以保存，至今仍可目睹，且保持有效。经过数千年的岁月，喻指的脉络已然清晰可见，而且在许多情况下还确实地保留在词义当中。[37]

如果我们根据现代读写中文的一般过程来衡量，这样的观点显然是站不住脚的。在阅读当代印刷的汉字时，中国人对汉字的反应同西方人读非汉字的拼音文字没什么不同，汉字对他们来说也是抽象的语言符号。在阅读一篇印刷文章时，中国人很少停下来思考某个字的字源构成，更不要说思考每个字的字源所蕴藏的势能。

不过，如果回顾刘勰有关文学写作中用字的论述，我们会发现费诺洛萨的看法相当敏锐，根本就没有离题。相反，在强调汉字表意结构是视觉吸引力、势能和诗歌灵感的源头时，费诺洛萨令人吃惊地接近了中国古代文学批评。

首先，尽管秦汉时代的"书同文"（汉字书写的标准化）导致其图画吸引力的潜在丧失，但其后很长一段时间，中国学者仍不断地发现汉字结构在纯文学写作中的审美价值。在《文心雕龙》中经常被忽略的《练字》篇里，刘勰对此作出了雄辩的表达。该篇始于对肇自仓颉造字的文字历史的勾勒。由其选用的神话、传说、

[37] *Chinese Written Character*, p. 25.

轶事和历史事件来判断，显然刘勰旨在强调两点：一是在中国历史上，书写文字的使用始终是为人所尊崇的；二是对书写文字的重视，在不同的历史时期，原因也有所不同——在上古时是因为其宗教巫术的力量，周代时因其仪式的作用，秦汉时代因其规范社会政治现实的功用，六朝时因其审美的效果。清楚地阐述了汉字发展的历史之后，刘勰强调了汉字对纯美文创作的重要性：

[38] Stephen Owen, *Traditional Chinese Poetry and Poetics* (Madison: University of Wisconsin Press, 1985), pp.21–23.
[39] 对本章的研究，可参看涂光社：《汉字与古代文学的民族特色——〈文心雕龙·练字〉随想》，《古代文学理论研究》1989 年第 14 辑，页 261—280。

> 心既托声于言，言亦寄形于字，讽诵则续在宫商，临文则能归字形矣。(《练字》)

在从心到言到字的追溯过程中，刘勰没有像柏拉图一样设想一个从本原的实体堕落或掺杂的过程。相反，他分辨出一个从初始心理状况向丰富的外化实现延展的过程。当心意形之于言语时，内心已开始外化；而"言亦寄形于字"则标志着外化的圆满实现。[38] 考虑到字的根本重要性，刘勰觉得有必要拟定四个严格的原则以防滥用：

> 一避诡异，二省联边，三权重出，四调单复。(《练字》)

了解刘勰为确保这四原则所作的解释之后，我们不难发现，他关心的主要是字形结构，而非像某些学者所误解的那样更关心语义内涵。和费诺洛萨一样，他感兴趣的是将汉字的视觉吸引力最大化。除此之外，和费诺洛萨一样，他对视觉吸引力的强调并非为了别的，而是想要在文学作品中再现势能。因而刘勰在《练字》篇赞语中这样写道："声画昭精，墨采腾奋。"[39]

刘勰并不像费诺洛萨一样，将汉字结构看作是诗歌感染力意味深长的源头。然而，他也承认与他同时代的文人通过"体目文字"(《谐隐》)来制作谜语。追溯这种谜语的源头，刘勰评论道："自魏晋以来，颇非俳优，而君子嘲隐，化为谜语。"(《谐隐》)刘勰对谜语的观念似乎有些混乱。一方面，他对那些

[40] 对以表意文字为基础的谜语的研究，参看愚庸笨：《中国文字的创意与趣味》（台北：稻田出版有限公司，1995），页 56—99。

[41] 费诺洛萨和庞德对现代中国诗歌的影响，参看 Achilles Fang, "From Imagism to Whitmanism in Recent Chinese Poetry: A Search for Poetics That Failed," in *Indiana University Conference on Oriental-Western Literary Relations*, eds. Horst Frenz and G. L. Anderson（Chapel Hill: University of North Carolina Press, 1955）.

有效地讽刺社会政治的谜语赞美有加，另一方面他又讥笑那些仅仅是"纤巧以弄思"的谜语。他写道："虽有小巧，用乖远大。观夫古之为隐，理周要务，岂为童稚之戏谑，搏髀而抃笑哉！"（《谐隐》）尽管谜语因其讽刺功能得到了像刘勰这样的评论家的赞美，但这种以汉字结构为基础的文类终究被视为是有瑕疵的，因为它被小丑用作一种浅薄的娱乐形式。[40]受到对该文类的贬损意见的影响，传统的中国诗人当然不把汉字结构看作是严肃的诗歌表达的媒介。有趣的是，直到费诺洛萨和庞德的观点被输出到中国，中国诗人才开始重新认识汉字结构，把它视为诗歌感染力的可信源头，加以认真的研究。[41]

# 四、汉字势能在书法中的表现

如果我们在中国书法发展的历史背景下考虑费诺洛萨对汉字势能的看法，就不能不承认其见解之敏锐。无论从哪方面看，刘勰对汉字的讨论在中国诗学中都是孤立的现象。在他之后，很少有文学评论家会认为汉字结构与诗文创作有重要关联，文字结构这一主题在主要的批评著作中几乎绝迹。我们该如何理解这一现象呢？也许可以简单地解释为是汉字从"行动和过程的速写式图画"[42]堕落成抽象的、无生命的符号的结果。不过，熟悉中国艺术传统的人则会认为，汉字的发展过程并非如此。尽管文论家不再关注汉字结构，中国的书法家和书法评论家则一如既往地致力于保存、整理和扩大汉字势能，借以把书法发展成为与诗歌媲美争胜的艺术形式。保存和发挥汉字势能的职责几乎一直为书法家和书法评论家所担负，直到元代诗、书、画合一后才有所改观。[43]

对中国书法家来说，表现势能的审美理想可以一直追溯到上古篆书。从古到今，中国的书法

[42] *Chinese Written Character*, p. 9.

[43] Michael Sullivan, *The Three Perfections: Chinese Painting, Poetry, and Calligraphy*（London: Thames & Hudson, 1974）.

家和艺术鉴赏家从未中止过赞赏、书写和完善古代篆书。韩愈（768—824）对石鼓文的称颂表明了中国古代书法家是怎样奉古代篆书为表现势能的典范的：

[44] *Chinese Written Character*, p.9.

> 年深岂免有缺书，快剑斩断生蛟鼍。鸾翔凤翥众仙下，珊瑚碧树交枝柯。金绳铁索锁纽壮，古鼎跃水龙腾梭。（《石鼓歌》）[44]

这里，韩愈称颂石鼓文的理由，同费诺洛萨赞赏汉字的理由是一样的——他们都看到了汉字表现自然势能的能力。和费诺洛萨一样，韩愈就自然力量的释放和平衡讨论了汉字内在的活力。他把一些字的笔画看作是"运动中的事物"，并且用"快剑斩断生蛟鼍""鸾翔凤翥""众仙下""龙腾梭"这样的词句来赞美它们。他又把其他一些笔画看作是"事物中的运动"，即静态事物内部所蕴藏的势能，比之为"珊瑚碧树交枝柯"和"金绳铁索锁纽壮"。

图三：石鼓文的一部分，据明代摹本。复制于高明《中国古文字学通论》，北京：北京大学出版社，1996年版，页20。

如果说我们能在古代的篆书中看到费诺洛萨称述的历久弥新的汉字势能，那么，以后的书法风格中，我们可以看到费诺洛萨赞扬的那种由势能演变而来的动态美：

[45] *Chinese Written Character*, p.25.

[46] 有关四种书法风格的兴起，参看《中国古代书法史》，页78—184。

[47] 有关中国书画中书写工具和材料的讨论，参看 Jerome Silbergeld, *Chinese Painting Style*（Seattle: University of Washington Press, 1982），pp. 5–30. 关于这四种风格的概述，参看 *Chinese Calligraphy*, pp. 59–105.

[48] 对草书的风格相对于一般风格（隶书和楷书的风格）的优势，张怀瓘《书议》道："真则字终意亦终，草则行尽势未尽。"北京大学哲学系编：《中国美术史资料选编》（北京：中华书局，1980），页256。

[49] 这仅仅是对中国书法作为动态运动之艺术的简要概述。高友工（Yu-kung Kao）在 "Chinese Lyric Aesthetics," *Words and Images: Chinese Poetry, Calligraphy, and Painting*, eds. Wen Fong and Alfreda Murck（Princeton: Princeton University Press, 1991），pp. 74–80 对汉字从文或画（早期甲骨文）到字或字符（篆书）到书或书法风格之演变的美学意义有详细的讨论。

因此，汉字不但没有随着我们变得越来越贫瘠，相反，随着岁月的流逝，它变得越来越丰富，几乎是带着灵气，光彩照人。[45]

随着书写工具由刻器发展为毛笔，书写材料由硬物发展为纸帛，随之出现了四种新的书法风格：隶书、楷书、行书和草书。[46] 这些新风格为表现有活力的运动提供了更广泛的可能性。[47]

这四种书体中，隶书和楷书的价值在于它们在单个字的轮廓中微妙地表现了运动，而行书和草书则特别受到文人的青睐，因为它们特有的字与字、行与行之间无拘无束的绝技。[48] 确实，在笔画宽度的多变、单个字内部不同部首间平衡的调整、字的大小变化、运转力度和速度的控制、一行或一篇文字中风格笔势的变换（见图五和图六）等方面，行书和草书提供了广泛的可能性。

在行体和草体中，特别是草体，毛笔的运动突破了单字外形的局限，因而它再现的不只是一个或一组客体所释放的、或是潜在于一个或一组物体中的势能，作为一种抽象的艺术韵律，它的目标是再现"道"这一宇宙的根本法则，正是这一法则造就和维持着自然界中的所有势能。这种由对局部势能的揭示一跃而呈现宇宙之道的过程，也正标志着汉字在书法领域内的发展。这种发展，用费诺洛萨的话来说，就是"随着岁月的流逝，它变得越来越丰富，几乎是带着灵气，光彩照人"[49]。

| | 人 | 见 | 马 |
| --- | --- | --- | --- |
| 隶书 | 人 | 見 | 馬 |
| 楷书 | 人 | 見 | 馬 |
| 行书 | 人 | 見 | 馬 |
| 草书 | 人 | 見 | 马 |

图四：四种书法风格的例子。复制于《历代书法字汇》（台北：大东书局，1981）。

图五：《大唐三藏圣教序》，行书，碑文摹本。复制自 Frederick W. Mote and Hung-lam Chu eds., "Calligraphy and the East Asian Book," *The Gest Library Journal*, no.2, special catalogue issue（1988）: 33。

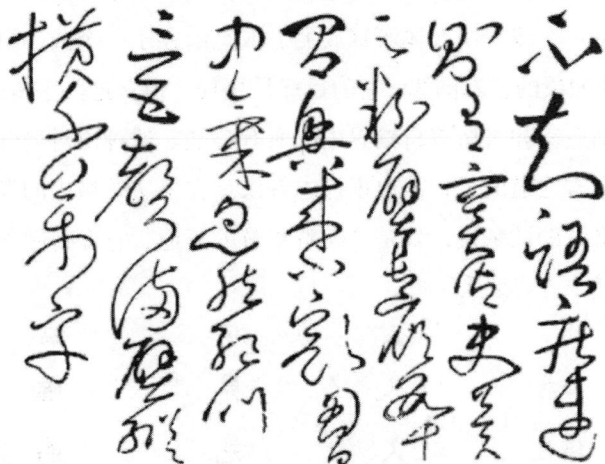

图六：草书，唐代大书法家僧怀素所书自传的一部分。怀素以其风驰电掣的狂草而著称。复制自 Chiang Yee, *Chinese Calligraphy : An Introduction to Its Aesthetic and Technique*（Cambridge: Harvard University Press, 1966）, p. 34。

# 五、中国传统书法批评中的"势"

从一开始,"势"就是中国书法批评的参照中心。[50] 书法中对"势"的自觉追求的描述至少可以追溯到李斯(前 280—前 208)。据说他是第一个阐述动态的笔法并将其比喻成自然中动力的不同表现的:

> 夫书功之微妙,与道合自然。……蒙恬造《笔法》,犹用简略,斯更修改,望益于世矣。夫用笔之法,先急回,后疾下,如鹰望鹏逝,信之自然,不得重改;送脚如游鱼得水,舞笔如景山兴云,或卷或舒,乍轻乍重。善深思之,理当自见矣。[51]

上述评论不但表明李斯为中国书法作为一种动态的笔法艺术的发展确立了方向,并预示了势作为书法批评之最重要主题的兴起。据说蔡邕(132—192)写过《九势》,专论书法中的"势",对此他的女儿蔡琰(约生于 178 年)有如下描述:

> 书肇于自然,既立,阴阳生矣;阴阳既生,形势出矣。藏头护尾,力在字中,下笔用力,肌肤之丽。故曰:势来不可止,势去不可遏。惟笔软则奇怪生焉。[52]

受这种"势"的早期观念的影响,传统的中国书法评论家视书法为一种旨在表现和传达自然之势的行为:无论是讨论个别笔画的力量还是讨论整篇的动态,笔的运动或心灵的过程,无不从势的效果的角度来加以评价;在对中国书法的任一方面拟定法则时,都着眼于势的实现,并且总是将书法的势与具体自然事物之势相联系。

被世人称为卫夫人的卫铄(272—349)将单个的笔画与具体的自然力相联系:

[50] 在中国书法批评中,"势"用于解释被释放的动力或事物中蕴藏的势能。这两种情况似乎正好对应费诺洛萨所谓的"行动中的事物"和"事物中的行动",可以被各自描述为"动力"和"倾向"。对书法及其他中国文化领域内"势"的研究,可参看 François Jullien, *The Propensity of Things: Toward a History of Efficacy in China*, trans. Janet Lloyd(New York: Zone Books, 1995).

[51] 祝嘉:《书学史》(成都:四川古籍书店,1984),页 12。

[52]《中国古代书法史》,页 83。

"一"如千里阵云，隐隐然，其实有形；"、"如高峰坠石，磕磕然，实如崩也；"丿"陆断犀象；"乀"百钧弩发；"丨"万岁枯藤；"乀"崩浪雷奔；"乛"劲弩筋节。[53]

[53] 卫铄：《笔阵图》，北京大学哲学系美学教研室编：《中国美学史资料选编》（北京：中华书局，1980），册上，页 160。
[54]《美学散步》，页 135。
[55]《美学散步》，页 135—136。
[56]［晋］王羲之：《题卫夫人〈笔阵图〉后》，见《中国美学史资料选编》，页 173。

明代的李淳则转而研究笔画整合成字的过程，建立了他的"大字结构八十四法"，并且罗列了八十四种在单字内实现不同笔画和部首之间势能的多样平衡的方法。为了赋予字动态的生命，中国书法家不仅仅利用单个笔画中蕴含的"事物中的运动"，而且还试图按照具体事物的动态运动来塑造单个汉字的整体外形，如蔡邕所言：

> 凡欲结构字体，皆须象其一物。若鸟之形，若虫食禾，若山若树，若云若雾，若横有托，运用合度，可谓之书。[54]

元代书法家赵子昂实践了蔡邕所言。他仔细观察并勾勒出老鼠的不同形象（　　　　　），从而将"为"字化作动态运动的活生生的意象。[55]

中国书法评论家不仅一直将单个的笔画和汉字与充满活力的自然现象相联系，而且还将书法的许多其他方面用势的活动来定义。要理解势的法则是如何统辖中国书法的各个方面的，我们不妨回过头来看王羲之（约 321—约 379）对卫夫人《笔阵图》的评论：

> 夫纸者，阵也；笔者，刀稍也；墨者，鍪甲也；水砚者，城池也；心意者，将军也；本领者，副将也；结构者，谋略也；飏笔者，吉凶也；出入者，号令也；屈折者，杀戮也。[56]

这种书法和战场二者间的精心比喻，在我们眼前展开了各种不同势能的聚合——纸的放置、笔的移动、墨的浸润、思想的活动以及字与行的搭配——这些势能在书写过程中同时起作用。这个比喻所涉及的，不单表明了势在总体上对中国书法各方面的重要性，还传达出势不能分割为主体和客体的性质。

势的均衡不仅涉及纸与墨，也涉及书法家的内心活动。势的释放不仅推动了笔的运动，也推动了书法家的创造过程。

总而言之，中国书法评论家把势看作是主宰了中国书法诸方面的中心原则。


# 六、费诺洛萨的论文和庞德的动势形象理论

费诺洛萨论文最大的重要性在于，在庞德将该文予以编辑和出版后，它对西方诗学的重发现起到了重要作用。汉字的势能对庞德来说确实是一个新发现，因为它"似乎肯定并证实了他的诗歌意象论"[57]。在这一发现之前，庞德一直想方设法给西方象形诗（由长短不一的诗行形成诗中所描写物体之形状的诗篇）传统注入活力，希望由此复兴西方诗学。在他看来，从据说是古希腊罗兹的诗人西米亚斯（Simmias，约公元前 300 年在世）创作的亚历山大体的"象形诗"（figure-poem）、乔治·赫伯特（George Herbert，1593—1633）形如鸟翼的《复活节的翅膀》，到《爱丽斯漫游奇境》（*Alice's Adventures in Wonderland*）中形如鼠尾的《老鼠的故事》，这些西方象形诗无一例外，都暴露出缺乏势能的根本缺陷。正是由于认识到了这种缺陷，庞德放弃了早期意象派理论的三大原则，而参照涡纹主义（Vorticism）美学，发展出他的"动势形象论"[58]："形象不是一种观念。它是一个向外辐射的结节或集束，它就是我可以并不得不称其为涡纹之物。诗的意义不断地从它涌出，穿过它，又再被卷入其中。"[59]

庞德意象主义诗学的形成，一方面受益于涡纹主义的审美理想，另一方面得益于他从日本俳句中发展出一种"超位"（Super-position）方法。[60]他对《在地铁车站》一诗写作过程的记叙，

[57] *Roots of Lyric*, p. 101.

[58] 有关早期意象派的三大原则，参看 F. S. Flint, "Imagisme," *Poetry* 1（1913）: 199。Reed W. Dasenbrock 考察了庞德为复兴意象运动而与涡旋主义观念的融合，见其所著之 *The Literary Vorticism of Ezra Pound and Wyndham Lewis*（Baltimore: John Hopkins University Press, 1985），pp. 28–126.

[59] Ezra Pound, *Gaudier–Brzeska*（New York: New Directions, 1970），p. 92.

[60] Earl Miner 对庞德的"超位"法受益于日本俳句这一点有考察，见其"Pound, *Haiku*, and the Image,"*The Hudson Review* 9（1956–57）: 570–584; 重印于 Walter Sutton ed., *Ezra Pound: A Collection of Critical Essays*（Englewood Cliffs, New Jersey: Prentice–Hall, 1963），p. 115–128.

揭示出日本俳句是如何帮助他创造达到其审美理想的动势意象的：

[61] *Gaudier-Brzeska*, p. 90.
[62] 下面对庞德与东方学者的接触的描述主要根据 Zhaoming Qian, *Orientalism and Modernism: The Legacy of China in Pound and Williams*（Durham and London: Duke University Press, 1995），pp. 9–22.

> 三年前我步出康考尔（La Concorde）车站，突然看见一张又一张俊美的面容……那一整天我都想用语词将自己想说的表现出来……那天傍晚……突然找到了这种表现。……不是在言语里，而是在忽现的斑斓的色彩中……可是它是一个词，对我来说是一种新的色彩的语言的开端……
>
> 我写了一首三十行的诗，然后又毁了它，因为它是我们所说的次等强度的作品。六个月以后，我写了另一首，长度只有它的一半；一年以后，我写出了下列俳句式的句子：
>
> 人群中面孔的幻影；
>
> 湿漉漉、黝黑树枝上的花瓣。
>
> 在这一类诗歌中，作者竭力想做的是准确无误地记录这一时刻，在这一时刻，一个外在的、客观的东西自身转化为，或者说冲入内在的、主观的东西之中。[61]

庞德重建意象主义的另一个灵感来源是中国的艺术和诗歌，这一点则鲜为人知。钱兆明在他最近的庞德研究中，巧妙地证明了庞德是怎样借助与大量东方学者的联系来接触中国传统的。[62] 根据钱兆明的描述，庞德对中国艺术的最早接触源于英国诗人劳伦斯·比尼恩（Laurence Binyon，1869—1908）的推介。劳伦斯是大英博物馆远东绘画和版画馆藏的助理保管员。庞德早年在伦敦时，常和后来成为他妻子的多萝西·莎士比亚（Dorothy Shakespear，1886—1973）同游大英博物馆。多萝西临摹中国藏品，而庞德则观赏许多艺术品，其中很可能包括比尼恩组织的"1910—1912 中日艺术展"的展品。他多半听过比尼恩 1909 年题为"东方和欧洲的艺术"的演讲，也多半读过比尼恩 1911 年发表的《龙的腾飞：中日艺术的理论与实践论（基于原文材料）》。至少，1914 年庞德"经常与比尼恩等人于大英博物馆附近的维也纳咖啡厅共进午餐……并且有许多机会听到东方艺术的英国拥戴者津津乐道他喜欢的话题"[63]。

如果说在中国艺术方面，比尼恩是庞德主要的老师，那么他中国诗歌方面的导师则是艾伦·厄普沃德（Allen Upward, 1863—1926）。1911 年庞德被介绍认识他时，厄普沃德"已经是成名的诗人和有原创思维的作家"[64] 了。他对孔子的敬佩也许激发了庞德对儒学持续一生的兴趣，而他对庞德更持久的影响还是在中国诗歌领域。这种影响归功于两个重要事件。第一件是厄普沃德《中国瓶中的芳叶》（*Scented Leaves of China Jar*）的出版。这是一个有关中国艺术品的诗歌系列，刊载于 1913 年 9 月的《诗》（*Poetry*）杂志上。庞德在这些诗中发现了早年日本俳句中吸引他的东西——强烈的对比色，情感和形象并置所焕发的想象。1913 年 9 月 17 日，庞德在收到的《诗》杂志上读到了厄普沃德的诗歌，他写信给多萝西说："《诗》杂志有这些和中国有关的内容，订阅的费用就值了。"[65] 考虑到庞德热情的反应，我们会认同古德温（K. L. Goodwin）的说法，厄普沃德的诗歌是"最早被庞德称之为'意象派'的"[66]。无论如何，庞德确实开始写作厄普沃德风格的意象主义诗歌——也就是说，就像厄普沃德所说的那样，让纷呈的意象"在脑海里组合，其中用了不少有关中国的记忆"[67]。例如，在刊载于十月份《诗》杂志的《度歌》（"A Song of Degrees"）一诗中，庞德试图焕发中国色彩的力量："憩我于中国色彩，/ 因为我想玻璃是邪恶的。"[68] 第二件事是厄普沃德让庞德研究赫伯特·艾伦·贾尔斯（Herbert Allen Giles，1845—1935）1901 年出版的《中国文学史》（*A History of Chinese Literature*）。庞德在 1913 年 9 月 29 日第一次会见费诺洛萨的遗孀之后立即去拜访厄普沃德，此行的目的，至少部分是为再次会见费诺洛萨夫人时讨论费诺洛萨有关中国诗歌的手稿做准备。虽然在与费诺洛萨夫人第二次会面前，庞德已经通读了贾尔斯著作的若干章节，足以就费诺洛萨有关中国诗歌的工作展开一次有条有理的讨论。阅读贾尔斯《中国文学史》让庞德受益匪浅，他由此对中国文学史有了基本的了解，这对说服费诺洛萨夫人相信他有能力编辑其丈夫遗作起到了不可或缺的作用。更重要的

[63] *Orientalism and Modernism*, p. 14.

[64] *Orientalism and Modernism*, p.19.

[65] Omar Pound and A. Walton Litz eds. *Ezra Pound and Dorothy Shakespear: Their Letters 1909–1914* ( New York: New Directions, 1984 ), p. 256.

[66] *Letters of Ezra Pound*, p. 59.

[67] *Letters of Ezra Pound*, p. 59.

[68] Lea Baechler and A. Walton Litz eds, *Personae: the Shorter Poems* ( New York: New Directions, 1990), p. 95.

是，他发现了许多重振意象主义诗歌的关键因素。在伟大的抒情诗人屈原（约前340—约前278）的诗作中，他看到了他希望意象主义诗人能实现的成就：韵律灵活变化以配合诗意，现实描写与神话想象的结合，自然形象和情感二者间的完美平

[69] *Orientalism and Modernism*, p. 51–52.
[70] 此诗的中文出处不详，现参考读音暂译为《蔡氏》。
[71] *Orientalism and Modernism*, p. 54–55.
[72] *Orientalism and Modernism*, p. 54–58. 括号乃笔者所加。

衡。在汉武帝刘彻（前106—前86）的诗歌中，庞德注意到诗人用生动如画的动词来暗示情感。"在贾尔斯提供的中国范例（特别是屈原和刘彻）中"，钱兆明注意到，"庞德发现了一种比古希腊更客观、比普罗旺斯（Provençal）更富于暗示性、比当代法国更精致、比中世纪的日本更灿烂广博的艺术。现在，为了阐明其意象主义理论，他现在必须融入中国的声音以及其他内容。"[69]

在其编纂于1913年9月的第一部意象派诗集《意象派诗选》（*Des Imagistes*）中，庞德的确融入了中国声音，事实上，他还特别强调这一点。除了厄普沃德的《中国瓶中的芳叶》，庞德还选入了四首他自己的摹仿中国诗歌的作品——《拟屈原》（"After Ch'u Yuan［Qu Yuan］"）、《刘彻》（"Liu Ch'e［Liu Che］"）、《团扇》（"The Fan-Piece, for her Imperial Lord"）、《蔡氏》（"Ts'ai Ch'ih"）[70]。看起来庞德对中国诗歌的热情甚至超越了他对古希腊诗歌的长期喜爱，在这本诗选中他只创作了两首以古希腊诗歌为模范的诗歌。无论如何，正如钱兆明所言，通过在第一本意象派诗集中突出中国风格，"庞德实际上为意象主义运动指明了一个新的方向——吸收采用中国生机勃勃的意象传统的可能性"[71]。

中国诗歌"生机勃勃的"意象传统，或说动势意象，在庞德从旧意象主义向新的涡纹主义意象理论的转化中起到了重要作用。早在参观大英博物馆时，庞德就注意到了中国绘画中动态的线条节奏，随后又观察到贾尔斯讨论过的中国诗歌中情感和形象的互动。他将会在费诺洛萨有关中国诗歌的笔记本中找到更令人信服的动势意象的证据。1919年年末，费诺洛萨夫人将亡夫的大部分笔记和手稿都交给了庞德："（关于中国诗歌的）全部八本笔记，有关日本能剧的大量笔记，写有中国诗学演讲稿的笔记本，以及一些活页。"[72]和中国有关的材料可归为两大类：与诗歌有关的和与诗学有关的。对庞德给意象派诗歌注入活力的努力而言，两者都是他灵感的重要来源。庞德努力读

懂了费诺洛萨的诗歌笔记,并在大约 150 首诗中选取和翻译了其中的一部分。他把自由诗体的译诗结集出版,题名《中国》(*Cathay*)。在这些作品的翻译中,庞德展现出非凡的才华。他不可思议地把握了原文的精神,并成功地显现其中所包含的"宇宙的势能"[73]。例如,当他翻译中国最伟大的诗人李白(701—762)(费诺洛萨笔记中所采用的日本译名为 Rihaku)的诗作时,庞德"能从费诺洛萨的片段注释中发现创造的诗作中'向外辐射的结节或集束'"。事实上,他的翻译往往能"为我们捕捉到李白的视觉想象力和他诗篇的活力"[74]。利用中国诗歌的动势意象,庞德成功地实现了其"向外辐射的结节或集束"的涡纹理论。显然,正是他的涡纹理论让他发现并欣赏中国诗歌中的动势意象。从相反的角度来看,他译文中再现的中国动势形象帮他阐明了涡纹诗学的力量和效果。庞德本人似乎早就敏锐地意识到了中国的动势形象和涡纹主义二者对他所起到的影响是和谐兼容、相得益彰的。正如里德·W.达申布鲁克(Reed W. Dasenbrock)所说的那样,"庞德自己看到了两种影响的相互兼容,并且在涡纹主义阶段他就不断地将两个灵感等量齐观"[75]。

庞德对费诺洛萨有关中国诗学的论著中最感兴趣的是《诗媒介》一文。毫无疑问,费诺洛萨的汉字观与他日臻成熟的意象—涡纹主义理想之间有大量的相似之处,这一点让庞德沉迷。费诺洛萨对简单象形字中对"自然过程"的象形描述,一定让他联想到了中国诗歌生动如画的特质,特别是刘彻和李白诗中"如画的"(picturesque)动词的使用。费诺洛萨对合成会意字的"复合的过程"的分析,也一定让他将该过程与屈原诗歌中情感和形象的并置等同起来。不仅如此,费诺洛萨认为表意文字可唤起了作为"行动的相聚点、行动交界的横切面、或刹那间的摄像"的物象,这一观点会让他联想到他自己对涡纹主义意象的定义:"形象不是一种观念。它是一个向外辐射的结节或集束,它就是我可以并不得不称其为涡纹之物。诗的意义不断地从它涌出,穿过它,又再被卷入其中。"既然费诺洛萨的汉字说与他在中国诗歌中发现的以及他在自己的作品中想要再创造的是如此吻合,他会孜孜不倦地编辑费诺洛萨的文章,将之作为意象主义—涡纹主义的一种宣言来发表就再自然不过了。

[73] *Orientalism and Modernism*, p. 71.

[74] *Orientalism and Modernism*, p. 85.

[75] *Literary Vorticism*, p. 108.

对庞德来说，费诺洛萨这篇文章雄辩地阐述了他自己想要建立的现代诗歌的革命性原则。尽管在读到费诺洛萨的文章之前，庞德已经形成了他自己的意象主义—涡纹主义观念，他仍真诚地热烈赞美该文是"对所有美学之基础的研究"，赞美费诺洛萨"将许多新思维方法引入'新'西方绘画和诗歌，现已硕果累累"[76]。庞德尊费诺洛萨为意象运动的奠基者，他写道："他（费诺洛萨）是意象运动的先驱，不但自己浑然未觉，并且也不为世人所知晓。……尽管该文写成的年月比其卒年1908年要早好些时间，我却不必改变他对西方诗界状况之影响的评议，其识见经久不衰的生命力由此可窥一斑。而后来的艺术运动验证了他的理论。"[77]

在庞德看来，汉字势能的视觉呈现是一个梦寐难求的证据，不但证明了他自己的理论在史上早有先例，而且证明了该理论在世界上具有普遍性。通过编辑和出版费诺洛萨的论著，庞德想要证明，动势意象不仅仅像他认为的那样是诗歌应有的本相，而且事实上几千年前的诗歌即已如此。由于费诺洛萨的文章主要是基于接受的视角，它就成了对他早期从诗歌创造的角度对势能的讨论的一个理想的补充。因此，他编辑出版费诺洛萨的论文，无疑是他为圆满完成他自己的势能美学说所作的一个自觉努力。

# 七、书写文字、宇宙论和审美理想

书写文字的概念是中国的势能美学和庞德的势能美学的交汇点，同样我们也可以从中找到二者间的根本区别。为了区分这两种审美理论各自独特的文化特质，我们不妨考虑二者是怎样产生于不同的文字观，以及这两种不同文字观是怎样决定它们的发展轨迹的。

我们必须注意，费诺洛萨和庞德自己一开始就意识到，汉字势能与他们在自己的诗歌中试图再现的势能，这二者有着本质的区别。在考察汉字时，他们强调其中蕴含的势能是自然的而非主观的："阅读中文时，我们不是在

[76] Chinese Written Character, p. 3.
[77] Chinese Written Character, p. 3. 庞德对费诺洛萨有着极高的尊敬和赞美，这一点也充分体现于他用"表意文字的方法"（Ideogrammic Method）形容其意象主义—涡纹主义诗学的特征这一事实。

进行智力游戏，而是在观看事物如何按照既定的命运发展。"[78] 不仅如此，他们还认为，汉字显现的不仅是个别现象的势能，而更重要的是"整个自然界的和谐结构"[79]。不过，一旦把这一发现与他们自己的传统相联系，他们马上引入了隐喻的概念，并且在可视与不可视、能指与所指、客体和主体的二元范式内对之加以重新解释：

> 不过，汉字连同它特殊的材料也同样经历了由可视到不可视的过程，完全无异于其他古老的民族。这一过程即隐喻，也就是用物质的形象来暗示非物质的关联。[80]

费诺洛萨和庞德对中国文字进行再创造的思路似乎与文艺复兴时期的象喻作者（Emblematists）有相似之处，后者"把埃及象形文字理解成是埃及占卜者预示神意的形象"[81]。对费诺洛萨和庞德来说，"非物质的关联"既不是一元的神，也不是道——作用于中国艺术家及其作品中的根本宇宙过程，而是"被我们遗忘了的精神过程"[82]。庞德用这种"被我们遗忘了的精神过程"来指称史前人类与蕴含在自然形象内部的神圣力量之间的无意识交流。如果说席勒在一个世纪之前就曾为人神之间的原始交感不可挽回的丧失而悲叹，庞德则仍试图与隐藏在诗歌意象中的势能内的众神作直接交流。通过对汉字势能的"隐喻化"，庞德不但把费诺洛萨的理论纳入了自西方十八世纪以来发展的原始语言的理论阵营，而且为他开辟意象主义新途径提供了一个理论根据。

费诺洛萨和庞德的势能美学深深地植根于西方的书写文字摹仿论，尽管其本意是要彻底背弃摹仿论。在西方，书写文字一般被视作仅仅是口头言语的再现，而言说又是对逻各斯或说绝对主体的再现。视书写文字为"双重的"摹仿，这一观念不但公然地统治了自柏拉图和亚里士多德到新古典主义的摹仿学说，而且也给试图摧毁摹仿学说的浪漫主义和后浪漫主义打上了烙印。为了反对新古典主义追求的华丽辞藻，华兹华斯提倡使用下层的乡野口语，因为他相信，"这种语言产生于重复的经验和正常的情感，是一种更为恒久和富于哲理的语言"[83]。

[78] *Chinese Written Character*, p. 9.
[79] *Chinese Written Character*, p. 32.
[80] *Chinese Written Character*, p. 22.。
[81] *Roots of Lyric*, p. 52.
[82] *Chinese Written Character*, p. 21.
[83] Preface to *Lyrical Ballads*, "*Prose Works*," p. 126.

对柯勒律治来说，能够在语言自身内呈现绝对主体的，不是无知者的口头语，而是诗歌天才所书写的象征符号：

> 象征符号的特征是它的半透明：个体中见出特殊，特殊中见出一般，或一般中见出普遍。最重要的是在稍纵即逝的事物中显现永恒。它始终参与最高现实，让现实明白易懂；它清楚地表达出整体，让自己成为整体有机的一部分，同时又代表着该整体。[84]

华兹华斯和柯勒律治重造摹仿之诗的努力，因为仍局限在能指和所指的价值体系内，不可避免地被打上了他们原本要反抗的摹仿说的烙印。他们的诗歌革新主要在于颠倒口头语和书面语、能指和所指的顺序，以及宣称绝对主体就呈现在语言之中。尽管庞德抛弃了柯勒律治认为永恒的一元半透明地显露于诗的语言中的信仰，他还是把诗歌意象看作是"涡纹之物。诗的意义不断地从它涌出，穿过它，又再被卷入其中"[85]。并宣称诗歌是"一瞬间的情感和理智的复合体"，以及"一个外在的、客观的东西自身转化为，或者说冲入内在的、主观的东西之中"[86]。庞德再次肯定了主体的首要性，把诗歌的势能解释为趋向主体的创造力（élan vital）。浪漫派在田园诗中追求将一元的绝对主体加以具体化，而庞德则致力于想象出"在看似互不相关的实体之间永无休止的转化中呈现的宇宙模式，以及对栖息于山水中的神祇的感悟"[87]。基于这一认识论的导向，我们可以说，费诺洛萨和庞德的美学，归根到底是一种带有强烈主观性的能动美学。

中国的势能美学建立于本质上非摹仿论的书写文字理论的基础上。[88] 在中国，从远古开始，文字就被视为自然力量的体现。这一对书写文字的"本质主义"观念体现在各种有关文字起源的神话中。[89] 其中有两则格外重要。

[84] Samuel Taylor Coleridge, *The Statesman's Manual* (1816), in Samuel Taylor Coleridge, *Complete Works of Samuel Taylor Coleridge* (New York: Harper & Brothers, 1854), Vol. I, pp. 437–438.

[85] 引号为笔者所加。

[86] T. S. Eliot ed., *Literary Essays of Ezra Pound* (Norfolk, Conn.: New Directions, 1954), p. 4.

[87] Sanford Schwartz, *The Matrix of Modernism* (Princeton: Princeton University Press, 1985), p. 93.

[88] Jean François Billeter, *The Chinese Art of Writing* (Geneva: Skira, 1990), pp. 246–284, 这方面持论相同。

[89] 有关中国书写文字起源的研究，参看何久盈、胡双宝、张猛：《中国汉字文化大观》（北京：北京大学出版社，1995），页 3—14；Chaves, Jonathan, "The Legacy of Ts'ang Chieh: the Written Word as Magic," *Oriental Art* 23, no. 2 (1977): 200–215；以及 William G. Boltz, *The Origins and Early Development of the Chinese Writing System*, American Oriental Society Series, no. 78 (New Haven, Conn: American Oriental Society, 1994), pp. 129–155.

第一则是关于汉字的原型——《系辞传》和《易经》中八卦和六十四卦——的创造。正如第二、三章中所论，这一传说主要用来说明汉字的原型产生于自然的神秘力量，并且与神秘的自然力并生。第二则神话是关于黄帝的史官仓颉创造成熟的汉字。许慎在《说文解字·叙》中对这两则神话有详细描述：

> 古者庖羲氏之王天下也，仰则观象于天，俯则观法于地，视鸟兽之文与地之宜，近取诸身，远取诸物，于是始作易八卦，以垂宪象。及神农氏，结绳为治，而统其事。庶业其繁，饰伪萌生。黄帝史仓颉，见鸟兽蹄迒之迹，知分理之可相别异也，初造书契。百工以乂，万品以察，盖取诸夬。[90]

许慎这段话的开头几乎是对《系辞传》中伏羲造字说的逐字重复。接着他展示出仓颉是如何严格地摹仿伏羲的行为——观察"鸟兽之文"，辨认其中显现的自然之文，并记下图画符号的形式。许慎用这样的方式重述仓颉造字的神话，旨在确立这样的观念，即仓颉所造汉字与伏羲所造八卦在本质上是同一的。为了阐明这一点，他明确声称，仓颉从夬卦中获得了书写文字的观念。既然《系辞传》视八卦为体现于自然力和自然过程中的"神物"，许慎将仓颉所造汉字追溯到夬卦，显然想要主张前者（仓颉所造之字）也具有原属于后者（夬卦）的神圣的起源和功效。[91]

通过参照伏羲神话来描述仓颉的造字过程，许慎建立了如下具体的书写观念，即书写不但包含着具体的自然现象的形式，而且还直接呈现道——统治所有自然力和自然过程的根本法则。这一观念为文学、绘画、书法等造型艺术领域内提出的相似主张奠定了基础。正如第五章所示，

[90]《说文解字注》，页753。

[91] 一旦书写文字被追溯到并等同于八卦和六十四卦，它们就能享有后者具有的全部权力，而不仅享有其神圣的起源和效用。正如第三章中所示，《系辞传》将所有的文化创造都归功于八卦。相应地，长期以来，书写文字也被视为是中国文化各方面得以发展的灵感源头。甚至在当代，也有学者继续在文字中寻找线索来确定中国文学、艺术和社会科学各分支学科的特征。通过考察汉字的结构原则来探求中国美学的特质，这方面的努力可参看林衡勋：《中国文字创造的审美特质试探》，《古代文学理论》1989年第14期，页234—280；高友工：《中国语言文字对诗歌的影响》，《中外文学》1990年第18卷第5期，页4—38。有关在甲骨文和金文中发现汉字的原型和中国传统建筑的审美法则，参看孙全文、曾文宏：《由中国文字探讨传统建筑》（台北：詹氏书局，1988）。何久盈等编著：《中国汉字文化大观》（北京：北京大学出版社，1995），页3—14对汉字和中国文化诸方面之间的关系提供了有用的综合性指南。

第一个建立了系统的文学观的批评家刘勰，即通过采用伏羲和其他八卦和六十四卦的创造者的神话，将文视为道的体现。这里，让我们来看刘勰是如何从他的大文学观出发，将三种"立文之道"与五行相联系的：

[92] 庞德在 "How to Read Poetry," *Literary Essays of Ezra Pound*, pp. 25–27 对抒情诗的这三个方面有讨论。

> 故立文之道，其理有三：一曰形文，五色是也；二曰声文，五音是也；三曰情文，五性是也。五色杂而成黼黻，五音比而成韶夏，五性发而为辞章，神理之数也。(《文心雕龙·情采》)

这里的"文"似乎也可以解释为狭义的文学本身。如果是这样，我们可以认为刘勰是在思考文学的三个主要方面：音乐的，视觉的，情感的。至少，这一阐述让我们想起亚里士多德所论悲剧六要素中的三个要素——歌咏（melos）、情景（opsis）和词藻（lexis），以及庞德在抒情诗中对它们的重新定义——诗声（melopoeia）、诗象（phanopoeia）和诗义（logopoeia）[92]。不过，亚里士多德和庞德的分类是要区分艺术再现（representation）的三个主要方面或方法；而刘勰则认为形文、声文和情文是与自然过程并生的。正因为将书写、文学和艺术视为动态的自然之文，刘勰等中国批评家自然而然地把呈现自然力量当作他们的审美理想。刘勰对文学的评价，和李斯、卫夫人等对中国书法的评论，同样表现出势能的审美理想。无论具体的用词是"势""气"或"神"，它们所表达的这一审美理想可以说渗透了中国文学艺术理论的方方面面，从最普遍的原则到最细微的规则。由此看来，对自然势能的审美可以说是中国美学的一大特征。

　　总之，上述研究揭示出费诺洛萨和庞德的汉字理论多方面的跨文化影响。从中国视角审视该理论，我们发现西方学者对他们"象形神话"的非难未免太过严厉，因为他们关心的主要是汉字的势能，而非其纯粹的象形性。为避免有失公允，也没必要无情地批评他们对会意字的阐释。因为他们的中国前辈也曾犯过同样的错误，特别是其中还包括中国文字学的创始人许慎。一旦超越这些传统的批评意见，我们就能在费诺洛萨和庞德的理论里发现不少敏锐的真知灼见。也许连他们自己都没有意识到，这些洞见照亮了文学和书法两个领域内汉字使用的历史，而且把握住了中国美学的精髓——书法和文学批评中"势"的审美理想。

从西方视角审视该理论，我们已经证明了费诺洛萨的论文和庞德的势能意象主义—涡纹美学的特殊关系。对该关系的考察不但再次肯定了西方批评对费诺洛萨论文的热情赞美，而且强调了中国的势能美学作为以庞德为首的现代主义诗学革命的催化剂之重要性。

当然，本章的研究并不是一味地赞美庞德的汉字理论。我们发现了一个迄今为止尚未被学界注意的错误——对汉字势能的"隐喻化"。在探究这一错误时，我们认识到费诺洛萨和庞德的势能美学与中国的势能美学二者之间存在着根本差异，这一差异深深地植根于西方（摹仿论的）和东方（非摹仿论的）不同的书写文字观念。这一认识反过来让我们意识到，在跨越全然不同的文化传统互相借用对方的观念时，这种曲解的错误的发生简直是必然的。不仅如此，它还迫使我们思考如何评估这一类曲解的错误。

对中西比较学者来说，评估费诺洛萨和庞德对汉字势能的"隐喻化"都是个困难的任务。就中国方面而言，如果我们寻求的是准确无误地传达中国的语言理论和审美观念，就会忽视他们对内在于汉字字根里的势能的独到见解，把"隐喻化"作为一个单纯的错误观念加以抨击。另一方面，如果我们从西方角度来看同一问题，也许我们会庆幸这是一个可喜的误解。正是由于这一误解，费诺洛萨和庞德不但将汉字的动态美与西方诗学相关联，而且事实上使得它成为一个灵感源泉，启发了为重造现代诗歌的一系列努力：包括庞德自己的汉字表意法，E. E. 卡明斯（E. E. Cummings, 1894—1962）的版面安排的实验，以及具体派诗人（concrete poets）更为激进的单字拆分。

（刘青海 郑学勤 译）

# 解构的诗学：德里达和大乘佛教中观派论语言与本体论

在雅克·德里达（Jacques Derrida, 1930—2004）看来，费诺洛萨和庞德的势能诗学代表了对根深蒂固的西方诗学传统的第一次大挑战："（庞德）不容置疑的图像诗学，和马拉美（Mallarme, 1842—1898）的诗学一起，是对根深蒂固的西方传统的第一次分裂。中国表意文字对庞德写作施加的魔法由此可被赋予全面的历史意义。"[1] 德里达之所以特别强调庞德对中国书写文字的迷恋，并不只是为了表明庞德现代主义诗学的起源，还试图将中国书写文字变为对抗西方的语音中心主义和理性（逻各斯）中心主义的他者（the other）。庞德认为中国书写文字是其意象主义—涡纹主义诗学的古老前身，德里达则认为它是证明西方神学本体论（ontotheological）所依赖的语音中心主义完全无效的有力证据。他注意到"长久以来我们都知道，主要是像中文和日文那样的非拼音文字……在字的构造上仍然是表意文字或代数般的字符，因此我们能证明在所有的逻各斯中心主义之外有一种蓬勃发展的文明"[2]。将中国书写文字与代数相比较，德里达显示出对前者的深刻无知。当然，这种无知无碍于他将中国书写文字当作想象中的他者。尽管有些奇怪，他对中国书写文字的再借用折射出对西方文学、知识和文化传统从现代主义到后现代主义转变的明确轨迹。

中国书写文字在西方现代主义和后现代主义运动中都扮演了至关重要的他者角色，这一点极不寻常。德里达的中国书写文字观念，如同费诺洛萨和庞德一样，一直引发激烈的争论。毫不意外的是，对其观点的反应也与对费诺洛萨和庞德论著的批评相似。一些评论家专门批评德里达对中文的误解，特别是他颇成问题的假设：假设中文的性质是非语音的。[3] 另外一些批评家则将注意力转向德里达和中国道家学者在自然、语言和现实之关系上观念的相似。[4] 在后者的类别研究

[1] Jaques Derrida, *Of Grammatology*, trans. Gayatri Chakravorty Spivak（Baltimore: John Hopkins University Press, 1974）, p. 92.

[2] *Of Grammatology*, p.90.

[3] 参见 Zhang Longxi, *The Tao and the Logos: Literary Hermeneutics, East and West*（Durham, North Carolina: Duke University Press, 1992）, pp. 1–33; Zha Peide, "Logocentrism and Traditional Chinese Poetics," *Canadian Review of Comparative Literature/ Revue Canadienne de Littérature Comparée* 19, no. 3,（1992）: 377–94; and Cheng Jiewei, "Derrida and Ideographic Poetics," *British Journal of Aesthetics* 35, no. 2（1995）: 134–144。

[4] 参看 Michelle Yeh, "The Deconstructive Way: A Comparative Study of Derrida and Chuang Tzu," *Journal of Chinese Philosophy* 10, no. 2（1983）: 95–125; Chien Chi–Hui, "'Theft's Way': A Comparative Study of Chuang Tzu's Tao and Derridean Trace," *Journal of Chinese Philosophy* 17, no. 1（1990）: 31–49; Cheng Chung–Ying, "A Taoist Interpretation of 'différance' in Derrida," *Journal of Chinese Philosophy* 17, no. 1（1990）: 19–30; Fu Hongchu, "Deconstruction and Taoism: Comparisons Reconsidered,"（转下页）

中，所选用的中文文献几乎全是中国道家创始人老子和庄子的著作。正如下文将要论及的，老庄的观点与德里达观点的相似性远不如大乘佛教中观派（Mādhyamika）的观点。

中观派由印度思想家龙树（Nāgārjuna，活跃于公元二世纪早期）创建。5世纪，鸠摩罗什把龙树的《中论》《十二门论》和他弟子提婆的《百论》译成中文，后经僧肇（374—414）、吉藏（549—623）等人的阐释，在中国广为传播，形成了三论宗。此宗由吉藏的弟子高丽慧灌传入朝鲜和日本，在公元六世纪到十五世纪间盛行于朝鲜，七世纪到十二世纪间盛行于日本。[5] 德里达的解构哲学与僧肇和吉藏的中观佛教在时间和地理上都相差得很远。然而，二者间又存在着方法、策略和基本原理上的诸多重要相似。近来，已经有许多学者在德里达的否定和中观的归谬（梵文 *prasaṅga*；拉丁文 *reductio ad absurdum*）二者间发现了令人深思的相似之处，并仔细考察了两个哲学传统中的否定逻辑。[6] 本章将讨论德里达与中观比较研究中尚未注意到的五点重要相似：（1）德里达和中观思想家进行了相似的词汇和构句解构，分别大玩语词游戏和设置语词迷宫。（2）他们都运用语义区别理论（德里达的延异和中观的区别语义说）来解构西方和佛教及道家各式各样的唯心本体论（西方的逻各斯主义与佛教崇无派所尊奉的"无"）。（3）他们还运用同样的理论来解构西方唯物主义和佛教崇有派理论。（4）他们用相似的术语来总结自己双边否定的解构活动。不仅德里达的"既不……也不……"与中观家的"非……

（接上页）*Comparative Literature Studies* 29 no. 3（1992）: 296–321; Xie Shaobo and John（Zhong）M. Chen, "Jacques Derrida and Chuang Tzu: Some Analogies in Their Deconstructionist Discourse on Language and Truth," *Canadian Review of Comparative Literature/Revue Canadienne de Littérature Comparée* 19, no. 3,（1992）: 363–76; Wayne D. Ownes, "Tao and Differance: The Existential Implications," *Journal of Chinese Philosophy* 20, no. 3（1993）: 261–77; and Mark Berkson, "Language: The Guest of Reality—Zhuangzi and Derrida on Language, Reality, and Skillfulness," in *Essays on Skepticism, Relativism, and Ethics in the Zhuangzi,* edited by Paul Kjellberg and Philip J. Ivanhoe（Albany: State University of New York Press, 1996）, pp. 97–126.

[5] 对中观佛教的起源、主要经典和代表人物的简介，可参看 Hsüeh-li Cheng, *Empty Logic: Mādhyamika Buddhism from Chinese Sources*（New York: Philosophical Library, 1984）, pp.9–32; and C. W. Huntington and Gesh, N. Wangchen, *The Emptiness of Emptiness: An Introduction to Early Indian Mādhyamika*（Honolulu: University of Hawaii Press, 1989）, pp. 25–67. Chr. Lindtner, *Nāgārjuna: Studies in the Writings and Philosophy of Nāgārjuna*（Copenhagen: Akademisk Forlag, 1982）提供了对龙树较长著作的提要及其短篇的翻译。David Seyfort Ruegg, *The Literature of the Madhyamaka School of Philosophy in India*（Wiesbaden: Otto Harrassowitz, 1981）是中观佛教主要文献的综述。

[6] 参见 Robert Magliola, *Derrida on the Mend*（West Lafayette [Indiana]: Purdue UP, 1984）, 3–129; David Loy, "The Clôsure of Deconstruction: A Mahāyāna Critique of Derrida," *International Philosophical Quarterly* 37, no. 105（1987）: 59–80.

非……"原则几乎完全一样，前者的"四重药房"（*tetrapharmakon*）和后者的"四句破"（*tetralemma*）亦有异曲同工之妙。（5）他们都致力破除他们自己的"四重药房"和"四句破"，并沿着各自的路径深化自我解构。德里达形容其游移不定的自我解构为"冗余的超数字"，中观则称其方向明确的自我解构为"四重二谛"或"八意"。考察上述五点相似的同时，笔者特别指出了德里达主义和中观佛教在解构方向和目标上的巨大差异。本章的最后两节试图从跨文化的角度审视和解释这一差异的理论启示，并介绍西方学者借用中观哲学来解决后现代主义"无根基"困境的尝试。用作比较的中观佛教文献主要是汉译、英译的梵文著作与僧肇和吉藏的论著。

# 一、词汇和构句的解构：德里达的语词游戏与僧肇的语词迷宫

无论是德里达，还是中观派思想家，都是通过批判唯心主义和唯物主义的语言观来建立自己的理论的。[7] 因此，语言占据了他们哲学体系的中心位置。要认识这一点，先让我们考察德里达和僧肇如何进行语词和构句的解构。

人们常常把德里达对语词的操控比作变戏法，词语在他手中就如同道具在魔术师手中。他热衷于用一个词表达两种完全相反的意思，因而创造出存在与不存在、肯定与否定的惊人幻觉。为了弄明白德里达语词游戏的奥秘所在，让我们来看一看他在字面安排、语形学、拼字法、语义学、语源学以及构句法等各层次上是如何戏要般地让诸意义互相矛盾的。

德里达的语词游戏里，字面安排的解构（typographic deconstruction）最引人注目，或者说，最刺眼。当他把"writing"写成"wriTing"，"encasing"写成"encAsing"，以及"screening"写成"screeNing"[8] 时，他实际上抹去（*sous rature*）了这三个词的概念意义。德里达刻意将某

[7] 对德里达和印度中观的语言理论的比较研究，可参看 Harold Coward（哈罗·科沃德），*Derrida and Indian Philosophy*（Albany: State University of New York Press, 1990)。科沃德也关注德里达和中观佛教以及其他印度哲学派别的解构语言哲学。他认为自己的研究是对 T. R. V. Murti 教授从语言学角度重新思考传统的印度哲学学派之呼吁的回答。

[8] 这三个词组成了德里达《播撒》第一编第五章的副标题，参见 *Dissemination*, trans. Barbara Johnson（Chicago: Chicago University Press, 1981), p. vi

些字母大写，不但妨碍了我们立刻认出这些词，而且促使我们怀疑这些词的意义是否真像我们通常所理解的那样。既然我们不明白"Ting""Asing"和"Ning"的意思，我们只有假定，这些混杂在语词当中的无意义符号的功能就是给它们构成的词划上删除线——"~~writing~~""~~encasing~~"和"~~screening~~"——从而让这些词同时表达出它们在正常情况下具有的和不具有的含义。

[9] 当德里达将他早年在期刊上发表的论文收入 *Of Grammatology* 一书中时，他用半消极半积极的"deconstruction"代替了完全消极的"destruction"。他还认为"deconstruction"比"desedimentation"更合适，后者是他在想出"deconstruction"之前选用的另一个术语。

[10] *Dissemination*, pp. 7–15.

　　德里达的语形学解构（morphological deconstruction）不那么显而易见，可是更发人深省。一提到语形学解构，我们马上会想到"解构"（déconstrure）这个词，德里达正是用这个词来命名他的哲学。"解构"（déconstrure）一词源自两个意义相反的词根的组合："解"（dé）和"构"（coustruire）[9]。这两个意义相反的词根被强扭在一起，就比字面安排的解构显得更富于戏剧性。第一次听到这个词，因为同一个词中解析力量和结构力量的奇异共存，我们会感到戏剧性的紧张，会觉得迄今为止尚未有任何一个现有的词可以定义它。为了把我们的注意力引向这种潜在于语形中的两种相反义之间的张力，德里达不仅把两个相反的词根结合成一个诸如"解构"这样的新词，他还在现有词中包含的意义相抵触的词根之间加入连字符或括弧，从而迫使我们在接受这个词时，不是把它当作一个无生命的概念，而是把它当作互相抵触的意义之间的一种流转。譬如，在《播撒》（*Dissémination*）一书中，他在"前言"（*préface*）一词的两个词根"pré"和"face"之间加入了一个连字符，并且讨论了这两个词根之间在时间顺序上相互的抵触。接着，他又把 preface 一词同它似是而非的假同义词 pretext（借口）相联系，并且设想出 pre-face 一词中两个词根中暗示出的替代物与原始物之间的冲突。[10]

　　不用说，德里达的拼字法解构（orthographic deconstruction）在他著名的新创词"延异"（*Différance*）中表现最明显。因为我们在下一节中还要讨论延异的意义，这里我们就接着讨论他的语义学解构（semantic deconstruction）。为了对语词进行解构，德里达注重利用语义上的分歧，如同他利用语形上的矛盾一样。要是一个词自身含有歧义，他就要让我们意识到这种歧义。他希望借此警醒我们，让我们对语词的判断不要因为过于武断而忽略了它的双重意指（double entendre）。这里有一个典型的例子，即他对法语 "*la brisure*" 一词中包含的 "接合"（to join）和 "分裂"（break）之矛盾含义的分析：

> 我猜你一定梦寐以求地想找到一个单词来说明区分和结合。碰巧我在《罗伯特词典》（*Robert's Dictionary*）中找到了一个。……它就是 *brisure*（joint, break）"——破裂的、有缝隙的部分，参见 'breach'（裂缝）[*brèche*]、'crack'（爆裂）[*cassure*]、'fracture'（破裂）[*fracture*]、'fault'（断裂）[*faille*]、'split'（裂口）[*fente*]、'fragment'（碎片）[*fragment*]——两个木质的或金属产品的绞合式的结合。绞链，窗板等的绞合（*brisure*），参见 '结合'（joint）"。[11]

为了突出语词在语义上内在的矛盾，德里达常常超越对它的常规使用，在时代不同、类型各异的写作中挖掘其丰富的底蕴。探究语义底蕴的任务往往是困难的，因为需要阅读大量的文献却没有任何既定的路径可循。有一个例子可以说明这一点，这就是德里达在其长文《柏拉图的药房》（"Plato's Pharmacy"）（该文收录于其《播撒》一书中）中对希腊语中 "*pharmakon*" 一词的语义探讨。他首先指出，人们无法判断这个词的意义究竟是 "remedy"（疗救）还是 "drug"（药物），是 "cure"（药剂）还是 "poison"（毒物）。接着，像是玩字谜似的，他进而谈到神话人物 Pharmaricia 以及 "pharmkeos"（魔术师）这两个词。在这一语义探讨的过程中，德里达通过 "这样一些 '别的' 领域——医学、绘画、政治学、农业、法律、性别关系、庆典，以及家庭关系"[12] 来寻求 "*pharmakon*" 一词的多重含义。这一探讨的结果令人吃惊地揭示出，*pharmakon* 之双重意义涉及一系列广泛的哲学论题，例如口语与书写、字面意义和比喻意义、父权（paternity）与语言等。

这样深入的语义解构，似乎已经由语义学跨入了语源学领域。为了揭示每个词中矛盾的力量

[11] *Of Grammatology*, p. 65.
[12] Barbara Johnson（芭芭拉·约翰逊），"Translator's Introduction," *Dissemination*, pp. xxiv–xxvi. 约翰逊对该文的评论，用他自己的话说，为我们理解德里达对语义的探究提供了 "某种对重要路线和绕路予以详细说明的行为指南"。

所具有的"内在张力",德里达常常借助于语源解构（etymological deconstruction）。其方法是寻根探源，一直追踪到该词形成之初所包含的相反含义，从而证明用单一的概念解释该词是徒劳无功的。例如，在讨论他的新造词"*archia*"时，一方面，他追踪到希腊语"*arche*"一词，意思是基础、秩序和原则（该意义尚保留于"*architerture*"和"*hierarchy*"等词中）；另一方面，他又追踪到希腊语"*aporia*"一词，意思是超越秩序或逻辑的过渡。[13] 引人注目的是，这一语源的解构证实了秩序和紊乱、激情和逻辑的共生。同许多其他具有同样的"内在张力"的词一样，"archia"成了德里达所珍视的解构主义术语。

　　德里达的构句法解构（syntactical deconstruction）远不如其语词解构出现得频繁，也没有那么灵活。通常它们只是用于加强语词解构的效果。例如，为了让读者理解其字形解构（orthographic deconstruction）的意义，德里达在其富于创新性的论文《延异》（*Différance*）中有意解构了其结语的句子结构：

> 这就是问题所在：在独特的语词和最后的专有名词中，有言语与存在的联盟。而且，这一问题铭刻在延异所模拟的肯定之中。它与下面这个句子的每一成分都有关联："存在/在任何地方总是/通过/语言/说。"[14]

在把该结语分割成碎片时，德里达最终摧毁了它的句法，即其内在主—谓—宾的等级秩序。语词由此得以从句法的束缚中解放出来，成为平等的、自由存在的组成部分。这些语词因子可以自由地更换位置，从而产生同原来句型的意思相冲突的意义：

> 语言/通过/在任何地方总是/说/存在/
>
> 存在/说/语言/在任何地方总是/通过/

这样肢裂的句法产生出异质的、相反的意义,因而可以被视为再次肯定了"延异"的意义：它暴露出任何一个概念的原始构成中都具有多元的、矛盾的意蕴,

[13] 参照 Jacques Derrida, *Writing and Difference*, trans. Alan Bass（Chicago: University of Chicago Press, 1978）, pp. xvi–xvii.

[14] Jacques Derrida, *Margins of Philosophy*, trans. Alan Bass（Chicago: University of Chicago Press, 1982）, p. 27.

也证明语言的自我呈现是不可能的。这一个被解构的句子涉及的确实是语言和存在的问题。正如"延异"表明存在(所指)总是在时间上要先于语言(能指),而在空间上也区别于语言(能指)一样,这个被解构的句子所进行的也是这种能指和所指在时空中延异的游戏。确实,"存在/说/语言……"和"语言/说/存在……"二者在句式上的可交换性,巧妙地显示出德里达解构"存在"的观念。在德里达把"存在"放入这一解构的句式中时,他要说明的是,"存在"并不是在神学本体论的讨论中、位于是动词句式(copula-syntax)之首的自我呈现的、超验的所指("存在是……")。在德里达看来,"存在"只是一个"说/语言"的能指——像"延异"一样,一次又一次地自我言说和自我书写,永不停息,语义含混。不仅如此,"存在/说/语言……"和"语言/说/存在……"二者在句式上的可交换性,也标志着"存在"作为符号的游戏运动是无限循环的。

现在让我们来探讨僧肇在其著作中是如何处理语词和句式的。[15] 依照中观哲学的解构精神,僧肇寻求"破除"中国本体论中某些关键术语,对他们进行"非概念化"和"非本质化"的解构,正如德里达对西方本体论所为。许多单个的汉字是自足和有意义的,可以单独使用,也可以和其他的字(往往和它意思相反)组合起来形成双音词。例如"方"和"圆"两个字,单独使用时,分别指的是"方(的)"和"圆(的)",合起来成了"方圆",指的是"地方"或"范围"。再举一个例子,"长"和"短"分别指的是"长(的)"和"短(的)",合起来成为双音节词"长短",意思是尺度。对一个追随德里达的解构主义者来说,这些孕育着"内在张力"和自我矛盾的双音词必然带来冲突的能指的游戏,因而证明了延异的效用。我们可以想象,追随德里达的解构主义者会毫不犹豫地就"方"和"圆"的本体论含义大玩戏法。[16] 而对僧肇来说,想要摧毁神学本体论术语的概念化,有更为简捷

[15] 僧肇通过其老师鸠摩罗什(344—413)接受了中观教义,并且为中国真正有系统的佛教哲学——三论宗奠定了基石。三论乃《中论》《十二门》和《百论》。僧肇的名作是《物不迁论》《不真空论》《般若无知论》,都收录于其著作《肇论》中。对这四论的解释摘要,参看 Fung Yu-lan, *A History of Chinese Philosophy*, 2 vols., ed. Derk Bodde(Princeton: Princeton University Press, 1953), vol. 2, pp. 258–70。(译者案:该书对应的中文原著当为冯友兰1912年在北大哲学门授课时印行的讲义,中国国家图书馆有馆藏。)研究僧肇的专著,可参看李润生:《僧肇》(台北:东大图书公司,1989)和涂艳秋:《僧肇思想探究》(台北:东初出版社,1995)。

[16] 对这一双音节词的本体论意义的讨论,参看 Willard Peterson, "Squares and Circles: Mapping the History of Chinese Thought," *Journal of History of Ideas*, vol. 49, no. 1(1988): 47–60.

的途径。僧肇并不打算重新唤起一个像"方圆""长短"这样的、已经概念化的双音节词中潜伏的矛盾，而是寻求将一些现成的本体论术语重构为新的双音词，目的是要像德里达的延异一样解构这些术语。例如，为了瓦解神学本体论的"有""无"的概念，他的策略是把它们同"非"字或"不"字组合，成为新的双音节词。而"非"和"不"，根据不同的上下文以及解释它的不同方法，既可以是前缀，又可以是动词。无论其语法功能为何，加上"非"字或"不"字，导致物化的"有"和"无"变成了具有强烈否定性的双音节词，意味着相反的含义：

[17] *Dissemination*, pp. 25–26.
[18] ［宋］净源编：《肇论中吴集解》，见罗振玉：《罗雪堂先生全集》（台北：文华出版公司，1968），页 8241~8242。这一段的标点本参见高楠顺次郎、渡边海旭编：《大正新修大藏经》（台北：新文丰出版公司，1983，下称《大藏经》），第 1858 号，册 45，页 152。本章中《大藏经》引文由笔者加上现代通行标点。

> 有——非无或不无
> 无——非有或不有

　　对僧肇来说，这些否定的双音词可以便利地指明，"有"和"无"只是暂在状态而非实体，同时它们自己也不会成为自我呈现的实体。僧肇认为，通过将现象世界描述为否定的"非无""不无"，我们就无须称现象世界为"有"，从而避免把它物化或本质化。同样，通过指涉"无"为"非有"，我们可以阻止将"无"本身本质化。僧肇对否定的双音节词的使用让我们不由自主地想到了德里达把两个相反概念绑在一起的做法："善／恶，智性／感性，高／矮，生／死。"[17] 同德里达相比，僧肇否定的双音节词所产生的非本质化的效果更大。同德里达的语词解构相比，僧肇的"非无"也许更有效地压抑了概念化的能力。不过，尽管僧肇更成功地用其解构的双音词阻碍了我们的概念思维，但他没有像德里达那样运用各式各样的方式进行语词解构。

　　为了认识僧肇的语词解构对我们概念思维所造成的破坏程度，我们必须阐明，僧肇那些本身就让人费解的双音词，当它们在句子中三五成群地出现时，甚至更加令人迷惑。下面僧肇对"本无论"的反驳就是一个典型的例子：

> 故非有，有即无，非无，无即无。直以非有非真有、非无非真无耳。[18]

在这段话中，"有"和"无"重复出现，这让我们想起庄子是怎样幽默地将"有""无"两个名词大量塞入一个模棱两可的句子当中，从而让"有""无"非实体化的：

> 有始也者，有未始有始也者，有未始有夫未始有始也者。有有也者，有无也者，有未始有无也者，有未始有夫未始有无也者。俄而有无矣，而未知有无之果有孰无孰也。[19]

借这段游戏般的文字，庄子要传达一个严肃的观点，即通常被视为对立的有和无实际上很难严格地区分开来。两者间没有先后优劣的关系，这是因为他们都是道（永恒不断的变易过程）的一部分。在庄子看来，所谓智者，就是不为事物的差异所动、并由此跃入无差异的道的整体的人。与上述庄子引文相比，僧肇的这段话没那么有游戏性，却更具否定性。在我看来，这和僧肇大量使用"非"字有很大的关系。《庄子》引文中没出现"非"这个纯粹的否定词。通过采用这个否定词，僧肇想要避免在破除作为神学本体的"有"和"无"的同时又肯定有无之外存有绝对的、更高的整体（如庄子之道），其目的是要证明，用语言或通过语言，不可能设想这样的绝对整体。毫无疑问，和庄子的解构相比，僧肇对"有"和"无"的解构更近于德里达对神学本体论的术语的解构。确实，"非有"和"非无"这两个非本质化的双音节词鲜见于道家著作，而为佛家著作所广泛采用。这些双音节词被称为"遮语"（否定词），而僧肇对最终实在的解构的表达则被后世的禅宗称为"遮诠"（通过否定的方式表达）[20]。

僧肇的这段引文共二十四个字，其中只有六个虚字。在这六个虚字中，有 5 个是副词（"故""即""即""直""以"），还有一个是语气词（"耳"）。只有最后的语气词"耳"可以像句号和逗号一样被视作一个句法单元结束的标志。[21] 由于构建句法的虚词被精简到最少，这段话看起来几乎是"非""有"和"无"三个字的无序反复。

[19]《庄子·齐物论第二》，见[清]郭庆藩辑，《庄子集释》（北京：中华书局，1961），页79。

[20] 可参看百丈怀海禅师（720—814）在[宋]赜藏主编集《古尊宿语录》（北京：中华书局，1994），页13—14 中对"遮语"的讨论。

[21] 中文中助词不但用以建立句子，而且还代替标点以显示出长短不同的停顿。

"非""有"和"无"既可以作名词也可以作动词，这增加了句子在理解上的困难。因此，当读到没加标点的这段原文时，即使是一个熟悉内典的读者也会发现他的概念理解力是受到压抑的。我们很容易陷入文字的迷宫——语义的盘根错节以及句法功能的交织重叠。为了走出这一迷宫，人们首先必须在错综的语义中理出脉络，在复杂的句式找到可行的读法。借用德里达解构主义的术语来形容，我们可以说，在僧肇那里，这一语词的迷宫无疑算得上是"一个组合的文字区域"（*a grouped* textual field）[22]，后者是德里达词汇和构句解构的理想。同德里达的语词游戏一样，僧肇的语词迷宫往往出现在他着手从概念上瓦解某个重要的神学本体论术语时，其目的也在于革除我们概念思维的习惯。同德里达不同，僧肇并不喜欢沉溺于冗长、费解的文字游戏之中，也不愿意将新字的孳生树立为反对神学本体论的话语模式。对他来说，词汇和构句的解构本身并无足道，只是一种借此突破概念化并取得精神升华的手段罢了。当我们进一步考察这两种文本解构实践背后不同的哲学目的时，我们能更清楚地看到德里达的语词游戏同僧肇的语词迷宫之间的本质不同。

[22] Jacques Derrida, *Positions*, trans. Alan Bass ( Chicago: University of Chicago Press, 1972) , p. 42.

## 二、从解构语言到解构神学本体论：德里达的延异和僧肇的区分论

德里达和僧肇利用不同语言层面上互为依存的相反因素，分别大玩语词游戏和建构语词迷宫。通过对语汇和构句的解构，德里达和僧肇想要说明：语言作为能指只是一种符号，所指的本体不可能呈现其中。语言只是相互依存的能指与能指之间永不休止的游戏。在德里达和僧肇看来，这种能指的相互依赖是语言意义的基础，因而语言本身以及在哲学和宗教领域内所有语言的思想产物都不可能呈现任何自我本体。他们因而推断，任何神学本体论的主张，只要是经由语言而得以表达的，就不可能成立。就这样，语言的解构为德里达和僧肇摧毁神学本体论打开了缺口。

德里达利用符号的游戏，驳斥了所有西方本体论学者和神学家信奉的、存在是自我彰显之真理的说法：

> 我们无从逃避对此回应［存在符号的意义是什么？］，除非我们质疑这一问题的形式本身，并开始思考符号就是那被不恰当命名之物。唯有此物规避了"……是什么"这个哲学的根本问题。[23]

这里德里达两次取消了存在之名（先是称之为"那被不恰当命名之物"，然后又重复一遍）并将连系词"是"删除。因为符号的规则禁止把存在视为自我彰明之"物"，或用系动词来描述它。作为一个符号，"存在"也必然地表示了"无"。同样，连系词"是"一旦作为符号出现，也必然地表示了"不是"的含义。德里达认为，由于这种相互依存的规律，符号规避了（事实上代替了）对"……是什么"这个哲学的根本问题。在他看来，正是"存在是什么"这一问题导致了西方神学本体论研究的方向性错误，误导研究者孜孜不倦地寻求自我彰明之真理的幻影。

德里达认为，从柏拉图到马丁·海德格尔（Heidegger, 1889—1976）的西方唯心主义者无一例外，都将逻各斯（语言符号）当作是超验和感性、神圣和尘世之间的媒介，这样的语言观念无疑是错误的。德里达注意到，《斐德若篇》中的苏格拉底"描述他担心因为直视那些事物(绝对现实)而失明……而且他讲述到，他不再朝向那些事物，而是转向逻各斯（logoi），去考察那里存在的真理"[24]。为了证明逻各斯是"存在之真理"的直接体现，柏拉图以及后来的唯心主义者采用了一种双重的策略——放逐物质性的书写(gram)而尊奉不可触摸的语音（phonè）。尽管"逻各斯"一词包含着作为整体的语言这一含义，他们对此词的使用不包括诉诸视觉的书写形式。他们将书写从逻各斯中驱逐出去，主要是担忧物质上可见的书写会玷污语音这一超验的所指。柏拉图本人就明确地表达了这样的担忧。他刻意贬低足智多谋的古神图提（Theath）发明书写文字：

[23] *Of Grammatology*, pp. 18–19.
[24] John Sallis, *Deconstruction and Philosophy* ( Chicago: The University of Chicago Press, 1987 ) , p. xi. Logoi 是 logos 的复数形式。

不过，当说到文字时，图提说："这件发明可以让埃及人更智慧，有更好的记忆力，它对记忆力和智慧都有特效。"国王回答说："多才多艺的图提，技术的发明者是一个人，而该技术对使用者来说是否有效的最佳权衡者则是另一个人。现在你是文字之父，由于笃爱儿子的缘故，恰好将它所不具有的益处归属于它［文字］了。你发明的文字只会让学习文字的人变得善忘，因为他们不需要努力记忆了。他们会信任外在的写下来的文字，而不再信任自己大脑里的记忆。至于你发现的特效，只有助于回想，却无助于记忆。你带给你的学生的不是真实本身，只是真实的形似。借助于文字，他们将吞下许多知识，其实却什么都没学到。他们好像无所不知，实际却一无所知。他们还会是令人讨厌的伙伴，因为自作聪明而实则并不聪明。"[25]

[25] *Phaedrus*, 274–275; trans. Jowett, *The Dialogues of Plato*（New York: Random House, 1937），vol. 1, p. 278.（译者案：中译本参朱光潜译：《斐德若篇》，《柏拉图文艺对话集》［北京：人民文学出版社，1963］，页168—169。）
[26] *Of Grammatology*, P.34.
[27] 德里达在 *Positions*, p.12 中对柏拉图的节选，也见于德里达在 *Of Grammatology*, p. 39 对这一问题的讨论。
[28] *Of Grammatology*, p.12.
[29] Spivak, "Translator's Preface," *Of Grammatology*, lxviii.

或者用德里达的话说，柏拉图贬斥书写为"巧妙的技巧的侵入、一种极有原创性的强行入侵、一种对原型的暴行：外部（*outside*）在内部（*inside*）爆发，直击入灵魂深处，或说在真正逻各斯中活生生的、自我彰显的灵魂，乃至言说所提供的帮助"[26]。当柏拉图以及后来的唯心主义者把书写当作孤儿或私生子流放时，他们却奉语音为"'逻各斯父亲'的合法和高贵的儿子"[27]——理由是"声音和存在的相近，声音和存在之意义的相近、声音和意义之纯精神性的相近"[28]。经过这种语音中心主义的实体化，逻各斯获得其神学本体论的意义：正如格亚区·查格拉沃提·斯皮瓦克（Gayatri Chakravorty Spivak）所说，它就是"神的言语、神的思维、上帝无限的理解力、无穷创造力的主观本体，以及与我们时代更接近的那种彻底自觉精神的自我彰明"[29]。

在德里达看来，语音中心主义对逻各斯的实体化构成一种悖论。尽管语音中心主义力图阻止"外部在内部爆发"，实际上却暴露出深藏在所有西方唯心主义形而上学内部中的"外部"。对德里达来说，其中的理由再简单不过。

与被贬斥的书写一样，被尊奉的语音也是语言的符号，也必须同样服从语言意义产生的原则。这样，逻各斯就必定只是一种外在于超验实体的语言符号。由此可以推断，逻各斯不可避免地将所有的形而上学圈入外部的空间之中，从而排除了形而上学呈现绝对存在的可能性。

为了揭示出西方形而上学是如何"发现自己被其力求却无法控制的（逻各斯的外部）空间圈住，而不是设立自己的圈子"[30]，德里达新创了"延异"（*Différance*）一词。这个新词一方面貌似法语中动词"区分"（*différer*）的名词形式，兼有"区分"（to differ）和"延缓"（to defer）两义，另一方面它又是法语名词区分（*différence*）的变体。这个新词看似简单好玩，实则充分阐明了德里达解构语言意义的理论。首先，延异质疑了唯心主义者赋予语音的特权，因为让此词的意义得以理解的是其书写字形而非其发音。在法语中，如果我们是听其音而不看其形，延异一定会和"区分"相混淆。因此，延异一词说明，语音早于书写、优于书写的观点是站不住脚的。第二，延异强调了语言意义是前提。一个符号只有在空间上"区别"（to differ）于所指，又在时间上"落后"（to defer）于所指，才成其为符号。这一在能指和所指之间不断出现的缝隙证明，逻各斯的语音和神学本体的所谓融合是虚假的。第三，延异的拉丁语词根（"differre"，意思是散布、散播）表示在语言中必然是意义相反的指涉对象（referent）互动共生的游戏。名（name）之所以为名，必然包含着它的相反义（比方说，A 不能被称之为 A，除非它也表示非 A 的存在）。因此，名既表示存在，同样也表示不存在。情况就是这样，名表示的不是纯粹的存在，而是既表示存在也表示不存在的能指。[31] 这样反复，以至于无穷。由此可见，超验的所指或说神学本体论的存在是不可能的。根据延异（*différance*）运作原理，德里达指出，所有逻各斯中心主义的概念，诸如"本质（*eidos*）、存在（*arche*）、内容（*energeia*）、主题（*ousia*）、（*aletheia*）、超验（*transcendentality*）、意识（*consciousness or conscience*）、上帝等等"[32]，无一例外地陷入了能指的无限循环，并且绝对不

[30] Derrida, "The Time of a Thesis: Punctuations," *Philosophy in France Today*, ed. Alan Montefiore（Cambridge: Cambridge University Press, 1983），p. 45.

[31] 参见 Murray Krieger, "Poetics Reconstructed: the Presence and the Absence of the Word," *New Literary History* 7（1976）: 347—376。

[32] Derrida, *Writing and Difference*, trans. Alan Bass（Chicago: University of Chicago Press, 1978），pp. 279–280.

可能呈现超验之绝对现实。

和德里达一样，中观思想家寻求揭露佛教崇有论者的语言观的悖谬，借以摧毁他们的神学本体论。德里达借用"延异"一词证明语音只是普通的符号，从而使逻各斯自性说不攻自破；中观思想家则指出"无名"（the Name of Nonexistence）只是约定俗成的虚名，由此否定它（无名）所谓的"自相"（svalakṣana）[33]。七世纪伟大的中观思想家月称（Candrakīrti）否认了"无名"具有自性这一本质主义主张。在佛教崇有论者看来，尽管没有任何一座无生命的雕像有躯体，也没有魔鬼（Rahū）有头，"像体"和"魔头"这些词仍能存在，这证明了语言具有抽象的自性。月称对这种本质主义观点加以驳斥，写道：

> "身体"和"头"通常与"手"或"思想"等相关概念出现在同一语法结构中，而"体"和"头"二字所引起的思想就带有对相关现象的期望："谁的身体"和"谁的头"……不仅如此，作为限定词的"雕像"和"魔鬼"，实际上是习惯用法的一部分，并被不加分析地接受，就像"人"这个习惯指称一样。因此你的解释是不正确的。[34]

这里，月称认为"像体"和"魔头"只是普通词，依靠语法关系所建立的习惯联系来传达意义。他认为"它们具有的含义无论是什么，总是通过相互依存（parasparāpekṣā siddhi）的过程获取的，即一个词的意义取决于在它之前被使用的词所构成的网络"[35]。月称的这一评论让我们想起德里达的延异理论。和德里达一样，他设想语言意义是能指的游戏，并在此基础上反对词语本身有自性的观念。

月称对语言意义的分析基于他平常的观察，而德里达的分析则建立在

[33] 参看 G. C. Nayak, "The MādhyamikaAttack on Essentialism: A Critical Appraisal," philosophy East and West 29, no.4（1979）: 467–490; Peter G. Fenner, "Candrakīrti's Refutation of Buddhist Idealism," Philosophy East and West 33, no. 3（1983）: 251–256; 以及 José Ignacio Cabezón, "Language and Ontology," Buddhism and Language: A study of Indo–Tibetan Scholasticism（Albany: State University of New York, 1994）, pp. 153–170。

[34] Prasannapadā（月称《中观根本明句论》，又名《净明句论》《明句论》《显句论》）in Bibliotheca Buddhica, ed. Louis de la Vallée Pousin（St. Petersburg: Akad. Nauk–Izd. Vostochnoi Lit–ry, 1913）, IV, p. 16. 此书现存梵本及藏译本。此段译文所据的英译见 Malcolm D. Eckel, "Bhāvaviveka and the Early Madhyamika Theories of Language," Philosophy East and West 28, no.3（1978）: 325.

[35] Malcolm D. Eckel, "Bhāvaviveka and the Early Mādhyamika Theories of Language," Philosophy East and West 28, no.3（1978）: 325.

当代符号学理论的基础上，注意到这个差别很重要。要了解更系统、更成熟的佛教语言理论，我们有必要转向陈那（Dignāga，约480—540），他是声名显赫的印度佛教逻辑学家，在早期中观学派的影响下发展出区别语义说（apoha；differentiation theory of meaning）[36]。月称在语法结构中探索词语的相互依存，陈那则在单独的词里观察到相反因素的相互依存，并对语言意义的性质有了新的洞见："确实，名只有当它否认了与它相反的意义时才能表达它自己的意义，举例来说，'有源'一词只有与无源或非永恒相对照，方可表示出它自己的意义。"[37] 乍一看，这句话似乎肯定了名的意义是自现自足的。而更细密的考察则揭示出，陈那实际上要表达的正与之相反，因为他了解，任何名想要建立意义，必须以相反义的存在为前提。意义必须依赖其对立面才能生成，这有效地驳斥了名自身有内在意义的说法。吉年陀罗菩提（Jinendrabuddhi）对陈说的诠释更加清楚地说明了这句话对意义的解构："确实，陈那之文的目的在于说明，词语是通过区别（per differentiam）来表达其意义的。……（词表达的只是否定，只是区别！）因为一个不包含任何（暗示的）否定的纯粹肯定只是无稽之谈。"[38] 这一诠释有助于让我们相信，陈那确实把语言意义设想为一个类似于延异的否定和区别的过程。[39] 吉年陀罗菩提视区别（differentiam）为陈那的区别语义说的特征，这与德里达以延异为其理论特征似乎有异曲同工之妙。不仅如此，像德里达一样，陈那等佛教逻辑学家也从语言的解构走向了本体论的否定（arthātmaka-apoha）。德里达通过揭示下面这些词中的延异（différance）来达到解构它们的目的："理念形式（eidos）、终极根源（arche）、终极目的（telos）、内在活力（energeia）、本体（ousia）……"陈那等人则用区别来否定语言之自性，解构神学本体论中至尊的名称术语。

尽管没有发展出像印度中观佛教那样复杂的理论，中国的中观佛教却竭尽全力地论证了语言

[36] 有关早期中观理论对陈那意义理论的影响，参看 F. Th. Stcherbatsky, *Buddhist Logic*, 2 vols.（New York: Dover, 1962），vol. 1, pp. 27–31.

[37] *Pramāṇa-samuccayd*《集量论》），Vol. 1; *Buddhist Logic*, vol.1, p. 459.

[38] *Pramā a-samuccaya-vrtti ad*《集量论注广大无垢》），vol. 11; *Buddhist Logic*, vol. 1, p. 463.

[39] 不过，陈那对意义（apoha）的寻求并没有到完全否认整个神学本体论立场的地步。也许正因为这个原因，*Buddhist Logic*, vol. 1, p. 14 在其印度佛教三阶段中把陈那归为唯心主义者。Dhirendra Sharma, *The Differentiation Theory of Meaning in Indian Logic*（The Hague: Mouton, 1969），p. 1946 讨论了陈那的追随者对意义的寻求道出了不同的本体论的结论。也可以参看 Bimal K. Matilal，Robert D. Evans ed., *Buddhist Logic and Epistemology*（Bordrecht: Reidel, 1986），pp. 77–87, 185–191, 229–237。

是不可能呈现神学本体的。僧肇在其著作中反复强调语言的缺陷，据说还写了《涅槃无名论》一文。[40] 他在文中说道：

> 夫涅槃之为道也，寂寥虚旷，不可以形名得，微妙无相，不可以有心知。[41]

这段话让我们想到老子对道的描述："道可道，非常道；名可名，非常名。"[42] 也让我们联想到庄子类似的表达："可以言论者，物之粗也；可以意致者，物之精也。言之所不能论、意之所不能察致者，不期精粗焉。"[43] 这些对老庄的共鸣证明僧肇确曾受益于老庄。[44] 在《高僧传》中，慧皎（497—554）这样描述僧肇对老庄的迷恋：

> ［僧肇］爱好玄微，每以庄老为要。尝读老子德章，乃叹曰："美则美矣，然期神冥之方，犹未尽善也。后见旧维摩经，欢喜顶受，披寻玩味。乃言："始知所归矣。"[45]

按照慧皎的描述，僧肇对道家的兴趣向外扩展，最终他的智识和心灵都泊止于《维摩经》（*Virmalakīrti-nirdeśa sūtra*）和中观著作之中。我们可以从他在注解《维摩经》的序言中看到，主要是佛教的语言观吸引他脱离道家的。[46] 尽管僧肇曾大量引述老庄，我认为他的语言观本质上是佛教的，与老庄的语言观有着相当大的区别。甚至对与僧肇年代相近的人来说，要发觉二者之间的重大差异也非常困难。当时显然存在着一种相当普遍的误解，即认为僧肇的语言观和思想与老庄的完全相同。为反驳这一误解，唐人元康（僧肇著作的主要注家）认为有必要对这一误解予以纠正。他指出："肇法师假庄老之言以宜正道，岂即用庄老为法乎？"[47] 在解释僧肇对"神道"一词的使用时，元康说："述肇法师之意，明不同庄老也。'神道'谓神妙之道，即佛道也。……

[40] 汤用彤在《汉魏两晋南北朝佛教史》（上海：商务印书馆，1938）页 330、657、670 对该文作者的归属提出质疑，因该文的风格与僧肇其他作品的文风不一致。

[41] ［晋］僧肇：《肇论·涅槃无名论第四》，见《大藏经》，第 1858 号，册 45。

[42] 朱谦之：《老子校释》（北京：中华书局，1984），页 3。

[43] 《庄子·秋水第十七》，见《庄子集释》，页 572。

[44] 唐代的元康追溯了僧肇在其《肇论疏》中曾多次化用老庄，见《大藏经》，第 1859 号，册 45，页 161—200。《僧肇思想探究》，页 245—263 列表指出僧肇著作中对老庄的 21 次化用。

[45] ［南朝梁］慧皎：《高僧传》（北京：中华书局，1992），页 249。

[46] 参看［晋］僧肇：《维摩诘经序》，收录于僧祐《出三藏记集》（北京：中华书局，1995），页 309—310。

[47] ［唐］元康：《肇论疏》，见《大藏经》，第 1859 号，册 45，页 163。

岂自无理？以庄老之理为佛理乎？"[48] 尽管我们确实在对僧肇的注释中无意中发现了关于差异的主张，但却很难在其中找到对于该差异的明确阐述。因此，我们不得不自己来发现存在于僧肇的语言观和庄老的语言观之间的本质差异。

在我看来，二者的本质差别在于，老庄有万物一体化的倾向（totalizing tendency），而僧肇则倾向于反对一体化的本体观。[49] 对老庄而言，尽管语言本身不能体现终极现实，却能充当超越语言和概念的跳板。换言之，他们仍认可通过语言来接近本体论之存在的可能性。尽管老子宣称"道可道非常道"，他本人却毫不含糊地谈论作为宇宙起源的道：

> 有物混成，先天地生。寂兮寥兮，独立不改，周行而不殆，可以为天下母。吾不知其名，字之曰道。[50]

同样地，庄子一方面消解语言，另一方面又肯定它指向终极现实之用。在前面的引文中，他标注出了一个从语言到思维的线性过程：从感知"物之粗者"（其外表）到把握"物之精者"（其内在特征），最后与"粗精之外"的道（最终现实）相冥会。庄子将语言比作筌，就是肯定语言为指向统摄万物之道的权宜工具[51]。

和老庄相比，僧肇的语言观具有更强烈的否定性。如果说老庄对语言的批评是因为他们渴望与形而上的道融为一体，[52] 那么僧肇则不仅要挫败任何在语言中或通过语言找到神学本体的企图，还想防止像老庄那种不彻底的语言解构给神学本体观留下生存的空间。因此，他不是像庄子那样将语言比作"获取"本体之筌，而是把语言视为大彻大悟的障碍，强调要完全断绝言语：

[48]《肇论疏》，见《大藏经》，第 1859 号，册 45，页 163。

[49] 对庄子与中观教义二者间相似之处的专门研究，参看 David Loy, "Zhuangzi and Nāgārjunaon the Truth of No Truth," in *Essays on Skepticism, Relativism, and Ethics in the Zhuangzi*, eds. Paul Kjellberg and Philip J. Ivanhoe, (New York: State University of New York Press, 1996) pp. 50–67.

[50] 高明：《帛书老子校释》（北京：中华书局，1996），页 349。这里用的是高明所引王弼本。

[51]《庄子·外物第二十六》，见《庄子集释》，页 944："筌者所以在鱼，得鱼而忘筌；蹄者所以在兔，得兔而忘蹄；言者所以在意，得意而忘言。"

[52] 叶维廉（Wai-lim Yip）对于道家在对语言的放逐中隐含的整体化倾向评论道："为了让事物保持原始的整体性，道教唤起了一个非动词化的世界，它超越自我，超越意识，也超越语言，事物在其中自由地揭示自身。"见"A New Line, A New Mind: Language and the Original Word," *Literary Theory Today*, eds. M. A. Abbas and T. W. Wong（Hong Kong: Hong Kong University Press, 1981), p. 165。

言语道断，心行处灭。[53]

[53]《肇论》，见《大藏经》，第1858号，
册45，页157。
[54]《肇论》，见《大藏经》，第1858号，
册45，页164。
[55]《肇论》，见《大藏经》，第1858号，
册45，页152。

值得注意的是，僧肇受到解构的影响，这一点不
仅表现在语言上，还表现在心行上，而后者被庄子视作是实现与道冥会的方
式。僧肇反对本体观的倾向也反映在他使用语言的方式上。如果说老庄用朦
胧的"大象"、寓言、卮言、悖论和相对主义的说辞来暗示整体的道，僧肇
则将这类暗示一概摒除，大量使用双重否定的论断（一种建基于中观解构逻
辑上的话语）。这种话语形式在当时的中土传统中颇为罕见，它同时否定两
个截然相反的本体观，但又不导致对第三种立场的肯定。不用说，和老庄相比，
僧肇的话语形式导致了对语言和思想更为彻底的解构。对此元康评论说："语
本绝言，非心行处者。言本则是绝言之处，故非心所能行也。"[54]元康这种
极端的解构式话语不见于《老子》和《庄子》，但在僧肇的著作中却十分突出。
之后我们会看到，它对僧肇破除所有神学本体论的解构活动非常有用。

　　我希望上述简要的比较有助于我们将僧肇的语言观与老庄的语言观区分
开来，并将其置于龙树和月称的反本体论的大乘空宗传统之内。和其印度前
辈一样，僧肇坚持不懈地利用语言意义相互依存的规律来证明，在语言中或
通过语言来寻找神学本体是徒劳的。他说道：

　　　　是以物不即名而就实，名不即物而履真。然而真谛独静于名教之外，
　　岂曰文言之能辩哉？[55]

　　在僧肇看来，"名"和"物"被套在能指与所指二者相互依存的关系之
中，在名、物之间没有绝对真理可言。当我们感受到作为所指的"物"时，
"物"实际上不可能通过它的能指（也就是"名"）得以呈现。如果反过来，
人们把"名"看作是所指，那么它所谓的本质同它的能指（"物"）并不相配。
基于"名"和"物"之间这种不可避免的鸿沟，僧肇争辩说，所有把"名"
和"物"视之为绝对真实的看法只不过是幻觉，我们根本不可能在语言本
身或通过语言把握到任何绝对真实。在下述引文中，僧肇重申了他解构神

[56]《肇论》,见《大藏经》,第1858号,册45,页152。 学本体论的理由：

> 夫以名求物，物无当名之实。物无当名之实，非物也。名无得物之
> 功，非名也。是以名不当实，实不当名。名实无当，万物安在？[56]

僧肇有意让"名"和"物"互为矛盾，相互抵消，从而说明两者均无自性或真实可言。这种解构手法使我们想到德里达是怎样用延异的游戏来说明能指和所指在时空上的间隙，从而论断两者都不能被实质化，即不能被视作自性本体。如后文所论，僧肇不遗余力地阐述在语言之中或通过语言找不到神学本体的道理。考虑到他对语义相互依存规律的探讨，他不知疲倦地反本体论热情，以及他所采用的各种解构和自我解构的策略，我可以很自信地重申，僧肇的中观哲学比老庄思想更加接近德里达的哲学。

# 三、德里达的双阶段否定与中观的双重否定

德里达的延异和中观思想家的区分都阐明了能指和所指、所指对象和非所指对象（*nonreferent*）、存在和不存在两边之间相互依存的关系。以这种相互依存的关系为基础，德里达和中观思想家认为，所指、所指对象、存在的一边不可能有自性，能指、非所指对象、不存在的一边也不可能有自性。在德里达和中观思想家看来，所有的神学本体论所犯的错误，在于它们在哲学的逻各斯与物质、名与物、绝对存在与相对存在、有与无等二元范式中，偏执一边并奉其为绝对本质（超验的所指），而贬另一边为再现（能指）。因此，德里达和中观思想家分别认为，所有西方本体论的和中观佛学之前的佛教流派都归属于这两个相对的阵营。在西方，那些信奉"逻各斯"的被称为唯心主义者，而那些信奉"物质"或"物"的则被称为唯物主义者。同样，在佛教传统中，信奉"无名"的被称为贵无派，而尊奉"物"的被称为崇有派。

对德里达和中观思想家来说，语言意义相互依存的范式不但暴露出所有神学本体论的错误之处，而且还为解构神学本体论大开方便之门：我们所要

做的只是颠覆特定的哲学体系中两个对立面的等<br>
级关系。无论是德里达还是中观思想家都得心应

[57] *Positions*, p. 13.<br>
[58] *Positions*, p.64–65。

手地运用相互依存范式，对两个相反的阵营同时发起攻击。他们一边谴责西方唯心主义对逻各斯的尊奉，以及佛教贵无派对无名的尊奉，另一边又鞭挞西方唯物主义对物质的尊奉，以及佛教崇有派对物的尊奉。这里我们先来看他们是如何解构西方唯物主义和佛教崇有派的。

在其解构的第一个阶段，德里达试图颠覆逻各斯主义所膜拜的"语音"的权威地位；在第二阶段，他再次回头来否定其对立面"书写"，以防止"书写"取代"语音"而让逻各斯主义以唯物主义的形式死灰复燃。他写道："这种道德或终极价值的大逆转，即把从特权或说某些长者的权利还给"书写"，是再荒谬费解不过了。"[57] 作为具有物质性的符号，能指可以挑战"语音"的权威，但德里达认为它往往导致本体论以唯物主义的新形式复辟。这种对"书写"的本体化与唯心主义尊"语音"为超验的所指没有什么不同：

> 物质的概念一直被定义为绝对的外在或根本的异质。我甚至无法确定能够有绝对外在的"概念"。如果我不是很经常地使用"物质"一词，正如你所知，这不是因为我像唯心主义或精神论者那样对它持有保留，而是因为在颠覆［逻各斯主义］的逻辑活动中，"物质"这一概念太经常地被赋予了"逻各斯—语音中心主义的"价值，即与事物、现实、普遍存在、可察觉的存在相联系，例如万物、内容、所指对象等等。现实主义或感觉论——"实用主义"——仅是逻各斯—语音中心主义的修正。（我常常坚持认为，"书写"或"文本"不会被简约为图形或"字面"上可感或可见的存在。）总之，对我来说，"物质"这一能指只会在下述情况下出现问题：当被打上本体论的烙印时，它不可避免地变成新的基本法则，而理论上的演绎使它最终成为"超验的所指"。[58]

在这段话中德里达试图表明，恢复能指的地位是多么容易矫枉过正，导致逻各斯中心主义的价值融入"事物、现实、普遍存在"之中。作为典型例

子，德里达提到了马克思和列宁的唯物主义著作。[59] 在他们的著作中，"物质"这一能指变成了宇宙论的和社会历史论的绝对法则。换句话说，能指被尊奉并转化为超验的所指，其虚构的程度丝毫不亚于从柏拉图到海德格尔的绝大多数唯心主义者对逻各斯的赞颂。为了预防他的所谓"书写学"（*grammatology*）被赋予逻各斯主义的价值，德里达提倡对"书写"和"语音"进行同步的解构，并称这样的实践为"双面或双阶段"（biface or biphase）、"双会期"（法文 *double séance*；英文 double session）或"书写学实践中的双重登记"（double register in grammatological practice）。[60]

中观的双重否定与德里达的双重解构非常相似。在一个阶段，他们都试图将佛教本体论的至尊名称化解为"约定俗成的、有赖语义区别的否定符号"（如"非无"），并由此解构所有"贵名"派——"它们对言和名的敬重带有宗教崇拜的特征——词是永恒的绝对实体（Ens），它存在于与被它表示的物的永恒联系中"[61]。在另一个阶段，他们都试图将物理现象化解为纯粹的语言和思想产物，并由此摧毁所有视"物"为永恒实体（如同德里达所说的"事物、现实、普遍存在"）的"崇物"派学说。

和德里达相比，中观思想家寻求更为平衡的双重否定。德里达专门攻击唯心主义，鲜少像他宣称的那样对唯心主义和唯物主义一视同仁。与此相对照，中观思想家几乎一成不变地寻求同时否定唯物主义和唯心主义。毕竟中观作为一种解构哲学，正是兴起并发展于对两种相反立场的反对。这种对双重否定的运用正是中观佛教存在的理由（*raison d'être*），并大量见于中观文献中。例如，在《不真空论》中，僧肇就想要对当时中国佛教的"崇名"（"尊无"）和"崇物"（"尊有"）两个相反的阵营进行同步的双向解构。[62] 首先，他对以晋支愍度为首的心无宗进行了批评：

[59] *Positions*, pp. 72, 74–76.
[60] *Positions*, pp. 42, 45 passim, 35.
[61] *Buddhist Logic*, vol. 1, p.480.
[62] 对僧肇之前这三种崇有宗派的简介，可参看 *A Source Book in Chinese Philosophy*（Princeton：Princeton University Press, 1963），pp. 336–342，以及 *Chao Lun* 的附录一，pp. 133–150。
[63]《肇论》，见《大藏经》，第 1858 号，册 45，页 152。

心无者，无心于万物。万物未尝无。此得在于神静，失在于物虚。[63]

在僧肇看来，心无宗陷入了对虚心的物化，因为它把注意力集中在心而忽略了现象世界。不能将心和物看作是相互平等和互相依存的，这不可避免地导致将其中的一个凌驾于另一个之上。如果说这一宗派将心之"虚无"置于物之"实有"之上，僧肇认为以支道林（314—366）为代表的即色宗则正好与之相反：

> 即色者，明色不自色，故虽色而非色也。夫言色者，但当色即色，岂待色色而后为色哉。此直语色不自色，未领色之非色也。[64]

僧肇认为，即色宗以神学本体论的立场而告终，即赋予物之"实有"以特权，不知"色之非色"，即没有把握到物的非物质的、虚幻的性质。既然物的存在依赖于非物，则其之为非物，正如其之为物。对即色派进行攻击之后，僧肇把矛头转向了由竺法汰（320—387）和道安（312—385）创建的本无宗：

> 本无者，情尚于无，多触言以宾无。故非有，有即无。非无，无即无。寻夫立文之本旨者，直以非有非真有、非无非真无耳。[65]

僧肇总结道，本无宗和心无宗一样，"不过偏无之论"。本无宗没有意识到"无"的不实，没有对"有"和"无"进行同步的双重否定，所以错误地将"无"物化为神学本体论的实体。

　　虽然只选取了三个佛教宗派作为批评对象，僧肇却可能考虑到了当时据说存在的全部六家七宗。[66] 正如僧肇所批评的三个宗派一样，余下的四个般若学宗派也是或者尊无，或者崇有。此外，僧肇对无、有的双重否定同时也是针对玄学中以王弼（266—249）为代表的"崇无"派和以郭象（约252—312）为代表的"崇有"派。王弼将老子的"道"之名具体化为本无，而郭象则将庄子的自然尊奉为根本之有。玄学两大派与佛教两大阵营之间的紧密对应引起了许多学者的关注。一些学者认为，王弼和郭象也许受了佛教的启发，才将"无"和"有"定义为本体。[67] 另一些学者则提出，王弼和郭象的学说影响到两大佛学阵营之间对

[64]《肇论》，见《大藏经》第 1858 号，册 45，页 152。
[65]《肇论》，见《大藏经》第 1858 号，册 45，页 152。
[66] 参看《汉魏两晋南北朝佛教史》，页 229—277。
[67] 参看吕澂：《中国佛学源流略讲》（北京：中华书局，1979），页 32—34。

[68] 参看 Arthur E. Link, "The Taoist Antecedents of Tao-An's Prajñā Ontology," *History of Religions* 9, nos. 2–3 (1969–1970) : 181–215；许抗生：《略论两晋时期的佛教哲学思想》，载《中国哲学》1981年第 6 期，页 29—60。

[69] *Chao Lun*, p. 133.

[70] 对王弼的新道家和道安的本无宗之间，以及郭象的新道家和支道林的即色宗之间对应关系的评论，参看《汉魏两晋南北朝佛教史》，页 261。

[71] *Positions*, p. 43.

"无"和"有"的大辩论。[68] 沃特·利伯索尔（Walter Liebenthal，1886—1982）接受的观点显然是后一种，他坚持认为僧肇对三个宗派的双向攻击"与印度佛教内部的论争无关"，而是玄学家对"有"和"无"的论争的延伸。[69] 这两种观点都不是结论，但分别讨论了魏晋时期佛教和玄学家之间的互动和相互影响。[70] 考虑到这一点，我们可以合理地认为，僧肇的双重否定可于王弼和郭象的学说，不管后者是否真是他批判的对象之一。

有趣的是，德里达和中观思想家同时批判以名为本体和对物本体化的两大阵营，而且以同样的词（既不……也不）概括了他们双重否定的手法。在《位置》（*Positions*）一书中，德里达双重地否认了大量被赋予神学本体论意义的二元概念，然后将其两阶段的解构原则总结为"既不……也不"的练习：

> 柏拉图的药房（the *pharmakon*）既不是疗救，也不是毒药；既不是善，也不是恶；既不是外在的，也不是内在的；既不是口头语，也不是书面语。"附录"（the *supplement*）既不是增补，也不是删减；既不是外在物，也不是内在物的补足；既不是偶然，也不是本质的，等等。"处女膜"（the *hymen*）既不是混同，也不是区别；既不是同一，也不是歧异；既不是完婚，也不是童贞；既不是遮蔽，也不是揭示；既不是内在，也不是外在，等等。"书写"既不是能指，也不是所指；既不是符号，也不是事物；既不是存在，也不是不存在；既不是定位，也不是取消，等等。"定位"（*spacing*）既不是时间，也不是空间；"切入"（*incision*）既不是开端完整性的切割或简单的切入，也不是单纯的次要性。"既不……也不……"，同时也是"或是……或是……"……[71]

同样，在下面的引文中，僧肇把"既非此，又非彼"这一逻辑看作是中观对"名"和"物"的双重否定的特征：

故《中观》云：物无彼此，而人以此为此，以彼为彼。彼亦以此为彼，以彼为此。以彼莫定乎一名，而惑者怀必然之志。然则彼此初非有，或者初非无。既悟彼此之非有，有何物而可有哉？故知万物非真，假号久矣。[72]

[72]《肇论》,载《大藏经》,第1858号,册45,页152。
[73]《庄子集释》,页66。

这一段话还是僧肇对《庄子》的另一个创造性化用。在《庄子》中，"此"和"彼"交相为用，以让我们上升到道的整体，因为道的永恒变易过程中包括"此"和"彼"双方。《庄子·齐物论第二》说："因是因非，因非因是。是以圣人不由，而照之于天，亦因是也。是亦彼也，彼亦是也。彼亦一是非，此亦一是非。果且有彼是乎哉？果且无彼是乎哉？彼是莫得其偶，谓之道枢。枢始得其环中，以应无穷。是亦一无穷，非亦一无穷也。"[73] 但在僧肇那段话里，"此"和"彼"并不仅仅像《庄子》那样指对一边偏见的迷执。更重要的是，它们代表了两个相反的神学本体论的根本立场。通过运用其"既不……也不……"的逻辑来消解"此"和"彼"，僧肇的目的在于完成一千多年以后德里达想要完成的目标——解构所有既有的神学本体论立场，但又不创建自己的神学本体论立场。

# 四、解构的法则：德里达的"四重药房"和中观的"四句破"

德里达和中观思想家不但都用"既不……也不……"句式来形容其解构思维，而且两人都用同样的字"四"来与其他哲学思维方式区分开来。德里达在其《播撒》一书中定义其解构主义，强调"它对正方形、十字路口和其他四边体的执着……[以及它]对作为西方思想基础'三边形'的坚定而不易觉察的摒弃，即辩证法的、三位一体的、恋母情结的（Oedipal）'三边'"[74]。首先，德里达重述了在神学本体论的讨论中采用的不同数字象征。数字一和二代表了绝

[74] *Dissemination*, p. xxxii.

对存在（Being）和具体存在（beings）之间的矛盾对立，以及其由此衍生的所有二元范畴（"疗救 / 毒药、善 / 恶、可理解的 / 可感知的、高 / 矮、心 / 物、生 / 死、内在的 / 外在的、说 / 写、等等"[75]）。数字"三"为解决二元对立而崛起——在宗教是三位一体（黑格尔用语），在康德是无生命的"'三方组合'形式（*Triplicität*）"（谢林用语），在席勒是以近乎辩证法的三位体，在黑格尔是活生生的三位体。[76] 接下来，德里达把他的解构策略比作是"一间不再可能一个一个、两个两个、三个三个地计数的药房"[77]。在那里，所有的二"既不能简约为整体之'一'，也不来自原初的简朴，也不能被辩证地否定或内化为第三项"[78]。与此相似，药房里的三"不再给我们那种推测二元对立的理想升华，而是战略上再解构的效果"[79]。摧毁了二元的和三位一体的视界之后，德里达设想他的延异的运动或文本的播撒为"第四边"和"辅助性的四"（既不是交叉，也不是正方形）。[80] 确实，第四边让德里达如此着迷，乃至他将柏拉图的所谓"药房"——他"延异"的重要范例之一——重新命名为"四重药房"。[81] 为了阐明第四边的意义，他从菲利普·索莱尔（Phillipe Sollers）所著《数字》（*Nombres*）一书中引述了下面一段话："哪怕只是一个三角形开出了第四条边，这个张开的正方形突破了三角形和圆周的包围——它们的三重节奏（恋母情结、三位一体和辩证法）一直支配形而上学。它解开它们，也就是说，它给它们加以限制，再次给它们打上烙印，再次引用它们。"[82]

中观佛教也是以其第四边与其他哲学体系区分开来的，正如中观佛教著名的"四句破"（catuṣkoṭi）所喻示。"四句破"又称"四歧式""四句否定""四句门"和"四句分别"。和德里达一样，中观思想家认为四这个数字表示对神学本体论的一、二、三边的否定。为了消解神学本体论的三边，龙树引入了"非……非……"作为第四边。此边的英译"neither…nor…"与德里达的"既不……也不……"完全一样。他在《中论》中用"四句破"破击了佛教诸派辩论"十二因缘""涅槃"等核心概念所持的一、二、三边立场。例如，《中论·观邪见品第二十七》说：

[75] *Dissemination*, pp. 24–25.
[76] 德里达对三位一体的概念的批评，参看 *Dissemination*, pp. 20–25。
[77] *Dissemination*, p. 24.
[78] *Dissemination*, p. 25.
[79] *Dissemination*, p. 25.
[80] *Dissemination*, p. 25.
[81] *Dissemination*, p. 350.
[82] 转引自 *Dissemination*, p. 25。

今若无有常，云何有无常。亦常亦无常，
非常非无常。若尔者，以智慧推求，无法可
得常者。谁当有无常，因常有无常故。若二
俱无者，云何有亦有常亦无常。若无有常无
常，云何有非有常非无常。因亦有常亦无常故，
有非有常非无常。[83]

这里龙树依据因缘和合的原则，先后证明一边（有
常）、二边（无常）、三边（亦有常亦无常）都不是
有常的实体，一一加以遮遣，直至抵达"非有常非
无常"的第四边。和德里达一样，龙树等其他中观
思想家想要摧毁所有神学本体论的二元概念和三
位一体概念。确实，德里达的"四重药房"决意
摈弃"一个一个、两个两个、三个三个"的思维
方式，而龙树则始终如一地使用"四句破"遮遣
佛教诸宗在八不中道、生住灭三相、十二因缘、
涅盘等论题上所持的一、二和三边立场。[84]

# 五、自我解构的路径：德里达的"冗余的超数字"与吉藏的"八意"或"四重二谛"

当德里达和僧肇抵达解构过程中的第四边（既不……也不……、非……
非……），他们就面临着自己的第四边与前三边形成新的二元论对立的危险。
除非这一新的二元对立得以遮止，否则他们解构之"四边"必然会成为一种
新的神学本体论立场。为了预防这种神学本体论的复活，德里达和中观思想
家认真地进行了自我解构。德里达抛弃了自己的解构术语，力图确保它们也
被自己的解构逻辑"打上烙印和破碎"。他写道：

[83] 龙树菩萨著，梵志青目释，鸠
摩罗什译：《中论》，见《大藏
经》，第1564号，册30，页
38。有关龙树"四句破"的英
文论文可参见 R. D.Gunaratne,
"Understanding Nāgārjuna's
catuṣkotti," *Philosophy East &
West* 36, no.3（1986）：219 and
David J. Kalupahana, *Nāgārjuna:
the Philosophy of the Middle Way*
（Albany: State University of New
York, 1986），pp. 387–391。

[84] 参见 R. D. Gunaratne 对四句破
的重要研究 "The Logical Form
of *Catuṣkott*," *Philosophy East
and West* 30, no.2（1980）：211—
240; Ives Waldo, "Nāgārjuna
and Analytical Philosophy,"
*Philosophy East and West* 25 no. 3
（1975）：281–290; "Nāgārjuna
and Analytical Philosophy,
II," *Philosophy East and West*,
28, no. 3（1978）：287–298;
Richard H. Jones, "The Nature
and Function of Nāgārjuna's
Arguments," *Philosophy East
and West* 28, no. 4（1978）：
485–502; and Thomas E. Wood,
*Nāgārjunian Disputations: A
Philosophical Journey through
an Indian Looking–Glass*,
Monographs of the Society
for Asian and Comparative
Philosophy, no. 11（Honolulu:
University of Hawaii Press,
1994）.

当延异（différance）被无声的 a 所标记，它的目的实际上既不是"概念"，也不是简单的"词"。但这并不能防止它产生概念的效果或变成具体的动词或名词。除此之外，尽管不会立刻被注意到，它同时也被这个"字"的转角，被它古怪的、持续不断的"逻辑"活动打上烙印和破碎。[85]

［延异］不能被提升到一个统摄性的字眼或一个统摄性的概念……它阻塞任何通向神学的关系。[86]

归根结底，播撒毫无意义，并且不能被整合入一个概念。……如果播撒、新颖的延异不能够被概括入一个确切的概念意涵，那是因为它分裂的力量和形式炸爆了语义的视界。[87]

和德里达一样，中观思想家强特别强调抛弃他们自己论点和立场的重要性。他们也试图用解构自己的解构术语，以防它们变成本体论的观点。例如，他们使用空（śūnyata）一词来解构自身并发展出"空空"（śūnyata-śūnyata）这一自我解构说。从龙树到月称的著作中，我们能找到有关空空的论述：

空则不可说，非空不可说。共不共叵说，但以假名说。（龙树，《中论·观如来品第二十二》）[88]

能遮化人彼则是空。若彼能遮化人是空。所遮化人则亦是空。若所遮空遮人亦空。能遮幻人彼则是空。若彼能遮幻人是空。所遮幻人则亦是空。若所遮空遮人亦空。如是如是我语言空。如幻化空。如是空语。（龙树著，毗目智仙、瞿昙流支译，《回诤论》[ Vigrahavyāvartanī ]）[89]

空不是实有的性质或实体的通用标记，因为如此它的根据就是非空，而大家会对它有执见（drsti）。事实上，它只是药，是避免所有执见的方法……这不是一个肯定的立场，而只是对所有观念和思想产物的规避。（月称，

[85] *Position*, p.40.
[86] *Position*, p.40.
[87] *Position*, pp.44—45.
[88] 见《大藏经》，第 1564 号，册 30，页 30。（译者案：意为空不可言说，非空也不可言说，亦空亦不空不可说，非空非不空不可说。）
[89] 见《大藏经》，第 1631 号，册 32，页 18。

《中观根本明句论》[ *Prasannapadā* ]）[90]

[90] 此书又译作《净明句论》《明句论》《显句论》。现存梵本及藏译本。本段译文所据的英译版是 Edward Conze trans. *Large Sūtra on Perfect Wisdom*（Berkeley: University of California Press, 1975），p. 114, n. 4.

[91]《肇论》，见《大藏经》第 1858 号，册 45，页 156。

[92] *Margins of Philosophy*, p. 25.

[93] *Of Grammatology*, p. 65.

[94] "Translator's Preface," "*Of Grammatology*," p. lxv.

在僧肇和吉藏的著作中，我们也能找到自我解构的例子。僧肇对自己的解构术语"非有"和"非无"的非概念化是很好的例子。为了防止这两个术语成为新的神学本体论概念，他试图清除其潜在的概念性。他强调"非"是动词，否定"有"和"无"，并不与后者合成为"非有""非无"的名词概念：

　　　　言其非有者，言其非是有，非谓是非有。言其非无者，言其非是无，非谓是非无。非有非非有，非无非非无。[91]

德里达和中观思想家都不相信，仅仅通过简单的否定就可遮遣自己解构语言势必形成的固定立场。因此，他们都投身于漫长而艰巨的自我解构过程。对德里达来说，对（无论是自己的还是他人的）立场的真正弃绝，必须通过不断的相互否定的运动（kinesis）来完成。为了把这种解构的运动从目的论的进程（特别是黑格尔目的论的进程）中区分出来，德里达将其特征标记为无限的后退（infinite regress）。他认为："延异……不是单纯的名词性实体，它在区分和延缓交替环节中不断地自我错位。"[92] 对德里达来说，痕迹（trace）最好地捕捉住了其解构运动永无休止和漂移不定的性质："痕迹实际上是意义总体的绝对源头，这等于是重申意义总体并没有绝对起源。痕迹就是延异。"[93] 就像这里对"痕迹"的描述一样，德里达的解构运动永无止境——总是漂浮在"意义的根本起源"的幻影之中。它的任何阶段都不会像黑格尔辩证进程那样产生矛盾统一的结果。为了强调其解构运动的贫瘠性，德里达将它比作"不生长植物的、但永无休止地重复的播种"和"只散播却不受精的播种，徒然播撒的种子，不能回到它在父亲那里的源头的射精"[94]。

中观思想家也试图将对其"四句破"加以解构，即所谓"离四句"之举。他们也认为，必须将四句破只当作"药"和"以魔法形成的幻影"而已，而不是绝对实体。龙树《中论·观涅槃品第二十五》说："从因缘品来，分别推求诸法，有亦无，无亦无，有无亦无，非有非无亦无。"[95] 除了称"非有非无"为"亦无"，他还在一语破四句之外，批驳了"非有非无"是涅槃的观点：

> 问曰：若有无共合非涅槃者，今非有非无应是涅槃。答曰：若非有非无名之为涅槃，此非有非无以何而分别。若涅槃非有非无者，此非有非无。因何而分别？是故非有非无是涅槃者，是事不然。(《中论·观涅槃品第二十五》)[96]

中国的中观大师在破"四句破"方面尤有建树。在从事解构运动时，中观思想家所循的途径与德里达的大相径庭。德里达把自己的解构运动看作是任意的漂浮，他们则视其解构运动为一种极有规律的、以"言亡虑绝"为最终目标的定向运动。在中观诸派的文献中，有、无两边常常被称为俗、真二谛。中观派解构运动就是沿着二谛交替否定、从一个精神层面走向更高精神层面的线路进行的。如果说龙树的"四句破"完成了"两重二谛"的进程，吉藏的老师法朗（活跃于 610 年）则续后遮遣"四句破"，把解构运动推至"三重二谛"。三重二谛说可分为六项列举如下：

| 俗谛 | 真谛 |
|---|---|
| 1. 有 | 2. 无 |
| 3. 亦有亦无 | 4. 非有非无 |
| 5. 亦（亦有亦无）亦（非有非无）[97] | 6. 非（亦有亦无）非（非有非无） |

第一项（有）代表最低层面的俗谛。第二项（无）代表第一个也是最低层面的真谛。第三项（亦有亦无）将前面两项结合，以肯定来否定第二项之否定，成为第二重俗谛。第四项（非有非无）否认了第三项，抵达第二重真谛。然后，正如第三项是第一、二两项

[95]《大藏经》，第 1564 号，册 30，页 36。
[96]《大藏经》，第 1564 号，册 30，页 35。
[97] 类似图表可参看冯友兰 1912 年《中国哲学史讲义》。

的结合，第五项（亦［亦有亦无］亦［非有非无］）将三、四两项结合，以肯定来否定第四项之否定，形成第三重俗谛。第五项是吉藏解构中观四句破的起始阶段，而第六项（非［亦有亦无］非［非有非无］）通过否定第五项并上升到第三重真谛，从而完成了这一自我解构。

[98] *Empty Logic*, p. 51.

[99] 参看方立天：《中国佛教哲学要义》（北京：中国人民大学出版社，2002），页 1170—1179。

[100] ［隋］吉藏：《大乘玄论》，见《大藏经》第 1853 号，册 45，页 15。

对吉藏来说，持续的解构运动是净心的方式，"不限于三重，可发展地用于重复，直到摆脱对任何概念的附着"[98]。的确，他把老师法朗的"三重二谛"进一步发展为"四重二谛"。在现、当代的佛教研究中，吉藏的著作一直没有得到应有的重视，二十多本著作中只有《三论玄义》有韩廷杰校释的排印本。他的"四重二谛"只见个别佛教研究的专著提及，解释不够仔细。[99] 笔者认为，吉藏在其《大乘玄论》中至少用了三个不同的方式阐释"四重二谛"。首先，他在此书的卷首写道：

> 他但以有为世谛，空为真谛。今明：若有、若空，皆是世谛，非有、非空，始名真谛；三者，空、有为二，非空、非有为不二。二与不二，皆是世谛，非二非不二，名为真谛；四者，此三种二谛，皆是教门，说此三门，为令悟不三，无所依得，始名为理。[100]

这里，吉藏首先定名第五项为"二与不二"、第六项为"非二非不二"，然后再把"三重二谛"（即前六项的整体）作为第七项（第四重的世谛），称之为"三门"，最后用"不三"定名第八项（第四重的真谛）。与前六项不同，吉藏没有列出第七项"三门"和第八项"不三"的逻辑公式。不过，依照第二和第三重二谛递进规律，我们可以推演出第七、八两项的具体内容。由于一重二谛向更高一重二谛的递进是用肯定来否定否定而实现的（如"亦有亦无"这一肯定否定了"无"之否定），第七项应是：

7. 亦（亦［亦有亦无］亦［非有非无］）亦（非［亦有亦无］非［非有非无］）

同样，由于同一层次里从俗谛到真谛的递进只是简单的肯定之否定，第八项应是对第七项的否定：

8. 非（亦［亦有亦无］亦［非有非无］）非（非［亦有亦无］非［非有非无］）

吉藏给其老师法朗的三重二谛加上第七、八两项，但没有列出其具体内容。笔者认为，吉藏并非不想为，而是无以为之。试问，若没有两次括弧的帮助，第七、八两项的内容能如上列出吗？为了将第七、八项解释清楚，一些学者选择了将它描述成对否定的继续，而不是试图列出其具体内容。例如，韩廷杰在对《三论玄义》的注释中如此描述第七、八项："非有、非空、非二非不二、非非二非不二、无所依、无所得。"[101] 这一描述与吉藏所说的"八意"（下文将引述）大致相符，但似乎失于空泛。其实，吉藏本人对第七、八项的内容还是有所提示的。在"四重二谛"的每一项下了定义以后，吉藏接着从判教的角度解释了他为何要提出四重二谛说：

> 问：何故作此四重二谛耶？答：对毗昙事理二谛，明第一重空有二谛。二者，对成论师空有二谛，汝空有二谛是我俗谛，非空非有方是真谛，故有第二重二谛也。三者，对大乘师依他分别二为俗谛。依他无生分别无相不二真实性为真谛。今明，若二若不二，皆是我家俗谛，非二非不二，方是真谛，故有第三重二谛。四者，大乘师复言，三性是俗，三无性非安立谛为真谛。故今明，汝依他分别二真实不二是安立谛。非二非不二，三无性非安立谛，皆是我俗谛。言忘虑绝方是真谛。[102]

吉藏指出，四重二谛并非无的放矢，其中五项都代表三论宗以外其他宗派的执见，另外三项是中观派对这些执见的遮遣。第一、二项（第一重俗、真谛）指毗昙派（又名萨婆多宗、数论、数家）实有实空之执见。毗昙派即南北朝时期研习阿毗昙心论、杂阿毗昙心论等说一切有部论著之宗派。第三项"亦有亦无"或"若有若无"（第二重俗谛）指研习鸠摩罗什所译之成实论、活跃于南朝梁代的成实学派。第四项"非有非无"（第二重真谛）即中观派的"四句破"。第五项"若二若不二"（第三重俗谛）指大乘摄论宗所说"依他分别二"和"依他无生分别无相不二"两面。第六项"非二非不二"（第三重真谛）是中观派对摄论宗三性说的否定。第七项（第四重俗谛）指地论师三性三无性论。值得注意的是，吉藏这里

[101] 参看［隋］吉藏著，韩廷杰校释：《三论玄义校释》（北京：中华书局，1987），页25。
[102] 《大乘玄论》，见《大藏经》，第1853号，册45，页15。

不再把第七项与"三重二谛"整体等同，而是专指一个具体宗派。第八项指中观派通过遮遣第七项而达到的"言亡虑绝"境界。[103] 这一定义比上段引言用的"不三"更为具体明确一些。

为了说明四重二谛的八项之间内在的连贯关系，吉藏又提出了"八意"的观点：

[103] 吉藏又云："正法性远离一切言语道，一切趣不趣，悉皆寂灭性。故非有非无非有亦无非非有非非无，故言远离一切趣。"（《大藏经》，第 1853 号，册 45，页 14。）

[104]《大藏经》，第 1853 号，册 45，页 14。

[105] 参看方立天：《佛教哲学》（北京：中国人民大学出版社，1991)，页 356—358。

> 何者为八意？一不有有属非有，一不有有属非无，一不有有属非亦有亦无，一不有有属非非有非非无，一不有有属有，一不有有属无，一不有有属亦有亦无，一不有有属非有非无。[104]

吉藏所说的"八意"就是八重否定，即他列出的八个"一不有"。"一不有"中的"不"是否定之义，而"有"则指否定的对象。"有属……"是解释否定对象是什么。第一至四项的"有"（即否定对象）是用遮诠方式标示的："非无"（有）、"非有"（无）、"非亦有亦无"（"亦有亦无"）、"非非有非非无"（非有非无）。在遮诠代替传统的四句表诠之后，吉藏又别出心裁地把传统的表诠四句移入第五至八项，以简代繁。第五项从"亦（亦有亦无）亦（非有非无）"，即"亦二亦不二"，变成简单的"有"。第六项从"非（亦有亦无）非（非有非无）"，即"非二非不二"，变成"无"。第七项从"三"或上列极为繁复的双括弧组合式变为"亦有亦无"。第七项则从"不三"或上列极为繁复的双括弧组合式变为"非有非无"。

尽管吉藏对第五至八项只是过场一遍，并没有作出有意义的解释，但他的"八意"却能给我们传达两个重要信息。其一，四重二谛之八项在很大程度上是纯思辨、纯逻辑的演绎，在实际的解构操作中很难八项都用齐。吉藏本人在解构具体本体论观点时则鲜少超过四句破的范围。例如，他在解构中观"空"论最根本的理论基础"八不"（不生亦不灭，不常亦不断，不一亦不断，不来亦不出）中的"生"和"灭"时，就没有寻求比四句破更高项的解构。在他抵达四句破的阶段，他的头脑似乎已达到语言和思辨的极限。[105] 其二，"八意"虽然分为四重二谛，实际上是环环相扣、甚至可以说是向上递

进的八次否定，可以用吉藏的数字二、非二、三、非三，也可以直截了当地
用 1-2-3-4-5-6-7-8 来标示。德里达和中观的解构运动的方向和目的不一，因
此他们用于描述解构运动的数字符号自然也不同。德里达在《播撒》的最后
部分诉诸菲利普·索莱尔的"冗余数字"，并以"（1+2+3+4）$^2$……"的公
式结束。这里，德里达似乎想要用一个平方公式表明解构运动是漂浮的、非
线性的。他似乎想通过平方公式后的"……"来标示结果的永恒延迟并由此
表明解构运动是不会有结果的（即产生定见）。与德里达的无目的、无效的"冗
余数字"相反，吉藏的"八意"可以被看作是近乎线性的进程：1-2-3-4-5-6-
7-8。这一简单的公式与德里达的公式正相反。它象征着中观的解构运动的固
定方向和明确目标。

# 六、哲学的"终结"：德里达和中观之解构的结果

考察了德里达和中观的解构理论二者间许多重要相似之后，现在我们可
以更深入地考虑这两种解构在解构运动的方向和目标上的根本差异。

在对解构和自我解构的不懈追求中，德里达和中观哲学家不可避免地抵
达了哲学结束而"非哲学"（nonphilosophy）开始的境地。对德里达来说，"非
哲学"的形式是让人无法理解的、无限繁衍的文字游戏。德里达一直知道，
这是他必须承担的后果："开始游戏，首次进入延异的游戏……就带有空言
无意指的危险。"[106] 不过，德里达并不乐于见到这一"无稽之谈"（non-sense）
的后果，因为他承认"'空言无意指'（meaning-to-say-nothing）并非最可把
握的解构练习"[107]，并且他很遗憾"甚至最见多识广的读者也抵制或随手
抛弃"他的解构论说[108]。他身处要么"恪守自己所宣扬的理论"、要么"空
言无意指"的两难境地。如果他实践自己所宣扬的理论，他就落入"空言无
意指"的陷阱。如果他试图避免"空言无意指"，他就违背了自己的理论，
沦为一个半心半意的解构主义者。在德里达的每
部著作中，我们都可以感觉到他在这两个选择之
间摇摆不定，而他在后期著作中似乎更倾向于冒

[106] *Positions*, p. 14.
[107] *Positions*, p. 14.
[108] *Positions*, p. 68.

"空言无意指"的危险。例如,他的《格拉斯》(Glas)似乎是"空言无意指"的典范著作。它"纠缠于数百页喋喋不休但又晦涩的写作之中……每一个概念都被拴在无尽的差异之锁链之中,被繁多的提醒、参考信息、笔记、引文、拼贴和补充所缠绕或混淆"[109]。不过,这种由刻意的文字堆砌而产生的"无稽之谈"有它自身的哲学意义,尽管它自身的目的是否定哲学意义和立场。至于如何解释德里达式的"无稽之谈"的意义所在,批评家一直众说纷纭。许多人认为其意义就在于它的反哲学甚或虚无主义,并且认为德里达的解构主义应该为当今哲学和文学研究中诋毁人文主义价值的时髦倾向承担责任。有的则对德里达的解构事业较为同情,并且试图在其"无稽之谈"中找出其正面的哲学目的。例如,科沃德(Coward)认为德里达的"无稽之谈"并非无目的的文字游戏,"它自身就是一种本体论的进程"[110]。德里达解构了强加于语言之上"虚幻的永久性、固有性和自我存在",与此同时,他把自己所追求的语言变化过程作为"实现整体('符号')的工具"[111]。德里达孜孜不倦地将其解构理论付诸实践,结果是几乎纯粹的冗词,尽管他宣称自己不"相信当今动辄就称的什么哲学之死"[112]。对此我们却无法不情不自禁地表示怀疑。我们甚至可以认为,他把哲学本身连同神学本体论一起都抛弃了,并把自己引入了语言的牢笼甚至虚无主义的深渊之中。

无论我们对德里达的"无稽之谈"持肯定还是否定的态度,我们都会同意,它在根本上有别于僧肇和吉藏的由语词和句法的解构而产生的"无稽之谈"。它在中观的解构和自我解构遵循一条清晰的、导向性的路线,对多重二谛一项一项地加以否定。[113]吉藏认为,当这一解构运动抵达四重二谛的第八项,个人就会进入"言亡虑绝"[114]的境界。对中观佛教来说,超越语言和概念的"非哲学"之域等同于宗教悟境。出于这一根本的神学救世目标,中观思想家不会漫无目的地在迹中之迹中进行解构运动,也不会以无限的解构游戏为乐,更不会将解构事业与无效的撒播相比。吉藏《三论玄义》云:

[109] *Positions*, p. 14.
[110] *Derrida and Indian Philosophy*, p. 140.
[111] *Derrida and Indian Philosophy*, p.139.
[112] *Positions*, p. 6.
[113] 罗伯特·马格里欧拉(Robert Magliola)注意到这一导向性的路线,他在 *Derrida on the Mend*, p. 89 写道:"我想要说的是,龙树的"空"(*śūnyata*)就是德里达的延异,也是在绝对解构的同时又建立了导向性路线的绝对否定。"
[114] 韩廷杰引吉藏《大乘玄义》说:"言亡虑绝为第一义,即第四重义也。"有误。查《大乘玄义》无此句。中华电子佛典协会网络版大正藏、卍续藏经文中亦无此句。

答：总谈破显，凡有四门：一破不收，二收不破，三亦破亦收，四不破不收。言不会道，破而不收。说必契理，收而不破。学教起迷，亦破亦收：破其能迷之情，收取所惑之教。诸法实相，言忘虑绝。实无可破，亦无可收。泯上三门，归乎一相。[115]

吉藏称"言亡虑绝"为"诸法实相"，足可说明八项的连续否定的最终结果绝非是虚无主义的深渊。相反，语言和概念被彻底解构、哲学思辨死亡之时（"可破亦可收"）就是涅槃诞生之际（"泯上三乎一相"）。这个最终结果当然与德里达解构活动的结局截然不同。它不是令人沮丧的，而是佛教广大信众梦寐以求的。中观派这种语言观和实相说以后被禅宗（"一个强调实践的、反智识的、非理性的、非传统的和戏剧性的宗教运动"[116]）吸收并发挥得淋漓尽致，因而中观派拯救众生的救世期望也得以承继[117]。

中观解构和自我解构运动的救世后果，对那些寻求抚慰"对当代科学和哲学丧失基础的伤感"[118]的西方思想家颇有启迪。在其合作的论著《融于躯体的思维》（*The Embodied Mind*）中，弗朗西斯科·瓦里拉（Francisco J. Varela）、埃文·汤普森（Evan Thompson）和埃莉诺·罗施（Eleanor Rosch）采用了"悟觉"（mindfulness/awareness）这样的词来描述中观思维的终极后果，并探讨了在西方后现代语境中获得同样精神升华经验的可能性。他们认为，他们的努力不但是可能的，而且极具有益，因为它将有助于"以直接的个人的洞见来认识我们自己所体验的无根之感"，还有助于超越"对生命和心灵的理性知识多于对转化人类经验的关注"的西方哲学[119]。

在三位认知科学家看来，中观的"悟觉"接近于意大利当代哲学家詹尼（Gianni Vattimo）所说的尼采那种"可能是积极的或说有肯定意义的

[115]［隋］吉藏：《三论玄义》，见《大藏经》，第1852号，册46，页10。

[116] *Empty Logic*, p. 55.

[117] 参看 Hsüeh-li Cheng 在 *Empty Logic* 中对中观和禅宗二者历史和学理关系的考察。对德里达和中国禅宗的比较研究，参看 Robert Magliolia, "Differentialism in Chinese Ch'an and French Deconstruction: Some Test-Cases from the Wu-men-kuan," *Journal of Chinese Philosophy* 17, no. 1（1990）：87–97; and Steve Odin, "Derrida and the Decentered Universe of Chan/Zen Buddhism," *Journal of Chinese Philosophy* 17, no. 1（1990）：61–86.

[118] Francisco J. Varela, Evan Thompson, and Eleanor Rosch, *The Embodied Mind: Cognitive Science and Human Experience*（Cambridge, Massachusetts: The MIT Press, 1991）, p. 229.

[119] *The Embodied Mind*, p. 218.

虚无主义的理论"[120]——"也就是说，一种放弃
了现代主义对根基的追求，但又不以另一个更真
实的基础的名义来批评这一追寻的思想"[121]。他
们认为，尼采、黑格尔以及他们的后现代主义继
承人（如德里达），都没能认识到他们的解构或虚
无主义的潜在积极意义，因为西方没有"在客观

[120] Gianni Vattimo, *The End of Modernity*, trans. J. Snyder（Baltimore: John Hopkins University Press, 1989）, p. 11.
[121] Vattimo 评论的改写，见 *The Embodied Mind*, p. 229.
[122] *The Embodied Mind*, p. 230.
[123] *The Embodied Mind*, p. 244.
[124] *The Embodied Mind*, p. 254.

主义和主观主义二者间产生中道的方法论依据"[122]。他们确切地指出，中
道或他们所说的"entredeux"的缺乏，使西方各式各样虚无主义无法"依照
其内在的逻辑和动因而发展，并因此功亏一篑，没有把其'无根基'的观点
局部转化为哲学和经验上有可取的'空'（*śūnyata*，即佛教之空）"[123]。

　　通过采纳中观的"悟觉"来弥补西方后现代思想中"中道"（entredeux）
的缺失，这三位科学家想要实现两大目标。第一大目标是为解构主义重新指
路，把所有定位于知识阶层的解构主义改造为"经验转化的途径，这些途径
无关遁世或寻找某种隐藏的真正自我，而是将日常世界从心智贪婪的魔爪以
及对绝对根基的渴望中解放出来"[124]。第二大目的是宣示西方后现代主义
的解构理论潜在的高度道德价值，如果称不上完全彻底的救世价值的话。他
们认为这些潜在价值可以通过"悟觉"的传统来实现：

　　　　这里我们重申，为什么我们认为在"悟觉"传统中的伦理，乃至"悟
　　觉"传统本身对现代世界如此重要。"无根基"（groundlessness）是我
　　们在文化领域，包括科学、人文学科、社会以及在我们不确定的日常
　　生活中一个意义深远的发现。"无根基"被看作是消极的——每个人都
　　如此，从我们时代的预言家到在生活中挣扎着寻找意义的普通人。他
　　们把无根据看作是消极的，是一种丧失，这样的看法导致了异化感、
　　绝望感、心灵迷失感和虚无感。我们文化普遍采用的疗救，是寻找一
　　种新的基础（或回归原有的基础）。"悟觉"传统指出了一个截然不同
　　的解决方法。在佛教中，我们有一个实例研究显示，当"无根基"被
　　信奉并追随至其终极结论时，结果是一种无条件地感觉的、自发的怜悯，
　　即彰显于世的内在之善。因此，我们觉得，要解决我们文化中虚无异

化感，不是要找到一个新的根基，而是去找到一种要求严格的、真真正正的方式去追求"无根基"的实践，更深入地进入"无根基"之中。因为科学在我们的文化占据了这个显赫的位置，它必须参与到这一追求中去。[125]

这三位认知科学家雄心勃勃，就像任何一位当代西方思想家一样敢想敢干。他们努力想要完成的是对整个西方哲学传统重新定向，是为虚无主义（西方思想中最可怖的深渊）建立一种高尚的伦理。不用说，许多浸淫于西方思想的人将会怀疑、质问、挑战、或公然抨击他们统摄一切的道德和（反）哲学主张，以及他们对异文化的"悟觉"传统的钟爱。

上文描述了三位当代认知科学家如何受到中观和禅宗双遣逻辑的启发，试图把"中道"原则引入西方的虚无主义传统之中，从而将它改造为解决当代西方思想"无根基"或"反根基"困境的途径。这一描述并不是要维护或否认他们的立场，而是想赞扬他们在西方和东方传统之间展开真正对话的努力。尽管他们的理论可能会引起不少争议，但他们对后现代主义和中观、禅宗理论之间重要相似点的考察不仅是极有学术意义的研究，而且还是一次对当代生活充满道德启示的跨文化对话。

这样的跨文化对话与文学研究也有密切的关系。德里达的思想为所有后现代主义运动中不同的批评思维提供了基本模式。尽管中观佛教对中国诗学的影响不像德里达对西方诗学的影响一样广泛，但也绝非毫无意义，因而不该湮没无闻，不加讨论。例如余宝琳（Pauline Yu）在其对王维的研究中就指出，中观佛教对中国诗歌有重要影响。[126] 不过，除了她的简要讨论之外，英语写作的学术作品中鲜少有致力于探讨中观与中国诗学之联系的。与此类似的是，直到最近，中国学者才开始在像《文心雕龙》这样的批评著作中追溯中观佛教的因素。[127] 我自己也试图用中观逻辑来分析《文心雕龙》中某些明显的悖论式论述。不同于一般的观点，我不同意将这些悖论式论述视为论证的纰漏，而认为它们是刘勰创造地采用

[125] *The Embodied Mind*, p. 253.
[126] 参看 Pauline Yu, *Poetry of Wang Wei: New Translations and Commentary*（Bloomington, Indiana: Indiana University Press, 1980），pp. 112–31.
[127] 可参看例如邱世友：《论刘勰文学的般若绝境》，《〈文心雕龙〉研究》1998 年第 3 期。也可以参看祁志祥：《佛教美学》（上海：上海人民出版社，1997），页 198—209。

中观之中道来容纳相反的批评观念和趋向的著例。[128] 以后有机会，我会用英文重写此文，以进一步证明中观和德里达的比较研究的确是中西比较诗学的重要研究课题。

（刘青海　郑学勤 译）

[128] 参看笔者的论文《〈文心雕龙〉与儒道佛家的中道思维》，收录于中国文心雕龙学会编：《论刘勰及其〈文心雕龙〉》。（北京：学苑出版社，2000），页94—114。

# 唯识学与王昌龄诗学三境说

在唐代诗学的研究中，王昌龄的三境说，尤其是其中的意境，一直是学者集中关注的课题，发表的相关论文专著的数量甚多。然而，对王昌龄文学思想与唯识学的渊源关系的研究却一直没有真正展开。虽然有不少学者指出了唯识学对王氏的影响，但大都是点到为止。笔者认为，这一薄弱环节恰恰是唐代诗学研究有可能取得突破之处。为了争取这样的突破，我们必须力图揭示唯识学与唐代诗学发展的关系，在三个方面下足功夫。一是要认真研读唯识学的主要经典，准确地把握相关重要术语在唯识学里原本的意涵。二是要在唯识典籍和诗学著作中找到更多彼此相关的术语、概念、陈述，绝不能局限于已知的少量材料。三是要详细比较唯识论师和文论家如何阐释和使用这些术语，探究王昌龄、释皎然等人如何引进唯识学"意""意识""作意"和"取境""境思""三境"等一系列概念，为理解文学本质、文学创作、文学欣赏诸方面提供新的、中土原来没有的视野，从而为唐代及以后文论发展开拓新方向。本文尝试运用上述研究方法，较为深入地探究王昌龄三境说的唯识学渊源。

# 一、王昌龄三境说现代诠释之批判

> 一曰物境，二曰情境，三曰意境。
>
> 物境一，欲为山水诗，则张泉石云峰之境，极丽绝秀者，神之于心。处身于境，视境于心，莹然掌中，然后用思，了然境像，故得形似。
>
> 情境二，娱乐愁怨，皆张于意而处于身，然后驰思，深得其情。
>
> 意境三，亦张之于意，而思之于心，则得其真矣。[1]

这段引自王昌龄《诗格》的文字一直被认为是唐代有关诗歌艺术最为重要的论述之一。尽管大多数批评家认为王昌龄《诗格》有不同程度的伪托成分，但对这段话语却情有独钟，认为它不仅与《文境秘府论·论文意》所录、可靠的王氏诗学观点相符合，而且对这些观点作了精湛的理论总结，故

[1] 张伯伟：《全唐五代诗格汇考》（南京：江苏古籍出版社，2002），页172—173。

视之为王昌龄三境说。正因为此说在诗歌史和美学史上的重要理论意义，就连断定《诗格》非王昌龄所作的罗宗强先生亦对之极为重视，在《隋唐五代文学思想史》中加以详细的评述。[2] 罗先生认为，《诗格》的三境说是在唐人创作实践经验的基础上产生的，"被多数论者归结为佛教境界说之产物，实不却"[3]。他认为道家是境这一概念"最早之渊源"，而后来才有佛家色、声、味、触、法六境，并注意到唯识学中"境"的观念可能对诗歌境界说的产生有所影响。他写道：

[2] 见罗宗强：《隋唐五代文学思想史》（上海：上海古籍出版社，1986），页178—183。
[3]《隋唐五代文学思想史》，页178。
[4]《隋唐五代文学思想史》，页183。
[5] 见牛月明：《唐代诗境创造论和类型论》，《青岛海洋大学学报》2001年第3期，页22—29。
[6] 淡江大学中国文学研究所编：《文学与美学·第二集》（台北：文史哲出版社，1991），页158。

> 瑜伽行派的唯识学说提出识外无境，六境均属一心之变现。用"境"来表述诗歌意境，或即从境由心造的佛家学说受到启发，以其与诗歌意境创造中主观情思的强烈作用颇有相通之处的缘故。但一经借用，即加改造，已非佛家境界说之本来面目。此种改造，与其说是理论的，不如说是经验的。乃是由于诗歌创作的长期实践经验的巨大力量的作用，不自觉地将佛家心造之妄境的"境"，变为由客观物色的映象加以再创造的诗境。此二者，实有性质之根本区别。所以，将诗歌意境说的产生过多归结为佛家境界说的影响，既不符合事实，也不确切。[4]

罗氏有关《诗格》三境说的论述，对以后王昌龄诗学研究产生了颇大的影响。有的学者完全接受罗氏的观点，强调三境说即使是用了佛教境的术语，那也只是个空壳而已，其内涵则是中土传统中实际的创作经验。例如，牛月明认为，三境主要是根据题材将诗境分为三大类，而这三大类同时又与创作过程中"缘境""取境""造境"三个不同阶段有着密切的关系。尽管这三个创作阶段的冠名都源于佛教，牛氏却遵循罗氏的思路，不探讨这些术语的佛教内涵及其与诗歌创作的关系。[5] 更多的学者则仍旧强调佛教实质性的影响。例如，黄景进认为，王昌龄三境说的创立是把佛教六境之分类运用到诗歌的结果，称"将诗境归纳为物境、情境、意境等三境，亦似佛家所谓六境"[6]。然而，在探索王昌龄三境说佛教渊源时，黄氏极少提及唯识学的境界说，很可能是受到了罗氏观点的影响，认为唯识境界与诗家境界是截然不同的。[7] 陈良运也接受了罗氏的观点，认为王昌龄先是受到唯识内识说的启发，然后再把它改造为诗家境界说。他写道："王昌龄首先吸取了佛家的内识说，强调作诗之先的'立意''凝心'，然后达到'内识转似外境现'而有诗之境……突破了'唯识宗'的'唯识无境界'说，将'心似种种外境相现'能动地改造为诗家的审美境界。"[8]

罗氏以王昌龄标举三境与"唯识无境界"的观点相悖为由，认为唯识学难以被视为王昌龄三境的渊源。有此判断在前，很少学者试图进行唯识境界观与王昌龄的三境进行比较，探究两者之间可能的关联。王振复《唐王昌龄"意境"说的佛学解》一文大概是一个例外。作者在内容提要中鲜明地提出了自己的观点：

> 本文试从佛学的角度加以解读，认为王昌龄"意境"说，是其"诗有三境"说之最重要的思想成果。而其"诗有三境"说，主要由熔裁佛学"三识性"而来。所谓"诗有三境"，指诗有三种审美心灵品格与境界。从佛教美学角度分析，所谓"物境""情境"，仅"物景""情景"而已。惟有"意境"作为"真境"，才是无悲无喜、无善无恶、无染无净、无死无生之空灵的一种"元美"境界，在本体上，"意境"趋转于空与无之际。[9]

王氏敢为人先，开展唯识学与王昌龄三境说关系研究，是值得我们的钦佩和赞誉的。可惜的是，王氏对唯识学各种基本概念把握不准，作出一连串令人惊诧的误读。首先，他想当然地将唯识学中"三识性""八识"与所谓的各种境性挂钩，甚至是绝对地等同起来。依照他的说法，第一识性"遍计所执性"代表前六识的"了别名识"的境性；第二识性"依他起性"指第七末那识"趋转于非空非有、非非空非非有的品格与趋势"；第三识性则指"以第八识即阿赖耶识（藏识、种子识）为第一根因的'最胜'之

[7] 见黄景进：《意境论的形成：唐代意境论研究》（台北：台湾学生书局有限公司，2004），页135—172。

[8] 陈良运：《中国诗学批评史》（南昌：江西人民出版社，1995），页216—217。

[9] 王振复：《唐王昌龄"意境"说的佛学解》，《复旦学报（社会科学版）》2006年第2期，页94。

'境'"[10]。王氏粗略地涉猎了以下三个论题：
（1）三识性和八识各自的性质；（2）三种识性之
间的转变以及八识之间的转变；（3）三识性和八
识两者之间的关系。但他所作的论断基本都是错误的。读者花些时间检阅有
关这些概念的文献，就可发现问题所在，这里就不一一指出。更为令人遗憾
的是，王氏还将王昌龄的三境与他一连串的佛典误读对号入座，硬把三境说
成是对诗境优劣的评判，认为"'物境''情境'，仅'物累''情累'而已。
惟有'意境'作为'真境'"[11]。对三境的这种定性判断没有文本证据支持，
几乎纯属作者的主观臆想。

[10]《唐王昌龄"意境"说的佛学解》，
页95—96。
[11]《唐王昌龄"意境"说的佛学解》，
页96—100。

　　"拿苹果与橘子作比较"（comparing apples and oranges）是英文里常用的
短语，是指对无可比性的东西作无意义的比较。唯识"三识性"并不是对境
类别的判断，硬把它与王昌龄的三境扯在一起，颇似比较苹果和橘子之举，
大概是因两者类数"三"之对称而误入歧途。同样，黄景进将王昌龄"三境"
与佛教"六境"挂钩，可能也存在相似的问题，因为王氏物、情、意境与佛
教色、声、香、味、触、法境的可比性也是很弱的。其实，唯识学典籍中有
关境界类别和本质的文献极为丰富，而且与王昌龄三境说的可比性甚强，很
可能就是后者的思想渊源。然而，据笔者所知，迄今为止没有任何学者发现
和研究这些文献。罗宗强先生仅仅看到唯识家讲识外无境的一面，认为唯识
学境界观与王昌龄所赞许的三境背道而驰，因此两者关联甚微。毫无疑问，
罗氏这一判断有以偏概全之嫌，是造成我们一直对唯识学丰富境界说视而不
见、迄今尚未深入探究王昌龄诗学的唯识学渊源的原因之一。


# 二、唯识三类境与王昌龄三境说

　　的确，在三藏法师玄奘（602—664）编译的《成唯识论》之中，有关境
的论述多半强调境由识生，故没有真实的自性，而相对较少谈及不同类境的
不同性质，这是因为此书的主要目的在于破除对外境的妄执。然而，把心所
缘有的一切境视为虚幻是行不通的。例如，可以由六根直接感受的实境，即

所谓器世间或物质世界，与梦幻中的虚境显然不同，两者是绝不能完全等同的。另外，唯识家把识分为八种，每识又具有不同的性（善、恶、无记）、系于不同的界（欲、色、无色）、具有不同的种子（有漏、无漏）以及其处于不同的状态（定、不定）。依常理便可推断，由类别如此繁杂的识所产生的境也必定是繁杂纷呈，难以一概而论。其实，《成唯识论》就已指出，境有真实虚无之别：

> 色等外境分明现证。现量所得。宁拨为无。现量证时不执为外。后意分别妄生外想。故现量境是自相分。识所变故亦说为有。意识所执外实色等。妄计有故说彼为无。[12]

文中的发问人提出现量所得的境是否可以遮拨为无，论主的回答是，境如果是由现量（无分别的直觉）所得，即使它是识所变也应该视为真有。相反，境如果为妄计分别的第六意识所缘，由似现量（有分别的虚假感觉）所得，就应该说是虚无的。从这段话我们可以看出，三藏法师把公元六世纪印度哲学家陈那的新因明学之量论（认识论）引入唯识学，从而建立了判断境之真伪有无的标准。

更值得注意的是，三藏法师在《成唯识论》之外还专门提出性、带质、独影三类境说，试图解决一个在《成唯识论》中未得到妥善解答的问题：由内识变现的外境的属性有何区别？具体判境的标准是什么？三藏法师三类境说见于以下著名的偈颂：

颂曰。

性境不随心　　独影唯随见
带质通情・本　性・种等随应[13]

此颂并不存于三藏法师本人的论、译著，而是散见于窥基（632—682）、惠沼（651—714）、智周（668—723）诸弟子注解《成唯识论》的著作之

[12]［唐］玄奘译：《成唯识论》，卷7；T31, no. 1585, p.39b27-p.39c01。T=《大正新修大藏经》。本文所引用佛典原文以及所标卷数、页码、行数均据中华电子佛典协会（CBETA）所编的《大正新修大藏经》和《卍新纂续藏经》电子版，引文全部改为简体，但标点、句读以及字句间的空格未作改动。

[13]［唐］窥基撰：《成唯识论掌中枢要》卷1；T43, no. 1831, p.620a18-p.620a20。

中，藉以流传于世的。《成唯识论》运用因明量论从见分（认识主体）方面建立判境标准，此颂则主要从相分（认识对象）方面建立判境标准。境或说相分如果有相对的独立存在，能"不随心"，故称为性境。境如果完全没有独立存在，"唯随见（分）"，故称为独影境。介于性境和独影境之间的境，与两者均有相通之处，即"通情本"，故称为带质境。

一传弟子窥基、二传弟子惠沼、三传弟子智周又把三类境作为唯识经典注疏的重点，竞相提出自己的见解，更进一步扩充了判境的标准，最终使三类境成为唐代以来唯识学发展中经久不衰的热点，三类境的论说亦因而被认为是为汉传唯识学中最有创造性部分之一。[14] 在见分方面，他们费尽功夫详尽地列出了八识中哪几种在定或不定的情况下，能变现出哪一种境。在相分方面，他们引入了种子、体用等概念来衡量境有无相对的独立存在。另外，他们还对三类境与这些层层分类的见分在性（善、恶、无记）、界系（欲界系、色界系、无色界系）、种子（有漏、无漏）三方面是"不随"，还是"唯随"，还是两者兼有，作出了判断。凡是不能准确评定的见、相分关系则归入"性种等随应"的另类。见分的层层分类，与性、界系、种子又纠缠不清，故显得尤为复杂难懂。为了明了清楚起见，以下讨论三类境时将把注意力集中在与文学创作有关的识、境关系之上。那些只有证得果位的圣智才验证的，处于二禅以上的识、境将不予以评述。[15]

在我们梳理分析唯识三类境著述的过程中，我们将会发现，王昌龄三境比之是形神俱似的。此三境比彼三境，不失形似，而两组三境的定义和描述则有不少令人惊叹的神似之处。下面让我们对两组三境逐一进行比较分析。

[14] 韩廷杰《唯识学概论》第十九章《玄奘对唯识学的发展》的引言写道："玄奘是伟大的佛经翻译家，译籍以唯识为主。给人的印象是，玄奘只是翻译介绍唯识教义。其实不然，他对印度唯识学派的理论有不少新的发展，主要表现在他留印期间用梵文写的三部论和他创立的'三境'论。"韩廷杰：《唯识学概论》（台北：文津出版社，1993），页284。

[15] 本文所征引唯识学论境界的典籍中最为重要的自然是玄奘所编译的《成唯识论》。其次是《成唯识论》的所谓"三大疏"，即窥基的《成唯识论述记》、二传弟子惠沼的《成唯识论了义灯》、三传弟子智周的《成唯识论演秘》。另外，笔者还引用了窥基的《成唯识论掌中枢要》和《唯识二十论述记》以及明人对三藏法师《八识规矩颂》所作的补注、解说、讲记等文献。

# 三、唯识"性境"与王昌龄的"物境"

　　三藏法师三类境颂第一句"性境不随心"揭示，性境本质的独特之处是其"不随心"的、相对独立的存在。窥基《成唯识论掌中枢要》对此句的要旨作了以下的阐释：

> 总摄诸境有其三类一者性境。诸真法体名为性境。色是真色。心是实心。此真实法不定随心三性不定。如实五尘唯无记性。不随能缘五识通三性故。亦不随心同于一系。[16]

　　窥师认为，"性境不随心"一句是说，作为相分的性境并不跟随作为见分的心具有善、恶、无记（非善非恶）三性，而是仅有无记一性。另外，性境也不与心同系于欲、色、无色三界的其中一界。性境有自己的性属和界系就意味着有自身的相对独立存在，故又被称为"真法体""真色""真实法""实五尘"。窥师的弟子惠沼《成唯识论了义灯》对性境此实性又作了进一步的阐释：

> 何名性境。从实种生。有实体用。能缘之心得彼自相名为性境如身在欲界第八所变五尘之境。以实种生复因缘变。名为性境。眼等五识及俱第六。现量缘时得境自相。即此相分亦是性境。相从质故。余法准知，如此相分有四不随。一不随能缘同善·染性。二不从能缘同一界系。三不随能缘同一种生。四不随能缘是异熟等于中虽有与能缘心同界·同姓是境自性。不由能缘心力是此性·界地等。[17]

　　这里，惠沼也是像窥师一样运用遮诠的分法，从正反两方面来论证性境的实性。在从正面性境加表诠时，他首先补充了性境"从实种生"和"有实体用"两点。"从实种生"的意思是，所谓"五尘之境"，即山河大地物质世界，都是由第八识中的种子所生，而后依赖因缘之力而变现出来的。"有

[16] T43, no. 1831, p. 620a21–p. 620a25.
[17] T43, no. 1832, p. 678a03–p. 678a13.

实体用"是说此世界中一切东西都具有物质之实体和功用，并非纯粹虚幻的心相。为了防止把"从实种生"和"有实体用"的性境看作绝对独立的存在而堕入法执，他接着又强调，具有实际体用性境之产生仍然有赖于"能缘之心"。物质现象本身并不具有真正的实性。只有在"能缘之心"与之作现量缘，因而"得彼自相"的条件下，它们才能成为性境。"现量缘"是指心（即见分、能缘）不对外部世界妄作任何分别，而是直觉地对之观照，与之相缘。另外，惠沼还列出了能对外部世界作现量缘的三种识：一是与器世间种子直接相缘的第八识；二是在妄计度分别的第六意识生起之前的五识；三是与五识俱起不妄计分别的意识，即所谓五俱意识。[18]

三藏法师和初盛唐期间三代弟子论述唯识三类境，不仅极为烦琐细致，而且运用了大量唯识学专用术语，今人读来极为艰涩难懂。相对而言，明代唯识家讨论三类境，则常用更加通俗的语言来阐发祖师们的观点，匡山五乳广益纂释《八识规矩颂》对性境的定义便是明显的一例：

> 其能缘之心具有三量。谓现量·比量·非量。言现量者。现谓显现。量谓量度。以第一念现前明了。不起分别。不带名言。无筹度心。亲得法体。如镜现像。又如见山便知是山。见水便知是水。不假分别。故名现量。言比量者。比拟量度而知其然。如隔墙见角知彼有牛。隔山见烟知彼有火。以同时率尔意识随见随即分别即属比量。以有比度故名比量。言非量者。若心缘境时。于境错谬虚妄分别不能正知。境不称心名为非量。此三量乃能缘之心也。而所缘之境亦有三。谓性境·带质境·独影境。性境者。乃现量所缘。言性者实也。谓根尘实法本是真如妙性。无美无恶。以能缘之心无分别故。[19]

明真可（1543—1603）《八识规矩颂解》也用较为通俗的语言描述性境的本质：

[18] 在运用遮诠从反面论证性境实相质时，惠沼则把窥师所说的性境之"二不随"（不随心之性、界系）扩大为"四不随"（不随心之性、界系、种子、异熟）。这部分的论述与文学理论关系不大，故不详论。
[19] X55, no. 894, p. 426a09–p. 0426a20. X=《卍新纂续藏经》。

性境者。谓所缘诸色境。不带名言。得境自相也。相者。青黄赤白之谓。名者。长短方圆之称。现量者。谓对境亲明。不起分别也。性境属境。现量属心……此境现前。如明镜照象。湛然明了。不起分别。如云真境也。[20]

如果我们再从明代唯识家较为通俗的语言过渡到今天的学术话语，那么唯识学论性境所说的"现量"即我们所说的直觉观照，而所谓具有"真法体""不起分别"的"性境"即是我们所说直觉观照中所呈现反映统摄万物之宇宙总相、实相。如此掌握了"性境"的涵义，再来重读王昌龄的"物境"，那么就不难看到两种境的相同之处。

诗有三境：一曰物境，二曰情境，三曰意境。

物境一，欲为山水诗，则张泉石云峰之境，极丽绝秀者，神之于心。处身于境，视境于心，莹然掌中，然后用思，了然境象，故得形似。[21]

首先，"神之于心"表示诗人"张……境"是一种超经验的直觉观照，而"莹然掌中"则表明张泉石雪峰之境，经过观照就变为一种幽远的、玲珑透彻的、掌中明珠般的境界。换言之，王昌龄使用"莹然掌中"的比喻，是从两种不同光学的视觉经验来说明诗人心中"物境"与外境不同之处。"掌中"说明，静中的直观是从幽远的距离观物，故能纳入万境，呈现出世界的全相。用远景彰显直观所呈现的万物之境，是王昌龄所习惯使用的手法，《文镜秘府论·论文意》亦有一例：

夫置意作诗，即须凝心，目击其物，便以心击之，深穿其境。如登高山绝顶，下临万象，如在掌中。以此见象，心中了见，当此即用。[22]

[20] X55, no. 892, p. 416c13–p. 416 c15；p. 416c19–p. 416c20.
[21]《全唐五代诗格汇考》，页172。
[22] 遍照金刚撰，卢盛江校考：《文镜秘府论汇校汇考》（北京：中华书局，2006），页1312。

值得注意的是，王昌龄用于"掌中"喻示直观之中"物境"，与唯识家用"镜照"来喻示性境，有异曲同工之妙。明广益称性境"如明镜现象"，明真可又称"此境现前，如明镜照象，湛然明了"。[23] T25, no. 1509, p. 104b17–p. 104b27.
[24]《文镜秘府论汇校汇考》，页
1365.
广益和真可"镜照"的褒义用法，与唯识学之前
的佛典中的"镜"喻是完全相反的。镜中像喻（梵
文 pratibimba-upama）是用于说明世界虚幻无常本质的十大贬义比喻之一。《大
智度论》云：

> 以是故说"诸法如影"。"如镜中像"者，如镜中像非镜作，非面作，
> 非执镜者作，亦非自然作，亦非无因缘。何以非镜作？若面未到，镜则
> 无像，以是故非镜作。何以非面作？无镜则无像。何以非执镜者作？无
> 镜、无面则无像。何以非自然作？若未有镜、未有面则无像，像待镜、
> 待面然后有。以是故非自然作。何以非无因缘？若无因缘应常有；若常
> 有，若除镜、除面，亦应自出，以是故非无因缘。诸法亦如是，非自作，
> 非彼作，非共作，非无因缘。[23]

广益和真可唯识家之镜喻反贬为褒，似乎只是因为镜可以以远距离照物，从
而能纳入万境之总相。除了"掌中"和唯识家"镜照"这种被动的光学视觉
接收，王昌龄和唯识家还用一种动态的光学视觉来喻示他们各自所追求的境
界。王昌龄"莹然"之语显然是指一种熠熠生辉的动态光学效应。在下面一
段话里，王氏对这种光学视觉效应作了更为细致的描写：

> 旦日出初，河山林嶂涯壁间，宿雾及气霭，皆随日色照着处便开。
> 触物皆发光色者，因雾气湿着处，被日照水光发。至日午，气霭虽尽，
> 阳气正甚，万物蒙蔽，却不堪用。至晚间，气霭未起，阳气稍歇，万物
> 澄静，遥目此乃堪用。至于一物，皆成光色，此时乃堪用思。[24]

这段话明确告诉我们，王昌龄认为，"遥目"观照景物的最佳时刻是宿雾气
霭刚散开，万物"因雾气湿着处，被日照水光发"之际。王氏为何着意追求"至
于一物，皆成光色"？这点似乎很难从中土传统绘画的理论和实践中找到其
源头。然而，在唯识家论性境的典籍中，用主动的光照来描述现量得性境之

特点的例子比比皆是。例如，明明昱（1527—1616）《八识规矩补注证义》云：

> 今言现量。不度量也。圆觉经云。譬如眼光。晓了前境。其光圆满。得无憎爱。可证现量。不分别义。以前五识。于缘境时。离映障等。显了分明。得境自性。[25]

明广益《八识规矩纂释》云：

> 五根依何教理证是现量。答。圆觉经云。譬如眼光照了前境。其光圆满得无憎爱。可证五根现量不生分别。其眼光到处无有前后……根能照境。识能缘境。此根·识之用不同也。[26]

细读上面几段引文，不难看出，王昌龄强调日光化物效应，明昱和广益使用"眼光"比喻，有着极为相似的目的，那就是说明他们各自所追崇理想境界包摄万物的圆满实性。鉴于以上所讨论的各点，我们似乎可以说，王昌龄的"物境"和唯识学"性境"是形神俱似。

最后，我们还需指出，王昌龄论物境的最后一句话"然后用思，了然境象，故得形似"，指的绝对不是六朝文论家所说的那种形似。我们通读王昌龄的诗学论述，就可以清楚地看到王氏是如何彻底地扬弃六朝文论中论"物"的部分，是怎样对"形似"加以脱胎换骨的改造。我们应该注意到，王氏虽然给第一类境冠以"物境"之称，他所谈的绝非"物色"之"物"。在六朝创作论中的"物"指自然界中变化纷呈，感发诗人情志的实物实景，即钟嵘所说的"春风春月，秋月秋蝉，夏云暑雨，冬月祁寒"等"四候之感诸诗者"。[27] 王氏的"物境"则是"张"于直觉心灵中的宇宙实相。因此，此心境之"形似"与彼物境之"形似"不可能是一码事。

就六朝所追求的"形似"而言，外物之"恒姿"是衡量"形似"的最终标准。为了达到与实物实景"形似"，诗人就必须"窥情风景之上，钻貌草木之中"。六朝诗人"体物为妙"，则要"功在密附。

[25] X55, no. 890, p. 396c12–p. 396c15.
[26] X55, no. 894, p. 427a05–p. 427a08; p. 428c17.
[27]［南朝梁］钟嵘著，曹旭集注：《诗品集注》（上海：上海古籍出版社，1994），页47。

故巧言切状，如印之印泥，不加雕削，而曲写毫芥"（《文心雕龙·物色》）。王氏所说的"形似"指的是对心境的真实写照。得此"形似"的关键自然不在于对外物"恒姿"的体察摹写，而在于能否"神之于心，处身于境，视境于心"[28]，在于能否"用思"而"了然境象"。在理论的层次上来说，六朝文论中的"形似"代表着一种崇尚摹写外物的艺术原则，而王昌龄所赞许的"形似"恰恰是对这种艺术原则的彻底否定。他用"物境""形似"一词来表述对超越物象的境界的追求，似乎是偷梁换柱，提倡一种与六朝"形似"相对立的、反模仿的艺术原则。

# 四、唯识"独影境"与王昌龄的"意境"

三藏法师三类境颂第二句"独影唯从见"实际上是首句的反对句。"唯从见（分）"与"不随心"恰好相反，表明独影境是纯粹虚幻的心相，没有任何独立的客观存在可言。窥基《成唯识论掌中枢要》对此句的阐释也是通过与性境比较来凸现强调独影境虚无幻造的本质：

> 二者独影之境唯从见分。性·系·种子皆定同故。如第六识缘龟毛·空花·石女。无为·他界缘等所有诸境。如是等类皆是随心。无别体用。假境摄故。名为独影  三者带质之境。[29]

窥师认为，独影境在性、界系、种子三方面都"唯从见分"，因而必定没有"实体用"，故绝不能像性境那样被称为"真法体""真色""真实法""实五尘"，而只能摄入假境之列。他所列出的独影境可分两大类，一是没有本质，如妄计度的第六识所缘的"龟毛、空花、石女"等等虚幻之相。二是有本质的、定中第六识（即定中意识）依真如而缘起的相分，如"无为、他界缘等所有诸境"。

惠沼《成唯识论了义灯》亦指出，由能缘心

[28] 这里所说"处身于境"，主要是指诗人在想象中置身于内心呈现的境界之中。此义在第二境"情境"的解释中更为显著："二曰情境。娱乐愁怨，皆张于意而处于身，然后驰思，深得其情。"

[29] T43, no. 1831, p. 620b01– p. 620b05.

独变的独影境中有"无别本质"和"有本质"两类：

> 释第二句。谓能缘心但独变相。无别本质第二。虽有本质。然彼相
> 分不生本质。以彼本质是不生法等。……缘空华等此等影像有四从见。
> 一从见分同是善·染。二同一界。三同一种。四同异熟及非异熟。以不
> 生本质但意识所变。此之相分由能缘心。故是此界性等。摄相从见故。
> 名独影唯从见问如空花相分为色为心。[30]

在解释"有本质"的独影境时，惠沼试图说明此类境的本质并非性境所呈现
的那种"真色""真实法""实五尘"，而是不生不灭的真如，即"不生法"。
换言之，此类境没有性境那样的实质、实体用是因为其本质是虚空等诸无为
法。杨白衣解释道："有本质是指：'凡知缘如'的相分——缘无为法的相分。
例如，凡夫思维经论所说的无为真如，而于分别心上浮起相分的情形，就是
属于此类。"[31] 其实，对于此类以无为法为质的独影境的生起，三藏法师在
《成唯识论》里已作过描述："然契经说有虚空等诸无为法。略有二种。一依
识变假施设有。谓曾闻说虚空等名。随分别有虚空等相。数习力故心等生时。
似虚空等无为相现。此所现相前后相似无有变易假说为常。"[32] 至于与见分（非
定或定中第六意识）关系而言，无本质与有本质两类独影境都是"四从见"，
与性境"四不随"的情况正好相反。

正如王昌龄"物境"之于唯识学"性境"，王昌龄"意境"与唯识学"独
影境"也是惊人地神形俱似。现在让我们来揣摩王氏对意境的描述：

> 三曰意境。亦张之于意而思之于心，则得其真矣。

王昌龄这段话虽短，但与以上有关独影境的论述有不少惊人的相似之处。首
先，王氏三境中只有此意境像独影境一样与外部现实世界毫无关联。第一物境讲"张泉石云峰之境"而又言"处身于境"，第二情境则讲张"娱乐愁怨"之境"于意而处于身"，唯独第三意境只讲"张之

[30] T43, no. 1832, p. 678a21–p. 678a23;
   p. 678a28–p. 678b04.
[31] 杨白衣：《唯识要义》（台北：文
   津出版社，1995），页56—57。
[32] T31, no. 1585, p. 6c05–p. 6c10.

于意而思之于心"，而不交代"张之于意而思之于心"的内容究竟是什么，更完全不提"处身于境"。这些省略似乎意在说明意境与外部世界实无关系，是纯粹主观的张意用思的产物。对文学创作的这种解释在中国文论史上是前所未有的。假若我们把视野局限于文论领域之中，自然难以理解为何王昌龄此时突然提出这种新奇的、反传统的艺术创作观。然而，要是我们联系当时唯识显学的独影境说来看王氏的观点，他以上那段话就不会显得离奇古怪，令人费解。他撇开外部世界来讲意境之纯粹的张意用思，这点与窥基和惠沼强调独影境无实体用"唯从见"的做法几乎完全相同。另外，王氏认为，物境"得形似"，情境"深得其情"，而意境纯粹地"张意用思"，因而"得其真矣"。此"真"无疑是指超越具体情物的至高生活真理，乃至宇宙人生的终极实相。这一说法与窥基和惠沼所说的有质独影境缘无为法或说真如，确有异曲同工之妙。

[33] 参阅钱志熙：《唐诗境说的形成及其文化与诗学上的渊源——兼论其对后世的影响》，《文学遗产》2013 年第 6 期，页 17—30。
[34] T43, no. 1833, p. 849b16–p. 904b19.

　　用"异曲同工"一语来描述王昌龄意境说与唯识独影境说的关系似乎仍嫌不足。更贴切的也许是"同曲异用"，也就是说王氏的意境很可能是把唯识独影境运用到诗学之产物。唯识学两类独影境均由第六意识所变，称之为意境似乎是顺理成章的事情。但是，意境一词却始终未能成为中文佛典中通用的术语，《佛光大辞典》《佛学大辞典》等主要佛学辞典都没列"意境"的条目。倒是在文学理论的领域里，"意境"得以广泛流行，随着时间的推移变得越来越显赫，最终成为中国诗学、美学中最重要的几个范畴之一。[33]

　　那么，在文论中率先使用"意境"的王昌龄是否拥有创造此术语的专利呢？王昌龄是不是借鉴了刘勰源于中土典籍的"意象"概念，从而将有本质的"独影境"改称为"意境"呢？其实，这一揣测是完全站不住脚的。如果我们仔细查阅在王昌龄所在时代写成的唯识学著作，就可以在比王昌龄早出生三十年左右的智周的《成唯识论演秘》中找到称有质独影境为"意境"的先例：

　　　　有云。现行是意境。能依是意境。故同法处收　详曰。定道无表理容可然。别脱无表如何依现。又若意境即同法处。色等屈曲自亦意境。应唯法处。[34]

[35] T43, no. 1833, p. 927a14–p. 927a17.
[36] T43, no. 1833, p. 904b20–p. 904b21.

疏名不已及如涅盘等者。若但云境无非
境者。言缘名境名境便局。以名不及如涅槃等。
今云意境意境乃宽。以意内证真如等故。[35]

疏。法但为境等者。即五十二明彼无法得为意境。是此证也。[36]

智周在这里解释了他"今云意境"的原因。他认为,佛典中常说的境无不"言
缘名境",即以可以感知可名的所缘对象来命名,有如色境、声境、香境、味境、
触境等等。把"境"的概念局限于可感可名的境则过于局限。倘若"云境无
非境者",也就是说可称为境的非是有实体用的境不可,境又怎能包括如涅
槃等无形体可言的终极现实呢?为此,他别出心裁用能缘的意识来名境,故
得"意境"一词。他对"意"字尤为钟情是因为八识中第六意识缘境尤宽,
在定的状态中可"内证真如",所以能把定中意识所缘的真如无为法称为意境。
五十二阶位上的菩萨明了无为法也就意味着得到真如之意境了。

在某种意义上说,王昌龄"意境"与唯识"独影境"甚至可视为神同,
形亦同。王氏论"意境"无涉任何实境真色,而又强调其以空虚而"得其真",
这与窥基、惠沼、智周对定中意识之状态,以及其与真如缘生之本质的论述
如出一辙,故可称"神同"。同样,智周采用"意境"一词,取代习用的"法境",
用之来专指与定中意识缘生的真如,王氏正好将此唯识术语拿来描述空幻艺
术想象所创造的特殊境界,故得术语之"形同"。鉴于此神同和形同,王昌龄"意
境"的唯识渊源似乎可以视为定论。


# 五、唯识"带质境"与王昌龄的"情境"

三藏法师三类境颂第三句"带质通情本"描述的是介于性境与独影境之
间,名为"带质"的第三类境。这里的"情"指能缘之心,即见分,而"本"
指有本质的所缘之境,即相分。所以,"通情本"的意思是,带质境与"情"(能
缘之见分)和"本"(能缘的相分)的性、界系、种子既可随"情"亦可随"本"。

窥基《成唯识论掌中枢要》沿着三藏法师的思路，进一步描述了带质境与情、本的关系：

> 三者带质之境。谓此影像有实本质。如因中第七所变相分。得从本质是无覆无记等。亦从见分是有覆所摄。亦得说言从本质种生。亦得说言从见分种生。[37]

窥基指出，带质境与情本皆通，故既可从能缘之"情"而具有覆有记[38]的性属，亦可随所缘之"本"而呈现出无覆无记的性属。惠沼《成唯识论了义灯》则从与性境比较入手来评述带质境的特性：

> 解第三句。谓能缘心缘所缘境。有所杖质而不得自性。此之相分判性不定。或从能缘心。或从所缘境。种亦不定。或质同种。或见同种。或复别种。名带质通情本。[39]

惠沼认为，带质境像性境一样，"有所杖质"，即具有实体用的性质，并非空华无为等幻象。与性境不同的是，"能缘心"不能直观其所缘之境而"得自性"，因此其性、界系、种子不必像性境那样一定"从所缘"，"从能缘心"亦可，故三藏法师有"带质通情本"一语。

窥基和惠沼都认为，变现带质境的"能缘心"自然是能作直观的五识、五俱意识等现量识之外的识类。在可变现带质境的识类中，他们尤为注重的是独散的第六意识。窥基云："如第六识缘过·未五蕴。得是独影。亦得说是带质之境。熏成种子生本质故。"[40] 惠沼云："若独散意识缘自界五尘等。但是彼境自住自性非得自性。"[41] 从这两段话我们可以看到，变现带质境和独影境的最重要识类均是独散意识。独散意识是变现前者还是后者，决定于所缘相分的性质以及能缘心所处状态。独散意识缘现在的五尘则得带质境，缘过去、未来的五尘亦可得带质境。如果处于不定状态的独散意识所缘为空华等幻象，哪

[37] T43, no. 1831, p. 620b04–p. 620b08.
[38] 覆，即覆障圣道和覆蔽心识令不净。记，即覆障圣道而致的异熟果（在下一世或隔世成熟的业果）。
[39] T43, no. 1832, p. 678c19–p. 678c22.
[40] T43, no. 1831, p. 620b14–p. 620b16.
[41] T43, no. 1832, p. 678a18–p. 678a19.

[42] 保坂玉泉：《唯识三类境义的研究》，王进瑞译，见张曼涛主编：《唯识思想论集（三）》（《唯识学专集之九》）（台北：大乘文化出版社，1978），页104—105。

怕杂糅了过去和未来的五蕴，则必定得无质独影境。定中独散意识缘无为真如诸境则得有质的独影境。

用现代哲学术语来说，带质境介于以客观为主的性境和纯主观的独影境之间，呈现出兼容主客观两方面的特性。保坂玉泉对此特性作了这样的总结：

> 带质境（情境）是谓由主观的见分与客观的本质两者相结合造成的境，其有本质一点与性境（物境）同而与独影境（意境）不同，其见分不得境自相一点与独影境（意境）符合而与性境（物境）不符合，换句话讲，独影境（意境）是唯主观的所产，性境（物境）是纯客观的存在，只此带质境（情境）是被主观作用所变化的客观境，所以谓带质通情本，情是指主观作用的见分，本是指客观的本质。[42]

以上引语中的括号是笔者加上的，里面放入王昌龄三境之名。如果我们用括号里王氏三境分别换掉括号前出现的唯识三类境，那么这段话便颇为恰当地描述了王氏情境作为"被主观作用所变化的客观境"的特性。

> 二曰情境。娱乐愁怨，皆张于意而处于身，然后驰思，深得其情。

"娱乐愁怨"都是在人们在自然界和人类社会里生活时所产生的，故有其客观的一面。然而，它们毕竟是主观情感，不能像"泉石云峰"那样成为直观而"得其自相"的对象。因而，诗人对"娱乐愁怨"不是"神之于心""视境于心，莹然掌中"而得"形似"，而是要"皆张于意而处于身"而用思以求"深得其情"。这里说的"处于身"似乎与创造物境时"处身于境"的心理活动恰恰相反。后者是说，诗人对景物直觉观照时物我两忘，身与境浑然一体。而前者是指诗人把娱乐愁怨"张于意"，即进行反思，对之加以亲身的体验。这种"张于意"的反思无疑是一种自觉的意识活动。这种反思与意境的那种"张于意"不同，并非纯粹的主观臆想，对过去的追忆、现在的感觉、未来的期望无不与现实世界交织在一起，故与变现带质境的独散意识颇为相似。总而言之，王氏的情境与唯识带质境之间有不少相似之处，两者在各自的三境中所占的位置若放在主客观关系的坐标上来测量则几乎是完全相等的。

# 六、唯识三类境影响王昌龄三境说的历史旁证

上文的讨论主要是通过文本对比来揭示王昌龄三境说的唯识学渊源。在细读比较唯识三类境文献和王昌龄三境说的过程中，令人惊奇的发现一个接着一个。读到唯识家对性境本质和与其所缘心识的阐述，我们不免惊叹，王昌龄对物境的特点和创造过程的描写就犹如前者的文学翻版。同样，细读比较唯识独影境和王昌龄的意境的诠释，我们也不禁为两者之间神形俱似而击掌称妙。当我们首次发现唯识家使用"意境"一词来定义"定中意识"所变现的独影境，我们就更加有信心地推断，唯识三类境说实为王昌龄三境说的源头，无论是概念运用及思辨方式，还是冠名、术语的选择，无不证明如此。唯识带质境与王昌龄的情境之间也有不少相似可比之处，尽管没有达到让人拍案惊奇的地步。

将唯识学三类境视为王昌龄三境说的重要源头，不仅有上文所展示的多方面、多层次的文本内证的支持，而且还有源自不同时代的两种历史旁证。首先是王昌龄所在时代所提供的历史旁证。从历史的角度来看，把唯识学视为王昌龄三境说的源头似乎是一件顺理成章的事。唯识学源于印度，它的基本理论体系在公元四、五世纪间形成，由弥勒和无著世亲兄弟共同建构。公元 645 年，唐三藏玄奘从印度求学取经归来，随后与弟子窥基一道在长安慈恩寺建立了中国唯识宗（又称慈恩宗），风靡京城，压倒其他所有的佛教宗派。然而，唯识宗之兴盛只是昙花一现，仅仅几十年后就开始衰微，三传弟子智周过世后便沉寂下来了。王昌龄大约生于公元 690 年，正值唯识学鼎盛期之末，籍贯有长安、江宁、太原三说。不管王昌龄是否长期居住在京城，他与京城知名的文士来往甚密，因而他极可能通过不同渠道接触到慈恩宗显学，

在某种程度上受到了它的浸润。王昌龄熟悉唯识学的可能性无疑远远大于他与之无涉的可能性。作为初盛唐唯识学的核心，玄奘的三类境说经过三代弟子不遗余力地阐发和弘扬，无疑完成了佛家对中土中"境"字的改造，使其涵义从地理或主观思想活动区域蜕变为因主、客世界相缘而生的心象，广为文人阶层所知晓。因而，即使王昌龄没有研读过上文所引的唯识三境说的原典，亦无妨他了解三类境的基本涵义及它们之间的区别，并巧妙地运用于诗学之中。若非如此，我们又怎能解释清楚，为何王昌龄三境说与唯识三类境，不管是分类数目、术语选择，还是概念使用及思辨方法之上，都有如此众多平行耦合乃至神形具似之处？而这些平行耦合之处几乎都难以在先前的中土典籍中找到先例。

　　然而，我们毕竟无法在史籍中找到他对唯识学有所钻研的文字记载，因而需要努力寻找有助于确定其三境说与唯识学渊源关系的其他历史旁证。在王昌龄去世近一千年后，我们可以在他的本家王夫之的著作中找到唯识学三类境催生诗学境界说的铁证。王夫之对唯识学有相当深入的研究，著有《相宗络索》一书，而此书设有专节讨论三类境，并对之作出精准的定义。同时，他又将唯识三类境（尤其是性境和独影境）的概念运用到诗歌评论里。更具体地说，他直接采用唯识家以现量定义性境的作法，发展出他独特的现量诗境说，视产生于直觉观照的境象为最高的诗歌境界。另外，他还参照唯识家关于独影境的论述，提出了"意中生象""影中取影""幻生""幻景"等观点，强调不基于现实事相，纯粹的想象亦能创造出至真的诗歌境界。[43] 毫无疑问，就与唯识学三类境的关系而言，王夫之诗境观与上文所讨论的王昌龄三境说是遥相对应、极为一致的。不同之处主要在于，王昌龄近乎是不留痕迹地运用唯识学三类境的理论，而王夫之则是明露筋骨地对此理论加以运用，直接引用或阐述唯识的境界理论。在某种意义上说，这一区别提供了有助于确定王昌龄三境说源于唯识三类境的有力旁证。例如，王昌龄暗用唯识性境而得出他的"物境"，而王夫之则明明白白的点出了性境与物境等同的关系。他写道：

[43] 关于王夫之现量说以及"影中取影"等观点的研究，参阅刘畅：《王船山"现量"说对传统艺术直觉诗论的改造》，《江汉论坛》1984年第10期，页49—53；张晶：《现量说：从佛学到美学》，《学术月刊》1994年第8期，页65—71；陶水平：《船山诗学"现量说"新探》，《中国文学研究》2000年第1期，页9—15；羊列荣：《王船山"现量"说研究中的若干问题》，《古代文论研究的回顾与前瞻》（上海：复旦大学出版社，2002）。

"释氏唯以现量为大且贵，则始于现量者，终必缘物。现量主受故。"[44] 对照此语，王昌龄"物境"的唯识性境之渊源岂不昭然若揭哉！另外，在印证王昌龄三境说的唯识渊源的同时，王夫之的诗境说又显示了其对王昌龄三境说可能有着一种承继关系。不管王夫之是否读过《诗格》并受其影响，王夫之的确是沿着与王昌龄几乎完全一样的思路来将唯识三类境运用于诗学之中的。如果这种承继关系可以得到确定，那么王昌龄在唯识三类境的模式上创立诗歌三境说的历史意义就更为重大了。虽然有关王夫之"现量"说的论文已经发表了很多，但唯识三境说对王夫之诗学全方位的影响，则是尚待深入研究的课题，也是笔者完成本文后应该努力撰写的续篇。

[44]［清］王夫之：《读四书大全说》（北京：中华书局，1975），卷十，页698。

图书在版编目（CIP）数据

采石与攻玉：蔡宗齐自选集 /（美）蔡宗齐著 . —
南京：南京大学出版社，2022.4
（海外汉学研究新视野丛书 / 张宏生主编）
ISBN 978-7-305-25032-3

Ⅰ.①采… Ⅱ.①蔡… Ⅲ.①中国文学 – 古
典文学研究 – 文集 Ⅳ.① I206.2-53

中国版本图书馆 CIP 数据核字（2021）第 236278 号


出版发行 南京大学出版社
社　　址 南京市汉口路 22 号 邮 编 210093
出 版 人 金鑫荣

丛 书 名 海外汉学研究新视野丛书
主　　编 张宏生
书　　名 采石与攻玉：蔡宗齐自选集
著　　者 ［美］蔡宗齐
责任编辑 李晨远
书籍设计 瀚清堂 / 朱 涛
责任校对 刘 丹

照　　排 南京紫藤制版印务中心
印　　刷 南京爱德印刷有限公司
开　　本 635×965 1/16 印张 25.25 字数 438 千
版　　次 2022 年 4 月第 1 版 2022 年 4 月第 1 次印刷
I S B N 978-7-305-25032-3
定　　价 80.00 元

网　　址 : http://njupco.com
官方微博 : http://weibo.com/njupco
官方微信号 : njupress
销售咨询热线 :（025）83594756